El Judío

Ángeles Pérez Triguero

A mi hija Olivia.

	Agradecimientos	i
1	Del Callejón	1
2	Samuel	25
3	Revolución	53
4	La Serpiente	77
5	Sin Aliento	113
6	El Camaleón	137
7	La Señorita Samantha Parker	165
8	En Caída Libre	193
9	Dejando la Puerta Abierta	243
10	El *Judío*	269
11	Después de Buscar, Esperar y no Encontrar	295
12	Un Regalo para los Desmerecedores	321
13	Perforando, Curando y Finalmente Aceptando	357
14	Un Círculo Perfecto	423
15	Más Espeso que la Sangre	475
16	El Pozo Envenenado	503
17	Más Allá de esas Montañas Yacieron	575

AGRADECIMIENTOS

Fotografía de A. David.

"El Destino es también para aquellos que no lo buscan."

Ángeles Pérez Triguero

DEL CALLEJÓN

Barrio Este de Manhattan, ciudad de Nueva York,
marzo de 1902

Gino llegó al lugar de encuentro con ambas manos en los bolsillos, mostrando su inmediata presencia e inhalando con fuerza para evitar limpiarse la nariz otra vez con la manga de su chaqueta. Paró frente a sus amigos, junto a los últimos escalones de ese edificio, aun sabiendo que de allí también se les podía echar en cualquier momento, sin delicadeza, sin remordimientos. Concentrado, Gino se limitó a estar de pie sin pronunciar una sola palabra, reflejándose en la mirada el estado de su mente.

– ¿Y? – preguntó Wayne, molesto por el silencio de Gino.

Ignorando la sed de información que tenía Wayne, Gino dio un giro de ciento ochenta grados y fijó sus ojos en la tienda al otro lado de la calle, situada entre una panadería, un callejón y las calles Division y Market. Alrededor, apiñadas sin resentimiento en ese efervescente barrio, unas sinagogas y varias iglesias protestantes y católicas mantenían a los feligreses bajo control, difícil afán en una parte de la ciudad donde el caos y las enfermedades eran reinas constantes.

– Ahora está llena – dijo Gino, girándose de nuevo y mirando a sus amigos una vez más.

– Entonces esperaremos – claudicó Wayne.

– Aquí no podemos esperar – observó Mark.

Wayne y Mark se pusieron de pie en silencio, casi simultáneamente. Los signos de la nieve, caída la noche anterior, podían todavía apreciarse en sus ropas. Allí, la fría nieve se convertía en barro, impasible, regalando la metamorfosis de un puro blanco a un marrón sucio, sin vida y peligroso, el símbolo de todo lo que veían en esa área, un lugar donde el ruido era constante. Con las culeras de sus pantalones mojadas por haber estado sentados en los escalones, los dos niños de pelo claro bajaron la escalera que les separaban de la acera, uniéndose así a Gino. Juntos, caminaron en dirección opuesta a la tienda que habían estado vigilando durante toda la semana. Paseando sin destino fijo, los pies de Mark sentían el penetrante frío que se filtraba por sus viejos zapatos, pero este desechó el dolor que le trepaba por las piernas, mirando a los vendedores ambulantes que hacían negocios en aquella calle. Estos, con voces fuertes y seguras, anunciaban los precios de sus productos mientras intentaban mantenerse en calor, meciéndose y arreglando constantemente los productos en las carretas, mostrando la suciedad en sus dedos a través de unos guantes harapientos. Algunos de los caballos que seguían ligados a las carretas, amontonaban desechos que contribuían sin duda al deterioro de esa calle ya podrida. Sin embargo, cualquier clase de limpieza al respecto hubiera sido llevada a cabo por los hijos de los comerciantes ambulantes al grito de una orden.

El grupo se disolvió al contacto con una mujer de grandes dimensiones, la cual empujaba un carrito, y en él, se dejaba ver a un bebé gritando al límite de sus pequeños pulmones. La seguían otros tres niños. En un principio, parecía como si la mujer hubiese querido algo con Gino y sus amigos, sin embargo, los tres niños parecían tan insignificantes en ese decadente barrio, que ella los pasó de largo, ignorándoles tanto como ignoraba el desesperado llanto del bebé y la presencia de los otros niños que caminaban detrás de ella, mostrando evidentes señales de ser hermanos.

Wayne, Mark y Gino percibieron un uniforme al otro lado de la calle. La sola visión de esa representación de la ley hizo que Wayne sintiese como si le brindaran un vil puñetazo en pleno vientre. Ese dolor le llevó atrás en el tiempo, recordando el momento en que sintió en su propio cuerpo la brutalidad y la ira de los puños de un policía. Pero ahora, la imagen, el olor en el aire de un uniformado, se traducía en un escalofrío a lo largo de su columna vertebral, sólo comparable con el frío que sentía desde que se había levantado esa mañana, haciéndole tiritar crónicamente. Gino y Mark se giraron y pararon, notando que el paso de Wayne había disminuido, ignorando que era puro miedo lo que había motivado la reacción de Wayne.

– ¿Qué te pasa? – ladró Gino.

– No podemos hacerlo – les informó Wayne.

– ¿Por qué no? – preguntó Gino, encogiendo los hombros con las manos aún en los bolsillos.

– La policía está merodeando por aquí – dijo Wayne, señalando al policía a su derecha con un gesto de la cabeza.

Mark y Gino miraron al oficial, quien tras admirar su perfecto bigote en el escaparate de una tienda, había reanudado su paso y estaba cada vez más cerca de ellos. Los niños se fijaron en el movimiento de su porra, en ese peligroso balanceo. Siguiéndole con los ojos y con extrema cautela, vieron parar al policía un instante, marcando el último paso y haciendo una leve reverencia para saludar a la mujer del sastre, la cual salía con armonía de la tienda de zapatos.

– Sólo es uno – clarificó Gino con ardor.

– No es sólo eso…esta calle está atestada de gente – habló Mark finalmente, – y aunque consiguiéramos salir de la tienda, no llegaríamos al final de la calle…hay demasiada gente.

Las palabras de Mark siempre tenían el mismo poderoso efecto en sus dos amigos. El rubio y delgaducho niño de siete años poseía una personalidad dominada por la templanza, haciéndole callado y observador, dándole un poder del cual aún no tenía conocimiento. De esa forma, la personalidad impulsiva de Gino podía estar siempre controlada mediante el temperamento calmado y racional de Mark, forzando a Gino a reflexionar sobre sus acciones. Gino dio un giro en sus talones y por primera vez, estudió la calle a sus espaldas. El ruido que emanaba de la bulliciosa vía llegó finalmente a sus oídos, así como las voces de un grupo de mujeres que hablaban en la puerta de una tienda. Con cestas medio llenas en las manos y compartiendo una animada conversación, bloqueaban el paso de la tienda vigilada.

Los tres niños habían averiguado que esa tienda era propiedad de un inmigrante ruso, así como la única tienda que tenía la puerta delantera y trasera abierta la mayor parte del día.

Sus amigos tenían razón. Gino sintió que no había tenido en cuenta todos esos detalles y ahora sentía cómo su corazón empezaba a latir con furia por la cercanía de la hora del robo de ese establecimiento, producido por una mezcla de terror y excitación que invadía su cuerpo.

– Esperaremos – sentenció Gino, ofreciendo una simple solución al problema.

Gino se dio la vuelta y continuó su camino, seguido por Wayne y Mark. La estrategia había sido estudiada con detenimiento y nada había sido dejado a la suerte. A pesar de los fastidiosos detalles que había preferido ignorar hasta ese preciso momento, Gino sabía que el viernes era el mejor día para dar el golpe y que no podían esperar más tiempo, ya que tenían que contribuir con el alquiler ese mismo día.

– ¡Gino! – se quejó Wayne con un irritado tono de voz.

Mark dirigió la mirada al cielo y dejó salir aire de los pulmones con un bufido, girándose. Sabía perfectamente que la forma en la cual Wayne había llamado a Gino era el detonante de un altercado entre ellos, así que decidió seguir caminando, alejándose de donde estaban sus amigos a punto de enzarzarse en una pelea, la cual atraería con toda lógica y seguridad la atención de la gente a su alrededor. Y no era que a los adultos les importase mucho la presencia o las continuas peleas de niños pordioseros como ellos, sino que la atención innecesaria que estaban a punto de atraer iba a arruinar las posibilidades de robar esa tienda, pudiendo huir de ese barrio con el suficiente dinero para sobrevivir al menos dos semanas.

– ¿Gino, qué? – preguntó Gino, enfrentándose a Wayne por segunda vez esa misma mañana.

En cualquier otro momento, Mark habría permitido a Gino y a Wayne pelearse, golpearse mutuamente hasta la saciedad, pero en ese preciso instante no podía permitirlo, tenía hambre. En un instante, Mark se dio la vuelta y tiró del cuello de la chaqueta de

Wayne, la cual, dos tallas más grandes para su frágil cuerpo, le sirvió de lazo como si de una res se hubiese tratado.

Mark arrastró a Wayne unos metros, dándole a Gino el tiempo necesario para darse cuenta que Mark estaba intentado salvar el día. Gino calmó su sulfúrico genio y siguió a sus amigos, a la vez que mantenía una distancia prudente entre ellos. Caminaron por la calle una vez más mientras Gino se giraba de vez en cuando, manteniendo siempre la tienda rusa bajo su mirada. A pesar de haber sido molestado de forma inhumana por el tono de Wayne, pozo de infinitos peligros, Gino calculó que la última persona en dejar la tienda, la mujer del sombrero de terciopelo rojo, había tardado menos de tres minutos en salir. Esto sólo se podía deber a que, o bien la mujer había cambiado de opinión sobre comprar allí, o que finalmente ya no habían más clientes en la tienda.

La joven del sombrero de terciopelo rojo se llamaba Natasha y en realidad no había cambiado de parecer. De hecho, había salido de la tienda llevando en su mano un paquete atado con un delicado lazo blanco del cual lo cogía, suspendiéndose este como si en su interior se hallasen preciados objetos. Nadie, a su paso por la calle podía imaginar que ese *paquetito* contenía el último trozo de pastel de crema ruso que el infiel marido de Natasha iba a saborear antes de irse al infierno esa misma tarde a la hora del té. La oportunidad de asesinarlo delante de su propia familia y también de su amante se le había presentado dos días antes, cuando su marido la había informado de que tendrían una reunión familiar en su casa. Horas después, ese mismo día y en medio de la sala, el marido de Natasha sentiría un terrible y agudo dolor en el pecho al entrar por fin el veneno en su riego sanguíneo. El exquisito pastel ruso atacaba sus órganos con venganza, produciendo una espuma que le salía por la boca. Él miraba a su esposa una vez más y justo antes de desplomarse en el suelo, descubriendo en el rostro de ella el puro reflejo de la felicidad. En medio de la confusión, Natasha sonreía sin prejuicios ante la imagen de la pierna de su marido, agitándose incontrolablemente mientras su alma se alejaba de él, allí, delante de sus padres, sus primos, y también de su amante. Natasha se sentía imperturbable por los gritos, aullidos, y por toda la atención que la muerte de Peter generaba. Sintiendo simple y pura felicidad, incapaz de contenerla dentro de sí, el ruido de la sala se reducía, a la vez que los ojos de cada uno de los parientes presentes la buscaban horrorizados, allí donde se encontraba, de pie junto al cuerpo sin vida de Peter. Al materializarse su culpa en cada uno de los presentes, la prima, infiel a sus lazos familiares, podía apreciar el intenso placer que emanaba del rostro de Natasha. La prima se giraba y vomitaba en la alfombra, cerca del fuego a tierra. Para todos ellos, esa sala parecía el único lugar en total silencio en toda la ciudad de Nueva York, mientras que Natasha removía una cucharada de azúcar cristalino en su taza de porcelana, utilizando una cucharilla de plata y generando un escalofrío en la espalda de cada uno de los presentes. Aún en control, calmada, Natasha les contemplaba al colocar la cucharilla en el plato junto a su taza de té gris. Ella adoraba esas tazas, la única posesión que la unía aún a su antigua vida en el frío y cruel imperio. Ahora, Natasha tomaba su último sorbo de té ruso en libertad. Poco después, será sentenciada a muerte en la horca. Sin embargo, su sentencia será conmutada y pasará esta a cadena perpetua una vez transferida a la penitenciaria de Sing Sing desde la cárcel de Clinton. Natasha acabará suicidándose dos años más tarde al descubrir que las futuras nupcias de su hermano pequeño y esa misma prima que había aceptado las proposiciones indecentes de Peter.

Sin embargo y antes que el destino procediese, Gino observó que el policía había desaparecido de entre la multitud frente a ellos, haciéndole frenar y llamar a sus amigos.

– Ahora – ordenó Gino a Wayne y a Mark con autoridad.

La rápida reacción de Gino les impidió a los otros dos chicos reaccionar de forma controlada y tan pronto como los niños de pelo claro se dieron cuenta que Gino había puesto en marcha su plan, ellos no tuvieron más opción que seguir sus pasos y ceñirse al plan ya estudiado. La habilidad que Gino poseía para concentrarse en momentos como esos le permitía ignorar aquellos detalles innecesarios que sólo podían nublar su tenacidad. Al caminar hacia la tienda y cruzando la calle en diagonal, Gino ya podía visualizar todo el robo en su cabeza, lo cual sólo reforzaba su voluntad y destreza. En ese trance, Gino no era capaz de oír. La gente a su alrededor parecía que había frenado sus movimientos y estos, eventualmente, acabarían desapareciendo, pasando a un segundo plano en su visión y donde no le molestasen. En ese punto en su conciencia, había una ausencia de ruido y sólo existía un túnel entre Gino y su objetivo, y a su vez, fuera de ella. Como era de esperar, Mark y Wayne no entraban en ese mismo trance y a ellos sólo les quedaba reaccionar con rapidez y habilidad, sabiendo que Gino tardaría una hora en librarse del infeccioso trance.

La intuición de Gino había dado en el clavo una vez más. La tienda estaba vacía por primera vez en esa mañana y el dueño por fin podía dirigirse hacia la trastienda y la calle para vaciar su cuerpo, dejando a su esposa a cargo del negocio. Cuando Gino entró en la tienda, la esposa del dueño se encontraba en lo alto de una escalera de madera, colocando producto en el estante más alto, en unas estanterías que vestían la pared de un lado al otro, sosteniendo todo tipo de manjares rusos. La mujer percibió la presencia de Gino en el establecimiento al oír el ruido del timbre de la caja registradora. Al ver el niño con las manos llenas de billetes, la mujer lanzó un bramido. Mark estaba fuera, vigilando la puerta mientras Wayne se había aventurado dentro y había cogido un primer puñado de billetes de las manos de Gino, pudiendo así dirigirse a la parte de atrás de la tienda, dándole a Gino la oportunidad de coger más. Normalmente, huían con lo que Gino pudiese coger en dos únicos y precisos zarpazos.

Mientras tanto, en la oscuridad y envuelto por la peste del desecho humano que gobernaba en el callejón trasero, el dueño orinaba contra la pared. Como una serpiente invisible, el rumor proveniente de los edificios colindantes se deslizaba por el callejón y le acariciaba el cuello. Fue el segundo grito que alertó al ruso, el alarido que le hizo entender que algo no iba bien. Nervioso por la incertidumbre, intentó cortar su orina a la vez que Wayne le pasó por el lado al salir por la puerta de atrás. El hombre, robusto y de rojas mejillas, se abotonó los pantalones con la mayor rapidez y torpeza intentando lidiar a la vez con los tirantes de sus pantalones. Sí vio salir a Gino, dando este un pequeño salto al cruzar el umbral de la puerta trasera. Por un segundo, Wayne parecía haberse detenido en el centro del apagado callejón, mientras que al otro lado de la tienda, Mark había cerrado la puerta delantera tras Wayne y junto a la esquina esperaba que este emergiese para así, poder coger el dinero y correr hacia su punto de encuentro. Realmente, Mark no escuchó el grito de Gino, pero supo que algo no había salido según lo planeado cuando Wayne no apareció por la tétrica boca del callejón.

Aún se podía oír a la esposa del dueño chillar en ruso mientras se bajaba de la escalera lentamente, obligada por los veinticinco kilos que había engordado desde su marcha del Imperio Ruso. En principio, huir de la persecución religiosa había sido la primordial necesidad de la pareja, pero el fuego había sido el culpable de su ruina, ya que la deuda acumulada tras la pérdida de su establecimiento en San Petersburgo crecía con cada respiro que daban.

Mirando alrededor suyo, Mark se resistió ante la urgencia de correr hacia el callejón, cuando de repente, la peor de sus pesadillas se materializó ante sus ojos al ver que el mismo policía que había asustado a Wayne minutos antes, caminaba ahora hacia ellos en el preciso instante en el que la mujer del tendero ruso, gritando con el brío que unos pulmones puros le ofrecían, salía de la tienda por la puerta principal, alertando con su furia al vecindario. En la parte de atrás, su esposo había conseguido cazar a Gino por el cuello de la chaqueta.

La conmoción y los aullidos atrajeron la atención del policía, así como la de otras personas. En segundos, Mark estudió la situación y supo que aventurarse dentro del callejón no era una buena opción. Finalmente, sucumbió a esa necesidad y encontró a Gino en el suelo, siendo pateado con crueldad por el señor Petrov, el dueño de lo que había sido su blanco, mientras que Wayne golpeaba al ruso con pies, puños y el alma. Atraídos por el clamor, la gente comenzó a aparecer en las ventanas que daban a ese callejón y apoyados en las barandillas, observaron la acción a través de la ropa tendida que se helaba ya en las cuerdas, atadas estas de un lado al otro del callejón.

Cuando Mark llegó hasta donde sus amigos se encontraban, le dio su primer puñetazo al señor Petrov de pleno en la entrepierna, el policía ya se hallaba dentro de la tienda. La señora Petrov había señalado la parte de atrás para informar al oficial dónde los ladrones podían ser cazados. Mark se le había pasado por alto a la señora, no lo había visto fuera, postrado delante de su negocio. Por lo tanto, el policía había seguido la dirección del dedo de la señora para encontrar la puerta de atrás abierta. Al llegar con su porra ya lista para golpear, el señor Petrov se encontraba en el suelo, con ambas manos en su entrepierna, reducido por un fuerte dolor, mientras tres niños escapaban sobre la sucia nieve. Los fugaces niños oyeron el agudo sonido de un silbato y supieron que muy pronto, más policía llegaría al lugar. De repente, y antes de salir del callejón, Mark dejó de correr. Para sorpresa de Wayne, Mark comenzó a caminar de vuelta al interior del callejón, donde sabía que podría ser apaleado hasta la muerte.

– ¿Qué haces? – le gritó Wayne, sin aliento tras su pelea con el ruso.

Segundos más tarde y llegando ya a la calle *Market*, Gino se percató que sus amigos ya no corrían detrás de él. Viendo muy cerca la imagen de otros dos policías y alguno que otro hombre con intención de ayudar, Gino cambió la dirección de sus rápidos pasos y tras correr sin dirección alguna pensando por dónde huir, pasó de nuevo por la boca del callejón, pudiendo ver solamente a Wayne.

– ¡Qué vienen más! – gritó Gino, avisando del peligro.

Wayne vio desaparecer a Gino entre la gente y por un segundo, se sintió invadido por una terrible indecisión. A la entrada del callejón, podía ver otros policías corriendo hacia donde ellos estaban, así que optó por correr, dejando a Mark atrás. El primer oficial que había llegado al auxilio de los rusos no había salido tras ellos desde donde el señor Petrov había sido asaltado y Mark sabía el por qué. Lentamente, Mark caminó sobre sus propias huellas y alcanzó la parte trasera, donde su cuerpo se congeló ante la visión ilógica de la porra del oficial golpeando a un niño pequeño. Mark miró a su alrededor, adivinando que el niño sólo podría haber salido de una de las muchas puertas que daban a ese callejón. De un vistazo, vio a Wayne darse a la fuga, pero antes de que su instinto de supervivencia se apoderase de sus sentidos, Mark vio y oyó cómo ese palo vil golpeaba el pequeño cuerpo con un ritmo rígido, duro y continuo, haciéndolo caer en el frío suelo. Descansando su brazo, el oficial decidió utilizar sus otras extremidades y así, comenzó a hundir sus botas en el pequeño. Sin poder reaccionar aún ante la brutalidad ante sus ojos, la mente de Mark esperó a poner su propia seguridad en perspectiva, por fin comprendiendo que más policías estaban al llegar. Sin poder evitarlo y en contra de su propia seguridad, un grito desgarrador salió de la garganta de Mark.

– ¡No! – emergió de los pulmones de Mark, a la vez que el niño pequeño rebotaba en la pared, cayendo sobre la nieve mientras los ojos del policía finalmente alcanzaron a Mark.

Mark también le miró, fijando sus ojos en los endemoniados del policía y sabiendo con certeza que más policías habían llegado al lugar, acompañados de otros hombres mientras la señora Petrov asistía a su marido. Con un vistazo a lo que le rodeaba, Mark estudió la trampa de torres de ladrillo oscuro y el laberinto serpenteante que formaban decadentes y siniestros callejones, ofreciendo cobijo para satisfacer infinidad de pasiones.

El grupo de hombres que había acudido a la llamada de socorro frenó detrás de Mark para valorar la situación, dándole la oportunidad al niño a escabullirse dentro del edificio a su derecha, al haber sido la puerta abierta por una mujer en camino a arrojar desechos humanos en el callejón. El susto que le propició Mark a la mujer hizo que el contenido del orinal le cayese en sus propios zapatos, empapando sus mugrientos calcetines. De repente, una procesión de hombres sedientos de violencia entraron en el mismo edificio siguiendo al niño. Mientras le buscaban, gritaban las cosas diabólicas que pensaban hacerle una vez sus manos alcanzasen. Mark no conocía ese edificio, pero el niño dedujo que no podía ser muy diferente a cualquier otro y con ésos él estaba familiarizado.

Anticipándose a la posibilidad de que uno de sus perseguidores pudiera haberse dirigido a la entrada principal, Mark decidió ir en dirección al tejado. Subió las escaleras como si un ángel hubiese cogido el cuello de su chaqueta, dándole una velocidad y habilidad sobrenatural. El ruido que generaban los golpes de las botas del malintencionado grupo de hombres contra los escalones de madera indicaba a Mark la posición de sus verdugos, siguiéndole, alertando también a aquellos que vivían en el edificio. Algunos, empujados por la curiosidad, volaban a las puertas para poder seguir la acción que había empezado en el callejón. Por segunda vez ese mismo día, la suerte estaba de parte de Mark y la puerta del tejado se encontraba abierta, dándole acceso. De hecho, el mismo ángel que le ayudaba a subir se la había dejado abierta para ayudarle en su escapada.

La ley que pretendía que todos los edificios de Nueva York tuviesen una escalera de incendios era ignorada por muchos propietarios. Ese edificio era uno de los muchos que podría haber sido una trampa mortal para aquellos que lo albergaban si el fuego se hubiese propagado, quemando a todos aquellos que no hubiesen sido lo suficientemente rápidos como para salir por la puerta principal, por el tejado para saltar al edificio contiguo, o por una de las puertas laterales que minutos antes, le había sido de gran ayuda a Mark.

Al llegar al tejado, aquejado de falta de aire por el gran esfuerzo al correr por su vida, la nieve le golpeó en la cara al niño. Había empezado a nevar de nuevo, cubriendo la ciudad de Nueva York con unas nubes grises y brillantes que depositaban perfectos copos, regalándole a la ciudad una temporal sensación de relajación que sólo la nieve era capaz de otorgar. Con sus sentidos aún en alerta, el niño estudió el tejado, calculando que el siguiente edificio estaba a no más de un metro y medio de distancia. Decidido, corrió y saltó el abismo que le separaba del temible suelo, cayendo en el otro edificio como si hubiese nacido para hacer eso y solamente eso, sin pensar en ningún momento sobre la posibilidad de caer en un suelo resbaladizo. Tres edificios más allá, Mark decidió romper el cristal de la puerta del tejado para poder entrar en el edificio, saliendo segundos más tarde por la puerta principal. Con el corazón latiendo fuertemente en su pecho, no podía evitar aún mirar por encima de su hombro al caminar. Ya no había más uniformes negros con ojos endemoniados detrás de él, así que sus desgastados zapatos caminaron con firmeza sobre la virgen nieve mientras se alejaba de allí.

La mente de Mark no encontraba descanso, sintiendo ganas de vomitar al pensar en el posible niño muerto que había dejado atrás en aquel maldito callejón. Como un ángel apocalíptico, dolorosos pinchazos en su conciencia le acompañaron hasta donde debía encontrarse con Wayne y Gino bajo la nieve que caía con rabia, complicando seguidamente el tráfico en la ciudad.

Dolorosas, rojas y cortadas las mejillas de Mark habían sido expuestas a demasiado frío al llegar a la iglesia de la calle Mott, elegida con la esperanza de limpiar sus pecados al estar cerca de Dios mientras se escondían. Irónicamente, los niños nunca pensaban demasiado en sus acciones, ya que la necesidad siempre le ganaba la batalla a la conciencia. De hecho, Gino pensaba y expresaba que no hacían nada malo ya que el dinero que robaban lo utilizaban para mantenerse durante un par de semanas. ¿Por qué iba Dios a estar enfadado por eso?

Cuando Mark apareció en la parte de atrás de la iglesia tras haber saltado la valla que aseguraba la santidad de esa propiedad, Wayne se levantó, sintiendo un terrible dolor en los huesos. Todo lo que Gino pudo hacer fue mirarle desde donde se encontraba, sentado, descansando junto al cobertizo donde se guardaban unas herramientas algo oxidadas y gran parte de leña utilizada por la parroquia.

– ¿Dónde has estado? – Wayne gritó, poseído por el miedo

que había inundado su cuerpo desde que había dejado atrás a Mark en aquel miserable callejón.

Mark no contestó, sino que cayó junto a Gino, cuya cara reflejaba la paliza que había recibido. Mientras le observaba, Wayne le dio a Mark tiempo para recuperar la respiración. El rubio se tomó unos minutos, sabiendo que esta vez había estado muy cerca de acabar en tragedia para ellos. A pesar de la excitación que ahora, a salvo, pudiese sentir, Mark no recordaba sentir lo mismo al estar delante de esos 'ojos malditos' y aquellos otros hombres en el callejón. Sintiéndose libre y poseedor de una gran suerte, Mark miró a Gino y vio que había sido golpeado con dureza, posando su mirada en Wayne.

– ¿Y? – Wayne preguntó a Mark.

Mark se quitó la austera gorra y suspiró.

– Creo que han matado a un niño pequeño – informó Mark a sus amigos.

– ¿Qué? – preguntó Wayne sin saber a lo que Mark se refería.

– El policía que os ha pillado a vosotros dos…creo que ha matado a un niño pequeño – explicó Mark.

Gino y Wayne se miraron mutuamente.

– ¿Qué niño pequeño? – preguntó Gino.

Gino descansaba sus piernas, estiradas, sentado entre Wayne y Mark, mientras que Wayne se arrodilló delante de sus hermanos, empapando rápidamente las rodilleras de sus pantalones.

– Había un niño pequeño – habló Mark.

– No había nadie. ¿De qué hablas? – le preguntó Gino a Mark, pensando que este había perdido la cabeza.

– Tiene razón – susurró Wayne, recordando lo que había visto al escapar.

Gino miró a Wayne sin comprender lo que oía.

– Yo no vi a nadie – le dijo Gino a Wayne.

– No le he visto la cara, pero le vi – recordó Wayne.

– ¿Y está muerto? – preguntó Gino a Mark.

– Ha de estarlo…y si no está muerto todavía, lo estará esta noche con el frío. Le estaba dando tan fuerte – habló suavemente

Mark, recordando las tímidas quejas del pequeño.

– Igual no lo está – dijo Gino lleno de esperanza.

– A él le ha dado la que nos iban a dar a nosotros – dijo Mark, rompiendo los sueños de Gino. – Sí que lo está.

Hubo un largo silencio mientras los niños bajaron las miradas, sintiendo una pesada vergüenza.

– ¿Qué demonios estaba haciendo allí? – intentaba comprender Gino.

– Vigila esa boca – le advirtió Wayne.

Gino miró a su alrededor, sintiendo miedo en su cuerpo. Sin importar el valor que tenía para hacer la mayoría de las cosas que hacía a diario, pecar por falta de respeto en la casa del Señor le aterraba, cosa de la cual Wayne se aprovechaba con cada oportunidad que se le presentaba sin dudar un instante.

– Perdón – susurró Gino.

– Tengo que ir a ver si está bien – dijo Mark levantándose.

– ¡No! ¡Espera! – reaccionó Wayne.

Sintiendo el peor de los dolores en cada centímetro de su cuerpo, Gino consiguió levantarse para ayudar a Wayne a contener a Mark, ya afuera del cobertizo. Por supuesto que Mark se resistió a ser reducido, pero pronto se encontraban en la parte trasera del jardín. Se hallaban en La Iglesia de la Transfiguración, conocida como La Iglesia de Todos los Inmigrantes, abierta a pecadores y creyentes desde 1801. Mucho tiempo atrás, esas mismas rocas habían sido la fortaleza de una Iglesia Luterana, convirtiéndose después en Católica Romana, atrayendo así a inmigrantes europeos, como muchos holandeses habían sido atraídos en el pasado.

– ¡Ahora no puedes ir allí! – dijo Wayne, intentando poner algo de sentido común en la turbada cabeza de Mark.

– ¿Por qué no? – le desafió Mark.

– ¿Por qué no? – repitió Wayne, desorbitando los ojos sin entender por qué Mark había perdido la cabeza.

Mark caminó hacia Gino y Wayne.

– Es culpa nuestra que ese niño esté muerto – sentenció Mark, bajando la voz.

– Igual no está muerto – dijo Gino, sin creer sus propias palabras.

– ¡Era *así* de pequeño, Gino! – dijo Mark, mostrando con su mano la altura del niño, dando a entender su temprana edad. – ¡Yo podía escuchar los golpes desde donde estaba!

Esas palabras habían sido demasiado para Wayne, pero se cubrió los oídos dos segundos demasiado tarde. Él había estado en esa misma situación y sabía perfectamente el dolor que una porra podía propiciar si era utilizada con destreza.

– ¡Cállate! – gritó Wayne.

No sabían si era por el ejercicio hecho al huir o por el terror que inundaba sus cuerpos, pero en esos momentos les era imposible sentir el frío que atacaba la ciudad de Nueva York. Quizás fuese el sentimiento de culpa que mantenía su joven y furiosa sangre circulando fugaz y así, aumentando la temperatura en sus cuerpos mal nutridos.

– Tengo que ir a ver – habló Mark.

– Aún no puedes ir…espera un par de horas. Se hará de noche pronto – le aconsejó Gino.

Ésa había sido una de las cosas más prudentes que Gino había dicho en su salvaje y corta vida. Con sólo ocho años y con un temperamento obstinado y salvaje, Gino había sido capaz de convencer a Mark con un par de frases. El cambio en la expresión de Mark hizo que las manos de Wayne se alejasen lentamente de sus oídos. En silencio, los niños permanecieron de pie, allí, no muy lejos de su casa, en un lugar donde se sentían seguros. Otro de esos largos y complicados silencios les controló mientras formaban un círculo, mirándose los unos a los otros, luchando contra un prematuro remordimiento de conciencia. El Padre O'Donnell, quien seguido por la totalidad de su parroquia en Irlanda había llegado a América veinte años atrás, rompió el penitente silencio de los niños.

– ¡Vais a coger una pulmonía ahí afuera! – les advirtió desde el cobijo del pequeño porche que anunciaba el umbral de la rectoría.

Aunque Mark se encontraba cara a cara con el Padre O'Donnell, el niño no se percató de la presencia del párroco. De inmediato, en la mente de Gino se acumularon un sin fin de posibles pero certeras preguntas que un vistazo a sus magulladuras provendrían de la boca del párroco.

– ¡Estamos bien, Padre! ¡Ya nos íbamos! – dijo Mark, desenterrando una sonrisa.

– ¡Tengo leche en el fuego! – los atrajo el Padre O'Donnell como la miel al oso.

Los párpados de Gino sucumbieron a la sensación de leche caliente cayendo suavemente por su garganta después de haberla tenido un ratito en la boca, saboreando así lo que en su opinión era, el sabor más maravilloso que la naturaleza había creado: la crema de leche. Sin embargo, Gino tenía la suficiente paciencia como para esperar a tragarla, enfriándola hasta el punto en el que la leche comenzaba a suplicarle que se la bebiese. Una cascada de reacciones químicas podían al fin desencadenarse en el cuerpo de Gino y durante esos instantes, mientras disfrutaba del sabor, su madre estaba viva, sentada frente a él con su taza de café entre las manos mientras él desayunaba, con una barra de pan recién hecha sobre la mesa, cuando la vida la había tratado bien.

A diferencia de la reacción de Gino ante las palabras del Padre O'Donnell, para Wayne y Mark, beber leche se trataba sólo de una cuestión de hambre y frío. Wayne giró su cuerpo en sus usados tacones y caminó hacia la rectoría. Mark le siguió. Gino les acompañó, pidiendo perdón a Dios por anticipado por las mentiras que iba a decir en breve.

Los niños desfilaron frente al Padre O'Donnell mientras cada uno de ellos pensaba en cómo enmascarar la verdad sobre la obvia violencia que sus caras mostraban; a ninguno de ellos le gustaba mentir al cura. Uno a uno, se limpiaron los zapatos de barro y nieve, y pronto la puerta se cerró a sus espaldas con un tímido portazo, sintiéndose abrazados por el calor de la modesta rectoría.

– ¿Qué te ha pasado en la cara? – le preguntó el Padre O'Donnell a Gino, caminando hacia el fuego donde la leche estaba a punto de hervir.

Gino decidió que el silencio era lo más apropiado en esos

momentos, así que el cura no recibió respuesta a su pregunta.

– Ya veo – dijo el Padre O'Donnell segundos más tarde, mirando a los tres niños. Él tomó la cara de Wayne en su mano derecha y observó que tenía menos heridas que Gino. – ¿Se lo has hecho tú? – le preguntó el cura a Wayne.

– No – contestó Wayne mientras el cura le daba la cuchara de palo a Mark para que este pudiese remover la leche que estaba al fuego.

Mark comenzó a remover la leche mientras el cura cogía cuatro tazas, dejándolas sobre la mesa. También sacó media barra de pan del armario, pan que mantenía en una cesta cubierta con un trapo. Colocó la cesta junto a las tazas y sacó un cuchillo del mismo armario. Con la paciencia que le caracterizaba, continuó con las preparaciones aun sabiendo que los niños se estaban poniendo nerviosos. Sin embargo, Mark mostraba su usual paciencia, todo lo contrario a Gino, el cual miraba al suelo fijamente.

– Está a punto de hervir – dijo Mark.

– Excelente. Gracias, Mark – sonrió el cura.

En silencio, el cura siguió con los preparativos, sirviendo cuatro porciones idénticas de leche, tras lo cual cortó tres rebanadas de pan, ofreciéndoselas a los niños.

– ¿Usted no come? – le preguntó Mark al cura.

El Padre O'Donnell sonrió ante la bondad del corazón de Mark.

– Ya lo hice, gracias...come – respondió el cura.

Los niños permanecieron en silencio, sentados junto al fuego, con las tazas calentándoles las manos, y bajo los vigilantes ojos del párroco irlandés, quien permanecía sentado con las piernas cruzadas bajo la negra casaca y el destello de una brillante cruz en su pecho. Poco a poco, la rectoría se sumía en una penumbra progresiva al desaparecer lentamente la luz de ese día, dejando el alto techo en total oscuridad a falta de las velas que normalmente iluminaban la estancia, iluminándose sólo con la luz del fuego.

– Necesitan a alguien en Fulton Market...el señor Andrews está buscando a gente. Su esposa estuvo aquí y me lo dijo – introdujo el cura.

– ¿Sí? – preguntó Wayne.

– Sí. Empiezan temprano, pero si quieres puedo hablar con él...quizás pueda coger a uno de vosotros...tú ya tienes nueve, ¿verdad? – adivinó el cura, mirando a Wayne, el mayor de los tres.

– Sí – respondió Wayne.

– ¿Aún trabajas para el señor Ciavalli, Mark? – preguntó el Padre O'Donnell.

– Sí, pero sólo unas horas...un sobrino suyo llegó la semana pasada y hace la mayoría del trabajo – explicó Mark.

– ¡OH!...Veré si puedo hacer algo por ti y por Gino – dijo el cura pensativo.

– Gracias, padre – dijo Mark.

El Padre O'Donnell sonrió, mirando fijamente a Gino. Mark parecía incómodo aun sintiendo el suave calor desprendido por el fuego y la reacción energética de la leche en su cuerpo. Mark se evadió de nuevo, volviendo al desafortunado callejón y al abuso que aquel niño pequeño había sufrido bajo esa porra y esas horribles botas, recordando la forma en la cual había sido arrojado contra la pared, destapando una brutalidad inhumana.

– Gracias por la leche y el pan, Padre, pero me tengo que ir – dijo Mark, levantándose de repente.

Gino y Wayne supieron a donde se dirigía Mark, así que imitaron a su amigo.

– Muy bien – asintió el Padre O'Donnell. – Tened cuidado ahí fuera y venid el lunes que viene, a ver si os puedo dar noticias del señor Andrews, Wayne – dijo él, quedándose sentado donde estaba mientras los niños se preparaban para irse, visiblemente nerviosos.

– Lo haré, Padre. Gracias – asintió Wayne con la cabeza.

– Que Dios os bendiga.

Los tres niños le dieron las gracias al Padre O'Donnell a la vez que Mark abría la puerta. Gino la cerró a sus espaldas, poniéndose la gorra y siguiendo a sus amigos.

Se encaminaron de nuevo hacia el barrio judío, acercándose a la tienda que estaba a punto de cerrar y observaron a los Petrov desde lejos. Gino sintió un poderoso odio por el marido, por ser un hombre sin escrúpulos, arrogante y sin sentimientos. Cuando los tenderos salieron del establecimiento y tomaron la esquina del callejón, los niños dieron un paso atrás, difuminándose en la oscuridad de otro callejón, aguardando allí a que la pareja desapareciese. Aún nevaba, pero con menos intensidad que anteriormente.

Velozmente, Mark salió de su cobijo y cruzó la calle. Gino y Wayne le siguieron, caminando con gran distancia entre ellos para así, no parecer parte de un grupo. Con un movimiento de cabeza, Wayne le dijo a Gino que se mantuviera atrás y vigilase la calle, a lo cual Gino obedeció, apoyándose en la farola de gas mientras sus ojos surcaban la fría calle. En su puesto, intentó no mirar a la cara de las personas para así, no atraer las curiosas miradas de los adultos. Al permanecer Wayne en la esquina del callejón, vigilante, Mark se adentró en él, desvaneciéndose tras la suave esquina formada por los edificios, cauto y temeroso de lo que podría encontrarse. La nieve había borrado las huellas de botas y zapatos, pero los evidentes signos de violencia que aún podían apreciarse delante de él habían sido más difíciles de borrar.

De pie ante la puerta, que con toda probabilidad le había salvado la vida horas antes, Mark sintió ganas de vomitar ante el descubrimiento del pequeño cuerpo yaciendo en el suelo, contra la pared. Podría haber jurado que el niño se encontraba en la misma posición que había tomado al rebotar involuntariamente de la pared, ya que tenía nieve acumulada sobre el cuerpo. Mark cogió aire con fuerza y caminó hacia el niño, mientras en silencio, suplicaba encontrarle con vida. Cooperando con él, la oscuridad cada vez más gruesa, camuflaba sus movimientos y sus intenciones. Al otro lado de la calle, Gino se movió para que la farola en la cual estaba apoyado, pudiese encenderse.

A escaso medio metro del niño, Mark se agachó y le observó. De repente, una ola de valentía le llenó el alma y estiró su mano para poder tocar el cuerpo. No hubo respuesta alguna, así que volvió a agitar al niño una vez más, finalmente girándole para poder verle la cara. De repente, un tímido quejido emergió del pequeño y casi congelado cuerpo, haciendo saltar a Mark hacia atrás, cayendo sobre su nalga en el suelo. Aterrado, se puso en pie de un brinco, luchando contra el suelo resbaladizo. Con la respiración al borde del colapso, corrió donde se encontraba Wayne.

– ¡Está vivo! – sorprendió Mark a Wayne.

Gino reaccionó ante el movimiento al otro lado de la calle, sintiéndose atento a lo que le rodeaba, a la vez que Wayne desaparecía en el callejón. Segundos más tarde, Mark y Wayne miraban al niño pequeño.

– Es muy pequeño – susurró Wayne.

– Te lo dije – contestó Mark.

– No se mueve.

– Ha hecho ruido. Lo he movido y se ha quejado – le explicó Mark.

Wayne se agachó junto a niño y le estudió la cara hinchada.

– ¿Estás seguro? – le preguntó Wayne. – Parece que está muerto.

– Te digo que está vivo…muévelo – le ordenó Mark a Wayne.

Wayne tocó el frío cuerpo y otro aullido salió de su boca, haciendo que Wayne se pusiese en pie de un salto, mirando a Mark.

– ¡Y tanto que está vivo! ¿Y ahora qué? – se preguntó Wayne.

– No lo sé – suspiró Mark, visiblemente confundido por la situación.

En silencio, Wayne y Mark miraron al pequeño, observando su penitencia en el agrio suelo. Sus labios mostraban un peligroso tono de color morado, así que Mark tomó la iniciativa y se arrodilló en la nieve, intentando levantar al niño con toda la delicadeza que pudo encontrar. Gemidos de dolor y un lloro retraído hicieron que los dos niños se sintieran aún peor de lo que ya se sentían al sentirse responsables de tanto dolor.

– Necesitamos un carro – se le ocurrió a Wayne.

– ¿Un carro? ¿De dónde vamos a sacar un carro? Échame una mano – le pidió Mark a Wayne.

– ¡Es tan pequeño! – repitió Wayne, ayudando a Mark.

– Cógelo de los pies – le urgió Mark a Wayne.

Colocándose detrás del niño mientras Wayne lo cogía de los tobillos, Mark tomó al niño de las axilas y ambos tiraron de él, sacándolo de la nieve y buscando un lugar dónde ponerlo. Miraron a su alrededor, buscando un posible lugar en el que no hubiesen desechos humanos. Tras girarse, Mark limpió una pequeña área con el pie y volvieron a colocar al niño en el suelo.

Fuera del callejón, Gino perdía la paciencia al no saber qué ocurría. Mientras tanto, Wayne y Mark pensaban qué hacer con el niño mirándose de nuevo.

– Lo podríamos llevar al Padre O'Donnell – ofreció Mark.

– ¿Y qué le vamos a decir? – le preguntó Wayne.

– Que nos lo encontramos – dijo Mark, mirando al niño.

– No podemos llevárnoslo de aquí sin levantar sospechas…nos va a ver todo el mundo – le recordó Wayne.

– Pues nos esperamos hasta que esté más oscuro. Va a salir bien, ya verás…a no ser que se te ocurra otra cosa mejor – respondió Mark.

Wayne suspiró, inseguro en cómo proceder y en unos segundos, decidió ir donde se encontraba Gino. Había menos gente en la calle, ya que la noche se acercaba a pasos agigantados, igual que el frío. Gino revivió al ver acercarse a Wayne, saliendo este del callejón y cruzando la calle. Gino salió a su encuentro.

– ¿Cómo está? – preguntó Gino.

Wayne esperó a llegar junto a él antes de contestar.

– Está vivo – comunicó Wayne, parándose frente a Gino con las manos en los bolsillos, observando la calle.

Los párpados de Gino se cerraron por el peso del descanso que por fin albergaba en su conciencia. La culpabilidad, manejada por una silenciosa, pero consistente erosión, había estado castigando su cuerpo desde que Mark le había hecho saber el incidente.

– Pero está malherido…tenemos que llevarlo con el Padre O'Donnell – le informó Wayne.

– ¿Qué? – preguntó Gino.

– Aquí fuera se va a morir, Gino – le aseguró Wayne. – Está muy malherido.

Gino miró a su alrededor mientras su mente buscaba una mejor solución con la rapidez que le caracterizaba; desgraciadamente, esta vez no encontró ninguna.

– ¿Cómo lo vamos a llevar? – preguntó Gino, aceptando el plan.

– Es muy pequeño, podemos turnarnos.

– De acuerdo, hagámoslo – aceptó Gino, excitado una vez más.

– Bien…espéranos aquí – le pidió Wayne, alejándose de nuevo.

– ¡Sí!

Wayne se alejó, apresurándose a volver al callejón donde encontró a Mark agachado de nuevo junto al niño.

– ¡Venga! Nos lo llevamos – le dijo Wayne a Mark.

– Deberíamos esperar – aconsejó Mark a su amigo.

– Vamos ya, Mark…no hay mucha gente en la calle.

– De acuerdo, yo lo llevaré primero – cedió Mark.

– Date la vuelta.

Al agacharse, Mark ayudó a Wayne al coger las manos del niño mientras Wayne ignoró sus quejidos del pequeño, producidos por el dolor que estaba soportando. Wayne echó al niño en la espalda de Mark, colocándolo como si fuera un saco, y una vez seguro, ayudó a Mark a levantarse. Mark tuvo que moverle para asegurarlo en su hombro, aun sabiendo el dolor que eso le causaba.

– Vamos –le dijo Mark a Wayne al sentir el peso seguro.

Wayne caminó delante de Mark, abriéndole paso. Al dejar el callejón, Gino les siguió, caminando por el otro lado de la calle. Ellos no caminaban como otros niños de ocho y nueve años. La responsabilidad de cuidarse a sí mismos en una ciudad infectada por grupos callejeros había hecho nacer en ellos un comportamiento instintivo de connotación militar, del cual dependían la mayor parte del tiempo, mostrándose de forma natural al salir a la calle, pero sin haber cobrado consciencia de ello debido a su corta edad. Esa noche caminaron en silencio, roto constantemente por el frágil sollozo proveniente del hombro de Mark. Sin embargo, ignorar el dolor del niño no hizo más fácil el camino para los mayores, siendo imposible el evadirse del sufrimiento del pequeño.

A pesar del frío y la nieve, se cruzaron con varias personas en su camino hacia la calle Mott. Algunas de ellas los miraban, pero sin evitar en ningún momento que los niños cruzasen la ciudad con un bebé a sus espaldas.

SAMUEL

Después de lo que le pareció una eternidad, Gino levantó su mano derecha frente a la puerta del Padre O'Donnell, para pararla a pocos centímetros de la vieja madera. De repente, la mente de Gino se vio abrumada por la evidente forma en la que habían encontrado al niño, así como de la razón por la cual se encontraba herido y de la cadena de mentiras que tendrían que decir para que el sacerdote se ocupase de él.

– ¡Toca ya! – se quejó Wayne.

Gino inhaló profundamente, girándose para encararse a Wayne con la oscuridad ya más espesa y ante un respiro del caer de la nieve.

– Es pequeño, pero pesa – añadió Mark.

Las palabras de Mark hicieron que Gino se girara de nuevo, tocando a la puerta con un par de concisos golpes. Al no haber respuesta, hubo un nuevo intento, alargando un tercero hasta que pudieron oír al Padre O'Donnell gritar desde el otro lado de la gruesa puerta.

– ¿Quién está ahí? – oyeron los tres niños.

– ¡Es Gino, Padre! – tomó la palabra Gino.

– ¿Gino? – se preguntó el cura en voz alta, abriendo el cerrojo. – Gino, ¿ha pasado algo? ¡Dios mío! – exclamó al ver la carga en los hombros de Mark.

– Está herido, Padre – explicó Wayne.

– Pasad, por favor – fueron bienvenidos.

El cura les dio paso al moverse de la entrada y los niños cruzaron el umbral de la santa casa para oír de inmediato un portazo a sus espaldas. Seguidamente, el adulto tomó al niño pequeño del hombro de Mark, pidiendo que le siguiesen a su dormitorio, el único en aquella casa. Al llegar, el Padre O'Donnell colocó al herido en la cama. Sin dudar y sabiendo lo que tenía que hacer en esos casos, tras haber observado la cara del niño, empezó a examinar el delgaducho cuerpo del pequeño, tocándole las extremidades y la cabeza por encima de las sucias, holgadas y gruesas ropas en las cuales se escondía. El Padre O'Donnell le ordenó a Mark que le trajese una toalla y algo de agua, además de pedir a Gino que pusiese más agua a hervir. Wayne miró al sacerdote.

– ¿Qué puedo hacer yo, Padre? – preguntó Wayne.

– Tú podrías empezar por decirme qué le ha pasado a este niño – le urgió el cura, buscando posibles fracturas.

– Creo que le han dado una paliza – imaginó Wayne.

– ¿Crees? – replicó el adulto, examinado la cabeza del pequeño.

El Padre O'Donnell sabía perfectamente cómo tratar a los niños que pasaban sus días en la calle. Sabía que si los presionaba demasiado, desaparecerían, así que preguntarles y aceptar sus escasas, vagas, y a veces nada certeras respuestas, había sido su eterna estrategia. Le había funcionado con esos tres niños ya que volvían a él muy a pesar de la distancia que tenían que caminar hasta la iglesia. Sin embargo, la presencia de aquel bebé malherido le había trastornado. El pequeño había recibido golpes en la cabeza y en la espalda, lo cual pudo ver cuando le levantó la ropa. En su espalda se podían ver unos obvios moratones, perpetrados por unas botas malvadas que habían dejado atrás unas marcas atroces en su blanca piel, llenando el corazón del cura con una ira improcedente para un hombre de su talla.

– ¿Crees que esto no es una paliza? – repitió el párroco, tratando de contener su rabia e impotencia.

Todo lo que Wayne pudo hacer fue mirar la espalda al niño, que se había vuelto a desmayar debido al dolor. El rostro de Wayne cambió al cubrirse tímidamente con la máscara del miedo, tomando este sus jóvenes facciones con la ayuda de su memoria al recordar aquel día de una forma gráfica y demasiado realista.

– No sé lo que le ha pasado, Padre. Lo encontramos así –

mintió Wayne.

– ¿Ah sí? – exclamó el sacerdote, examinando al niño.

– Nosotros no le hemos hecho daño, Padre – juró Wayne.

– Ya lo sé, Wayne. ¿Dónde lo habéis encontrado?

– Lejos de aquí.

– ¿Dónde exactamente?

Wayne tomó la estrategia de Gino y no respondió a la pregunta del clérigo, lo cual frustró al cura. Tras ofrecerle una mirada autoritaria y un peligroso fruncido de cejas, continuó con los cuidados del pequeño.

– Ve y ayuda a Mark con la toalla… ¡Ve! – le pidió el cura.

Wayne se dio prisa en buscar a Mark y comunicarle lo que le había dicho al cura, cosa que pronto se le dijo a Gino para así, mantener una única historia y no aumentar sus problemas. Diez minutos más tarde, el Padre O'Donnell le limpiaba la sangre de la cabeza al pequeño, el cual tiritaba. Poco a poco, su cuerpo empezó a calentarse con la gracia de la temperatura reinante en la modesta estancia y la cama, dejando que floreciese algo de color en sus mejillas. Su cabeza había sido afeitada poco atrás y el cura asumió que el pequeño se había escapado de algún orfanato, calculando que no podía tener más de cuatro años. Cuando la sangre de su cabeza, de su cara, y de sus manos había sido limpiada, el cura lo cubrió con una manta y le dejó dormir, llevándose a los otros niños del dormitorio y caminando con ellos hacia la cocina donde poco antes les había servido leche y pan.

– Ya no podemos hacer nada más por él hasta que despierte – les dijo, empezando a preparar algo de comida para el herido en caso de que este despertase. Le había notado todas las costillas y huesos de su cuerpo, un claro signo de hambruna. – ¡Os tendríais que ir ya para casa, se está haciendo muy tarde!

– ¿Y él? – le preguntó Mark, señalando la puerta del dormitorio.

– Veremos cuando se despierte…si lo hace, bueno…¡Venga, os tenéis que ir para casa, tu abuela debe estar preocupada! – les repitió, mirando a Wayne.

Como era habitual, Wayne entraría solo en el apartamento, mientras Mark y Gino lo harían por la ventana de atrás. La situación personal y mental de la abuela Polly ayudaba enormemente a mantener la confusión que reinaba en ese apartamento compuesto de tres estancias. Ella pasaba sus días sentada en el único sillón de su propiedad, durmiendo allí también cuando se le olvidaba ir a la cama, la cual mantenía a tan sólo unos metros del sillón, junto al fogón. Allí, pasaba sus días escuchando los diversos y molestos ruidos provenientes de fuera y dentro del edificio. Los sentidos de la anciana, deteriorándose a una velocidad vertiginosa, eran capaces de desconectarse de la realidad con una destreza asombrosa, abriéndole el paso a una realidad ficticia, alternativa y complaciente. Un sólo lamento proveniente del exterior, que al filtrarse por las paredes se convertía en su alimento, era suficiente para conducirla en uno de esos viajes mentales. Desde el exterior, podría decirse que ella había decidido esperar a la muerte, convirtiéndose en su única actividad a la caída de la noche, llevando puestas las mismas enaguas una y otra vez. Consecuentemente, la abuela Polly ignoraba las entradas y salidas de su único nieto, fruto del amor de su hija Camilla, aceptando el dinero que el niño le traía.

La pequeña Máda, la hermana de Wayne, no había tenido tanta suerte en el irresponsable y letal cuidado de su abuela Polly. Wayne tenía cuatro años más que ella, así como una naturaleza más fuerte. Un día, la pequeña Máda simplemente ya no estaba allí. La niña había poseído el aspecto angelical de Camilla, convirtiéndola en una joya y en la conexión eterna que la abuela Polly creía tener con su única hija. Con imparable locura y deterioro, la anciana se había olvidado ya a dónde se había ido Camilla y lo mismo le pasó a Wayne con el paso de los años. Esa prematura locura también era responsable del nombre de Wayne, originalmente Wynne. Pronto, su pura sangre irlandesa ya no tenía lealtad alguna. Creciendo a solas con su abuela y con un continuo tráfico de inquilinos, permitió que Wynne se convirtiera en Wayne. De hecho, el niño jamás había visto su nombre escrito pero recordaba las palabras de su madre, hablándole de aquella gente que vivía en un lugar donde la niebla era espesa como la arena, tragándoselo todo al caer, desde personas sin corazón a intrigas y conspiraciones sobre tierras, como también a todos aquellos que habían luchado contra el imperio. Wayne jamás olvidaría esas historias, recuerdos de una tierra verde que albergó a sus antepasados.

En el presente, esa segunda habitación era alquilada por una pareja que sabía de la presencia de los niños, ya que les oían hablar desde el otro lado de la pared que compartían. Sin embargo, la abuela Polly no llegó a comprender por qué esa pareja polaca seguía refiriéndose a "los niños" en vez de "al niño" o "el crío", siempre que le ofrecían un comentario sobre Wayne, así que asumió que simplemente se confundían al expresarse en su nueva lengua. Así mismo, la pareja polaca creía que el deterioro de la señora había llegado a un extremo peligroso, ya que no parecía comprender lo que hablaban siempre que se referían a esos niños que jugueteaban por la habitación. De cualquiera de las formas, todas las partes ignorantes del conocimiento del otro les permitían a los niños ir a dormir a casa.

La estructura de los *tenements* era peligrosa para cualquier persona en búsqueda de privacidad, lujo sólo al alcance de unos pocos ricos. La estructura de estas viviendas variaba de edificio en edificio. El podrido apartamento de la abuela Polly tenía la forma de un tren, con una puerta principal que se abría justo en el centro de la primera estancia, la cual servía de cocina y sala de estar. Había otra puerta que conectaba la primera estancia con el primer dormitorio y después otra que conectaba esta segunda con una tercera y última estancia, la habitación de Wayne. Además, sólo dos ventanas permitían la entrada de aire a la casa: una en la primera estancia y otra en la última. Los aseos eran de uso comunitario, compartidos con el resto de los inquilinos del edificio, asegurando su estado repugnante y atrayendo toda clase de insectos. Estas condiciones aseguraban la eterna presencia de enfermedades como tal ángel de la muerte. La abuela Polly tenía una cocina de leña Adams & Britt número veinticinco en el salón, con un fogón y una olla en constante ebullición encima de ella. Ella jamás cruzaba la habitación de los inquilinos, así que jamás iba a la habitación de Wayne, cuya ventana utilizaban los niños para entrar y salir.

Esa casa, ruidosa y maloliente la mayoría del tiempo, era el reflejo más puro de las condiciones en las que los inmigrantes y los pertenecientes a la capa más baja de la sociedad vivían en la ciudad de Nueva York antes y después de 1901. Poco importaba que una nueva ley se hubiese aprobado donde se requería que todos los edificios poseyesen ventilación, fontanería, sanitarios y desagües, y así, el nido de cables que parecía conectar y atrapar a aquellos que vivían en los barrios más pobres era una constante y confusa imagen que muchos parecían capaces de ignorar. Poco importó la teoría de un movimiento conducido por intelectuales, empeñados en cambiar las precarias condiciones de vida, ya que ese caos era lo que la mayoría conocía y soportaba.

Mark vivía con Wayne hacía algo más de nueve meses, poco después de escaparse de un hogar abusivo. Antes de dar ese paso, el niño había oído infinidad de historias sobre su familia, pero esas que recordaba con más claridad provenían de los labios de su padre. Ansioso de vivir una vida y unos recuerdos que jamás serían suyos, el padre de Mark hablaba de su hijo como si este fuera el último de una saga de ricos mercantes holandeses provenientes de esos primeros inmigrantes de las Tierras Bajas, llegados a América cuando a Nueva York aún se la llamaba la Nueva Ámsterdam en los hogares holandeses. Un tiempo cuando el Duque de York había bautizado el asentamiento con su nombre tras la toma del territorio por parte de los británicos, abriendo así la puerta a futuras generaciones y a un inadvertido y jamás oído ritmo de crecimiento económico y social en cualquier otra parte del mundo occidental.

El mito de la familia de Mark envolvía a la familia Vrooman, la cual había emergido como una prominente pieza en el juego social del Nuevo Mundo, cuando aún los cerdos, junto a otros animales y los más desdichados de los inmigrantes, vagaban libres por el Central Park de hoy. Los animales y sus amos fueron pronto expulsados discretamente del área y unas estrictas murallas crecieron antes que el parque se convirtiera en la zona predilecta de ocio al florecer de la ciudad. Sin embargo, el padre de Mark, hijo de Hans Vrooman IV, había heredado el gen que Hans Vrooman I, II, II y IV habían conseguido eludir y el cual se había creído desaparecer con Joel Vrooman y superado por Hans Vrooman I. Este gen simbolizaba la ira, la imprudencia y la auto-destrucción. Los Vrooman continuaron comerciando con ellos tras la guerra, habiendo sido capaz de retener parte de una riqueza que había sido pasada por y a cada uno de los Hans, erosionada por la lucha territorial con los británicos y el control sobre la riqueza en bruto de la costa este del continente,

Según Hans Vrooman IV, todo había comenzado con su precipitada y desafortunada elección de esposa, Margarita Knapp, cuyo vientre era incapaz de concebir un heredero y la cual murió dando a luz a su sexta hija. Tras la muerte de Margarita, llevándose consigo a su última hija, Hans Vrooman IV, el abuelo del padre de Mark, se volvió a casar con una dama veinte años más joven que él, la cual dio a luz al padre de Mark. Si no hubiese escogido con tan mala fortuna, su primera esposa le habría dado el heredero necesario y no tendría que haber vuelto a contraer matrimonio para así, poderlo tener. Su segunda elección, precipitada por el primer error, sólo sirvió para mezclar sus puros genes con la sangre germana en la persona de Genoveva Fassbinder, cuyo apellido simbolizaba la decadencia de la saga de los Vrooman. Los genes de Genoveva Fassbinder fueron el catalizador para la floración de los genes de Joep Vrooman y así, para la destrucción de un legado de endogamia étnica, comercio calculador y un ahorro desmesurado y compulsivo, en la persona de Hans Vrooman V, el padre de Mark.

Criado con apenas contacto con sus hermanas, cuando llegó el momento de heredar la fortuna de su padre a la edad de diecinueve años, él ya se había contagiado con la enfermedad del alcohol, el cual envenenaba sus venas, su corazón y mente, convirtiéndose en la casta imagen de Joep Vrooman antes de cumplir los veinticinco. En total bancarrota antes de los veintinueve, conoció a Rebecca, la madre de Mark, en una esquina cerca de la fábrica de máquinas de coser Singer en la calle Grand. Incapaz de abandonar la calle, Rebecca trajo al mundo a su primer hijo, Verónica Rose, quien creció aterrada por sus padres. En un barrio conocido como Kleindeutschland por su alta concentración de inmigrantes alemanes y por ser el corazón de la cultura alemana en el Bajo Manhattan, Mark nacería más tarde, en una época en la que la ira de su padre había sufrido una metamorfosis, alcanzando el peor de sus niveles.

La frustración y el alcohol eran los artistas responsables del monstruo, dedicado a castigar a su familia diariamente. Mark pronto siguió los pasos de su hermana, abandonando el hogar después que su único protector le dejase. Desafortunadamente, Verónica Rose murió en el fuego que devastó una fábrica en la que había empezado a trabajar dos días antes, finalmente libre por primera vez en su corta vida. Las precarias condiciones laborales fueron las responsables, obligando a las mujeres a escapar hacia la única puerta al huir de las llamas. Veinte mujeres murieron de forma inimaginable, sus carnes quemadas vivas. Doscientas mujeres y niñas trabajaban en una sola planta, preparada para albergar a tan sólo cien. De hecho, hacía mucho que la madre de Mark había abandonado la esperanza que su marido la sacase de las calles y siguió trabajando aún embarazada de Mark, y también, cuando apenas había acabado de traerlo al mundo. Poco podía imaginarse que lo único que su hijo pensaba era en dejar esa casa a la luz de una primera oportunidad, presentándose esta el mismo día que conoció a Wayne, poco después de la muerte de Verónica Rose. La madre de Mark no se percató de la desaparición de su hijo Mark hasta dos semanas después. Creciendo, Mark había desarrollado la habilidad de distanciarse de las cosas que le herían y muy pronto, creó a su alrededor una cáscara protectora incapaz de ser violada por su pasado, siendo capaz de vivir como una persona distinta a poca distancia de donde se había criado. En consecuencia, el silencio se convirtió en su mayor herramienta. En su mente, no existía ninguna saga de los Vrooman y sólo recordaba el hecho como si hubiesen sido las locuras y divagaciones creadas por la mente de un borracho. De todas formas, los niños de la calle no tienen pasados glamurosos.

Por su parte, Gino había conocido a Wayne antes que Mark lo hiciese. Se habían ayudado mutuamente a salir de una fea pelea callejera con otros niños, sólo para empezar a pelear entre ellos, utilizándolo como una forma de canalizar una mezcla de frustración, soledad y falta de calor familiar. Esas ocasionales riñas sirvieron para cementar un lazo irrompible entre ellos dos, el cual pronto se tradujo en un sentimiento de hermandad. La madre de Gino y su único familiar en los Estados Unidos había muerto del tifus años antes en la Zona Baja Este de Manhattan cuando Gino tenía tan sólo cinco años. Allí se habían mudado, huyendo de una de las zonas con más concentración de italianos del Bajo Manhattan, entre las calles Bowery y Broome, para llegar a una zona mucho peor, más al este en la calle Delancey y mucho más cerca de los dañinos muelles. Huyendo de un novio abusivo del cual Gino no recordaba nada, se instaló con su único hijo en un lugar donde conviviría con menos italianos, más hacinamiento y enfermedades letales, una de las cuales la infectó. La muerte acabó siendo peor que la vida y pensó que pronto podría escapar de ese infierno terrenal para poder disfrutar de una oportunidad en el cielo. Derrotada por la *fiebre del prisionero*, su vida terminó en las mismas condiciones que hubiese sufrido en un campo de refugiados, expuesta a excrementos humanos, ratas, ratones y piojos. Por lo tanto, la estrella de la suerte de Gino empezó a brillar el mismo día en que ella se durmió al llegar la fiebre a su cúspide sin haber infectado antes a él. Sin embargo, ella aún era parte de una memoria tierna en el niño. Desde su muerte y hasta poco antes de conocer a Wayne un año después, Gino se había visto forzado a vivir en las calles, viviendo de la caridad del Padre O'Donnell, de los más grandes y holgados bolsillos en los que sus manos pudiesen colarse y de pequeñas partidas de cartas de las cuales se hacía un experto, a las cuales asistía con los hermanos Salerno: Giancarlo y Patricio.

Mark no pudo dormir esa noche. Los tres compartían la cama de Wayne tras haber bloqueado la puerta con una silla. A otro lado de la puerta, la mujer, antigua maestra en Polonia, se levantó para marcharse. Mark también se fue, utilizando la ventana, entrando minutos más tarde en la panadería de la calle Houston con Sullivan y yendo directo a la escoba, sintiendo una terrible sed esa mañana. Ese día, consiguió matar a tres ratones, echándolos a unos gatos que merodeaban fuera mientras el pan se cocía dentro. Para él, ese era el trabajo perfecto porque al estar cerca de los hornos, mantenía su cuerpo caliente. Sin embargo, el aroma tóxico que penetraba su ropa y su piel, incrustándose en él durante el resto del día, sólo servía para agudizar aún más su hambre. Cuando acabó su tarea, Mark se acercó al Sr. Ciavalli para hacerle saber que había terminado. El dueño le hizo esperar unos minutos mientras asistía a unos clientes y entonces se acercó al callado niño.

    – ¿Has acabado? – le preguntó el Sr. Ciavalli, limpiándose las manos con su blanco delantal.

    – Sí, señor – contestó Mark.

    – Necesito que hagas un par de recados antes de irte. La señora Addreotti y la señora Labarda están enfermas. Necesito que les lleves el pan hoy, ¿puedes hacerlo?

    – Sí, señor.

    – Buen chico.

    Mark hizo lo que se le había pedido al comienzo del nuevo día en la Zona Oeste de Manhattan. Sabía dónde vivían esas dos señoras y fue a entregarles el pan, recibiendo una propina. Sin embargo, su mente estaba en otro sitio y todo lo que quería hacer era correr a La Iglesia de la Transfiguración para visitar al niño y así limpiar su conciencia. Para su sorpresa, se encontró a Gino y a Wayne esperándole fuera de la iglesia. Era otro día frío, así que los dos niños se calentaban junto a la pared, aprovechando un par de tímidos rayos de sol. Mark compartió su pan con ellos y después de comérselo al sol, entraron en la iglesia y esperaron a que el cura terminase de dar misa, sentados en la parte de atrás, asistieron a la ceremonia sin tenerlo previsto. Gino jamás sabría que su abuela, ya muerta, se hubiese retorcido en la tumba si hubiera sabido que uno de sus nietos asistía a misa conducida por un hombre irlandés.

A lo lejos, el Padre O'Donnell les pidió que se acercasen con una mano, así que en silencio, los tres niños le siguieron a la parte de atrás, donde se encontraba su casa. Primero, el párroco paró para quitarse los hábitos que utilizaba durante la ceremonia religiosa, así que con un gesto de la cabeza, les indicó que siguiesen hacia delante, a lo que obedecieron. Para su sorpresa, se encontraron al niño pequeño sentado en una silla junto al fuego con su mugrienta gorra de lana cubriendo su afeitada cabeza, con la cara hinchada y algo deformada, sufriendo los aún recientes signos de la paliza que habían sufrido la noche anterior. Sus piernas colgaban de la silla.

– ¡Está despierto! – sonrió Gino al verle, sintiéndose terriblemente aliviado y con el peso de su consciencia desapareciendo en un instante.

Los tres niños se acercaron al temeroso bebé y al vivo fuego.

– ¡Hola! – le saludó Wayne.

El pequeño tenía los ojos verdes, apreciándose el brillante color a pesar del horrendo aspecto que ofrecía uno de ellos con la recién aparición de una infección. Sus manos estaban limpias y tenía los zapatos puestos, aunque unas tallas más grandes para él. No contestó al saludo de Wayne, pero les miró fijamente con las manos unidas sobre el regazo.

– Tiene miedo – dijo Mark a sus amigos, observando al tenaz niño.

– Parece que tiene miedo – dijo Wayne, estando de acuerdo con el diagnóstico de Mark.

– ¡Lo que parece es judío! – dejó Gino salir de su garganta.

De pie, alrededor del pequeño, Mark y Wayne miraron a Gino sin saber cómo contestar a esa última estupidez.

– ¿Dónde le ves eso? – le retó Wayne.

– Tiene la pinta de judío y quizás no hable inglés – les explicó Gino.

– ¡¿Qué?! – dijo Wayne, riéndose de él.

– ¿Eres judío? – le preguntó Gino al pequeño, pronunciando las palabras clara y lentamente.

Mark y Wayne no podían estar más amenizados con la última invención de Gino.

– Yo…mi madre era italiana – le dijo Gino al niño, tocándose el pecho. – Wayne— – comenzó Gino, inseguro de las raíces de Wayne – y Mark…no estoy seguro sobre ellos, creo que son irlandeses o algo de eso, ¿eres judío? Seguro que tienes un nombre judío, ¿verdad?

El pequeño miró a Mark y a Wayne, viéndoles reír por la actuación de Gino. Sus risas hicieron que el miedo que había poseído el cuerpo del niño en las últimas horas, desapareciese, volviendo su corazón a latir con normalidad, evidente signo de sentirse mucho mejor entre ellos.

– Nombres judíos, ¿sabéis algún nombre judío? – les preguntó Gino a sus amigos.

– No es judío, sólo tiene miedo – le dijo Mark a Gino, entretenido hasta la médula con la táctica de Gino.

– ¡Míralo! ¡No podría ser mas judío! ¿Eres judío? – le preguntó otra vez, pronunciando las palabras como si se comunicase con un sordo anciano.

– Igual si decimos su nombre moverá la cabeza – contribuyó Wayne.

– Eres judío, ¿sí? – dijo Gino, moviendo la cabeza arriba y abajo, inclinado sobre el pequeño e ignorando la idea de Wayne.

El bebé buscó los rostros sonrientes de Mark y Wayne de nuevo, sonriendo por primera vez e imitando el movimiento de cabeza de Gino, convirtiéndose en judío por la imaginación y decisión del italiano.

– ¡Lo es! ¡Lo sabía! – gritó Gino con su cuerpo lleno de alegría.

El pequeño sonrió ante la demostración de felicidad de Gino y observó a los otros dos niños, preguntándose quiénes serían.

– ¡Y no es sordo! – observó Wayne.

– ¡No, sólo es judío! – explicó Gino a Wayne, abriendo sus brazos ahora que se había convertido en un experto en religión y etnias.

Gino miró al niño de nuevo y pensó unos segundos.

– ¿Te llamas Samuel? – le preguntó Gino al niño.

El niño, ahora judío, asintió y presenció cómo los tres niños explotaban llenos de felicidad, saltando por la cocina, haciendo reír a Samuel a pesar de las heridas y el dolor que sentía en esos momentos. En esa cocina, el pequeño se convirtió en Samuel y en judío a la edad de cuatro años. Más adelante en sus vidas, estarían de acuerdo en que Samuel habría asentido a cualquier nombre y religión si se le hubiese presentado con aquellas mismas caras.

El Padre O'Donnell tardó más de lo esperado en volver a la rectoría, pero cuando lo hizo, sonrió ante la imagen de los cuatro niños alrededor del fuego mientras los tres mayores reían y el pequeño los observaba con una sonrisa en su desfigurada cara de bebé.

– ¡Padre! ¡Se llama Samuel y es judío! – le informó Gino de los últimos acontecimientos habidos en la cocina.

– ¿Os ha hablado? – le preguntó el Padre a Gino, sin poder creer que esos tres niños hubiesen conseguido lo que él había intentado durante las últimas tres horas, después de que el niño se hubiese despertado y temblando como una hoja por el miedo que inundaba su frágil cuerpo.

– ¡Le hemos hecho preguntas y ha movido la cabeza! – le dijo Gino.

La sonrisa de Samuel desapareció cuando el cura se acercó a ellos. Mark notó el cambio sufrido en el rostro del pequeño desde que el hombre de Dios había entrado en la estancia luciendo su sotana.

– Le tiene miedo a usted, Padre – informó Mark.

– Creo que son mis ropas lo que le asustan. También me he

dado cuenta – dijo él, estando de acuerdo con las palabras de Mark mientras se acercaba al fuego, sintiendo los ojos del pequeño en su persona en todo momento.

– ¿Nos lo podemos quedar? – le preguntó Wayne al adulto.

Tras una carcajada, el sacerdote habló de nuevo.

– No es una mascota, Wayne – le reprendió con un dedo.

– Lo sé, pero no tiene familia – argumentó Wayne.

– Eso no lo sabemos, ¿verdad? – dijo el cura.

– Estaba en la calle – apuntó Mark. – Nosotros podemos ser su familia.

– Lo sé, lo sé – susurró el cura, pensando qué hacer con el pequeño, postrado tras los niños frente al fuego.

– Nos lo podemos quedar hasta que alguien lo reclame – negoció Mark.

– ¡Sí! ¡Eso es buena idea! – apoyó Wayne a su amigo.

– ¿Estáis locos? ¡No podemos quedarnos con él! – se quejó Gino.

El sacerdote les permitió resolver el asunto entre ellos, manteniéndose al margen de la conversación. Al oír las palabras de Gino, Mark y Wayne giraron sus cabezas violentamente, ofreciéndole al italiano una inquisitiva mirada.

– ¿Por qué no? – se enfrentó Mark a él.

– ¿Que por qué no? – repitió Gino, señalándose su propia cara, recordándoles la clase de vida a la que se enfrentaban, comunicándolo de mejor forma al enseñar las heridas.

– Tú no tendrás que hacer nada – le dijo Mark. – Yo le cuidaré.

– ¡No es eso! ¡Es muy pequeño! ¡Es un bebé! – expresó Gino.

– ¿Cuántos años tienes tú? – le preguntó Wayne a Gino.

– ¡Tengo ocho y él es sólo un bebé! – defendió Gino su opinión con tenacidad.

– Tú no te tienes que preocupar de él, nosotros le cuidaremos, ¿verdad que sí, Wayne? – le preguntó Mark a Wayne.

– Sí – contestó Wayne.

– ¡Qué no es eso! – soltó Gino.

De repente, todo lo que Gino podía ver era la parte de atrás de las cabezas de sus amigos mientras miraban al cura desde donde estaban sentados junto al juego.

– Nosotros le cuidaremos hasta que su familia lo reclame – informó Mark al cura.

El Padre O'Donnell contempló a los niños y sonrió ante la idea de que esos niños tomasen una responsabilidad más allá de la de cuidar de sí mismos. De hecho, la cruda realidad era que hubiese sido difícil encontrar otra familia que pudiese acoger al pequeño ya que la mayoría de las pertenecientes a su parroquia ya tenían demasiados hijos propios en esos años de principio de siglo. La cabeza afeitada del pequeño y el miedo demostrado hacia la visión de las ropas del cura, le decían al párroco que el niño había sido con toda probabilidad, abusado entre las paredes de una institución.

– Una condición – habló el cura.

Los niños esperaron a oír la condición que les permitiría llevarse a Samuel a casa.

– Tengo que verle cada semana…cada domingo – propuso el cura.

– Le traeremos cada domingo, Padre – prometió Wayne.

– ¿Mark? – le preguntó el cura.

– Sí, Padre…le traeremos cada domingo – respondió Mark.

– ¿Gino?

– Sí, Padre – prometió Gino antes de poder quejarse de nuevo por la responsabilidad que sus amigos acababan de adoptar por él.

Un niño nuevo traspasando la habitación polaca hubiese, sin duda alguna, arruinado la cómoda situación, así que decidieron colar a Samuel por la ventana de Wayne, ya que daba al callejón. Wayne y Gino tiraron de Samuel tras colocarle una cuerda alrededor del pecho, por debajo de los sobacos, mientras Mark esperaba debajo de él, porque para los niños, hacer las cosas más complicadas de lo que son en realidad es sencillo, dejándose llevar por esa imaginación colectiva que en realidad, además de dejar de lado todo tipo de conocimiento racional, es la herramienta que forja eternas amistades.

Samuel durmió durante dos días completos tras serle mostrado el lado de la cama que sería suyo, dejando por fin dormir a Mark en paz. Durante esos días, los tres niños cuidaron del niño convaleciente. Aprendieron que Samuel era todavía un bebé cuando vieron que aún tenía que sentarse para orinar. Aunque Samuel todavía no había hablado ni una sola palabra, los mayores habían deducido lo que quería cuando Samuel se negó a utilizar el orinal, postrándose junto a él con las piernas cruzadas. Tras ser iluminados sobre la expresión corporal de Samuel, comprendieron que el pequeño no quería orinar delante de ellos. Divertidos, Wayne, Mark y Gino se dieron la vuelta, y de pie frente a la pared, esperaron a que Samuel acabase, sonriendo al oír el ruido hecho a sus espaldas y sin poder contenerse, echaron un vistazo mientras Samuel orinaba sentado en el orinal.

– No me lo puedo creer – le susurró Wayne a Mark.

– Es tímido – sonrió Mark.

– Sólo está meando…tiene que aprender que aquí no hay privacidad – apuntó Gino.

Sus palabras fueron tan profundas y tan bien expuestas que sus amigos no pudieron hacer más que mirarle, asombrados con un espeluzno.

– ¿Qué? – dijo Gino insultado por lo que sus caras representaban. – ¿No tengo razón?

– Quizás no es lo que pensamos – les dijo Wayne.

– ¿Qué quieres decir? – le preguntó Mark.

Mark movió el cuello de izquierda a derecha para mirar a Gino y después a Wayne, mientras su frente estaba a apenas cuatro centímetros de la pared.

– No sabemos nada…no ha hablado desde que llegó – explicó Wayne.

– ¡Pero es judío! – les recordó Gino. – Tiene que ser eso.

Mark y Wayne le ofrecieron una mirada asesina, cansados ya de los comentarios sobre la afiliación religiosa del niño.

– ¿Te quieres callar ya con eso? – se quejó Mark.

– Los judíos no mean delante de otra gente – inventó Gino.

Mark y Wayne tuvieron que reír mientras Wayne echaba otro vistazo a su espalda al oír ruido. Samuel se había agachado y empujaba el orinal hacia la ventana tras haber acabado, deslizándolo, haciendo que los tres niños rompiesen la fila que habían adoptado contra la pared.

– Ya lo hago yo – le dijo Mark a Samuel.

Samuel sabía ya dónde tenía que esconderse en caso de que la puerta se abriese en ausencia de los otros niños. Debía permanecer bajo la cama durante el tiempo que ellos estuviesen fuera para así evitar ser descubierto, habiendo creado un lugar confortable para él y Mark bajo la cama. Gino y Wayne se habían quedado con el viejo y grueso colchón, mientras que Samuel y Mark dormían sobre una manta que el Padre O'Donnell les había regalado como si esta hubiese sido la herencia del pequeño.

Bajo Manhattan, Nueva York, primavera de 1902

Al llegar abril y fundirse la nieve bajo los preciados rayos de sol, miles de esos primeros signos de la primavera empezaron a florecer por todas partes, especialmente junto a la basura. Sin embargo, a pesar de los esfuerzos ofrecidos por la ciudad para que nacieran y se mantuvieran jardines en toda ella, la belleza sólo podía encontrarse tras una fatigosa peregrinación o tras colarse en el transporte público. Algo que los cuatro niños disfrutaban, y que Samuel llegó a anhelar, era sentarse junto al río para poder colgar los pies mientras miraban como se construía uno de los puentes. La ciudad parecía estar embriagada por una constante transformación forzada por una masiva inmigración y la acumulación de gente que día a día, era más evidente. La revolución había llegado al tráfico de la ciudad. Coches, carretas y gente se arriesgaban a diario al ir de un punto a otro de la ciudad, esperando a que el primer semáforo se les ofreciese a los neoyorquinos en 1920. Al conectar Nueva York con otras ciudades por raíles infinitos, el tren elevado descongestionó las intolerables calles, haciéndolas más seguras para los transeúntes.

Desafortunadamente, Wayne no había encontrado aún trabajo y el de Mark era el único que prometía algo de sustento, aunque sólo fuese pan. Secretamente, Gino estaba contento de que Wayne no hubiese arrastrado el olor a pescado a la casa, teniendo este el poder de envenenar a cualquiera al contacto. Así, los niños disfrutaban del aroma desprendido por Mark, aunque les despertase el hambre. Indudablemente, lo que la abuela Polly le daba de comer a Wayne no era suficiente para los cuatro y sus ilegales acciones se convirtieron en una necesidad semanal. Aceptaron con dolor que Samuel no iba a ser de gran ayuda en su empresa por su mudez, así que ofrecerle el trabajo de vigía era absurdo.

En mayo, su habilidad para sacar a Samuel por la ventana había mejorado, hasta tal punto que el pequeño aprendió a salir por la ventana deslizándose con una cuerda, perdiendo los zapatos la mayoría de las veces. Sus grandes zapatos también eran la causa que cayera al suelo constantemente, forzando a los mayores a esperar a que se levantase del suelo para poderles seguir, ya que sus piernas estaban, sin duda, limitadas.

Gino y Wayne continuaron con su ritmo, mientras que Mark paró y se giró tras ellos. Samuel estaba, de nuevo, en el suelo al cruzar el parque lejos de su casa. El tiempo había mejorado. El sol calentaba ya la mayor parte del día y esa misma tarde, estaban deseando lavarse el sudor y la mugre que se había acumulado en ellos durante el invierno. A Wayne se le forzaba a bañarse alguna que otra vez, aquellos días que se recordaba que existía, pero no era el caso para Mark y Gino.

Mark sonrió ante la imagen de Samuel levantándose del suelo para seguir con sus pasos detrás de ellos cuando escuchó a Gino y a Wayne embarcarse en una de sus peleas. Los ojos de Mark miraron hacia el cielo en busca de infinita paciencia, mientras un empujón se convirtió en un bofetón, y antes de que pudiese hacer nada, el brazo de Gino tenía el cuello de Wayne preso, inmovilizándolo y asegurando un preciso puñetazo en la cara. Cansado de separarles y habiendo recibido un par de golpes perdidos en una de esas ocasiones en las que había decidido intervenir, había tomado la temeraria decisión de mantenerse al margen de esas refriegas de absurdas razones. Ninguno de los niños se había dado cuenta que Samuel no había sido testigo de sus colisiones y mientras Mark los contemplaba golpearse a pocos metros, sonrió a la forma con la cual reforzaban su amistad.

A tan sólo cinco minutos del río, el sol y el calor que ese día les estaba regalando había precipitado el sudor en los niños, y tras perder las gorras, la humedad formaba un perfecto ungüento, pegando el polvo en sus pieles. Con el aumento del sudor y de la suciedad en sus cuerpos, el pelo y las caras cambiaron de color, mostrando un sucio marrón por encima del rojo, producto del esfuerzo físico y la ira. Mark soltó un sarcástico bufido y se giró para ver lo que Samuel hacía. Su sonrisa desapareció al ver el miedo en el rostro del niño mientras miraba fijamente la lucha, los gemidos y jadeos que generaban el polvo frente a ellos, formando ya una tímida nube de suciedad alrededor de los niños. La cara angelical del pequeño y sus ojos verdes habían sido invadidos por el pánico. Los ojos de Mark se percataron de la mancha que se extendía en los pantalones de Samuel y que consecuentemente, empezó a gotear en sus zapatos. Mark caminó hacia Samuel, pero el niño dio un paso atrás cuando Mark intentó tocarle.

– Sam, no pasa nada – intentó calmarle Mark. – Sólo están jugando.

Samuel observó a Wayne y Gino pegarse con todas sus fuerzas, no pareciéndole que aquello fuera parte de un juego. La expresión petrificada en el rostro de Samuel urgió a Mark a correr hacia sus amigos, gritándoles que parasen lo que estaban haciendo.

– ¡Ya es suficiente, idiotas! – les gritó Mark.

No fue el hecho que Mark les hubiese llamando idiotas, o tan sólo que les hubiese dado un golpe sin saber con seguridad a quién le había dado, sino fue el mero acto que Mark interrumpiese su contienda lo que les hizo parar en unos segundos. Jadeando desde el suelo, Wayne y Gino miraron a Mark preguntándose qué querría.

−¡Le estáis asustando! − les riñó Mark, señalando al pequeño.

Desde el suelo donde descansaban, Wayne y Gino miraron a Samuel.

−Se ha meado encima − apreció Gino.

−¿Tú crees? − exclamó Mark, sarcástico.

Por un momento, los cuatro niños sintieron como si el tiempo se hubiese parado a su alrededor, incapaces de saber cómo continuar con la situación en la que se encontraban, para salir de ella con la mejor de las soluciones. Mark decidió caminar hacia Samuel y frenó a escasos centímetros de él.

−¿Ves? Ya han parado − dijo Mark. − ¿Sam?

Samuel levantó los ojos para mirar a Mark, mostrando claramente el estrés en su joven rostro.

−Ya han parado, estaban jugando, ¿ves? − le explicó Mark.

Samuel había recuperado su oído y ahora ya podía oír a Mark, hasta sintió la humedad en sus pantalones, haciéndole mirar hacia abajo para descubrir lo que le había pasado. Sin sentir un ápice de vergüenza, miró fijamente a Mark mientras Wayne y Gino se incorporaban.

−Eso lo podemos lavar en el río, no te preocupes − le prometió Mark.

Samuel seguía mirando a Mark mientras Gino y Wayne se acercaron a ellos con cuidado, asombrados.

−Eso va a apestar pronto − comentó Wayne.

−Al río con él − contribuyó Gino.

Mark le brindó a Gino una mirada asesina, a lo que Gino respondió con un gesto de hombros, sin comprender por qué se debía ser tan delicado con el niño, ya que en su opinión, lo único que lograban era hacerlo débil. Mark se giró una vez más y miró a Samuel, ofreciéndole la mano. Con confianza, Samuel la tomó. Cinco minutos más tarde, Mark y Samuel pudieron ver como Gino y Wayne corrían hacia la orilla del río, lanzando gorras al aire y quitándose los zapatos, para finalmente saltar al agua con el resto de la ropa puesta.

– ¡Espera aquí! – le dijo Mark a Samuel.

Samuel observó cómo Mark se quitaba la gorra y los zapatos con la felicidad representada en su rostro, ansioso de hacer lo que tenía en mente. Finalmente saltó al río donde sus amigos ya disfrutaban de unas aguas no tan cristalinas. Sin importar la suciedad visible en el agua, ese contacto y la limpieza en las pieles se agradecía, así que flotando cerca de la orilla, miraron a su alrededor para ver que no muy lejos, algunas personas hacían exactamente lo mismo.

– No me puedo creer que se haya meado encima – dijo Gino.

– Es un bebé aún, Gino – le recordó Wayne.

– ¿Un bebé? ¡Tiene cuatro años! Yo jamás me meé encima cuando tenía cuatro años, ¿y tú?

– Vuestra estúpida pelea lo ha asustado – les culpó Mark.

– Es como una flor – se burló Gino.

– Es pequeño…ahora sabe que no lo hacéis en serio – dijo Mark.

– ¡Oh! Yo sí que lo hacía en serio – rió Wayne.

Gino le acompañó con una carcajada mientras Mark les miró con una sonrisa en sus labios.

– Tenemos que lavarle los pantalones o esta noche va a dormir en el tejado –sentenció Wayne.

– Sí…hay un sitio ahí arriba donde podremos meterle mejor…no creo que sepa nadar – dijo Gino, señalando a la espalda de Wayne.

Unos cien metros más al norte, había un área de playa, donde un par de botes estaban siendo reparados y preparados para las aguas del río. De acuerdo, los niños salieron del agua y le pidieron a Samuel que les siguiesen, recogiendo sus zapatos y sus gorras. Samuel frenó junto a la orilla del río al ver que estaba a punto de ser sumergido en la fría agua.

– ¡Otra vez no! – se quejó Gino, quitándose la ropa empapada para poder dejarla secar sobre una roca cercana.

Durante el verano y en el río, sus ropas se lavaban en las

mismas aguas que en ocasiones, traían cuerpos sin vida que flotaban con evidente signos de violencia. Sólo tres días antes, los niños habían sido testigos de una 'pesca', escuchando a los adultos decir que esa muerte era sin duda consecuencia de una 'situación de juego', ya que la mano derecha le había sido cortada.

– ¡Tienes que lavarte esos pantalones, Sam...vas a apestar la habitación! – le dijo Mark a Samuel mientras se quitaba la ropa.

Samuel observó a los niños quitarse la ropa, dejando unos harapientos calzones puestos. Samuel no tenía intención alguna de estar como ellos en un futuro próximo, así que movió la cabeza negativamente.

– ¡Genial! – gritó Gino. – Habéis creado una mariposa, ¿estáis contentos?

– ¡Cállate! – le urgió Mark. – Sam, sabes que el pipi huele mal, ¿verdad? – le preguntó al pequeño, armado con una envidiable paciencia en la voz y el corazón.

Samuel asintió con la cabeza.

– Pues te tienes que lavar hoy, ahora, antes que se seque más – le explicó Mark.

Samuel movió la cabeza una vez más, expresando una clara negación.

– ¡Al río con él! – intervino Gino.

Antes que Samuel pudiese reaccionar, Gino le había cogido de la mano y ahora luchaba contra el pequeño, el cual, defendiéndose con fuerza, no pudo evitar ser arrastrado. Aun así, Gino tuvo que pedir ayuda cuando la gorra de Samuel cayó en la arena.

– ¡Ayudadme! – se quejó Gino, sin poder creer aún la fuerte resistencia ofrecida por Samuel.

Mark y Wayne reaccionaron al oír las palabras de Gino. Wayne cogió a Samuel de los sobacos mientras que Mark y Gino se ocuparon de las piernas. Por primera vez, cuando los pies de los niños tocaban el agua y habían conseguido atraer la atención de la gente a su alrededor, oyeron la voz de Samuel. La suave desesperación proveniente de su boca los hizo parar en seco, aún sujetándolo con fuerza junto al río.

– ¡No eres mudo! – le dijo Wayne a Samuel.

Samuel estaba furioso con ellos y aunque la inminente realidad de su baño era ya conocida y creída por todos, intentó deshacerse de sus captores mientras estos sonreían ante dicha manifestación de bravura.

– ¡Al agua con él! – repitió Gino.

Samuel fue sumergido en el río, por primera vez en su vida, donde lo mantuvieron hasta que dejó de patalear. Mark sacó los zapatos del agua y los tiró a la orilla mientras podían oír las risas de algunos de los hombres, entretenidos con lo que los niños intentaban hacer. Cuando creyeron que Samuel estaba ya limpio, lo sacaron del agua. El corazón de Samuel latía con fuerza en su pecho, sintiéndose mucho más tranquilo cuando sus pies tocaron al suelo.

– Ahora quítate la ropa – le ordenó Mark.

Samuel le mostró un claro 'no' con un gesto de cabeza, resistiéndose incluso a las órdenes de Mark.

– Te la tienes que quitar, Sam, se tiene que secar y te tienes que lavar las piernas y los brazos en el agua igual que nosotros – le explicó Wayne.

Gino odiaba la estrategia educacional que sus amigos habían adoptado con el niño, no la entendía y le irritaba terriblemente.

– ¡Qué te quites la ropa! – le gritó Gino a Samuel.

– ¡No! – le gritó Samuel a Gino.

Gino abrió la boca tomado por la impresión y la sorpresa ante la temeridad de Samuel, así que miró a Mark y a Wayne, quienes reían, asombrados de poder oír la voz de Samuel, habiéndoles cogido por total sorpresa.

– ¡Puedes hablar! – gritó Mark contento.

Samuel miraba fijamente a Gino, intentando fundirle con el poder de sus ojos ya que su cuerpo no de daba el poder necesario. Gino le devolvió la mirada, dispuesto a ganar esa batalla también.

−¡Ni lo intentes conmigo! − le advirtió Gino, ofreciendo el castigo de su dedo sentenciador a tan sólo unos centímetros de la cara del pequeño.

Sin dudarlo y sin nada que perder, Samuel se enfrentó a los ojos y el dedo de Gino con la peor de las miradas que podía producir, dejando a Wayne y a Mark en un mar de diversión, viendo cómo el pequeño se revelaba contra Gino, quien ahora, le quitaba la ropa tras acercarse a él. Así que Mark y Wayne se unieron a él, y muy pronto, el bebé se encontraba con el único abrigo de su pantaleta. Como si hubiesen descubierto que Samuel padecía una repentina lepra, los tres niños dieron un unánime y seguro paso atrás ante la visión de la ropa interior del niño. Confundidos, intentaron comprender por qué Samuel llevaba ropa interior femenina.

−¿Qué es eso? − preguntó Wayne en voz alta sin quitar los ojos de Samuel.

El pequeño se encontraba frente a las aguas que momentos antes habían tenido la malvada intención de tragarle y enviarle a las profundidades, donde estaba convencido que la luz no llegaba. No se había salvado de un buen trago y el agua le había revuelto el estómago, así que no tenía ninguna intención de volver a meterse ahí. Samuel los miró sin comprender por qué de repente, los tres niños habían cesado en su empeño. Quizás había sido su repentina habla, impresionándoles más allá de su intención y más lejos aún de su motivación. De hecho, el no hablar no le molestaba en absoluto y había probado que esa necesidad estaba sobrevalorada. Pero ahora le miraban como si en efecto, tuviese una enfermedad contagiosa, quizás eran sus huesos. Mark, Gino y Wayne mantenían la mirada fija en Samuel, quien seguía de pie ante ellos con el río a su espalda. A falta de éxito en su primer intento, Wayne preguntó de nuevo.

−¿Qué es eso?

−Dime que lo ha encontrado…en algún sitio − participó Gino, siendo parte de una espontánea línea, uno al lado del otro frente al pequeño Samuel.

−No te preocupes…es un niño − intentó Mark calmarles.

–Se sienta para mear, Mark – le recordó Gino.

–Pues yo no lo miro – supo Mark de seguidas, sentándose en el suelo.

Gino y Wayne le ofrecieron una mirada. Wayne sacudió la cabeza intentando así, aclararla.

–¿Qué haces? – le preguntó Wayne a Mark, visiblemente molesto.

–Que yo no miro…*tú* lo miras – les dijo Mark, seguro de sí mismo.

Gino y Wayne soltaron una sonrisa nerviosa, sabiendo a nivel personal que tampoco ninguno de ellos iba a verificar el sexo de Samuel.

–Pues alguien tiene que hacerlo – le dijo Gino a Mark.

–Y no voy a ser yo – le informó Mark.

–¿Por qué no? – se quejó Gino. – Tú te llevas bien con ella.

–¡Ella!... ¿Ella? ¿Desde cuándo es una niña? – le preguntó Mark.

–¡¿Y eso?! – le gritó Gino, señalando la ropa interior de Samuel.

–¿Eres una niña, Samuel? – le preguntó Wayne al pequeño.

Sin saber que contestar a esa pregunta, Samuel sólo pudo mirar a Wayne, permaneciendo en silencio.

–Pues tenemos que averiguarlo – dijo Wayne, lleno de valentía inesperada.

–Lo podemos hacer en el agua. Vosotros le aguantáis y yo buceo y miro.

Puesto que nadie ofrecía una mejor forma de indagar y ya que Wayne se había ofrecido para investigar por qué Samuel orinaba sentado, los tres cogieron al niño pequeño y lo arrastraron de nuevo al agua mientras sus gritos se oían en la ciudad de Nueva York. Los hombres que trabajaban en la reparación de unas barcas miraron preocupados a los niños al oír los gritos de socorro, a lo cual Gino gritó que el pequeño no quería darse un baño. Sus palabras calmaron a los adultos y estos volvieron a sus tareas. En el agua, después que

Gino y Mark hubiesen asegurado el control de Samuel, Wayne se sumergió.

– ¡Estate quieto! – le gritó Mark a Samuel.

Quizás esa había sido la primera vez que Mark le había gritado a Samuel, y más sorprendido que herido o enfadado, el niño se relajó. Su cabeza estaba por encima del nivel del río, así que eso le hizo sentirse mucho mejor por el momento. Wayne tomó más aire y se sumergió de nuevo frente a ellos, bajándole las calzas. Asombrado por lo que había visto o mejor, por lo que no había visto en el cuerpo de Samuel, Wayne salió disparado del agua como si hubiese estado buceando hasta el límite del aire en sus pulmones.

– ¡Oh, Dios mío! – gritó Wayne mientras el agua le chorreaba por el cuerpo.

– ¿Qué? – preguntó Gino estúpidamente.

Mark y Gino intentaron mirar a través de las aguas, pudiendo observar por fin que Samuel no era un niño.

– ¡Hey! – soltó Gino, dejando a Samuel como si este le hubiese pasado una descarga eléctrica.

– ¡Mierda! – suspiró Mark al intentar aguantar a Samuel.

Aún tardaron unos instantes en pensar que ya podían subirle la ropa interior y así, proteger su privacidad. Mark pidió a sus amigos ayuda para poder sacar al pequeño del agua para llevarle a tierra firme. En la orilla, le dejaron en libertad mientras el pequeño se quedó inmóvil en el mismo sitio donde lo habían dejado, junto a la orilla, mientras los tres mayores dejaron caer sus cuerpos en la tierra y el barro que aseguraba el cauce del río. Un terrible silencio invadió los corazones de los niños, arruinando el fantástico humor que habían tenido ese día, mientras sus mentes se vieron saturadas por los posibles problemas que les esperaban.

– Nos ha visto desnudos – informó Gino, por si sus amigos no se habían percatado de ese detalle.

Mark y Wayne le miraron y encogieron los hombros.

– Lo ha hecho, ¿no? – dijo Gino.

Wayne y Mark le ofrecieron su atención a Samuel, quien

reflejaba en su rostro el claro mensaje de que no comprendía lo que ocurría.

– Eres una niña, Sam – le dijo Mark con la voz más suave que pudo encontrar. – No te puedes quedar con nosotros.

Samuel desorbitó los ojos y movió la cabeza repetidamente, negando la posibilidad, ya que no quería escuchar lo que Mark le decía. Tampoco lo comprendía.

– ¡Qué eres una niña! – le gritó Gino, perdiendo la compostura. – ¡¿Por qué no nos has dicho qué eres una niña?!

Samuel sintió ganas de llorar, ya que Gino le había asustado. ¿Qué quería decir? Los tres mayores se miraron mutuamente, visiblemente afectados, nerviosos y confundidos, como si cualquier otra persona en el mundo tuviese la respuesta a sus problemas menos ellos.

– Siéntate aquí, Sam…siéntate con nosotros – le llamó Wayne.

Samuel obedeció esta vez y se sentó frente a ellos aún en ropa interior, como si estuviese siendo parte de un juicio, viéndose enterrado en otro largo silencio, lo que les dio tiempo a que se secasen sus ropas.

– La tenemos que llevar al Padre O'Donnell…él sabrá qué hacer con ella –sugirió Gino.

Gino desorbitó los ojos cuando no recibió respuesta alguna de sus amigos.

– ¿No me habéis oído? El Padre O'Donnell sabrá qué hacer con ella – repitió Gino, creyendo de todo corazón que el cura tenía la respuesta a todas las preguntas que la ciudad les exponía, así como los descubrimientos a los cuales se enfrentaban al crecer.

– No tiene que ser una niña – le dijo Wayne al grupo.

Gino y Mark giraron las cabezas para mirar la loca boca de Wayne. Samuel se había perdido desde que todo había comenzado y aunque no entendía qué era lo que pasaba con él, las palabras de Mark diciendo que ya no podría estar con ellos le habían preocupado profundamente. ¿Dónde más podría estar?

– ¿Qué dices? – le preguntó Gino a Wayne. – ¿Estás loco?

– Vestido no parece una niña…sólo tenemos que cortarle el pelo y que lleve ropa grande…es pequeña y aún tardará mucho en notarse la diferencia…ya sabéis lo que las niñas tienen – planeó Wayne.

– Pero *yo* sé que es una niña – le dijo Gino a Wayne.

– Pero él…ella es Samuel, es una niña porque se ha meado encima hace un minuto – se enfrentó Wayne a él.

– ¡No! – protestó Gino.

– Tiene razón – respaldó Mark a Wayne. – Quiero que Samuel se quede con nosotros, la podemos esconder…y ahora habla, ya puede ayudarnos.

– ¡Tú también! – se quejó Gino. – ¿Qué ayuda puede dar? Él…*ella*… ¡Está siempre en el suelo y se asusta con nada porque él es una niña!

– Votemos – sugirió Wayne.

– Sí, votar me va a ayudar – se quejó Gino, levantándose. – Vosotros dos queréis quedaros con la niña, genial, vosotros dos vais a cuidar de la niña...se acabó mi ayuda.

– ¡Qué es un niño! – le corrigió Wayne.

– ¡Y una mierda es un niño! – le ladró Gino.

Gino se sentó lejos de ellos, dejando que el calor le tocase, desprendido por el castigador sol que ayudó a aliviar la ira que fermentaba en su interior. Samuel, Mark y Wayne permanecieron sentados donde se encontraban, pensando que la reacción de Gino sería pasajera, mientras que Samuel miraba a Gino con gran tristeza a los ojos y sin comprender aún por qué sus perfectas vidas habían cambiado en un instante.

REVOLUCIÓN

La decisión de mantener el sexo de Samuel en secreto, incluso para el Padre O'Donnell, se tomó al no hablar del tema nunca más entre ellos. Ninguno de los niños podía comprender cómo el sacerdote no había descubierto que Samuel era, en efecto, una niña. De hecho, recordaban que él había examinado el cuerpo del niño, buscando huesos rotos, aunque no había tenido la necesidad de quitarle la ropa ya que eran lo suficientemente amplias como para dejárselas puestas y aun así poderle examinar. Sin embargo, sí que le había quitado la camisa que llevaba, descubriendo el pecho de un niño de cuatro años, idéntico al pecho de una niña de la misma edad y probablemente, creyendo que examinaba a un varón, nada le hizo pensar lo contrario. Por cualquier razón o simplemente por un dictamen del destino, el Padre O'Donnell no supo la verdad sobre Samuel y los niños, se mantuvieron en silencio para poderse quedar con el niño, el pequeño judío.

En los días que siguieron, Samuel aprendió la diferencia entre ser un niño y ser una niña. Forzados de debajo de la cama por el calor que ya se acumulaba en la habitación, Mark y Samuel dormían en el suelo, encima de una manta que emitía un olor algo extraño, pero al que ya se habían acostumbrado. Con la ventana abierta y la luz entrando en su dormitorio, Mark le susurraba a Samuel sobre la disparidad entre niños y niñas, diferencias que les impedían dejar saber a nadie que vivía con ellos. Por lo tanto, Samuel aprendió y creyó la importancia de estar en silencio en público, especialmente alrededor del Padre O'Donnell, ya que si este jamás llegase a descubrir que era una hembra, con toda probabilidad buscaría una familia para él. Esta posibilidad aterraba a la niña pequeña, quien quiso seguir siendo un niño ahora que ya comprendía la diferencia. Samuel le sonrió a Mark y susurró un 'de acuerdo', convirtiéndose en una parte importante del plan para salvar su presente y su futuro.

8°Distrito, Bajo Manhattan, ciudad de Nueva York, verano de 1902

Éste fue el verano en el que Samuel aprendió a engañar, a correr, a ser el vigía y a salir sin ser visto de aquellos lugares en los que no era bienvenido, tan rápido como sus pequeñas piernas y sus zapatos grandes le podían permitir. Sus diminutas manos eran especialmente diestras y no pasaba un día sin que volviese a casa con algo en los bolsillos. Solía levantarse a la vez que Mark para acompañarle al trabajo, tras lo cual prometía que esperaría fuera, deambulando por la calle, observando cómo esta despertaba y era inundada por el bullicio en pocos minutos. Samuel adoraba sentarse en el primer escalón de cualquier escalera y ver de qué manera hombres y mujeres salían de sus casas muy temprano para perderse en sus obligaciones y rutinas. Lo disfrutaba tanto que se olvidaba del hambre que tenía.

Mark odiaba no encontrar al pequeño donde le había dicho que esperase, comprendiendo muy pronto que decirle lo mucho que le preocupaba no encontrarle fuera de la panadería no generaba ni ápice de culpabilidad en el niño; sin embargo, Samuel nunca se alejaba de la calle donde Mark trabajaba y en ocasiones, Wayne y Gino se encontraban con él allí. Una mañana de julio, Wayne y Gino aparecieron por la calle encontrando la sonrisa de Samuel al acercarse. Los mayores se sentaron junto al pequeño después de que Wayne le diese una cariñosa palmadita en la gorra.

—Necesita un corte de pelo – informó Gino a Wayne.

—Sí – Wayne estuvo de acuerdo.

Gino arqueó las cejas al ver lo que Samuel le ofrecía de su bolsillo. Wayne se inclinó hacia delante, viendo una naranja. Gino miró a Wayne y le encontró sonriendo.

– ¿De dónde la has sacado? – preguntó Gino a Samuel.

Samuel permaneció en silencio mientras mostraba la deliciosa naranja a Gino, quien posiblemente la compartiría con Wayne y con él. Samuel sabía que no debía hablar en público, así que miró a Gino fijamente, esperando que este se diese cuenta que le estaba pidiendo que rompiese la norma que le mantenía como parte de la familia.

– ¡Dime que no te la has encontrado! ¡Dime que la has robado! – le rogó Gino con una sonrisa y un reflejo de orgulloso en su cara.

La respuesta de Samuel fue el ofrecerle una sonrisa a Gino, girando después la cabeza para mirar hacia donde el vendedor de fruta estaba parado, vendiendo sus productos a pocos metros. Wayne rió al comprender que Samuel había robado del señor Panolle, teniendo el atrevimiento de sentarse allí, a tan sólo unos metros de él como si esa pieza de fruta hubiese sido comprada.

– ¡Mark te va a matar! – rió Gino, moviendo la cabeza sin creérselo. – Guárdatela para luego, gracias.

Samuel metió la naranja de nuevo en el bolsillo y esperó a Mark junto a Gino y Wayne. Ese día, tenían previsto ir a tantear la zona este, especialmente con el interés de averiguar si había algún grupo callejero de importancia. En la calle, habían oído hablar de una pandilla de niños irlandeses activos en los distritos diez y trece, así que necesitaban saber el nivel de peligro al que se enfrentarían al adentrarse en su territorio. Como siempre, lo ideal era atacar sin ser vistos, habiéndolo conseguido ya en tres ocasiones, pero no sin antes llamar la atención más de lo que hubiesen deseado. Ese agosto, los mayores fueron apaleados por la misma pandilla irlandesa por sólo haber paseado por sus calles. Habían sido dos exitosos robos lo que había puesto un precio a sus cabezas, haciendo que en breve, cada niño de la calle supiese que el grupo del pequeño judío había sido responsable. Samuel se había librado de la pelea al haber estado vigilando el barrio en busca de policía. Vigilar a la policía y la pandilla local a la vez se había convertido en una tarea demasiado grande para un grupo de tres niños y medio, así que los mayores lucharon lo mejor que pudieron y se alejaron del área, dejando a Samuel atrás. El pequeño les había visto alejarse y decidió seguirles desde la distancia, mezclándose con la muchedumbre de camino a su lugar de encuentro entre el Distrito de los Muelles y el Distrito Este, donde una vez, un mercado de esclavos y otro de carne habían abastecido la ciudad con carnes de todo tipo, en esa época en la que un poderoso fuerte aún era necesario en la isla.

8°Distrito, Bajo Manhattan, ciudad de Nueva York, octubre de 1909

En el viejo continente, Bosnia había sido invadida por el Imperio Austro-Húngaro en 1908, mientras que la primera década había regalado a la ciudad de Nueva York una revolución. Un frenético alud de construcción intentó seguir el ritmo de una ola de inmigración europea, enfatizado en la siguiente década con la expansión del fascismo a través de las fronteras europeas. La constante circulación de barcos mantuvo a la Isla de Ellis ocupada con la llegada de diferentes nacionalidades a sus orillas, manteniendo a los oficiales enfrascados mientras intentaban separar de la multitud a los saludables de los enfermizos empujándoles a forzosos exámenes médicos. Las calles de Nueva York habían estado segregadas por etnias, pero con la llegada de nuevas personas, los barrios comenzaron a parecerse a Europa, juntándose y asentándose en la ciudad según su procedencia en el viejo continente. Esto mismo acentuó las gruesas diferencias entre los barrios de la ciudad, disminuyendo la integración y la fusión entre las diferentes nacionalidades, lo cual sólo se conseguiría con la segunda o tercera generación. La movilidad en la ciudad había mejorado con el primer sistema subterráneo de trenes, inaugurado en 1904, a pesar de que el tren elevado ya había estado en funcionamiento durante las últimas tres décadas. Los primeros años del nuevo siglo fueron también especiales debido a la aparición de un gran número de establecimientos en la Zona Alta de la isla, invitando a disfrutar de los primeros signos del capitalismo. Pronto se mudaban hacia el norte en busca de ricas áreas donde liberar sus fantasías por medio de la arquitectura a través de ostentosas mansiones, vida nocturna, las bellas artes, y un sin fin de fiestas en las cuales se podía alardear de conexiones con personas de poder.

La abuela de Wayne había muerto en su sillón en 1908 después de un largo periodo de oír música en su cabeza, dejando a Wayne para luchar un desahucio, solventado por Gino, quien jugó a cartas durante catorce horas sin descanso, pagando así las deudas de la abuela Polly. De hecho, Gino había heredado el talento con las cartas de su padre. A la edad de trece años, Gino ya desaparecía durante días para volver a casa, dejando su cuerpo caer en la cama completamente vestido y despidiendo un fuerte olor a tabaco y alcohol. Su temperamento no le había permitido mantener un trabajo más allá de la primera discusión con el jefe. Siendo como era en ocasiones irracional, salvaje y auto-destructivo, con una personalidad destinada a la irresponsabilidad, Gino había conseguido aprender a mantener su temperamento a raya con Samuel. Con ya once años, era cada vez más difícil mantener en secreto el sexo de Samuel. El Padre O'Donnell había descubierto el hecho cuando Samuel tenía nueve años, forzándole a luchar contra su propia conciencia y corazón, rozando la idea de alejarla de la casa donde había vivido durante todos esos años. Sin embargo, desistió de dicha empresa al oír de los labios de Samuel que no habría mejor lugar en el mundo que junto a sus hermanos, a lo cual el sacerdote no pudo más que sonreír ampliamente, manteniéndose en silencio, ya que justo allí, ante sus ojos y su amparo, una familia había nacido y en razón a su comportamiento, esta tenía más oportunidades de sobrevivir que muchas otras creadas por los lazos de la sangre.

Tras la muerte de la abuela Polly, los niños decidieron no alquilar el dormitorio del centro. Tras la marcha del matrimonio polaco, muchas otras parejas, y en ocasiones familias enteras, habían morado en esa misma estancia. Mark contaba con quince años y seguía bajo el mando del señor Ciavalli, donde había trabajado de panadero desde los once, tomando el puesto que el sobrino del dueño había dejado vacante. No obstante, el sobrino del señor Ciavalli no había renunciado a su puesto voluntariamente, ya que este había sido asesinado por el señor Poso mucho antes que la cama de la señora Poso hubiera llegado a enfriarse. Esta tragedia le permitió a Mark mantener un cauce seguro de dinero. La contribución de Gino fluctuaba, pero en una semana con fortuna podían permitirse el lujo de comer carne dos días. Aunque las condiciones de la casa seguían siendo atroces, el alquiler era de diez dólares al mes mientras que en otros lugares podía llegar a ser de doce abusivos dólares.

Wayne y Gino compartían el dormitorio de la parte de atrás del apartamento mientras que Samuel y Mark dormían en la habitación polaca, como ya la llamaban. Wayne había conseguido empleo en la construcción pero una caída que estuvo a punto de costarle la vida con trece años le forzó a vivir con una cojera durante el resto de su vida. Durante el tiempo que necesitó para recuperarse, en su mayoría postrado en cama, el Padre O'Donnell encontró el tiempo para acercarse a la casa y enseñarle lectura básica, pasando el conocimiento a Samuel.

El cumpleaños de Samuel había sido elegido por Mark, dictaminado que sería el cuatro de julio, el día de la Independencia Americana. De Wayne, Samuel tomó el apellido, convirtiéndose en Samuel McLean, sin embargo, se le conocería simplemente por *El Judío*, visto desde los ojos de los otros como un delgaducho huérfano con la mala estrella de haber nacido mudo. Al rozar los mayores la edad de dieciséis, Samuel apenas tenía once y Gino pasaba gran parte del día vagabundeando por la ciudad en compañía de los hermanos Salerno, quienes con tan sólo diez meses entre ellos y el aspecto de gemelos, confundían a todo el mundo menos a Gino. Así, los tres jugaban a cartas allá donde eran invitados y se les ofrecía un lugar, pero fue muy evidente desde temprana edad, que Gino era quien poseía la verdad del juego, forzando a los hermanos Salerno a buscar trabajo en los muelles y dejando solo a Gino en su carrera.

Wayne se encontró enamorado de Sally Lukas a la edad de dieciséis; hija mayor del sastre de la calle Elizabeth. Por otro lado, libre como se sentía, Gino perdió la virginidad con una prostituta a la edad de trece, tras ganar cincuenta dólares en una partida. Con una privada y silenciosa plegaria, Gino había jurado que junto a su familia, Wayne, Samuel y Mark, las cartas serían todo lo que le importaría en la vida. Con ellas y con un juego seguro y calculado, la baraja se convertirían en la fuente de ingresos y poder que les sacarían de ese barrio.

Buscando un empleo allá donde su cojera no se convertiría en un problema, Wayne comenzó a trabajar en un colmado en la calle Elm, lo cual deleitó a Gino más allá de sus sueños, ya que cada vez que Wayne se ponía su delantal blanco, Gino no podía contener la risa y el ansia por molestar a su hermano. Y es que siempre era buen momento para burlarse de Wayne.

Gino se levantó tras una siesta de catorce horas un martes del mes de octubre. El otoño se había asentado fuera y ya comenzaba a hacer algo de frío. No olía mucho mejor tras acurrucarse tantas horas con la misma ropa que emanaba una pestilencia terrible, esa única mezcla de alcohol y humo, aunque esta vez lo hacía con los bolsillos llenos de dólares ganados a unos marineros a los cuales no quería volver a ver. Abrió la puerta que conectaba la habitación de Samuel con el salón y entró. Era de noche y mirando a Mark, quien aún seguía en casa, Gino pensó que serían alrededor de las ocho de la noche. A su lado, Wayne fregaba los platos con paciencia, utilizando un cubo para dicha tarea colocado sobre una mesa adicional junto al fogón. No hacía mucho que habían comprado una cocina de segunda mano con dos fogones, lo que les permitía mantener agua caliente y cocinar a la vez. El carbón seguía siendo acarreado escaleras arriba, igual que el agua.

Había dos platos sobre la mesa, iluminada por la lámpara de aceite que colgaba del techo justo sobre ella, cuya luz se difuminaba al gatear por las paredes. Gino examinó la mesa y se aproximó.

—¿Dónde está Sam? – preguntó.

Las cabezas de Mark y Wayne se giraron, abandonando momentáneamente lo que hacían para mirar a Gino. Mark preparaba la comida que se comería sobre las cuatro de la madrugada en su descanso, envolviéndolo en una hoja de periódico que ahora utilizaba como mantel.

—No lo sabemos – declaró Mark.

—¿Que no sabes dónde está? – preguntó Gino.

—No, no sabemos dónde está – repitió Mark.

Desde años atrás, los tres se referían y se dirigían a Samuel como si fuese un varón, evitando así confusiones y dolores de cabeza, dentro y fuera de casa. En ocasiones resultaba difícil, especialmente en casa, mientras él llevaba puesto el camisón de dormir.

Gino tiró de una de las sillas y se sentó. No tenía hambre, demasiado estrés y tabaco le habían aniquilado el apetito, así que se quitó la presión de los tirantes en sus hombros y se aflojó la corbata. Sólo Gino poseía ropa nueva y una corbata, ya que Mark y Wayne se habían negado a aceptar el dinero de su hermano para comprar ropa, causándoles una larga y acalorada discusión. Visiblemente cansado, Gino se frotó la cara con las manos y los codos hincados en la mesa, mirando a sus hermanos. Wayne había terminado de fregar los platos y se apoyaba ahora en la mesa junto a Mark, secándose las manos y observando a Gino mientras intentaba averiguar si había ganado o perdido. Mark continuó con los preparativos de su almuerzo con el salón frente a él, perdiéndose de repente en el espantoso ruido proveniente de fuera, filtrado por la necesaria rendija que mantenían para brindarles algo de aire fresco. Un desgarrador aullido proveniente de la calle había hecho que Mark levantase la cabeza. Por su parte, Wayne agarrotó el cuerpo y sin dejar el trapo, se acercó a la ventana y la abrió para poder sacar la cabeza fuera. La expresión facial de Gino había cambiado por completo al oír ese aterrador grito proveniente de la garganta de una mujer. Mark y Gino se regalaron una mirada. De repente y sin previo aviso, el cuerpo de Gino se había visto invadido por el nerviosismo, temeroso que algo le hubiese podido suceder a Samuel allá donde estuviese. Aun siendo sabio en los temas de la calle y rozando la maestría en cuestiones de hurtos y engaños, Samuel seguía siendo una niña de once años y su hermana pequeña.

– ¡Le voy a patear el culo al niño este! – amenazó Gino a Mark en referencia a Samuel, advirtiéndole del dolor que le iba a infligir a la niña y de paso, pidiéndole permiso.

Wayne bajó la hoja inferior de la ventana, girándose y mirando a sus hermanos.

– Ya es casi una mujer – les informó Wayne.

– Entonces le voy a patear el culo a la niña esta… ¿Dónde demonios está? –gritó Gino. – ¡Ya es de noche!

– Pronto llegará a casa y a salvo – les calmó Mark, creyendo firmemente en sus propias palabras.

– Hoy se ha negado a cortarse el pelo – informó Wayne a sus hermanos, dejando el trapo en la mesa donde Gino descansaba los codos.

Gino soltó una carcajada.

– ¡Excelente! ¡Y mañana querrá llevar un vestido! – se burló Gino, abriendo sus brazos al salón como si así pudiese abrazar el destino de Samuel.

– Tenemos que aceptar lo que es…pronto tendrá el periodo – dejó caer Mark en la conversación.

– ¡Mark! – gritó Gino, queriendo no recibir tanta información.

Wayne sonrió con malicia ante la repentina sensibilidad de Gino y tiró de una silla para poder sentarse a la mesa. Mark permaneció de pie, ligeramente apoyado en la mesa junto a la cocina que calentaba la habitación.

– ¿Qué? Ignorarlo no va a hacer que desaparezca. El Padre O'Donnell nos advirtió de que estaba al caer, así que será mejor que lo afrontemos ya – argumentó Mark, cruzando sus brazos.

—No puedo creer que hables de esas cosas con el Padre O'Donnell – dijo Gino frunciendo el ceño.

—Tú decidiste encargarte de los gritos, así que alguien tiene que hacer el resto –le ofreció Wayne a Gino con la mejor de sus sonrisas.

Mark rió mientras que Gino le sonreía a Wayne: *touché*. Los negros y serpenteantes rizos de Gino eran famosos entre las jóvenes, siendo conocedor de las fantasías que su hermosa persona generaba en la mayoría de las muchachas en ese barrio. Su excelente gusto al vestir le daba ventaja sobre cualquier otro joven en el barrio. La forma en la que movía su cuerpo y la atención que dispensaba a toda hembra que se cruzaba en su camino había creado el mayor extraoficial grupo de admiradoras, del cual jóvenes italianas y no italianas eran miembros. Incluso Sally Lukas había sido parte del grupo hasta ese día en el que el pajizo pelo, los gentiles ojos de color avellana y la nariz pecosa de Wayne, le robaron el corazón con tan sólo una sonrisa. Aún no había besado a Wayne, pero su corazón le había pertenecido desde que él le ofreció un saludo al andar junto a Gino camino de la iglesia un domingo por la mañana.

Por otro lado, Mark se había convertido en una imagen más alta del rubio, callado, observador y gentil niño que siempre había sido. En muy pocas ocasiones sus hermanos lo habían visto irritado. Sus formas tímidas y su atractiva cara de niño generaban una reacción muy diferente entre las muchachas. Mark siempre parecía que le rondaba algo por la mente, manteniéndolo distante de las demás personas. Su personalidad introvertida había robado más de un corazón a través del amor silencioso, la infatuación, convirtiéndose en amores platónicos de porte inalcanzable. La mayoría de las muchachas veían a Mark como un ser tímido e inseguro. Sin embargo, el interés de Mark por las chicas aún no se había desarrollado más allá de mirarlas, saciando sus propias necesidades siempre que Samuel no estaba en casa. De hecho, las muchachas que conocía le daban algo de miedo a Mark, especialmente porque él no se creía tan hábil como Gino con el coqueteo.

En efecto, Gino poseía esa cualidad innata para flirtear con una elegancia que Mark y Wayne jamás tendrían, así que mientras Gino pasaba sus días, o bien jugando o con los hermanos Salerno, Mark jugaba al béisbol, llevándose a Samuel siempre que tenía oportunidad, intentando así mantenerlo al margen de líos. En más de una ocasión se habían burlado de Mark, diciéndole que su hermano, el pequeño judío, era incapaz de hacer nada varonil, a lo que Mark siempre respondía con una sonrisa, negándose a emprender una conversación de cualquier tipo sobre Samuel. No obstante y últimamente, Samuel se había negado a salir de casa con ellos, viviendo poco a poco su vida al margen de la de sus hermanos, recluyéndose en sí mismo, luchando con su propia realidad en el amparo del silencio. Sin amigas, se comportaba como un niño de su edad, a la merced de sus hormonas, que arrolladoras, creaban ya evidentes signos en su pecho, empujándole a un pozo de confusión, sin saber qué hacer para parar su crecimiento. Notando su batalla, el Padre O'Donnell había intentado hablar con él en más de una ocasión, pero el niño rehusó incluso a escucharle. Pronto, las únicas personas con las que se relacionaba eran sus hermanos.

Ésa había sido la segunda noche que Samuel no estaba en casa para la cena y la primera vez que Gino había sido testigo de ello.

—Bueno, ¿sabemos qué está haciendo ahí afuera a estas horas de la noche? — les preguntó Gino, señalando la ventana como si pudiera ver a Samuel haciendo algo ilegal en la ciudad.

Los tres miraron a la puerta cuando esta se abrió y Samuel entró en la casa. Se quitó la gorra de forma inmediata, con un reflejo desarrollado en la pubertad, tratando de enfatizar su dilema. La entrada de Samuel había contestado a la pregunta de Gino y el niño de once años se sacudió el frío de los hombros. Tras cerrar la puerta y desde la penumbra, miró a sus hermanos, intentando adivinar en lo que estaban embarcados. Su pelo había crecido y un mechón de pelo rubio le cayó por la frente, en la cara, escapando de una torpe coleta que aseguraba y escondía con su gorra.

La caída de ese mechón de cabello generó pánico en el salón, comprendiendo los tres hermanos que ese niño de once años se metamorfoseaba en una preciosa joven, siendo tan sólo una cuestión de tiempo el descubrimiento ante todo el mundo. En silencio, la mente de cada uno de ellos se enfrentó a la imagen de Samuel y en lo que se convertía, desconcertando a Gino de tal forma que, aquello que había tenido en mente decirle segundos antes, se escapó de su mente para siempre, sumiéndole en un profundo silencio. Mark habló.

– Es tarde, Sam – le dijo Mark con una firme pero dulce voz.

– ¿Ah, sí? – preguntó Samuel desde donde había congelado su posición, sintiendo que era el mejor lugar en caso de tener que huir de Gino.

– Sí que lo es – secundó Wayne a Mark aún desde la mesa.

Samuel le echó un vistazo a Gino a la espera de algo más de su boca, pero él sólo se limitó a mirarle, en silencio, mientras el miedo le colmaba el cuerpo.

– ¿Y? – se atrevió a decir Samuel, encogiendo el hombro derecho.

– ¿Y? – repitió Mark. – Sabes lo que pasa ahí fuera…estoy seguro que has oído ese grito espeluznante que acabamos de oír todos.

Samuel vio como Mark señaló a la ventana con su pulgar, gesto característico de él, soliendo señalar a cosas al igual que los otros dos jóvenes, cosas que no podían verse y que él tenía que imaginar. En este caso Mark se refería a la calle, su calle, un pozo de barro y pecados.

– Lo he oído – admitió Samuel.

– ¡Oh! ¡Eso me hace sentir mucho mejor! – sonrió Mark sarcásticamente.

– ¿Dónde estabas, Sam? – le preguntó Wayne.

– Estaba fuera – respondió Samuel.

–¿Qué clase de respuesta es ésa? Sabemos que estabas fuera… ¿Estabas con amigos? ¿Dónde estabas? – Volvió a indagar Wayne con toda la calma que fue capaz de conseguir.

–¡Ya sabes que no tengo amigos! ¡Gracias a vosotros me he convertido en un bicho raro y en un retrasado que jamás tendrá amigos porque se supone que no puedo hablar! ¡Y encima camino como un niño, pero no tengo polla! –gritó Samuel, todavía junto a la puerta.

–¡Mierda! – susurró Gino con una sonrisa en la cara, comprendiendo que esa primera explosión era tan sólo la punta del iceberg de todos los problemas que aún estaban por aflorar, un iceberg de naturaleza extraña y desconocida, igual que Samuel.

Wayne y Mark arquearon las cejas por diferentes razones. Había sido la primera vez que Samuel utilizaba ese tipo de vocabulario delante de Mark sabiendo que este lo condenaba. Por otro lado, los huesos de Wayne se habían estremecido al concebir que criar a Samuel en esa primera etapa de la adolescencia era una empresa demasiado grande y compleja para su capacidad.

–Era lo mejor que pudimos hacer para que pudieses estar con nosotros, Sam –explicó Mark sin perder su calma.

Gino y Wayne pensaron que esas palabras habían sido lo mejor que ninguno de ellos podría haber dicho en esos momentos. Siempre podía contar con Mark para dispensar algo de sentido en la mayoría de situaciones.

–¡Tengo pechos! ¿No os habéis dado cuenta que ya tengo pechos? – les expuso Samuel, cogiendo sus pechos con ambas manos por encima de su grueso abrigo. – ¿Qué voy a hacer ahora?

Había llegado el punto en el cual Gino iba a perder la compostura, así que respiró profundamente y miró a sus hermanos. Ese salón se había convertido en el último lugar donde el italiano quería estar y se preguntó cuándo exactamente los tres se habían convertido en padres, sintiendo como la estancia se encogía por momentos.

–Ya pensaremos en algo, Sam – intentó calmarla Mark.

—Pues pensad deprisa porque ya me ha venido el periodo — declaró el niño con furia cruzando finalmente la habitación, desapareciendo en su dormitorio y dejando a sus hermanos enfrentados a la noticia.

El portazo hizo que la pared que separaba el salón de la habitación polaca temblase, enmascarando a su vez el ruido generado por la cabeza de Gino al golpearse contra la mesa con dureza. Wayne giró la cabeza para recibir la confundida mirada de Mark, mirándose ambos fijamente como si de esa manera, pudiesen encontrar la solución más sencilla para la presente situación. El constante golpear de la cabeza de Gino contra la vieja madera rompió la larga mirada entre Mark y Wayne, otorgando la atención a la lenta y absurda auto mutilación en la cual Gino se había perdido.

—¡Para! — le dijo Wayne a Gino, lanzándole el trapo.

—¡Ya no lo aguanto más! — expresó Gino, levantándose.

Mark sonrió sarcásticamente, ofreciéndole su mirada.

—Como si tuvieses elección — le recordó Mark.

—¡Evítame esa mierda, Mark! — le avisó Gino, señalándole con el dedo por encima de la mesa.

—¡¿Y qué?! — le ladró Mark, molesto.

Wayne golpeó la mesa con su mano para así poder conseguir la atención de sus hermanos, fallando con el primer intento. Mark había dado un paso adelante, viéndose tragado por la luz central y parado por la misma mesa, contra la cual presionaba su cadera.

—¡Esto se nos escapa y tú lo sabes! — le gritó Gino a Mark.

—A ti se te escapa todo lo que tiene que ver con Samuel, Gino — remarcó Mark, bajando su voz todo lo posible.

—¡Qué te follen! — le contestó Gino, queriendo terminar así la discusión.

—¡Ya basta! — gritó Wayne, golpeando la mesa una vez más.

Gino y Mark mantuvieron una guerra con sus ojos a través de la mesa, en silencio tras el último grito de Wayne, pero mirándose fijamente sin dar un paso atrás en sus pensamientos.

– Samuel no es un abrigo que podemos guardar en una caja durante el verano – les recordó Wayne a sus hermanos. – Es uno de los nuestros y no comprendo por qué se está hablando de esto ahora.

– ¿Lo es? – le preguntó Mark a Wayne, ofreciéndole ahora sus ojos. – Pregúntale a él si piensa igual que tú – continuó, volviendo a mirar a Gino.

Gino permaneció en silencio, intentando averiguar a dónde Mark intentaba llevar la conversación con esa actitud.

– ¡Yo sé quién es Samuel, que no se te ocurra cuestionar eso! – Por fin le amenazó Gino, sintiéndose terriblemente insultado por sus palabras.

– ¿De verdad? ¿Harías lo mismo por él que por cualquiera de nosotros? – le preguntó Mark.

– ¡Y tanto que lo haría! ¿Qué demonios estás insinuando? – preguntó Gino.

– Pues no te vayas y siéntate con nosotros hasta que encontremos una solución que ayude a Samuel – le pidió Mark.

Con una última mirada a Mark, seguida de un instintivo vistazo por encima de su hombro como si pudiese ver a Samuel a través de la puerta que poco atrás había sido cerrada con furia, Gino tomó aire profundamente y volvió a sentarse en el mismo lugar donde había estado desde que se había levantado de su siesta.

Wayne imitó a Gino, sentándose también, dejando a Mark de pie.

– ¡Siéntate! – le ordenó Gino a Mark.

– Voy a hacer café – le dijo Mark.

– Buena idea – secundó Gino.

El tiempo que le tomó en preparar el café les permitió pensar en silencio. Mark estaba convencido que Samuel había robado ese café, ya que en vez de desaparecer con el uso, su cantidad incrementaba. Mucho tiempo atrás, Gino se había enfrentado a sus sentimientos por Samuel y cuando estos habían sido rebatidos, él se había unido a sus hermanos y había incluido a Samuel, el niño o la niña, en la única familia que había conocido la mayor parte de su vida. La memoria de su madre se marchitaba en la mente del italiano con el paso de los años y la cara de Samuel era el puro reflejo de ese espíritu femenino que luchaba por sobrevivir dentro de él, suplantando poco a poco a la única mujer partícipe de su existencia. El niño se había convertido de hecho en su hermana.

Wayne y Gino retornaron de allí donde sus fantasías y miedos les habían llevado al ruido de cada una de las tazas de aluminio al chocar contra la mesa, una tras otra. El olor embaucador desprendido de ellas capturaron sus sentidos, convirtiéndose de repente en una única persona, en una sola mente una vez más, como siempre se sentían minutos antes de dar un golpe.

– Hoy no hay azúcar – les informó Mark.

Los tres jóvenes supieron que Samuel no había podido robar un poco de azúcar, así que se tomaron el café sólo, sintiéndose afortunados de poder saborearlo. Desde que Samuel vivía con ellos, había sido posible deleitar excepcionales productos que de no haber sido así, ellos jamás habrían podido comprar.

El silencio los devoró, pero con la complicidad del resto del edificio fueron capaces de oír el llanto de Samuel desde la otra estancia, haciendo que Gino girase su cabeza mientras que Wayne y Mark miraron la puerta fijamente. Mark sintió como si alguien le hubiese golpeado en pleno estómago al saber del sufrimiento de Samuel. El sollozo pronto desapareció bajo el ruido de una pelea en la calle, haciendo que los tres se sintiesen mejor por la posibilidad de poder hablar sin ser abrumados por el dolor de Samuel.

– ¿Y? – dijo Wayne, rompiendo su silencio.

Los otros dos jóvenes se ofrecieron un par de miradas y Gino tomó su primer sorbo.

– Deberíamos saber lo que él quiere – puso Gino en la mesa.

– Él es ella, Gino – le corrigió Wayne.

– Sí, deberíamos saber lo que ella quiere – repitió Gino.

Wayne y Gino giraron las cabezas hacia Mark.

– ¿Por qué me miráis? Samuel debería ser quien nos diga lo que quiere, no yo – Mark corrigió sus miradas.

–Seguro que tienes más idea que nosotros – aseguró Wayne.

–Él…ella…ella ha estado tan retraído…retraída conmigo como lo ha estado con vosotros. Conmigo no ha sido diferente – les advirtió Mark.

–Pero lo eres…siempre lo has sido – luchó Gino con las palabras de Mark.

–Escuchad, se trata de lo que Samuel quiere, le deberíamos preguntar a él –dijo Mark.

–No creo que tengamos muchas opciones – intervino Wayne. – Samuel es una niña y debería ser eso mismo ahí fuera…él…ella tiene once años ya y está crecida…ya sabe cuidarse solita – dijo Wayne.

–¿La has visto? – le preguntó Gino a Wayne, señalando la puerta de la habitación de Samuel con su pulgar por encima de su propio hombro.

–¿Qué? – frunció el ceño Wayne sin saber a lo que se refería.

–¿Le has echado un buen vistazo a Samuel? Es preciosa y este barrio es…él jamás ha tenido que lidiar con hombres siendo una mujer, créeme, no está preparado para ser mujer de puertas para afuera – apuntó Gino, señalando a la ventana, desde donde ahora se recibía el sonido de la sirena de la policía, acercándose a la zona.

–Necesita amigas – añadió Mark. – Estar rodeado de chicas para aprender.

–Ella es muy lista como hombre pero muy inocente e inexperta como mujer – les sugirió Wayne.

Otro largo silencio dio la oportunidad que los problemas de otro tomasen relevancia, ya que la policía arrestaba a unas personas fuera, dándole a los tres jóvenes algo de tiempo para pensar y darle un sorbo al amargo pero caliente café.

–Deberíamos saber lo que está pensando, sino vamos a estropearlo – concluyó Wayne.

Mark se puso de pie y caminó alrededor de la mesa, acercándose a la puerta bajo la mirada de Gino y Wayne, tocando en ella y abriéndola. Samuel yacía en la cama en la oscuridad, aniquilada con la entrada de la luz procedente del salón. Mark se acercó a Samuel por el lado derecho de la cama.

– ¿Sam? – le susurró.

Mark se agachó junto a la cama, descubriendo que Samuel estaba despierto y descansando en su lado izquierdo.

– Ven con nosotros, tenemos que hablar – le dijo Mark.

– Parece que lo hacéis muy bien sin mí – argumentó Samuel.

– No, necesitamos hablar contigo, así que por favor, levántate y ven conmigo ahí fuera, por favor Sam…vamos – le insistió Mark.

Samuel necesitó oír otro 'por favor' de los labios de Mark antes de levantarse y seguir a su hermano. Dejando la puerta abierta tras salir del dormitorio, Sam entró en el salón. Gino tiró de una silla y se la ofreció, sentándose junto a él. Se negó a aceptar algo de café cuando Mark se lo ofreció de su propia taza, levantado el niño sus preciosos ojos frente a sus hermanos. Wayne y Gino comprendieron de inmediato por qué la gente creía que Samuel y Mark eran hermanos carnales, que compartían los mismos padres. El parecido era cada vez más asombroso. Sus ojos verdes se habían enrojecido por el dolor de la lucha interna que controlaba su cuerpo, sorbiendo de vez en cuando para limpiar su nariz.

– Esto no es fácil para nosotros, Sam…estamos tan confundidos como tú – comenzó Wayne.

Samuel se mantuvo en silencio y se limitó a mirarles.

– Tienes que creernos cuando te decimos que lo hemos hecho lo mejor que hemos podido – añadió Mark. – Desde que te encontramos…bueno, ya sabes…ya sabes lo que les ha pasado a algunas chicas de por aquí.

– ¿Te acuerdas de Virginia? – refrescó la memoria Gino a Samuel.

Samuel asintió poseído por el miedo, recordando lo que había pasado a Virginia un par de años atrás. Virginia había sido brutalmente violada y su garganta abierta en canal. Irónicamente, el carnicero había encontrado el cuerpo de la muchacha en el callejón detrás de su tienda. El violador y asesino jamás había sido apresado y tampoco la policía hizo mucho para resolver el crimen, pero ni la justicia de la calle se había logrado debido a la falta de lazos familiares y voluntad comunitaria.

–No podíamos vigilarte todo el día…solías divagar – razonó Mark.

–Ya lo sé – admitió Samuel, aceptando que la estrategia había resultado ser la más inteligente y la más segura para él.

–Pero sigues siendo una niña y tienes que serlo ahora que te has convertido en mujer – le dijo Wayne. – ¿Te gustaría ser una niña ahora?

Samuel miró a Wayne y sonrió.

–Sí, quiero ser una niña, Wayne – citó con un susurro que envió pura electricidad por la espina dorsal de Mark.

Ni tan siquiera la voz de Samuel era ya masculina. Ahora que todos sabían que la Madre Naturaleza había convertido a Samuel en mujer, su voz había cambiado por un acto de magia. Gino cerró los ojos, adelantándose a los problemas a los que su hermana se iba a enfrentar, a los que todos se iban a enfrentar, ya que su evidente belleza lo sería a los ojos de cualquiera. Mark le regaló una sonrisa a Samuel.

–Pues necesitas un vestido – jugueteó Mark, dándole una cariñosa patada por debajo de la mesa. – No me puedo creer que te vas a poner un vestido.

Samuel le devolvió la sonrisa a Mark, pero a Gino no le pareció tan divertido. Mientras tanto, Wayne observaba a su hermana y echó de menos a Samuel, el niño que se habían encontrado años atrás, mientras Gino pensaba en todas las posibles maneras de mantener a los hombres lejos de su hermana.

–Tienes que ir al colegio – sentenció Gino.

Samuel clavó sus ojos en Gino al igual que Wayne y Mark. Era muy extraño oír esas palabras sabiendo lo necesitados de dinero que estaban.

–No tenemos dinero para que yo vaya a la escuela – le recordó Samuel.

–No voy a permitir que termines con un desgraciado de este barrio, irás al colegio y te convertirás en una señorita – reforzó Gino, golpeando la mesa con su índice.

Esas palabras alteraron a Samuel tanto como a Wayne y Mark.

–Trabajaré – dijo Samuel.

–Después del colegio si es tu deseo...nos las arreglaremos, ya verás – le tranquilizó Gino.

Mark y Wayne miraron a su hermano, preguntándose cómo el italiano iba a hacerlo posible.

En los días que siguieron, Wayne consiguió hablar con Sally a solas, pidiéndole que fuese a su casa después del colegio. Sally pidió a sus hermanas que la esperasen en las escaleras y los hermanos Salerno les hicieron compañía, no sin antes Gino señalarles con su dedo índice, arqueando las cejas como aviso de muerte y entrando al edificio detrás de Sally. La invitada saludó a Mark observando a Wayne y a Gino, quien cerró la puerta a su espalda.

–Hola Mark – sonrió ella.

–Hola Sally, ¿cómo estás? – dijo él, tomando asiento a la mesa.

–Muy bien, gracias – contestó Sally.

–¿Por qué no te sientas? – le ofreció una silla Wayne a Sally.

–Gracias – dijo ella mientras Gino tomaba el sillón de la abuela Polly, – ¿qué necesitas?

Esa pregunta iba dirigida a Wayne tras observar que los tres hermanos parecían saber el por qué de su presencia allí, confundiéndola y diciéndole que no se le iba a pedir permiso para ser cortejada por Wayne, sino algo probablemente muy diferente.

Wayne tocó a la puerta de Samuel y le pidió que saliese.

–Bueno – empezó a hablar Wayne. – Tenemos que decirte y pedirte algo...Sé que va a ser algo extraño pero...no sabíamos a quién más recurrir.

−¿De qué se trata? – preguntó Sally curiosa, echándole un vistazo a Mark quien parecía estar entregado en su conversación con Wayne.

Wayne se acercó a la mesa y tomó otra silla mientras Samuel salía, llevando aún la única ropa que poseía, ropa de niño, pero mostrando en su cabeza una feminidad natural, dejando su rubio cabello suelto que le rozase los hombros. Sally miró unos segundos a Samuel, después a Wayne, pero devolvió su mirada a Samuel a la vez que sus ojos se desorbitaban. Sally se puso de pie de un salto.

−¡Dios mío! – exhaló ella.

−La familia le otorgó tiempo para comprender lo que ocurría delante de ella, pero no pudieron evitar encontrarle un ápice de humor a la forma en la que Sally se volvió a sentar, derrotada, con las cejas arqueadas y finalmente derrotada ante lo que sus ojos atestiguaban.

−¡Oh! – musitó ella.

−¡Mira! – dijo Samuel, presionando su camisa contra sus pechos, enseñándoselos a Sally.

−¡Dios mío! – gritó Sally, tapándose la boca con una mano y protegiéndose de esa imagen con la otra, como si así pudiese hacer desaparecer los pechos de Samuel.

−¡Sam! – la riñó Gino, tirándole la gorra con una sonrisa en la cara.

Mark rió mientras Wayne sonrió, moviendo la cabeza ante la travesura de la niña de once años.

−¡Son míos! – dijo Samuel.

−¡Eres una niña! – le gritó Sally a Samuel. − ¡Y hablas!

−¡Sí! – dijo Samuel con una risita, finalmente feliz de poder decírselo a alguien fuera del entorno familiar.

−¡Oh, Dios mío! Esto es como una pesadilla… ¿Qué queréis que haga yo? –dijo Sally finalmente, mirando al resto de la familia.

−Sally…necesita estar con chicas de vez en cuando…ya sabemos que es mucho más joven que tú, pero es que le acaba de venir el periodo – argumentó Wayne.

Impresionada al oír esas palabras de los labios de Wayne, Sally tuvo la necesidad de volver a mirar a Samuel.

—¿Cómo es posible? ¡De repente eres una niña y hablas! ¡La habéis estado escondiendo todo este tiempo! — acusó a los jóvenes Sally.

Los tres asintieron con sus cabezas, estando de acuerdo con las palabras de Sally mientras esta miraba de nuevo a Samuel, tras lo cual puso sus ojos en Mark.

—¿Es tu hermana pequeña? — le preguntó Sally.

—No. Nos la encontramos como pensabas…no tenía familia y nadie la reclamó jamás — respondió Mark.

—Va a ir al colegio — le dijo Gino a Sally. — Pero pensamos que podrías ayudarnos…podrías acompañarla a comprar cosas que necesita…nosotros tenemos poca idea de eso.

—Sí…eh — susurró Sally, pensando. — Por supuesto…sí, por supuesto. ¿Qué debo decir si la gente me pregunta?

—Ella puede hablar — la tranquilizó Mark.

—Por supuesto… ¿Es todavía Samuel McLean? — preguntó ella.

—Sí, lo soy — intervino Samuel, segura de sus palabras y su identidad.

—¿Vas a quedarte con tu nombre de niño? — le preguntó Sally, sintiendo una extraña emoción al hablar con ella.

—Sí, Samuel McLean, ese es mi nombre — respondió Samuel.

—De acuerdo, Sam…o Samuel, por supuesto…sí, sí…deja que piense y hablaré contigo mañana por la mañana…tengo que pensar, ¿de acuerdo? Tengo que pensar — balbuceó Sally de pie, caminando hacia la puerta como si de repente tuviese la necesidad de huir de la imagen de Samuel.

Wayne acompañó a una abrumada Sally escaleras abajo, para ver como se alejaba del edificio sumida en un pozo de desconcierto por lo que acababa de descubrir. Arriba, Gino, Mark y Samuel seguían en el salón. Gino se puso de pie y comenzó a preparar una olla para calentar agua y darse un baño. Mark le echó una mano, descubriendo la bañera de aluminio que habían comprado, la cual tenían en el salón y sobre la que mantenían una tabla, colocando sobre ella algunos platos y la plancha.

– Tengo una partida esta noche – le dijo Gino a Mark.

– ¿Sí? ¿Dónde? – preguntó Mark, dándole los platos para que Gino los pusiese sobre la mesa.

– En los muelles…los Salerno vienen conmigo…Patricio cree que está en una racha ahora que por fin ya se ha tirado a alguien – bromeó Gino.

Mark soltó una risa burlona y los jóvenes movieron la bañera de aluminio lejos de la ventana. Samuel entendía qué era tirarse a alguien.

– ¿A quién se ha tirado? – les preguntó Samuel, sentándose a la mesa.

Mark y Gino giraron la cabeza y la miraron al son. A ninguno de los dos les gustaba la idea que Samuel pensase en chicos a su edad, sin poder evitar que el instinto protector diese un paso agigantado en ambos.

– ¡No es de tu incumbencia, Sam! – le gritó Gino, cogiendo la pastilla de jabón de dentro de la bañera.

– ¿Por qué no? ¿Se ha tirado a una ramera? – les preguntó, poniéndose en pie.

– Tienes que empezar a pensar como una señorita o voy a usar esto en tu boca – la amenazó Gino, enseñándole el jabón.

Como solía hacer siempre, Samuel miró a Mark en busca de ayuda.

– Lo usará – le advirtió Mark.

– De acuerdo, no me lo digáis – dijo derrotada, girándose en sus talones a la vez que Wayne entraba en el apartamento.

Wayne vio a Samuel dejar el salón y entrar en su dormitorio para darle privacidad a Gino. Usualmente, los jóvenes utilizaban la misma agua para lavarse uno detrás del otro, así que los tres se prepararon para darse un baño.

LA SERPIENTE

8°Distrito, Bajo Manhattan, ciudad de Nueva York, 1910-1914

Durante los siguientes cuatro años, el lazo familiar entre ellos se reforzó al mismo ritmo que la ciudad se transformó en una sorprendente maravilla arquitectónica. La modernidad y los avances se veían representados en colosales instituciones tales como Grand Central Terminal y extendidos por los tentáculos de raíles de tren que alcanzaban lugares más allá de la isla, atrayendo más riqueza pero forzando a los jóvenes a sufrir aún más intentando llegar a fin de mes debido a la competencia. Vivir en un barrio donde el tráfico de mercaderes y mercaderías era constante, incrementaba la ya reinante confusión de crecer sin una familia tradicional. De hecho, los cuatro miembros de la familia del pequeño judío tenían poco que ofrecer de su pasado, ya que habían sido demasiado jóvenes como para arrastrar cualquier clase de mala experiencia consigo, repercutiendo en su relación. Sus memorias se debilitaban rápidamente, de hecho, Samuel no poseía recuerdo alguno de su vida anterior al momento de ser recogida por sus hermanos. En ocasiones, ella jugueteaba con la idea de que su vida había comenzado el mismo día en el que fue descubierta en el callejón. En privado, Mark había tomado la misma determinación hacía mucho tiempo, ya que ni en una sola ocasión había pensado en buscar a sus padres sabiendo muy bien que no podían encontrarse muy lejos de donde los había dejado. De hecho, en su corazón, el joven jamás había sentido la necesidad de saber si aún vivían o si bien, ya habían muerto. Amos de su destino colectivo y con la única responsabilidad de ser ellos mismos y nadie más, vivieron estos años en la sombra de unas estructuras de ladrillos infinitas, proveedoras de toda clase de productos desde carne a madera, mientras carros y camionetas atascaban el área que

77

comprendía los límites de sus aventuras diarias. Allí se encontraban a salvo, en uno de los lugares más inseguros de la isla, ignorados, entrando en esa casa y encontrándose mutuamente en su refugio. Al crecer la necesidad de los unos por los otros por medio del amor, la experiencia y la corrupción a su alrededor, Gino solidificó su reputación como jugador de cartas con un prometedor futuro. Con una predisposición menos genética, Mark y Wayne trabajaron interminables horas en sus pertinentes empleos, convirtiéndose en un panadero y un tendero respectivamente, a la vez que evitaban las erosivas pandillas que les rodeaban.

Tras una intensiva campaña por parte de Gino y animada por Wayne, Samuel estuvo de acuerdo en aprender a escribir y leer correctamente, además de algo de álgebra. Sus clases, tomadas en La Iglesia de la Transfiguración, fueron financiadas por sus hermanos. Un tutor le impartía clase por las tardes dos veces por semana, mientras cocinaba y limpiaba para sus tres hermanos cuando su metamorfosis conmovía al barrio. Aquel niño pequeño se había convertido en una abrumadora niña de doce años de oscuro dorado pelo y pasmosos ojos verdes, gemas de una belleza atrayente y adictiva para otros jóvenes. En más de una ocasión, Gino había echado a patadas del edificio a un potencial admirador, sin tener que asegurar que Samuel disfrutaba de la atención como cualquier otra muchacha de su edad, aun tras las muchas ocasiones en las que Wayne le había pedido que no permitiese la compañía de chicos.

Imparable como el mismo destino, Samuel creció rápidamente, consolidando su amistad con Sally, a pesar de la diferencia de edad entre ellas. Pronto, Samuel comenzó a transmitir los sentimientos que Wayne no era capaz de compartir con Sally, hecho de la forma más inteligente, ya que nadie conocía a Wayne tanto como ella. Poco a poco, Sally se percató que su corazón palpitaba con más fuerza al ser Wayne nombrado por Samuel. Podría haberse tachado de comportamiento astuto y calculador por muchos, ya que Samuel crecía para convertirse en una mujer de talante inteligencia, pero no fueron con sus palabras con las que Sally se enamoró, sino de la luz que su amiga desprendía cada vez que mencionaba a Wayne. Sally se enamoró de Wayne a través del corazón de Samuel y el amor incondicional que manifestaba por él. Por su parte, Wayne era un joven cauto y tímido, y lo último que quería era no poder ofrecerle nada a Sally, sin saber que lo último que Sally necesitaba eran más posesiones. Pronto, todo lo que Sally deseaba era poder despertarse junto a Wayne en un frío domingo por la mañana.

Al igual que Wayne, Gino tomó cualquier oportunidad que se le bridó para advertir a Samuel de los hombres y de lo que podrían querer de ella, a lo que pronto ella reaccionó evitando cualquier tipo de conversación al efecto. Mark y Wayne estaban sorprendidos ante el cambio en Gino con respecto a Samuel, procesando un alto sentido protector. Sin embargo, él pasaba la mayoría del tiempo fuera de la casa y poco vio de lo que a ella le envolvía. Con una vigilancia constante, Wayne le preguntaba a Samuel sobre la compra que traía y sobre el azúcar que siguió robando, hábito del cual probablemente nunca podría desprenderse. Tras una sonrisa por parte de Samuel, todo lo que a Wayne le quedaba por decir era que iba a delatarla, a lo cual ella le contestaba 'adelante'. Finalmente, cuando Wayne habló con Mark sobre los resistentes hábitos de su hermana, Mark resolvió el problema encontrándole un empleo en la residencia de los Romanski. No es que su crianza se les hubiese escapado de las manos, pero Samuel era dueña de esa personalidad rebelde hallada en la mayoría de niñas de su edad, sin demasiadas opciones a su alcance. Su educación y la mejoría que el Padre O'Donnell había prometido moldearían a Samuel, se estaban manifestando demasiado lentamente para los tiempos en los que vivían.

El doctor Romanski era un médico de familia que vivía en la Novena Avenida con la calle 59. Cada día, Samuel cogía el tren elevado desde la estación de la calle Warren. Esperanzados, sus hermanos deseaban que sus costumbres cambiasen al verse envuelta de gente adinerada, aunque fuese sólo en función de niñera de los hijos de la pareja. ¿Podría la falsa esperanza cambiar la visión de Samuel ante la vida y el futuro? ¿Existía dicha esperanza viviendo en la zona de la calle Canal? Sólo deseaban algo mejor, pero a diario hacían lo que la mayoría de los pobres hace: servir a los ricos. Sin embargo, también la más fría de las muertes alcanza a los prósperos. La señora Romanski jamás se recuperaría de la pérdida de su única hermana en las aguas del Atlántico una mañana de abril, cuando su cuerpo se hundió en las oscuras profundidades del océano que le llevaban a su hermana pequeña a su lado.

Poco después de empezar a trabajar para los Romanski, la impresión que dejan los sueños inalcanzables podían ya apreciarse en Samuel. La primera pista fue un jarrón con margaritas frescas en la mesa de la cocina y unas cortinas de viejo algodón blanco que le había cedido la señora Romanski creyente de que, en efecto, Sam era una muchacha judía y por lo tanto, una de los suyos. Ni en una ocasión Samuel pensó en corregir dicho mito, de hecho, siempre que la conversación surgía en su propia casa y entre sus hermanos, todos se encogían de hombros y decían: ¿Quién sabe?

La muerte reclamó al Padre O'Donnell poco después de que Wayne cumpliese los veintiuno el 18 de febrero de 1914. Con él se llevó todos los esfuerzos que había hecho a través de los años por encontrar a la familia biológica de Samuel. Escondida de los jóvenes esta empresa había mantenido, llevándosela consigo a su merecido lugar junto a Dios. Murió sin saber de dónde provenía Samuel, regalo que quería haberle hecho desde el mismo día en que había abierto la puerta para encontrar a Mark con un niño pequeño a su hombro.

8°Distrito, Bajo Manhattan, ciudad de Nueva York, Día de la Independencia Americana 1914

Los dulces dieciséis años de Samuel llegaron mientras Europa daba el paso en uno de los tiempos más oscuros de su historia.

Apenas unos días antes, un hombre llamado Gabrilo Princip había apuntado con su pistola al heredero de la corona austriaca y a su esposa en Sarajevo. Con el asesinato, él quitó la primera piedra de la base de la muralla que mantenía las fronteras en Europa, abriendo el camino hacia la Primera Guerra Mundial. En el plazo de dos meses, las ambiciones territoriales y económicas de Alemania se habían derramado con determinación y un puño demoledor, violando naturaleza y ley, convirtiéndose en la culminación de su escalada como potencia económica en Europa y en la necesidad de adquirir nuevos medios con los que mantener la vasta maquinaria en funcionamiento. Este tipo de noticias tardaba bastante en llegar a la zona de la calle Canal.

El señor y la señora Lukas aprobaron de Wayne. Sin embargo, su falta de recursos económicos pospusieron la boda por un par de años, calculando que podrían contraer matrimonio a la edad de veintitrés con un sonado patrimonio que les permitiría mudarse unas cuantas calles hacia el norte. Continuando con la tradición familiar y debido a una innata predisposición al trabajo de aguja, Sally se había hecho a cargo del taller de costura ubicado en la trastienda de la sastrería. En la mañana del cumpleaños de Samuel, Mark entró en dicha sastrería, haciendo que la señora Lukas llamase a su hija mayor al ver al joven. Sally salió mientras la señora Lukas se disponía a atender a una nueva cliente.

–Hola Mark –saludó Sally al hermano de Wayne.

–Hola Sally, ¿lo tienes? –le preguntó Mark.

–Sí, ven detrás.

Mark siguió a Sally a la trastienda y sus hermanas levantaron la vista de su tarea para mirar a Mark. La que se ruborizó era Laura, quien había permitido que su corazón se rompiese con la idea de poseer el amor de Mark. Ignorante del poder que tenía en aquella habitación, Mark sonrió y saludó a las hermanas con un movimiento de cabeza, para darle de inmediato su atención a Sally y a la caja que esta acababa de bajar de un estante.

—¡Aquí lo tienes! ¡Le va a encantar! Sé que no está bien viniendo de mí, pero me ha quedado fantástico…encontré el verde que querías – dijo Sally, colocando la caja sobre la mesa de coser y ante Mark.

—Seguro que va a ser precioso…Oh Sally, es un verde precioso…deja que lo vea – le dijo Mark al quitar ella la tapa de la caja.

Mark ayudó a Sally a sacar el vestido de color verde mar de la caja y Mark sonrió ampliamente ante lo que vio. La habitación acababa de iluminarse con la pieza de ropa.

—Sally…es precioso – elogió Mark, impresionado por el vestido de gasa.

—Lo es, ¿verdad? – estuvo de acuerdo con él Sally, orgullosa de su trabajo.

—Eres increíble…ella tenía razón al decir que eras la mejor – la felicitó Mark.

—Sally sonrió a Mark, observando cómo sus hermanas los miraban fijamente. Ella tapó de nuevo la caja y Mark tomó el vestido que ya había pagado, el regalo de Samuel. Sally le acompañó a la salida, diciéndole adiós a la señora Lukas de camino. Era un día caluroso y la puerta de la entrada estaba abierta para permitir la corriente dentro de la tienda.

—Ven a las siete – dijo Mark, refiriéndose a la fiesta.

—Claro. Laura vendrá conmigo – le informó Sally.

—De acuerdo…hasta entonces.

Mark volvió a casa para encontrarla vacía, pero albergando un nuevo ramo de flores en la mesa. La curiosidad estaba mellando la paciencia de los hermanos, ya que esos ramos de margaritas blancas habían comenzado a llegar sin nota alguna. Alguien ahí fuera, en la ciudad, se contentaba con saber que Samuel tocaba algo que él enviaba. Ella, por su parte, aceptaba los envíos en contra de los deseos de sus hermanos.

Mark dejó caer la caja que contenía el vestido de Samuel sobre su cama, abriendo después la ventana de Gino, para poder así permitir algo de corriente en el apartamento con la esperanza de combatir el insoportable calor, volviendo al salón para abrir las cortinas. Abrió también esa ventana y sacó la cabeza fuera, viendo a Samuel caminar por la calle con algo de comida para la cena recogida después del trabajo. Ella abrió la puerta de la casa momentos más tarde y sonrió al ver que Mark estaba en casa.

–¡Hola! – le saludó ella con una tierna sonrisa.

–¡Hola! ¿Eres tú la niña del cumpleaños? – casi le gritó Mark desde el alféizar de la ventana donde se sentaba para sentir algo de la corriente en la espalda.

–Odio cuando haces eso. Un día te vas a caer y te encontraremos en la calle – le riñó Samuel, cerrando la puerta con el talón de su zapato.

Mark se bajó del alféizar de la ventana y fue hacia ella para ayudarla, mientras Samuel dejaba las dos bolsas de papel sobre la mesa, mirando a su hermano.

–¿Quién eligió mi cumpleaños? – le preguntó Samuel, convertida ya en una tradición entre ellos.

–Yo – le contestó Mark sin preámbulos, como hacía cada año desde que Samuel había comenzado a preguntar.

Samuel sonrió ampliamente y levantó la cabeza para poder ver los brillantes ojos a Mark.

–Vas a estar aquí esta noche, ¿verdad? – dijo Samuel esperanzada.

–Por supuesto. ¡Hoy te conviertes en una mujer! ¿Cómo me iba a perder yo eso? – sonrió Mark abiertamente.

–Hablemos de eso… ¿Qué puedo hacer ahora que no haya hecho antes? – preguntó Samuel, intentando atraerle a una conversación que él no tenía intención alguna de mantener.

–Nada especial…quizás llevar medias en invierno, pero eso es todo – le ofreció Mark mientras sacaba algo de queso de una de las bolsas.

–¿Medias? ¿Y chicos? Quiero salir con chicos – deseó Samuel, colocando ambas manos en la mesa, inclinando su cuerpo sobre la pieza de mobiliario para así poder estar más cerca de Mark, de pie al otro lado.

Mark soltó una sonora carcajada y movió su cabeza, procesando un sentimiento negativo ante las intenciones de su hermana tras encontrarlo terriblemente divertido, pero dándole algo de miedo a la vez.

– ¿Salir con chicos? ¿Con quién? ¿Con quién te gustaría salir? ¿Con él? – dijo él, señalando al jarrón lleno de margaritas blancas que decoraban la modesta estancia.

– ¿Él? No sé quien está enviando estas flores, pero sabe lo que me gusta...pero no sé...no tiene que ser él, Mark – contestó Samuel, sacando tomates de la segunda bolsa.

Gino abrió la puerta y Samuel giró la cabeza para poder ver quién era. El italiano saludó al entrar y les miró, dejando caer su chaqueta sobre el sillón, la misma chaqueta del traje que había llevado desde que había dejado la casa el día anterior. Mark se había estado preguntando si este iba a recordar el cumpleaños de su hermana, así que sintió un genuino alivio y felicidad al ver al gallardo hombre entrar en el apartamento por mucho que el olor a alcohol y a bar que llevaba consigo amenazase con invadir la casa. Parecía feliz, así que ambos supusieron que había tenido un día de fortuna. Tenían razón.

– ¡Estás aquí! – festejó Samuel con un característico brinco de felicidad.

– ¡Por supuesto!...Pero me tengo que dar un baño...no te acerques mucho – le advirtió.

– ¡No me importa! – gritó Samuel, besándole la mejilla mientras Gino sonreía maliciosamente, pero lleno de felicidad.

– ¡Has llegado justo a tiempo! – le dio Mark la bienvenida mientras cogía un par de platos para colocar unos huevos en ellos.

– ¿Para qué? – se preguntó Gino, caminando hacia la habitación de Samuel y Mark para sentarse y quitarse los zapatos.

– ¡Samuel quiere salir con chicos! – le dijo Mark desde el salón.

– ¡Mark! – se quejó Samuel.

Mark se rió por lo bajo cuando oyeron desde donde se encontraban una fuerte y sarcástica carcajada proveniente del dormitorio. Samuel desorbitó los ojos, claramente molesta por la actitud ante su situación como mujer de dieciséis años.

– ¡Soy la única que no sale con nadie! – les informó Samuel.

– Tengamos esta conversación otra vez… ¡Qué sea pronto! – bromeó Gino desde la habitación contigua. – ¡Me encanta hablar de esto!... ¡¿Qué es esto?!

– ¡No es justo! ¡Los chicos se me acercan y hablan conmigo todo el tiempo! ¡¿Por qué no puedo ir al cine o al teatro o al parque con ellos?! – Samuel preguntaba en todas direcciones mientras Mark la ignoraba y Gino abría la caja que había sobre la cama de Samuel, preguntando qué era.

– ¿Esto lo has comprado tú, Mark? – le preguntó Gino a su hermano, ignorando las palabras de Samuel con total naturalidad.

– ¡Sí! – respondió Mark de igual forma.

– ¿Nadie me escucha? – gritó Samuel desde un punto estratégico en la cocina, desde donde podía ver a Gino sentado en su cama y a Mark distribuyendo la compra. La curiosidad la pudo. – ¿Qué has comprado? – preguntó Samuel a Mark, abandonando su caso y caminando hacia su habitación.

El corazón de Mark se llenó de dicha al oír el grito de Samuel ante el descubrimiento del vestido más hermoso que jamás había existido. Incluso Gino sonrió ampliamente, orgulloso de su hermano y del placer que había producido en Samuel. Entretenido, Gino observó a una salvaje y poseída Samuel sacando el vestido de la caja y levantándolo en el aire para poder verlo mejor. Incapaz de dejar de gritar lo bonito que era, Samuel se sintió cerca del cielo por primera vez en su vida. Desde la puerta del dormitorio, Mark los miraba con una sonrisa en la cara. Gino miró a su hermano, compartiendo su goce por esos minutos de júbilo que había regalado a su hermana.

– Es muy bonito, pero no va a ayudar con la situación – bromeó Gino con una sonrisa iluminándole el rostro.

– ¡Lo sé! – devolvió Mark la sonrisa, arqueando las cejas.

Samuel dejó el vestido y dio pequeños brincos hacia Mark, saltando finalmente sobre él, gritándole que era el mejor hermano del mundo entero y que aquel era el vestido más increíble de Nueva York. Samuel enlazó sus piernas alrededor de él, besándole el rostro desbocada por la alegría. Mientras intentaba librarse de ella, Mark no podía dejar de reír. Cuando por fin Samuel se calmó, Mark la dejó en el suelo y señaló en la dirección de Gino con un característico movimiento de cejas.

– ¡Mira lo que ha traído él! – dijo Mark a Samuel.

Samuel se giró y volvió a gritar al ver un par de zapatos de terciopelo verde en las manos de Gino, acompañados por una de las mejores sonrisas del italiano.

– ¡Oh, Dios mío! – aulló Samuel.

Estaba sintiendo tal pasión en su cuerpo, que antes de que ninguno de ellos se lo esperase, Samuel se encontró sobre Gino, haciéndole caer en la cama donde lo enterró en besos mientras el moreno le suplicaba a Mark que se la quitase de encima.

Fue alrededor de las seis y media de la tarde de ese cuatro de julio cuando Sally y Laura llegaron al apartamento y empezaron a ayudar a los tres hermanos a preparar su primera fiesta. Todos se habían bañado, compartiendo la misma agua fría. La tabla de madera se había vuelto a colocar sobre la bañera de aluminio, bajo el mantel blanco que Sally había ayudado a coser a Samuel. Llevando pantalón marrón, chaleco, tirantes, camisa blanca y Gino una corbata nueva, los jóvenes se movieron por la casa al son de la música generada por la gramola que Sally había traído para la fiesta, junto a discos que había conseguido recolectar para dicha ocasión. Por si acaso, Timothy y John habían llevado un violín y un banjo, este último siendo instrumento que había viajado desde África para que los irlandeses pudiesen hacer famoso su particular sonido.

También habían pedido prestados vasos y platos, y los tres jóvenes se encontraban en plena preparación, cuando Sally fue llamada a la habitación de Samuel para asistir con la cremallera. Los hermanos movieron entonces la mesa hacia un lado de la estancia, comenzando a colocar los platos de comida fría, mientras Mark secaba los vasos, todos de diferente forma y color.

– Él podría estar aquí esta noche, ¿sabéis? – comunicó Gino a sus hermanos, colocando un plato de queso sobre la mesa.

– ¿Quién? – preguntó Wayne.

– ¡El hombre margarita! – anunció Gino.

– ¿Quién de nuestros amigos puede permitirse flores? Dame un nombre – le retó Wayne.

– ¿Hemos podido permitirnos café y azúcar en esta casa? Y hemos disfrutado mucho nuestro café, ¿verdad? – le corrigió Gino. – Vigílala – dijo a Mark.

– ¿Yo? ¿Qué? ¿Por qué tengo que vigilarla yo? – se quejó Mark.

– Porque eres el hombre perfecto para el trabajo – declaró Gino.

– ¿Qué? ¿Por qué? – balbuceó Mark.

– Por qué crees que jamás nadie va a ser lo suficientemente bueno para ella – respondió Wayne como si hubiese leído la mente de Gino.

A Mark no le gustó oír esas palabras, adornadas con un toque sarcástico. La carcajada de Gino hizo que Mark frunciese el ceño. Orgullosos de sí mismos, Wayne y Gino se codearon mutuamente, cómplices. Mark se limitó a mirarlos sin poder creer sus oídos y dejó de limpiar por un instante.

– Eso no es cierto – les dijo Mark, convencido de sus propias palabras.

Wayne y Gino rieron de nuevo ante la actitud de Mark. La conversación se vio de repente interrumpida cuando Sally y Samuel entraron en la cocina. En efecto, ese vestido había sido confeccionado para ella y sólo para ella, al igual que el color, el cual había sido creado por un pintor europeo siglos atrás, hombre con afán de recrear el color de un lugar cercano a una isla Griega virgen del Mediterráneo, habiendo esperado dicha creación durante esos solitarios años a que Samuel naciese para así, poder al fin disfrutar de su lugar merecido: sus ojos y su cuerpo. Samuel se había dejado el pelo suelto, tímidamente bajo sus hombros, mientras una horquilla evitaba que un mechón le cayese por la cara.

– Ahí lo tienes – sonrió Gino, orgulloso de haber ayudado en su crianza.

Wayne, con veintiún años, sonrió ampliamente ante la imagen angelical de su hermana, notando en su estómago un espasmo debido a un repentino sentimiento de miedo. Ella acababa de adentrarse en una peligrosa edad en la cual necesitaba la mayor protección. Mark la miró y por fin, su corazón se sintió completo.

– ¿No es fantástica? – preguntó Samuel, cogiendo el brazo de Sally. – ¿No es éste el vestido más bonito que jamás habéis visto en vuestras vidas?

Las mejillas de Sally sintieron un tremendo calor ante la expresión de sentimiento y reconocimiento de su talento por parte de Samuel y en secreto dio las gracias a Dios cuando alguien tocó a la puerta, ya que el ardor de su cara se incrementaba y amenazaba con una terrible explosión.

El apartamento pronto estuvo lleno de jóvenes, amigos y amigos de esos amigos, y también gente que no conocían. Debido al intenso calor acumulado a pesar de las ventanas abiertas, la puerta de la casa acabó por dejarse abierta y la gente llenó el pasillo, sentándose en las escaleras mientras el ruido de parloteo viajaba a todas las esquinas del edificio. A las nueve de la noche, algunos de ellos bajaron a la calle a disfrutar de la celebración del Día de la Independencia Americana que se encontraba en plena calle, aunque la mayoría estaban demasiado borrachos como para recordar lo que se celebraba.

A las once de la noche, Mark se cambió de ropa tras echar a una pareja de la habitación de Gino y Wayne, invitándoles a seguir después. Sonrió al cerrar la puerta a sus espaldas, dándoles privacidad, y se ocupó de otras personas en su camino hacia el exterior. La música había parado y ya quedaba menos gente, algunos de los cuales dormían en el suelo o fuera en el pasillo. Miró alrededor, pero ninguno de sus hermanos estaba allí, así que caminó hacia el exterior y encontró a Samuel sentada en las escaleras del edificio hablando con quien reconoció ser Frank Carusso. Vestido elegantemente, este miraba a Samuel de una forma que hizo sentir incómodo a Mark.

– ¿Te vas ya? – le sonrió Samuel a Mark, cogiendo su mano cuando este se paró junto a ellos al salir.

– Sí, ya voy tarde. ¿Dónde está Wayne? – le preguntó, mirando fijamente a Frank.

– Allí – respondió ella, señalando a Wayne, sentado y fumando junto a Sally y Laura al otro lado de la calle bajo una farola de gas.

– Deberías echar a esta gente y cerrar la casa – le aconsejó Mark, aun mirando a Frank como si en efecto, se dirigiese a él y no a Samuel.

– De acuerdo…lo haré en un minuto – respondió ella.

– Muy bien, ¿cómo estás? – preguntó Mark a Frank por fin.

– Bien, gracias…una fiesta fantástica – le felicitó Frank educadamente.

– Sí, ¿verdad? Gracias por venir – dijo Mark, mirando de nuevo a su hermana. – Se hace tarde, Samuel.

– Lo sé…vete a trabajar, subo en un minuto – le aseguró Samuel.

– De acuerdo.

Aún con su mano en la de Mark, el rubio bajó un escalón y le besó la cabeza a ella como hacía siempre desde que había descubierto que era una niña pequeña. Ella recordaba todos los cuentos de hadas que Mark se inventaba para evitar que llorase toda la noche cuando el miedo por los ruidos provenientes de peleas y disparos ocasionales se filtraba por el callejón y por su ventana, en aquel tiempo en el que los cuatro compartían el dormitorio de Wayne. Mark les dejó y después de hacer una parada rápida junto a

Wayne, se alejó caminando hacia su trabajo.

Mark debería haber imaginado que pronto, Frank Carusso pediría permiso para visitar a Samuel y acompañarla a casa del trabajo y de la iglesia. Él era un educado joven de veintiún años cuyo padre era un próspero impresor, del cual había aprendido el negocio familiar. Sin embargo, a la señora Carusso no le gustaba la idea que su hijo mayor pudiera enamorarse de una muchacha judía, por mucho que Frank le hubiese explicado que en realidad, nadie sabía si Samuel era judía y que atendía a la Iglesia Católica como ellos. El mito sobre el pasado de Samuel era demasiado complicado para la conservadora mente de la señora Carusso y no veía con buenos ojos la forma en la que Samuel podía haberse convertido en una judía. Por encima de todo, la señora Carusso creía fervientemente en su propia intuición y aseguraba que con su comportamiento, Samuel insultaba a sus antepasados al no ir a la sinagoga. De hecho, la señora Carusso sentía lástima por el alma de Samuel, ya que la consideraba una pecadora por asistir a La Iglesia de la Transfiguración. La madre de Frank no quería, de ninguna de las formas, a alguien como Samuel junto a su hijo, alguien con el aliento del demonio en su cuello. Desde ese momento, Frank decidió hablar con Samuel contra la voluntad de su madre, ocultando sus actos tanto a Samuel como a su madre.

8°Distrito, Bajo Manhattan, ciudad de Nueva York, agosto de 1914

Mientras en el otro lado del planeta, el Imperio Británico había declarado la guerra a Alemania en reacción a la invasión de Bélgica por las tropas alemanas, Mark entró en el apartamento una mañana temprano para encontrar a Wayne y Gino sentados en la mesa. Dicha visión le sorprendió, no por Wayne, ya que con él desayunaba cada mañana antes que este se fuese a trabajar, sino por encontrar a Gino despierto y fresco a esas horas. Tan pronto como Mark pisó en la casa, Wayne se puso en pie para hacer algo de café para ambos y en ese día, también para Gino.

– ¿Qué? – preguntó Gino a Mark cuando vio la sorpresa en su rostro.

Mark sonrió ampliamente y movió su cabeza de izquierda a derecha mientras dejaba la caja de la comida sobre la mesa junto a una barra de pan fresca y algo de mantequilla envuelta en papel, mirando la cera del pelo que mantenía el pelo de Gino hacia atrás.

– ¿Qué? – le ladró Gino, mirándole.

– ¿Vas a desayunar con nosotros? – le preguntó Mark.

– Sí, ¿algún problema? – le preguntó Gino, molesto por la sarcástica mirada en la cara de Mark.

– No, por supuesto que no – respondió Mark con una sonrisa ahora que ya sabía que había importunado a Gino.

Sabiendo lo que Mark había hecho, Wayne sonrió tímidamente mientras preparaba el café y rebanaba el pan. Habiendo estado despierto trabajando toda la noche le daba a Mark una ventaja por encima de los demás a esas horas de la mañana, especialmente Gino, cuya mente estaba exhausta tras una larga partida. Gino cogió las tres tazas necesarias, las cucharillas y algo de azúcar, colocándolo todo sobre la mesa.

– Samuel ha de traer más azúcar – dijo Gino en voz alta.

– Ella no…no pueden pillarla ahora – les informó Wayne. – Yo lo traeré hoy.

– Me refiero comprar – articuló Gino. – He dejado dinero en la cajita.

– ¿A dónde vas tan temprano? – se preguntó Mark.

– Quería hablar con vosotros, ya que voy a estar todo el día fuera – les dijo Gino, sentándose de nuevo en su silla favorita.

Cuando el café estuvo listo para tomar y el pan rebanado, la mantequilla se pasó de mano en mano. Tras el primer sorbo y el primer mordisco, Gino habló con la boca llena.

−Frank Carusso está muy interesado en Samuel…ayer habló conmigo. Me lo encontré en el café de Panelli – compartió las noticias.

Wayne y Mark se miraron mutuamente, entonces le devolvieron su mirada a Gino.

−¿Interesado? – preguntó Wayne.

−Sí, quiere pedir permiso para visitar y salir con ella...promete que la traerá a casa antes de las nueve de la noche – clarificó Gino. – le he informado de que lo castraré si la toca.

Wayne miró a Mark y este bajó su mirada, posándola sobre su taza. Tomó otro sorbo de su café y dio otro mordisco a su pan con toda la serenidad del mundo entero, mientras su cerebro procesaba la información. Levantó su mirada al darse cuenta que sus hermanos se hallaban en silencio, mirándole fijamente.

−¿Qué? – les preguntó Mark.

−¿No dices nada? – le preguntó Gino.

−Samuel es nuestra hermana, no sólo mía – les recordó Mark.

−Sí…pero tu cara no es la misma que la suya ahora que he dicho esto – dijo Gino, señalando la cara de Mark primero y después la de Wayne.

Mark le echó un vistazo a Wayne. Por su aspecto, parecía que Wayne estaba de acuerdo con lo que Gino acababa de expresar.

−¡Pues entonces no me preguntes! – sugirió Mark.

−¿Por qué no? – preguntó Wayne rápidamente.

−Porque voy a decir que no… ¡Es demasiado joven y este tipo tiene qué!… ¿veintidós? – argumentó Mark.

Wayne sonrió, quitando sus ojos de Mark mientras Gino reía, entretenido y sentado frente a Wayne.

−No la puedes tener a tu lado toda su vida…tiene dieciséis años – le recordó Gino.

−¿Quién ha dicho eso? ¿Sabéis qué? No quiero hablar de esto...ir y preguntad a ella y no a mí – concluyó Mark, visiblemente frustrado por la realidad.

Ambos, Wayne y Gino sabían que eso era todo lo que iban a

conseguir de Mark, así que le miraron, sin recibir nada más.

—De acuerdo…entonces tú y yo decidiremos qué hacer — terminó Gino la discusión mirando a Wayne.

—A ella le gusta — le dijo Wayne a Gino.

—Y es un buen tipo…y más rico que nosotros — añadió Gino.

—Sí, adelante…vender a vuestra hermana — escupió Mark de su alma, levantándose de la mesa.

—¡Qué te follen, Mark! — Gino le ladró, apuntándole con su poderoso dedo índice, ese dedo cargado con rabia.

—Sí…lo haré — Mark susurró tras dejar la taza y el plato en la tabla de madera sobre la bañera, encaminándose hacia su habitación para dormir.

Mark cerró la puerta con cuidado y se quitó la ropa. Wayne había cerrado la puerta conectando su dormitorio y el de Samuel para evitar que la luz entrase en la habitación de su hermana demasiado temprano. Eran apenas las seis de la mañana. Mark pensó que Samuel dormía en su lado, así que se echó con cuidado en el suyo. Ella había desarrollado la habilidad de dormir, a pesar del ruido, ya que este era siempre abundante y provenía tanto de la escalera del edificio como de los vecinos de al lado. Echado a su lado y mirando hacia el techo, Mark respiró profundamente y cerró los ojos para perderse en esos sueños en los cuales él era capaz de tener un trabajo durante el día y poder disfrutar de una mañana, durante las cuales había dormido desde lo que ya parecía una eternidad y de lo cual ya se había cansado. Sin embargo, con Wayne ahora ahorrando para poder casarse, iba a ser muy difícil cambiar de empleo en una ciudad donde muchos hombres luchaban por mantener sus trabajos mal pagados. Con tantas ideas inundándole la mente, Mark se durmió e ignoró que en la cocina, el matrimonio de Samuel con una familia adinerada se estaba disponiendo y ella ahora era consciente de ello.

Sin saber por qué exactamente, la actitud de Samuel cambió radicalmente y de nuevo comenzó a evitar a sus hermanos en todo lo posible. Jamás volvió a hablar de Frank Carusso y Gino supo que ella se negaba a verle. Cuando Wayne le preguntó el por qué de su cambio, ella se limitó a sonreír y decirle que simplemente había cambiado de opinión. Sally no supo mucho más que ellos y Gino le advirtió a Wayne que por su bien, era mejor que dicho cambio no tuviese que ver con Mark. Cuando una mañana Wayne le preguntó a Mark si sabía por qué Samuel había decidido no seguir con Carusso, Wayne pudo apreciar que tal noticia era en efecto, una sorpresa también para él, expresada en la confusión escrita en su cara.

–¿Qué? – le preguntó Mark a Wayne en el desayuno.

–¿No lo sabías? – frunció el ceño Wayne.

–¿Saber qué? Yo no he hablado con ella sobre Carusso, ni una palabra…dije que no me iba a mezclar y no lo he hecho – le aseguró Mark, bajando la voz.

Wayne arqueó las cejas y tomó otro trago de café.

–Pues…lo ha hecho…Gino habló con él y dice que se niega a que la acompañe y ni tan siquiera quiere hablar con él. Le he preguntado y Sally también lo ha hecho, pero sólo nos dice que ya no está interesada en él –narró Wayne.

–Bueno…igual es que realmente ya no está interesada…habrá más hombres, Wayne, tiene una vida muy larga delante – recordó Mark a su hermano.

Wayne no respondió a la observación de Mark y eso fue todo lo que se habló del tema Carusso. Semanas más tarde, Wayne fue puesto al corriente por Sally que Samuel había conocido a Connie Ward y que por la noche, se escapaba de casa para ir a bailar con ella y unos amigos de ella.

Aún en verano, pero con la bendición de lluvia fresca y limpia cayendo sobre la ciudad de Nueva York, Wayne oyó cómo Samuel salía de casa poco después que Mark se hubiese ido a trabajar. Completamente vestido, Wayne siguió a su querida hermana a su punto de encuentro con Connie y con dos jóvenes, de los cuales desconocía su pasado. Tras descubrir que lo que Sally le había dicho días antes era cierto, volvió a casa y se fue a la cama, dejando la puerta de su habitación abierta. Esa noche, Gino llegó antes que

Samuel y cruzó su habitación en la penumbra, como era su costumbre.

−¿Ya ha vuelto? − preguntó Wayne a Gino en la oscuridad de su habitación compartida.

−¡Mierda! − Gino se quejó. − Me has asustado − susurró Gino.

−¿Ya ha vuelto? − repitió Wayne, ignorando el susto que acababa de dar a su hermano, temiendo haberse dormido momentáneamente desde que había vuelto.

−¿De qué hablas? − pidió Gino manteniendo la voz baja para así no despertar a Samuel.

−Samuel, ¿está Samuel en su habitación? − le preguntó Wayne desde la cama.

−Imagino − respondió, abriendo la puerta para permitir que algo de luz entrase en la habitación de Mark y poder ver que la cama estaba vacía. − ¡No está en su cama, Wayne! − gritó Gino.

Wayne se había levantado ya y ambos entraron en la habitación de Mark y Samuel para descubrir que en efecto, no había vuelto.

−¿Dónde está? − le preguntó Gino, temeroso por su seguridad.

−Ha ido a bailar − la delató Gino, volviendo a su dormitorio.

−¿Qué? − gritó Gino.

Cuarenta minutos más tarde, alrededor de la una de la madrugada, Samuel volvió a casa tras dar las buenas noches a Connie, Peter y Gary. En la calle, su cuerpo se agarrotó al ver la luz de la cocina encendida, dudando unos instantes, intentando pensar. No podía ser Mark aún pero la posibilidad de que fuese Gino era mucho mayor. Así que tras tomar un largo trago de aire frío que la llenó de fuerza y coraje, subió las escaleras y entró en el apartamento para encontrar a Gino sentado en el sillón de la abuela Polly. Wayne no estaba allí, no le podía servir de apoyo. En silencio, permaneció junto a la puerta, sintiendo que estaba viviendo y contando los últimos segundos de su vida.

−¿A qué club has ido? − le preguntó Gino.

– Al Jazzie's – susurró Samuel.

Gino asintió con la cabeza sin quitar los ojos de ella.

– ¿Lo sabe Mark? – quería saber Gino.

– No lo creo – contestó ella.

– Connie te va a traer problemas. Es una furcia…pensé que sabías eso – le informó Gino, aún sentado en el sillón y haciendo sentir a Samuel muy tensa.

– No es una furcia, Gino – se atrevió a decir ella, con una voz suave.

– Lo es, Sam, lo es…necesito más manos para contar los hombres con los que se ha acostado y no ha de tener más de qué, ¿diecinueve? – le comunicó Gino con calma.

– No me importa lo que hace con su cuerpo, Gino…yo sólo voy a bailar con ella – le especificó Samuel.

– Yo sé que eres más lista que todo eso, Sam, pero hoy vas a bailar con ella y mañana la mitad del barrio cree que eres tan fácil como Connie y un día…un día se te va a considerar como la furcia judía, ¿es eso lo que quieres? – le expuso Gino con autoridad.

– ¿Estás preocupado por mi reputación o la tuya? – tuvo el coraje de preguntar Samuel a su hermano.

– Sé que no querías decir eso…sé que quieres pasártelo bien y por alguna razón sólo nos estás retando… ¿Por qué? ¿Por qué haces esto? – le preguntó Gino, controlando su temperamento.

Samuel se mantuvo en silencio allí donde se encontraba, como si sus pies se hubiesen pegado al suelo. Gino odiaba cuando ella adoptaba el hábito de Mark, acabando una conversación en el preciso momento que estaba lista para no dar más información, evitando de esa forma adentrarse más profundamente en una discusión.

– Quiero que seas feliz, Samuel, pero también que estés a salvo – dijo Gino con una mirada que reflejaba puro amor por ella.

Samuel creyó tanto sus palabras como el cariño que transmitía en sus ojos, pero no dijo nada.

– ¿Me puedo ir a la cama ya? – le susurró ella.

– Buenas noches – dijo Gino.

Samuel giró su cuerpo con la ayuda de sus tacones y desapareció en su habitación, aun temblando por el encuentro con el que consideraba su hermano mayor, aunque en realidad, Wayne era el mayor de los tres hombres. En el salón, Gino decidió fumar otro cigarrillo pero acabó durmiendo en el sillón, donde Mark lo encontró por la mañana.

Dos días más tarde, Samuel caminaba de vuelta del parque de la mano de Louis y Charlie Romanski cuando divisó a Mark esperándole en el umbral de la casa de los Romanski, sentado en las escaleras. Al verla caminar en esas lujosas calles con los hijos de otros de su mano, no pudo evitar sonreír. El aspecto de su abrigo decía con tan sólo un vistazo que ella estaba allí temporalmente, durante las horas de trabajo. A pesar del viento que azotaba la ciudad ese día, Mark se preguntó que mantendría a Samuel y a los pequeños gemelos tan felices mientras luchaban contra el violento aire que lo levantaba todo del suelo. Caprichosamente, la corriente mantenía el suelo limpio y sucio alternativamente. Samuel le ofreció una amplia sonrisa cuando ella y los niños llegaron al número veintitrés y Mark se la devolvió, levantándose para recibirlos.

– Hola – saludó Samuel a su hermano.

– ¡Hey!… ¿Niños? – saludó Mark a los pequeños.

Charlie y Louis saludaron a Mark, el cual contempló a los gemelos pecosos.

– ¿De dónde venís? – les preguntó Mark.

– Hemos ido a nuestra lección de piano…nuestro maestro se ha roto una pierna y ahora tenemos que ir a su casa – explicó Louis, levantando su cabeza.

– ¿Sí? – dijo Mark con una risita.

– Sí – secundó Charlie a su hermano.

– Salgo en un minuto – informó Samuel.

– Tranquila – le ofreció Mark.

– Decid adiós, niños – les pidió Samuel.

Los niños dijeron adiós a Mark y los tres entraron en la casa. Mark esperó fuera, viéndose abrumado por el lujo que ofrecía esa calle. Tan diferente era de su propio barrio y tan lejos estaba de todos ellos y de cualquier acceso a ella. La migración que mantenía a los ricos mudándose hacia el norte, hacia la parte central de Manhattan, podía verse en cualquier centímetro de esa calle, dejando la parte del sur para los inmigrantes venideros y para los autóctonos pobres como Samuel: americanos que vivían cerca de los muelles y que viajaban cada día para cocinar y limpiar las casas de los ricos, cuidar de sus hijos, y construir los edificios más altos que jamás se habían visto para esos nuevos negocios que mantendrían creciendo las fortunas de esos que ya eran acaudalados. Samuel rompió los pensamientos marxistas de Mark al cerrar la puerta detrás de ella con un portazo. No era la primera vez que Mark iba a buscarla, así que ella no le preguntó qué hacía allí. Al verla, se movió de los escalones y comenzaron a caminar hacia la estación donde cogerían el tren elevado. Una vez abordo, aplastados entre las personas, Mark le dijo que sabía que se había estado escapando por la noche con Connie Ward. Por un segundo, Samuel miró a su alrededor intentando pensar, mirando a su hermano de nuevo y enfrentándose a sus ojos verdes.

– Sólo voy a bailar con ella…ella me cuela – confesó Samuel.

– Pensé que te llevabas bien con Sally y Laura – le dijo Mark.

– Y me llevo bien…pero…todo de lo que hablan últimamente es o bien tú – dijo refiriéndose a Laura. – O…o…matrimonio…me encanta bailar, Mark – le dijo Samuel, tras lo cual fue golpeada por un hombre con prisa por dejar el tranvía. Este no se disculpó, sino que se giró para ver lo que había golpeado con su brazo, dándose cuenta que había sido a una muchacha.

– ¡Hey!... ¿No la has visto? – le preguntó Mark al hombre tras atraer su atención.

El hombre vestido con un traje de color azul marino giró su cabeza y miró a Samuel mientras el tranvía reducía su velocidad, sonriendo y pidiéndole disculpas. Samuel le devolvió la sonrisa aceptando la disculpa y finalmente, el hombre salió del tranvía cuando este se paró en su totalidad. Mark miró hacia abajo, a su hermana, y continuó con lo que le quería decir como si aquel incidente jamás hubiese pasado.

– Ya sé que te gusta bailar – le dijo Mark. – Y a mí, pero desafortunadamente no estamos en situación de poder pasar nuestro tiempo pasándolo bien y entreteniéndonos, Sam…ojalá pudiésemos.

– Gino lo hace – le expuso ella.

Mark dejó salir una risita y la miró tras echar un vistazo a su alrededor, intentando superar el sentimiento de asfixia que le producía el excesivo número de personas en ese coche.

– Gino tiene un don…ya lo sabes – le recordó Mark.

Samuel asistió.

– Tenemos que ahorrar y salir de ese lugar, ¿me oyes? – compartió Mark con ella. – Lo odio…ninguno de nosotros tiene privacidad…sin baño, sin agua corriente….no lo aguanto más.

– Wayne pronto se irá – argumentó Samuel.

– ¿Y qué?...uno menos no va a mejorar las cosas…lo hará peor, le vamos a echar de menos – susurró Mark.

– Sí – Samuel estuvo de acuerdo con pesar, pensando en la futura marcha de Wayne.

– Lo que quiero decir es que…por favor, no te metas en problemas – le murmuró Mark.

– No lo haré – le prometió ella desde su corazón.

– No te puedo prohibir nada, ya lo sabes…te malcrío – admitió Mark, jugueteando con el mechón de pelo, que siempre se escapaba de su sombrero o de su horquilla, personalizando la rebeldía que la hacía quien era y la cual la había salvado de ser atrapada robando en tantas ocasiones.

Samuel cerró los ojos cuando Mark tocó su cabello y le sonrió.

– No me malcrías…siempre me has cuidado…Gino y Wayne nunca me esperaban cuando me caía cada dos minutos – ofreció Samuel.

Mark rió ante los tiernos recuerdos de su hermana pequeña.

– Ya…nos retrasabas… ¡Eras tan patosa! – sonrió Mark.

Samuel rió también y echó un vistazo a través de la ventana, hacia la calle, para ver lo cerca que se encontraban de su parada.

– Ves con cuidado, es todo lo que quiero decirte – le sonrió Mark.

– Lo haré – Samuel alivió el corazón a su hermano.

En la noche de un sábado a finales de agosto, Connie esperaba a Samuel en su lugar habitual, cuando Samuel se acercó con un energético caminar, *La Judía* intentó distinguir en la oscuridad si Peter y Gary estaban allí, sin parecer estarlo. Llegando a donde se encontraban, se besaron una vez en la mejilla y Connie tiró el cigarrillo al suelo.

– ¿Dónde están? – se preguntó Samuel en voz alta.

– En una boda… ¡Vamos! – le urgió Connie.

Connie puso su brazo derecho alrededor del izquierdo de Samuel y ambas se dirigieron hacia el atajo que siempre tomaban para ir al Jazzie's. El sábado por la noche era la noche más ajetreada del local, pero ellas no tendrían que hacer cola, ya que Connie había sido la amante de uno de los porteros y ese historial amoroso les garantizaba la entrada gratuita y pronta, al igual que bebidas pagadas por la casa.

Samuel jamás había aceptado ninguna bebida gratis de nadie y parecía saber que sólo se encontraba allí para bailar, pero al estar esa noche su compañero de baile en una boda, se preguntó con quién iba a hacerlo esa noche. Ronnie comenzó a abrir la puerta para que ellas pasasen al club en el mismo momento en el que tomaron la esquina del callejón donde se encontraba el Jazzie's, ofreciéndoles su mejor sonrisa y soñando con que Connie volvería a su cama. Dichos sueños no tenían nada que ver con los planes que ella tenía para él, un hombre casado, además de ser un empleado de rango modesto de la mafia.

Saludaron a Ronnie al entrar en el local y en cuestión de cinco segundos, serpentearon sus pasos por un túnel oscuro con la única iluminación ofrecida por una luz de color rojo, entrando en el único paraíso en Nueva York donde se les permitía la entrada a un par de chicas pobres como ellas. El ruido, el baile, el alcohol, los gritos generados por bien demasiado alcohol o demasiada felicidad que podían oír por momentos por encima del sonido de la música les golpeó súbitamente en la entrada interior del local, haciendo que su humor mejorase de repente. Permanecieron de pie junto a la entrada, examinando el local, viendo que unos de los mejores grupos musicales que el Jazzie's se podía permitir estaba tocando esa misma noche. Sobre el escenario, un músico de color tocaba el piano con un grupo blanco en una ciudad donde la segregación altamente pronunciada marcaba las líneas del color, clase, y religión, utilizando los linchamientos como la justicia más rápida entre aquellos donde era escasa o simplemente se carecía de ella. Él sabía sin embargo que no estaría seguro en ese barrio por la noche, así que tras su espectáculo se apresuraría a llegar a su casa cerca del río Harlem después de unas horas de disfrute del sentimiento que nadie se había percatado de que el pianista no era de hecho, blanco.

Connie y *La Judía* habían llegado y ambas sabían cómo mover sus cuerpos cuando era necesario.

– ¡Allí hay dos sillas! – gritó Connie a Samuel, tirando de ella por su brazo derecho.

Samuel siguió a Connie mientras se quitaba la chaqueta y examinaba la concurrida pista de baile. Dominic y Sarah también se encontraban allí, bailando con Martin y Clark, y ambas saludaron a las recién llegadas cuando estas se encontraron en su ángulo de visión. Samuel aún no se había percatado pero desde el otro lado de local, un par de ojos negros habían sido atrapados por su presencia y luchaban por ser controlados. 'Ojos Negros' llevaba un caro traje azul con chaleco y una camisa blanca, adornado con una corbata de color escarlata. Ojos Negros era el primer hijo de un inmigrante italiano de Palermo y hacía la mayoría de su trabajo por la noche, beneficios del cual no declaraba y era sin duda ilegal, el cual sólo podía ser llevado a cabo por alguien con un par de ojos negros y fríos como los suyos. Cuando Samuel dejó de caminar, llegando por fin a un par de sillas al fondo de club y lejos de la multitud, él arqueó su cuello para poder hablar con el hombre que se encontraba de pie junto a él.

–¿Quién es ésa? – preguntó Ojos Negros a su amigo, señalando en su dirección con la misma mano que aguantaba su cigarrillo.

–¿Quién? – preguntó el hombre, mirando en la dirección que Ojos Negros le indicaba.

–Esas dos chicas en la parte de atrás – añadió Ojos Negros.

–No las conozco…pero las he visto antes por aquí.

–Averígualo – ordenó.

–Sí, jefe.

El grande, lento hombre se fue del amparo de su joven jefe y desapareció para investigar mientras se tocaba el bolsillo y así, calculaba cuánto dinero le quedaba. No que le preocupase el hecho de pagar en el club, pero el soborno era siempre esperado a esas horas de la noche.

Connie y Samuel habían estado bailando largamente con Martin y Clark mientras Sarah y Dominic se tomaban un descanso y utilizaban el aseo para refrescarse un poco. Samuel vio a Connie gritar, jubilosa al ver a un hombre que ella no reconocía. Connie lanzó los brazos alrededor del cuello del hombre, remarcado por una corbata de seda, a quien le permitió que le besase las mejillas de una forma efusiva. Samuel y Clark siguieron bailando mientras Martin se tomó un descanso, intimidado por la presencia del hombre. Connie y el hombre de la corbata de seda se alejaron de la pista, tras lo cual Connie se giró e hizo señas a Samuel para que se uniese a ella en la barra, a lo cual Samuel asistió comprendiendo.

Cuando Sarah y Dominic volvieron a la pista de baile, Samuel le dio las gracias a Clark y se alejó de ellos. Mientras caminaba hacia Connie, rechazó una invitación para bailar y continuó hasta llegar a la barra para encontrar a Connie y decirle que quizás no había sido una buena idea el ir sin Peter y Gary.

–¡Sam!.... ¡Éste es Toni y éste es Franco! – Connie la presentó, elevando su voz por encima de la música. – ¡Esta es mi amiga Sam!

Connie odiaba de todo corazón el hecho que Sam hubiese mantenido su nombre masculino y siempre la presentaba utilizando el diminutivo, pero Samuel solía añadir el resto sin ápice de vergüenza por el nombre con el que Gino la había bautizado.

–¿Samantha? – sonrió Toni ampliamente, besándole la mano tras conocerla.

–De hecho es Samuel – le corrigió ella.

Toni sonrió a lo que pensó fue un chiste y cubrió el joven y maduro cuerpo de ella con su mirada. Sus perfectas orejas lucían un par de pendientes que Gino había ganado en una partida cuando el otro jugador apostó el regalo de Navidad de su esposa. Gino había tomado los pendientes sin remordimientos ni piedad por el perdedor, dándoselos felizmente a Samuel con un beso.

–Es Samuel…mi hermano lo eligió, pero me puedes llamar Sam si Samuel es demasiado desconcertante para ti – le sugirió Samuel, cansada de tener que dar explicaciones sobre su nombre.

El hombre postrado junto a él sonrió al temperamento de la muchacha y adivinó que quizás ella no tenía ni idea de quiénes eran ellos, dándole gran placer.

–Samuel, yo soy Franco – finalmente se presentó el otro hombre.

Samuel miró al hombre con la corbata de seda y posó sus ojos en el varón con los ojos más negros que jamás había visto. Ahora sabía que Gino no poseía el premio a los ojos más oscuros y penetrantes en la ciudad de Nueva York, otorgado al hombre que se encontraba delante de ella. Su pelo se aguantaba hacia atrás, gracias a la cera capilar que se había aplicado, manteniéndolo ordenado y fijo a su cabeza sin falta alguna. Rondaría los treinta años en el momento que los ojos de Samuel se posaron en él, abrumada por el toque diabólico que aquella corbata roja le hacía desprender. De repente, ella encontró su mano entre las de él y con un gesto gentil, él le besó la mano sin quitar sus ojos de los de ella. Sus ojos negros y los verdes de ella conectaron inmediatamente, haciéndole comprender a Connie la razón por la cual Toni la había llamado. Diez minutos más tarde, Franco y Samuel bailaban en la pista.

Cuando llegó el momento de marcharse a casa, Samuel forzó a Connie a rechazar el ofrecimiento de llevarlas, propuesto por los hombres que acababa de conocer, pero sí aceptaron un taxi. Franco vio como se marchaban, de pie fuera del club, tomando otro cigarrillo mientras el taxi le alejaba, incrementando la distancia entre él y la niña que le había robado el corazón esa noche. Dentro del taxi, Connie giró su cabeza hacia Samuel y le dio un codazo como si esta hubiese roto su par de zapatos preferidos.

– ¿Estás loca? – la riñó Connie.

– ¿Qué? – se quejó Samuel. – ¿Por qué me pegas?

– ¿No sabes quién es ese hombre?... ¿Has perdido el conocimiento?... ¡Tus hermanos te van a matar cuando se enteren! – predijo Connie.

Samuel miró hacia adelante, ignorando su advertencia, dejando a Connie en un mar de confusión al no saber si en efecto ella no sabía que había estado bailando con un miembro de la mafia, o que simplemente no le importaba que sus hermanos lo descubriesen y la matasen de la forma más dolorosa sin pérdida de tiempo.

– ¿Qué dices? – le preguntó Connie, confundida aún más por su silencio. – ¿No sabes quién es?... ¡Has de saber quién es!... ¡Todo el mundo conoce a Franco DiMaggio!

– Sé quien es Franco DiMaggio…pero sólo he bailado con él y eso es todo lo que jamás voy a hacer con él, así que déjame tranquila – le contestó Samuel.

– ¡De acuerdo! – dijo Connie, aceptando su falta de ayuda.

Para Connie, un hombre como Ronnie, el portero, no era una persona peligrosa con la cual estar, con la excepción de su esposa, por supuesto, la cual era ya famosa por haber apaleado a otra joven de veinte años que había encontrado con su esposo en la cama años atrás. Ahora Ronnie se servía de más prudencia. No quería volver a vivir las complicaciones que aquel acto le trajeron y la consecuente y constante queja por parte de su esposa, quien le seguía todo el día en el pequeño apartamento que compartían con sus cuatro hijos. Franco DiMaggio era diferente y sus ojos lo verificaban.

Desafortunadamente y extrañamente para el círculo de personas entre las que Gino se movía, la noticia que Samuel había bailado con Franco DiMaggio no le llegó a Gino a tiempo. Por esa razón, Samuel volvió a salir la noche del sábado siguiente y Franco DiMaggio le volvió a pedir que bailase con él. Ella dudó por un instante, dándole la idea a él que quizás había averiguado quién era, así que le ofreció una sonrisa. Él llevaba puesto un traje nuevo y también un chaleco nuevo, engalanado con una corbata de seda también de reciente adquisición que era el centro de atención de todos los ojos a su alrededor.

–Bailar conmigo no le va a hacer daño a nadie, Sam – le dijo Franco, mostrándole unos perfectos y cristalinos dientes a la vez que le ofrecía su mano.

Samuel también le sonrió aceptando su mano, de la cual él tiró tiernamente para llevarla a la pista de baile. Allí, ella se enterró en sus brazos y desde ese momento, eran los únicos que bailaban en el Jazzie's, propiedad de la familia Palermo, la familia de Franco y la fuente de su poder y encanto.

Sin saber realmente cómo había pasado y siendo probablemente el resultado de la lujuria y fantasía sobre un lugar y una vida diferente, ya entrada la noche, Samuel se encontró de repente contra la pared del club con los labios de Franco sobre los suyos y su lengua dentro de su boca. Ante la extraña sensación de humedad, Samuel empujó el cuerpo del hombre sin comprender lo que este hacía. Ella miró a su alrededor intentando averiguar qué había pasado para que ahora, se encontrasen donde estaban. Estaba segura que él había utilizado un truco de magia. Él la miraba mientras abría la puerta del almacén a su derecha, tras lo cual ella giró la cabeza, apreciando que la puerta había sido abierta. Todavía con gentileza, él la empujó hacia adentro y allí, ella se giró para mirarle. Dentro del almacén, un hombre se había puesto de pie, mirándoles con muestra de tenacidad y un claro desafío. Sin embargo, la expresión en la cara del hombre cambió cuando el rango y la posición de Franco se registraron en su mente, forzando su marcha segundos más tarde, cerrando la puerta del almacén a su espalda. La estancia era más pequeña de lo que nadie podía haberse imaginado y estaba mal iluminada por una simple y pobre bombilla colgada en el centro del techo. Una sola ventana alta estaba abierta, pero aún apestaba a alcohol. Había cajas por todos lados y el hombre que acababa de irse había estado utilizando una para sentarse y cenar, lo cual se había dejado a medias para poder estar de pie junto a la puerta y así, evitar que nadie entrase, mientras el ruido de la música le rompía el tímpano. No pudo dejar de pensar que había estado más cómodo dentro de la infecta habitación.

Samuel sintió la mano derecha de Franco sobre su caliente cuello al identificar ella el lugar, dándose cuenta lo que estaban haciendo allí. Él la cogía con demasiada fuerza, con más de la que ella podría jamás disfrutar y con un gesto de su mano, al igual que hubiese hecho con cualquier otro hombre, ella le empujó la mano para alejarla de su cuerpo, enfrentándose a él, dando un paso atrás para poder verle con otra perspectiva. Golpeando una caja con la parte de atrás de sus muslos, le miró desafiante.

– Me parece que te equivocas de mujer – le informó ella.

Franco sonrió, mordiéndose el labio inferior mientras sentía el deseo hirviéndole los órganos y el cerebro, haciéndole imposible cualquier tipo de razonamiento y dando rienda suelta a la lujuria para que invadiese el territorio, tomando total control.

– Tengo a la mejor mujer del mundo entero – le corrigió la lujuria.

– No quiero estar aquí...siento mucho si te he dado la impresión equivocada, no era mi intención...estábamos bailando y de repente......me tengo que ir –dijo Samuel.

Ella sabía que se encontraba en una grave situación en el mismo momento en el que él dio un paso adelante y ella notó su mano izquierda en su brazo, cogiéndola firmemente e inmovilizándola por segunda vez, mientras ella estudiaba la situación desde ahora, un diferente ángulo. Tuvo que mirar hacia arriba para poder verle, ya que era mucho más alto que ella y obviamente, le doblaba en peso y tamaño, viendo en sus negros y ahora diabólicos ojos que ella se encontraba en clase de problema del cual sus hermanos la habían advertido.

– ¡Me haces daño! – expresó Samuel, levantando la voz.

– Esa es tu elección…va a ser como tú quieras que sea – le dijo Franco.

– ¿Y qué es realmente lo que crees que va a pasar?... ¡Suéltame! – afirmó Samuel, intentando librarse del poderoso puño.

Franco sintió que la necesidad de hablar con aquella niña había llegado a su fin. Bruscamente, el cuerpo de Franco había sufrido una diabólica e inesperada metamorfosis y ahora ya no era ese encantador y atractivo hombre. Sus manos tampoco eran suaves y gentiles, sino que eran ásperas al tacto con su piel de leche, sintiéndolas como tales grilletes de frío acero. La piel alrededor de sus ojos también cambiaba de forma y pronto, él se había convertido en una serpiente venenosa que podría morder y matarla a placer. Sin embargo, fieles a su naturaleza, juguetear y torturarla para mayor deleite era lo que siempre tenían en mentes las serpientes.

La serpiente, con violentos y poderosos brazos, la cogió del cuello con tal fuerza con la mano izquierda que si lo hubiese deseado, ella podría haber sido ahorcada en un instante con el mero acto de levantarla, dejando sus piernas colgando, pataleando en busca del suelo. Respirar se convirtió en una ardua tarea mientras intentaba librarse de la mano que apretaba su cuello, enfureciéndose cuando los huesos de su espalda golpearon la pared con crueldad al ser empujada, aún bajo el control de la zarpa en su cuello. La serpiente había conseguido enjaularla entre dos pilas de cajas de *whisky* de Kentucky. Ella sabía que su muerte no iba a satisfacer a la serpiente tanto como su tierno, cálido y precioso cuerpo. Tras haber su pequeño cuerpo golpeado la pared de cemento sobre la cual se encontraba la única ventana de ese almacén, la otra maligna mano violó sus pechos al tocarlos con la misma fuerza que lo hubiese hecho un Minotauro si uno hubiese entrado en ese mismo club, buscando a alguien para poder hincarle los cuernos y clavarlo en la pared con el propósito de satisfacer su sed de producir dolor, vital en la naturaleza de dichos monstruos.

El cerebro de Samuel aullaba, gritaba e insultaba a la asquerosa serpiente, pero la mano que tenía contra su garganta la estaba acercando a una imperdonable inconsciencia que sólo haría la situación más difícil de lo que ya era. Ella quería estar consciente y aunque su cerebro estaba enviando señales a sus piernas para que estas diesen patadas en la entrepierna tan fuerte como pudiese, no pudieron responder a la llamada porque sus pies apenas tocaban el suelo. Cuando, por fin, notó el suelo en la planta de sus pies, el mordisco de la serpiente envió un penetrante dolor por todo su cuerpo, un dolor que alteró sus nervios, llevándola de nuevo a aquel día en el que Mark la encontró y al mismo sufrimiento que sintió su pequeño cuerpo bajo aquellas botas negras de policía.

La serpiente había desgarrado la parte de arriba del vestido, arrancado el sujetador para poder así saborear sus pechos, dejando saliva en su harinosa piel y haciendo que su estómago se revolviese del asco. El mordisco había sido dado entre los pechos y el cuello de Samuel, todavía bajo el control de su todopoderosa mano izquierda que controlaba el flujo de aire a sus pulmones, su corazón, su cerebro y su vida. Ella pensó que sangraba después que el monstruo quitase los colmillos de su carne, pero también podía ser saliva, lo que se pegaría a ella y donde estaría el resto de su vida. El dolor era tan penetrante que no notó la pezuña tocando y sintiendo su cuerpo, buscando su pureza. Tras arrancarle las bragas, ella sintió una barra de hierro atravesando su carne y su alma. La despreciable bestia estaba dentro de su cuerpo, una bestia que cambiaba de forma frente a ella y que reflejaba los más humillantes y horrorosos detalles de aquellos monstruos que ella ya había conocido en los libros que Wayne le leía mientras se recuperaba de su accidente. Sin embargo, mientras Samuel le oía leer aquellos libros, jamás podría haberse imaginado que esas criaturas sin corazón pudiesen hacerle tanto daño.

Al satisfacer la serpiente sus más profundos deseos en su menudo cuerpo, Samuel comenzó a recordar el día en el que sirvió como fuente de venganza a un policía, quien ella no sabía que había fallecido en el cumplimiento de su deber asesinado por un ladrón de bancos tan sólo tres días después que ella casi hubiese muerto por culpa de sus maliciosas botas, las que había usado para calmar su frustración.

El dolor provenía ahora de todas las partes de su cuerpo. La pared le arañaba la espalda y estaba probablemente desgarrando lo poco que quedaba del vestido, también desgarrando su carne. En éxtasis, la pezuña se debilitó, dándole a ella la oportunidad para empujar a la serpiente viciosa lejos de ella, recuperando su mano, la que había estado usando para evitar ser estrangulada, asfixiada. Sabía que había cometido un error cuando sin pronunciar palabra, la pezuña derecha, ahora en puño, le golpeó el rostro tres veces, permaneciendo dentro de ella hasta que la serpiente tomó todo lo que deseaba de una princesa.

Cuando la serpiente se desinfló y la mayoría de su poder adoptado de la lujuria endulzó la garra en su sedoso y angelical cuello, la serpiente dio un paso atrás para recobrar algo de su fuerza, recuperando el aire perdido por sus pulmones. Samuel notó sangre cayendo por su vagina, sintiéndola correr por sus doloridos muslos, los cuales ya mostraban evidencia de los dedos de la serpiente. Cuando se sintió libre del tacto del reptil pudo notar el suelo, siendo capaz de llenar sus pulmones, aunque aún fuese aire infectado. Ella pensó que la serpiente habría recuperado su forma humana ahora que estaba fuera de su cuerpo violado, pero no lo había hecho. A sus ojos, la resbaladiza y empapada serpiente había dado un par de pasos hacia atrás, lejos de ella y ahora probablemente intentaba recuperar su visión y acostumbrar sus ojos a la luz de aquella bombilla.

La mano derecha de Samuel se agarró a una de las cajas

apiladas a su derecha, para así poder seguir de pie, ya que sus piernas temblaban, mirando a la serpiente y a sus movimientos con atención desde la pared de cemento que había lacerado su espalda, haciéndola sangrar copiosamente. Sus dedos acariciaron una botella de *whisky* de Kentucky y llena de furia tomó una, golpeando brutalmente la cabeza de la serpiente, poseída por una fuerza que ella jamás habría imaginado existía dentro de sí. La serpiente, en forma de hombre, cayó al suelo delante de ella, con los pantalones aún abiertos y con la sangre de Samuel en su camisa. El hombre se desplomó frente a ella, habiéndose escuchado como único sonido el golpe de la botella contra la cabeza y el ruido de la botella rompiéndose en dos. Rápidamente Samuel cogió otra botella y volvió a golpearle en la cabeza. Esta vez se rompió, partiendo en dos su cráneo.

Samuel permaneció de pie junto a él con la mitad de la botella en su mano derecha, aguantándola por el cuello de igual forma que la serpiente la había cogido a ella. Ella no notaba como le sangraba la cara por el corte que el hombre que yacía en el suelo le había hecho con el puño, sino que ella le contempló de pie, con el vestido destrozado y manchado con su propia sangre y el sudor de él. Vio como sus golpes le habían abierto la cabeza al hombre, pareciéndole poco para una bestia que le había dañado tanto. Miró la botella que tenía en la mano y pensó que se merecía más, así que le dio la vuelta para poder verle la cara. Era Franco, el hombre que le había invitado a bailar esa misma noche y la noche anterior. Antes de obedecer los deseos de su cuerpo y vomitar encima de él, fue capaz de controlar su estómago y clavó la rodilla derecha en el pecho de él, haciéndole gemir de dolor. Aún estaba con vida y le contempló sufrir por el dolor que acababa de proporcionarle en la cabeza, pero Samuel quería herirle aún más, así que levantó la parte de la botella que parecía pegada a su mano derecha y la utilizó para degollarlo mientras él luchaba por respirar de la misma forma que ella había hecho momentos atrás. En silencio, ella levantó su rodilla del pecho al brotar la sangre del cuello de la serpiente y agachándose junto a él, levantó la botella por encima de su cabeza y tras cogerla con ambas manos, la clavó en el pecho del monstruo con un afilado y conciso golpe, atravesando su corazón y acabando con su vida en unos segundos.

SIN ALIENTO

Después que la botella hubiese penetrado el pecho de Franco DiMaggio, produciéndole la misma clase de dolor que él había producido en Samuel, la muchacha se puso de pie y le echó un último vistazo a la serpiente. Aunque el nombre del hombre nunca podría ser borrado de su mente, para ella él siempre sería un repugnante monstruo, el peor y el más peligroso de todos los reptiles si en cualquiera de los casos, este hubiese merecido ser llamado algo.

Respondiendo a un reflejo, Samuel miró hacia la puerta que daba al club al pensar que esta podría ser abierta por un hombre mucho más grande que el que tenía muerto a sus pies. Instintivamente, giró la cabeza para mirar hacia la ventana que había estado sobre su cabeza, mientras estaba siendo aplastada contra la pared, verificando que con seguridad, podía caber por ella. En segundos, consiguió escalar la pila de cajas, y forzando su cuerpo por la estrecha ventana, salió del almacén hacia la calle, mientras el hombre seguía guardando la puerta, permitiéndole escapar. Libre, caminó tan rápido como su dolorido cuerpo le permitió, sin clara dirección debido al estado de su mente. Tan fresca como la noche se había transformado, ella no sintió nada más que unas constantes punzadas de dolor en su cuerpo y rostro. De vuelta a casa y descansando ocasionalmente mientras se escondía, ocultando también su cuerpo medio desnudo en la oscuridad, se topó con un hombre que vivía en la calle. Sin embargo, ninguno de los dos pareció darse cuenta de la presencia del otro.

Al llegar a su calle y ver su edificio, Samuel levantó la mirada para ver que la luz en el apartamento estaba apagada, por lo tanto, o bien Gino no había vuelto o sus hermanos habían desistido en su afán de retenerla en casa. Sintiendo carencia de fuerza en el corazón para enfrentarse a sus hermanos, decidió sentarse en la calle. Cruzó la calle y tomó refugio en los escalones del edificio de enfrente, donde se sentó mientras la noche castigaba su piel y sus heridas, perdiendo la noción del tiempo y reviviendo su tortura por medio de la memoria.

El dolor en su vagina y en su cara se acentuaba por minutos. Sentada, bajó los ojos a su pecho para ver las huellas de los dientes de Franco marcados en su carne. No podía verlo, pero su espalda mostraba profundos arañazos después que su vestido hubiese sido brutalmente rasgado con el cemento de la pared. Las pezuñas de Franco se podían apreciar en su cuello, amoratándose deprisa. También su ojo izquierdo se hinchaba prontamente, cerrándose, haciéndole imposible el ver con él. Cuando los primeros signos de la mañana aparecieron en el cielo, Samuel levantó la cabeza, viendo que la luz en el apartamento seguía apagada, igual que su piel, la cual se había enfriado. Supo que Mark llegaría a casa en cualquier momento y Wayne se levantaría. Llorando por primera vez desde el ataque, sintió un sentimiento de añoranza y quiso estar con sus hermanos.

El insoportable pensamiento que Mark pudiese llegar en cualquier momento y la encontrase medio desnuda en la calle hizo que se pusiese en pie, apresurándose por subir a casa tan rápido como su lastimado cuerpo le permitió. Subió las escaleras con premura para evitar encontrarse a alguien y entró abruptamente en el apartamento después de coger la llave del sitio secreto donde la mantenía, debajo de una pieza del suelo de madera que había estado suelto desde hacía demasiados años.

Cerró la puerta a sus espaldas, sintiendo la calidez de su hogar en todo el cuerpo. Como si hubiese estado lejos de casa durante años, intentó reprimir las lágrimas, pero el estar por fin allí y a salvo, removía unos sentimientos difíciles de controlar. Examinó la casa y supo que Wayne aún no se había levantado. Actuando, pensó que debía limpiarse la cara para que Wayne no la viese en ese estado, así que se corrió hacia la cocina y echó algo de agua en una palangana. Cogió con rabia el trapo de la cocina y lo sumergió en el agua, sintiendo una sensación de alivio en su mano derecha, la misma que había utilizado para rebanarle el cuello a Franco. Sólo entonces se dio cuenta que no era su sangre lo que había en su piel, sino la sangre de Franco. La suya le caía por la cara, el pecho, las piernas y la espalda, pero no por las manos. La sangre de la serpiente que la había dañado más allá de sus peores pesadillas manchaba sus manos, la cual se escondía debajo de sus uñas. Eso fue lo primero que lavó, fregó y restregó, intentando quitar de su persona todo lo que perteneciese a la feroz serpiente. Absorta en la tarea, se olvidó de Wayne, para ser sorprendida por el terror al oír la voz de su hermano tras ella.

Ante la visión de la arañada y sangrante espalda, Wayne no supo qué pensar. Por un instante, dudó de estar despierto, así como que esa persona de pie junto a la cocina, frente a la ventana y con un desgarrado vestido de color amarillo pálido pudiese ser su Samuel. Incluso examinó la habitación para cerciorarse de estar en su casa. Cuando vio la cama de Samuel hecha, salió de la habitación.

– Samuel – consiguió susurrar Wayne otra vez.

Samuel levantó la cabeza de la palangana, ahora llena de agua sangrienta. Decidió no girarse. ¿Podría hacer que Wayne desapareciese? No, decidió que no. Le oyó caminar hacia ella y sintió su mano sobre su brazo derecho, presionando con cuidado para intentar girarla y poder así verle la cara.

– Dios mío – dijo él, horrorizado.

Poseído por la confusión, Wayne dio un paso atrás, golpeando una silla. Samuel bajó rostro ensangrentado, manchada también por la vergüenza. Confundido y sin comprender lo que le había pasado a Samuel, Wayne consiguió balbucear sin poder contener las lágrimas que inundaban sus somnolientos ojos. ¿Qué le dolía tanto dentro? Quería cogerla en sus brazos y hacer que aquel dolor que la atacaba desapareciese.

—Dios mío, Sam, ¿qué te ha pasado cariño? — lloraba Wayne.

— Samuel notó como la emoción contraía su garganta.

—Wayne — suspiró.

— Cariño, cariño… ¿Qué te ha pasado, Sam? — le preguntó Wayne, intentando examinarla.

La desesperación de Wayne incrementó al descubrir el estado de su espalda, los moratones en sus brazos y cuello, al igual que el terrible corte que le cruzaba la ceja y que se hinchaba a una impasible velocidad. Sin embargo, fue la marca de dientes en su pecho y la forma en la que el vestido había sido rasgado que le hizo detener su examen, al que la sometía como si se tratase de una niña de cuatro años. Alerta, Samuel fue testigo del lenguaje corporal de su hermano, de cómo él había palidecido por el hallazgo de las marcas de dientes humanos en su pecho. Wayne buscó sus verdes y dañados ojos para mirarla fijamente, en silencio, recibiendo una mirada ciega a cambio. Ella sabía que el joven ya había deducido lo que le había ocurrido. Sin decir palabra, Wayne la volvió a mirar, levantando entonces su vestido con cuidado, como si se tratase de una cortina. El rostro de Wayne se llenó de pena, emitiendo un gemido de dolor al ver las marcas en los muslos de su hermana, así como las manchas de sangre caídas por sus piernas. Esta no era abundante, pero suficiente para confesar lo que él preferiría no haber sabido.

Queriendo evitarle mayor vergüenza y necesitando controlar su dolor, Wayne decidió detener la búsqueda, girándose mientras luchaba contra su imaginación, la cual creaba unas tormentosas imágenes: la visión de su hermana siendo brutalmente violada.

—Estoy bien, Wayne — escuchó él.

Samuel se había girado para retomar la tarea de lavarse las manos y así, eliminar de ellas la sangre de Franco. Cerca de ella, sin mucho éxito, Wayne intentaba digerir las noticias, pero tras llenar sus pulmones con todo el coraje que pudo encontrar, se giró y tomó el trapo de cocina de las temblorosas manos de Samuel, comenzando a limpiar esa sangre sin cuestionar su procedencia. Una vez las manos estuvieron limpias, Wayne tiró el agua sucia por la ventana, limpiándole el rostro a su hermana con toda la paciencia que pudo conseguir, evitando causarle más dolor. En silencio, Wayne lavó a Samuel mientras el sol se despertaba en el cielo, aunque las persistentes nubes no le permitirían brillar ese día.

El silencio entre ellos hizo que el tiempo volase, así que al oír unos pasos escaleras arriba, se sintieron sorprendidos por algo que deberían haber pronosticado. Wayne pudo ver puro terror en las facciones de Samuel. Era Mark que había llegado a casa. Mark les miró tras abrir la puerta, mientras la imagen que tenía enfrente se registraba en su cerebro, dañándole para siempre.

Frente a Samuel y con la puerta a la distancia, Wayne miró a Mark. La espalda de Samuel fue lo que Mark encontró primero, sangrante y cubierta por rasguños. Samuel había bajado la cabeza, buscando refugio en Wayne. Sin embargo, él la tomó por la barbilla, levantándole la cabeza para poder enfrentarse juntos al rubio. Rápidamente, Wayne evaluó la reacción de Mark, pero sorprendentemente, no pudo percibir nada. Allí estaba de pie junto a la puerta abierta, con la caja de la comida y una barra de pan fresca en sus manos, mirando fijamente a la persona que más quería en el mundo. ¿Por qué sangraba su espalda y por qué estaba su vestido roto de esa forma? El tiempo que Mark estuvo allí postrado pareció una eternidad para todos, sin saber que su cerebro luchaba por concebir lo que le podría haber pasado a su hermana. ¿Quizás un coche? Sí. Él decidió que la había atropellado un coche.

Ese inocente pensamiento le hizo cerrar la puerta tras de sí, caminando hacia ellos y dejando las cosas sobre la mesa.

– Sam – emitió él, colocando las manos sobre los desnudos brazos de Samuel.

Mark examinó la espalda de Samuel de la misma forma que Wayne había hecho minutos antes. Wayne miraba a Samuel, quien lloraba, buscando ayuda en los ojos de Wayne. Queriendo llevársela de allí para evitarle más dolor y más vergüenza, Wayne forzó una sonrisa, intentando decirle con ella que todo iba a salir bien. Samuel se sintió derrotada mientras las manos de Mark le examinaban las heridas de la espalda, notando como esas manos frenaban al comprender el significado de los moratones en su cuello. Mark puso su mano en el hombro derecho de su hermana y la giró, llevando sus ojos a través de su pecho, el sujetador que estaba al descubierto, su amoratado cuello y su cara hinchada.

– Dios – murmuró él sin control, tapándose la boca con la mano por un instante.

Impulsada por la desesperación, la mano de Mark viajó por su propio rostro, presionando su frente y levantando su pelo. En aquel momento, todo lo que Mark podía ver eran las heridas de Samuel. Aunque todo se había aclarado un poco más para él, Wayne pudo ver que Mark aún no había comprendido el mordisco en el pecho de Samuel, sintiendo pavor ante la idea. Samuel miraba a Mark, viendo su expresión cambiar al adivinar este, que las huellas en el pecho de ella habían sido hechas por dientes humanos. Lentamente, la mano derecha de Mark se movió hacia el pecho de Samuel para encontrar y acariciar su cuello como si así, este pudiese curarse con un toque mágico. Él acaricio esa piel, intentando que ella se encontrase. Por fin encontró la mordedura, la cual tocó infinitamente, sintiéndose incapaz de frenar las lágrimas que le caían por las mejillas. No necesitó mirarle el vestido o las marcas en las piernas. Lentamente, como si estuviese contemplando una obra de arte, Mark colocó su mano contra las marcas que Franco había dejado en el cuello de Samuel, comprendiendo que había sido estrangulada y que aquellas marcas eran de los dientes del monstruo que la había herido. Apretó su cuello gentilmente para así razonar por lo que ella había pasado. Finalmente, Mark miró hacia abajo por un instante, buscando los ojos de su hermana de inmediato. De pie detrás de ellos, Wayne volvió a sentir el dolor por el descubrimiento, esta vez por medio de los ojos de Mark.

– ¿Te ha—? – le susurró Mark.

– Sí – musitó Samuel, intentando mantener el dolor dentro.

Mark recibió esa palabra como si hubiese sido él mismo el que había sido ultrajado. Muy cerca, Wayne y Samuel pudieron oír como algo se rompía en millones de pedazos dentro de Mark: su alma.

Rápidamente, los pulmones del rubio se llenaron de furia, corriendo esta por su ya envenenada sangre, arrancando la paz de su cuerpo. Él se giró y con una incontrolable ira, cogió la silla más próxima y la lanzó contra la pared, gritando su frustración y su dolor. El 'no' que gritó les taladró las consciencias a Samuel y Wayne permanentemente, dejando atrás un agujero que jamás volvería a llenarse. La mesa fue levantada, estrellándose contra la pared de la habitación de Samuel. Derrotado, Mark dejó caer su cuerpo en el suelo, golpeando sus rodillas contra la madera, rompiéndose en miles de pedazos.

Samuel ya no sentía dolor físico. La visión de su hermano perdiendo la mente empujó sus propios sentimientos. Ya, ni siquiera recordaba que había matado a un hombre horas antes. Nadie en su familia aún lo sabía. Ella dio un paso adelante y se arrodilló detrás de Mark, quien lloraba como un niño. El cuerpo de Wayne se había solidificado, sintiéndose incapaz de ayudar a su hermano. Los brazos de Samuel se abrazaron a Mark por la espalda, rodeándole con calma, posando su dolorida cabeza en la nuca de él. Mark tomó las manos de ella y se abrazaron en silencio por lo que pareció una eternidad para Wayne, quien siguió de pie, sin comprender lo que veía.

Cuando Mark se sintió mejor, se levantó y la ayudó a ponerse en pie. Wayne reaccionó y ayudó a su hermano. En silencio y con la mañana descubriéndose fuera, quitaron la madera de encima de la bañera y prepararon un baño. Ella, junto a la ventana, miraba absorta al exterior, contemplando la rutina a la cual se enfrentaba la gente en la calle. Allí, se preguntó cuántos de ellos podrían imaginarse que ella, Samuel *La Judía*, había matado a un hombre con una botella esa misma noche. Cuando escuchó su nombre, se giró y miró a Wayne.

– Métete y lávate, voy a salir un minuto…volveré pronto…Mark se queda contigo – le susurró Wayne. – Tenemos que lavarte la espalda y el ojo necesita algo más fuerte que jabón…no tiene buen aspecto y tiene que dolerte.

En efecto, ahora podía notar el ojo y le dolía terriblemente, pero la suave voz de Wayne le hacía sentir mejor. ¿Por qué la quería tanto? Samuel asistió con la cabeza a las palabras de Wayne y este respondió con una forzada sonrisa. Su gentil alma no tenía ganas de sonreír a nadie en ese momento y durante los últimos diez minutos, se había estado preguntando de quién era la sangre que había lavado de las manos a su hermana pequeña.

Wayne dejó el apartamento y Mark se giró para que Samuel pudiese desnudarse en la sala, cerca del fogón. Estaba lloviznando fuera y Samuel sintió un escalofrío, producto de la fiebre que comenzaba a correr por su cuerpo. Una vez en el agua, sentada con las piernas dobladas, las suelas en el aluminio y los pechos contra los muslos, le dijo a Mark que ya podía girarse, pronunciando un simple 'ya estoy'.

Mark se giró, perdiéndose en la destrozada espalda. Desnuda, su apaleado cuerpo estaba expuesto ante él. Mark tomó aire profundamente para poder enfrentarse a tan difícil tarea. Se arrodilló en la parte izquierda de la bañera de aluminio y sumergió el trapo en el agua caliente. Samuel no se quejó cuando Mark comenzó a lavarle la espalda aunque el dolor era severo. Cuando las heridas de la espalda se vieron en contacto con el agua jabonosa, Samuel sintió como si la rociasen con aceite caliente, quemando su cuerpo, derritiéndose y desapareciendo finalmente.

– ¿Te hago daño? – le susurró Mark.

– No – mintió ella.

Sabiendo que Samuel mentía, Mark intentó lavarla sin presionar la piel. Los hermanos se sumergieron en un insoportable silencio que permitió que sus imaginaciones se perdiesen en la peor de las posibilidades. Mientras Mark lavaba el cuerpo de Samuel, Wayne se apresuró a llegar a la tienda donde trabajaba para hacerle saber a su jefe que Samuel estaba enferma y que necesitaba algunas cosas. Siendo domingo y que estaba sentado a la mesa del desayuno, su jefe le permitió la entrada a la tienda por la puerta que conectaba su casa con el establecimiento. Wayne le dio las gracias y se apresuró, cogiendo alcohol, vendajes y calmantes, volviendo a casa antes que Samuel saliese de la bañera. Tras ofrecerle un retal grande de tela que utilizaban como toalla, ella se levantó y cubrió su cuerpo, dejando el agua ensangrentada para que Mark se deshiciese de ella. El agua se tiró por la ventana, probablemente atrayendo a las ratas en la calle.

Samuel se sentó junto a la cocina para poder recibir su calor, ahora que se sentía por fin limpia por fuera. Mark se agachó delante de ella mientras él y Wayne le curaban el ojo.

–¿Nos puedes ver con este ojo? – le preguntó Wayne.

– No – contestó ella.

Presionando los labios, Mark continuó ayudando a su hermana pequeña. Una vez las heridas se habían curado, Wayne trajo algo de ropa limpia para que ella pudiese vestirse. Mark ayudó a Wayne a poner la mesa donde siempre había estado, mientras que Wayne ignoró a consciencia la silla que Mark había lanzado contra la pared, habiendo hecho un agujero en ella, destruyendo la silla más allá de reparación alguna. Wayne le dio una débil patada a los trozos de madera restantes de la violenta colisión, apartándolos hacia una esquina con el pie derecho, girándose para mirar a Samuel, quien parecía perdida en su propio mundo. Wayne le regaló una mirada a Mark, decidiendo en silencio el siguiente paso a tomar.

Tras apagar la luz de la estancia, Wayne preparó un poco de café mientras Mark se sentó con Samuel. Afuera llovía y en otras circunstancias, hubiese sido acogedor estar en casa.

Mientras el café se preparaba, Samuel miró a Mark en un par de ocasiones, dejando caer los ojos de inmediato al encontrar los inquisidores de su hermano. Sentado a su derecha, los codos de Mark estaban sobre la mesa, creando sus manos un lugar perfecto para descansar la boca y la nariz, permitiendo una clara visión de Samuel ante él. Mientras Wayne hacía café, comenzó a preocuparse por el resto de la historia que aún no conocía. No muy lejos de él, Samuel se abrazaba las piernas, descansando la planta de los pies en el filo de la silla. En esa posición, ella sentía cada centímetro de su cuerpo, aunque le daba una falsa sensación de seguridad, sabiendo que tan pronto ese café estuviese preparado respondería a muchas preguntas, sintiéndose sin fuerza para decepcionar aún más a sus hermanos. En el fondo, ella no se sentía ni culpable ni avergonzada por lo que le había pasado, pero sí feliz de haber matado a la serpiente, aunque las repercusiones de sus acciones la ponían ya nerviosa.

Samuel agradeció el café a Wayne, sintiéndose muy cansada de repente, queriendo irse a la cama y así, posponer la conversación con sus hermanos. También se preguntó dónde estaba Gino, sintiendo que carecía de fuerza para enfrentarse a su temperamento y la obvia rabia que sentiría al verla en ese estado.

En la mesa, Samuel tomó un par de sorbos de café, siendo esta la mejor taza de café que Wayne jamás había hecho. Mark no tocó el suyo mientras Wayne le observaba, sabiendo que su hermano no estaba preparado para escuchar más detalles sobre el ataque de Samuel. Él sin embargo, necesitaba oír más.

–¿Qué ha pasado? – preguntó Wayne.

Los ojos de Mark viajaron de Samuel hacia Wayne, notando como si le propiciasen un puñetazo en pleno estómago. No quería saber lo que Samuel había tenido que vivir, y durante cuánto tiempo había sido torturada mientras él horneaba pan, creyéndola a salvo en su cama, soñando con una vida mejor. Samuel tardó en contestar a la pregunta. Primero miró a Mark. Los pedazos de su corazón que habían sobrevivido a la noticia se desintegraron cuando vio lágrimas brotar de los ojos de su hermana, irritando su piel, y produciendo un terrible dolor en el ojo dañado. Ella se las limpió con el dorso de la mano, sin poder afrontar a sus hermanos cuando comenzó su relato.

– Fui a bailar con Connie, Gary y Peter…como siempre…pero esta noche he bailado con otra persona, alguien que conocí la semana pasada – emprendió Samuel.

Al suspender la historia, incapaz de continuar y limpiándose más lagrimas, Mark la miró y bajó las manos, ignorando sus propias lágrimas, las cuales le nublaban el sentido. Wayne sintió una poderosa presión en su garganta, forzándole a luchar ferozmente para mantener el juicio ante la traición de la perdida de la inocencia de Samuel.

–¿Y? – Wayne preguntó para que Samuel pudiese continuar.

– No sé cómo ha pasado…no me he dado cuenta y de repente…estaba…estaba de repente junto a la pared del club y él estaba intentando besarme – reveló Samuel.

Las ventanas de la nariz de Mark se inflaron al inhalar violentamente, sintiendo la rabia creciendo dentro de él una vez más. Decidió retomar la posición anterior, escondiendo la boca detrás de las manos mientras la presionaba y así, poder controlarse.

– Y entonces…le empujé…aún estábamos en el club, pero lejos de la pista de baile…pero todo el mundo parecía estar tan lejos de mí…y entonces él abrió la puerta del almacén y me empujó hacia dentro…le dijo entonces a un hombre que se fuese y que nos dejase solos – continuó Samuel.

Esas últimas palabras crearon mayor preocupación en Wayne y Mark, quienes se miraron mutuamente. ¿Quién era él? ¿Por qué tenía el poder de echar a alguien con tan sólo ordenarlo? Samuel conocía a sus hermanos y sabía que esa importante pista se había registrado en sus mentes, así que permaneció en silencio, pensando en cómo darles la noticia. Wayne y Mark la miraron. Finalmente, Mark habló.

–¿Quién te ha hecho esto? – preguntó él.

Samuel levantó la cabeza para enfrentarse a Mark.

– Franco DiMaggio – confesó Samuel.

Los párpados de Wayne sucumbieron al sonido de ese nombre, cayendo, creando el momento más oscuro de su vida, abandonado toda esperanza de ocuparse del maldito. Franco DiMaggio era un intocable y no había nada que indicase lo contrario, así que Wayne estaba seguro que este no iba a pagar por lo que había hecho a Samuel, a la vez que posiblemente se burlaría de ellos.

–¿Qué? – le preguntó Mark a ella, levantando la voz. – ¿Qué demonios estabas haciendo con DiMaggio, Samuel? ¿Desde cuándo eres tan idiota? ¡Tú, de entre todas las mujeres!

Mark se levantó, haciendo un ruido impertinente con la silla, empujándola por la inercia de su rápido movimiento. Asustada por el ruido, Samuel cerró los ojos como si esperase un bofetón de Mark en cualquier momento.

–¡Mark! – le pidió Wayne.

Mark se giró y batalló internamente, controlando su furia. Entonces miró a Samuel, con odio, desde donde estaba, echando su cuerpo hacia delante con las manos sobre la mesa.

–¿Qué crees que podemos hacerle, Samuel? – le preguntó Mark con un tono de voz más suave.

–Sólo *bailaba* con él…sólo bailaba. Jamás le di ninguna señal de que–– comenzó Samuel.

–¡¿Señal?! – gritó Mark. – Una amiga de Connie de dieciséis años, fuera un sábado por la noche y sola es señal suficiente para un tipo como DiMaggio, Samuel… ¿Dónde te has criado? ¿En Connecticut?

–¡Mark! – le advirtió Wayne de nuevo.

–¿Qué?... ¿Es que no ves la estupidez en todo esto, Wayne? – le ladró Mark a su hermano, señalando a Samuel.

–Ella no lo provocó – le recordó Wayne.

–Yo no estoy insinuando que ella lo provocase… ¡Lo que estoy diciendo es que ha estado jugando con fuego y ahora que se ha quemado, no hay nada que podamos hacer para ayudarla!... ¡Ha estado viviendo en esta cloaca los últimos doce años y es más lista que todo esto! – gritó Mark.

Wayne no respondió a las palabras de Mark. Era obvio que Mark había perdido la dirección, aunque sus palabras decían la verdad.

–No podemos hacerle nada a este hijo de perra…no podemos tocar a este tipo sin que nos maten en el intento…o a ella – le dijo Mark a Wayne.

–Eso ya lo sé – musitó Wayne.

–¿Y cómo te sientes sabiendo que se va a librar de haber violado a tu hermana? – le provocó Mark.

A Wayne no le gustó oír esas palabras, así que miró a Mark con odio en los ojos.

–¡¿Te crees que no me siento como una mierda?! – le devolvió Wayne los gritos. – ¡¿Te crees que eres el único que tiene sentimientos por ella?! ¡¿De qué nos sirve decir ahora que ella es más lista que todo esto?! ¡Era ella la que estaba allí!

–¡Ya sé que era ella la que estaba allí! – le aulló Mark.

–¡Entonces deja de sentirte culpable! ¡No es culpa tuya! – concluyó Wayne.

–¡Basta! – gritó Samuel, dando un golpe sobre la mesa.

Mark y Wayne la miraron al encararse ella a ellos.

–Ya recibió lo que merecía – les dijo Samuel.

Wayne sintió desfallecer al oír esas palabras de la boca de Samuel. Mark, por su lado, no entendía lo que oía. Wayne se levantó de la misma forma que Mark lo había hecho segundos antes, mirándola, dando un paso hacia atrás como si ella acabase de dejar una bomba sobre la mesa. Pavor llevó a Wayne hacia la pared y miró a su hermano, quien miraba a Samuel, inmóvil.

–¿Qué has hecho, pequeña? – susurró Mark, impidiéndole el miedo sentir las piernas de su delgado cuerpo.

–He matado al cabrón – declaró Samuel.

Esa voz, proveniente de la persona por la cual Mark padecía más en el mundo, ya no le era reconocida a sus oídos, esta no se registraba en su sentido, al igual que el odio que pudo ver emanando del único ojo con el que ella podía ver.

Wayne sintió cómo su cuerpo comenzó a hiperventilar en la esquina donde se encontraba, comprendiendo la posibilidad que podía morir en ese mismo instante, sin haber sido nunca tan afortunado. Las palabras pronunciadas por su hermana se clavaron en la aorta de Mark, pero ni una sola gota de su sangre se derramó ya que esta se había congelado en su cuerpo súbitamente.

–Estoy soñando…esto es una pesadilla…me voy a despertar en cualquier momento y me voy a reír de todo esto – se decía Wayne a sí mismo en voz alta. En una esquina de la estancia, Wayne fue testigo de cómo su mundo, tal y como lo había conocido hasta el momento, se desmoronaba frente a él.

–¿Qué? – le preguntó Mark a Samuel.

–Me has oído…le he matado. Me ha hecho daño y le he matado – respondió Samuel, segura de lo que decía.

–Igual no está muerto…igual sólo está herido – deseó Wayne desde su esquina.

Samuel giró su cabeza hacia su hermano, ofreciéndole la más fría y calmada de las miradas, poseída por el ángel de la muerte, sintiéndose cómoda en su nueva personalidad.

–Créeme…está muerto – dijo a Wayne.

Wayne, abrumado y embrujado por sus sentimientos, buscó los ojos de Mark para ver su reacción. Mark miraba fijamente a Samuel, intentando decidir qué hacer con sus vidas, preguntándose por qué nadie de la familia Palermo había tocado aún a su puerta.

Aumentando todavía más su sorpresa, Samuel se levantó y se fue a la cama. Ahora que había confesado sus acciones, se encontraba terriblemente cansada. Incapaz de moverse, Wayne no abandonó su esquina en las dos horas siguientes, donde tras haber resbalado por la pared esperó a que la mafia golpease a su puerta.

En la mesa, Mark finalmente se sentó tras recuperar sus piernas. Así fue como Gino los encontró al llegar a casa. Entrando, sonrió y los saludó, percibiendo de inmediato el peligroso humor reinante, cosa que le obligó a cerrar la puerta lentamente, contemplándoles. Su entrada no había causado reacción alguna en sus hermanos y les observó al acercarse a ellos. Primero miró a Mark, quien sentado a la mesa y con los ojos rojos le hizo sentir incómodo. Entonces miró a Wayne, quien se sentaba en el suelo con aspecto de haber bebido demasiado, perdido totalmente en sus sueños e ignorando a Gino totalmente.

–¿Qué ha pasado? – preguntó Gino a sus hermanos.

–Ninguno de ellos contestó. Gino miró fijamente a Mark desde el otro lado de la mesa.

–He preguntado qué ha pasado – dijo Gino a Mark.

De repente, una idea fatídica llegó a la mente de Gino, así que caminó hacia la habitación de Samuel y abrió la puerta, encontrándola en la cama con la espalda hacia la puerta. La miró por un instante y cerró la puerta para poder volver con sus hermanos y descubrir el secreto.

–¿Qué está pasando? – Gino frunció el ceño, molesto por el silencio.

Gino podía ver claramente el dolor en los ojos de Mark y sabía que algo le había pasado sin cuestión alguna a Wayne, quien ahora le miraba desde el suelo.

–¿Qué te pasa? – miró Gino a Wayne.

Wayne necesitaba a Mark, ya que se sentía incapaz de ser la persona que diese la noticia a Gino.

–¿Para qué le miras? – urgió Gino a Wayne, señalando a Mark. – ¿Qué es esto?... ¿Qué ha pasado? ¡Me estáis cabreando!

–Tenemos problemas – dijo Mark a Gino, buscando sus ojos finalmente.

–¿Problemas de qué?... ¿Qué demonios ha pasado?... ¿Has estado llorando? – urgió Gino a Mark.

La mente de Gino trabajó rápidamente e intentó adivinar todos los desastres en los cuales se podían haber visto envueltos los cuatro miembros de esa familia, sin nadie más que ellos mismos.

–¿Me va a decir alguien lo que está pasando aquí? – alzó la voz Gino.

–Samuel ha matado a Franco DiMaggio – habló Mark, evitando una innecesaria explicación para mitigar el dolor.

Wayne no podía creer la forma en la que Mark había comunicado la noticia a Gino, así que miró a su hermano con ojos desorbitados.

–¿Qué dices? – preguntó Gino sin comprender.

–Me has oído…Samuel ha matado a Franco DiMaggio, el DiMaggio que todos conocemos. Lo ha matado después que la violase esta noche en el Jazzie's – expuso Mark a Gino sin miramiento alguno por lo que Gino pudiese hacer.

Gino sintió dos disparos, uno entre las cejas y otro en el corazón. ¿Qué decía Mark? ¿Qué clase de retorcido humor había desarrollado? Su sarcasmo le sacaba de sus casillas en innumerables ocasiones, pero este chiste era simplemente cruel y jamás lo hubiese esperado de Mark. Wayne vio como la confusión nublaba el rostro de Gino y este se levantó lentamente, manteniendo los ojos en su hermano. El corazón de Gino comenzó a bombear sangre coléricamente, percibido por sus hermanos y esa por fin apareciendo. La cara del italiano estaba cambiando de color, cogiendo un tono escarlata. Gino miró de nuevo a la puerta y Wayne le habló.

– Está herida, déjala dormir – le advirtió Wayne.

– ¿Qué ha pasado? – gritó Gino, perplejo.

– Cálmate, Gino – le pidió Wayne.

– ¿Calmarme? ¡Qué te follen con calma! – le respondió Gino, lleno de odio.

Mark se levantó para ayudar a Wayne en caso que eso fuese necesario, pero Gino le miró con rencor.

– ¿Y tú para qué te levantas? – se enfrentó Gino a él.

– Te tienes que calmar – le advirtió Mark.

– ¿Qué me calme? – lloraba Gino, sintiéndose asfixiado por la presencia de sus hermanos. – ¿Qué os pensáis que soy? ¿Me dices que han violado a Samuel y que ha matado a un mafioso y me pides que me relaje?

Los tres permanecieron en el centro del salón sin perderse de vista el uno al otro. Wayne y Mark pudieron ver lágrimas brotar de los ojos negros de Gino mientras este controlaba su naturaleza con todas sus fuerzas delante de sus hermanos, luchando contra la idea de Samuel siendo violada por un hombre al que conocía. En su mente, Gino podía visionar a Franco sobre su hermana pequeña. Mark y Wayne observaron como Gino se tragaba la frustración y la ira, mirándoles con la dignidad restante.

– Bueno…si le ha hecho daño, se ha merecido que Samuel le matase – resolvió Gino.

Mark y Wayne no respondieron a la reflexión de Gino y el moreno pudo comprender con claridad la batalla habida en esa cocina cuando por fin, vio la silla destrozada junto a la pared. Gino tiró de la última silla y se sentó junto a sus hermanos alrededor de la mesa.

—¿Está malherida? – consiguió articular Gino, secándose las mejillas.

—Bastante – admitió Wayne.

Gino tomó aire profundamente y llenó sus pulmones, levantándose de nuevo y caminando hacia la puerta de Samuel, abriéndola con cuidado. En la habitación de Samuel y Mark, Gino caminó bordeando la cama con mucho cuidado para no despertarla, frenando en un lugar donde el ángulo le permitía verla mejor. Allí, echada sobre la cama, la mayoría de sus heridas estaban expuestas. Dando un paso adelante, los ojos del italiano viajaron por el cuello de su hermana y los moratones que habían florecido en sus brazos. Gino se cubrió la boca con la mano y con un preciso movimiento, giró en sus talones y dejó la habitación de su hermana, cerrando la puerta a sus espaldas por segunda ver en los últimos diez minutos. Se sentó de nuevo con sus hermanos y los tres hombres se sumergieron en un revuelto y peligroso mar de emociones. Ahora todos eran conocedores y podían unir sus fuerzas para encontrar la solución y salvarse de la sentencia de muerte que ondeaba sobre ellos. En esa cocina, hubo un mortal silencio en los siguientes treinta minutos, hasta que por fin Gino habló.

—¿Sabemos si la han visto? – preguntó el italiano.

—No lo sabemos – respondió Wayne.

—¿Estaba con esa furcia? – inquirió Gino.

—Creo que sí…no me acuerdo mucho de lo que ha pasado esta noche – susurró Wayne.

—Estoy seguro que sí estaba con ella…y si ella estaba allí, tienen que saber ya que ha sido Samuel….tenemos que irnos de aquí – urgió Gino a sus hermanos.

Mark y Wayne miraron a Gino, confundidos y alterados por su reacción.

—Tenemos que irnos – repitió Gino.

—¿Ir a dónde? – le preguntó Mark.

– A un lugar donde la mafia no nos mate. ¿A dónde te crees? – preguntó Gino, molesto por la simplicidad de la pregunta de Mark. – ¿Crees que estos tipos se van a olvidar de esto? Si Samuel estaba con Connie ya saben que ha sido ella y van a venir a por ella y nos cogerán a todos de paso…ya conoces a esta gente, ¿es esto nuevo para ti?

– No, no es nuevo para mí….pero nuestra casa de verano aún no está lista – soltó Mark.

Gino tomó sus ojos de Mark para ofrecérselos a Wayne.

– Tenemos que irnos, tenemos que hacer las maletas e irnos – le urgió Gino a Wayne, en caso que este pensase diferente a Mark.

– ¿Con qué dinero, Gino? – le preguntó Wayne.

– Tú estás ahorrando y yo tengo algo también…vamos a estar nadando en el Hudson antes del anochecer, ¿lo entiendes?...la alabo por haber matado a ese hijo de perra, pero no quiero que me maten, Wayne – explicó Gino.

– Yo tampoco, Gino…es sólo que…no puedo pensar con claridad – dijo Wayne. – Me duele la cabeza, me va a explotar – susurró Wayne, descansando la frente en sus manos y sus codos en la mesa.

– ¿Hay alguna posibilidad que el cabrón no esté muerto? ¿Qué le ha hecho ella? – preguntó Gino, intentado recibir más información e impacientándose.

– ¡No lo sabemos! – dijo Wayne a su hermano, abriendo los brazos. – Pero ella dice que no hay duda. ¡Está muerto! – expresó Wayne, rompiendo la burbuja de esperanza que Gino había formado.

– ¡Mierda! – musitó Gino.

Otra ola de silencio inundó el salón. Gino miró su reloj de bolsillo y vio que eran las diez de la mañana. Pronto, las personas que habían estado esperando que llamasen a su puerta se encaminarían hacia la misa del mediodía con sus esposas. Sin embargo, debido a la naturaleza de tal asunto, los tres hermanos supieron que alguien sería requerido para dicho trabajo en un domingo por la mañana.

–¿Qué demonios estaba haciendo con Franco DiMaggio? – susurró Gino, intentando comprender con esa pregunta retórica las circunstancias en las cuales Samuel se había visto envuelta con dicha persona. – Ella es más lista que todo esto. Lo es, sé que lo es.

Gino se levantó y caminó hacia la ventana de enfrente, echando un vistazo mientras la lluvia caía en la sucia calle. Su chaqueta estaba todavía empapada de la que había caído sobre él al llegar a casa.

–¿Qué vamos a hacer? – preguntó Gino a sus hermanos desde la ventana.

–No lo sé – declaró Mark.

–Yo tampoco – le apoyó Wayne.

–Tengo que salir de aquí y averiguar qué está pasando ahí fuera…volveré lo antes posible – decidió Gino, caminando hacia la puerta.

–¿A dónde vas? – inquirió Wayne, levantándose también.

Mark se giró aún sentado en la silla, mirando a Gino.

–Tenemos que averiguar lo que ellos saben – les dijo Gino, abriendo la puerta. – Tendré cuidado – prometió él, dejando el apartamento atrás.

Wayne se sentó a la mesa de nuevo y miró a Mark.

–Tiene razón, nos tenemos que ir de aquí – admitió Mark.

–¿A dónde? – quería saber Wayne.

–¿A Chicago? Podemos robar un coche y perdernos…nadie nos encontrará –fantaseó Mark.

Wayne pensó por unos instantes, dejando entrar a Sally en su pensamiento.

–No puedo dejar a Sally aquí – dijo Wayne a su hermano.

–Pídele que venga con nosotros – le sugirió Wayne.

–¿Y ponerla también en la lista de la 'limpieza'? – le preguntó Wayne.

–Si nos vamos hoy, nadie jamás sabrá donde hemos ido…no sabrán donde buscarnos. Sólo necesitamos un coche – se imaginó Mark.

—No puedo hacer eso a Sally – rompió Wayne los sueños de Mark.

Mark reflexionó y comprendió que Sally, de hecho, tenía una opción, cosa que ellos no. Ellos eran sus hermanos y si fuese necesario, serían torturados para poder encontrar a Samuel. Por su lado, Wayne comprendía que no tenían oportunidad alguna si se quedaban en Nueva York.

Aún sentados en la mesa a las once de la mañana, mientras esperaban a Gino, Mark y Wayne escucharon un golpe en la puerta del apartamento. El rubio levantó la cabeza para encontrar a Wayne mirándole fijamente, con terror escrito en la cara. De repente, pero muy lentamente, ambos se pusieron de pie, sin saber en realidad qué hacer. Un más fuerte y ruidoso latigazo resonando en la madera les alteró los nervios. Wayne se mostró firme ante su hermano al asentir con la cabeza, haciendo que Mark caminase hacia la puerta y la abriese.

Dos personas, quienes averiguarían más tarde eran Johnny Sappiro y Patty *Slow Fingers,* estaban en su puerta, elegantemente vestidos como si hubieran venido directamente de la iglesia y sin mostrar pizca de angustia en sus rostros. Al abrirse la puerta miraron a Mark, quien les miró de la misma forma, sintiendo de inmediato que podía desmayarse en cualquier momento. Mark no preguntó qué querían y se limitó a mirarles mientras los dos mafiosos le dedicaron sus miradas. Wayne apareció detrás de su hermano en el salón, cerca de la puerta de Samuel. Esos dos hombres que rondaban los cuarenta habían visto salir al italiano de la casa una hora antes de haber tocado a la puerta del apartamento número tres, esperando instrucciones. El nerviosismo de los dos hermanos aumentaba a la vez que lo hacía el silencio entre las cuatro personas, pensando en lo que iba a pasar de forma inminente.

—¿Dónde está *La Judía*? – preguntó Patty Slow Fingers a Mark.

–¿Qué quieres de ella? – se atrevió Mark a preguntar, preguntándose por qué esas peligrosas palabras habían salido de su temerosa boca.

–¿Tú qué crees? – preguntó el mafioso también.

–Venimos con vosotros si os la lleváis – le informó Mark.

–No lo creo…Signore Nero quiere verla a ella, no a vosotros…quiere hablar con ella en privado. La traeremos de vuelta – intervino Johnny Sappiro.

–Está durmiendo – habló Wayne.

Patty *Slow Fingers* sacó una Colt 45 de su pistolera interior y buscó la frente de Mark, desde donde ahora parecía estar más cerca.

–Despiértala – dijo Patty con calmada, profunda y fría voz.

Sin ser invitado, Johnny Sappiro entró en el apartamento mientras Patty *Slow Fingers* se acercó al umbral, posando el cañón del revólver en la frente de Mark. Este sintió el frío del acero al contacto del cañón con su piel. Patty *Slow Fingers* no presionaba mucho, ya que no tenía necesidad, pero la poderosa y pesada arma con los dedos de Patty en el gatillo y su gruesa mano alrededor de la culata hizo que Mark dejase de respirar. Johnny Sappiro no tuvo que apuntar a Wayne con su pistola, ya que Patty tenía cubierto al hermano del joven. Una vez en el dormitorio y con el movimiento de una ceja, Johnny Sappiro ordenó a Wayne que despertase a la niña. Wayne comprendió perfectamente lo que el excelentemente vestido hombre quería de él, así que hizo lo que se le pedía. Era la primera vez que Mark sentía una pistola tan cerca de su cuerpo y la frigidez del acero penetró su piel para transformar la sensación en pánico, manteniéndolo en secreto. En la otra habitación, Wayne caminó hacia el lado de Samuel y la despertó. Abriendo los ojos, ella miró a Wayne para descubrir en su cara que algo no iba bien. Sin embargo, ella miró con tranquilidad a su lado para poder ver a Johnny Sappiro a los pies de su cama. Como si ella hubiese estado esperándole y sin dejar salir ni un respiro de su cuerpo, se movió para poder ponerse los zapatos, sintiendo un dolor intenso. Con una frialdad de improcedentes dimensiones e ignorando a Johnny Sappiro, ella se levantó. Tras besar la mejilla de Wayne, Samuel pasó por el lado de Johnny Sappiro, produciendo una inesperada impresión en el mafioso. La joven dejó la estancia para ver la pistola apuntando a la frente de Mark. Sin frenar sus pasos, ella miró al otro gánster y este le devolvió la mirada sin poder percibir sentimiento alguno en la criatura. Patty sabía lo que la gente era capaz de hacer cuando sus vidas estaban en peligro. Para Johnny Sappiro, la niña se había abandonado al destino, justo después de recibir esa paliza la noche anterior, la cual había sido obviamente de larga y cruel naturaleza.

–Vamos – dijo ella a Patty, saliendo del apartamento, pasando junto a Mark y besando su brazo diciendo adiós.

Patty *Slow Fingers* se sintió tan impresionado como Johnny Sappiro por la frialdad ofrecida por esa niña menuda, quien había sacrificado a Franco DiMaggio. En silencio, ellos siguieron a *La Judía* escaleras abajo en dirección al coche que les esperaba, comprendiendo al mirarla que ella había igualado la ferocidad de DiMaggio. Confundidos, los mafiosos siguieron a *La Judía* fuera del edificio, como si ella ya supiese a donde ir, incrédulos que ese ángel fuese responsable de la carnicería en aquel hombre robusto.

Samuel se metía en el coche cuando sus hermanos llegaron a la calle, frenando en la entrada. Al verles, Johnny Sappiro se giró y les advirtió que se quedasen donde estaban con sólo mostrar su dedo índice, siguiendo entonces a Samuel dentro del Ford 'Tin Lizzie', mientras que Patty *Slow Fingers* se puso al volante. Segundos más tarde, el coche dejó atrás a Mark y a Wayne, dirigiéndose hacia la calle Grand. Mark salió a la lluvia y Wayne se unió a él, mirando el coche que se llevaba a su hermana pequeña a un futuro desconocido, pero peligroso sin duda alguna. Los hermanos se miraron el uno al otro en desesperación, intentando decidir qué hacer.

–¡Mierda, Mark! – musitó Wayne.

Se miraron fijamente, mientras la lluvia les mojaba la cara, sabiendo que no había nada que pudiesen hacer. Acababan de aprender lo que Gino intentaba averiguar, por lo tanto, entraron en el edificio y se apresuraron en subir.

Dentro del nuevo Ford, Samuel mantuvo la mirada en la calle que se abría ante ellos, intentado memorizar la ruta. Johnny Sappiro emanaba una gentil fragancia, lo cual ella imaginó era jabón de calidad, algo a lo cual ella tenía poco acceso. Por su parte, Johnny Sappiro no pronunció ni una sola palabra durante el tiempo que pasaron dentro del coche, esperando que en cualquier momento, la compostura de la muchacha se rompiese por un sentimiento de desesperación, de lo cual no fueron testigos. Al llegar a la Zona Alta de la ciudad avanzando por la calle Broadway, el coche frenó en un edificio no muy lejano a donde ella trabajaba. La lluvia en esa parte de Manhattan parecía más bonita que en el área en el que residían ellos. Allí no había mucha suciedad con la cual esta pudiese mezclarse, y las mujeres y hombres no tenían por qué preocuparse por el barro que pudiese entrar a sus hogares. No existía nada como la lluvia fresca cayendo en el pavimento limpio para hacerlo brillar al contacto con el sol.

El edificio ante el cual frenaron era de impresionante color y tamaño, decorado en el interior con extremo tacto, albergando una puerta giratoria de brillante metal dorado que se encargaba de lucir incluso en un día tenebroso como ese. Patty *Slow Fingers* se encargó del coche mientras Johnny Sappiro caminó junto a Samuel hacia las entrañas del edificio como si fuese ella la que liderase el camino. Dentro del inmueble, pasaron junto a unas personas vestidas elegantemente, las cuales no pudieron evitar mirar fijamente a la cara de la muchacha y sus visibles heridas, preguntándose qué podría haberle pasado, mientras Samuel y su captor se adentraban en la joya arquitectónica. La aspereza con la cual Samuel se comportaba tenía a Johnny algo confundido y él pudo tan sólo asentir con la cabeza como un niño cuando Samuel le señaló el ascensor en silencio, preguntándole así si ése era su próximo paso. Ella caminó hacia este y esperó a que el ascensor llegase a la planta baja, sin quitar el mafioso sus ojos de la niña ni por instante. Cuando las puertas del ascensor se abrieron delante de ellos y el chico del ascensor les invitó a subir, Samuel dio el primer paso y se giró una vez a dentro, enfrentándose a la puerta, viéndola cerrarse poco después. ¿Qué clase de cólera innatural podía haber poseído a una niña de aspecto tan débil como el suyo para poder abandonar a DiMaggio en un charco de sangre con una botella clavada en el pecho? Johnny Sappiro estaba al corriente de la clase de corazón que el fallecido había poseído: la clase con la cual sólo serpientes venenosas y falaces nacen.

EL CAMALEÓN

Zona Alta Este de Manhattan, ciudad de Nueva York, agosto de 1914

Johnny Sappiro no tuvo que decirle al chico del ascensor que iba al cuarto piso. El ascensorista conocía aquel hombre bien y pagaba de igual forma por su discreción. En silencio, él cerró la puerta para poder llevar al hombre y a aquella niña desfigurada a su destino. Las puertas del ascensor se abrieron de nuevo, revelando un pasillo privado, acolchado por exquisitas alfombras, así como seis puertas, que con toda probabilidad, distribuían una fortaleza. Al salir del ascensor, Samuel pudo ver a otro hombre sentado en una silla junto a una de las puertas. Todas las puertas del pasillo estaban cerradas, el cual se iluminaba por medio de una gran ventana izquierda que daba a la fachada del edificio. El hombre que guardaba la tercera puerta se levantó al verles y Sappiro se acercó a él mientras resonaba el ruido metálico de las puertas al cerrarse a sus espaldas, dándoles la privacidad necesaria para tan delicado propósito.

–Aún no ha vuelto – informó el portero a Sappiro.

–Ella va a esperar contigo – dijo Johnny.

–De acuerdo.

Sappiro giró la cabeza para mirar a Samuel. Parecía que se había creado una instantánea conexión entre verdugo y víctima, algo a lo que Sappiro no estaba acostumbrado. De diferente forma, él conocía bien la reacción del que suplica por su vida, no la de niñas pequeñas de ojos endemoniados. No fue necesario decirle a ella que se sentase a esperar, así que cuando Sappiro la miró, esta ya había tomado asiento frente a la tercera puerta, imaginándose que se hablaba del Signore Nero, el hombre que ciertamente la iba a castigar por lo que le había hecho a DiMaggio.

Al llegar a casa en el octavo barrio de Manhattan, Gino encontró a Mark y a Wayne en las escaleras del inmueble.

–¡Se la han llevado! – le resumió Mark.

–¿Qué? – preguntó Gino, escalando las escaleras de dos en dos. – ¡¿Quién se la ha llevado?!

–¡Dos hombres! ¡No sé! – contestó Mark desde lo alto de la escalera.

Los tres hombres entraron en el apartamento visiblemente estresados, buscando los unos en los ojos de los otros, cuando Gino cerró la puerta a su espalda con un portazo.

–¡Lo ha matado! – anunció Gino como si hubiese visto el cuerpo.

–Eso lo sabemos, Gino – le dijo Wayne, molesto.

–No, no lo sabéis. Lo ha sacrificado – remarcó Gino.

Mark y Wayne se miraron mutuamente, devolviéndole la mirada a Gino mientras los tres se sumieron en un silencio.

–Se la llevaron hace veinte minutos – habló Mark. – Me pusieron una pistola en la cabeza.

–¿A dónde se la han llevado? – preguntó Gino.

–A ver a Signore Nero – contestó Wayne.

–¡Mierda!....estamos con la mierda hasta el cuello...en un buen lío...de esto no se van a olvidar – predicó Gino, sacudiendo la cabeza como si hubiese perdido esperanza en una última y heroica solución.

–Tenemos que encontrarla – dijo Mark en voz alta.

–¡No sabemos dónde vive! – le recordó Wayne.

–Sí que lo sabemos – le corrigió Gino.

En la Zona Alta de Manhattan el tiempo parecía pasar más lentamente. Mientras ella esperaba al que iba a imponer su sentencia, la mente de Samuel no pudo evadirse y preguntarse qué habría sido de ella si hubiese aceptado la oferta de Frank Carusso. De hecho, su vida entera pasó por su mente, mientras soñaba despierta durante la hora que esperó a que apareciese alguien, otra persona aparte de la que se sentaba frente a ella y la vigilaba cuidadosamente. Sappiro volvió, emergiendo del ascensor. Esta vez, él no venía sólo. Otro hombre a quien ella no había visto jamás llegó acompañado de una mujer vestida elegantemente y de dos niñas pequeñas vestidas de igual forma. Todos ellos ignoraron tanto a Samuel como al vigilante, tomando la primera puerta a su izquierda, la más cercana a la ventana que mostraba la ciudad de Nueva York en lo mejor que tenía que ofrecer. Sin embargo, Sappiro entró en la tercera habitación, volviendo a salir en breve, esta vez sin su sombrero, para mirarla y llamarla con el dedo índice. Ella obedeció y le siguió a la estancia, a la oficina más increíble que jamás había visto. Sappiro cerró la puerta tras ella y le ordenó que caminase hacia el escritorio, donde debería permanecer de pie. Quieta a tan sólo tres metros de la mesa, levantó la vista, abriendo sus ojos y su imaginación a una infinidad de estanterías llenas de libros preciosamente encuadernados.

Una vez más, ella aguardó a que su futuro se descifrase mientras Sappiro hizo lo mismo alejado del escritorio, de cara a la puerta que se abrió a la izquierda de la oficina. Al ruido, Samuel giró la cabeza, viniendo este de un hombre de aspecto fuerte, quien con toda seguridad había llegado ya a los cuarenta. Tras entrar en la estancia, él se acercó al despacho sobre el cual tenía total derecho y poder, manteniendo los ojos en la asesina.

Marchando decididamente hacia su sillón de cuero, Samuel se atrevió a mirarle. Signore Nero aún lucía todo su pelo grueso, oscuro y corto, formando una mata que le daba mucho carácter. De aspecto pulido y con un traje de color ceniza, utilizaba corbata, y ese día, un clavel rojo brillaba en su solapa. Cuando llegó a su silla, se sentó en ella cómodamente, observando y estudiando la cara de la niña, así como los moratones que tenía en el cuello, imaginando las heridas que no se mostraban al mundo. Samuel no se asustó cuando él finalmente habló. Su fuerte y dura voz mató el silencio que había invadido la grande y limpia habitación.

–Estoy intentando imaginarme como una niña tan menuda como tú ha podido arreglárselas para masacrar a un hombre como Franco – habló él en un tono normal de voz.

Samuel descansaba su vista en el hombre que tenía frente a ella. Decidió no hablar sino se le hacía una pregunta directa, así que permaneció en silencio mientras Signore Nero construía el caso frente a ella. Él estudió las heridas de Samuel, el daño que Franco había infligido en ella y la brutalidad que le había servido.

–¿Cuántos años tienes? – le preguntó el mafioso, tras otro largo silencio.

–Dieciséis – respondió Samuel.

Signore Nero fijó ahora sus ojos en el ojo izquierdo de Samuel, el que ella no podía abrir, sintiendo ella los ojos del hombre deslizándose por su cuerpo. Llevaba puesta una falda y un suéter que cubría sus brazos, pero no su cuello. El segundo largo silencio fue roto por un golpe en la puerta. Con una señal, Signore Nero ordenó a Sappiro que se encargase de la interrupción mientras él se encargaba de Samuel. El hombre de mayor confianza de Nero caminó hacia la puerta y la entreabrió. Era el portero, el hombre que había estado vigilando a Samuel la hora pasada.

–Hay una llamada de teléfono de abajo…es Patty – informó.

Sappiro salió de la habitación y cogió el teléfono del pasillo.

–Sí – dijo contestando el teléfono.

–Tenemos una situación aquí abajo – le dijo Patty.

–¿Qué pasa? – preguntó Sappiro.

–Sus hermanos…hay tres aquí abajo – explicó Patty.

–Espera.

Sappiro dejó el auricular en la mesa y volvió a la oficina donde Signore Nero aún estudiaba a la asesina de Franco, sin prisa y sin haber decidido qué hacer con ella. Sappiro se acercó a su jefe y le susurró algo, algo que Samuel no pudo oír.

–Tráelos – ordenó Signore Nero.

Sappiro asintió con la cabeza y salió de la oficina con su

caminar característico.

—Tus hermanos están aquí…me pregunto cómo la gente sabe dónde vivo – dijo Nero con una risita.

El Signore Nero pudo, por fin, ver una reacción emocional en aquella muchacha; parecía preocupada aunque intentaba ocultar su miedo.

—Me dicen que te llaman *La Judía* – comentó Signore Nero en voz alta.

—Sí – admitió ella.

—¿Y eso?... ¿Eres judía? No pareces judía.

—No lo sé – contestó ella.

—No lo sabes – repitió Signore Nero sin comprender.

Él decidió permanecer en silencio una vez más, esperando a que Sappiro volviese. Pronto, la puerta principal se volvió a abrir y los hermanos de Samuel entraron en la lujosa oficina. Signore Nero percibió que uno de ellos cojeaba. La puerta se cerró mientras Sappiro les ordenaba a los hermanos que formasen una fila frente al escritorio, detrás de *La Judía*. Mark estaba de pie a la derecha, Gino en el centro y Wayne a la izquierda. Al ver a Samuel, sus corazones se aliviaron de forma inmediata, aunque todo lo que podían ver fuese su espalda al estar ella también de pie frente al escritorio de roble. Dos minutos tras la entrada de los jóvenes, Signore Nero se puso en pie y se acercó a ellos calmadamente, con las manos unidas a su espalda, paseando como en tal parque en un día de verano. Sin prisa visible, miró a los tres jóvenes y entonces hizo lo mismo con Samuel, mirando de los unos a los otros, intentando unir unos cabos que se le escapaban.

El aroma de Mark alcanzó a Samuel, el característico aroma que él desprendía, ese aroma a pan que penetró las ventanas de su nariz para hacer que se sintiese como en casa, por la mañana, cuando Mark llegaba del trabajo y sólo quedaban unas horas para que ella se levantase.

—¿Qué clase de familia es esta? – finalmente preguntó Signore Nero en voz alta.

Los ojos de Mark se encadenaban a Samuel. Ella no temblaba, así que él se sintió mejor, después que su corazón hubiese dejado de latir en el momento en que se la habían llevado. Intentado olvidar dónde se encontraba, Wayne mantuvo su mirada fija en el suelo. Sin embargo, Gino atrajo la atención de Signore Nero y pronto se arrepintió de haberlo hecho.

–¿Me vas a decir tú qué clase de familia es esta? Esos dos se parecen – dirigió Signore Nero a Gino, señalando a Mark y a Samuel alternativamente. – Pero tú...y él – dijo el gánster señalando a Wayne. – No lo creo.

Gino no supo qué decir, tampoco supo cómo dirigirse a una persona tan poderosa como esa, al que no había visto jamás, pero cuya reputación conocía bien.

–¡Habla! – le ordenó Signore Nero a Gino, levantando la voz.

Mark vio como los hombros de Samuel se sacudían, asustada por el grito del mafioso. Lo que ella no sabía y tampoco veía, era que sus hermanos estaban tan asustados como ella. Samuel no podía ver al hombre, pero podía sentirlo a su espalda mientras interrogaba a sus hermanos. ¿Por qué habían venido? Ella había estado bien hasta que habían llegado. Por su parte, el susto que la voz de Nero le había dado a Samuel, también esperanzó a Mark, ya que la forma tan fría en la cual se había comportado Samuel desde el ataque le había desconcertado, llenándole de pena.

–Nosotros... – balbuceó Gino. – Estamos juntos desde que éramos pequeños, señor.

–Así que no sois familia de sangre. Tú eres italiano – adivinó Signore Nero, mirando a Gino.

–Mi madre lo era, señor. No estoy muy seguro sobre mí mismo, jamás lo he preguntado – respondió Gino.

–Eres italiano – le corrigió Signore Nero. – ¿Y ella? – preguntó él, más interesado mientras señalaba la espada de Samuel.

–La encontramos cuando tenía cuatro años – explicó Gino.

–¿La habéis criado los tres? – preguntó Signore Nero, arqueando las cejas.

−Sí, señor – afirmó Gino.

El mafioso caminó alrededor de ellos, crispando los nervios de Wayne, decidiendo este mantener la cabeza baja, pero sintiendo los ojos de Signore Nero espiando por su nuca y haciendo que su pelo se erizase.

−Este es un momento interesante, Johnny. ¿Qué piensas? – le preguntó Signore Nero a Sappiro al pasar junto a Mark.

−Lo es – respondió Sappiro con las manos entrelazadas frente a él.

−Muy…muy interesante…una reunión familiar como esta… – continuó él, caminando hacia su escritorio de nuevo y consiguiendo una diferente perspectiva, pensando que los jóvenes no podían tener más de veintitrés años. – Un momento tan inapropiado para una reunión familiar como esta – continuó Nero, caminando pacíficamente alrededor de su mesa. – ¡Porque me es difícil comprender cómo es que uno de mis hombres ha acabado con el cuello cortado y una botella hincada en el corazón! – explotó el gánster.

El estampido que produjo la mano contra el escritorio de roble y el grito que le acompañó asustó incluso a Sappiro, e hizo por fin, levantar la cabeza a Wayne. Mark miró por un instante a Gino, conociendo la forma en la cual su hermana había matado a su violador. Los tres hermanos miraban ahora a Signore Nero, quien caminaba hacia Samuel mientras le hablaba, parando junto a ella con su cuerpo muy cerca al de la muchacha.

−¡¿Qué es lo que tengo que hacer yo ahora contigo, judía?! – le preguntó él a ella. – Tú me dices lo que tengo que hacer.

−Me hizo daño – explicó ella, manteniendo su atormentada cabeza baja.

−¿Y esto te duele? – gritó él, abofeteándola y haciéndola caer.

No se oyó grito alguno al caer arrodillada al suelo, sintiendo un terrible dolor en la parte de atrás de la cabeza. Detrás de ella, sus hermanos se controlaron y Signore Nero sonrió ampliamente cuando pudo ver la lucha interna.

−¿Has visto eso, Johnny? − le preguntó Signore Nero a Sappiro, sonriendo. − ¿Lo has visto? Hubiese jurado que querían matarme. ¡Míralos! − dijo Signore Nero divertido. − ¡Levántate! − dijo a Samuel con una suave patada en sus piernas. − ¡Ah! Esto es fantástico, más de lo que me esperaba…me encantan las reuniones familiares. ¿Sabes por qué me gustan las reuniones familiares?... ¿Lo sabes tú, rubio? − le preguntó a Mark esta vez. − ¿Lo sabes tú? − le preguntó a Gino, quien movió la cabeza negativamente. − Te voy a decir por qué…me encantan las reuniones familiares como la que tenemos aquí porque cada vez que la hiero a ella − dijo él señalando a Samuel, − os hiero a cada uno de vosotros.

Samuel había batallado el camino hasta conseguir ponerse en pie, mientras Signore Nero daba su discurso. Se sentía mareada, con un agudo dolor en el oído izquierdo.

−¡¿Qué se supone que tengo que hacer yo ahora?! − les preguntó Signore Nero, abriendo los brazos hacia ellos − ¡No puedo permitir que una niña de dieciséis años mate a uno de mis hombres! … ¡Una niña!... ¡¿Qué va a ser de nosotros?!...¡¿Habéis pensado en eso?! − le preguntó él a los hermanos.

Nadie ofreció una respuesta a tan importante pregunta. De hecho, nadie sabía si esperaba una respuesta de ellos, así que le dejaron hablar como si se tratase de un profeta, y un profeta era ese día.

−¡Y ahora sois más! − dijo Signore Nero a los cuatro jóvenes. − ¡Cuatro! Este problema se ha multiplicado por cuatro…ella peca y los cuatro tenéis que ser castigados, ¿tengo razón?

El corazón de Gino sentía un poderoso dolor y el ansia lo consumía. Wayne pensaba que sus piernas no aguantarían mucho más, que lo dejarían caer al suelo consumido en un desmayo, mientras que los ojos de Mark seguían fijos en la cabeza de Samuel, desconectado de la tortura tiempo atrás. En silencio, Samuel intentaba aceptar su providencia.

Pero ella se atrevió a hablar, suplicando.

—¡Por favor, déjelos ir!

—¿Qué? – preguntó Signore Nero, torciendo la cabeza para poder oír su voz.

—¡Por favor, déjelos ir…fui yo! – explicó Samuel.

—Sé que fuiste tú. ¡Pero ellos han aparecido! – dijo él, señalando a los tres jóvenes.

—¡Por favor, déjelos irse a casa! – le suplicó ella de nuevo.

—¡Cierra la boca, Sam! – soltó Mark.

Gino cerró los ojos y Wayne no pudo dejar de mirar al desquiciado de Mark.

—¿Así que quieres ser castigado con ella? – le propuso Signore Nero a Mark, señalando a Samuel.

—No, señor – contestó Mark, mirándole a los ojos.

—¿No, señor? ¿Así que no crees que matar a uno de los míos debería ser castigado?... ¿Es eso lo que me dices? Quizás deberías decirme lo que tengo que hacer con tu hermana… ¡Una judía que no parece ser judía!… ¡Estoy muy confundido hoy! – dijo Signore Nero, lleno de sarcasmo.

Mark mantuvo el contacto con los ojos de Nero sin pronunciar palabra alguna, impacientándose cuando el mafioso cogió la barbilla de su hermana con la mano y la miró con detenimiento, forzándola a levantar la cabeza. Él observó sus heridas meticulosamente e imaginó las que estaban ocultas bajo el suéter.

—Tú le diste a él…pero veo que él también te dio lo tuyo – le dijo Signore Nero a Samuel. – Así que tengo mejores planes para ti.

Wayne, Gino y Mark se miraron mutuamente sin comprender. Signore Nero dejó el rostro de Samuel y caminó de vuelta a su cómodo sillón, sentándose en él, mirándoles.

—El libro sagrado dice 'ojo por ojo'… ¿Vosotros vais a la iglesia? – les preguntó Nero.

—Sí – habló Wayne por primera vez.

—¿Ella también? – preguntó Signore Nero, divertido. – Esta situación es tan extraña…bueno, así que deberíais apreciar la justicia y la bondad de mi petición – les expuso Signore Nero.

Samuel levantó la cabeza para poder así, recibir su sentencia.

−Has matado a uno de los míos y ahora necesito que vuelvas a matar…pero para mí − le dijo el gánster a ella, señalándola y después señalando hacia la ventana, poniendo así una sentencia de muerte con tan sólo mover el dedo. − ¿Creéis que es justo?... ¿Es 'ojo por ojo' lo justo? Haz esto y os permitiré a todos vosotros iros de esta oficina con vida…no penséis, ni por un momento, que os voy a permitir dejar la ciudad vivos sino ejecutas para mí…hazlo y la muerte de Franco se te perdonará…sin importar lo mucho que odio a los violadores. No puedo permitir que su muerte quede sin castigo…por lo tanto, ¿creéis que mi oferta es justa?...¡Te estoy hablando a ti, Judía, habla!

−Es justo − respondió ella.

−¿Qué decides? ¿Dejas que tus hermanos vivan o no? − le preguntó Nero.

−Haré lo que me pide − respondió Samuel.

−Excelente…te vendrán a buscar una vez tu cara haya vuelto a lo normal y los moratones se te hayan ido…habrá gente vigilando, así que no intentéis nada estúpido… ¿Está claro?

−Sí − reconoció Samuel.

−¿Sólo tú lo has entendido? − solicitó él del resto, levantando la voz.

Los tres hermanos contestaron 'sí' y Signore Nero movió su mano al cielo.

−Llévatelos de mi vista − suplicó él a Sappiro.

La familia de *La Judía* entró en el apartamento en silencio, después de haber sido conducidos a casa de vuelta de la Zona Alta de Manhattan. Dos coches fueron necesarios para dicha empresa, quedándose uno de ellos en esa calle, lejos del edificio, pero con una vista clara de la entrada. El humor que había inundado el apartamento se rompió con el portazo que generó la corriente producida por la ventana que había quedado abierta, olvidada. Gino se quedó junto a la puerta, intentado averiguar cómo de repente, sus vidas habían cambiado de una forma tan catastrófica.

−Tengo que dormir – musitó Samuel, acercándose a la puerta de su habitación.

Nadie dijo nada, así que entró en su habitación y cerró la puerta. Wayne llegó a la ventana y con ambas manos en el marco miró hacia fuera, encontrando el coche que servía de refugio a sus carceleros. Mark tomó una silla y se sentó, perdido en sus pensamientos.

−¡Estamos jodidos! – se rindió Gino, aún en la puerta.

−Lo sabemos – habló Wayne, girándose para mirar a sus hermanos.

−¡Estamos jodidos! – repitió Gino, quitándose el sombrero y lanzándolo sobre el sillón.

Wayne tomó otra silla, descansando su cuerpo. Sin embargo, Gino no podía soportar la idea de recluir su nervioso cuerpo en una silla de madera dura.

−¿Qué vamos a hacer? – se preguntó Gino, paseando por la cocina de la misma forma que lo había hecho el gánster en su oficina.

−¿Te puedes callar por un minuto? – le pidió Mark con sus codos en la mesa, cabizbajo y derrotado.

−¿Para qué? – preguntó Gino molesto. – ¿Cuándo vas a aceptar que te ha jodido la vida? – le ofreció Gino a Mark, señalando la puerta de Samuel.

−¡Gino! – le advirtió Wayne.

−¡¿Qué?! – se enfrentó a él Gino.

−¡Hijo de perra! – susurró Mark. – Jamás la quisiste aquí.

−¡¡No te atrevas!! – rugió Gino, señalándole con el dedo.

Mark se puso en pie para enfrentarse a su hermano, lo cual hizo que Wayne también se levantase al otro lado de la mesa. Mark y Gino se miraron fijamente con sus cuerpos muy cerca, de la misma forma que Gino y Wayne solían hacerlo de pequeños, segundos antes de empezar uno de sus absurdas peleas.

−¿Por qué no? – confrontó Mark a Gino.

−No tienes derecho, Mark…tú…tú tienes que empezar a aceptar sus faltas − le riñó Gino, señalando la puerta de la habitación de su hermana y a ella tras esta.

−Tiene dieciséis años − le recordó Mark.

−Sí, dieciséis… ¡Una mujer! ¡Una mujer que ha crecido en la calle y que es más lista que todo esto! ¡Pero tú estás demasiado ciego como para verlo! ¿Verdad? − gritaba Gino enfurecido.

−¡Gino! − le suplicó Wayne. − Por favor, baja la voz.

−¡Cállate! − le gritó Gino a Wayne, manteniéndose cerca de la cara de Mark. − Creo que va siendo hora que Mark acepte también otras cosas.

−¡Para ya! − le pidió Wayne. − Esto no va a servir de nada… ¡No es el momento!

−¡Oh! Creo que es el momento perfecto − sonrió Gino ampliamente, mirando dentro de los ojos de Mark.

−¿De qué otras cosas estás hablando? − retó Mark a Gino.

−¡Oh, sí!...Tú…tú te has estado mintiendo a ti mismo desde hace mucho tiempo − habló Gino, haciendo que los ojos de Wayne se cerrasen, tomando una silla y descansando sus doloridos huesos en ella.

−¿De qué hablas? − le preguntó Mark de nuevo, frunciendo el ceño de su hermoso rostro.

−Arruinaste la oportunidad que ella tuviese una vida muy buena con Carusso. ¿Por qué crees que hiciste eso, Mark? − expuso Gino a su hermano.

−¡Para Gino…para, por favor! − imploró Wayne. La Caja de Pandora aún no se había abierto y su familia tenía una oportunidad de sobrevivir.

−¿Por qué te comportas así? − le ladró Gino. − ¡Tú sientes lo mismo que yo!

−¡Para, te pido que pares! Creo que ya hemos tenido suficiente por un día − murmuró Wayne, descansando la frente en sus manos con los codos en la mesa. − Ya no lo aguanto más. Me duele la cabeza y vosotros lo estáis empeorando…me duele tanto.

Mark miró a Wayne sin comprender a qué se referían sus hermanos y ya que con toda probabilidad Wayne se había perdido en su propio dolor, él buscó los ojos de Gino de nuevo.

—¡Bueno!...Ya que este precioso día se ha estropeado…ayudemos a nuestro hermano aquí presente a ver la luz a la que hemos estado expuestos desde hace años – introdujo Gino a Mark con un tono cargado de sarcasmo.

—¿A qué demonios te refieres? Deja de jugar conmigo, Gino – le advirtió Mark.

—¡¿Yo jugar?! – rió Gino. – Creo que has sido tú el que ha estado jugando por aquí, cegándote, malcriándola y arruinando la oportunidad que tuvo de casarse con un hombre con dinero… ¿Te crees que somos estúpidos o tan ciegos como tú? – preguntó Gino a Mark.

Mark se sumergió en los ojos de Gino, encontrando una insoportable ira dentro de él y con ese aspecto en la cara, el que siempre aparecía antes de comenzar una pelea.

—No sé qué balbuceas, de verdad que no lo sé – respondió Mark.

—¡Oh, sí sé que no lo sabes!... ¡Pero ahora es demasiado tarde para aceptarlo y ayudarla porque se ha jodido la vida y nos ha arrastrado a todos con ella! – afirmó Gino.

—¿Me estás diciendo que esto es culpa mía? ¿Me estás diciendo que la violación de nuestra hermana es culpa mía? – quería saber Mark.

—No, pero tú lo has dicho…mi hermana, la hermana de Wayne – dijo Gino, señalando a un derrotado Wayne, quien seguía sentado a la mesa con pavor de oír lo que Gino estaba a punto de decir, – pero no tuya – por fin dijo el italiano, señalando a Mark.

Mark parecía confundido y sacudió la cabeza como si una corriente de aire le hubiese golpeado. Gino vio su reacción, apoyando lo que pensaba.

—¡Es mi hermana tanto como lo es tuya! – recordó Mark a Gino.

−¡No, no lo es…jamás la has visto como a una hermana, Mark! Y ésa es precisamente la razón por la cual ahora estamos todos metidos en este jodido lío – explicó Gino.

−¡Mierda! – escucharon ellos al otro lado de la mesa.

Los ojos de Mark se desorbitaron, girando la cabeza para mirar a Wayne a la espera de algo. Este no dijo nada y por lo tanto, su silencio dio la razón a Gino.

−No lo mires a él. Él piensa igual que yo – le informó Gino a Mark.

−¡Estás enfermo! – dijo Mark a Gino, sintiendo una fuerte repugnancia por su hermano.

−No, no lo estoy y ya es hora que aceptes la realidad – le ofreció Gino con un tono diferente de voz, mostrando una profunda preocupación por el alma de Mark.

−¡Eres un enfermo hijo de perra! – susurró Mark, lleno de odio.

−Es probablemente la misma forma en la que te ves a ti mismo – reclamó Gino.

Wayne levantó la cabeza cuando escuchó un puñetazo, sin estar muy seguro de quién se lo había dado a quién, viendo a Gino caer pesadamente ante Mark. Wayne se levantó y se apresuró al lado de sus hermanos, encontrando a Mark golpeando la cara de Gino sin piedad. Wayne encontró la forma de intervenir, tirando de su hermano menor para sacarle de encima de Gino, quien ahora se defendía. Seguidamente y todavía en el suelo, la cara de Gino cambió de expresión detrás de ellos. Wayne giró la cabeza y vio a Samuel de pie junto a la puerta de su dormitorio.

Un fatal silencio inundó el salón y Mark se giró también desde el suelo para ver a su hermana mirarles fijamente. Mark se puso de pie a la vez que lo hizo Gino y todos miraron a Samuel. Ella sintió la necesidad de irse de esa casa y correr lo más lejos posible que sus piernas le permitiesen, recordando el coche aparcado fuera.

−¡Haré lo que me piden y después me iré, de alguna forma u otra me iré! – dijo Samuel a sus hermanos.

–¡Te convertirás en un gánster…una asesina! – le recordó Wayne, ignorando que había mencionado la palabra 'irse'.

–No me voy a convertir en nada. Ya soy una asesina y es o bien eso, o la cárcel, o los cuatro en el fondo del Hudson…no tengo muchas opciones. Pero tenemos que dejar de pelear entre nosotros…ya me siento lo suficientemente culpable viendo cómo he destruido mi familia…por favor…lo siento tanto – susurró Samuel.

El corazón de Gino se rompió en incontables pedazos al ver lágrimas brotar de los ojos de Samuel, sabiendo que dicha cosa sólo podía empeorar el estado de su ojo. Gino se limpió la sangre de la nariz mientras que Wayne dejó el lado de Mark y caminó hacia Samuel para abrazarla mientras ella lloraba.

En sus corazones, todos sabían las pocas posibilidades que ella tenía de sobrevivir a un encuentro con el hombre que la familia Palermo había sentenciado a muerte. Además, Samuel creía que Signore Nero había pensado en matar dos pájaros de un sólo tiro, enviándola a hacer el trabajo sucio de su familia.

En profundo estado de confusión y sintiéndose sin vida en su interior, Mark seguía en el centro de la cocina.

Sin ser esperado y en un segundo, Mark cogió la chaqueta y el sombrero y dejó la casa. Samuel reaccionó dejando los brazos de Wayne y corriendo tras Mark, para encontrarlo en la planta de abajo, junto a la escalera y a tan sólo un metro de la puerta de salida. Ella le agarró del brazo con fuerza y Mark se giró, visiblemente alterado.

–¿A dónde vas? ¡No puedes irte ahora! – le recordó Samuel.

–¡Vuelve arriba, Sam! – le ordenó Mark como si aún fuese una niña pequeña.

–¿A dónde vas? – le preguntó con la cabeza sumida en un profundo terror.

–Tengo que irme de aquí…sube…ellos no quieren que salgas tú, no yo.

–¡No quiero que te hagan daño! ¡Por favor, sube conmigo a casa! – le suplicó Samuel.

Mark sonrió, quitándole la mano de su brazo, a la cual ella

aferró.

—Estaré fuera un rato, pero voy a volver. Vete a dormir – le susurró Mark.

—Pero tú tampoco has dormido – le devolvió ella el susurro.

Mark volvió a sonreír, contemplando su cara como si esa fuese la última vez que pudiese hacerlo.

—¡Sube arriba, Sam…ahora! – le ordenó él.

Samuel tomó aire profundamente y vio a Mark abandonar el edificio.

Mark sabía dónde encontrar esa clase de establecimientos, pero él jamás había estado en uno. No tardó mucho tiempo en llegar a la Zona Baja Este de Manhattan y tan sólo diez minutos más en encontrar lo que buscaba en aquel lugar. Lo reconoció porque Richard, un amigo suyo, se lo había descrito, así como el placer de no ser uno mismo. En el momento en el que Mark divisó el exquisitamente balcón esculpido y el humo proveniente de la lavandería, supo que lo había encontrado. La puerta estaba abierta para dejar escapar el vapor y el calor. La mujer más pequeña que jamás había visto estaba sentada en una silla cerca de la caja registradora y le miró cuando Mark entró en el negocio y paró para observar el nuevo ambiente. Ella gritó algo en otro idioma y lo que parecía una joven versión de ella misma, emergió inmediatamente de la puerta de atrás. Mark se acercó al mostrador cuando la joven mujer china le saludó con una gentil sonrisa. Sus mejillas parecían hervir debido al calor que desprendían los gigantescos recipientes que utilizaban para hervir la ropa una y otra vez con jabón de sosa, intentando encontrar su color blanco original.

—¡Hola! – le saludó ella de nuevo, ya que su primer intento no había creado reacción alguna.

—Hola…no tengo colada…necesito descansar – dijo Mark a la señora.

La joven mujer china le midió rápidamente con sus ojos y le echó un vistazo a su madre.

—Veinte centavos – dijo ella a él con un fuerte acento, incrementando el precio de la dosis. Siempre les cobraba más a los nuevos clientes.

—Lo tengo – dijo Mark.

Inmune a su respuesta, ella esperó otra más propicia. Demasiadas caras sin alma como aquella habían pasado por su tienda y ella no confiaba en los hombres sin alma porque no tenían nada que perder.

—¡Oh! – comprendió Mark finalmente.

Él buscó en su bolsillo y encontró dos monedas de cinco centavos y una de diez, lo cual puso sobre el mostrador frente a la mujer. Contenta de ver el dinero, lo tomó y se dio la vuelta, caminado hacia la parte de atrás del establecimiento sin pronunciar palabra alguna. Buscando consejo, Mark miró a la anciana y esta le señaló la parte de atrás, así que Mark se metió tras el mostrador y siguió a la joven, encontrándola caminando entre el laberinto de ropa, montañas de sucios blancos que tenían que ser hervidos y ropa de color que tenía que ser lavada a mano. Diez mujeres chinas trabajaban en la ropa de color, sudando a la vez que inhalaban un insoportable hedor desprendido del agua sucia con jabón que se mezclaba con el húmedo ambiente, el corazón de sus enfermedades. Tras la zona de trabajo, la joven mujer china abrió la puerta y todo lo que Mark pudo ver fue oscuridad. Él la siguió manteniéndose muy cerca de ella hasta que su visión se acostumbró a la débil luz roja que iluminaba el lugar. La fuerte peste a opio había penetrado en las rocas y ladrillos que se habían utilizado para construir esa zona de almacenamiento en la época en la que los holandeses, los antepasados de Mark, eran los amos de esa tierra. Mark comprendió que habían estado caminando entre hamacas, un laberinto con gente somnolienta en ellas, donde las almas perdidas pasaban sus horas llenas de felicidad, desconectadas del resto del mundo y, más importante aún, de sus problemas. Ella paró de forma severa y Mark pudo ver a otra mujer sentada junto a un hombre chino, quien parecía saber cómo librarse de gente no bienvenida. La nueva mujer china, quien respondía al nombre de Yun-Hu, le ofreció lo que él había pagado tan galantemente, acompañándole también a su hamaca. Mark se quitó el sombrero y la chaqueta y se sentó en la hamaca, cayendo pronto en un largo sueño mientras un hombre a sueldo de Signore Nero le esperaba fuera.

En casa, Wayne fue a hacer una llamada telefónica para excusar a Samuel del trabajo la semana entrante, diciéndole a la señora Romanski que padecía gripe y así, manteniendo a la señora lejos de la casa en caso que esta desease visitarla, ya que la adoraba. Cuando volvió, se encontró a Gino sentado en el sillón, perdido en un mal de culpabilidad por lo que había hecho a Mark.

 −¿Tienes hambre? − le preguntó Wayne, quitándose el abrigo y colocándolo en la percha.

 −La verdad es que no − susurró Gino, desganado.

 −¿Café entonces? − ofreció Wayne, caminando hacia el fogón.

 −Sí…por favor − aceptó Gino.

 Wayne paró junto a la silla rota y se sentó en sus talones para poder recoger los pedazos, tirándolos en el fuego.

 −¿Qué le ha pasado a la silla? − preguntó Gino desde donde estaba sentado, siendo testigo del destino final de la silla que Wayne había heredado de su querida madre.

 −Mark la rompió − respondió Wayne, siguiendo con la preparación del café.

 −¿Contra la pared? − adivinó Gino, señalando la obvia dañada pared de la habitación de Samuel.

 −¡Sí!

 −Eso era parte de los muebles de tu madre − observó Gino.

 −No me importan los muebles…está destrozado…no deberías haberle hablado como lo has hecho, Gino. No era el momento ideal para hacerlo − utilizó Wayne la oportunidad de hablar con él ahora que ambos se sentían calmados.

 −Deberíamos haber hablado de esto hace mucho tiempo…quizás todo esto se podía haber evitado − se arrepintió Gino.

Wayne se giró y miró a Gino desde el lado del fogón.

–¿Por qué culpas a Mark de lo que le ha pasado a Samuel? – le preguntó Wayne, colocando dos tazas de aluminio sobre la mesa.

–No culpo a Mark – le corrigió Gino.

–Sí que lo haces…a todos nos duele tanto como a ella…no creo que sea justo poner todo esto en los hombros de Mark…todos vivimos aquí – argumentó Wayne.

–¿Justo?... ¿Qué es justo?... ¿Desde cuándo son nuestras vidas justas? – suspiró Gino. – ¿Es justo que nos sintiésemos culpables de lo que le pasó a ella cuando era pequeña? ¿Fue justo que tuvieses ese accidente en el que casi perdiste la pierna?... ¿Por qué malgastas la esperanza? Ya no hay esperanza para ninguno de nosotros, Wayne – continuó Gino, sacudiendo la cabeza. – Van a matar a Samuel para salvarnos el culo a nosotros y creo de todo corazón que toda esta mierda se podría haber evitado si hubiésemos forzado a Mark a aceptar sus sentimientos por ella antes que se hubiese metido en este lío…deberíamos haber hecho algo en el momento en el que él arruinó su oportunidad con Carusso, porque ahí fue claro para nosotros que nadie jamás…jamás iba a ser lo suficientemente bueno para Samuel a los ojos de Mark… ¿Por qué no hablamos entonces? ¿Por qué no hablamos cuando fue tan claro para nosotros? – preguntó Gino.

–La culpabilidad sólo nos va a cegar, Gino – dijo Wayne.

–Deja de predicar…la quiero muerta tanto como tú – acentuó Gino, señalando la puerta de Samuel.

Wayne se giró y continuó con lo que él hacía mejor en esa casa. Cuando hubo terminado, se sentó en una silla mientras Gino permaneció en el sillón, contemplando cómo salir del caos en el que estaban. Mientras tanto, Samuel luchaba con una pesadilla, sumergida en un profundo sueño bajo dos mantas donde temblaba de miedo ante una serpiente gigante.

No abrieron la puerta a nadie e ignoraron a Sally cuando

intentó hablar con ellos a través de la puerta. Ella jamás podía haber imaginado que en el otro lado, Wayne y Gino protegían a la asesina del mafioso que había sido asesinado en el Jazzie's la noche anterior. La identidad del asesino había sido distorsionada para evitar que la familia Palermo se convirtiese en al hazmerreír del barrio. De hecho, la ferocidad de la matanza y la naturaleza del asesinato habían sido exageradas al tiempo que Mark llegó a casa mucho después de la hora que normalmente iba a trabajar. Como si hubiesen estado sentados desde su marcha, esperándole todo el día, Wayne y Gino se levantaron cuando Mark entró en el apartamento, empapado por la fuerte lluvia que caía desde hacía horas. Pronto, el extraño olor que Mark se había llevado consigo del barrio chino llegó a la nariz de Gino. Dócil como un bebé y con las neuronas reducidas a polvo, Mark miró a sus hermanos con sus ojos drogados. Gino se preguntó cómo Mark había sido capaz de llegar a casa.

–Esto es genial – musitó Gino, mirando a Wayne.

–Deberías estar en el trabajo, Mark – recordó Wayne a Mark cuidadosamente.

Sin recibir respuesta, el par que seguía sobrio se preguntó si Mark podía oírles ya que mientras le hablaban, Mark parecía buscar algo alrededor suyo. Dejó caer la chaqueta mojada al suelo y tras contemplar una silla, decidió sentarse en el suelo. Tenía un dolor de cabeza terrible y la sensación tan agradable que había disfrutado durante todo el día se había esfumado, dejando atrás un estado de confusión. Sentado en el suelo, Mark miró a sus hermanos y estiró las piernas delante de él. Wayne y Gino se volvieron a sentar con sus ojos fijos en Mark.

–Vas a perder tu trabajo – dijo Gino a Mark.

–¿Para qué ir a trabajar si me van a matar pronto? – argumentó Mark.

–Abandonándote en uno de esos camastros no va a cambiar nada – explicó Gino.

–Lo hace más fácil, créeme – sonrió Mark.

—Te necesitamos sobrio – compartió Gino, descansando los brazos en las piernas.

—¿Por qué?...No he sido yo mismo en todo el día y me he sentido mejor, mucho, mucho mejor...mejor que jamás me he sentido – le contó Mark. – Tenías razón, hermano. Las cosas son como las hemos construido...no al revés.

—Mark...los tres hemos criado a Samuel. No sólo tú, tú sólo eres más sensible a—" – comenzó Gino.

—¡Déjalo! – le interrumpió Mark. – Esta conversación me va a poner enfermo...no quiero estar aquí, quiero desaparecer y dejar de sentirme así – le dijo Mark, incapaz de frenar sus lágrimas.

—Mark...no puedes culparte por lo que sientes – habló Gino, preocupado por el estado mental de su hermano.

—Soy un monstruo – sollozó Mark, echado contra la pared, sintiéndose débil.

Antes que pudiesen darse cuenta, Mark se había inclinado hacia un lado y había comenzado a vomitar en el suelo, rendido ante la culpa. La visión de su hermano degenerándose ante ellos no fue una imagen agradable, pero ninguno de ellos sabía cómo hacerle sentir mejor. Para sorpresa de Gino, Mark se puso en pie y fue a buscar algo para limpiar lo que había vomitado. Nadie sabía si la reacción de Mark se debía al efecto del opio o al descubrimiento de su secreto, un sentimiento oculto que había por fin florecido. Afrontar la verdad le había provocado náuseas en cuatro ocasiones en las últimas doce horas, sin poder controlar la repulsiva sensación en su estómago. Tras limpiar lo que había ensuciado con un trapo húmedo, miró alrededor, visiblemente perdido en su propia realidad.

—Deja que te sirva algo de café – le ofreció Wayne, poniéndose de pie.

—Está bien, no te preocupes – le agradeció Mark.

—Por favor, siéntate, Mark... ¡Siéntate! – le ordenó Wayne. – ¿Un poco más, Gino? – le preguntó finalmente con un tono diferente de voz.

−Sí, por favor – replicó Gino, aún asombrado por lo que acababa de atestiguar.

Mark se sentó frente a Gino, perdiéndose en sus pensamientos mientras el familiar sonido de la preparación del café se oía de fondo. En silencio, esperaron a que la bebida caliente estuviese lista y así pronto, pudieran hablar.

−Podríamos pensar que igual Sam lo consigue – expuso Wayne.

Gino miró a su hermano desde el sillón, levantando la ceja izquierda.

−¿Quieres decir que consiga matarlo? – le preguntó Gino.

−Sí…si fue capaz de…de…si mato a un hombre…después de lo que tuvo que pasar, aún tuvo la fuerza suficiente…no sabemos muy bien como fue, pero si el bastardo tenía el cuello cortado y una botella en el corazón, nos lo podemos imaginar, ¿no?...Es posible que sea capaz de conseguirlo. Mi pregunta es, ¿se le permitirá seguir con vida una vez lo consiga? – musitó Wayne.

Mark tomó un sorbo de café mientras Gino contemplaba la posibilidad.

−No lo sé – admitió Gino finalmente.

Wayne miró a Mark.

−¿Qué opinas tú? – preguntó Wayne.

Mark levantó sus ojos rojos, pero no pronunció ni una palabra.

La siguiente semana comenzó con Mark siendo despedido por no ir a trabajar el domingo por la noche, mientras que Gino continuaba con sus partidas de cartas con un par de hombres siguiéndole allá donde iba. Wayne trabajó en la tienda, mientras Samuel seguía recluida en el apartamento, evitando abrir la puerta a nadie, mientras se cuidaba para poder recuperar la salud que siempre había tenido, cocinando para sus hermanos. Mark no habló con ella, pasando la mayoría del tiempo fuera de la casa, visitando el fumadero de opio cuando el cargo de conciencia era demasiado pesado para llevarlo consigo a todas partes. Por la noche, se colaba en la casa y dormía en el sillón. Cuando el viernes siguiente llegó, los círculos negros alrededor de los ojos de Mark podían verse desde lejos.

El viernes por la noche Mark llegó a casa alrededor de las dos de la madrugada. El mes de septiembre de 1914 proponía un otoño con una imparable lluvia. Mojado de nuevo, abrió la puerta y la cerró a sus espaldas con cuidado, buscando la lámpara de petróleo y encendiéndola para encontrar un plato con comida fría para cenar. La percha estaba vacía, diciéndole que sus hermanos no estaban en casa, pero Samuel sí que lo estaba. Otra lámpara iluminaba su habitación y un rayo de luz emergía por la puerta entreabierta. Normalmente, ella dejaba la puerta abierta para permitir que el humo y el olor del petróleo saliesen de la habitación. Mark se quitó el sombrero y la chaqueta, escuchando el ruido de unos pies descalzos caminar por el suelo de madera. Cuando se giró, encontró a Samuel de pie junto a la puerta de su habitación con una manta de lana echada por los hombros y un moño en la cabeza, manteniendo el pelo recogido y lejos de su cara.

– ¡Hola! – saludó ella a Mark.

– ¿Aún estás despierta? – dijo él, sus primera palabras a ella en muchos días.

– No podía dormir – musitó ella.

– Tu ojo tiene mejor aspecto – comentó Mark lo evidente.

– También lo siento mejor – admitió Samuel. – Hace días que no te veo.

– Estoy aquí ahora – sonrió Mark.

Él caminó hacia la mesa. Se sentía desfallecer por el hambre ya que no había comido en todo el día. De hecho, se podía ver desde lejos que había perdido peso; fue entonces cuando ella lo notó, ya que no le había visto en tantos días. Ahora que él la volvía a ver, se sintió poseído por los nervios. No sabía con seguridad lo que ella podía haber escuchado la noche que Gino había decidido ser franco con él.

Samuel volvió a la cama debido al frío que se enredaba por sus piernas, dejando a Mark a solas para que pudiese comerse la comida fría. El corazón de Mark latía con fuerza en su pecho y se tuvo que forzar para poder tragar unas patatas hervidas y huevos con mantequilla. Desde hacía un par de días, Mark había estado pensando en la posibilidad de un embarazo, sin saber que Gino y Wayne pensaban lo mismo. Sin embargo, como si un pacto de silencio se hubiese sellado entre ellos, decidieron esperar un par de semanas y observar a Samuel.

Mark se fumó un cigarrillo junto a la ventana mirando la lluvia caer, esperando que la luz de su habitación se apagase. Jamás había fumado, pero ahora parecía necesitarlo para así mantenerse ocupado con algo más que sólo respirar. Su cuerpo estaba impaciente. No había descansado ni una sola noche completa desde el incidente de Samuel. Junto a la ventana, esperó dándole tiempo a ella para dormirse, tras lo cual apagó la lámpara y fue a su habitación en la oscuridad familiar. En la fría habitación, se desnudó y se metió en la cama. De pequeños, solían acurrucarse uno junto al otro para combatir la profunda sensación de humedad que el invierno creaba en las rugosas sábanas de algodón, pero dicha memoria le hizo girarse en dirección opuesta a Samuel, cerrando los ojos para poder concentrarse en otras cosas. Si el ojo de Samuel mejoraba, pronto sería requerida ante la presencia de Nero. Incapaz de controlarse, Mark se rindió ante la necesidad de hablar con ella ahora que la tenía tan cerca.

−¿Estás despierta? – susurró Mark en la profunda oscuridad.

−Sí – susurró ella también.

−He estado pensando…no sé cómo te va a pedir que mates, pero la mejor oportunidad la vas a tener en Halloween, Samuel – dijo Mark.

Samuel giró la cabeza un poco, como si pudiese verle, pensando por un segundo.

−¿Halloween? – preguntó ella sin comprender.

−Sí…si quiere a alguien muerto no va a ser cualquier persona…va a ser un hombre importante, porque si no enviaría a uno de los suyos… querrá hacerlo con discreción, por alguien prescindible como tú…Halloween será el mejor momento para poder hacerlo, Sam…igual te perdona cuando lo hayas hecho…si lo consigues, igual tienes una oportunidad − explicó Mark.

−No estoy segura de eso − exhaló ella, volviendo a su cómoda posición de descanso.

Esas fueron las últimas palabras que se dirigieron antes de dormirse. Dos horas después, Wayne paró en su habitación y les observó mientras dormían con sus espaldas tocando en el centro de la cama. Continuó después hacia su propia cama y cerró la puerta. Gino pasaría la noche en casa de un amigo con los hombres de Nero aparcados afuera.

8°Distrito de Manhattan, ciudad de Nueva York, 1 de octubre de 1914

Gino averiguó que Connie había recibido la visita de Patty *Slow Fingers* y Johnny Sappiro dos horas después que el cuerpo de DiMaggio hubiese sido encontrado. También supo que el hombre, el cual había estado vigilando la puerta, mientras Franco DiMaggio violaba a Samuel había sido incapaz de identificar a la niña. Johnny Sappiro le propició una bala en la frente. Hablar con Connie había sido la parte más fácil y encontrar la casa de Samuel una cuestión de tráfico en Nueva York. Tras aquel día, Connie había desaparecido, tomando un autobús al salvaje Missouri, donde su hermana se había mudado para trabajar en una granja después de contraer matrimonio con un hombre danés.

Bien entrada la tarde, mientras el anochecer se acercaba imparable, Wayne fue parado en la esquina de la calle en su camino desde la tienda, sufriendo esa tarde un terrible dolor de espalda. Los hombres de Nero se acercaron a él y Wayne frenó, mirándoles e intentando averiguar sus intenciones.

—¡Quiere ver a *La Judía* esta noche! – informó uno de ellos a Wayne.

—¡Está en casa! – les dijo Wayne.

—Eso ya lo sabemos…dile que se prepare y que baje sola esta vez. La traeremos de vuelta a casa – ordenó el más alto de los dos a Wayne.

—¡Sí! – dejó salir Wayne de sus labios, dejándoles atrás.

Ansioso, Wayne se alejó de los hombres, quienes no podían ser más que un par de pistolas de alquiler, apresurándose a entrar en el podrido edificio. Subió las escaleras y abrió la puerta para encontrar a Samuel preparando la cena en la cocina. Su rostro había vuelto a lo que había sido un día y los moratones en su cuello casi habían desaparecido del todo, nada que un poco de maquillaje o un chal no pudiese ocultar.

—¡Hola, pequeña! – saludó Wayne.

Samuel sonrió ampliamente a Wayne, pero pronto su sonrisa desapareció, abandonando lo que hacía ante la evidencia de miedo en la cara de su hermano.

—¿Qué ha pasado ahora? – preguntó Samuel.

—Se me han acercado ahí afuera – le informó Wayne. – Quiere verte.

—¿Cuándo? – preguntó ella.

—Esta noche…ahora – le dijo Wayne.

Samuel sintió un golpe en el estómago, pero casi de inmediato, una expresión fantasmal apareció en su rostro, quitándose el delantal que utilizaba para cocinar, dejándolo en la mesa y acercándose a Wayne.

—No tengo abrigo – murmuró ella.

—Coge el mío – le dijo él a ella, quitándose el abrigo y la bufanda mientras su corazón se derretía por su hermana.

Samuel se giró para que Wayne le pudiese poner el abrigo sobre los hombros y estaba a punto de hacerlo cuando Gino entró en el hogar, percibiendo al instante que ella iba a abandonar la casa por primera vez en veinte días.

Gino no sabía que Wayne estaba diciendo adiós a su hermana pequeña, ya que la Samuel que él conocía iba a desaparecer para siempre tras el encuentro con el gánster. Wayne se tomó su tiempo y muy lentamente cubrió el cuerpo de Samuel con su abrigo y su bufanda ante los ojos de Gino.

−¿A dónde vas? − le preguntó Gino inmediatamente.

Wayne levantó los ojos. Por el aspecto del rostro de su hermano, Gino supo que su hermana había sido reclamada en la Zona Alta.

−¿Ahora? − soltó Gino nervioso.

−¡Sí! − respondió Wayne.

−¿Dónde está Mark? − necesitaba saber Gino con urgencia.

−No está en casa − replicó Wayne.

Samuel se alejó de Wayne y miró a Gino.

−La cena está casi apunto − dijo ella a Gino con un movimiento de cabeza.

−No me importa la cena − confesó Gino, intentando tragar algo de saliva ya que su garganta se había resecado de repente.

−Pero tenéis que coméroslo…he estado cocinando toda la tarde − dijo ella, acariciando el estómago de Gino por encima de su abrigo.

Gino quería abrazar a su hermana lo suficientemente fuerte como para transformarla en una paloma para así, poder volar hacia el Norte donde había oído que las playas eran inolvidables. Por un segundo, Gino se imaginó a Samuel en un vestido de algodón blanco y un sombrero con margaritas en la ancha solapa, caminando por la playa de arena blanca, descalza, y respirando el salado y saludable viento. ¡Sería tan feliz allí!

Samuel rompió los sueños de Gino al acercarse a la puerta, desde donde miró a sus hermanos.

−Estoy segura que volveré − les dijo, abriendo la puerta.

−Por favor − suspiró Wayne, sobrecogido por el miedo.

Gino vio como su hermana se marchaba, incapaz de decir

palabra alguna. El gentil ruido que la puerta hizo al cerrarse tras ella le propició un susto a Gino, incluso tras haberlo esperado. Él se giró y miró a Wayne, esperando que este dijese algo.

—No puede matar a otra persona – murmuró Gino, convencido que ella era incapaz de herir a nadie.

Wayne no respondió al último comentario de su hermano y tomó asiento, perdiéndose en otra pesadilla, la ya recurrente para él, la de Samuel siendo abusada por una gigantesca serpiente. Ella no les había hablado de su brutal asalto y el hecho estaba creando un daño insufrible en las mentes de los jóvenes mediante la más terrible de las armas: la imaginación. Como si toda su energía hubiese sido absorbida por su hermana pequeña, Gino se sentó frente a Wayne. En silencio, esperaron juntos a que les alcanzase su futuro.

LA SEÑORITA SAMANTHA PARKER

Zona Alta Este de Manhattan, ciudad de Nueva York, 2 de octubre de 1914

L a oficina era tal y como la recordaba. De hecho, Samuel había soñado en varias ocasiones con la estancia desde la última vez que había sido requerida ante la presencia del gánster. A su llegada, fue entregada a Johnny Sappiro nada más salir del ascensor. Tras cerrar la puerta del despacho, Samuel pudo ver a Signore Nero sentado detrás de su escritorio, hablando por teléfono. Él continuó con su conversación mientras Johnny le indicó a la muchacha donde tenía que permanecer para que su jefe pudiese hablar con ella. Allí, de pie donde se le había mostrado, evitó mantener contacto visual con Signore Nero, pudiendo sentir los ojos del mafioso sobre su ser. Cuando escuchó el ruido del teléfono al ser colgado, Samuel levantó los ojos y miró al poderoso hombre sentado ante ella.

–Tienes mejor aspecto – le dijo Signore Nero.

–También me siento mucho mejor –añadió ella.

Signore Nero mostró una sonrisa salada ante su respuesta y se levantó, caminando hacia la ventana. Samuel le siguió con sus ya recuperados y deslumbrantes ojos verdes.

–No sé si lo creerás, pero la policía no te está buscando – habló Signore Nero camino de la ventana. – Dicen que los borrachos no suelen ser buenos testigos – rió él. – Además, no tienen el arma del crimen, yo la tengo.

Ella le dejó hablar, sin ser importunada por la presencia o las palabras del hombre. Una cosa que Signore Nero admiraba de Samuel era su capacidad de estar callada cuando debía.

–¿Sabes quién es Tony Rabissi? – preguntó Signore Nero, girándose hacia ella, aún junto a la ventana.

–No – contestó ella.

–¿Quieres sentarte? – le ofreció él con un gesto.

–Estoy bien así, gracias – rechazó ella.

Signore Nero escondió una de sus manos tras su espalda y la miró.

–Tony Rabissi es un miembro de la Familia Siciliana, no sé si conoces la naturaleza de nuestro negocio – expuso él.

–No mucho – admitió ella.

–Lo imaginaba. En Italia es sólo una cuestión de geografía...vivimos en la misma región y nos odiamos mutuamente tanto allí como aquí...es una lástima porque compartimos la misma tierra, el mismo agua y en ocasiones, la misma madre…pero los negocios son los negocios.

Signore Nero le había expuesto la verdad a *La Judía*, omitiendo los más íntimos detalles. Su padre, un prominente hombre de negocios en Italia había sido asesinado por una emergente familia, una facción de la Familia Siciliana. Heredando tierra, recursos y tras cambiar su nombre para desvincularse de esas raíces, había construido su imperio dentro del territorio de la Familia Siciliana. Pronto se sintió derrotado por la alianza creada entre la Familia Siciliana y el nuevo gobierno local, así que decidió emigrar a los Estados Unidos de América con la invitación extendida por un prominente y adinerado hombre de negocios de Nueva York, poseedor de inmejorables contactos entre las paredes de la ciudad. Los negocios de Nero se basaban principalmente en transportar materiales por el río Hudson hacia el interior del país, con la expansión del Este debido al rápido crecimiento. En un punto medio entre la ciudad de Nueva York e innumerables lugares existía una oficina en un lugar llamado Poughkeepsie, al Noroeste del río Hudson. Sin embargo, siempre había espacio en la embarcación para transportar algo más, así que se convirtió en una inmejorable forma de lavar el dinero hecho en Nueva York gracias a tantos hombres y mujeres perdidos en sus vicios e inseguridades. Aunque el tren había reducido el tiempo de trasporte y entrega, la organización de Nero continuaba con el negocio naval, ya que los barcos siempre serían necesarios. Nadie sabía cómo Nero había llegado a ser poseedor de cinco barcos tan sólo ocho días después de haber puesto su pie en territorio americano. Nadie preguntó tampoco.

—¿Cómo te llaman tus hermanos? – preguntó él. – Porque estoy seguro que no te llaman *La Judía* como esta gente hace – le dijo él a Samuel, señalando a Sappiro. – Suelen conocer a la gente por su reputación.

Signore Nero y Sappiro se ofrecieron mutuamente una sonrisa irónica.

—Me llamo Samuel –dijo a Signore Nero, ignorando su último comentario.

El mafioso le ofreció una limpia y sincera sonrisa.

—Una niña tan bonita como tú con un nombre de hombre judío, ¿quién te hizo eso? – le preguntó divertido, acercándose a la bandeja de plata que le ofrecía en todo momento acceso a licor.

—Gino…creían que era un niño – explicó ella.

—Tan joven y con una vida tan interesante…y se está poniendo aún más, ¿verdad? ¿Debería llamarte Samuel entonces?

—Sí, por favor – aceptó ella.

—De acuerdo, entonces será Samuel…déjame que te lo resuma. Al hijo de perra de Rabissi le gusta joder con mis negocios. De hecho, está esperanzado a convertirse en un hombre poderoso antes que Carlo Giancoloso se muera, o bien de un desafortunado incidente o infectado por culpa de una de esas zorras que frecuenta…como sea, parece ser que Rabissi no tiene intención de esperar a que ese afortunado momento llegue para todos nosotros. Ya está entorpeciendo mis pasos, pero tú…tú lo pararás – habló Signore Nero, preparándose una copa de coñac. – No puedes dispararle. Esto no puede relacionarse conmigo de ninguna de las formas…a menos que llegue el momento y no haya ninguna otra salida y tengas que volarle la cabeza…preferiría que no hicieses eso por el bien de todos nosotros.

Samuel sintió como si le hubiesen pedido que construyese la Capilla Sextina. El Padre O'Donnell le había hablado en una ocasión sobre las bellezas que se escondían en ella, las cuales deseaba ver antes de morir. El párroco también le había contado la dificultosa empresa que la construcción de tal capilla había significado para tantas personas, también mencionando la condición innata que creador y pintor había de poseer para ser capaz de crear algo tan bello. Una empresa imposible era lo que Nero le pedía a Samuel, sobrecogedor.

−¿Cuántos años tiene? − preguntó ella, dándose más tiempo para pensar.

−Alrededor de los treinta…es joven y ambicioso y bastante atractivo si tuviese que opinar − le respondió Nero, sorbiendo su bebida.

Ella permaneció en silencio, pensando qué decir. Le parecía imposible poder matar a un hombre en sangre fría como se le estaba ordenando. Lo que le había hecho a DiMaggio no era más que defensa propia, simplemente eso.

−Podría llegar hasta él si se me dan las herramientas necesarias − dijo ella a Nero sin saber muy bien la razón de esas palabras que parecían escaparse de sus labios. Para Nero, esas mismas palabras sonaron como si la muchacha se hubiese dedicado a su mismo negocio desde hacía años.

−¿De qué herramientas hablas? − se preguntó Nero.

−No soy especialmente fea, pero todavía necesitaría acceso a él − explicó ella.

Signore Nero pensó por unos segundos y entonces continuó.

−Tienes ocho semanas. Si no lo has logrado para entonces, le meterás una bala en la cabeza y lidiaras con las consecuencias tú solita. Tú y tus hermanos estaréis a salvo siempre que yo lo esté, porqué limpiar después de un lío como este no es cosa fácil, ¿entendido? Ocho semanas, ni un día más…Johnny te llevará a Macy's o allí donde tengas que ir para conseguir un vestuario decente. Parece que acabas de llegar a Ellis − dijo él, señalándole la ropa.

Lejos de sentirse insultada por ese último comentario, Samuel asintió con la cabeza. Nero le devolvió el gesto con un corto y suave movimiento, sellando así el trato con *La Judía*. Sin embargo, el capo tenía aún otra petición.

–Ni una palabra a tus hermanos de lo hablado...a ninguno de ellos, ¿entendido? Hazlo exitosamente y haré que el drogadicto se limpie y consiga un trabajo allí donde quiera romperse la espalda, no me importa, lo haré – prometió Nero.

–¿Drogadicto?...Ninguno de mis hermanos es un drogadicto – defendió ella a sus hermanos frente al hombre que era ya dueño de su alma desde hacía casi un mes.

Nero soltó una risita guasona y miró a Sappiro, quien le devolvió la sonrisa.

–No lo sabe – le dijo Nero a Sappiro, entretenido por la situación.

Samuel le echó un vistazo a la pistola de alquiler y entonces le devolvió la mirada al capo.

–¿Mark? – preguntó ella.

–El rubio...el que huele a pan...el panadero... ¡Oh! ¡Es un drogadicto, cariño! – le sonrió Nero.

Samuel llenó sus pulmones con aire envenenado y se dirigió a Nero, mostrando un aspecto totalmente diferente en su rostro.

–¿Cuándo debo esperarle? – preguntó ella a Nero, refiriéndose a Sappiro.

–Mañana por la mañana…arréglate el pelo o lo que tengas que hacer, él se ocupará de todo…también te hablará de Rabissi y te presentará a un hombre que te dará acceso a él, pero sólo eso: acceso. Después es cosa tuya, ¿de acuerdo?

–Entendido – estuvo ella de acuerdo.

–Excelente…ahora vete a casa.

Samuel giró su cuerpo sobre sus tacones y caminó firmemente hacia la puerta que estaba siendo abierta por Sappiro. Ya había olvidado que iba a ser una doble asesina antes de Navidad, antes incluso de su decimoséptimo cumpleaños. Sin embargo, lo que había bloqueado su razonamiento y congelado la sangre que corría por sus venas era el saber de la adicción de Mark.

Le pidió a Johnny que le dijese al conductor que parase el automóvil dos calles más allá de la suya, a lo cual este contestó con un movimiento de cabeza positivo, ya que Sappiro era hombre de pocas palabras. La miró cuando frenaron entre las calles Bowery y Broome, no muy lejos de La Iglesia de la Transfiguración.

—¡Está lista a las diez! – le ordenó Sappiro a ella mientras abría la puerta.

—Tengo un trabajo – le dijo ella, recordándose a sí misma que no había vuelto a él desde el ataque.

—Ahora tienes uno nuevo. Vete a casa – la despidió Sappiro.

Ella giró la cabeza y salió del coche, alejándose antes que el chofer cerrase la puerta. Con las manos dentro de los bolsillos del abrigo de Wayne, su bufanda cubriendo su cabeza e identidad de la llovizna y el mundo entero, caminó a casa por el barrio de Bowery hasta que alcanzó la calle Grand, manteniendo la cabeza baja para así refugiarse del viento que había comenzado también a soplar, precediendo un duro otoño. Con un paso apresurado y conciso, Samuel caminó la docena de manzanas que la separaban de casa. Eran las nueve de la noche cuando por fin llegó para descubrir que Mark aún no lo había hecho.

Gino y Wayne se pusieron de pie junto a la mesa donde habían esperado a que regresase después de una cena difícil de digerir. Samuel cerró la puerta a su espalda, dando unos pasos. Gino se acercó a ella y la abrazó feliz de volver a verla, besándole la frente. Una vez había saciado su necesidad Gino, pasó Samuel a Wayne, quien imitó a Gino. Juntos ahora, la miraron fijamente, ansiosos de oír lo que Nero había decretado.

—¿Y? – preguntó Gino.

—No es un cualquiera – les resumió Samuel.

Samuel se quitó el abrigo de Wayne y Gino lo colgó en la percha.

—Siéntate… ¿Tienes hambre? – le preguntó Wayne.

—No, gracias – respondió ella, sentándose en la última silla.

—Entonces haré algo de café – le dijo Wayne, caminando hacia la cocina.

Gino se sentó frente a ella y la observó mientras intentaba adivinar cómo se había desarrollado el encuentro con el mafioso. Los ojos de Samuel jamás le habían mentido a Gino y ahora, estaba pálida y parecía profundamente preocupada.

—¿Estabas a solas con él? – inquirió Gino.

—No…ese hombre estaba con nosotros – contestó ella.

—¿Sappiro?... ¿Johnny Sappiro? – adivinó Gino.

—No sé su nombre…imagino…él le ordena a los demás…su nombre es Johnny, así que imagino que sí es él – replicó ella, confundida con el rango del gánster.

—Es Sappiro – informó Wayne a Gino.

—Me dijo que no os dijese ni una palabra sobre el hombre…por vuestro bien…pero es grande en la Familia Siciliana – declaró Samuel. – Ni sé lo que eso significa.

—¡Joder! – soltó Wayne.

Incluso Gino miró a Wayne, ya que esas palabras eran totalmente inusuales proveniente de la boca de Wayne.

—Lo quiere hecho de forma limpia…sin disparos, sin conexión a él – musitó Samuel.

—¿Cómo? – preguntó Gino. – ¿Le vas a convencer para que se suicide?

—¡No lo sé! ¡Todo lo que sé es que tengo ocho semanas! ¡No tengo ni idea de cómo voy a hacerlo! – dijo Samuel, dándose cuenta que el adeudo era demasiado grande para ella. – ¡Esta gente llevan matones como…como ese Johnny todo el día con ellos!

—¿Es tan importante? – expuso Wayne.

—Lo es – afirmó ella. – Se llama Rabissi.

Wayne pudo ver terror en los ojos de su hermana, así que se giró para poder servir el café, ofreciéndoselo y sentándose de nuevo en la mesa donde acababan de pasar horas enteras.

—¿Dónde está Mark? – inquirió Samuel después de tomar su primer sorbo.

—Fuera – le informó Gino.

—Eso ya lo veo. ¿Dónde está exactamente? No creo que hayan muchas fábricas o construcciones abiertas a estas horas – habló ella con sarcasmo.

—Volverá pronto, no te preocupes, él puede cuidarse de sí mismo – le dijo Gino a ella, intentando cambiar el tema.

—¿De verdad que puede? Le han seguido igual que a todos nosotros…me han dicho lo que hace y quiero saber por qué nadie me ha dicho nada.

—¿Decirte qué? – intentó Wayne ganar algo de tiempo.

—Que se ha enganchado – respondió Samuel, molesta.

Wayne y Gino se ofrecieron una mirada.

—Ya tenías suficiente, Sam – declaró Gino.

—¿Qué está tomando? – necesitaba saber ella.

—Va al barrio chino y fuma opio – confesó Gino.

—¿Desde cuándo? – preguntó ella. – ¡¿Desde cuándo?! – repitió.

—No se tomó tu ataque muy bien…no pudo soportarlo, pequeña – le dijo Wayne.

—¡Oh! – exclamó ella, aterrorizada por las noticias.

Fue demasiado rápida para ellos, consiguiendo que sus resueltos movimientos confundiesen a los jóvenes. Saltando de la silla y caminando hacia su habitación bajo la mirada de sus hermanos, Samuel salió esta vez con un chal de lana sobre los hombros y se encaminó hacia la puerta, siendo entonces cuando Gino y Wayne reaccionaron y la siguieron, agarrando sus abrigos de un zarpazo. Intentaron alcanzarla en la calle cuando ella giró a la izquierda, dirigiéndose hacia la Bowery. La llamaron en varias ocasiones mientras se ponían los abrigos, pero ella no tenía intención alguna de frenar sus pasos. Una manzana más allá, los hermanos la alcanzaron mientras intentaban seguir su agresivo caminar.

—¡¿A dónde vas?! – le gritó Gino.

—¡Eres más listo que eso, Gi! – le devolvió el grito ella.

−¡Hace frío!... ¡Toma mi abrigo! – le dijo Gino, comenzando a quitarse el abrigo.

−Quédatelo…y tú también – le gritó ella a Wayne, señalándole. – No tengo frío.

−¡Espera! ¡Espera! – frenó Gino, cogiéndola del brazo y forzándola a parar.

Samuel paró como Wayne lo había hecho y se giró para encararse a Gino.

−¡Voy a ir a buscarlo, no tenéis por qué venir! – les gritó ella por encima de los papeles que el viento levantaba caprichosamente. – ¡¿Por qué no habéis hecho algo al respecto?!

−¡Es un adulto! – intentó explicar Gino.

−¡¿Y eso lo justifica?! – le preguntó ella, llena de ira.

−¡No habla con nosotros! – gritó Wayne, defendiendo su comportamiento indulgente.

−¡Pues tendrá que hacerlo conmigo! – les amenazó ella, girándose y resumiendo su paso aligerado.

−¡Espera! – la volvió a llamar Gino.

Samuel notó la mano de su hermano en su brazo e intentado deshacerse de ella, dio un tirón y le miró, profundamente crispada.

−¡¿Qué quieres?! – aulló ella.

−¡Podemos conseguir un coche! ¡No tenemos que caminar hasta allí! ¡Está lejos! Deja que hable con Jimmy…dos minutos más – negoció él, señalando hacia el edificio donde Jimmy vivía frente al de ellos y enseñándole dos dedos con su otra mano.

− De acuerdo.

Gino se giró y cruzó la calle desierta en diagonal, entrando en el edificio de Jimmy y saliendo con las llaves del coche dos minutos más tarde. Samuel y Wayne cruzaron entonces la calle y siguieron a Gino hacia el automóvil que Jimmy había ganado en una partida de cartas donde uno de los jugadores había perdido la mano bajo el cuchillo tras ser descubierto haciendo trampas. Samuel prefería no saber esos detalles y sus hermanos se los evitaban, así que le decían que Gino estaba trabajando.

Tardaron veinte minutos en llegar al barrio chino debido a un accidente que encontraron en la calle Chrystie y cinco minutos más para poder encontrar la única lavandería abierta toda la noche. Los tres entraron en la tienda y la anciana china gritó llamando a su hija, quien salió de inmediato de detrás de una montaña de sábanas.

—¡Hola!— saludó Samuel. — Necesito encontrar a mi hermano.

—Aquí no hermano — respondió la mujer, — esto lavandería.

—Está ahí en algún sitio…fumando — le dijo Samuel, señalando a la trastienda. — Es blanco, alto y rubio — le enseñó la altura con su mano. — ¿Podría por favor decirle que salga ahora mismo?

—Aquí no hermano — repitió la mujer.

Samuel se giró y le pidió un dólar a Gino, quien se lo dio tras meter la mano en un bolsillo. Samuel se volteó y estampó el dólar sobre el mostrador, empujándolo hacia la mujer con la palma de la mano.

—También podría llamar a la policía…usted elige — añadió Samuel.

La empleada miró fijamente a Samuel y esta levantó la mano de sobre el dólar. La mujer tomó la moneda y caminó hacia la trastienda tras gritar que 'sólo ella'. Samuel siguió a la dueña y fue presentada a la parte trasera e ilegal de esa lavandería, donde sus ojos se acostumbraron a la oscuridad con rapidez, siendo dirigida a lo que parecía ser un camastro. Allí Samuel pudo ver a su hermano, consumido en su adicción.

Quien la había llevado hasta allí les dejó a solas y fue a hablar con su empleado, dejando más tarde la trastienda. Mientras tanto, Samuel intentaba despertar a Mark, cosa que consiguió en cinco minutos, tras abofetearle la cara con decisión. Con los ojos entreabiertos, Mark la miró y sonrió ante esa visión. Estaba oscuro, pero la luz roja creaba un ambiente perfecto para inhibir las pesadillas.

—¡Sam! — susurró Mark.

—¡Mark, vamos a casa! — le provocó ella.

—¿A casa? ¿No estamos en casa? – le preguntó él, mirando a su alrededor.

—No, no lo estamos…tengo un coche fuera y Gino y Wayne nos están esperando. Vamos, tenemos que irnos a casa – le urgió ella.

—No me puedo mover – le dijo Mark, cayendo de nuevo en la red de sus sueños. Con la cabeza echada hacia atrás, Mark sucumbió de nuevo al placer de haber olvidado la naturaleza del dolor.

—¡Mark! ¡Hey! ¡Hey! Despierta, despierta, Mark. ¡Hey!... ¡Escucha! – le volvió a abofetear ella.

Mark volvió a abrir los ojos y la miró.

—Sam – habló de nuevo él.

—Ven conmigo…necesito que me ayudes, Mark.

—¿Sí? – se preguntó él.

—Sí. Tienes que ayudarme con una cosa que no puedo hacer sola – mintió ella.

—Claro…sí…deja que— – balbuceó él mientras luchaba contra sí mismo, – deja que me levante.

Samuel le ayudó a levantarse, batallando al ponerle la chaqueta, haciendo por fin que se alzase a pesar de la diferencia de altura entre ellos.

—¿Estás bien? – le preguntó ella, refregándole el pelo con las manos.

—Sí...pero no veo mucho – le dijo él mirando al frente y pudiendo sólo ver un rayo imaginario de luz púrpura.

—Yo te ayudo…pero te tienes que coger a mí, ¿de acuerdo, Mark? – expresó ella, cogiendo su chaqueta, su sombrero y finalmente su brazo con su otro brazo.

—Sí.

El brazo de Mark se echó por los hombros de ella y muy pronto comenzaron a caminar lentamente hacia la puerta de entrada a la tienda. Al llegar, la luz blanca golpeó los ojos de Mark con tal fuerza que le hizo caer por el dolor producido. Samuel gritó para tener ayuda y sus hermanos se apresuraron detrás del mostrador. Gino y Wayne se conmovieron tanto como lo había hecho Samuel ante el estado de Mark, pero consiguieron sacarle del establecimiento y meterle en el coche. El adicto mencionó que prefería la oscuridad de la calle antes de volver a perderse en sus sueños, donde permaneció hasta que volvieron a despertarle para subir las escaleras una vez en casa. Tras acomodarlo en su cama y quitarle los zapatos, Samuel le cubrió con una manta y se giró para mirar a sus otros hermanos, recriminándoles al pasar por delante de ellos en dirección a la cocina.

–Ya veo que es un adulto.

Gino y Wayne observaron a Mark, arrepintiéndose de no haberle prestado la atención necesaria, la que sí le habían ofrecido a Samuel.

–Jamás pensé que sería así de malo – le susurró Gino a Wayne mientras miraba a Mark fijamente.

–Las cosas jamás van a ser lo mismo. No importa lo que empeoren, se van a poner aún peor – declaró Wayne dejando la habitación.

Samuel se sentó en la mesa tras calentar algo de café, ya que hacía algo de frío. Sus hermanos se unieron a ella mientras esta batallaba contra un fuerte y merecido sentimiento de culpabilidad.

–Sé que es culpa mía…no os echo la culpa a vosotros – confesó ella.

–No es culpa tuya – le dijo Wayne. – sólo que es demasiado sensible.

Gino miró a su hermana y por un instante contempló la posibilidad que esta no hubiese escuchado ninguna de las palabras que él había disparado al corazón de Mark el día de su ataque. Inteligente como era ella, podía estar pretendiendo ignorar la realidad, la verdad sobre la adicción de Mark. Gino dudó por un instante pero se mantuvo en silencio.

Era evidente que la debilidad de Mark le había empujado al más oscuro de los pozos. Allí, en el fondo, entre las sombras, él se sentía a salvo para fumar y olvidar, aunque su cuerpo todavía reaccionaba al recordar las palabras de Gino y la forma tan abierta en la cual este había expuesto su amor por Samuel. En realidad, a Mark no le importaba que sus hermanos hubiesen aceptado que él no fuese hermano de Samuel y que sus sentimientos pudiesen ser diferentes a los de ellos en su naturaleza, muy a pesar de la forma en la que siempre había hablado a su hermana pequeña. Para Wayne y Gino, las cosas eran menos complicadas. Desde pequeños, Mark había amado a Samuel profundamente y siempre se habían cuestionado de cuándo él se daría también cuenta. Sin embargo, al crecer y fortalecerse el lazo entre ellos, uno más denso que la sangre, el amor latente y no identificado de Mark hacia Samuel comenzó a tomar un tono incestuoso en las mentes de los hermanos.

—¿Qué va a hacer él cuando yo vuelva a matar? – susurró ella con dolor.

Ni Wayne ni Gino tuvieron la respuesta correcta a tan oportuna pregunta.

—Creo que ya es hora que me vaya de aquí – admitió ella sin poder evitar que las lágrimas le mojasen las mejillas.

—¡¿Qué?! – gritó Gino.

—Eso es una tontería – le dijo Wayne a ella.

—¿Una tontería?... ¿Qué pasará cuando eso ocurra? He pensado en desaparecer e incluso en quitarme la vida…pero estoy demasiado asustada por vosotros tres y la venganza de Nero encima de todo esto. Soy una cobarde…y no puedo hacerlo – susurró ella.

—Ven aquí – la llamó Gino, cogiéndola de la mano.

Samuel fue hacia el regazo de Gino, algo que no había hecho en muchos años. Con su brazo alrededor del cuello de Gino, ella inclinó la cabeza en el hombro izquierdo de él.

—Todo va a ir bien – le prometió Gino, mirando a su hermano, – pero sólo lo conseguiremos si estamos unidos, ¿me oyes?....Juntos lo lograremos. Solos no somos nada, Sam.

Samuel se sintió mucho mejor cuando Gino le besó la frente y la abrazó. Se había sentido tan fuerte y valiente momentos antes cuando había tenido que ocuparse de Mark, pero ahora se sentía como una niña pequeña una vez más.

A la mañana siguiente, Mark se despertó al notar algo de movimiento en la cama. Giró la cabeza ligeramente para poder ver a Samuel cogiendo su bata azul, abandonando la estancia y dejando a Mark pensando que lo último que recordaba de la noche anterior era pagar diez centavos ahora que ya había creado una adicción y una reputación en el fumadero de opio. Mark se sentó de forma torpe y tras cerciorarse que ciertamente estaba vestido con la excepción de sus zapatos, miró hacia la habitación de Gino. La puerta estaba abierta, sabiendo que los hombres no estaban allí. Se incorporó y se tomó su tiempo mientras intentaba recordar cómo había llegado a casa. Gino y Samuel estaban en la cocina mientras el joven llenaba la bañera, ya que tenía una partida esa tarde y como ocurría normalmente, no sabía su hora de vuelta. Samuel acababa de comenzar a preparar el desayuno cuando Mark llegó.

–¡Buenos días! – saludó Mark.

Samuel y Gino giraron la cabeza y le contestaron de igual forma.

–¿Te quieres bañar también? – preguntó Gino a Mark, señalando la bañera.

–Sí, más tarde…gracias – contestó Mark, fuera de lugar y confuso.

–No hay de qué – replicó Gino.

–¿Café, Mark? – preguntó Samuel, volteando la cabeza hacia él cuando notó que se acercaba a la mesa.

–Por favor – dijo él, tomando una silla.

Gino le ofreció una mirada mientras echaba el agua hirviendo en la ya medio llena bañera, saliendo de la casa en busca de más. Mark miró la hora, eran las nueve de la mañana.

–¿Pan? – ofreció ella.

–Sí, por favor – aceptó él, mirando fijamente a la ventana.

Mark se levantó y caminó hacia la ventana, apoyándose en el marco y perdiendo sus ojos afuera. Samuel llevó los suyos hasta él, sabiendo que soñaba despierto, así que continuó con los preparativos del desayuno y colocó tres platos de pan caliente y mantequilla sobre la mesa. Segundos más tarde, Gino volvió y puso más agua sobre el fogón, verificando que el café estuviese listo y que los tres podían sentarse a la mesa para desayunar. Gino miró a Samuel con pavor ante el momento en que esta decidiese comenzar una conversación con Mark, sin saber que Mark todavía intentaba recordar la pasada noche.

−¿A dónde va a llevarte? − preguntó Gino a Samuel.

−A Macy's. Me traerá de vuelta a casa − informó ella a Gino.

Mark levantó sus ojos cansados y la estudió, tardando en hablar.

−¿Quién te va a llevar a Macy's? − preguntó Mark.

−Johnny Sappiro − respondió Samuel.

Mark la miró fijamente, lo que pareció una eternidad para Gino, y entonces le echó un vistazo a su hermano antes de volver a mirarla a ella.

−¿Cuándo has hablado con él? − preguntó Mark.

−Ayer, cuando estabas fuera − compartió Samuel.

Gino supo entonces que Samuel no quería estropear el desayuno y estaba probablemente esperando un momento más adecuado para hablar con él. Dicho descubrimiento no le hizo sentir menos ansioso, ya que la forma en la que Mark miraba a Samuel le producía una presión en el pecho, esperando un estallido en cualquier momento.

−¿Qué vas a hacer hoy? − preguntó Samuel a Mark.

−No lo sé….igual salgo a ver lo que encuentro − le dijo Mark, sin saberlo muy bien tampoco.

−Necesito que me ayudes esta tarde. No tenemos comida − dijo Samuel.

−Claro…vendré sobre las dos.

−De acuerdo.

Y ese fue el desayuno, tras el cual dieron privacidad a Gino para bañarse mientras ella se preparaba para ir de compras con Johnny Sappiro.

Él la recogió puntualmente a las diez de la mañana en la esquina de Broadway y la calle Broome. Al conducir hacia la Zona Alta por Broadway, las calles comenzaron su cambio. De repente, jardines florecieron y la ropa parecía más exquisita cuando los hombres y las mujeres se cuidaban de sus recados o se encontraban con sus amantes en lugares con vistas encantadoras. La multitud de la Zona Alta era más rápida que la muchedumbre de su barrio. Allí, en ese coche, se sintió fuera de lugar, especialmente cuando salió de él y se enfrentó al escaparate más increíble que sus ojos jamás habían visto. Ella miró a Johnny Sappiro, quien la esperaba para entrar a Macy's en la calle 34 con la Plaza Herald. Nunca había estado en ese almacén y el edificio era más hermoso de lo soñado. Conocidos hablaban de su belleza y Sally había ido de escaparates en una ocasión, pero Samuel siempre se había mantenido alejada de esa tentación porque le recordaría lo que ella jamás podría tener. Sappiro, último de una larga dinastía de caballeros con un fácil y exquisito amor por las armas, le permitió que caminase delante de él hacia la tienda. Ante ella, una escalera de madera se abrió, consintiéndole el acceso a nueve plantas de productos de consumo. En ese instante, ella comprendió que Nero tenía razón. Entre todas aquellas persona en la tienda, ella parecía que en efecto, acababa de llegar de un largo viaje desde Europa, escapando de una guerra que se extendía con rapidez. En el tercer piso, una vendedora reconoció a Johnny Sappiro y se apresuró a su lado, saludándole y ofreciéndole una taza de café.

Hombre de pocas palabras, Sappiro compartió algunas con aquella mujer. Tras expresar lo que esperaba de ella, requirió que se le llamase a la cafetería una vez las compras hubiesen finalizado. Segura de poder cumplir sus deseos, la vendedora se giró y se comunicó con Samuel.

—¿Puede por favor seguirme?

Un completo vestuario fue adquirido, así como sus uñas y su pelo fueron arreglados, terminando con la tradición de los cortes de pelo de Wayne. La ropa con la que había llegado se metió en una bolsa, dejándose puesto un traje chaqueta de color marrón que destacaba su rubio pelo, así como el nuevo corte que le habían hecho y que se escapaba por debajo del sombrero que llevaba, a dúo con el traje. Samuel miraba sus uñas adornadas con Rojo Pasión Número 5, el mismo color que lucían sus labios, cuando Johnny Sappiro salió del ascensor, no muy lejos de ella, cinco botones esperaban al mafioso para poder acompañarle al coche con las cajas mientras Samuel esperaba sentada en una silla de estilo Louis XVII, hecha de madera blanca y acabada con una tela rosada. La vendedora saludó a Sappiro de nuevo, orgullosa de la transformación que había conseguido en Samuel. La realidad era que Samuel no había sido la primera fulana que se le había pedido que convirtiese en una dama para poder ser llevada a una fiesta y hacer un buen cometido manteniendo la boca cerrada. Sorprendida había quedado al no oír la voz de Samuel durante todo el tiempo que les llevaron las pruebas. De hecho, Samuel había escogido un abrigo con tan sólo señalarlo con el dedo índice. 'Era una fulana extraña,' pensó la asistenta. La vendedora preguntó a Johnny Sappiro si podía creer la impresionante belleza que había estado escondida bajo aquellos harapos. Sappiro ignoró a la impertinente mujer y miró a Samuel, sabiendo de inmediato que llegar a Tony Rabissi no iba a ser un problema para ella. Johnny Sappiro le ordenó a la vendedora que enviara todo el vestuario al apartamento siete del número diez de la calle Veintiuno con la calle Este, indicándole después a Samuel que se fueran. Ella cogió el abrigo y se marchó sin decir palabra alguna a la vendedora, caminando hacia el ascensor y donde Johnny la miró fijamente mientras esperaban.

−Te queda bien el cabello así − mencionó él, perdiendo por un segundo su característica profesionalidad.

Samuel le dedicó una fija y silenciosa mirada, a lo cual Sappiro arqueó las cejas.

−Sólo era un cumplido − explicó él.

Las puertas del ascensor se abrieron ante ellos y ella entró primero. Su mente se había congelado al escuchar la dirección que Sappiro le había dado a la vendedora. Cuando las puertas se cerraron frente a ellos, Samuel preguntó.

—¿A dónde vamos ahora? – quiso saber ella, poniéndose el abrigo nuevo.

—A tu nueva casa – le informó él.

Samuel cogió aire y miró hacia delante, aceptando que ya no era dueña de su vida. Ambos permanecieron en silencio hasta que alcanzaron la calle y Patty les abrió la puerta del coche. Dentro de este, Samuel volvió a hablar.

—Quiero dormir en casa esta noche – dijo Samuel. – Para despedirme de mis hermanos.

—De acuerdo. Pero coge lo que necesites hoy y mañana te mudas. Vendré el lunes para hablar contigo y te quiero ver allí – estuvo de acuerdo él, mirando al frente.

—Entonces podría mudarme el domingo – sugirió Samuel.

Johnny giró la cabeza y la miró a los ojos. Sin quitar los suyos de los de él, Samuel ganó la batalla, así que Sappiro retiró su mirada y la tuvo al frente una vez más.

—Asegúrate de estar allí para abrir la puerta el lunes a las 10 de la mañana, tocaré una vez.

En su mente, Samuel sonrió.

El número 10 de la calle 21 con la calle Este estaba en un área desconocido para ella. Vestida como iba, saliendo de un coche como aquel, nadie le ofreció el arqueo inquisidor de una ceja. Pronto el portero les abrió la puerta, saludándoles. Al entrar, ella miró a su alrededor intentado no mostrar emoción alguna, mientras sus zapatos nuevos creaban un ruido glamuroso al caminar por esos suelos. Ella frenó en la recepción cuando Paul les alcanzó.

—¡Bienvenida, señorita Parker! – la saludó Paul.

—Gracias – sonrió ella, sin estar sorprendida por el hecho que una vez más, había sido bautizada. – Recibiré unos paquetes, ¿puede hacer que los entren en casa?

—Por supuesto – respondió Paul con cometido.

Paul Carvin rondaba los cincuenta y había trabajado en ese lugar los últimos diez años. El edificio había sido terminado en 1907 y era el hogar de cincuenta familias. Paul le entregó la llave y ella una sonrisa, agradeciéndoselo en silencio. A pesar de su sincera expresión, Samuel percibió una onda cargada de recelo, igual que la que ella escondía.

Paul Carvin tenía sólo un hijo, Mickie, con gusto por los caballos veloces y las apuestas con el dinero de otros. Con tan sólo veintidós años, Mickie Carvin había acumulado una deuda más allá de su control. Una noche de excesiva cantidad de sustancias ilegales, combinada con un nuevo corredor de apuestas que no conocía a Mickie, arrastró a Paul Carvin por el resto de su vida. Los tentáculos del crimen organizado llegaron hasta el padre de Mickie cuando el tiempo fue propicio, ya que la organización no tenía prisa alguna cuando los deudores tenían otros recursos. Mickie seguía con vida, pero solamente si su padre aceptaba y borraba las marcas dejadas por gente como Sappiro en apartamentos vacantes en ese edificio.

—Cualquier cosa que necesite, sólo tiene que llamarme y veré lo que puedo hacer, señorita Parker – le ofreció Paul con un tono amable y honesto.

—Lo haré, gracias – habló ella, caminando hacia el ascensor como si Sappiro no estuviese detrás de ella.

Había un ascensor más adentro en el amplio recibidor, opuesto a unas escaleras de caracol. Johnny la observó. Samantha actuaba como si hubiese vivido allí toda su vida, haciéndole pensar al gánster, si bien a ella no le importaba su terrible situación, o si se había ya acostumbrado a su nueva y falsa vida. La situación le incomodó porque eso significaba que ella era impredecible, peligrosa y que probablemente acabaría con su cometido con exitosamente. La forma en la cual entró en su nuevo hogar y contempló las estancias con la ayuda de un vistazo confirmó sus temores sobre Samantha Parker. Cuando ella paró en el centro del apartamento frente a él, con ambas manos dentro de los bolsillos del abrigo con cuello de piel que acariciaba sus mejillas, él la miró con cuidado, sabiendo que ella estaba en control.

−De acuerdo – musitó ella.

Johnny había permanecido en el umbral de la casa, esperando a que ella caminase por el apartamento y cayese rendida ante un repentino enamoramiento con su nueva vida. Sin embargo, cuando ella no mostró obvia señal de amor ante el mundo ficticio en el cual se la estaba forzando a ser una invitada, él se sintió perplejo y decidió llevarla a casa.

Samuel caminó a casa cabizbaja, intentando evitar encontrarse con alguno de sus amigos del barrio. Con el rostro enterrado en el cuello de piel, se concentró en llegar a su hogar tan rápido como fuese posible, así que al caminar, sus vecinos se giraron, queriendo saber quién era aquella señora y qué hacía allí; quizás la guiaba la necesidad de drogas, ya que los ricos tenían diferentes necesidades y expectaciones.

Al llegar a su edificio, se perdió en su zona de seguridad, cerrando la puerta tras de ella. Se apoyó en ella, aliviada por no haberse encontrado a nadie conocido. De pie allí durante unos segundos, levantó la vista cuando Mark salió de la habitación y la miró fijamente, viendo a la mujer en la cual se había convertido forzosamente porque él había sido demasiado indulgente con ella. La miró y tardó unos instantes en comprender que había perdido a su pequeña Samuel.

−¡Estás en casa! – comentó Samuel, quitándose el abrigo y el sombrero, colgándolos en la percha.

−Como te dije que estaría – susurró él.

−Deja que me cambie de ropa y nos podemos ir – dijo ella, caminando hacia su dormitorio, pasando por el lado de su hermano mientras él se mantuvo en el umbral.

−Mark no se movió, pero pudo ver su pelo recién cortado cuando ella pasó por el lado. También olía diferente, luciendo un traje que le sentaba como tal guante y medias que mostraban una línea que dibujaban y torneaban la parte de atrás de sus piernas, muriendo en los talones de los zapatos de tacón de color marrón que golpeaban los suelos de madera podrida, creando un sonido agudo. Él la observó mientras se dirigió al armario que compartían. Dentro, la ropa de ellos y la de Gino estaba mezclada, doblada perfectamente. Ella colocó una falda y un suéter sobre la cama, levantando sus ojos para mirar a Mark, quien seguía petrificado en la puerta.

–Sólo es ropa – mencionó ella.

–Tu pelo…tus uñas – susurró él.

Samuel le miró en silencio durante unos momentos, forzando entonces una sonrisa.

–Deja que me cambie – suspiró ella.

Mark se volteó y cerró la puerta sin pronunciar otra palabra.

Gino retornó a casa esa noche alrededor de las dos de la madrugada. Entró en la habitación de Samuel, preguntándose cómo habría logrado mantener la adicción de Mark a raya, ya que él dormía al otro lado de la cama, quizás el alcohol lo había conseguido. Gino se agachó delante de ella, iluminado por la luz proveniente del salón, acariciando la cabeza de su hermana.

–¡Hola! – le sonrió ella, abriendo los ojos.

–¡Hey! – sonrió él. – ¿Cómo ha ido?

–Mañana hablaremos…estoy contenta que estés en casa – le susurró ella a Gino.

–Muy bien…buen trabajo, hermana – dijo él a ella, señalando a Mark.

Gino le besó la mejilla y entonces volvió a la cocina.

Al día siguiente, Samuel planchaba en la mesa del salón cuando Wayne volvió de trabajar. Él le había pedido a Mark que subiese carbón para el fogón y lo había estado subiendo durante los últimos cuarenta y cinco minutos. Gino había salido a buscar cigarrillos hacía ya rato mientras la cena se guisaba en la cocina. Samuel sentía pavor ante el inminente hecho, decirles a sus hermanos sobre su próxima mudanza, así que Wayne la encontró soñando despierta mientras planchaba. Ella levantó la mirada cuando Wayne entró en el apartamento, sonriéndole ampliamente. Él traía una bolsa con harina y algo de pan para la cena y dejó la puerta abierta para Mark, permitiendo que el delicioso olor invadiese el pasillo.

Wayne dejó la bolsa sobre la mesa y se quitó el abrigo, colgándolo seguidamente.

—¿Qué has cocinado? – preguntó Wayne a su hermana.

—Gino ha traído pollo, así que he hecho un estofado...llévate esas – le dijo ella, refiriéndose a sus camisas que esperaba en una de las esquinas de la mesa.

—Genial, gracias... ¡Estoy muerto de hambre!

Mark entró en la casa y cerró la puerta de una patada.

—¿Necesitas ayuda? – ofreció Wayne.

—No, ya he acabado – dijo él, echando el carbón en la caja y cerrándola, soplando el polvo que había creado.

Mark se lavó mientras Samuel retiró la plancha y Wayne preparó la mesa para cenar. Gino pronto llegó a casa y se sentaron en la mesa ese sábado por la noche, casi olvidando que sus vidas nunca serían las mismas, disfrutando de ese momento juntos. Gino hizo un cumplido al corte de pelo de Samuel, riéndose de la habilidad de Wayne en tales asuntos, pero Samuel abrazó a Wayne y le besó la mejilla, diciéndole que nadie podría cortarle el pelo como él lo hacía. Incluso Mark era él mismo esa noche, como si todos presintieran que iba a ser su última noche alrededor de esa mesa. Tras la cena, durante el café, jugaron a cartas y fumaron hasta que los hermanos Salerno se les unieron, trayendo sus propias sillas. Incapaz de seguir con la partida, Samuel cedió su puesto. Tan buena ladrona como había sido, sus manos jamás habían sido buenas con las cartas, y allí, rodeada de las personas con las que había crecido, se sintió tan feliz que no quiso estropear esa noche. Por lo tanto, permaneció en silencio y se sentó con ellos y una taza de té en sus manos, té que le había traído Giancarlo. Cansada como se sintió alrededor de la una de la madrugada, se levantó, notando el cargado ambiente del salón. El frío de la calle mantenía las ventanas cerradas, concentrando el humo y el olor a cerveza que se mezclaba con el del té.

–Buenas noches a todos – dijo ella, poniéndose en pie y dejando su silla.

Todos le desearon las buenas noches, pero ella frenó en la puerta de su dormitorio, donde se giró y miró a Mark.

–¡Mark!

Mark volteó la cabeza, esperando más palabras.

–Esta noche te quedas en casa, ¿verdad? – le preguntó ella.

–Sí.

–Bien. Buenas noches – habló ella, caminando hacia adentro.

–Buenas noches – le deseó él.

Gino y Wayne se echaron un vistazo. Sabían que Mark no recordaba cómo había vuelto a casa aquella noche y también que Samuel no había hablado con él al respecto, así que se preguntaron durante cuánto tiempo iba a funcionar esa táctica.

A la mañana siguiente, el salón aún apestaba a humo y cebada fermentada cuando Samuel se levantó. Primero abrió la ventana para permitir algo de corriente dentro de la vivienda, cerrando la puerta de la habitación donde Mark descansaba a tan sólo unos metros de Gino y Wayne. Continuó limpiando la mesa y barriendo el suelo, tras lo cual preparó algo de desayunar, comiendo a solas ya que sus hermanos aún dormían. En silencio, en la cocina que había sido testigo de su crianza, rompió a llorar al pensar que ese mismo día dejaría esa casa para convertirse en una persona que no quería ser. Con la ola de melancolía que la arrastró al fondo, pensó en entregarse a la policía, comprendiendo de inmediato que sus hermanos estarían entonces a la merced de la mano de la Familia Palermo y sus vengativas tácticas. Quitarse la vida fue otra opción que barajó de nuevo, dejando atrás a sus hermanos. Convertirse en una asesina y conseguir lo requerido con éxito no iba a pasar, así que convertirse en una asesina y ser liquidada por Sappiro era la última alternativa y quizás la más próxima a la realidad. De esa forma, nadie tocaría a sus hermanos y ella tampoco sería responsable de terminar con su vida, responsabilidad que recaería en otra persona. También pensó en todas las cosas que no viviría, como tener una familia y un esposo, un esposo que le haría el amor y quien le enseñaría que el amor puede en efecto, ocurrir para algunos.

Mark la encontró sentada en la mesa cerca del fogón, de cara a la puerta de entrada. Cuando el rubio entró en el salón, ella sonrió, intentando parecer normal a pesar de la gran tristeza en la cual se ahogaba. Él la saludó y dejó el apartamento para usar la letrina, volviendo en breve para caminar hacia la cocina y servirse algo de café. Los ojos verdes de Samuel estaban irritados y ella los quitó de él, ocultando su desolación.

–¿Estás bien? – susurró Mark, echándose algo de café en una taza limpia, de pie tras ella.

–Me voy esta noche – suspiró ella.

Para su mayor sorpresa, Mark se giró y se sentó junto a ella, también mirando la puerta de entrada. Era mucho mejor si él evitaba los ojos de ella, especialmente si tenía que enfrentarse a esa conversación.

–Imaginé que no te dejarían quedarte aquí – comprendió Mark.

–No quiero irme – musitó ella, limpiándose unas lágrimas de las mejillas.

–¿A dónde te llevan? – le preguntó él.

–Al número diez de la calle Este con la Veintiuno…cerca de *Broadway*.

Mark asintió con la cabeza y tomó un sorbo del único desayuno que su estómago podía contener tras tanta cerveza y la noticia que Samuel acababa de compartir con él.

–Tiene sentido – respondió Mark a sus palabras.

Samuel se inclinó y enlazó sus brazos alrededor del derecho de Mark, posando su mejilla y su boca en él. Mark le besó la cabeza y entonces buscó sus ojos.

–Piensa Sam. Si pudieses hacer que pareciese un accidente o un suicidio, te podrías librar de esto y volver a casa…quizás a una nueva casa, pero con nosotros – murmuró él.

Samuel clavó sus ojos en los de él, manteniendo sus brazos inmóviles.

–¿Cómo?...He estado pensando…voy a ser vista con él – le devolvió ella el susurro. – Nero me está enviando al matadero.

–Intenta mantenerlo privado…llévatelo a un hotel y hazlo allí. En la noche de Halloween…va a haber tanto bullicio y distracción y tantos disfraces – musitó él.

–Pensé en eso después que lo mencionases – le dijo ella, conspirando.

–Creo que es la mejor oportunidad…sólo te da tres semanas pero cuanto menos sepa de ti mejor, te dará más oportunidad de sorprenderle – reclamó Mark.

–Comprendo.

–Cuídate, Sam – le susurró él, besándole la frente.

–Tengo que pedirte algo. Hay algo que quiero que hagas por mí – expuso Samuel.

–¿Qué es?

Los ojos de Samuel habían cambiado en intensidad y Mark se perdió en ellos.

–No vuelvas a la lavandería – le imploró ella.

De repente, todo se registró en la mente de Mark mientras Samuel esperaba su reacción. Él no pronunció palabra alguna pero asintió, comprendiéndolo.

–Por favor – le suplicó Samuel. – Si no lo haces por ti, hazlo por mí.

Mark miró hacia delante y Samuel se reclinó en su silla, dejando pensar a Mark. Ella se levantó a por más café, volviéndose a sentar en breve.

–¿Qué podemos hacer si necesitamos verte? – le preguntó Mark, moldeando la conversación.

—Enviaré una carta con mi número de teléfono. No pensé en mirarlo pero vi uno – dijo ella.

—De acuerdo.

Llevando la misma ropa con la que había dejado Macy's, ella dejó la casa en la que había vivido desde que podía recordar. Su ropa quedó atrás y sólo se llevó sus cosas más preciadas. Se llevó consigo su manta y su cepillo del cabello, aunque otros más caros, con mangos de plata, habían sido cuidadosamente colocados en una bandeja en su nuevo baño. Cuando se hizo oscuro fuera, se sintió preparada para irse y llamar a un taxi. Sus hermanos permanecieron de pie en el salón cuando ella se acercó a la puerta, soportando una angustia presionándole en el pecho con tal fortaleza que le hacía imposible respirar.

—Igual puedo venir para tu cumpleaños – susurró ella a Gino.

Gino notó una puñalada en el corazón, urgiéndose a forzar una sonrisa mientras unas lágrimas brotaban de sus ojos. Ella echó un rápido vistazo a sus hermanos y abandonó la casa apresuradamente, cerrando la puerta tras de ella.

El portazo hizo que Mark cerrase los ojos y Wayne se dedicó a mirar fijamente a la puerta que acababa de cerrarse. Gino se volteó y caminó hacia su dormitorio, cerrando la puerta y pidiendo privacidad en silencio. Aún de pie en el salón, Wayne y Mark no sabían qué hacer para poder salvar a su hermana de una muerte cada vez más certera.

—Estará bien – musitó Wayne, intentando creer en sus propias palabras.

—No lo estará – sentenció Mark.

Veinte minutos más tarde, Mark rompió la promesa que había hecho a Samuel con su silencio durante el desayuno.

Su primera noche como Samantha Parker fue la más difícil de su vida. Además de sentir que había perdido toda su familia de un sólo golpe cruel, se despertó a las dos de la madrugada, empapada en sudor, reacción de su cuerpo a una pesadilla en la cual era estrangulada por una serpiente. Se despertó tiritando y Mark no estaba allí para calmarla como siempre había hecho, apresurándose al baño para vomitar en el inodoro.

A la mañana siguiente, tras una noche sin descanso, preparó algo de café en la cocina y se sentó a la mesa, ignorando el salón preciosamente amueblado que se encontraba a pocos pasos. A las diez de la mañana, Sappiro tocó a la puerta. Al sonido y pasando junto a los paquetes aún sin abrir que Macy's había entregado el sábado, ella abrió la puerta para girarse de inmediato, permitiéndole la entrada sin ofrecerle una palabra. Johnny Sappiro la vio perderse en la cocina mientras él se quitó el abrigo y el sombrero, siguiéndola y encontrándola en la mesa de la cocina junto a su tercera taza de café. El gánster la miró desde la encimera de la cocina.

−¿No te vas a vestir? – preguntó él.

−Pensé que hablaríamos aquí. Imaginé que no querrías desfilarme para que todo el mundo me viera.

Samuel le hablaba a Johnny de una forma controlada, sabía de su valía hasta el fin de la tarea que Nero le había impuesto, así que miró al gánster y empujó una silla con el pie por debajo de la mesa.

−Siéntate. ¿Café? – ofreció ella.

−Sí, por favor – aceptó él.

Samuel se levantó, sirviendo café al mafioso y tomando de nuevo su asiento.

−¿Quién es este hombre? – introdujo Samuel. – Olvidé su nombre.

Johnny se desabotonó la chaqueta y echó tres cucharadas de azúcar blanco en su café. Al mafioso le gustaba el café extremadamente dulce.

EN CAIDA LIBRE

Nick Fisher, nacido Nicholas Fossa, había llegado de Chicago esa misma tarde para servir a Nero como novio de Samantha, cubriendo así su entrada a un mundo desconocido para ella. Su primer encuentro con el ambiente en el Tony Rabissi se movía con mucha frecuencia, fue con la visión de su guardaespaldas y chofer, quien esperaba en el automóvil aparcado frente al Hotel St. Regis. Desde el suyo, le vieron salir del auto y voltearlo para poder abrir la puerta a su jefe. Nick reconoció a Tony Rabissi de inmediato, así que desde fuera del auto, le ofreció la mano a Samantha y caminaron hacia el hotel donde la fiesta se ofrecía. Samantha intentó no mirar demasiado al magnífico edificio, ya que le atemorizaba ser cegada por su belleza y grandiosidad. Ella se cogió con elegancia de la falda de su vestido para poder subir los siete escalones que separaban el lujo de las baldosas de la Quinta Avenida. Sus pies, enmascarados en unos delicados zapatos, se hundieron tímidamente cuando pisó la alfombra roja que protegían los escalones. Era una sensación a la que no se había conseguido acostumbrar aunque los Romanski también tenían alfombras en todas las habitaciones de su hogar. Entraron en el edificio tras utilizar la puerta giratoria de brillante latón y Samantha levantó los ojos a un nuevo y adictivo universo. El vestíbulo se abrió ante ellos con la recepción a mano izquierda, mostrándoles dos preciosos ramos de rosas rojas cortados especialmente para tal ocasión. Las columnas que soportaban la maravilla arquitectónica aparecieron frente a ellos, mientras sus zapatos se deslizaban en los pulidos suelos, descubriendo flores en todos los rincones. La fiesta se celebraba en la segunda planta, así que caminaron en dirección a las escaleras que les llevarían a los salones. Al alcanzar el segundo piso, los dos recintos que habían sido preparados para entretener a casi ciento cincuenta personajes de gran influencia en Nueva York, se materializaron ante sus ojos. Las puertas que conectaban la biblioteca del hotel con los salones Louis XVI estaban abiertas, separándolos por medio de un pequeño recibidor. En la biblioteca, las estanterías estaban protegidas por unos cristales, atrayendo a los invitados a admirar la madera de roble que los resguardaban. En todo momento, sillones ofrecían descanso a los adinerados, mientras que el aire ya había sido contaminado por el espeso humo producido por los puros. Un piano podía oírse, envuelto de alguna que otra risa exagerada y mezclado con el chispeante sonido de las copas de champán al tocar las unas con las otras, llenas de alegría.

La pareja paseó hacia el interior de la biblioteca, girándose a la izquierda para encararse al otro salón, cuyas puertas abiertas invitaban a todos los presentes. Allí, en el salón contiguo, Nick Fisher encontró a Tony Rabissi. La pareja paró momentáneamente para coger una copa de champán de uno de los camareros y Nick pretendió besarle la mejilla, enterrando su nariz y su boca en el pelo de ella que cubría su oreja izquierda.

–Hablando con la mujer de azul y el hombre con bigote…justo delante de nosotros – le susurró Nick a Samantha.

Tras encontrar las pistas que le había dado, Samantha Parker sintió un pinchazo en el estómago en el momento en el que depositó sus ojos en Tony Rabissi.

–Le veo – dijo ella a Nick.

–Mezclémonos – sugirió Nick.

Samuel consiguió ser vista por Tony Rabissi al menos en dos ocasiones durante la hora siguiente. El anfitrión de la fiesta era un influyente y conocido banquero, cuyo asistente personal había adquirido una deuda de juego con Nero y por lo tanto, convirtiéndose en el amo de la mayoría de sus decisiones y movimientos hasta que la deuda fuese honrada, siendo así la forma en la que las adicciones funcionaban. Esa noche y en los meses siguientes, Nick Fisher sería un desconocido periodista de Chicago en la ciudad para cubrir un artículo, cuya invitación había sido arreglada por el mencionado asistente personal.

Fisher era un hombre alto y lucía el pelo hacia atrás, manteniéndolo así con cera capilar. Su traje negro era de medida perfecta, dándole un aspecto gentil, noble y pulido, mientras que su camisa blanca iluminaba la sala. Samantha llevaba en su cuerpo un vestido blanco con una pequeña cola y plumas en el escote alrededor de los hombros. La aún presente marca de dientes en su pecho había sido disfrazada con maquillaje de la misma forma que se había hecho con Samuel. Sus largos y resplandecientes pendientes de diamantes atrajeron la atención de muchos invitados, pero su belleza creó una mayor conmoción. Sin previo aviso, Nick Fisher movió su pieza en el tablero.

–Muy bien, veamos lo que puedes hacer – le dijo, dejando su copa a medio beber sobre una bandeja cuando un camarero les pasó por el lado.

Cuidadosamente, Samantha cogió el lado de su vestido para permitirse libertad de movimiento y así, juntos, continuaron su paseo junto a Rabissi, dirigiéndose hacia el tercer salón y por lo tanto, pasando junto al piano. Ella fijó sus ojos en él desde el momento en el que se había dicho a sí misma que él tenía que ser suyo. Rabissi vio un ángel pasar de nuevo frente a él, en la distancia, pero ciertamente en su ángulo de visión. Más cerca esta vez, él fue capaz de ver los ojos verdes más bellos, acercándose a su grupo. Tony Rabissi perdió la mente en esas gemas, generando un daño eterno en su visión, cegándole y haciéndole imposible el seguir escuchando lo que el señor Folker decía. Todos los presentes sabían quién era Rabissi y quién financiaba la ciudad, dándole el derecho a mostrar su presencia en dicho lugar, pero lo más importante era saber quién era ella y por qué tomaba el brazo de tan insignificante hombre. Tony Rabissi no se esperaba que ella quitase sus ojos de él de la forma en que lo hizo al pasar junto a ellos, llevándoselos con la mayor crueldad que le fue posible transmitir. A los hombres poderosos siempre les apetece tener aquello a lo que no tienen acceso y él no era diferente.

Al alejarse, Rabissi les observó, sintiéndose profundamente herido y con una terrible ansiedad por conocer quién era ella y ese hombre para ella. Cuando tocaron las once de la noche, él ya sabía que el hombre era un columnista político de Chicago llamado John Mandelson, pero nada sobre ella, excepto su nombre de pila. Al bailar en la pista de baile al son de un delicado piano, Nick se giró y le dedicó una sonrisa a Samantha.

– Creo que te voy a dejar que vayas al aseo sola – dijo él tras darse cuenta que Rabissi les miraba desde donde se encontraba, con un cigarrillo en una mano y una copa de champán en la otra.

–¿Dónde está? – preguntó Samantha a Nick.

–Justo a tu derecha, gírate y caminarás junto a él – él la dirigió.

–De acuerdo.

Samantha se volteó y se alejó de la muchedumbre en la pista de baile seguida por Nick, separándose en el momento en que alcanzaron la zona donde algunas mesas habían sido exquisitamente preparadas para la ocasión y donde se servían bebidas. Ambos pasaron junto a las cinco personas que acompañaban a Rabissi, dirigiéndose Samantha entonces fuera de la sala, utilizando las puertas a su derecha para continuar hasta los aseos que se encontraban al fondo del pasillo, junto a los ascensores y la escalera central. Al alejarse, no había nadie más que le importase a Tony Rabissi en aquellos salones y el piano había desaparecido hacía ya mucho tiempo. Rabissi volvió a mirar al hombre que acompañaba a la joven y entonces divisó la salida que ella había tomado. ¿Y si esa era la primera y última vez que iba a verla? Él se dijo a sí mismo. Mirando a su alrededor, se sintió confundido por la excesiva cantidad de diamantes, demasiado perfume mezclado con alcohol y las innecesarias boquillas de cigarrillos. Rabissi se excusó y caminó hacia donde John Mandelson se encontraba mientras esperaba su whisky con hielo. Al llegar, levantó la mano para llamar al camarero y sacó un cigarrillo de su pitillera de plata del interior de su chaqueta.

—Disculpe…parece ser que he perdido mi fuego – le dirigió Rabissi a John Mandelson de una forma extremadamente educada para un mafioso con aspiraciones políticas.

John Mandelson se giró y miró a Rabissi, sacando fuego del bolsillo de su chaqueta y ofreciéndoselo, el cual lo tomó, agradeciéndole seguidamente el gesto.

– No se merecen – sonrió John Mandelson.

Su acento de interior del país era impecable y no levantó sospecha alguna en Rabissi, nacido y criado en la ciudad de Nueva York bajo una estricta disciplina siciliana.

—Tony Rabissi – se presentó él mientras esperaba su bebida, ofreciéndole la mano derecha, la pecadora mano que le había abierto la puerta a su posición en la familia.

—Mandelson…John Mandelson – dijo Nick Fossa, apretando la mano del mafioso.

—¿Qué le ha traído aquí? – le preguntó Rabissi.

—Aún me lo pregunto – bromeó John.

Rabissi sonrió generosamente y echó un vistazo a su alrededor.

—Podría ser peor – le siguió Rabissi la broma.

—¿Y usted? – preguntó John.

—Negocios, principalmente negocios – respondió Rabissi. – Muchos miembros de mi club están aquí.

Así fue como Samantha les encontró, conversando junto a la barra, mientras Tony Rabissi le informaba de su afiliación al Club Union, infinito pozo de poder y conexiones. Ella se acercó a ellos y Rabissi tomó una más erecta posición cuando la notó a su lado.

– Querida, este es Tony Rabissi…esta es mi novia Samantha, ella vive aquí en Nueva York – dijo John Mandelson a Samantha.

—¿Cómo está? – saludó Samantha a Rabissi.

Tony tomó la enguantada mano de Samantha y tras excitarse por la intensidad de los ojos de la joven, besó su mano y le ofreció su alma sin pedir nada a cambio. Cuando Samantha recuperó la mano, ella miró a John y puso su brazo alrededor del de su novio, ofreciéndole su atención a Tony. Tony era en efecto, un hombre de gran atractivo, con ojos de color roble que le recordaron a Gino, así que no fue difícil sonreírle.

—¿Está usted aquí solo, señor Rabissi? – le preguntó ella con el acento más limpio que pudo conseguir.

—La verdad es que no, estoy con una par de asociados míos…iba a tomarme una última copa antes de irme – respondió Rabissi, mostrándole el nuevo vaso en su mano.

—Es una fiesta fantástica, ¿no le parece? – remarcó ella.

—Lo es, ciertamente lo es…así que usted vive en Nueva York y usted en Chicago – presentó Rabissi.

—Sí, no es nada fácil, pero mi trabajo me mantiene allí y viajo todo lo posible…el transporte ha mejorado mucho y sigue mejorando, así que espero venir con más frecuencia – le relató John. – Odio trabajar mientras estoy aquí, pero esta noche es una excepción.

—Es un viaje largo, pero estoy convencido que vale la pena – les sonrió Tony.

John y Samantha aceptaron el cumplido con un movimiento de cabeza. Actuar junto a Nicholas Fossa había comenzado a ser tan natural que a Samuel le pareció haberle conocido durante años.

—Discúlpame un momento, querida… ¿Señor Rabissi? – se excusó John a Samantha.

—Por supuesto – respondió ella.

—Por supuesto – asintió gentilmente él.

John Mandelson se encaminó hacia los aseos, dejando atrás a Samantha con Rabissi mientras ella miraba a los invitados que bailaban.

—¿En qué parte de la ciudad vive, Samantha? – le preguntó Rabissi.

—La Zona Centro, ¿y usted? –le preguntó ella, recordando mantener las preguntas a un mínimo.

—Entonces debemos ser vecinos – bromeó Rabissi.

—Samantha arqueó la ceja izquierda y soltó una sonrisa salada.

−Eso sería interesante – exclamó ella, mirando de nuevo a la multitud. – ¿Conoce a muchas de estas personas? – inquirió ella.

−A unos cuantos – respondió él.

−¿Incluso a esa mujer tan vieja de allí? – preguntó ella.

−Especialmente a esa mujer vieja. Es mi madre – añadió Rabissi.

Samantha desorbitó los ojos a la vez que abrió la boca, provocando risa en Tony.

−¡Es un hombre malvado! – le riñó Samantha mientras Tony reía.

−Tendría que haberse visto la cara – rió Tony, señalándole la cara con un dedo antes de tomar un nuevo sorbo de su vaso.

−Me quería morir sin contemplaciones – admitió Samantha tras dejar la copa sobre la mesa, cubriéndose las mejillas con las manos.

Tony la contempló por unos instantes y entonces comenzó a preguntar.

−Discúlpeme, no quería avergonzarla…sólo era una broma – se disculpó Tony con una fantástica sonrisa en el rostro. – No pude resistirme.

−No importa…me lo merecía – admitió Samantha bajando las manos.

Hubo un silencio que pronto Rabissi interrumpió.

−¿Le gusta la ópera? – preguntó él.

−No mucho, ¿y a usted? – se preguntó ella en voz alta.

−Una soprano italiana vendrá a la ciudad la semana que viene…me preguntaba si a usted y a John les gustaría unirse a nosotros…sería un entretenimiento excepcional.

−Es usted tan amable, señor Rabissi – le dijo Samantha, finalmente ofreciéndole una cálida sonrisa y así, derritiendo su corazón de hielo.

−Llámeme Tony, por favor – le suplicó él.

−Es muy amable, Tony, pero me temo que John no vendrá la semana que viene – enfatizó ella.

−Es una lástima…esta es su primera actuación en los Estados Unidos y creo que no hará otro tour en años – explicó Tony.

−Es una lástima, ¿verdad? – estuvo ella de acuerdo.

−Quizás no moleste a John que usted no acompañe – intentó él.

−¡Oh!...No sé – flirteó Samantha con Tony.

−Prometo tenerla en casa antes de las once, y entonces llamaremos a John – bromeó Tony.

Samantha soltó una risita y vio a John Mandelson volviendo del aseo.

−He tenido que rechazar una oferta excepcional del señor Rabissi – anunció Samantha a John cuando este se les unió.

−¿Qué clase de oferta? – preguntó John curioso.

−Le comentaba a Samantha que la mejor soprano italiana vendrá a América y su primera parada va a ser Nueva York…mi invitación era para que ambos se uniesen a mí y a unos amigos, pero ella me acaba de informar que usted no vendrá la semana que viene – descubrió Tony.

−Me temo que no me será posible…pero eso parece una oportunidad en la vida para oír música de calidad, ¿no crees? – afirmó John.

−Lo es – ella estuvo de acuerdo.

−¡Qué lástima!...pero, ¡hey! ¿Por qué tendrías tú que perder esta más que generosa oferta? – presentó John a Samantha.

− ¡Oh, no!...eso no estaría bien – le replicó Samantha.

−Usted ha dicho que irá con sus amigos, ¿verdad, señor Rabissi? – le preguntó John.

−En efecto…tengo seis invitaciones y tres amigos se unirán a mí…sería muy feliz de enviarle un coche y llevarla a casa a salvo después del espectáculo…no tendría que preocuparse por su seguridad en ningún momento, señor Mandelson – le aseguró Rabissi educadamente al periodista.

−Tienes que aceptar…no puedes perder esta oportunidad, pero no sé si podremos pagar este acto tan generoso – observó John.

–¡Oh, por favor!...Hago esto con la mejor de las intenciones…las buenas relaciones se han de sellar de algún modo – se aventuró Tony con una sonrisa, – y siempre es positivo tener un amigo en un periódico.

John Mandelson sonrió y levantó las cejas a Samantha.

–Este es un caballero inteligente, querida – dijo a Samantha.

–Me acabo de percatar – segundó Samantha a su novio.

Samantha paró sus pasos frente al tablero que mostraba el póster que anunciaba los espectáculos del Metropolitan Opera House en la calle Treinta y Nueve y Broadway, donde una soprano italiana cantaría el sábado de la semana siguiente. Estudió el póster con cuidado. La artista vestía una fantástica capa dorada con capucha mientras sostenía una máscara en las manos.

Desde el momento en el que se había encontrado con Rabissi, se dijo a sí misma que todos sus movimientos estaban siendo vigilados, o bien por Rabissi o por Nero, así que actuó en el papel de Samantha Parker y fue a pasear, intentando evitar la dirección de la Zona Baja de Manhattan, la cual la atraía de forma desesperada ya que echaba de menos a sus hermanos de una forma que no había pronosticado. Desde que vivía en ese gran apartamento, había aprendido a maquillarse con gran habilidad, escondiendo las señales diabólicas de su pecho y de la melancolía en sus ojos. Había enviado una carta a sus hermanos comunicando su número de teléfono en caso que tuviese que ser contactada, pero los tres se mantenían alejados de ella para proteger su identidad.

Mientras tanto, una peluquera la había visitado dos horas al día durante la última semana para enseñarle a mezclarse con la clase alta, hacia la cual Rabissi había desarrollado una adicción. El tiempo que había trabajado para la señora Romankski le había dado la oportunidad de observar cómo vivían y se comportaban los ricos, pero mezclarse entre ellos e intentar imitarles en un tiempo tan estresante como el que ella estaba viviendo le causaba terror, así que Nero había aceptado enviarle a alguien para mostrarle el camino. El silencio y la observación parecían ser la mejor forma de salir de las situaciones con éxito.

Envuelta en un abrigo de color negro, cuello de piel y un sombrero que la hacía parecer cinco años mayor paseó por *Broadway* y entró en una cafetería para tomar el desayuno y leer el periódico hasta la hora de la comida, antes de dirigirse a uno de los grandes almacenes para gastar el dinero de Nero en un vestido de noche. Había decidido cancelar la invitación de Rabissi y jugar con la situación. El hecho que él hubiese tenido la necesidad de pedir su compañía sabiendo que John Mandelson estaría lejos la hacía pensar que el no aceptar su oferta le atraería aún más. También podría equivocarse, pero siempre tendría una bala reservada para él. Frente a su desayuno y un periódico, conspiraba para matar a Rabissi y hacerlo parecer cualquier cosa menos un asesinato por encargo.

Sus pesadillas aumentaban, haciéndole más difícil el descanso por la noche, aunque hubiese vendido su alma al diablo años atrás para poder disfrutar de ese colchón. Su mente no encontraba paz. Aún no había aprendido a controlar su sentimiento de culpabilidad, sabiendo que el Padre O'Donnell no aprobaba su comportamiento desde el cielo. Además, ignoraba si Mark respetaba la promesa que le había hecho, pero sin forma de averiguarlo, cerró los ojos y se quitó a Mark de la mente.

Sin saber cómo ponerse en contacto con Rabissi antes del sábado por la noche, cuando Paul la llamó por teléfono para decirle que había un coche esperándola abajo, ella le pidió que subiese a recoger una nota para el chofer. También había estado intentando mejorar su pobre caligrafía y durante una semana había escrito diferentes, cortas y concisas oraciones, con las cuales rechazar y atraer a Rabissi. Minutos más tarde, cuando el automóvil frenó frente a Tony Rabissi fuera del teatro, el chofer le entregó un pequeño sobre, Tony sabía que ella no iba a aparecer esa noche, sintiendo un gran pesar en su corazón. Él abrió el sobre ignorando al conductor y leyó lo que Samantha quería que supiese:

"Querido señor Rabissi, me temo que no sería buena compañía esta noche ya que me he sentido enferma los últimos dos días. Espero que pueda encontrar en su corazón lo necesario para perdonarme y aceptar mi profunda gratitud por su gentil invitación Atentamente, Samantha."

–¿Quién te ha dado esto? – preguntó Rabissi al conductor.

–El portero subió al apartamento y se lo entregó – contestó el chofer.

–Así que estaba en casa – asumió Tony.

–Imagino, pero yo no la he visto, él ha subido y ha vuelto con esto después de hablar con ella por teléfono desde el vestíbulo – explicó Peto, el conductor.

–De acuerdo.

Tony Rabissi puso el pequeño sobre en el bolsillo de su chaleco y giró en sus talones para entrar en Metropolitan Opera House. Más allá de sentirse frustrado, su preocupación por la salud de Samantha se tradujo en un enorme ramo de flores que a la mañana siguiente le fue entregado en su apartamento. Alrededor de las diez de la mañana, ella abrió la puerta y las flores fueron lo primero que vio.

–Señorita Parker, esto acaba de llegar para usted – escuchó ella de detrás del ramo de rosas rojas.

–¡Oh!...Pase, por favor – replicó ella, ofreciendo su hogar.

El señor Carvin entró en el apartamento preguntándole dónde lo quería y ella le pidió que lo colocase sobre la mesa del salón. El señor Carvin obedeció y entonces le ofreció un saludo, dejándola sola de nuevo. Una vez la puerta estuvo cerrada y llevando una bata y descalza, se giró y miró el ramo. Un pequeño sobre había sido clavado en el tallo de una de las rosas y ella lo cogió, abriéndolo de pie junto a la mesa.

"Espero que estas rosas la encuentren sintiéndose mejor hoy. Fue un excelente espectáculo y siento profundamente que tuviese que perdérselo. Por favor, permítame que se lo recompense invitándola a

comer el próximo miércoles, si ya se siente con fuerzas. Enviaré mi coche a recogerla alrededor de las 11.30 de la mañana. Esperando verla pronto. Me despido atentamente Tony."

Con un gesto de descuido, Samantha dejó caer la tarjeta en la mesa del salón y se digirió en la cocina para beber un vaso de agua. Deseó tener su ropa vieja para poder vestirse y correr de vuelta a casa. No importaba cuán gentil y encantadora la gente parecía, la serpiente siempre yacía aletargada.

El miércoles por la mañana se preparó para aceptar la invitación para comer con Tony Rabissi. A las once y media en punto de la mañana, el señor Carvin la llamó por teléfono para comunicarle que había un coche esperándola. Ella pidió que le dijese al conductor que ya bajaba y entonces dejó su nuevo hogar. Era un día soleado, pero también frío, así que entró en el ascensor colocándose los guantes con su encantador bolso debajo de uno de los brazos, apretándolo con fuerza hacia su cuerpo. Segundos más tarde, dejó el edificio sin saber que otro coche aparcado un poco más arriba en la calle con un hombre desconocido para ella, vigilaba sus movimientos e informaba a Nero. Saber que el coche de Rabissi estaba esperando a su 'ahijado' llevó al capo a un lugar poseído por el éxtasis, algo que no había podido predecir. Signore Nero se giraría a Johnny Sappiro y asintiendo, diría esa misma tarde.

—Es un bello y natural imán para los líos.

El chófer y guardaespaldas de Tony aparcó el coche frente a uno de los restaurantes que Johnny Sappiro había informado al mafioso que le gustaba frecuentar para comer, intentando escapar de los lugares donde se encontraba la familia.

Ella llevaba un sombrero que cubría su pelo al completo, cegando su color. El ser vista en público con un hombre tan poderoso como Rabissi atraería demasiados ojos a su persona, forzándola a utilizar ese sombrero y ese abrigo con un grueso y alto cuello que utilizaba para ocultarlo y la parte inferior de su cara. En su hombro derecho, una conveniente y útil estola de piel colgaba por su espalda. En su corazón, tenía la esperanza que él hubiese escogido una mesa lo suficientemente privada donde ella pudiera escoger su asiento. El restaurante estaba abarrotado de gente gracias al fantástico menú y al increíble día que se le había regalado a Nueva York después de un terrible septiembre. Ella entró en el establecimiento después que Peto le abriera la puerta, caminando hacia donde se encontraba el maître.

–Buenas tardes, el señor Rabissi me espera – se digirió Samuel a él, enseñando su maravillosa boca por encima del cuello del abrigo.

–Sí, señora. ¿Podría por favor acompañarme? – le pidió el maître.

Sin decir nada más, ella le siguió mientras la camarera de guardarropía les siguió también. Percibió a Tony sentado en una de las mesas en la parte de atrás del salón, cercana a una de las altas ventanas. Desde allí, ellos podrían ver el jardín trasero, preciosamente protegido del frío, y el cual se convertía en un comedor durante el verano, un escondite ideal para furtivos amantes. Tony se puso de pie en el momento en el que la divisó caminar hacia él siguiendo al maître y sonrió amplia y honestamente, feliz de verla. El maître le ofreció la silla incorrecta, mientras ella se quitaba el abrigo y se lo entregaba a la camarera del guardarropía, quedándose con el bolso, los guantes, el sombrero y la estola de piel que colocó alrededor de su cuello. Los dos empleados del restaurante les dejaron a solas tras ofrecer una educada y ligera reverencia, comunicando el maître que volvería a estar con ellos en breve. Samantha sonrió a Tony y desde ese momento, estaba en plena visión de una gran parte de la gente que comía en ese exquisito restaurante. Samantha le ofreció su mano cubierta por el guante y Tony la besó mientras la espalda de ella era la única parte del cuerpo que podía observarse desde otros lugares del salón.

–Aún hace frío para mí – le dijo Samantha, justificando los guantes.

–Tony la miró, comprendiendo con una sonrisa.

—Ese jardín es precioso – comentó ella, aún de pie ante la mesa.

—¡Oh!...Lo es, permítame – le dijo Tony, llamando al camarero con su brazo derecho.

Obedeciendo, el camarero movió la posición de la mesa para permitirle estar frente a la ventana y el jardín. Ella les agradeció el gesto con una de sus mejores sonrisas y se sentó seguidamente. Tony ofrecía su espalda ahora al jardín y su rostro al resto del salón, lo opuesto a ella.

—Quisiera disculparme una vez más. Me siento fatal por haber tenido que rechazar su coche con tan poco tiempo para que usted pudiese utilizar mi billete – se disculpó ella.

—Por favor, no se preocupe…sin embargo, echamos de menos su compañía – respondió él.

—Samantha sonrió tímidamente y cogió el menú.

—¿Qué me recomienda? Algo que no sea muy pesado – preguntó ella, abriendo el menú y echándole un vistazo a la comida ofrecida allí.

Durante toda la mañana, Samuel se había dicho a sí misma que tenía que dejarle hablar a él, ya que sólo al hacer eso podría aprender y a la vez, evitaría dar mucha información sobre sí misma, información que entonces ella tendría que crear y que tendría el potencial de poner su tapadera en peligro. Como si hubiese sido expuesta a un examen, consiguió controlarse de forma fría y se manipuló más allá de cualquier expectativa. Tras informar que su padre se había vuelto a casar y mudado a Londres, dejándola atrás con el dinero suficiente para vivir durante unos años más hasta que se casase con John Mandelson a la edad de veinte, ella desvió la conversación de familia y amigos, fijándola en las últimas noticias provenientes de la guerra en Europa. Ella había devorado toda información impresa y la utilizaba ahora para mantener una conversación lejos de temas personales y así, cazando la curiosidad de Tony. También decidió acabar con la comida antes de lo previsto, pero él le preguntó si le gustaría dar un paseo, cosa que ella rechazó gentilmente, aceptando sin embargo la oferta de llevarla a casa.

De vuelta a su apartamento, el chofer abrió la puerta y ambos salieron del coche.

—Tu padre es un hombre generoso – bromeó Tony, echando un vistazo al edificio.

—Me parece que se llama culpabilidad – le sonrió ella.

Su ácido sentido del humor amenizaba el alma de Tony y antes de que ella entrase, la adoró más allá de cualquier salvación.

—¿Va a venir John este fin de semana? – preguntó Tony, apartándose ambos de la corriente de personas que circulaba por esa acera.

—No…creo que viaja a Wisconsin – respondió ella.

—¿Te gustaría acompañarme a una cena extremadamente aburrida a la cual he sido invitado? – la invitó Tony, desafiando la posición de ella como novia y pronto prometida de otra persona.

—¿No tienes otras amigas sin compromiso que te puedan hacer compañía? – le preguntó ella con una sonrisa en su rostro.

Tony le devolvió la sonrisa y se sintió atraído por el reto.

—No tan bellas y honestas como tú – musitó él.

—¿Esa es la forma educada de llamarme bocazas? – sonrió ella guasona.

—Tus palabras, no mías – sonrió él.

Samantha rió y miró a su alrededor. El coche de Nero captó su mirada, definitivamente instalado en su calle. Ella quitó la vista de sus guardas y la fijó de nuevo en Tony, pausando y pensando qué hacer seguidamente con lo que tenía entre las manos.

—La buena compañía no se encuentra fácilmente – confesó Tony.

—Ya veo… ¿Qué clase de cena es? ¿De negocios? – quiso saber ella.

—Sí, pero no es nada que no pueda abandonar en cuanto te aburras demasiado – ofreció él.

Samantha aceptó las noticias y retrató su felicidad a Rabissi.

—Muy bien. ¿A qué hora me vienes a buscar? – preguntó Samuel a Tony.

—A las seis de la tarde…mi color favorito es el rojo – le adelantó él.

Samantha rió y dio un paso hacia su edificio.

—Lo siento, a mí me gusta el verde – habló ella, entrando en su edificio.

Tony sonrió amplia y orgullosamente. No podía resistirse a la necesidad de ultrajar a John Mandelson al intentar robarle la mujer con la que soñaba casarse. Allí se quedó de pie, viéndola entrar en el edificio, su espacio familiar, girándose entonces y entrando en su coche mientras le decía al chofer que le llevase a su oficina, una mesa privada en un restaurante donde tenía una reunión con algunos de sus asociados.

Esa misma noche, el teléfono sonó y caminó desde el aseo donde preparaba la bañera para darse un baño antes de ir a dormir. Se sentó en la cama y lo cogió. Era oscuro en la ciudad y el precioso día se había convertido en una noche tormentosa, dejando que los truenos rompiesen el silencio reinante en ese barrio. Habría sido diferente en su otro hogar, cuando las noches de tormenta sólo rompían la monotonía de las peleas entre prostitutas y clientes, y las tan comunes redadas de la policía.

—¿Diga? – contestó ella.

—Sam – escuchó ella.

Había perdido la noción del tiempo que había vivido sola en ese frío apartamento, pero le parecía una eternidad desde la última vez que había hablado con ninguno de sus hermanos. Escuchar la voz de uno de ellos hizo que su corazón explotase de felicidad.

—¿En qué número estás? – le preguntó ella inmediatamente.

—¿Qué? – preguntó Mark.

—Tu número, dame tu número – repitió Samuel.

—Espera…sí, 7-9-0-0-2 – replicó Mark.

—Deja que te llame – le dijo Samuel, colgando el teléfono.

Tras colgar el teléfono y sintiendo su cuerpo acelerarse, se puso los zapatos y una chaqueta de lana y se precipitó fuera del apartamento, cerrando la puerta a su espalda. Bajó las escaleras y tras llegar al vestíbulo, buscó al señor Carvin, cuyo turno casi había terminado y para poder ir a casa, lo único que debía hacer era caminar hacia la parte de atrás de ese amplio vestíbulo y saludar a la señora Carvin con unas buenas noches.

−¿Hola? – le llamó ella al llegar al mostrador sin poder verle aún.

−Buenas noches, señorita Parker – oyó ella a sus espaldas.

Samantha se giró y vio al señor Carvin caminando hacia el mostrador con una bolsa de basura en la mano derecha y un trapo en la izquierda.

−Buenas noches, señor Carvin. Parece ser que hay un problema con mi teléfono…la línea hace un ruido horrible. ¿Podría por favor utilizar el suyo? – le mintió ella.

−Por supuesto, señorita Parker, llamaré a la compañía de teléfonos mañana por la mañana – hizo él una nota mental mientras se acercaba al mostrador lentamente, colocándose detrás.

−Gracias, señor Carvin.

−No hay problema, señorita Parker…aquí lo tiene, tome el tiempo que necesite, yo ya me voy para atrás, acabé mi día…ha sido un día muy largo para mis rodillas – musitó él, colocando el teléfono sobre el mostrador, tras lo cual se alejó lentamente.

−Gracias, señor Carvin… ¡Qué tenga una buena noche!

−Lo haré, lo haré – escuchó ella a lo lejos.

Cuando él ya había desaparecido tras la puerta de su casa, ella marcó el número que Mark le había proporcionado, quien lo cogió tras un tono.

−¿Diga? – contestó él.

−Mark – sonrió ella.

Había mucho ruido donde Mark se encontraba y él tuvo que cubrirse el oído para poder oír a su hermana.

−¿Cómo estás, Sam? – le preguntó él.

—Estoy bien…os echo de menos – le dijo ella, manteniendo la voz baja.

—Nosotros también te echamos de menos. ¿Cómo va? – necesitaba saber él.

—Va demasiado bien, Mark…probablemente me estoy exponiendo demasiado, pero tampoco tengo otra opción.

Mark tragó algo de saliva y miró a su alrededor en aquel *pub*. Jimmy celebraba la noticia del embarazo de su esposa, quien le daría su primer hijo, arrastrando a Gino junto a otros amigos para así, poder emborracharse hasta el punto en el que ya no hay vuelta atrás. Mark le ofreció la espalda a la muchedumbre, buscando algo de privacidad en aquella esquina junto al único servicio donde el teléfono público estaba colgado.

—¿Has estado en público con él? – le preguntó Mark.

—Sí.

—¿Y con su gente? – se preguntó él.

—Nadie de la familia – respondió ella.

—De acuerdo – susurró Mark, sabiendo que Samuel ya se encontraba en una posición difícil sin importar a quien hubiese conocido.

Sus hermanos sabían que Nero contaba con que ella se vería expuesta a los hombres de Rabissi, esperando a que ellos se encargasen de ella tras el asesinato. Sin conexión alguna a la Familia Palermo y con toda probabilidad, los hombres de Rabissi la considerarían sospechosa, dependiendo de la forma en que la él muriese. Por otro lado, Nero estaba convencido que Samuel no arriesgaría la vida de sus hermanos al pensar en ir a la policía o a la Familia Siciliana.

—¿Has decidido ya un día y un lugar? – inquirió Mark.

—Todavía no…es muy pronto – contestó ella.

—Entonces tenemos que hablar, Sam – le informó Mark.

—De acuerdo, pero estoy vigilada las veinticuatro horas – le advirtió ella.

—Muy bien…veré lo que puedo hacer – le dijo él mientras su cerebro empezó a buscar la forma de verla sin ser visto, ni por los hombres de Rabissi ni por los de Nero.

—No hay mucho que se pueda hacer – añadió Samuel.

—Siempre hay una forma…te veré pronto – se despidió de ella.

—De acuerdo… ¿Cómo están ellos? – preguntó Samuel, intentando alargar la conversación con una de las voces capaz de hacer desaparecer a sus fantasmas.

—Están bien…echándote de menos…tengo que irme, adiós pequeña.

—Adiós – le dijo Samuel, sonriendo como si él pudiera verla.

Samuel colgó el teléfono y suspiró hondamente, colocando seguidamente el teléfono en su sitio y dejando el vestíbulo en dirección a su apartamento.

El siguiente sábado por la noche fue la tercera vez que Samantha y Rabissi se encontraron, y la segunda vez que lo hicieron sin la presencia de John Mandelson. Tras cenar con gente de la que ella jamás había oído hablar antes, él le ofreció ir a bailar y ella aceptó sabiendo que Halloween se acercaba y debía precipitar los eventos. Recordando vagamente que Rabissi había aparecido del brazo de una joven belleza, ninguno de los asistentes a la cena le ofrecieron mucha atención. De hecho, al no ser poseedora de un nombre conocido por ninguna de las mujeres presentes, fue considerada una mujer de dudosa reputación y pasado. El alcohol consumido de forma exagerada ayudó a todos a olvidarla más rápido de lo normal. Tampoco era la primera mujer con la que Rabissi aparecía, y por supuesto, tampoco sería la última; demasiadas para recordarlas todas.

Lejos de la Zona Baja de Manhattan y más aún de los negocios de la Familia Palermo, Rabissi y Samantha entraron en un lugar donde la música golpeaba el edificio mientras el champán y las drogas rebotaban de pared a pared, trepanando en su camino los cerebros de todos los que allí se hallaban. Ella rió con sinceridad ante la visión de un lugar tan falto de control después de que una mujer pasase delante de ellos, corriendo y riendo lo que le quedaba de vida mientras era perseguida por el esposo de su jefa y el padre de los niños a los cuales les enseñaba francés dos horas al día.

—Interesante lugar – rió Samantha cogida de su brazo.

—Nadie recordara que hemos estado aquí – arqueó Tony sus cejas.

Samantha sonrió ampliamente, orgullosa de la idea y con su brazo alrededor del de Rabissi, entraron en el establecimiento, dirigiéndose a la pista de baile, donde bailaron hasta las dos de la madrugada.

Cuando el coche paró delante de su edificio, Tony ordenó al chofer que no se moviese, ofreciéndole entonces su atención a Samantha.

—Sé, sin duda, que hoy lo has pasado bien – sonrió él.

—Y tienes razón – admitió ella.

La gentil expresión en el rostro de Rabissi le hizo preguntarse a Samuel, cómo era posible que ese hombre tan amable fuera un mafioso con el alma helada y varios crímenes de sangre en su historial. Ella pensó que ese mismo pensamiento se podría aplicar en ella, sonriendo libremente ante la ironía que su cerebro había fabricado.

—Deja que te acompañe a casa – ofreció él, aún sentados en la parte de atrás del coche.

—Pero si ya estoy en casa – dijo ella con una risita. – No es necesario.

—Esta ciudad es peligrosa por el metro cuadrado…ahí fuera tienes unos cuantos – rió él agudo, señalando la acera a través de la ventana de su lado.

Samantha rió y abrió la puerta del coche, saliendo de él seguida por Tony. Los dos entraron en el edificio y buscaron las escaleras en ese vestíbulo vacío, donde sus pasos se oían por el eco. Ella miró a Tony, clavando sus ojos en los de él.

—Qué lástima que estés a punto de prometerte a un gran hombre – le susurró Tony.

—No es una lástima…estoy segura que tus intenciones conmigo no incluyen el matrimonio – declaró ella.

—¿Por qué pareces tan segura de eso? – preguntó él.

—Por la forma en la que me miras…eso no podría durar toda una vida – afirmó ella.

Tony tomó su mano y la besó.

—Tienes que dejar de pensar por mí, eso puedo hacerlo yo solito – esbozó él una sonrisa.

—Todo lo que hago es cuidar de mí misma, no tengo muchas opciones – le recordó ella a Tony.

—Yo podría darte una infinidad de opciones – dijo él, ofreciéndole el mundo.

El cuerpo de Tony estaba ahora más cerca del de Samantha. Estaba de la mano de ella el dejarle allí y subir las escaleras que le ofrecían el resto de las plantas.

—No voy a sacrificar mi matrimonio con John…me quedan dos años – le dijo ella, recordando que creía que tenía dieciocho.

—Sí, cásate con él, pero quiéreme a mí – jugó Tony.

—¡Oh! – se le escapó a ella.

Devorada por los ojos de Samantha, el alma de Tony cayó a los pies de ella, derrotada por su belleza tras oír ese '¡Oh!' Él podría haber contado las pestañas fijadas a la perfección por un oscuro y pesado maquillaje que acentuaba el color del agua del mar en sus ojos.

—La gente me conoce en este edificio – susurró ella.

—Eso tiene una simple solución – resolvió él, creyendo que un rayo de esperanza acababa de aparecer.

—Pues arréglalo de inmediato – musitó ella, colocando sus frescos labios en los de él tras alzarse en sus zapatos de tacón.

Las manos de Tony la cogieron por la nuca y la besó profundamente. Samuel tuvo que concentrarse, luchando por la memoria que las manos del mafioso habían generado en su interior, por la cual ella volvía a encontrarse en el almacén del Jazzie's siendo estrangulada por DiMaggio. El beso de Tony fue intenso y con sentimiento, incluso con amor y el corazón de Samuel se llenó de un sentimiento de culpabilidad por lo que ocultaba. Separando sus labios de los de él, le miró. Tony se sentía poseído por la pasión y por amor hacia ella, haciéndole sentir a ella un poco de temor.

–Tienes que irte – le urgió ella, dando un paso atrás y acercándose a los escalones.

–Sí, lo sé…vamos a dar un paseo mañana – la invitó él una vez ella había subido un par de escalones.

–De acuerdo…a la una frente a Lord & Taylor, ¡adiós! – le dijo ella, soplándole un beso con la mano.

–Allí estaré – le dijo él con seducción en sus ojos y con su corazón latiendo con fuerza en su pecho.

Una vez en casa y con la bañera llena de agua caliente y aceite de lavanda, ella pensó en la forma en la que había cambiado el rumbo de las preguntas dirigidas a ella durante la cena. Después que unas mujeres desistiesen de conseguir más información sobre ella, Samantha se había amoldado al papel de la nueva fulana de Rabissi, el cual había abrazado con paz. A pesar del deseo de Rabissi de ser aceptado por la élite neoyorquina, su mente no razonaba en lo referente a Samantha, riñendo con el deseo por ella y su propia ambición. Así, para poder preservar y cuidar su propia reputación, él la ayudó a ocultar su privacidad y así, evitando el penoso descubrimiento de su futuro compromiso, un trozo de carnaza que una manada de lobos sólo podrían utilizar para dañar su imagen, algo que él intentaba limpiar con tanto esmero e infinita fe. El tiempo y la distancia entre Nueva York y Chicago estaban de su parte y él estaba preparado para darle el tiempo necesario, dejando que los acontecimientos se desarrollasen sin prisa alguna. Ella estaba allí y John Mandelson no.

Durante la semana siguiente, sus encuentros con Tony se hicieron más frecuentes. Él comprendía la negativa de ella al encontrarse con él por la noche, acusando al sentimiento de culpabilidad que ella debía sentir por estar engañando a John. Sin presionarla, se encontraba con ella para comer o para dar paseos por la ciudad, cosa que hacía de miles de personas testigos de su relación. Un profundo beso lleno de deshonestidad por parte de ella siempre aseguró que Tony volviese al día siguiente. Era el veinticinco de octubre cuando ella entró en su edificio tras una comida con Rabissi y caminó perdida en sus pensamientos junto a un ruidoso grupo de personas, frenando sus pasos por completo al oír su nombre.

– ¡Señorita Parker!... ¡Señorita Parker! – escuchó ella.

El señor Carvin apareció de detrás de un grupo de personas que bloqueaban el mostrador y ella le miró.

– Hay algo para usted…el chico dice que se le ha ordenado que se lo entregue a usted en mano – le dijo el señor Carvin, señalando a la espalda de Samantha.

En silencio, ella se giró y sintió desfallecer cuando vio a Mark con dos gigantescos ramos de flores de pie junto al ascensor.

– Las podría haber dejado con usted… ¿Por qué está esperando? – Se quejó ella.

– Eso es lo mismo que le he dicho yo…pero dice que el último pedido se estropeó y tuvo que pagarlo él mismo, y esas son muy caras, señorita Parker, así que de ahora en adelante dice que ha de entregarlas en mano – explicó el señor Carvin. – Lleva esperando veinte minutos.

– De acuerdo – dijo ella derrotada. – Pero tiene que llevarlas arriba, gracias señor Carvin, ¿qué haría yo sin usted?

El señor Carvin le sonrió a la señorita Parker. Le agradaba esa joven, a pesar de su relación con la mafia de Palermo y de repente, recordó que un grupo de personas estaba toqueteando sus llaves de repuesto, así que volvió con ellos.

Mark observó a Samuel caminar hacia él con la más grande de las sonrisas en su rostro, producida por el amor y la felicidad.

– ¿Señorita Parker? – le preguntó él con una risita burlona.

—Sí, las quiero arriba, por favor – le dijo ella con desdén.

—Por supuesto – respondió Mark.

Mark recogió los dos ramos del suelo y esperó junto a ella hasta que el ascensor llegó a la planta baja.

—No puedo creer que estés aquí – le susurró Samuel, de cara hacia el ascensor. – ¿No has visto a los hombres de Nero fuera?

—Sí, pero ellos no me han visto a mí...he presionado estos ramos tan fuerte contra mí cara que parece que he sido abusado por un gato rabioso – sonrió Mark generosamente.

Samuel se cubrió la boca con su mano enguantada para evitar reír con toda libertad, entrando en el ascensor después que la señora Turner saliese de él con el perro más feo que Mark jamás había visto en su vida. La forma en la que el perro caminaba hizo que Mark lo quisiera matar sin piedad.

—El perro es atroz, ¿a que sí? – susurró ella a Mark mientras el chico del ascensor presionó el botón para la segunda planta.

Escondido detrás de las flores, Mark presionó los labios para evitar reír antes de que las puertas se cerrasen delante de ellos. Al llegar a la segunda planta, Mark la siguió al apartamento sin parecer muy impresionado por una de las casas más bellas en las que jamás había entrado. Una vez abrió la puerta, Mark entró y soltó los ramos de flores cerca de la puerta, la cual ella cerró. Ella entonces miró a su hermano y Mark levantó sus manos para abrazarla. En sus brazos, ella se alzó para besarle la mejilla y acarició su pecho por encima del grueso abrigo como ya era su costumbre.

—Tienes muy buen aspecto – reconoció Mark, contemplándola.

—Eso es sólo por fuera – le sonrió ella.

—Estás haciendo lo que tienes que hacer – le recordó Mark.

—Lo sé.

Mark permaneció en silencio durante un segundo mientras estudiaba a su hermana y a la persona en la que se había convertido en apenas dos meses.

—Tenemos cinco minutos – le recordó Mark súbitamente.

−Sí – aceptó ella, – he conseguido que acepte ir a una fiesta de disfraces el treinta y uno y pasaremos la noche en el Hotel Brevoort…ya ha reservado una habitación – le informó ella.

−¿Dónde está eso? – le preguntó Mark.

−En la Quinta Avenida….entre el Este de la Octava y la Novena – indicó ella.

−De acuerdo…Samuel, esto es lo que he pensado…tienes que tirarlo por la ventana…de alguna forma, lo atraes a la ventana y le empujas…tienes que emborracharlo, pero antes de que él caiga, has de dejar el hotel y que el chofer te lleve a un hotel del cual te irás inmediatamente – compartió él su plan para cometer asesinato, – entonces iremos a Central Station y desapareceremos por una temporada.

−¡Eso no puedo hacerlo yo sola!... ¿Cómo voy a dejar la habitación antes de empujarle? – le preguntó ella sin entender a lo que se refería.

−Lo sé…no serás tú la que deje el hotel, tu disfraz dejará el hotel antes que él caiga a la calle – explicó Mark.

−¿Quién lo hará entonces? – le preguntó ella. – ¿Qué estás haciendo, Mark? ¡No puedes envolverte en todo esto! ¡Te van a matar!

−¿Quién dice eso? – la retó Mark.

−¡Nero!... ¡Yo!...Este problema es mío, no puedes verte envuelto…no lo permitiré, Mark – le dijo Samuel firmemente, preocupada por su bienestar.

−¡¿Tu problema?! ¡¿Hablas en serio?! ¡No es que tengas muchas opciones!...Todo irá bien si haces exactamente lo que te digo, Sam, sino no vas a tener ni la más mínima oportunidad de librarte de esto, ¿me comprendes? Si todo llega al punto en el que tengas que pegarle un tiro a este tipo, más te valdría darte uno a ti misma en el proceso, porque vas a ser una mujer muerta muy pronto… ¿Has valorado las posibilidades seriamente?

−Sí – replicó ella.

−¿Y cuántas tienes? – quería saber Mark.

−Ninguna – respondió Samuel sin miedo.

−Pues entonces cállate y escúchame con atención…asegúrate de conseguir dos disfraces y que yo reciba uno…tendré una persona lista en el hotel y un taxi para llevarla a casa pensando que eres tú y que te has peleado con Rabissi…ella se cuidará de subirse al taxi cerca del coche de Rabissi para que el conductor pueda verla y piense que eres tú la que te vas – le dijo Mark. – El conductor se quedará esperando fuera con toda seguridad, eso es todo lo que hace.

Samuel miró a Mark fijamente para poder comprender cuándo había sido que había adquirido la sangre fría para conspirar en un asesinato por ella. Sintiendo la mudez, ella le miró. ¿Había estado vigilando a Rabissi?

−¿Me sigues, Sam? – necesitaba saber Mark tras percibir su confusión.

−Sí…sí, te sigo… ¿Quién va a ser yo? – preguntó ella.

−Felicity – le informó Mark.

−¡¿Qué?!…. ¡Felicity!... ¿Estás loco?.... ¡¿Con quién has estado hablando, Mark?! – gritó Samuel. – Vas a lograr que me maten antes de tener la oportunidad de—

−¡Cierra la boca! – le dijo Mark, cortándola. – ¡No tenemos tiempo y tienes que escucharme!...Felicity vuelve a Irlanda y necesita el dinero desesperadamente, así que hará lo que sea…su madre está enferma y ella se va para estar con ella y sus hermanos…nadie le va a ver la cara y nosotros vamos a pagarle el pasaje…está de acuerdo, pero a lo único que ha aceptado es a salir de un hotel con un disfraz y a coger un taxi para ir a otro hotel, eso es todo lo que sabe…en caso que el chofer de Rabissi le pregunte cualquier cosa antes de que ella se vaya, se echará a llorar y se irá. Él no va a preguntar de todas formas…además, vosotras dos sois más o menos de la misma altura, el conductor no se dará cuenta si no habla…es lo mejor que podemos hacer, Samuel.

La furia de Samuel había disminuido al comprender el plan de Mark. Ella le miró quitándose los guantes, mientras pensaba con rapidez.

–Ve a la taberna mañana por la noche y te llamaré – le dijo Samuel.

–De acuerdo… ¿A qué hora? – demandó él.

–¿A las ocho de la noche?

–A las ocho está bien…adiós – se despidió él con un beso en la frente.

Mark caminó hacia la puerta, pero Samuel le paró, agarrando su chaqueta. Él se giró y tomó a Samuel en sus brazos, abrazándose a su hermano fuertemente, muerta de miedo, viendo ese día acercándose con pasos agigantados.

–Vamos a superar esto – le dijo Mark.

–Te quiero – susurró ella.

–Yo también te quiero…Me tengo que ir.

Ciudad de Nueva York, Noche de Halloween de 1914

Los días volaron después de ese encuentro y antes que se diese cuenta, Samuel se vestía para ir a una fiesta de disfraces. Con gran diferencia de las celebraciones en otras partes del país según las creencias religiosas, los neoyorquinos afluentes utilizaban la oportunidad brindada por esa mágica noche para dar un claro retrato de su riqueza y mostrar sus salones y salas de baile especialmente diseñados para fiestas, además de sus conexiones con los mejores músicos y chefs de la ciudad, igual que la aristocracia francesa había hecho tradicionalmente. Lista para la celebración de esa noche en la casa de un rico comerciante de Nueva York, Samantha lucía una capa roja con capucha que cubría su vestido rojo por completo, además de una máscara que le cubriría el rostro, detalles precipitados por la imagen de una soprano italiana.

En la otra parte de la ciudad, Wayne, Mark y Gino esperaban que Felicity se vistiese en lo que había sido la habitación de Samuel. Gino y Felicity alquilarían otra habitación en la segunda planta del Hotel Brevoort, dando a la fachada que Mark vigilaría. Desde esa habitación, Felicity se iría vestida tal y como Samantha había entrado en el hotel.

—Eres peligroso – dijo Gino a Mark, señalándole con un dedo, finalmente comprendiendo lo que Mark había planeado en la última semana.

—Dame otra forma para salir de esto y lo haré con placer – retó Mark a Gino, apoyándose en la ventana con los brazos cruzados sobre su pecho.

—No puedo creer que hayas conspirado de esta forma...pero no quiero a Samuel muerta y esto es un jodido buen plan – reconoció Gino.

—¿Y si los hombres de Nero te ven? – preguntó Wayne a Gino, intentando encontrar un error en su plan. – O a ti por fuera del hotel – dijo a Mark.

—No saben que Sam va a ir ahí...normalmente la siguen, no pueden adivinar sus movimientos – le dijo Mark, señalando a Gino, – pero tienes que asegurarte que no te siguen a ti hasta el hotel. – le dijo Mark a Gino, apuntándole con el dedo.

—Los perderé, puedo hacerlo... eso díselo a él – remarcó Gino, señalando a Wayne.

—Yo puedo perderlos – se defendió Wayne.

Felicity interrumpió su conversación. La puerta se abrió ante ellos y ella salió con Sally, quien le había estado arreglando el pelo. Cuando Wayne le había pedido a Sally ayuda con unos disfraces, ella sólo había preguntado quién se beneficiaria de ellos. Sally sabía que una petición tan extraña, dos disfraces idénticos y generosamente pagados de antemano, sólo podía estar conectado con las desapariciones de Connie y Samuel. Cuando Wayne respondió que su hermana pequeña, Sally tomó el dinero y el encargo sin más preguntas, cosiéndolos en la cocina de los McLean. Por su parte, Felicity ignoraba lo que hacía en realidad. Todo su esfuerzo era destinado a rezar para que su madre no muriese antes que ella pudiese llegar a Irlanda. Su barco zarpaba a las nueve de la mañana siguiente.

Una vez Felicity estuvo preparada, el grupo se puso en movimiento, Wayne y Sally se quedaron en casa mientras Mark,

Felicity y Gino cogieron el poco equipaje de la muchacha y se dirigieron hacia la Zona Alta de la isla, dejando el apartamento de la misma forma que lo habían hecho cuando eran pequeños, un esfuerzo orientado a ocultar sus movimientos de los hombres de Nero. Así que se escabulleron por la ventana de atrás del callejón. Wayne alcanzó a Mark en su propia habitación antes que Mark saltase fuera.

–¿Cómo voy a saber que esto ha funcionado? – le preguntó Wayne, profundamente preocupado, susurrando para evitar que las paredes supiesen oír lo que iban a hacer.

–Lo sabrás, ya te lo he dicho…está junto al teléfono y llévate esa bolsa contigo – repitió Mark a su hermano en caso que el estrés hubiese hecho que la estrategia se hubiese esfumado de su mente. – Si las cosas no salen como se han planeado y Nero viene, y vendrá si así pasa…desaparece, Wayne…pero si funciona como lo hemos planeado, no tendrá ninguna excusa para hacerle daño, ¿de acuerdo? – le dijo Mark.

–¿Por qué suena mejor cuando tú lo dices?... ¡Esto no va a funcionar! ¡Le ordenó específicamente que nos quedásemos al margen!

–Sí, porque contaba con que la matasen en el proceso…eso no vamos a consentirlo, Wayne…no lo haré – habló Mark. – Al menos hemos de intentarlo.

–¿No crees que eso es lo que yo quiero? – le preguntó Wayne molesto.

Gino silbó desde la calle. ¿Por qué no salía? Mark sacó la cabeza por la ventana y le indicó que esperase un segundo, tras lo cual volvió a mirar a su hermano Wayne.

–Sé lo asustado que estás porque yo me siento igual – admitió Mark. – Estás haciendo lo que tienes que hacer, igual que nosotros…estás haciendo tu parte, Wayne…está allí y si las cosas funcionan, entonces nos libraremos de esto y Samuel volverá con nosotros…está junto al teléfono, Wayne.

—De acuerdo…dile a Sam que la quiero – le dijo Wayne, soltándole el brazo.

—Ella lo sabe, pero se lo diré cuando la vea – sonrió Mark a Wayne.

Mark abrazó el cuello de su hermano con un brazo y le besó la cabeza, diciéndole adiós, deslizándose por la ventana después con la terrible impresión de que no iba a ver a su hermano Wayne en mucho tiempo.

El señor y la señora Potter se inscribieron en el Hotel Brevoort alrededor de las seis de la tarde con dos maletas y una bolsa, trajes y abrigos de alquiler, y el más elaborado y limpio acento que el italiano pudo conseguir. Tras coger la llave, el botones les acompañó a su habitación, la cual habían reservado y pagado al contado dos noches atrás.

Mientras tanto, Samantha Parker y Tony Rabissi se deslizaban en el salón de baile del hogar de James MacCarthy. Antes de la fiesta y en el momento de ser recogida en su casa, Samantha entró en el coche mientras Peto le abría la puerta. Rabissi vestía como un faraón egipcio y Samantha levantó su máscara en privado, después de entrar en el auto y una vez este se había puesto en movimiento hacia la fiesta, ella besó los labios del egipcio y se volvió a colocar la máscara sobre su rostro.

—¿Explorando posibles raíces? – bromeó Samantha por su elección de disfraz.

—Tienes que dejar de leer – le devolvió Tony el disparo. – Pareces un personaje de un cuento de hadas, ¿qué se supone que eres?

Samantha rió y se cogió a su brazo mientras el coche se movía y se perdía en el tránsito de Nueva York en esa noche loca en la que casi todo el mundo se había convertido en otra persona.

—John me llamó anoche – le susurró ella.

Tony la miró, hundida en esa sedosa capucha roja y esa máscara blanca.

– Quítate la máscara, por favor, necesito verte la cara cuando te hablo – le pidió Tony.

– Es molesta...estoy intentado acostumbrarme a ella...me cuesta respirar – contestó ella.

– Entonces vamos a tener que posponer la conversación – le dijo Tony.

– Esa es una buena solución – estuvo de acuerdo ella.

– Excelente... ¡Peto!... ¡Líbrate de este tráfico o no vamos a llegar nunca! – ordenó Tony a su conductor.

– Sí, señor.

Tras la máscara y ceñida al brazo de Tony, Samuel repasaba su mañana en silencio, la cual había utilizado para limpiar el apartamento escrupulosamente, enviando sus pertenencias por correo a su casa.

Samantha había limpiado con lejía la cocina y el baño, teniendo dificultad después para quitarse el fuerte olor de las manos. Ella dejó el apartamento limpio de cualquier traza que en cualquier caso sería nula debido al hecho que ella jamás había sido registrada en nacimiento o por la policía. Gino siempre se había burlado de ella diciéndole que era el alma de un judío escapando de un gueto europeo, floreciendo como una seta en la ciudad de Nueva York.

En el hotel, Gino paseaba la habitación de arriba a abajo, nervioso mientras Felicity cenaba y se preparaba para ser Samantha Parker sin tan siquiera saberlo. Gino pensaba que la ignorancia la mantendría a salvo de los nervios que le consumían los órganos a él, haciéndole imposible dar un bocado a su cena. Una llamada de teléfono a la habitación de su hotel le informaría del momento en el que la pareja formada por Samantha Parker y Tony Rabissi había entrado en el hotel. Después de ese momento, Gino y Felicity tendrían que esperar durante una hora, tras la cual el cuerpo de Rabissi caería en la calle en cualquier momento. Tras sesenta minutos, dependía de Samantha el que eso ocurriera, pero nunca antes de ese punto.

Mark esperó que el coche de Rabissi llegase, oculto en un oscuro punto bajo la fría lluvia. Tras ver que el coche frenaba delante de la puerta principal del hotel, él observó a Rabissi y Samantha bajarse del coche y entrar en el hotel después que el portero les mostrase el camino. Era poco después de las dos de la madrugada. Una vez dentro del hotel, Mark se alejó e hizo dos llamadas de teléfono, una de las cuales fue transferida a la habitación del hotel de Gino en ese mismo hotel y la otra fue hecha a Wayne. El trabajo de Wayne era el de conducir cerca del coche de Peto y atraer su atención o despertarle en caso de que este se hubiese perdido en un irresistible sueño, para que así pudiese ser testigo de la huida de Samantha.

El vestíbulo parecía más concurrido de lo que normalmente habría sido debido al carácter excepcional de esa noche y al hecho que la mayoría de los huéspedes sufrían los efectos de un alto nivel de alcohol en sus cuerpos, lo que les hacían ser más ruidosos y más mal educados de lo que normalmente eran.

A Peto se le requirió quedarse en el coche aparcado en la puerta en un lugar preferencial donde podría pasar la noche mientras su jefe, por fin, podría pasar la noche con esa mujer por la cual había perdido el sentido común. El coche de Peto estaba a tan sólo veinticinco metros de la lujosa entrada principal del hotel y el coche de Nero pasó junto a él, alejándose. El estómago de Mark comenzó a sufrir cuando los eventos comenzaron a desarrollarse delante de él y levantó la mirada hacia la ventana de Gino en la segunda planta. Ya le había visto caminar de un lado al otro de la habitación aunque su único cometido era el de coger el teléfono y enviar a Felicity a su misión. Mark decidió fijar sus ojos en la fachada del hotel para poder ver cuando la luz de la habitación de Rabissi se encendía a través de la ventana por la cual Rabissi sería empujado al vacío. Samuel había pedido la habitación con la mejor vista y ella consiguió lo que quería en la última planta, la sexta si se tenía en cuenta el sótano donde una famosa cafetería podía encontrarse.

En el vestíbulo y con tan sólo un empleado en el turno de noche, pero con dos botones y dos camareros a tiempo completo,

Rabissi se acercó al mostrador, mientras Samantha permaneció a unos metros atrás mirando hacia la recepción. El recepcionista, un hombre que rondaba los cuarenta, le echó un vistazo a la persona con la capa roja y entonces le devolvió la atención a aquel importante huésped.

—Señor Rabissi…su llave — le ofreció él tras cerciorar la reserva.

—Envíe una botella de champán a mi habitación…y ponga otra en hielo — le pidió Rabissi mientras uno de los botones cogía la llave.

—En seguida — comprendió el recepcionista.

Todo lo que vio fue a Rabissi alejarse en la compañía de la capa roja, dirigiéndose hacia arriba. Mark pronto vio aparecer la luz en la sexta planta, tras lo cual Samantha se hizo visible en la ventana. Mark comenzó a sentir la exasperación y el nerviosismo por lo que ella tendría que hacer en esa habitación en la hora siguiente. El deseo de tener una vista perfecta le había sido concedido y pronto, Tony y Samantha observaban la calle desde la tercera ventana desde la puerta principal mientras Peto esperaba en el coche aparcado justo en la esquina de la Quinta Avenida, teniendo una clara vista de la salida en caso de que su jefe quisiera ir a casa. Hubo acción en esa calle durante la siguiente hora, pero Peto batalló el sueño continuamente, dando cabezazos, mientras se resistía a él. Mientras Mark esperó a que pasase la hora, Gino se acercó a la ventana en varias ocasiones, haciéndole comprender a Mark que estaba listo para actuar.

Dentro de la suite, Samantha se dirigió hacia el baño tan pronto como entraron en ella. Deseaba bañarse y quitarse el maquillaje ya que el llevar ese pesado disfraz la había hecho sudar. Con el pelo mojado, peinado hacia atrás y la bata complementaria del hotel en su cuerpo desnudo, ella salió del aseo para encontrar a Rabissi sentado en uno de los sillones cercanos a la chimenea.

—Te podría haber lavado el pelo — dijo él, levantándose y ofreciéndole una copa de burbujeante champán francés. — No tienes idea de las veces que he soñado con hacerlo.

Ella sonrió, tomando la copa y un beso.

—Paso a paso, no puedes correr antes de caminar – bromeó ella.

Tony asintió con la cabeza y se dirigió al baño, mientras se quitaba el sombrero de egipcio y Samantha ojeaba el reloj de elaborada decoración colocado sobre una de las mesitas. Habían pasado veinte minutos desde que habían entrado en la habitación y tenía cuarenta más frente a ella, sintiendo pavor por el momento en el que Tony saliese del baño, tras lo cual le daría su cuerpo contra su voluntad. En la calle, Mark pensaba lo mismo. Ella paseó la habitación mientras varios pisos más abajo, Gino hacía lo mismo, coincidiendo ambos en un punto al mirar hacia fuera a través de la ventana. Mark miró el reloj de bolsillo que había tomado de Gino y contó los minutos hasta las tres de la madrugada, mientras la lluvia parecía más fría y la mañana acechaba.

Tony salió del baño y encontró a Samantha sentada en uno de los sillones con los pies en alto y una copa vacía en sus manos, disfrutando del salvaje y chispeante fuego. Él caminó hacia ella y Samantha comenzó a trabajar en la mejor actuación de su vida. Llevando otra bata blanca, Tony se arrodilló ante ella y le sirvió más champán, sin saber que ella se había bebido la primera copa intentando conseguir la fuerza necesaria para matarle.

—¿Me puedes decir ahora lo que te ha dicho! – le pidió Tony.

—¿Perdona? – dijo Samantha, sin comprender a lo que se refería.

—John…mencionaste en el coche que habías hablado con él.

—¡Oh, sí! No quiero hablar de él ahora, si me quieres aquí, claro – añadió ella.

—Claro que te quiero aquí…te quiero aquí y ahí fuera – confesó él.

Samantha sonrió, burlándose de él.

—Has cambiado de opinión – rió ella, – pero deja que te pregunte algo, ¿con qué rapidez te cansas de las mujeres? – le preguntó ella intentando ganar tiempo.

Tony sonrió generosamente y deseó sus preciosos pies, los que mostraban unas uñas decoradas con el mismo color que relucía en las uñas de las manos.

–Depende de ellas – dijo él, acariciando los fríos pies de la mujer.

–¿Qué tienen que hacer para que las abandones? – le preguntó ella, señalando al suelo con su dedo índice con la misma mano que aguantaba su copa.

–Nada especifico… ¿Quizás ser demasiado curiosas? –le dijo él acariciándole las piernas.

– ¡Oh! Entonces estoy a salvo – confesó ella. – ¿Qué tal otra? – le pidió ella, colocando su pie derecho en el pecho del hombre.

–Sí, señora – obedeció él.

Tony se levantó y le sirvió otra copa de champán a la vez que sirvió su segunda. Ella vislumbró el reloj una vez más. Parecía que el tiempo se había detenido en las dos y media de la madrugada. En exactamente media hora, Felicity debería abandonar el hotel, así que ella tenía que esperar aún treinta minutos más para poder atraerlo hacia la ventana, lo cual no sabía cómo iba a conseguir.

–¿Tienes remordimientos? – le preguntó él, ofreciéndole su tercera copa tras una segunda, la cual ya notaba se estaba dirigiendo a su cabeza a una velocidad excesiva para su gusto.

–Un poco…pero quiero estar aquí, así que es un sentimiento algo extraño – le dijo ella, – gracias.

–Ven aquí – la atrajo él, inclinándose hacia delante a la vez que le ofrecía su mano.

Samantha la tomó y juntos, caminaron hacia el sofá, donde ella se sentó en el regazo de él a menos de tres metros del fuego que tenían a su derecha. Tony jugueteaba con el aún mojado pelo de ella mientras la contemplaba. Samantha se había sumido en un torpe estado de confusión por la forma en la cual ese hombre la miraba, había tanta verdad en sus ojos y sus gestos mostraban tanto amor, que por un segundo, ella dudó de la razón por la cual estaba en aquella habitación de hotel. El recuerdo de Franco DiMaggio fue borrado por la aparición de sus hermanos en su mente, precipitando su propósito nuevamente de una forma clara; era posible que su táctica no hubiese sido la mejor pero era la única que podía ofrecerle una oportunidad para vivir como una mujer en libertad o al menos, la forma más cercana a ese estado mental.

– Creo que tienes razón…he cambiado de opinión – le susurró él, acariciando su oído izquierdo.

– ¿Sobre qué? – preguntó ella, arqueando su cuello para mirarle como si fuera un cachorro.

– Sobre casarte con él…no creo que me guste mucho la idea – admitió él.

Samantha le sonrió sin poder evitar verse atacada por un profundo sentimiento de culpabilidad, forzándola a concentrarse para poder componerse, acariciando el pelo de él mientras le miraba a los ojos.

– Creo prever que en el preciso momento que deje de estar comprometida y pase a ser una mujer totalmente libre, mis cualidades van a ser menos atractivas para ti – le dijo ella.

Tony soltó una carcajada y le besó la mejilla y el cuello.

– ¿Por qué no me dices ahora lo que piensas de verdad? – bromeó él.

– Lo digo con toda seriedad…a vosotros los hombres os gusta cazar, cuanto más difícil es la presa, mucho mejor – elaboró ella su respuesta.

Fuera en la calle y a unos pisos más abajo, Mark y Gino pensaban que quizás una hora había sido demasiado tiempo para esperar matar a alguien. Los dos hombres veían como la impaciencia se apoderaba de ellos, no pudiendo evitar mirar la hora constantemente. ¿Qué pasaría si ella no pudiese hacer lo que había ido allí a hacer? ¿Qué pasaría si erraba en sus cálculos y le daba oportunidad de lucha a Rabissi?

– No puedo creerlo – suspiró Gino al darse cuenta que Felicity se había dormido en la cama.

Arriba en la habitación, Tony se emborrachaba con el aroma

desprendido de la tez de Samantha y ella se preguntó cuánto tiempo más iba a poder mantener la conversación viva antes de permitirle que tocase su piel.

–Tienes razón – admitió Tony – ¿por qué iba a engañarte?...es cierto, en el momento en que te vi supe que tenías que ser mía y romper tu voluntad me dio un toque de excitación que jamás podría haber imaginado...pero deja que te diga algo, ahora que estás aquí y sé que él está por ahí...lejos – él dijo señalando a la calle – no hace que las cosas sean diferentes...saber que no le vas a permitir que te bese jamás si lo hace...y no es porque yo crea que lo he derrotado, no...sino porque sé que quieres estar conmigo y no con él...estoy loco por ti.

Samantha le sonrió a Tony creyendo sus palabras. Le volvió a dedicar otra mirada al reloj al dejar la copa en la mesa y vio que aún le quedaban veinticinco minutos. Tomó también la copa de él y la dejó en la mesa, mirándole después.

–¿Has intimado con él? – preguntó Tony.

–No – contestó Samantha.

Tony Rabissi dudó por un segundo mientras su rostro mostraba sorpresa, diciéndole dicha reacción a Samantha que quizás él acababa de cambiar de opinión en cuanto a pasar la noche con ella en el Hotel Brevoort, impidiéndole avisar a Mark y a Gino.

–Pero quiero estar contigo – le susurró ella, atrayéndolo.

–Pero no tiene que ser esta noche, cariño – consiguió decir él, sintiendo una profunda debilidad.

Era la primera vez que Tony Rabissi la llamaba de esa forma y ella sintió que aquel hombre la amaba a pesar de que sólo se habían conocido unas semanas antes a esa mágica y trágica noche.

–Terminaré con John – le besó ella las mejillas con delicadeza, sabiendo que el contacto con sus labios le haría reaccionar, abandonando su ética momentánea.

–¿Lo prometes? – preguntó él, cerrando los ojos y sucumbiendo a sus labios.

−Sí…lo haré…no le permitiré que venga más…no…no le veré más − murmuró ella, besándole el cuello.

Como había sido esperado, Tony reaccionó a sus labios y agarrándola con fuerza de los brazos, la sentó en su regazo con las piernas abiertas. Sabiendo que tenían el resto de la noche delante de ellos, él se tomó su tiempo y la observó sentada sobre él, tan cerca. Él le acarició las facciones como si intentase memorizar cada centímetro de ella para poder llevarse su memoria al infierno donde ya había asegurado una plaza quince años atrás tras asesinar a un hombre con un cuchillo. Dicha muerte le había asegurado su entrada en la Familia Siciliana, donde desde entonces había escalado, impulsada por una poderosa e imparable corriente.

Sin embargo, a ella no le gustó el tierno y verdadero tacto de sus manos en sus pechos y el contacto de sus labios en su piel, agradeciéndole profundamente cuando él separó su cabeza lejos de su regazo, mirándola.

−¿Qué te ha pasado? − preguntó él cuando vio la extraña marca envuelta en un amarillento morado en su cuerpo.

Ella no había pensado sobre eso porque no había querido aceptar que quizás tendría que hacer lo que estaba haciendo en esos momentos con Tony antes de matarle de una u otra forma. Minutos antes, en el baño, había estado demasiado absorta en sus pensamientos como para pensar en una respuesta coherente a la única pregunta que dicha visión ocasionaría. Ahora, ella se arrepentía de haber descuidado esa posibilidad e intentó con todas sus fuerzas pensar en una respuesta razonable. Ella miró hacia abajo, a su pecho, y pensó en las cicatrices de su espalda.

−¿Esto? − preguntó ella, mirando la herida.

−Sí, eso… ¿Qué es eso? − le preguntó él.

−Me mordieron − le dijo ella.

−¿Quién? − preguntó él asombrado.

−¡¿Quién?! − dijo ella divertida. − ¡Querrás decir qué!

Tony examinó la marca e intentó adivinar qué clase de animal presente en Nueva York podría de hecho dejar esa clase de huella justo por encima de un precioso pecho. Samantha se cubrió el cuerpo y se levantó ante un petrificado Tony, girándose y viendo que todavía restaban quince minutos antes que Felicity saliese del hotel, intentando pensar en cómo alargar esa inesperada conversación. Samantha se bebió el resto del champán en su copa y se alejó de un confundido Tony.

–¿A dónde vas? – le preguntó él.

–Tu mirada no es muy atrayente en estos momentos – dijo ella mientras se servía otra copa, la cual esperaba la embistiese con el poder de cometer un crimen. Dicho acto, simple y frío asesinato, por el cual ella podría ser ejecutada por el estado de Nueva York colgada del cuello o de una forma más dolorosa y retorcida bien la Familia Palermo, o la Familia Siciliana, a lo cual ella brindó levantando su cuarta copa y bebiéndosela para celebrarlo.

–No me habías comentado que te había mordido un animal – expresó Tony desde el sofá, impotente ante tan abrupto cambio en la mujer.

–¡Oh!...Me conociste tres o cuatro semanas atrás…he tenido esto en el pecho desde agosto… ¡No se va! ¡Te pido disculpas por ello! – le ladró ella, pretendiendo estar molesta.

–¿Qué es? – indagó él.

–Una mordedura de perro – respondió ella hastía.

–¿Un perro te ha mordido en el pecho?... ¿Me estás diciendo que un perro te ha mordido en el pecho? – inquirió Tony.

–¡Eso es lo que te digo! Pero por la mirada que me has ofrecido, quizás deberías haberme hecho pasar un examen médico antes de invitarme a comer contigo – le dijo ella llena de un coraje procedente del alcohol.

Ella se giró y miró el reloj una vez más. Eran las dos y cuarenta y siete minutos de la madrugada y en trece minutos tendría luz verde para matar a ese hombre, quien en ese momento estaba profundamente preocupado y perplejo por la marca en el pecho de su amante.

−Permíteme que escuche tan extraordinaria historia, por favor − le suplicó Tony con sarcasmo.

Ella se volteó y le entregó su atención.

−No, ¿por qué debería hacerlo? Estás predispuesto, o bien a no creerme, o a pensar que es demasiado repulsivo…sin pensar por un minuto lo mucho que esto me dolió − le dijo ella desde el otro lado del salón, señalando su herida por encima de la bata.

−Estoy seguro que eso tuvo que doler… ¿Por qué iba a pensar de otra forma? − comentó él desde el sofá.

−La forma en que me miras es suficientemente aclaradora, Tony…me has mirado con asco − mintió ella.

−No es verdad − la corrigió él.

−Sí que lo es…lo he visto en tus ojos − le reprochó ella.

−Me ha sorprendido, no asqueado…no me digas como me siento, Sam − le advirtió él.

Los ojos de Samantha volvieron a dirigirse al reloj antes de volver a Tony, tras lo cual ella paseó por la habitación unos instantes, rebasando la grandiosa cama construida para albergar el amor de muchas parejas.

−Cariño…cariño…escucha, ven aquí…ven aquí conmigo, deja que te diga una cosa − le susurró Tony a Samantha desde el sofá.

Fuera y varios pisos más abajo, Gino y Mark seguían fijos en el paso del tiempo. Wayne ya esperaba al final de la calle a que diesen las tres de la madrugada para poder acercar el coche de Jimmy al de Rabissi. Los hombres de Nero no parecían estar por los alrededores pero Mark notaba su presencia, así que se mantuvo en la oscuridad bajo un terrible torrencial que había comenzado a caer poco antes, dejándole a la merced de las gruesas gotas que caían, las cuales lo habían empapado hasta los huesos. Estaba tan nervioso y tan ansioso que no notó que, en efecto, sus manos se estaban congelando.

Arriba, Samantha jugaba con la distancia entre ella y Tony al acercarse peligrosamente la manilla grande a las doce en el reloj del hotel. Ella le miró cuando él se levantó para ir a buscarla ya que ella no se había acercado a él como le había pedido con gentileza.

−¿Te has enfadado conmigo? − quiso saber él, distraído por su comportamiento infantil mientras caminaba hacia ella.

−Por supuesto − afirmó ella, tragándose el resto del champán que había en su copa.

−¡Cuidado con eso! − rió Tony.

Tony la alcanzó entre la ventana que tenían a mano izquierda y la cama, la cual estaba situada entre la ventana y la puerta del baño a mano derecha. El salón estaba acomodado alrededor de la chimenea, a los pies de la cama, permitiendo un generoso pasillo entre el lecho y la zona del salón.

Tony tomó la copa vacía de las manos de ella mientras Felicity esperaba junto a la puerta de su propia habitación a que Gino le dijese que podía marcharse, asegurándose de ser vista por el recepcionista. Gino llamó a la recepción para pedir un taxi cuando el reloj dio las tres de la madrugada, cerciorándose así que el empleado estaría en su puesto a la vez que un taxi pronto se llevaría a la irlandesa de allí. Felicity dejó la habitación del hotel tras llenar sus pulmones con coraje y aire fresco, dirigiéndose hacia abajo. Cuando bajaba las escaleras que comunicaban el primer piso con la planta baja, un coche pasó por el hotel, frenando con gran apuro, lanzando una botella vacía de whisky contra el suelo y asustando al portero que esperaba a un taxi, así como a un hombre que dormía en un coche aparcado a tan sólo unos metros de la puerta principal. Ese había sido un coche lleno de jóvenes y no con Wayne sólo como Mark le había pedido. Mark confiaba en Wayne y en su arte manipulador, dándose cuenta que los hermanos Salerno estaban más borrachos de lo normal, creyentes con toda posibilidad que de hecho, habían convertido a Wayne en un pecador. Aun insultando a esos jóvenes, Peto se encontraba ahora despierto, luchando con la idea de seguirles para meter una bala en el cuerpo de al menos uno de ellos. Dentro del hotel, la capa roja pasó junto a la recepción siendo el único huésped en el vestíbulo en ese preciso momento y atrayendo la atención del empleado. La visión de esa dama dejando el hotel a esas horas había reafirmado su presunción, que esconder su cara tras esa máscara protegía su identidad, evitando así tener que enfrentarse a la gente por su profesión. A su vez, un hombre feliz estaba probablemente sumido en un fantástico sueño en la suite.

La reacción de Peto al coche conducido salvajemente por esos majaderos le devolvió a la frialdad de su auto, así que decidió ponerlo en marcha para darse un poco de calor, sin poder dejar de insultar a esos estúpidos jóvenes que le habían despertado, devolviéndole así a su patética vida y a la frigidez de su trabajo. Se dijo a sí mismo que su jefe estaba probablemente en el cielo de esa habitación y que ahí estaba él, sentado tras el volante, esperando a que su jefe tuviese un orgasmo. Un movimiento inusual en la entrada del hotel hizo que Peto prestase atención y vio que la capa roja salía del hotel después que el portero hubiese abierto la puerta para ella, ya que el taxi se acercaba. Ella había esperado en el vestíbulo durante unos instantes, mientras el taxi llegaba para así protegerse de la lluvia. Se le había pedido al portero que llamase a uno de los taxis que esperaban en su turno de noche cerca de ese hotel y también de otro hotel cercano. El portero no dudo en ningún momento que ella era la persona que esperaba el taxi, porque ella se había parado junto a él y contestado un simple 'sí' cuando le preguntó si había pedido un taxi. Peto prestó atención al movimiento frente a él cuando el portero había llamado a un taxi con la mano y un silbido. Peto vio salir al portero, acercándose al taxi, tras lo cual pudo ver a la mujer con la capa roja salir y dirigirse al coche. Sin comprender, Peto reaccionó y salió del coche, haciendo que Mark diese un paso adelante, fuera de la sombra en la cual se había refugiado. La mujer entraba en el taxi cuando Peto consiguió alcanzar al portero y también a la capucha roja.

– ¡Señorita Parker! – la llamó Peto lejos del coche mientras se apresuraba junto a ella.

Felicity le ignoró, pero el portero dudó por un instante. Por fin, Peto llegó al taxi y mantuvo la puerta abierta.

– ¡Señorita Parker! – la llamó de nuevo – ¿Sigue arriba el señor Rabissi?

Felicity movió la cabeza positivamente y Peto la oyó sollozar.

Comprendiendo que su jefe la había echado de su cama tras conseguir de ella lo que había estado persiguiendo ya hacía casi un mes, el chofer miró al portero sintiéndose avergonzado por la situación y por la falta de sensibilidad por parte de su jefe.

—Buenas noches, señorita Parker — le dijo Peto, sabiendo que esa sería la última vez que vería a esa preciosa niña.

El chofer cerró la puerta del taxi con cuidado y este se la llevó. Peto miró hacia arriba como si así pudiese ver a su jefe a través de esas gruesas paredes, dirigiéndose de nuevo hacia su coche bajo la pesada lluvia. Mark cerró los ojos y dio un paso atrás. Gino había estado mirando por la ventana y ahora sólo esperaba que el cuerpo cayese en la calle, tras lo cual esperaría a que Samuel llegase a su habitación.

En el sexto piso y tras tomar la copa vacía de las manos de Samantha, Tony la dejó sobre la mesita de noche de la izquierda sin dejarla ir. Parecía borracha y furiosa con él y sonrió ante el hecho que su pequeña Sam estuviese tan molesta con él y ya tan fuera de control. Esta era una nueva cara de ella y también la disfrutaba.

—Lo siento cariño, de verdad que lo siento…si me dices que un perro te ha mordido, yo te creo — se disculpó él, intentando abrazarla.

—¡Es verdad! — continuó ella, poseída por el alcohol. — ¡Estaba tumbada allí!... ¡En la playa!...y entonces…ese pequeño y asqueroso perro se me acercó – dijo ella, recordando al perro de la señora Turner, — me olfateó y me asusté, porque por supuesto no esperaba un perro tan pequeño y taaaaan feo…así que me moví y ¡yack!... ¡Me mordió!... ¡John hizo que matasen al perro! – describió Samantha. – ¡Oh, sí! La dueña de esa carroña estaba a tan sólo un metro de nosotros… ¡Él hizo que la dueña matase a ese pequeño cabrón!... ¡Le pedí que matase también a la mujer, pero me dijo que eso sería llevar las cosas demasiado lejos!

Samantha rió y empujó a Tony.

– ¡¿Por qué hace tanto calor aquí?! – se preguntó ella. – ¡Ese fuego!...no, no es el fuego…soy yo… ¿Tú también tienes calor? – le preguntó ella.

Tony no podía dejar de sonreír. Samantha se había emborrachado a una velocidad vertiginosa y él comprendió y creyó su estado porque había sido testigo de la forma en la que había tragado el alcohol. De corazón, entendió que ella estuviese nerviosa ante la expectativa de hacer el amor por primera vez y decidió dejarla tranquila. La miró caminar hacia el fuego donde ella atizó los palos para hacer que las llamas fuesen menos intensas mientras soplaba para apagarlas. Tony rió y la observó caminar hacia la ventana, tras lo cual comenzó a abrirla.

– ¡Oh!... ¡Ayúdame!... ¡Me abraso! – gritó ella, abriendo su bata un poco a la vez intentaba abrir la ventana.

Con las mangas de la bata cubriendo sus manos, ella intentó abrir la ventana. Esa no era una ventana muy alta. De hecho, había dos en esa habitación y ella intentaba abrir la de la derecha de acuerdo con el único testigo. Mark estaba en la calle y su corazón se paró cuando vio como dos personas intentaban abrir una ventana de la sexta planta. De repente, era la cabeza de Samuel la que estaba asomada por la ventana y Tony la cogió por la bata. El marco de la ventana le llegaba por la cintura a Samantha, lo cual sería mucho más bajo para él.

– ¡¿Estás loca?! – le gritó Tony, tirando de ella hacia dentro.

– ¡No!... ¡Tengo calor! Este champán me está matando, Tony…y la lluvia es tan fría y tan buena… ¿Quién es ese? – preguntó ella en voz alta.

Tony giró la cabeza en la dirección en la que ella miraba y enfocó los ojos para poder ver de lejos.

– ¿Qué?... ¿Quién? – preguntó él.

Había ya una corriente y algo de lluvia entraba en la habitación por la ventana.

– Allí…hay un hombre ahí fuera – habló ella, señalando fuera donde Mark esperaba.

−No veo a nadie, Sam…estás borracha, ¿por qué no te das otro baño? – le dijo intentando cerrar la ventana.

−¡No estoy borracha!...Te digo que hay un hombre ahí fuera…ahí fuera, abajo en la calle… ¡Mira!... ¡Igual es uno de tus no tan amigos que te espera! – incluyó ella, sacando su propio cuerpo fuera de la ventana como si intentase ver al hombre que se había postrado en la calle.

−¡Sam! – la riñó Tony de nuevo, tirando de ella.

−¡Míralo tú mismo! – le ofreció ella.

−Estás borracha…mierda – dijo él, sacando la cabeza por la ventana y colocando sus manos en el marco de la ventana.

Tony enfocó los ojos de nuevo y vio en efecto, a un hombre de pie justo delante de su ventana. Ella tenía razón.

−¿Quién es ese? – preguntó Tony a Samantha.

Todo lo que Tony sintió fue un terrible vértigo mientras caía a la mojada calle. Un horrible y aterrador grito atravesó la oscuridad y el silencio de la noche de Halloween, pero este cesó poco después que hubiese sido empujado, llegando a la calle en silencio. Mark presenció como el cuerpo de Rabissi golpeaba el suelo encharcado, sin piedad, y sólo entonces él dio un paso atrás y se fundió en la oscuridad sin saber en realidad cómo las cosas habían funcionado tal y como se habían planeado. Sin idea alguna de lo que Samuel tenía que haber hecho en aquella suite y sin querer saberlo tampoco, esperó a que el conductor se diese cuenta de que su jefe acababa de caer muerto delante de él. Pero no se había percatado. Con el coche en marcha para poder tener un poco de calor y la fuerte lluvia, el ruido hecho por el golpe del cuerpo en el suelo se había enmascarado. La lluvia caía en su parabrisas bloqueando su visión, así que permaneció sentado cómodamente en el coche mientras su jefe se desangraba en la acera.

En la suite, al ser poseída repentinamente por el instinto de supervivencia, ella desmontó la cama, luchando los efectos del alcohol que parecieron desaparecer de inmediato al sentir miedo ante la posibilidad de que la cogiesen. Lanzó las dos copas al fuego, rompiéndolas, y limpió el cuello de la botella que dejaría atrás. En el baño, hizo un fardo con la ropa tan rápido como pudo, volviendo a limpiar la bañera de cualquier pelo que podría haber dejado la primera vez. Miró a su alrededor intentando pensar qué había tocado y no limpiado, diciéndose a sí misma que todo había sido repasado tras utilizar el baño. Una última y concisa mirada alrededor del aseo primero y de la habitación después, con la ventana abierta y la lluvia entrando poco a poco dentro de la suite, ella se dijo a sí misma que ya era hora de escapar de la escena del crimen con la bata puesta y sus cosas en un fardo de seda de color rojo en sus manos.

Ella abrió la puerta y se apresuró hacia la escalera envuelta en la bata, descalza y llevándose consigo todo lo que había traído con ella. Hostigó su paso escalera abajo y aún Rabissi no había sido descubierto afuera, ya que Peto se había vuelto a quedar dormido y el portero, sintiendo el duro frío, había decidido entrar y esperar allí.

En la segunda planta, Samuel frenó al final de la escalera y examinó el pasillo que distribuía las habitaciones para ver que Gino la esperaba con la puerta abierta y la mitad de su cuerpo en el pasillo. Ella corrió a esa habitación y entró, tras lo cual Gino cerró la puerta y la miró sabiendo que ella había matado a otra persona. No le importó mucho y caminó hacia ella, abrazando a su hermana tan fuerte como pudo por lo mucho que la había echado de menos.

En el momento en el que se encontró en los brazos de Gino, Samuel rompió en un gruñir desesperado, perdiendo la cabeza por un minuto. Gino la abrazó, pero le tapó la boca con la mano mientras ella se tragaba su desesperación y su culpa, evitando así hacer demasiado ruido. Cuando ella había recuperado la razón, Gino captó su atención y le hizo las preguntas que él, Mark y Wayne habían acordado para asegurarse que todos los cabos habían sido propiciamente anudados. Percibiendo de inmediato que estaba borracha, él escuchó con atención las respuestas que tuvo y creyó lo que su hermana le decía. Satisfecho, le ordenó que se vistiera con la ropa de Felicity. Desnuda delante de él, Gino pudo ver las marcas en la espalda de Samuel que Tony Rabissi no había tenido oportunidad de ver. Ella temblaba como una hoja perdida en la brisa y Gino tuvo que ayudarla a vestirse. Fuera, Mark se había alejado lentamente de su puesto y había conseguido caminar alrededor del hotel para tener así la puerta de servicio en su campo de visión. Cuando Gino tenía a una perdida Samuel por fin vestida, la colocó junto a la puerta y puso el disfraz en una de las bolsas que había llevado al hotel con Felicity. Se llevarían ambas maletas ya que Felicity se había llevado su bolsa consigo, aunque Gino también examinó la habitación, cerciorándose que no olvidaba nada. Entonces abrió la puerta y cogió las maletas y a Samuel.

Llegaron a la cocina del hotel y la cruzaron en silencio, escondiéndose contra una pared cuando distinguieron que había un camarero preparando un servicio de habitaciones. Esperaron hasta que este hubo terminado, pero antes que lo hiciera, otro empleado entró en la cocina y gritó que había un hombre fuera en la acera con la cabeza abierta igual que una sandia. El portero había encontrado a Rabissi.

Gino y Samuel se miraron mutuamente detrás de esa estantería y cuando los dos empleados del turno de noche dejaron la cocina con prisa en sus piernas para poder llegar al cuerpo antes que lo hiciese la policía, Samuel y Gino salieron por la puerta trasera, dejando el hotel atrás. Mark se había percatado del descubrimiento del cuerpo de Rabissi cuando el portero había entrado corriendo dentro del hotel gritándole al recepcionista que llamase a la policía y a una ambulancia, así que el silencio de la noche se había encargado de llevar las noticias a sus oídos.

Mark agarró con fuerza a Samuel y la maleta que esta arrastraba cuando Gino y ella llegaron donde él estaba, pidiéndole al italiano que le ayudase. Con su brazo cogido con fuerza por Mark, ella se sintió más segura y caminó con apuro en dirección opuesta al hotel. Al llegar los tres a la calle Doce, no sabían que el alboroto había despertado a Peto de nuevo y tras descubrir que su jefe era el que yacía muerto en la calle, se había dado la vuelta y tras caminar hacia su coche, se había propiciado un disparo en la sien ante la idea de enfrentarse a la Familia Siciliana y la montaña de preguntas para las cuales no tendría respuesta. Según el suicida y mientras volvía al coche, después que Samantha Parker había sido usada por su jefe, alguien había entrado en su habitación y lo había tirado por la ventana. Era su trabajo el mantener a salvo a su jefe y él había permanecido en el coche sin saber qué hacer y en efecto, esperando a que su jefe bajase y le ordenase que lo llevase a casa.

Wayne les esperaba en el punto de encuentro que habían concretado. Los hermanos Salerno habían sucumbido al alcohol y vomitado con la mitad del cuerpo fuera de la ventana y ahora, el corazón de Wayne estaba vivo de nuevo al ver a sus hermanos caminando por la calle como si estuvieran siendo perseguidos por el diablo en persona. Les abrió la puerta y condujo tras ver que Samuel estaba ida, borracha y con su mente cayendo al vacío desde el Hotel Brevoort para dar con el duro pavimento en el cual había sido erecto. Gino abofeteó con fuerza a los hermanos Salerno para corroborar que estuviesen inconscientes como parecían, y cuando no se movieron, él miró a Wayne, quien les conducía lejos de allí con la aceleración en el cuerpo que dichos quehaceres le producían. Mark aguantaba a Samuel en la parte de atrás, mientras Gino se sentía aplastado entre ellos y Patricio. Giancarlo iba en la parte del copiloto y había sido el encargado de tirar la botella en la calle junto a Peto, sin saber cuál era la finalidad de su diversión.

−¿Está muerto? – preguntó Wayne a Gino utilizando el espejo retrovisor.

−¡Oh!…Está muerto – respondió Gino, mirando hacia atrás, pensando que la policía podría estar persiguiéndoles.

−¿Lo está?... ¿Lo has visto? – necesitaba saber Wayne.

−Lo he visto caer por la ventana…un jodido desastre en la calle…Mark no se ha perdido ni un segundo, ¿verdad Mark? – dijo Gino.

−Ha sido horrible, dejó de gritar a medio camino – murmuró Mark.

Samuel comenzó a llorar y entonces los tres hombres que

seguían conscientes en el coche se dieron cuenta de su error. Mark abrazó a Samuel con fuerza, disculpándose repetidamente con un susurro mientras Wayne les alejaba de allí viajando hacia el Sur, en dirección a su barrio para poder dejar a Patricio y Giancarlo y devolver el coche a Jimmy. Mark y Gino llevaron a los hermanos Salerno arriba, mientras Wayne esperó en el coche con Samuel, quien se abrazo a él tan fuerte como pudo mientras esperaban.

En la Zona Este de la ciudad y tras haberse bajado de un taxi en el hotel donde le había pedido que la llevase, Felicity se quitó la capa con capucha fuera del hotel después que el taxi cogiese la esquina de la calle. Llevando puesta debajo de la capa de seda la ropa con la cual iba a emprender un largo viaje en barco de vuelta a Irlanda, se alejó del hotel y se hospedó en el que tenía una reserva, a poca distancia del anterior.

Su disfraz fue quemado en el fuego a tierra de una pequeña aldea en Cork, donde su madre cuidaba de su enfermedad y donde moriría días más tarde. Sí, su madre la había esperado. Esa misma noche, la noche que por fin había vuelto a casa, Felicity abrió la única bolsa que se había llevado consigo y sacó la capa, tirándola al fuego junto a la máscara para así borrar el pecado del que estaba convencida había sido colaboradora y que había financiado su billete de vuelta a casa. Gino no había tenido razón en sus pensamientos sobre ella; ella comía cuando los nervios la atacaban y dormía cuando sabía que estaba haciendo algo malo.

En la calle Sullivan con Grand, todos creyeron que con toda probabilidad les quedaban un par de horas para que la Familia Siciliana recibiese la noticia que el que consideraban ser el tercer hombre y la estrella fugaz en su organización había muerto. Volvieron arriba con las dos maletas que contenían el disfraz y algo de la ropa de Mark y Samuel, para que Wayne les hiciera el último café a tomar todos juntos, mientras Gino quemaba la sedosa capa y derretía la máscara en el fogón. Ya que el trabajo había terminado exitosamente, no se habían dirigido hacia Grand Central Station.

–Todos vosotros también sois culpables…no a mi mismo nivel, pero culpables al fin y al cabo – escucharon ellos a sus espaldas, – y todo por culpa mía.

Samuel estaba sentada a la mesa. Eran apenas las cuatro y cuarto de la madrugada y allí fuera era oscuro y miserable. Mark se sintió mucho mejor con el calor que la cocina desprendía, aunque gracias a una cara y delicada capa en llamas. Los tres giraron la cabeza y Wayne puso el azúcar en la mesa.

–No había otra forma de hacerlo, recuérdalo – afirmó Wayne con seguridad. – Nos podía haber pasado a cualquiera de nosotros.

–Podría haberme ido de esa habitación sin que me hubiese tocado – compartió ella a la mesa como si no hubiese escuchado las palabras de Wayne.

Los tres se dedicaron una larga mirada en la penumbra que la lámpara central producía a esas horas y entonces la miraron fijamente, allí sentada en la ropa de Felicity.

–Cuando supo que era…que era virgen…cambió de opinión y le tuve que atraer de nuevo…confiaba en mí – dijo ella, mirándoles mientras unas amargas lágrimas brotaban de sus ojos.

–Era un mafioso…no era un hombre inocente, Sam – le recordó Gino.

–Yo no soy diferente y ahora tampoco lo sois vosotros – les sentenció ella.

DEJANDO LA PUERTA ABIERTA

Sentados en la mesa y tomando café, esperaron a que alguien apareciese y tocase a la puerta. A su respectivo parecer, podría tanto ser la policía, como la Familia Siciliana, como los hombres de Nero. La bolsa que Mark había preparado estaba intacta y junto a la puerta principal. Con el amanecer muy cerca, tal y como se podía ver a través de la ventana, Wayne dio un profundo respiro para dejar salir algo de estrés de su cuerpo. Todos ellos reflejaban un cansancio intolerable en sus rostros, pero el miedo había sido más poderoso y ahora las tres mentes masculinas intentaban resolver la situación más allá mientras la femenina luchaba con el demonio en su interior.

El plan para matar a Rabissi había funcionado mejor de lo que podían haber previsto, pero ellos aún no sabían que la suerte había estado también de su lado. Al suicidarse Peto, el único trazo hasta el apartamento de Samantha Parker había sido cubierto con arena, ya que él había sido el único en llevarla a casa. El nombre de John Maldenson había sido olvidado por aquellos que le habían conocido y la policía sabía que habían encontrado un fantasma cuando hablaron con los empleados del hotel.

Horas más tarde, los detectives Carlson y Smith estarían en la habitación desde donde el cuerpo había dejado el edificio de la forma menos conservadora. Las finas y delicadas copas habían sido destruidas en el fuego poco después que Samantha las hubiese lanzado, rompiéndolas en mil pedazos. La policía encontró un baño reluciente pero las sabanas los orientaban hacia la creencia que la víctima había estado con alguien antes de saltar o ser arrojado por la ventana. No había señales de lucha. Ambos detectives se girarían a la vez cuando un uniformado entrase en la primera escena del crimen, comunicándoles que el recepcionista de noche y el director del hotel estaban allí. Aun vistiendo su uniforme, ambos empleados entrarían en la habitación, examinándola con curiosidad.

–¿Era un regular en este hotel? – le preguntaría el detective Carlson al director del hotel.

–No – contestaría el director.

–¿A qué hora llegó anoche? – le preguntaría entonces el detective Smith al recepcionista.

–Lo hizo sobre las 2 de la madrugada…con una señora…su chofer se quedo afuera. Yo no le vi – respondería él.

–Una señora… ¿Había visto antes a esa señora? – le preguntaría ahora el detective Carlson.

–De hecho…nunca le vi la cara…llevaba un disfraz, ambos iban disfrazados – le diría el recepcionista.

Ambos detectives mirarían el disfraz de egipcio dorado hallado todavía en el suelo del baño, mientras que otro oficial de policía examinaba la habitación en busca de huellas.

Carlson reiría ante la situación y movería su cabeza de izquierda a derecha sin creer lo que oía, sabiendo de inmediato que se trataba de la escena de un asesinato.

–¡Jodida Noche de Halloween!… ¿Qué llevaba ella? – demandaría divertido Carlson con ambas manos en la cintura.

–Una capa roja con capucha…con una máscara, pero ella se fue del hotel poco después que llegasen – declararía el recepcionista.

–¿Ah sí?... ¿A qué hora se marchó? – cuestionaría Carlson.

–Eran las tres de la madrugada…lo recuerdo porque otro huésped llamó a recepción pidiendo un taxi y miré el reloj…ella salió a esa hora – contestaría el recepcionista.

–¿A qué hora lo encontraron? – le cedió Carlson a Smith.

–A las 3 y veinte minutos – compartiría Smith tras mirar sus notas.

−¿Es posible que el portero no viera el cuerpo fuera? − preguntaría Carlson al recepcionista.

−Imposible…el chofer que estaba en el coche se acercó a ella cuando ella se iba, la llamó señorita Parker…ella lloraba…si hubiese estado en la calle entonces el portero y el conductor lo habrían visto en la acera…saltó después, saltó despúes que ella saliese − testificaría el recepcionista.

−¿Ha dicho señorita Parker? − repetiría Carlson.

−Sí, ese el nombre que el portero recuerda − respondería el director.

−¿Dónde está el portero ahora? − le preguntaría Smith.

−Está abajo, enfermo por lo que ha visto…el cerebro estaba aplastado − describiría el recepcionista.

−Lo sabemos…pero aún así tenemos que hablar con…lo haremos cuando bajemos − informaría Smith.

−Le avisaré − diría el director.

−De acuerdo.

El recepcionista y el director pronto dejarían la habitación y ambos detectives se mirarían mutuamente.

−Disculpe…disculpe, señor…ha dicho que otra habitación llamó a un taxi a las tres de la madrugada − le diría Smith al recepcionista caminando por el pasillo.

−Sí − estaría este de acuerdo con sus palabras.

−Pero el taxi lo cogió la señorita Parker − deduciría Smith.

−Creo que sí…la habitación 204 llamó, pero no bajaron, o al menos no les vi con la conmoción y todo eso − admitiría él.

−Necesito hablar con la gente de esa habitación − ordenaría Smith al director.

−Son tan sólo las cinco y media de la mañana…no puedo molestar más a mis huéspedes − intervendría el director sin sentirse amenazado por esas placas.

−Asegúrese que hable con ellos hoy antes de que se vayan − le diría el detective, señalándole con un dedo.

−Lo haré − le aseguró el director.

−También necesito saber si el portero recuerda el número del taxi que llevó a la mujer − le diría el detective al empleado del turno de noche, señalándole con su pluma. − Bueno…ya le preguntaré yo, no se preocupe.

−Sí, señor.

Smith volvería a la habitación y miraría a Carlson.

−No me creo que Rabissi se haya suicidado por una mujer…no importa lo buena que sea ella − movería su cabeza Carlson.

−Yo tampoco… ¿Encuentras huellas? − le preguntaría Smith al otro policía.

−Muchas…esto es una habitación de hotel − contestaría él, sin creer que se le preguntase tal cosa.

Carlson y Smith se miraron de nuevo en silencio, diciéndose el uno al otro que eso era un claro caso de asesinato sin pistas ni soluciones, ya que sólo tenían un fantasma llamado señorita Parker. Además, la cantidad de personas queriendo matar a cualquier miembro de la Familia Siciliana era infinita. Más indagaciones y la dirección ofrecida por el taxista les llevarían al hotel donde ninguna mujer disfrazada había llegado a esa hora. Se hacía más claro para ellos que el caso había sido una conspiración proveniente de otra familia o un enemigo personal, resultando en algo planeado y ejecutado a la perfección. A propósito, la pareja de la habitación 204 se había desvanecido.

−Creéis que podemos negociar con él? − puso Gino sobre la mesa para los presentes.

−Creo que quizás podamos − respondió Wayne. − De ninguna forma van a encontrar a Felicity o su rastro…la única cosa peligrosa es tu habitación y vosotros ya no estáis − se refirió a la habitación de hotel de Gino.

−Lo sé…la dejé como la encontramos y usé guantes − recordó Gino, asegurándose que su parte había sido ejecutada concienzudamente tanto a sí mismo como lo hacía a sus hermanos.

—Entonces no tienen nada…no hay pistas…no se van a creer que se haya suicidado, pero tampoco tendrán nada sobre Nero o nosotros – dijo Wayne.

—¿Por qué no vas y te echas un rato, Sam?...no nos vamos a ninguna parte – le dijo Mark.

Samuel levantó la cabeza y echó un vistazo a sus hermanos. Tenía ojeras bajo sus ojos llenos de remordimiento. El alcohol, por fin, se había disuelto en su sangre. Se puso de pie echando la silla hacia atrás con las piernas y la poca energía que le quedaba y se perdió tras la puerta, echando sus huesos en la cama, por fin su cama.

—¿Qué vamos a hacer con ella ahora? – Gino hizo la pregunta.

¿Por qué era Gino el que siempre introducía las cuestiones importantes, cuestiones que asustaban demasiado a Mark y Wayne como para enfrentarse a ellas? Era lo correcto a hacer, ya que Samuel se había convertido en una doble homicida y según su estado mental, no una con la sangre fría, ya que el sentimiento de culpa ya le había devorado la mitad del alma.

—Nada – dijo Mark de repente.

—Hacer nada es una decisión muy inteligente, Mark – le dijo Gino con un tono cargado de sarcasmo.

—¡Gino! – se quejó Wayne.

—¡¿Qué?!...¿Qué quiere decir con nada? – preguntó Gino a Wayne señalando a Mark.

—Espera – le pidió Wayne a Gino.

Wayne se levantó y fue a vigilar a Samuel, encontrando que había sido derrotada por el sueño. Le echó una manta por encima y dejó el dormitorio cerrando la puerta a sus espaldas. Se volvió a sentar en la mesa tras servir más café, mientras que el sol batallaba al salir esa mañana de domingo.

—¿Qué es lo que quieres hacer con ella? – buscó Mark en Gino.

—No lo sé...sólo lo pregunto porque opino que algo hay que hacer con ella, ¿tú no? – respondió Gino, molesto por su actitud.

−Mantenerla a salvo es todo lo que ahora me importa − expresó Mark desde su corazón.

−Bien…pues quizás no deberíamos contar contigo cuando tengamos que hacer algo con ella…no piensas en condiciones en lo que a ella se refiere − le dijo Gino a su hermano.

−No vuelvas ahí, Gino − le advirtió Wayne, − siempre eliges los peores momentos.

−¿Por qué? ¿Por qué?... ¿Dime por qué? Este momento es tan bueno como cualquier otro… ¿Por qué nos asusta tanto ser honestos en esta casa? − preguntó Gino en voz alta.

−Nuestra hermana acaba de matar a un hombre…otro hombre…todos somos cómplices de éste último y todo lo que a ti te preocupa es jugar con mi cabeza − reprochó Mark a Gino apuntándole con el dedo.

−Te equivocas… ¡Por supuesto que todos somos cómplices de esto, pero lo único que intento hacer es encontrar la felicidad y la seguridad de Samuel, y si la felicidad y seguridad de Samuel están contigo entonces a mí me está bien! − admitió Gino con autoridad.

Mark miró a Gino y el italiano vio puro odio en sus ojos, sintiéndolo en su piel de una forma que jamás había experimentado.

−¡No me mires así! − se quejó Gino. − Fumando y durmiéndote la vida no va a hacer que la realidad desaparezca de la forma que deseas.

−Bastardo − dejó ir Mark desde su silla.

−A ti no te pasa nada malo, Mark…no estás haciendo nada malo − intentó ayudarle Gino con sinceridad.

−Bastardo − repitió Mark, levantándose y caminando hacia la puerta.

Wayne y Gino se pusieron también de pie porque no podían permitir que Mark dejase la casa ese día y él lo sabía. El rubio se percató de la situación y el hecho hizo que sus pasos se congelasen ante la puerta, girando entonces en sus tacones y caminando hacia su habitación, entrando y cerrando la puerta.

−¿Pero qué es lo que te pasa? − preguntó Wayne a Gino, profundamente resentido con él.

−¡¿Por qué siempre te quedas callado?! − se quejó Gino con el mismo tono.

−No quiere hablar de ello, ¿es que no lo ves? − Wayne habló lo obvio.

−Exacto…y tiene que hacerlo…el opio no va a matar esos sentimientos, pero sí que lo matará a él…de hecho, todos nosotros tenemos que lidiar con la situación, no sólo él − recordó Gino a su hermano.

−¡¿Por qué?! ¡¿Por qué tú lo digas?! − demandó Wayne.

−¿Tú también estás ciego?... ¡¿Qué está pasando aquí?! − preguntó él al cielo, abriendo sus brazos.

Siendo capaz de escuchar a sus hermanos discutir de forma alta y clara al otro lado de las finas paredes, Mark se quitó los zapatos en su habitación y se echó junto a Samuel, la cual dormía. Cerró los ojos y pudo ver a Rabissi caer bajo la lluvia desde la habitación del hotel para golpear la acera mojada.

Horas después, los hombres de Nero esperaban fuera, cuando Wayne fue a comprar algo de comida. Al volver, se le acercaron. Si hubiese parado junto a un puesto de periódicos hubiese sabido que el guardaespaldas también había muerto, pero Wayne estaba demasiado perdido en su propio mundo y con demasiada información de primera mano, así que sólo paró para comprar leche y pan, se apresuró a volver a casa. Una vez más, él había sido el elegido y los hombres de Nero le pararon a pocos metros de su modesto hogar. Con una barra de pan y una botella de leche en las manos y el cuello de la chaqueta subido para cubrir su cuello del intenso frío del primero de noviembre, Wayne frenó y levantó la cabeza un instante, haciendo lo mismo con sus ojos asustados, en ángulo recto con su gorra de lana. La pierna herida que le hacía sufrir una cojera le dolía terriblemente debido al estrés y al frío al que había sido expuesto en las últimas veinticuatro horas, pero la visión de esas dos pistolas de alquiler hicieron que su dolor desapareciese de forma milagrosa.

–Busca a *La Judía* – ordenó Patty Slow Fingers a Wayne.

–Está durmiendo – informó el joven, sin saber por qué siempre acababa contestando lo mismo.

–Pues despiértala, es sencillo...los cuatro venís con nosotros – le dijo el mafioso con un movimiento de cabeza que le indicó sobre la presencia de su nuevo compañero, quien se había quedado en el coche.

Wayne le miró desafiante y entonces se alejó de él, ignorándole, en dirección a su casa. Subió las escaleras sin sentirse apresurado y entró en su cálido apartamento donde Gino se afeitaba junto a la cocina.

–Los hombres de Nero están abajo – le dijo Wayne, soltando la compra sobre la mesa.

Gino se volteó y observó a su hermano con tan sólo la mitad de la cara afeitada.

–¿Y? – necesitaba más Gino.

–Quiere vernos a todos nosotros – reveló Wayne.

Gino y Wayne se ofrecieron mutuamente esa mirada que únicamente podía existir entre ellos dos, privada, cómplice, sabiendo que tenían que obedecer. Así que en silencio, Gino terminó con el afeitado y Wayne caminó hacia el dormitorio de sus hermanos para despertarles.

Ahora eran cuatro los que esperaban en aquel pasillo, sumergidos en un mar de silencio junto a todas esas costosas pinturas. Ninguno de ellos tomó asiento y pronto Johnny Sappiro llegó y entró en la oficina de Nero tras echarles un vistazo. El hombre de confianza miró a Samuel y ella le devolvió la mirada con poca preocupación en sus ojos. Ella aún llevaba puesta la ropa de Felicity y su pelo se aguantaba gracias a unas horquillas; Samantha se había desvanecido. Johnny desapareció detrás de la puerta de su jefe y Gino miró a Wayne, porqué Mark parecía perdido en una pesadilla personal y Samuel estaba demasiado ausente en ese momento, reflejando en su rostro lo absurdo de una persona al borde del suicidio.

Habían esperado durante una hora cuando la puerta se abrió de repente ante ellos. Johnny les pidió que pasasen con su dedo índice. Para entonces, Gino ya odiaba ese dedo. Samuel caminó delante seguida de sus hermanos. Esta vez no se pusieron en fila delante de Nero, sino que se mantuvieron en grupo entre el escritorio y la puerta que Johnny cerraba tras ellos. Nero se encontraba en su despacho y eran las 9 de la mañana de un domingo. En breve, su presencia sería requerida para acompañar a su familia a la iglesia, hasta entonces, todo lo que tenía en mente era averiguar qué le había pasado a Tony Rabissi.

Levantó la cabeza del New York Times que tenía sobre el escritorio y removió su primera taza de café de la mañana. El sonido producido por el repicar de una cuchara de plata contra la porcelana británica era tan diferente al del hierro contra el latón que usualmente emanaba de la mesa del desayuno de los jóvenes. Su talante esa mañana no era lo suficiente expresivo como para darles a Wayne y a Gino ninguna pista de su futuro ahora más cercano. Esas dos mentes parecían ser los únicos cerebros capaces de hacer cualquier pensamiento de calidad en esos momentos. Nero y Johnny percibieron lo perdida que Samuel estaba aunque todos ellos reflejaban el estrés y la fatiga en sus facciones.

– ¡Judía! – llamó Nero para atraer su atención.

Nero se echó hacia atrás en su silla de piel sintiendo un escalofrío privado que le subió por la espina dorsal cuando recibió la mirada de Samuel al subir los ojos del suelo donde los había tenido fijos. El hombre comprendió que en esos momentos, a la muchacha no le preocupaba su propia muerte, cuya idea y amenaza había dejando de ser un tormento para ella.

– Esto ha sido un trabajo increíble – la felicitó él, golpeando el periódico con su dedo como si el resto no estuviese presente.

Samuel permaneció en silencio, dedicándole la misma mirada

ciega.

—Pero sé que no lo has hecho sola…esos tres han intervenido y quiero saber por qué – le dijo a ella, señalando a sus hermanos.

—No lo podía hacer sola – intervino Mark. – Era imposible.

—¿Estoy hablando contigo? ¿Te he hablado a ti?...Estoy hablando con tu hermana – le recordó Nero a Mark. – ¡Hey!... ¡Judía!... ¡Despierta! – dijo él, finalmente levantándose y dando un manotazo sobre la mesa.

Nero se levantó y caminó hacia Samuel, permaneciendo de pie frente a ella y consiguiendo que por fin Samuel le mirase con algo de razón dentro de ella.

—Como Mark ha dicho no podía llevarse a cabo por una sola persona si quería salir con vida. Rabissi era el doble de grande que yo…a no ser que eso fuera lo que esperaba y entonces, mi deuda jamás se cancelaría a no ser que todos nosotros acabemos muertos de una forma u otra – dijo Samuel a Nero sin muestra de miedo en su voz. – Entonces no comprendo por qué mencionó el 'ojo por ojo', no tiene sentido.

Nero le echó una ojeada a Samuel y volvió a su escritorio donde permaneció de pie. Tomó su taza de café y un sorbo antes de mirar al grupo allí presente mientras pensaba sobre la situación en sus manos. En realidad, ese grupo de niños pobres era demasiado precioso como para dejarlos ir a su propia suerte, aunque esa misma fortuna había hecho que le hubiesen caído en el regazo.

– El estúpido conductor se suicidó, ¿lo sabíais? – compartió Nero con ellos. – ¡Se fue al coche y bang!... ¡Se voló los sesos! – imitó las últimas acciones suicidas de Peto.

El mafioso supo que los jóvenes no sabían sobre la suerte de Peto al ver a Gino, Mark y Wayne mirarse mutuamente sin comprender lo que Nero hablaba.

—No, no lo sabíais – rió agudo el jefe.

Samuel giró la cabeza y miró a sus hermanos, comprendiendo que ahora la Familia Siciliana no tenían nada en absoluto con lo que conectar el asesinato, a no ser que Rabissi hubiese hablado de

Samantha Parker a otro miembro de la familia, cosa que todos dudaban. Se volvió a girar y miró fijamente a Nero, lista para pedirle la libertad de sus hermanos.

−No hay conexión alguna con nosotros o con usted − habló Samuel.

−¿Quién se fue del hotel?... ¿Tú? − preguntó Nero a Samuel como si no hubiese escuchado sus palabras.

¿Por qué sabía tanto? ¿Había averiguado esos detalles por medio del periódico o era información pagada a un contacto en el Departamento de Policía? Los pensamientos de Wayne eran que probablemente la última opción era la más certera.

−La persona que dejó el hotel está en un barco hacia Europa en estos momentos…ella no va a volver − le explicó Samuel.

−Hay guerra en Europa − le recordó Nero.

−Su madre está muriendo − añadió Samuel.

La voz de Samuel había cambiado y sus hermanos se habían percatado de dicho cambio. Mark se había despertado una vez más, percibiendo ahora que Nero tenía que cumplir con su palabra. Nero asintió y estudió al grupo de cuatro delante de él, tras lo cual le echó un vistazo perezoso a su hombre de confianza y volvió a mirar a los jóvenes.

−¿Quién era el señor Potter? − preguntó Nero, aún sediento de detalles.

Gino levantó la cabeza y el movimiento de sus ojos contestó a la pregunta de Nero.

−¿Y tú? − dijo Nero, señalando a Wayne.

−Yo me aseguré que el chofer estuviese despierto cuando tenía que estarlo − le dijo Wayne tímidamente.

−¿Y tú? − interrogó Nero a Mark.

−Yo vigilaba − contestó Mark.

−¿Tú vigilabas? ¿Tú confabulaste esto? − se avanzó Nero.

−Sí − confesó Mark.

Nero volvió a asentir con la cabeza y miró a Johnny. Tomó otro sorbo de café y paseó hacia ellos una vez más. Los ojos de

Samuel habían vuelto a su persona, aunque aún parecían cansados, tanto como los de sus hermanos. Nero se plató muy cerca de ella y ella le miró fijamente a los ojos, presintiendo que la sentencia era inminente.

–Limpiaste con lejía el apartamento...me dicen que apesta, pero que todo seguía allí, incluso tu ropero, ¿no lo quieres? – la invitó Nero.

–Vivo en los tenements, ¿por qué iba a necesitarlo?

Nero sonrió y siguió hablando mientras se dirigió de vuelta una vez más a su escritorio y confortable silla.

–La policía no tiene pistas en estos momentos y no creo que lleguen a tenerlas...o sobre mí si es el caso...habéis anudado bien todos los cabos y no veo que nada haya quedado suelto...este cometido se ha llevado a cabo de una forma que ha superado mis expectativas y soy un hombre de palabra...tu deuda conmigo ha sido pagada y todos podéis iros...si fuese yo, me iría de Nueva York durante una temporada y cuando volváis, si estáis interesados, venid y hablad conmigo...mi puerta siempre estará abierta para cada uno de vosotros...podéis iros – Nero los liberó.

–Nos quedaremos en Nueva York – habló Samuel.

Y sin esperar cualquier otra respuesta procedente del mafioso, ella se dio la vuelta y salió de la oficina seguida de sus hermanos. Todos volvieron a casa y se fueron directamente a la cama.

La semana siguiente fue la más extraña de todas. Mark desapareció la mayoría de los días, aunque todo el dinero que tenía ahorrado se lo había fumado o había sido utilizado para matar a Rabissi. El funeral de Rabissi fue de lo único que se habló en el barrio durante una semana, pero pronto se desvaneció, dando lugar a la rutina. No para ellos. Tratando de evitarse los unos a los otros, ninguno de ellos permanecía en el salón mucho tiempo. Wayne trabajó en la tienda y aunque se le tenía por un hombre callado, se sumió en una actitud introvertida que incluso preocupó a Sally. Sus planes para contraer matrimonio se vieron retrasados de nuevo debido a que parte de los ahorros se habían gastado desde que Mark había estado sin trabajo. El vigésimo primer cumpleaños de Gino no se celebró el diez de noviembre, ya que el espíritu que vivía en aquel hogar había sido ajusticiado junto a Rabissi. Además, si bien Wayne y Gino hablaron con frecuencia sobre el tema, ninguno de ellos se atrevió a preguntarle a Samuel sobre un posible embarazo fruto de la violación, imaginando que ya no pasaría después que hubiesen pasado dos meses desde el incidente.

La 'cola' que Nero había puesto tras ellos desde la muerte de DiMaggio se redujo, pero se mantuvo porque Nero los quería. Informado periódicamente de todo lo que hacían los jóvenes, Nero movió la cabeza con desaprobación y pena cuando supo que Samuel había encontrado trabajo como camarera en un café no muy lejos de los putrefactos muelles.

– Que malgasto de talento, ¿no crees? – preguntó Nero a Johnny.

– Estoy de acuerdo – le dijo Johnny.

– ¿Qué hace el drogadicto para mantener la vida en el limbo? – se preguntó Nero.

– Roba por aquí y por allí…lo que puede – le resumió Johnny.

– Cuídalo…que no lo pillen todavía…deja que vuelvan a su rutina y veremos en el Año Nuevo… ¿Y el italiano aún sigue ganando? – quiso saber él.

– Sí…y es muy bueno – sonrió Johnny.

Nero sonrió también y se subió al coche.

8°Distrito, Zona Baja de Manhattan, ciudad de Nueva York, 15 de noviembre de 1914

Mark entró en su apartamento tras haber estado ausente durante dos días. Era un jueves por la noche, pero no estaba muy seguro tras un largo viaje al paraíso en el creciente barrio chino. Encontró a Samuel con los pies sumergidos en agua salada. Su nuevo y mal pagado trabajo le estaba rompiendo la espalda y castigando los pies, así que tras lavarse en la cocina, se había colocado un trapo sobre el pelo mojado y su bata. Después que Mark entrase en casa, ella le miró y reconoció de inmediato donde había estado.

— Hey – la saludó Mark.

— Hola – le devolvió ella el saludo, pudiendo olerle la ropa.

Mark se quitó la gorra y el abrigo y se dio la vuelta para enfrentarse a ella.

— ¿Están en casa? – le preguntó él.

— No…Gino se ha ido y Wayne está en casa de Sally…están celebrando el cumpleaños de Laura, así que volverá tarde – le dijo ella. – ¿Dónde has estado?

— Fuera – contestó el rubio, caminando hacia la cocina para ver si había algo de comer.

— Eso ya lo sé, Mark – dijo Samuel.

— Entonces no me preguntes dónde he estado…no quieres saberlo – añadió él, buscando comida en el estante.

— Sí que quiero saberlo – le contradijo Samuel.

— ¡Déjalo, Samuel!... ¡Ya tengo suficiente!... ¡No quiero tenerte a ti también a mi espalda! – le ladró Mark.

— ¡A tu espalda! ¿Desde cuándo estoy a tu espalda? – le pidió ella.

Mark se giró donde se encontraba, junto al fogón y la miró.

— Ya no lo aguanto más…me tengo que ir – se rindió Mark.

— ¿Qué?

Samuel se puso de pie y tras poner sus pies en el suelo, los cuales chorreaban agua, miró perpleja a su hermano. El corazón de Samuel latía con fuerza, creándole dolor en el pecho. Ella caminó hacia delante dejando marcas de pies en el suelo de madera y paró junto a la mesa, bajo el círculo de luz central.

— ¿Qué has dicho? – repitió ella.

— Me voy de esta casa – informó el adicto.

— ¿A dónde te vas? – preguntó ella.

−Me voy a Inglaterra tan pronto como tenga dinero para el pasaje – dijo Mark tras tragar algo de saliva para así poder hablarle.

−¡Inglaterra!... ¡Inglaterra está en guerra! – le recordó Samuel.

−No en territorio británico – clarificó Mark.

Tras esas palabras, Mark permaneció en silencio. Samuel se mantuvo de pie y en estado de *shock* como si le hubiesen acabado de decir que sus padres la habían encontrado. Los ojos de Mark se clavaron en los de Samuel y supo que había herido el poco corazón que le quedaba en el cuerpo.

−¿Cuánto…cuánto tiempo vas a estar fuera? – tembló la voz de ella, sabiendo que no había nada que ella pudiese hacer para hacerle cambiar de opinión.

−No lo sé – le dijo Mark a ella, echándola ya de menos.

Samuel permaneció en silencio mirando a Mark, sin poder evitar que un par de lágrimas escapasen de sus ojos, limpiándoselas con rapidez con los dedos.

−No puedes dejarme aquí – le dijo ella.

−Exactamente…esa es la razón por la cual tengo que irme…no puedo estar más contigo…me está matando – susurró Mark.

En silencio, Mark y Samuel se miraron a los ojos indefinidamente. Ella comprendió la vergüenza que él sentía por los sentimientos que tenía hacia ella, siendo esta mayor que el amor que le profesaba. Samuel rompió el silencio con una petición llena de egoísmo.

−Entonces vete de casa…vete a otra parte de la ciudad – le suplicó ella, – pero no te vayas a Europa.

−Necesito un mar, un mar hondo entre tú y yo…una ciudad no va a ser suficiente para mí, Sam – le explicó él.

−No – imploró ella con un murmuro lo suficientemente suave como para dejar que un ángel descansase la cabeza en él.

Mark notó cómo se debilitaba su fuerza con el pasar de los segundos, allí frente a ella, al otro lado de la mesa. Por fin supo que ella había conocido sus sentimientos probablemente desde la misma noche que él mismo lo había descubierto al forzarle Gino a enfrentarse a ellos. Mark comprendió lo inteligente que ella había sido al ignorar lo sucedido ese día, creando la ilusión que esas palabras se las había llevado el viento y así, el estado de su familia se había visto inalterado.

– Las cosas son más fáciles cuando duermo – murmuró Mark, – pero no puedo dormir durante el resto de mi vida…tengo que dejar…tengo que dejarte… a ti.

Samuel volvió a secarse las mejillas y asintió con la cabeza ligeramente, comprendiendo lo que Mark le decía, convenciéndose a sí misma que ese era el mejor paso a dar sin importar lo mucho que ella le iba a echar de menos, a él, la persona con la que había estado desde que tenía memoria. La posibilidad de levantarse una mañana para saber que Mark estaba en el otro lado del planeta la asustó más que cualquier otra cosa en el mundo entero, pero lo aceptó sin darle más pensamiento. Era lo correcto y Mark la dejaría pronto.

Samuel volvió a la silla y se sentó, dejando a Mark de pie junto a la mesa. Él vio como metía de nuevo los pies en el agua caliente y salada mientras aceptaba con coraje lo que él había decidido. Mark, con el alma seca, se quedó junto a la mesa, ya que su mente no lograba hacer que sus piernas se moviesen. De hecho, él pretendía mantener ese momento y hacerlo durar durante años para así no tener que irse de Nueva York y dejar a Samuel atrás. Mark vio como ella encontró refugio en su silencio, limpiándose las esporádicas lágrimas de las mejillas producidas por la marcha de Mark. Cada lágrima que sus ojos verdes generaban llenaba el corazón de Mark con una pena que se llevaría a Londres consigo.

Habiendo perdido el poco apetito que tenía, entró en su habitación y se fue a la cama dejándola en el salón a solas.

Dos días más tarde, ella volvió del trabajo para encontrar a Gino en casa y cocinando, así que él se dio la vuelta cuando la puerta se abrió. El caso de Rabissi se había enfriado debido a la falta de pistas y todos se habían relajado, incluso Nero. Samuel colgó su abrigo nuevo comprado por Gino y miró a su hermano.

—Hola, Gino – le saludó ella, forzando una sonrisa.

—Hola, pequeña.

Wayne salió de la habitación polaca y la miró. Ella parecía más triste de lo normal, pero la feliz Samuel que habían criado había desaparecido esa noche de agosto.

—¿Cómo ha ido el trabajo? – la saludó Wayne.

—Bien…las propinas han sido buenas – le dijo ella. – ¿Dónde está Mark?

—No está en casa – respondió Wayne.

—No puede irse sin decirme adiós…no le dejéis que se vaya sin decirme adiós, por favor – les suplicó Samuel.

Gino y Wayne se miraron mutuamente como lo habían estado haciendo durante dieciséis años y luego se enfrentaron a Samuel.

—Aún está aquí…sólo que no está en casa – le dijo Gino.

Samuel asintió y caminó hacia su habitación para quitarse los zapatos, pasando junto a Wayne; él se giró para poderla ver.

—Ven y cena con nosotros – la llamó Wayne.

—Dame un minuto.

—De acuerdo.

Wayne caminó hacia su hermano y le ayudó mientras hablaron, manteniendo la voz tan baja como pudieron.

—¿Por qué tengo la impresión que no sé toda la historia? – susurró Gino a Wayne.

—Déjalos tranquilos, Gino…no podemos meternos – le imploró Wayne.

—¿Por qué no?...Los queremos y creo que ellos también se quieren – le dijo Gino.

—¿Estás seguro de eso? – le preguntó Wayne desde el fogón.

—Sí.

—Claro que se quieren…pero Samuel no lo quiere a él de la forma que tú piensas...y para ya, me estás poniendo enfermo – le ladró Wayne a Gino.

−¿Por qué te pones enfermo ahora? − se preguntó Gino en voz alta.

Gino miró a Samuel cuando esta salió de la habitación con unos zapatos diferentes, caminando hacia el estante donde tenían los platos. En silencio, preparó la mesa mientras de vez en cuando, observaba a sus hermanos, sentándose al terminar. Ella había preparado cuatro platos pero ni Gino ni Wayne se atrevieron a decir palabra alguna.

A media cena, la puerta de la entrada se abrió y Mark entró en la callada casa. Gino había intentado en varias ocasiones comenzar una conversación, pero esa noche le había sido imposible. Wayne giró la cabeza al ver entrar a Mark y saludó al rubio. Su chaqueta y su gorra estaban algo húmedas por la reciente nieve.

−¿Nieva otra vez? − preguntó Wayne lo obvio con la única esperanza de oír alguna voz en esa casa, mirando hacia la ventana tras levantar la cortina.

−Sí, acaba de empezar hace un minuto − elaboró Mark.

−Pues llegas a tiempo…siéntate con nosotros − lo invitó Gino, levantándose.

−Yo lo hago, gracias − le dijo Mark, caminando hacia el fogón.

−De acuerdo.

Gino se sentó de nuevo y le echó un rápido vistazo a su hermana, la cual miraba a Mark en caso que esa fuese la última noche que lo haría. Con su plato lleno de sopa de pollo, Mark se sentó delante de ella y la miró antes de comenzar su cena.

−¿Has conseguido ya un pasaje? − preguntó Samuel a Mark con voz firme pero sin pizca de sentimiento.

Esa pregunta cayó sobre la mesa como una bomba, haciendo que Mark levantase los ojos para mirarla otra vez. Gino imitó a Mark mientras Wayne no supo a quién mirar y temió otra noche trágica y llena de lágrimas. Ya estaba cansado de llorar.

−Aún no − le contestó Mark, clavando sus ojos en los de ella.

−¿Cuánto necesitas? – continuó Samuel.

−Necesito veinticinco dólares más – dijo Mark tras otra cucharada de sopa.

−Yo tengo ahorrados cinco…te los puedes quedar… ¿Y vosotros? – preguntó ella, mirando a Wayne y a Gino.

Mark mantuvo los ojos fijos en Samuel mientras ella mantenía los suyos en sus otros hermanos, los cuales, mudos de repentina enfermedad por esa reacción hostil, no pudieron encontrar las palabras para salir de tal conversación.

−Hum... – balbuceó Gino. – Yo puedo darte diez...creo.

−Tú no puedes, Wayne, lo sabemos…entonces sólo te faltan diez más – dijo Samuel a Mark.

Mark no contestó al comentario de Samuel y se preguntó qué era lo que estaba pasando, cayendo más hondamente en el pozo de confusión en el que ella lo había empujado cuando la joven continuó comiéndose su sopa como si no hubiese dicho nada.

−¿Qué estás haciendo? – le preguntó Mark.

Samuel levantó los ojos y se los dio a Mark.

−¿Qué quieres decir? – preguntó ella.

−¿Qué mierda haces? – le reprochó él, visiblemente molesto.

Gino y Wayne sintieron miedo de Mark. Jamás había utilizado ese lenguaje y tono con Samuel y no sabían qué esperar.

−Estoy intentando ayudarte – le mintió ella.

−No lo hagas – le ordenó él.

−De acuerdo…sólo pensé que tendrías prisa en irte – concluyó ella.

Wayne cerró los ojos sabiendo que Samuel había pisado en los sentimientos de Mark de una forma ruda y cruel. Gino levantó las cejas y quiso desaparecer para perder cualquier beneficio que su posición como testigo podía darle.

−¿Te crees que esto es fácil para mí?... ¡Esta es mi casa! – ladró Mark a Samuel.

−Me pregunto cuándo empezaste a arrepentirte de haberme encontrado – le preguntó Samuel.

—Ahora mismo, Sam.

Samuel asintió con la cabeza y se terminó la sopa, tras lo cual se levantó, puso el plato en el cubo y se fue a la cama tras dar las buenas noches a una audiencia muda y confusa que se dejó atrás. Mark continuó con su cena en la compañía de sus dos hermanos, a los cuales les había sido imposible tragar alguna otra cucharada.

—No me deis el discurso que todo esto es culpa mía, ya sé que lo es – supo Mark, levantándose y poniendo su plato sucio en el cubo con agua.

Wayne miró a Gino y este miró a Mark.

—Está dolida, eso es todo – expresó Gino. – Nadie quiere que te vayas.

—Sabéis que tengo que hacerlo, ¿verdad? – les preguntó Mark, de pie junto al fogón.

—Sólo tú sabes lo que puedes y lo que no puedes aguantar – le contestó Wayne.

—¿Y eso cómo ayuda? – le empujó verbalmente Gino, tras las palabras de Wayne.

—Tiene razón – estuvo de acuerdo Mark, sentándose en el sillón donde tenía planeado pasar la noche. – Es decisión mía...no puedo aguantarlo.

Mark dejó la ciudad de Nueva York con un billete hacia Londres, Inglaterra, tres días después de haber sido golpeado por la fortuna con una buena cartera en Broadway. Él se fue mientras Samuel trabajaba en el café y Gino fue a despedirle. Wayne consiguió trabajar ese día, aunque su mente estaba con su hermano y el terrible hecho que este les dejaba después de tantos años de estar juntos. Antes de zarpar, Gino y Mark se abrazaron al pie de la rampa que le llevaría a las entrañas del barco y hacia Europa. Había tanta gente a su alrededor que estaban siendo continuamente golpeados y empujados uno a la cara del otro.

—Consigue a alguien que escriba por ti y nos dices donde vives – le dijo Gino a su hermano.

–Lo haré…tan pronto como encuentre un lugar donde vivir…dile…dile a Samuel que siento mucho no haberle dicho adiós – suplicó él, bajando la mirada, ya que la vergüenza había vuelto a sus ojos.

–Lo haré…no te preocupes…se lo diré…nosotros la cuidaremos – aseguró su hermano.

–Ya sé que lo haréis – dijo Mark, finalmente mirándole de nuevo a esos ojos negros.

Mark le brindó una sonrisa a su hermano y le abrazó una vez más antes de darse la vuelta y subir por la rampa de madera que le deslizaría al gigante de hierro, el cual le llevaría a una temblorosa Europa.

Tras lidiar en privado con la marcha de su hermano, Gino se apresuró a casa para estar allí antes de que Samuel volviese del trabajo. Ella encontró a Gino preparando la cena como ya era la costumbre desde que ella había comenzado a trabajar y entró en la casa, saludándole como siempre.

Gino se limpió las manos con un trapo, mientras intentaba reunir el arrojo para poder enfrentarse a su hermana. La vio caminar hacia su habitación quitándose los zapatos. Gino supo que ella se había dado cuenta que Mark se había ido cuando ella se acercó a la puerta de la habitación, lentamente, como si le fuese imposible caminar después de un largo sueño.

–¿Dónde están los zapatos de Mark? – preguntó ella.

Wayne no podía imaginarse las ganas que Gino tenía que él estuviese en casa en esos momentos, ya que notó que iba a desmayarse. El italiano dejó el trapo en la mesa y caminó hacia su hermana mientras le hablaba.

–No te ha podido decir adiós, pequeña…estaba demasiado triste – le susurró Gino.

Cuando llegó a ella, la realidad la había golpeado de tal forma que ya había empezado a llorar. Gino intentó abrazarla, pero ella le empujó y dio tres pasos atrás hasta sentarse en la cama, llorando su vida por esos ojos, mientras sus aullidos se filtraban por las paredes hacia el pasillo del edificio. Cayendo de espaldas en la cama, el dolor punzante que estaba experimentando la hizo retorcerse. Nada de lo que pudo decir Gino para hacerla sentir mejor le ahorró algo de dolor, así que decidió dejarla a solas para llorar la partida de Mark de la forma en la que su cuerpo había decidido hacerlo.

Aún sollozaba cuando Wayne llegó a casa una hora más tarde. Los ojos de Wayne estaban rojos e irritados al igual que los de Gino y no le sorprendió en absoluto encontrar a Samuel en el estado en el que lo hizo. Wayne no intentó nada para frenar la pena que atravesaba las paredes y la puerta cerrada, colgando el abrigo y el sombrero mientras contendía con sus propias emociones. En silencio, ambos, Gino y Wayne se sentaron en la mesa e intentaron comer un poco mientras Samuel lloraba desesperadamente en su cama, abrazada a la almohada de Mark, preguntándose en voz alta por qué la había dejado. Wayne no pudo evitar mirar en dirección a la puerta de la habitación de su hermana de tanto en tanto, encontrándose de paso con los ojos de Gino.

—Tarde o temprano se dormirá — susurró Gino con esperanza.

—Que sea pronto — deseó Wayne.

Nero supo que uno de los hermanos no aparecía por ninguna parte y decidió llamar a *La Judía*. Ella se presentó en su oficina a solas después de ser recogida del trabajo por Johnny, entrando la habitación que ese día olía a rosas a las siete de la noche, con una poderosa nieve cayendo fuera. Nero observaba la tormenta desde su ventana cuando ella hizo presencia en la estancia.

—Preciosa noche — la saludó él.

—¿Por qué estoy aquí otra vez? — cuestionó ella sin preámbulos.

—Sólo un encuentro de amigos...me imaginé que venir a hacerte una visita al café pondría a muchos celosos — bromeó él.

Samuel no encontró el humor en las palabras del mafioso y se limitó a mirarle.

—¿Por qué estoy aquí? — le repitió ella al capo.

– ¿Dónde está el drogadicto? – le preguntó Nero.

Ella miró a Johnny y entonces le devolvió la mirada a Nero.

– ¿Por qué tiene que saber todo esto?...Rabissi ya es historia y nosotros también...o eso creía – afirmó ella.

En lo más hondo de su corazón, Nero amaba la forma en la que Samuel le hablaba ahora que se sentía libre de su cometido con él. Nadie se atrevía a hablarle así y él sabía que delante de él, tenía una joven, muy cerca de ser mujer pero con raíces profundas en su niñez, la cual presentía que sería una poderosa pieza en el tablero de su negocio.

– ¿Dónde está tu hermano? – le preguntó él, vocalizando más sus palabras.

– Mark se ha ido a Europa...a Londres – contestó ella, sintiendo un profundo dolor tan sólo al pronunciar la pesadilla la cual ahora era su verdad.

– ¿Y eso? – se preguntó él.

– Tenía que irse...es algo familiar y no tiene nada que ver con usted...yo maté a DiMaggio, yo maté a Rabissi, deje a mis hermanos en paz como dijo que haría – le pidió Samuel.

Nero la observó desde la ventana a la cual parecía pegado.

– ¿Te gusta tu nuevo trabajo? – buscó él en ella, ignorando sus últimas palabras.

– Me viste y me da de comer – respondió ella.

– ¿Tanto te gusta?...hum...ya veo... ¿Has pensado en mi oferta? – inquirió él.

– ¿Qué oferta? – quería saber ella.

Nero rió y miró a Johnny.

– Necesito sangre joven como la tuya cerca de mí...qué lástima que el listo se fuese, vosotros tres podríais cultivaros un buen futuro a mi lado – le dijo Nero.

– No voy a volver a matar – le comunicó Samuel.

– Y no te estoy pidiendo que mates...si te las ingeniaste para matar a Rabissi y hacer lo que hiciste es una lástima que tu talento se vea desperdiciado sirviendo mesas por diez centavos la hora…podrías estar haciendo miles y vivir en un lugar decente donde la mierda no se te tira en la jodida cabeza desde las ventanas – narró Nero. – Como yo lo veo, tú sólo estarías siguiendo tu naturaleza…y así lo harían tus hermanos…el otro, el cojo – le dijo él.

– Se llama Wayne – le corrigió ella.

– Wayne…sí…a Wayne lo están explotando en esa tienda…y el italiano… ¡Oh! Qué bueno es…yo tendría el trabajo perfecto para él en uno de mis establecimientos…nada como un buen jugador para controlar el resto…y para ti, querida, tengo grandes planes que me gustaría que considerases, pero no en estos momentos…ve a casa y habla con Wayne y…Gino, sí, Gino…ve a casa y habla con ellos para que podamos sentarnos y discutir los detalles…sin prisas, sólo hablar de negocios.

– Hablaré con ellos – concluyó Samuel.

Él no la dejó ir porque creyese lo que ella le había dicho, la dejó ir porque tenía un previo compromiso y diez minutos era todo lo que podía darle, así que Johnny la llevó a casa.

La preocupación de Gino había hervido cuando a la hora que ella llegaba a casa normalmente, no lo hizo. Cuando la puerta se abrió y Wayne apareció, Gino se dirigió hacia la percha para coger su abrigo y salir a la calle e ir a buscarla.

– ¡¿A dónde vas?!...¡Está helando ahí afuera! – le dijo Wayne al ver su intención.

– ¡Samuel aún no ha llegado a casa! – le informó Gino, poniéndose el abrigo.

– ¡¿Aún no?! – preguntó Wayne.

Gino no le contestó a esa pregunta y se dirigió hacia fuera, seguido de Wayne, el cual se congeló en lo alto de las escaleras cuando vio a Gino a la mitad del camino hacia la fría calle. Samuel había aparecido en la entrada del edificio y llegado a las escaleras, así que Gino se giró y empezó a subirlas de nuevo mientras se quitaba el abrigo. Los tres entraron en la casa y Gino le preguntó el por qué de su tardanza.

– Sappiro me estaba esperando – contestó ella.

− ¿Qué quería? – solicitó Wayne.

−Nero quería saber dónde estaba Mark – les explicó ella, quitándose el abrigo.

− ¡Oh!... ¡Genial! – exclamó Gino en voz alta, como si su vida se hubiese terminado. – ¡Aún lo tenemos detrás! ¿Qué quiere de nosotros?

− ¿Cuándo creíste que había perdido el interés en nosotros? – preguntó Wayne a Gino.

−Tenía la esperanza que lo hiciese – asintió Gino con la cabeza.

− ¿Y dejar que una mina de oro se eche a perder? – declaró Wayne mientras se quitaba el abrigo.

− ¿Qué más te ha dicho? – preguntó Gino a su hermana.

−Nos quiere – replicó Samuel, – así de simple.

− ¡Mierda! – soltó Wayne, caminando hacia la cocina.

EL *JUDÍO*

Bajo Manhattan, ciudad de Nueva York, 18 de Febrero de 1915

Wayne cumplía veintidós años el dieciocho de febrero y se hacía una fiesta en su honor en casa de Sally, planeada hasta el último detalle debido a que sería entonces cuando se anunciaría oficialmente el compromiso entre Sally y Wayne. Con el paso de los días, Gino se sentía preocupado por la falta de noticias de Mark, sabiendo sin embargo, que no había forma alguna de contactar o saber de él a no ser que él lo hiciese antes. La falta de nuevas forzó su imaginación y pronto todos empezaron a temer que quizás, él se habría visto envuelto en la guerra, ya que había dejado los Estados Unidos en tal estado de depresión. Aún mayor fue su preocupación cuando después de Año Nuevo, Samuel comenzó a actuar como si Mark jamás hubiese existido. Sin importar cuántas veces Gino le dijo a Wayne que sólo era un mecanismo que utilizaba para evitar sufrir por el espacio vacío que él había dejado atrás, Wayne opinaba que su hermana había pasado por demasiadas miserias en muy poco tiempo y le preocupaba que hubiese perdido esa sensibilidad que un día tuvo. De hecho, ambos habían sido testigos de cómo ella había mirado fijamente a los ojos de Nero y de la forma en la que había matado a dos hombres. En ocasiones, Wayne la miraba intentando encontrar en ella el niño pequeño que habían recogido y aceptado en su familia, un niño mudo y temeroso que se aferraba a Mark como si hubiese sido este su madre y él un cachorro adoptado.

Samuel y Gino caminaban hacia la casa de los Lukas alrededor de las cinco de la tarde para asistir a la cena en honor a Wayne. Esa tarde les regalaba el más brillante de los soles, aunque no era lo suficientemente poderoso como para calentar la ciudad un poco, pero sí para hacer que todo brillase algo más. Samuel caminaba cogida del brazo de Gino como si fueran una pareja de jóvenes recién casados caminando hacia el hogar de los Lukas. Ella había estado terriblemente callada en los últimos días y Gino pensó que ese era el mejor momento para poder preguntarle lo que le preocupaba. Pararon momentáneamente para dejar pasar a un coche y entonces cruzaron la calle con rapidez.

−¿Te pasa algo? − introdujo Gino el tema, bajando por la calle Elizabeth.

−Ayer me despidieron − admitió ella tranquila, como si estuviese dándole la hora.

Gino congeló su ritmo al pegarse sus zapatos de repente en el suelo, como si hubiese descubierto una conspiración contra él, algo escondido que no podía comprender. Samuel había dado unos pasos más, sus brazos se soltaron y ahora se encontraban uno frente al otro en aquella complicada calle donde la gente salía de sus casas para disfrutar del débil sol.

−¿Por qué? − preguntó él.

−Un cliente me tocó el culo y le solté un puñetazo en plena cara − explicó Samuel.

Gino le dedicó una mirada y entonces resumió su paso. Ella lo alcanzó con un pertinente y chispeante caminar, el que le permitía su falda. Estudió a su hermano, intentado averiguar su respuesta a la noticia.

−¿No tienes nada que decir? − le preguntó ella en busca de una reacción.

−Bien hecho…el bastardo se lo merecía, espero que le rompieses la nariz − replicó él.

−Casi…sangraba como un cerdo cuando me fui, pero vuelvo a estar sin trabajo − añadió ella.

−Buena chica, Sam…no te preocupes, nos las arreglaremos hasta que encuentres otra cosa − la calmó él.

Cinco minutos más tarde, Gino y Samuel entraban en la casa de los futuros suegros de Wayne. Laura Lukas les abrió la puerta y Gino le besó la mejilla. Ahora que Mark no estaba, ella había desarrollado una infatuación con Gino y tras ese beso, alcanzó otro nivel en la fantasía donde el italiano era el rey.

Wayne trajo de vuelta a Samuel de donde allí hubiese estado durante los últimos diez minutos. Ella sonrió al ver una taza de té ante su persona y levantó los ojos para mirar a su hermano. Era agradable tener una bebida caliente en otra cosa que no fuese una taza de aluminio. Samuel había sido la primera en desearle un feliz vigésimo segundo cumpleaños esa misma mañana al saltar en su cama después que Gino la hubiese despertado temprano. Juntos le habían dado el regalo que habían conseguido para él, lo cual llevaba en ese momento y relucía en él, combinando perfectamente con sus pantalones nuevos.

– ¡Estás tan guapo! – le dijo ella acariciando su camisa nueva.

– Gracias, pequeña… ¿Se lo has dicho ya? – le preguntó Wayne, refiriéndose a Gino.

– Sí, de camino aquí, estaba hasta contento – comunicó ella.

– Lo sabía…no te preocupes, todo irá bien y trabajarás otra vez muy pronto – dijo él, besándole la frente.

Sally se acercó a ellos del brazo de un desconocido para Samuel. Wayne sonrió al verle, ¿pero por qué iba Sally de su brazo?

– Samuel…este es Colin, el primo de Sally…esta es mi hermana Samuel – les presentó Wayne.

Samuel le ofreció la mano a Colin y él se inclinó para besarla ligeramente. Era tan alto como Wayne, pero sus ojos eran azules, de pelo negro y fijado hacia atrás con cera capilar. Su ropa mostraba que en cualquier negocio en el que estuviese involucrado, funcionaba bien. La delicadeza de su ropa conjuntaba con su gentil perfil, cubierto por una sincera sonrisa.

– ¿Samuel?... ¿Lo he oído bien? – preguntó Colin.

– Sí – le alivió ella.

—Colin acaba de llegar de Detroit…trabaja como ingeniero aquí – narró Sally para los oídos de Samuel.

—¿Y qué cosas diseñas o construyes? – le preguntó Samuel.

—Puentes – resumió Colin.

—Pues entonces has venido al lugar idóneo… ¿Cuánto tiempo vas a estar aquí? – preguntó ella.

—Me acaban de transferir, así que imagino que una buena temporada – contestó él.

—Eso son buenas noticias – le dijo Wayne. – Bienvenido a la ciudad.

Colin dio las gracias asintiendo con la cabeza a su futuro primo y se dio la vuelta, siguiendo el dedo de Samuel.

—¿Estás segura de eso? – soltó Samuel una risita mientras señalaba a la espalda de Sally.

Sally se giró en dirección en la que Samuel señalaba con una amplia sonrisa. Laura y Gino hablaban con un vaso de soda en las manos mientras se comían mutuamente con los ojos.

—¡Oh, no! – soltó Sally, dejando el grupo.

Los tres que se quedaron atrás siguieron a Sally con la mirada, quien atravesaba el salón lleno de gente, acercándose por fin a su hermana y a Gino. Colin se volteó y miró a los hermanos.

—Quiero a mi hermano con locura, pero no son buenos el uno para el otro…demasiado cercano a la familia – bromeó Samuel.

—Es bueno entonces que aprobaste de Sally – le dio Wayne un codazo.

—¡Por supuesto!...Ella te quiere, pero Gino es tan sólo una sustitución para Laura – dijo Samuel.

Colin los miró con curiosidad y Wayne le sonrió.

—Es una larga historia…perdonadme – dijo Wayne a Colin, excusándose cuando la señora Lukas le hizo una señal para que fuese a su lado al otro lado del salón.

—No había visto a Sally desde que éramos niños – mencionó Colin.

—Es una buena chica, está haciendo muy feliz a mi hermano —
añadió Samuel, mirando a Wayne, quien se acercaba a su suegra.

—Sally dice que sois cuatro… ¿Dónde está el otro? — le
preguntó Colin.

—Se fue a Europa hace unos meses…su nombre es Mark — le
dijo ella, sintiendo una pesada tristeza en su cuerpo.

—¿Europa?... ¿A dónde?...Hay guerra en Europa — preguntó
Colin, recibiendo el cambio en el humor de ella, tras lo cual pensó
que quizás podía haber muerto o desaparecido en la guerra.

—Lo sabemos — sonrió ella.

—¿Cuándo vuelve? — se preguntó Colin.

—No creo que vuelva — respondió Samuel.

8°Distrito, Bajo Manhattan, ciudad de Nueva York, marzo de 1915

Como un acto reflejo, Wayne aplastó contra su regazo el
pedazo de papel en el momento en que oyó abrirse la puerta. Cuando
ella entró lo vio en el sillón, con palidez en su rostro y algo de
sorpresa también. Samuel entró y cerró la puerta sin quitar los ojos
de su hermano.

—¡Hola! — saludó ella.

—¡Hola, pequeña! — la saludó él también.

—¿Qué lees? — le preguntó ella, señalando el arrugado papel
que tenía entre las manos.

—Esto…esto es una carta de Mark — susurró él, pensando que
si lo hacía, le ahorraría algo de dolor a su hermana.

Samuel permaneció en silencio, de pie frente a él, entre la
puerta y la mesa, la habitación y el sillón, comprendiendo que Mark
estaba en verdad vivo en el momento de enviar esa carta. El
estómago de ella se encogió al tamaño de una nuez. Le llevó algo de
tiempo reaccionar ante la noticia y cuando lo logró, se quitó el
sombrero y el abrigo como si no hubiese oído nada. Entonces se
dirigió a su habitación mientras Wayne se puso de pie, dejando la
carta atrás y siguiendo a su hermana a su habitación para encontrarla

sentada en el borde de la cama donde se quitaba los zapatos.

−¿No quieres leerla? − le ofreció Wayne aunque ella le daba la espalda.

−No − mintió ella.

−¿Por qué no?...Esto significa que está bien − insistió él.

−Lo sé y me hace feliz que lo esté, pero se fue...así que ya no está aquí − contestó ella.

−¿Te hace feliz? − preguntó Wayne molesto.

−Bueno, estoy contenta que esté bien…pero ya no está aquí − le recordó Samuel.

−¡Pero aún es quien es, Sam! − la riñó Wayne.

−¿Y quién es exactamente? − le preguntó ella, girando la mitad de su cuerpo desde el otro lado de la cama.

De pie en el umbral de la puerta, Wayne observó sin agrado la lucha de su hermana contra sus emociones y la confusión abrumadora que la carta de Mark había producido en ella, la cual emanaba de su rostro; él la conocía bien.

−¿Vas a hacer lo mismo conmigo cuando me case con Sally y me vaya de esta casa? − le preguntó Wayne.

−¡No! − dijo ella enseguida.

−¿Y por qué es Mark diferente? − quería saber Wayne.

−Mark me dejó a mí…tú no me dejas a mí, tú te casas con Sally − explicó Samuel.

−Sabes por qué Mark tuvo que dejarte, Samuel…no podía soportar la vergüenza y los anormales sentimientos que tenía hacia ti − musitó Wayne, midiendo el riesgo de sus palabras.

−Lo sé…pero no tenía por qué irse a un lugar tan peligroso − susurró ella.

−Mark, Gino y yo somos tus hermanos − le dijo Wayne tras un breve silencio.

−Medio hermanos − le corrigió Samuel.

Wayne arqueó las cejas y vio el cambio en Samuel. Era la primera vez que ella había mencionado y reconocido el particular vínculo que todos ellos compartían, la pobreza y la soledad.

—Todos le echamos de menos y estamos preocupados, Sam…pero es mejor así – aseguró Wayne.

Samuel asintió a su afirmación y se giró de nuevo, dándole la espalda a su hermano una vez más. Minutos más tarde, ella oyó la puerta cerrarse y el silencio reinó en el apartamento. Un gran portazo se oyó de repente en el pasillo y un par de críos corrieron escaleras abajo, gritando predicciones sobre la tremenda diversión que iban a tener con la pelota que uno de ellos llevaba. Ella se dirigió hacia el salón y vio la carta sobre la mesa. Se acercó a ella y sacando una silla, se sentó ante la carta de Mark.

"Queridos Samuel, Wayne y Gino,

Ante todo, quisiera disculparme por el retraso de esta primera carta. Ha sido difícil adaptarme a esta nueva ciudad pero he conseguido unas cuantas cosas en los dos meses que he vivido aquí. Tienen un acento un tanto extraño, ¡Gino tenía razón¡ Lo más difícil ha sido el soportar la añoranza de mi casa y el sentimiento de haber perdido tanto al dejar Nueva York y a todos vosotros, pero imagino que es algo a lo que todos nos tenemos que enfrentar tarde o temprano en la vida. Encontré trabajo cinco días después de llegar a Londres y estoy alquilando una habitación no muy lejos de donde trabajo, en la zona de Holloway. Aunque hay guerra en el continente, las fábricas no son nada diferentes a las americanas y tampoco pagan más. He conseguido mantenerme lejos de lo que me había hecho dormir tanto, ya que no tuve elección durante el largo viaje a través del Atlántico. He decidido ahorrar todo el dinero posible. No estoy seguro de lo que voy a hacer con él, pero en estos momentos intento no pensar mucho o me volveré loco.

Deseo sentirme mejor y poder así volver a casa, pero el monstruo sigue dentro de mí y parece ser que se quedará ahí durante un tiempo. Ojala me hubiese dado cuenta de esto antes y haber podido controlarlo, pero estaba ciego y era débil. No dudo de que cambie y vuelva a casa con mis hermanos y mi querida hermana pequeña. Hasta entonces, cuidaros mucho y os envió mi amor.

   Mark."

Al finalizar la carta, Samuel rompió a llorar, pero volvió a leerla varias veces. Esa era la única forma que tenía de estar cerca de Mark, por medio de sus palabras. Cuando su corazón no lo pudo aguantar más y los ojos le dolían por el constante frotar, dejó la carta en la mesa y empujó la silla lejos de sus piernas creando un terrible ruido. Enfurecida, caminó hacia la percha donde colgaban los abrigos y tras limpiar sus lágrimas de nuevo, sintiendo que sus ojos volvían a estar hinchados por culpa de Mark, agarró su abrigo de un zarpazo y dejó la casa en dirección a la Zona Alta de Manhattan.

8° Distrito, Bajo Manhattan, ciudad de Nueva York, abril de 1915

Tres semanas después y con la llegada de la primavera, Samuel se vestía en su dormitorio cuando escuchó el ruido de la puerta al cerrarse. Mantenía la puerta abierta de su habitación para permitir algo de aire fresco y luz natural aún débil dentro de su habitación. Gino entró en el apartamento y la buscó, hábito que había adquirido desde que Mark se había ido. Gino había estado ausente tres días. Podía verse por el aspecto de su rostro que había perdido, probablemente una suma importante de dinero. Lo que ella no podía percibir todavía era la clase de gente que eran, aquellos que pertenecían a los indeseables, clase con la cual él había acumulado una deuda tras una larga partida de cartas. Agudamente preocupado, Gino la miró desde la puerta del dormitorio.

   – ¿Vas a salir? – le preguntó Gino sin saludarla antes y tras ver que ella llevaba su sombrero.

   – Sí, no tienes buen aspecto… ¿Estás bien? – se preguntó ella en voz alta.

   – He perdido… ¿A dónde vas? – inquirió él de pie junto a la puerta.

– Fuera – replicó ella, poniéndose los zapatos mientras se aguantaba con una mano en los pies del marco de la cama.

– Eso lo comprendo, Sam, ¿a dónde? – insistió el italiano.

– Colin me lleva a cenar – explicó ella.

– Colin, ¿quién? – insistió él.

– ¡Colin, el primo de Sally!... ¿Qué te pasa? – preguntó a Gino pasando por su lado y entrando en la cocina.

– ¡Espera! ¡Aún no he terminado contigo! – buscó Gino su atención al girarse. – Los hombres de Nero están abajo… ¡Abajo, Sam! – le gritó él, señalando a la puerta de la calle como si ellos estuviesen detrás.

– Hablaré con ellos – le respondió ella sin mucho cuidado.

– ¡¿Disculpa?! – gritó Gino, inclinando su cabeza hacia delante como si hubiese sufrido una sordera repentina.

Samuel se dio la vuelta en el salón y fijó sus ojos en su hermano.

– Deja que te diga algo – se enfrentó Samuel a él, parada muy cerca de la puerta principal. – Estoy cansada de esta casa, estoy cansada de tener que compartir el más asqueroso agujero que tenemos de retrete con el edificio entero, estoy cansada de tener que subir el agua…¡¡Y de lo que estoy más cansada aún es del sentimiento de culpabilidad que tengo por todo lo que os estoy causando!!...¡¡Sé que soy una terrible carga para ti!! ¡¡Y sé que por culpa mía, Mark se ha ido!! ¡¡Y sé que ahora te sientes tan abrumado por la responsabilidad que no te deja respirar!!...¡¡Metí la pata, Gino!!¡¡Sé que metí la pata y ahora no hay nada que pueda hacer para remediarlo, ¿comprendes?!! – aulló Samuel, tras lo cual cogió aire profundamente y le miró con verdadero amor. – ¿Qué más puedo perder? No tengo nada más que perder y voy a coger lo que se me ha puesto delante y disfrutarlo hasta que acabe mi vida, la cual, al ritmo que llevo puede que sea más corta de lo que esperaba.

Esa explosión había dejado a Gino sin pensamiento coherente que compartir con ella. Sin comprender lo que había oculto detrás de su ira, él la miró fijamente, allí ante él, vestida con una falda larga y una blusa fina mientras aguantaba su bolso con su mano izquierda.

—No eres una carga para mí, ¿de dónde sacas eso? – le preguntó Gino, sintiéndose confundido.

—Estoy harta de ser pobre y estar asustada, Gino, perdí la decencia hace mucho tiempo y como Nero dijo en una ocasión, sólo estoy siguiendo mi naturaleza de la misma forma que la mesa de juego te atrae a ti cada vez que dejas la casa – le susurró Samuel.

— ¿Qué has hecho, pequeña? – exhaló Gino aterrado.

—Ya no nos vigilan – le informó Samuel.

Tras pronunciar esas palabras que cicatrizaron la mente de Gino para siempre, ella abrió la puerta principal y la cerró tras su gracioso cuerpo. Gino se apresuró a la ventana y la vio entrar en el coche que los hombres de Nero tenían aparcado frente al edificio. Gino sabía que ese coche la llevaría a ver a su nuevo jefe y después que uno de los hombres se tocase ligeramente el ala de su sombrero como saludo a una dama, Gino cogió todo el aire que pudo con sus pulmones, sintiendo un desgarrador dolor de estómago. Vertiginosamente desorientado por esa imagen, el hombre tuvo que sentarse en el sillón donde permaneció, intentando comprender lo que Samuel había hecho, hasta que allí lo encontró Wayne cuando llegó a casa dos horas más tarde.

—¿Estás bien? – le preguntó Wayne antes de cerrar la puerta.

Gino levantó los ojos mientras Wayne cerraba la puerta. El italiano había estado en un lugar imaginario donde Mark le reprochaba por haber perdido a Samuel. Gino sentía una terrible culpabilidad y ahora intentaba encontrar la mejor forma de decirle a su hermano que Samuel había decidido cruzar la línea entre el bien y el mal, los ricos y los pobres.

—La hemos perdido – respiró Gino.

—¿Qué? – balbuceó Wayne sin comprender.

—Samuel, ha cruzado al otro lado – gesticuló Gino con la mano como si pudiese mostrarle a Wayne la forma en la que Samuel había elegido unirse a Nero.

–¿De qué hablas? ¿Dónde está? – preguntó Wayne, preocupado tras escuchar las incoherentes palabras de Gino.

Wayne se dirigió hacia la habitación polaca para encontrarla vacía, saliendo ya altamente alterado al no encontrar ninguna pista de dónde podría estar su hermana o a su hermana presente.

–¡¿Dónde está?! – le aulló Wayne esta vez.

–Con Nero…está con Nero y después con Colin…para ir a cenar – le dijo Gino con un extraño tono.

–¡¿Qué?!... ¡¿Qué está haciendo con Nero?! – le gritó Wayne, llevándose las manos a la cabeza como si así pudiese evitar volverse loco.

–Él es su jefe ahora, Wayne… ¡Te acabo de decir que la hemos perdido! – repitió Gino. – Mark va a venir desde Inglaterra y me va a matar con sus propias manos, ¿lo comprendes?...Me va a matar – susurró él como si pudiese vislumbrar su propio asesinato.

Esa noche, ambos la esperaron despiertos. Ella llegó alrededor de las once de la noche tras haber sido conducida a casa por un taxi que Colin había pagado. Samuel entró en el edificio sabiendo que la luz del salón estaba encendida exclusivamente para ella, así que tomó aire profundamente antes de enfrentarse a sus hermanos. Samuel los encontró en el salón. Gino estaba sentado en el sillón como si no se hubiese movido en horas y Wayne se sentaba en la mesa, frente a la puerta. Ninguno de ellos se movió cuando ella entró y les dio las buenas noches, tras lo cual cerró la puerta y se quitó el sombrero mientras los miraba. Gino parecía destruido; la ira de Wayne emanaba y se filtraba por las paredes, alcanzando a todos los vecinos y atrayendo a esa noche, el más extraño de los humores. Sus ojos parecían los de un lobo.

–Dime que te ha malentendido – la cuestionó Wayne, rompiendo el helado silencio.

–No lo ha hecho – afirmó Samuel.

–¿En qué te has convertido? – le preguntó Wayne.

−En nada nuevo − contestó ella con una pizca de pesar en su voz. − No puedo pretender que me voy a casar y ser feliz con un esposo e hijos…ya no.

−¿Qué hay de malo en ser madre? − quería saber Gino. − ¿Qué hay de malo en tener una familia?...Tú de entre todo el mundo deberías saber el valor de eso.

−Y lo sé − le dijo ella, de pie a tan sólo un paso dentro del apartamento y de la puerta de entrada.

−¿De verdad? − le preguntó Gino sarcásticamente.

−Sí, pero sin embargo sería anormal dar amor y vida después de haber tomado dos con mis propias manos, ¿no crees? − susurró ella.

Gino y Wayne la miraron en silencio mientras digirieron sus palabras, las palabras de una persona que había decidido ceder ante el destino.

−Tiene que haber otra forma de ganarte la vida, Samuel − dijo Wayne.

−¿De verdad? ¿Crees que Nero me va a dejar?... ¡Ya está detrás de él! − le dijo ella, señalando a Gino. − Es mi amo…soy de su propiedad desde el momento en el que bailé con DiMaggio…soy propiedad suya, Wayne, así que lo mejor es que saque lo que pueda de ello…y para empezar, me mudaré y así no tendréis que preocuparos más por mí.

−¡¿Qué?! − gritaron ambos, levantándose como si sus sillas se hubiesen incendiado de golpe.

Samuel no tomó ni un centímetro hacia atrás, manteniéndose firme mientras les miraba, viendo la furia que ambos profesaban en esos momentos.

−Es mejor así…tú te vas a casar en breve y tú…tú puedes venir y vivir conmigo si no te molesta lo que hago − especuló Samuel, refiriéndose a Wayne y a Gino simultáneamente.

−Esto es una pesadilla… ¡He estado viviendo en una pesadilla desde hace meses! − explotó Wayne. − ¡Joder!

– ¡Exacto! ¡Y no voy a haceros pasar por esto ni un minuto más!... ¡Ya es suficiente! – gritó también Samuel.

Samuel podía sentir como los ojos de sus hermanos desprendían veneno; sí, los cariñosos ojos de sus hermanos se habían transformado en bolas de malicia, dirigiendo el veneno hacia ella.

– ¿Qué diría Mark? – le preguntó Gino.

– ¡Mark se fue!...¡¡Mark ya no está aquí!! ¡¡Se fue!! ¡¡Así que él no tiene nada que decir con esto!! – clarificó Samuel, moviendo sus manos en el aire como si el tema se hubiese solucionado meses atrás.

– Le romperás el corazón – expuso Wayne con un tono de voz calmado.

– Él rompió el mío, así que imagino que ya estamos en paz – reconoció ella, utilizando su mismo tono de voz.

Esa noche, ni Gino ni Wayne pudieron dormir muy bien, así que eran tan sólo las cinco de la mañana cuando Wayne se levantó y paró unos instantes a los pies de la cama de su hermana de camino a la cocina. Él la miró de la misma forma que lo había hecho en todos los años pasados mientras la había visto convertirse en una bella mujer. Gino le alcanzó, así que Wayne siguió con sus pasos hacia la cocina y empezó a hacer el desayuno en un terrible silencio. Gino cerró la puerta de Samuel y se acercó al fogón donde Wayne ponía agua a calentar para poder lavarse antes de ir a trabajar.

– Será mejor si voy con ella…así podré vigilarla – aventuró Gino.

– De hecho…yo estaba pensando lo mismo – admitió Wayne. – Me desharé de este agujero y cerraremos este capítulo…odio este lugar – afirmó Wayne, mirando con odio el viejo y decadente hogar con débiles y porosas paredes, muy a pesar de que su madre hubiese vivido allí una vez.

– Es lo mejor…no va a cambiar de opinión – sacudió la cabeza Gino.

—Ya sé que no lo va a hacer y sin pensar lo poco que me agrada, tiene razón… ¿Cómo va a esconder tal…tal información de un marido?...Se volvería loca – susurró Wayne.

—Lo hemos hecho lo mejor que hemos podido – compartió Gino con su hermano, tranquilizándose también a sí mismo.

– Lo sé – le dijo Wayne de inmediato. – Y no empieces a pensar de esa forma, ya tenemos bastante con un mártir – dijo él, refiriéndose a Mark. – Saca la mantequilla.

Zona Alta Oeste de Manhattan, ciudad de Nueva York, julio de 1915

Samuel había cumplido diecisiete años tres días después de que Mark hubiese cumplido los veintiuno en julio de 1915. Desde su marcha, sólo había habido una carta y Samuel aprendió a no esperar más noticias de él. El veinte de julio de 1915, Wayne y Sally contrajeron matrimonio en la Iglesia de la Transfiguración, celebrando un copioso banquete en la calle y de noche, bajo un cielo cargado de estrellas brillantes, bloqueando la entrada y la salida y dándoles la bienvenida a todos los vecinos. Aquellos que quisieron acompañarles llevaron sus propias sillas, uniéndose a los recién casados y bailando en medio de la calle al son de una banda que Colin les había obsequiado como regalo de boda. Wayne y Sally vivirían en la calle Elizabeth, mientras que Samuel se había mudado más al Norte y ahora compartía un apartamento con Gino en el exclusivo Apthorp, en el 2207 de Broadway con el 390 de la Avenida del West End. Ocupando una manzana completa, su nuevo hogar poseía un patio central donde el agua corría en dos independientes y arqueadas entradas, protegiendo a los residentes con magníficas puertas de hierro forjado que daban a diferentes calles. Su apartamento había sido adquirido en menos de una semana, ya que no sería hasta una década más tarde que dicho edificio llegaría a su total ocupación. Debido a la falta de pasado en esa parte de la ciudad, su dinero, sus ropas y una llamada de teléfono les abrió las puertas a ese nuevo mundo. Este impresionante edificio había sido construido tan sólo unos años atrás, con cornisas y espectaculares y esculturales detalles hechos de piedra y hierro que creaban una sensación viva en esa parte de la ciudad.

La relación de Samuel con Colin parecía funcionar y seguir adelante incluso a pesar de la distancia que ella mantenía entre ellos, en la que trabajaba con esmero, dejándole estar a su lado, pero sin ninguna responsabilidad hacia ella. Colin era un hombre inteligente y no tardó mucho tiempo en deducir lo que Samuel hacía para ganarse la vida. Además de las habladurías que pronto llegaron a sus oídos, las noches en las que Samuel estaba 'ausente' reforzaron sus creencias. Tras un debate interno por la vida que su pequeña Samuel vivía, él sucumbió a sus sentimientos por ella y optó por pedirle que le llamase cuando estuviese en casa. Samuel le había sonreído a Colin a través de la mesa donde comían y tras besarle la mano al ingeniero, Colin fue suyo para siempre.

Samuel había sido introducida a la organización por Johnny Sappiro, el hombre que había sido testigo de cómo Nero la había abofeteado la primera vez que se habían encontrado. Sin descubrir su edad y referida simplemente como *La Judía*, su principal tarea era aprender a cómo dirigir uno de los establecimientos de apuestas mientras que otros aseguraban el lugar y evitaban las redadas de la policía. A finales de octubre, ella ya había sustituido oficialmente al gerente del club conectado con la zona de juego, la cual estaba aún en vías de desarrollo. Así mismo, se le había encargado el control de un prostíbulo cerca del barrio chino donde la mafia china luchaba por su territorio ferozmente. Con la imaginación de una niña en sus tiernos años, ella desarrolló el club con exquisito gusto mientras gobernaba la zona de apuestas y de juego con una mano de hierro, castigando personalmente unos cuantos deudores, balanceando un afilado cuchillo por encima de los muslos, justo por encima de las rodillas, informándoles que cada semana que se retrasasen el pago ella levantaría el cuchillo cinco centímetros.

No tardó mucho tiempo en unirse Gino a ella. Alrededor de Noviembre, a la edad de veintidós años y genuinamente asustado por su vida, Gino permitió que Nero pagase las deudas que había acumulado en un año oscuro para él. De hecho y en breve tiempo, Gino se convirtió en el alma de ese establecimiento y su innata habilidad para crear el ambiente más propicio para el juego fue explotado sin miramientos hacia los perdedores. Localizado en el 16° Distrito y tan sólo a dos calles de Broadway, el 'establecimiento' como le llamaba, se convirtió en una fuerza imparable para aquellos que no podían resistir la tentación de apostar sus salarios y herencias, fijando los ojos en la baraja de cartas o en poderosos corceles. Con la presencia de Gino, ella concentró sus esfuerzos en construir, dirigir y explotar el club, además de los ya cinco burdeles dispersos por toda la ciudad.

Zona Alta Oeste, ciudad de Nueva York, 24 de diciembre de 1915

Parecía que habían pasado siglos, pero sólo hacía un año que Mark había dejado Nueva York para empezar de nuevo en Londres. Gino llegó a casa a las cuatro y diez de la madrugada bajo un intenso frío que trepaba sigilosamente por su cuerpo. Al abrir la puerta, vio que las luces estaban encendidas. Estaba nevando fuertemente en la calle y se limpió algo de nieve que le había caído encima al caminar desde el coche al edificio. Continuó quitándose el abrigo de lana hecho a medida, colgándolo en el armario que tenían en el gran recibidor. El apartamento contaba con cuatro dormitorios y una chimenea de mármol tallado en el salón. El fuego aún estaba con vida y el chisporroteo rompía el terrible, pero acogedor silencio de esas horas.

−¿Sam? – la llamó él, cerrando la puerta que daba al recibidor, sintiendo el calor de su hogar en el rostro.

−Aquí – oyó él.

Él caminó hacia la chimenea y vio a su hermana sentada en el sillón de respaldo alto, su predilecto. Con los pies en alto, el pelo cogido con horquillas y aún en bata, había estado trabajando en unos libros, intentado seguir la contabilidad para así poder controlarla ella también. Había cuatro de dichos libros en el suelo y un par de lápices de colores, uno rojo y otro azul. En la mesa pequeña del salón, él encontró los restos de un servicio de té y dos pañuelos limpios para su nariz congestionada.

−¿Cómo te encuentras? – le preguntó él, de pie frente al fuego y frente a ella.

−Me encuentro mejor…por fin puedo respirar – le dijo ella, – pero se me va a caer la nariz.

−Posiblemente – rió Gino. – La tienes roja… ¿Y la fiebre? – se preguntó él, colocando su mano en la frente de ella.

−Creo que se ha ido – adivinó ella.

−Todavía estás caliente… ¿Por qué estás despierta? Deberías estar en la cama – la riñó él, quitándose la chaqueta blanca.

−Sabes que no me puedo dormir antes de las cinco… ¿Cómo ha ido esta noche? – quiso saber ella, moviéndose en su asiento.

Gino se sentó frente a ella y soltó un terrible ruido tras echarle un vistazo al fuego.

−Ha ido bien…bien – informó él, asintiendo. – A la gente le encanta la banda que conseguiste.

−Lo sé, son muy buenos…tenemos comida de Navidad mañana y también cena, ¿lo recuerdas? – le recordó ella.

−Por supuesto…echo de menos a Wayne – susurró Gino.

−Yo también, pero mañana le veremos – lo confortó Samuel.

−Lo sé…deberías estar en la cama…vamos ya – le dijo Gino, ofreciéndole la mano.

−Bien… ¡Te estaba esperando! – sonrió Samuel ampliamente.

– ¡Eres un bebé! – le reprochó Gino.

Samuel rió y se levantó para ir a la cama.

Pasarían el día de Navidad con Wayne y Sally en casa de los Lukas. La familia de Sally no aprobaba Gino ni Samuel, pero les aceptaban en su casa por Wayne y Sally, así que el precio a pagar por dicho privilegio era el no ser mencionados o no recibir conversación alguna en la mesa por parte de los padres. La creciente reputación de Samuel había llegado a los oídos de los Lukas y aunque las excelentes y mejoradas maneras de la joven habían impresionado a la familia al completo, su estatus había ganado e incluso ahora, Colin se preguntaba qué hacer con sus sentimientos debido a los potenciales problemas con los que Samuel le podía salpicar. Decidió ignorarlo durante un poco más de tiempo y ahora, él también se encontraba a la mesa de Navidad de los Lukas. De hecho, era por Wayne que Samuel y Gino aceptaban el insulto del silencioso arreglo, y él les agradeció el sacrificio con el más cálido de los abrazos cuando ambos entraron en casa de sus suegros. Batallando aún en su interior, el corazón de Sally se sentía roto en dos pedazos, pero por una razón desconocida, cualquier cosa que se decía por ahí de su cuñado y su cuñada, ella no lo tenía presente cuando estaba con ellos, sino que hablaba con aquellas personas con las que había crecido. Tras el café y el té, Gino le hizo una señal a Samuel. Tenían veinte minutos más para pasar en esa casa ya que tenían otro compromiso.

– Te pediría que vinieses con nosotros, pero me temo que no serías bienvenido – bromeó Samuel con Colin, jugando con lo que la mayoría de invitados pensaban de ella.

Colin le ofreció una risita salada y la miró a los ojos.

– Esperaba poder hablar contigo hoy…no creía que te marchases tan pronto… ¿Negocios en el día de Navidad? – le preguntó Colin.

– No son negocios…es sólo una reunión a la que se nos ha invitado – esquivó Samuel. – Nos podemos ver mañana para comer, ¿estás libre? – le preguntó ella.

– Haré tiempo o nunca te veré – contestó Colin.

– Si estás ocupado, lo comprendo – clarificó Samuel.

– Asegúrate de estar en Francesco's a las doce – le ordenó Colin con su mejor sonrisa.

– Sí, señor – dijo ella. – ¿Me disculpas, por favor? Necesito hablar con Wayne – le pidió ella, dejando la taza sobre la cornisa y el espacio que compartían junto a la chimenea.

– Claro.

Samuel se acercó a Gino y a Wayne. Wayne puso su brazo sobre el cuello de Samuel y ella se abrazó a su cintura, recibiendo un beso de él en la cabeza.

– Ya tienes mejor aspecto – le dio Wayne la bienvenida.

– Lo sé…Gino me está cuidando – dijo Samuel, señalando a Gino.

– Soy un tipo de gran corazón, ¿qué puedo hacer? – sonrió Gino ampliamente.

Aun abrazando a su hermana, Wayne miró a Gino.

– He ido a ver si habíamos recibido correo de Mark…nada – comunicó Wayne a sus hermanos.

– Ya ha pasado casi un año – se quejó Gino, mostrando miedo en la voz.

– Ya lo sé…no sé qué más hacer. No sé porqué no escribe, tiene que saber que estamos preocupados con la guerra y todo…estoy tan impaciente – dijo Wayne inquieto.

Gino permaneció en silencio. Los hermanos notaron la mudez que Samuel había adoptado al nombrarse Mark. Ambos se preguntaban si en el corazón de Samuel, Mark había muerto en un campo de batalla europeo tras cometer el error de alistarse en las filas de su país adoptivo contra el imperio de la codicia.

– ¡Ojala pudiese aceptar el dinero, pero no puedo, lo siento! ¡Me siento fatal por ello! – le dijo Wayne a Gino, cambiando de tema.

Samuel reaccionó, mirando también a Wayne cuando Gino lo hizo.

–¿Por qué no puedes aceptarlo? – le preguntó Samuel.

–Tienen demasiada influencia en Sally…sería una pesadilla para mí – predijo Wayne.

–¿Qué es esto? – se quejó Gino en voz baja. – Estoy trabajando muy duro por ese dinero y ella también – remarcó Gino, señalando a su hermana, quien seguía en los brazos de Wayne.

–Ya lo sé…lo sé, sé que los dos trabajáis mucho – dijo Wayne.- Tú…tú tienes un par de problemas de conducta, pero la gente te respeta.

–Castiga a uno, haz que las noticias vuelen y el resto obedecerá y pagará – habló Samuel con dulce voz.

–Me das miedo, Sam – confesó Wayne, contemplando su rostro.

Samuel rió y le besó el pecho a Wayne.

–Pero si se fueron caminando – bromeó Samuel.

Gino le sonrió a su hermana y miró a su alrededor para ver si estaban siendo observados.

–Eso era un regalo de nosotros para ti, ¿comprendes?...Esa mierda de trabajo que tienes os va a mantener con la cabeza baja a ti y a tu familia para el resto de tu vida – narró Gino con frustración en la voz.

–¿Crees que no lo sé?...Yo trabajo allí, Gi…además, Sally estaría muy feliz de coger el dinero también pero…ya sabéis…saben demasiado – explicó Wayne.

–Lo más económicamente independientes que los dos seáis, menos poder tendrán sobre vosotros…tan simple como eso – le dijo Samuel. – Acepta el dinero y deja esa casa.

Gino y Wayne miraron a Samuel.

–Escúchala…ha hecho que despidiesen a dos tipos, ¿te lo dije? – dijo Gino a Wayne, bajando la voz.

Wayne sonrió y besó la frente de su hermana una vez más. Sin importar en qué tipo de negocios sucios estuviese metida, se sentía terriblemente orgulloso.

– Te echo de menos…verte una vez al mes no es suficiente – malcrió Wayne a Samuel.

– Lo sé; yo también te echo de menos – le dijo ella, acurrucándose en sus brazos.

– También te abrazaría a ti, pero… – dijo Wayne a Gino, acariciándole el pecho con su mano libre.

– ¡Quita! – rió Gino, alejándose de Wayne como si su mano le hubiese quemado el pecho.

La risa de Samuel hizo que todo el salón se girase para ver quién se lo estaba pasando tan bien.

Alrededor de las seis de la noche, *La Judía* y su hermano entraron en el hogar de Signore Nero, protegida con artillería pesada. Tras dejar sus abrigos al cuidado del mayordomo, subieron las escaleras de caracol hacia la sala principal, desde donde emergía ruido de charla y música. Gino hizo un comentario sobre los hombres de pie en la calle y el hecho de que hubiesen demasiados coches desconocidos. Tras tomar un par de copas de champán, se lanzaron a la multitud, viendo pronto a Nero al otro lado del salón.

– ¡Guau! – suspiró Gino. – Ése de allí es Mannie Riggo.

Samuel le había escuchado, pero continuó caminando sin comprender por qué Nero había reunido a miembros de otras familias en la noche de Navidad. De hecho, era la primera vez que ellos estaban en una fiesta como esa.

– ¡Mis niños están aquí! – bromeó Nero cuando los vio acercarse.

Nero los abrazó y besó la suave mejilla de Samuel.

– ¿Qué tal está la familia? – les preguntó Nero.

– Están bien, gracias. Ha sido una bonita comida de Navidad – replicó Gino, moviendo la cabeza con un saludo dirigido también a Johnny Sappiro.

– Excelente, estoy encantado de que hayáis podido uniros a nosotros hoy…me gustaría presentaros a Mannie Riggo y Paolo Rabissi… estos dos son de lo mejor que hay… desafortunadamente, el señor Rabissi ha perdido a su hijo recientemente – informó Nero a Gino y a Samuel.

Al oír esas palabras, Gino notó como si un cañón le hubiese disparado una bala de diez kilos en pleno estómago, siendo arrastrado a través del enorme salón donde las recepciones de Nero normalmente se celebraban. Si no hubiese sido por la rápida reacción de Samuel, Gino imaginó que el señor Rabissi podría haber visto el cartel colgando de sus cuellos en el que se podía leer: Asesinos. Sin saber con certeza de donde la mujer de diecisiete años sacaba esa sangre tan fría, Gino vio cómo su hermana extendió su mano enguantada hacia el señor Rabissi y tras haberla tenido unos instantes entre las poderosas manos del hombre, ella musitó.

– Siento tanto su pérdida, señor Rabissi, por favor, acepte nuestras condolencias.

El señor Rabissi la miró y asintió con agradecimiento desde el corazón por tal gentileza. Un escalofrío subió por la espina dorsal de Gino al ver que Samuel transmitía dolor y solidaridad por el padre del hombre que ella había empujado por la ventana de un hotel un año atrás. ¿Qué había pasado con la Samuel que habían criado? ¿No había sido lo suficientemente duro con ella? Él pensaba que lo había sido, ya que Mark jamás había sido capaz de castigarla y Wayne, bueno, Wayne había sido un árbitro la mayoría de las ocasiones. Gino creyó que la conocía bien, pero allí, ante el señor Rabissi, el señor Riggo, Nero y Johnny Sappiro, Samuel sentía el dolor del padre de la víctima, asustando a su hermano hasta el punto en el que perdió la cabeza, sólo los psicópatas carecían de la capacidad de sentir. ¿Estaba notando el señor Rabissi que su pequeña mano temblaba? ¿Lo notaba? De igual forma, Nero y Johnny Sappiro no podían creer el aspecto de Samuel y la pena que transmitía por sus ojos por la muerte del hijo de Rabissi. El corazón de Nero se llenó con un sentimiento de orgullo por el monstruo que DiMaggio había descubierto.

Al ser presentados a otros invitados, Samuel decidió examinar la multitud en busca de caras conocidas, sin encontrar a nadie que recordase haber visto con Tony Rabissi. Tras el tiempo adecuado y debido a un urgente sentimiento de incontinencia emocional, Samuel desapareció en el aseo de las mujeres y vomitó. Sintiéndose mejor, se enfrentó al espejo y a su propia imagen. Mark irrumpió en su mente y ella bajó la cabeza llena de vergüenza por tener que sobrevivir de esa forma. Se secó el sudor de la cara con una toalla mientras evitaba mirarse al espejo, abandonando el aseo para buscar a Gino. Lo encontró hablando con Frankie *Sweet-lips*, uno de los hombres más gallardos que cualquier mujer habría tenido el placer de conocer, con gusto por los hombres y los cuchillos. Ella tomó otra copa de champán y se acercó a su hermano y Frankie. Su semblante había cambiado y Gino se sintió aliviado al ver que su hermana tenía intacta la conciencia.

Tres horas más tarde y después de sentarse en un taxi, Gino la miró en el mismo instante en el que el coche se puso en marcha para llevarlos a casa.

—¡Oh, Dios mío! – dejó salir de su boca.

Samuel giró la cabeza y le miró.

—Creí que me iba a desmayar delante de él…estaba segura que podía verlo en mis ojos, Gi – dijo Samuel con su voz empapada en terror.

—Yo no vi eso, Sam…me acojonaste, ¿lo sabes? – sonrió Gino ampliamente.

—¡¿Qué?!...No tienes ni idea de lo que me estaba pasando por la mente…tuve que apretar su mano para que no notase que temblaba…el pánico dentro de mí…estaba tan jodidamente asustada – gimió Samuel.

—Es imposible que haya notado algo, Sam…hasta el jefe estaba perplejo por tu reacción…creo que el bastardo lo ha hecho a propósito…eres tan buena actriz, Sam…y yo estaba tan asustado – dijo Gino con una sonrisa salada.

—¡Una actriz! – exclamó Samuel.

—¡En el buen sentido! ¡¿Me has visto la cara?! ¡¿Te dio tiempo a verme la cara?! – le preguntó Gino.

– ¡No podía ver nada! Estaba bloqueada…y de repente, estoy dándole la jodida mano…y he tenido que vomitar después… ¡Jesús! – se quejó Samuel.

– ¡Guau!…¡Qué día! – exhaló Gino, echando un vistazo a las nevadas calles de Nueva York.

A las doce en punto del día siguiente, Samuel entró en el Francesco's y vio a Colin en la distancia. En ese restaurante lejos de su viejo barrio y lejos del área donde era conocida, Samuel sintió como si estuviese viviendo otra vida y ahora, era feliz porque iba a encontrarse con Colin. Samuel caminó hacia él y el ingeniero se levantó para darle la bienvenida con un beso en la mejilla. Con su ayuda, ella se quitó el abrigo y se sentó de cara a la puerta, como siempre hacía. Un coche la esperaba fuera y Colin lo supo. Tras pedir, Colin miró sus ojos verdes. ¿Cómo podía ella ser tan malvada como la gente decía que era? Si no tenía ni dieciocho años.

– ¿Descansaste? – le preguntó Colin.

– Sí, ¿y tú? – se preguntó ella lo mismo.

– Sí.

– ¿Qué querías que hablásemos? – introdujo ella.

– ¿Dónde se ha ido tu romanticismo? – le preguntó Colin con una sonrisa generosa.

Samuel sonrió y tomó un sorbo de agua.

– Sólo pregunto…no me gusta dar rodeos, me confunde – otorgó ella.

– De acuerdo…entonces permite que vaya al grano – le dijo él, intentando encontrar su coraje.

– Por favor – le ayudó ella.

– Me pregunto si algún día vas a poder quedarte por fin en casa conmigo…por la noche – puso Colin sobre la mesa.

Samuel echó el cuerpo hacia atrás y le contempló. Ella supo de inmediato que todos los hombres decentes y buenos que Colin representaba, allí delante de ella, estaban para siempre vetados de su corazón.

—No soy la mujer ideal para ti — contestó ella con simplicidad.

—No has hecho nada que no se pueda arreglar…vete de Nueva York, vente conmigo a Detroit, allí puedes empezar de nuevo — le ofreció Colin.

Samuel sonrió tiernamente y se sintió terriblemente cercana a él. Ella cogió la mano derecha de él entre las suyas y le miró.

—Esta es la oferta más gentil que se me ha hecho en mucho tiempo, Colin, créeme…pero no podría dejar atrás a mis hermanos…tu vida y la mía circulan en vías diferentes, ¿verdad? — le dijo Samuel, echándose hacia adelante y perdiéndose en los azules ojos del hombre.

La pausa de Colin respondió a su pregunta.

—Créeme cuando te digo que te echaré de menos — le susurró Samuel a Colin.

DESPUÉS DE BUSCAR, ESPERAR Y NO ENCONTRAR

Zona Alta Oeste, Manhattan, ciudad de Nueva York, verano de 1917

El año 1917 estaba siendo tan frío como sangriento. Mientras una revolución había estallado en territorio ruso y no sería hasta noviembre cuando se alcanzaría la cúspide del segundo nivel, los aliados luchaban contra los Poderes Centrales mientras que más tropas estaban siendo enviadas a la lucha para ser masacradas con gas venenoso.

Nadie supo que Mark no se había alistado para luchar junto a las tropas británicas en el continente, pero ciertamente lo había hecho sin problema alguno a la edad de veintidós, cuando el seis de abril de 1917 los Estados Unidos de América declararon la guerra a Alemania. Nadie supo que mientras Mark hacía cola frente a la caserna de reclutamiento en la Zona Central de Londres, Sally estaba dando a luz a David Theodore McLean en la ciudad de Nueva York, durante el mismo tiempo en el que Samuel le urgía a Signore Nero para que encontrase la forma que Gino evitara la Ley de Servicio Selectivo de 1917. Nadie supo que Mark cumplió sus veintitrés años en una trinchera en Francia, con el polvo desprendido del agujero formando una cáscara perpetua en su cara.

En la ciudad de Nueva York, Wayne había abandonado su empleo en la tienda de comestibles, aceptando otro en un periódico entre la calle Cuarenta y Tres y el doscientos veintinueve de la calle Este, a apenas quince minutos de donde Samuel y Gino residían. Después que unas llamadas se sirvieran de favores, el cambio había ayudado a los nuevos padres a mudarse más hacia el Norte, lejos de esas calles que Wayne odiaba tanto. Con diecinueve años, Samuel había comenzado a salir con Reggi Capino, uno de los sobrinos de Signore Nero, dotado con un bullicioso temperamento a la edad de veinticuatro años. Aun siendo éste no santo de la devoción de Gino, Regí comenzó a quedarse a pasar la noche con regularidad, así que los dos hermanos intentaron aceptar la idea que sólo esa clase de hombre sería capaz de aceptar el pasado y el presente de Samuel.

Zona Alta Oeste, Manhattan, ciudad de Nueva York, Día de la Independencia de 1918

Samuel salió del edificio donde residía. El coche aparcado en el patio central estaba listo para ella, en el cual entró con energía y fue conducida a Macy's para comprar un vestido nuevo para esa noche, su cumpleaños, el día que cumplía veinte. Tras adquirir una vaporosa prenda negra con un profundo escote trasero en forma de V y zapatos que conjuntaban a la perfección, volvió a casa con la esperanza de encontrar a Gino despierto y poder comer con él. Wayne, Sally y David eran esperados para comer con ella y el ver a su sobrino llenaba el triste corazón de Samuel con una incontrolable alegría. Llorar la muerte de Mark había sido la experiencia más espinosa de su vida y aunque la esperanza que él volviese a casa aún estaba viva, su largo y seco silencio de casi tres años indicaba que Mark podía haber sido una víctima de la guerra y que ellos jamás sabrían con seguridad lo que había sido de él, devorado por ese inquieto y caótico tiempo en el que se había sumergido.

Al abrir la puerta, Samuel llamó a Lucille, cerrándola seguidamente. La criada a su servicio desde que se habían mudado al Apthorp salió de la cocina donde preparaba la comida y se acercó a ella para coger las bolsas.

– ¿Cómo estás Lucy? – saludó Samuel a la criada.

–Estoy bien, señorita Sam…su familia ya ha llegado – le dijo Lucille, cogiendo sus bolsas.

– ¡Oh! – vitoreó Samuel – ¡¡Mi niño está aquí!!... ¡¡Gracias!! – gritó Samuel, dándole a Lucille su bolso y su sombrero de una forma desordenada y apresurada, anhelando ir junto a su sobrino y provocando que la criada no pudiese cogerlo todo antes que el bolso golpease el suelo. – ¡¡Perdona!! – se disculpó Samuel por su mala educación al salir corriendo hacia la puerta que separaba el recibidor del salón.

Al entrar con colosal estampida en el salón y la mejor de sus sonrisas en su ahora feliz rostro, ella pudo percibir que Gino estaba de pie con David durmiendo en sus brazos. Wayne y Sally esperaban en el sofá.

– ¡Hola! – saludó ella felizmente.

– ¡La niña del cumpleaños está aquí! – proclamó Wayne ruidosamente.

Samuel se acercó a ellos cruzando el salón, emanando una luz resplandeciente. A medio camino, se percató de la presencia de una quinta persona, así que desaceleró su paso y observó al hombre que se levantaba de su sillón favorito, el que se encontraba de cara a la ventana alta, ofreciendo a la persona allí sentada una vista clara de la nieve cayendo durante el invierno.

Las piernas de Samuel se vieron incapaces de seguir moviendo su cuerpo cuando Mark se giró levemente tras haberse puesto de pie con la ayuda de una muleta, buscándola con sus ojos mientras lucía un uniforme militar marrón. En el silencio helado que había invadido el gran salón, todos los testigos pudieron escuchar como el alma de Samuel se rompía con la visión de Mark. El pelo del soldado era corto y en su frente había aparecido una cicatriz.

– Hey, Samuel – susurró él.

Samuel había perdido la voz e intentó adivinar si seguía consciente o si su mente se estaba recreando a su antojo una vez más, ya que ella había jugueteado con ese momento en innumerables ocasiones, en un tiempo cuando ella aún había tenido esperanza. El silencio de la mujer preocupó a Gino y a Wayne y ellos se miraron, preguntándose cómo reaccionaría ella. De pie a apenas cuatro metros de ellos, Samuel miraba fijamente a Mark, intentando digerir la realidad, que él estaba vivo y de pie en su salón, justo frente a ella. Cuando por fin pudo ordenarle a sus pies que se moviesen, ella caminó hacia adelante y enterró su rostro en el pecho de Mark, poniendo sus brazos alrededor de su cintura, mientras que Mark envolvió con los suyos a su hermana. Los testigos pudieron finalmente respirar y Sally se limpió un par de lágrimas, incapaz de controlar sus emociones. Sus ojos estaban irritados debido al día tan sentimental que había tenido desde el momento en que Mark había aparecido en la tienda de su padre tras haber ido a su casa vieja y encontrar tres familias viviendo allí. El señor Lukas le había ofrecido con gentileza la nueva dirección y ella se apresuró a salir de la habitación de David tras oír gritar a Wayne después que este hubiese abierto la puerta para encontrar a su hermano, vivo delante de él.

– Feliz cumpleaños, Sam – le susurró Mark, manteniéndola en sus brazos e ignorando al resto de la familia.

– Gracias – murmuró ella también, claramente alterada.

Se abrazaron por siempre jamás y una vez que sus almas habían restaurado la conexión eterna que sólo ellos habían logrado crear, Samuel dio un paso atrás y miró a Mark tras sentir el corazón de él latiendo salvaje en su feliz pecho. Habían pasado tres años y medio y el rubio había madurado, poseedor aún de esa cara de niño con la que tendría que vivir el resto de su vida. Samuel se dio una palmadita en las mejillas para secarse las lágrimas y miró a Gino, quien la miraba fijamente sin haberse perdido ni un instante del encuentro.

– ¿Cuándo has vuelto? – preguntó ella, encontrando los ojos de Mark de nuevo.

– Esta mañana, temprano – respondió él.

Ella dio un paso atrás para poder examinar el estado de Mark. Su cuerpo también había madurado y más cicatrices se habían hecho visibles en su cuello. Samuel bajó la mirada a la pierna herida de su hermano y preguntó.

– ¿Qué te ha pasado? – buscó ella en él.

– Francia – contestó Mark simplemente.

Samuel asintió, respetando su corta y vaga respuesta.

– Siéntate, por favor – le urgió ella.

Mark se volvió a sentar para descansar la pierna, mientras que Samuel se alejó de él, saludando a Sally y Wayne, besándoles a ambos, moviéndose después para besar a un dormido David y recibir de Gino un beso de feliz cumpleaños. Visiblemente alterada, Samuel se excusó con la cabeza baja, desapareciendo tras la puerta que conectaba el salón con las habitaciones. Sally quiso ir tras ella y ayudarla en tan difícil momento, pero la razón de Wayne la frenó, poniendo su mano en la pierna de Sally.

– Dale un minuto – suplicó Wayne a su esposa.

– De acuerdo.

Gino caminó hacia Mark y puso a David en su regazo, quien continuó durmiendo en los brazos de su nuevo tío, tras lo cual siguió su camino para preguntarle a Lucille si la comida estaba lista. Mark miró a David, un niño tranquilo, el bebé de Wayne.

– Ya es suficiente – dijo Sally, levantándose y siguiendo los pasos que Samuel había tomado dos minutos antes.

Wayne observó a Mark y se preguntó si podía respirar.

– ¿Estás bien? – preguntó Wayne a Mark.

Mark levantó su cabeza y sonrió a su hermano mayor.

– Estoy bien…tienes un bebé precioso, Wayne – expresó Mark.

Wayne devolvió la sonrisa a su hermano y le permitió estar en silencio mientras lidiaba con su corazón. Dentro de la habitación de Samuel, Sally la buscó, encontrándola sentada en el suelo de baldosas blancas del baño, atrapada en un miserable agujero oscuro donde gruñía su amargura. Sally fue hasta ella y se arrodilló delante de su cuñada.

– Ha vuelto – le recordó Sally.

– ¡Está vivo!... ¡Está vivo! – lloraba Samuel, intentando comprender lo que le pasaba y por qué estaba Mark sentado en su silla predilecta.

−Lo sé, Sam…está vivo y ha vuelto − intentó Sally alegrarla mientras le acariciaba el pelo y le secaba las lágrimas con ambas manos, aguantando el rostro de Samuel.

−Pensé que estaba muerto, Sally…pensé que estaba muerto − Samuel explicó su dolor.

−Todos lo creíamos, cariño − le dijo Sally sin poder ocultar sus propias lágrimas, − pero Dios lo mantuvo a salvo y ahora ha vuelto a nosotros.

−Sí, está a salvo y en casa − repitió Samuel, convenciéndose a sí misma de los hechos.

−Sí, sí…ha vuelto a casa − le dijo Sally, besándole la mejilla.

No, Samuel no podía de ninguna forma ser lo que la gente decía que era. Una mujer capaz de hacer esa clase de cosas nunca podría expresar esas emociones, estar tan destruida delante de ella. Sally sabía que no sabía todas las cosas que Samuel había hecho o que incluso hacía, pero su reputación se extendía y nadie podía apuntar con seguridad lo que era realidad o mito. Sally la besó de nuevo y esperó a que Samuel se encontrase mejor, ayudándola a levantarse y lavándole la cara para que pudiesen ir a comer.

Wayne recordaba cómo había cambiado el rostro de Mark cuando se habían dirigido hacia Broadway, la mirada sin expresión en sus ojos cuando el coche frenó frente a la casa de Gino y Samuel. Con sólo una mirada, Mark le dijo a Wayne que sabía lo que habían hecho, ya que los heridos comprenden que la necesidad es más poderosa que la voluntad.

Durante la comida, Samuel mantuvo los ojos alejados de Mark, apenas tocando la comida, mientras su cerebro intentaba acomodar la información, produciéndole un terrible dolor de cabeza.

−¿Te vas a quedar? − preguntó finalmente Gino a Mark.

−Creo que sí − respondió Mark.

−Tenemos una habitación libre − ofreció Gino. − Te tienes que quedar aquí con nosotros.

−Es algo complicado, Gi − esquivó Mark.

−¿Cómo de complicado? − preguntó Gino sin tapujos.

– Pues…hablaremos más tarde, ahora no – respondió Mark. – Por ahora me alojaré en un hotel.

– De acuerdo…como desees – cedió Gino.

Segundos después de oír la campana de la puerta principal, Lucille abrió la puerta del comedor e informó que Reggi había llegado. Samuel empujó su silla hacia atrás con las piernas, gesto característico que todos compartían, saliendo del comedor tras dejar su servilleta en la mesa junto a su plato.

– ¿Quién es ése? – preguntó Mark a Wayne.

– Su novio – respondió Wayne.

– Al cual no ama – susurró Sally, mirando fijamente a Wayne.

– Y lo cual no es de nuestra incumbencia – le recordó Wayne tras oír ese comentario.

– Lo es tuyo, es tu hermana y ése tiene el corazón cruel – apuntó Sally.

– Suficiente, ¿por favor? – le pidió Wayne, cansado de problemas.

– Tiene razón…es un bastardo – compartió Gino con ellos.

– Estamos comiendo…es una extraña, pero tranquila comida, así que ¿podríamos por favor dejarlo así y pretender que de hecho podemos disfrutar de un par de días sin problemas? – preguntó Wayne a Sally y Gino, mirándoles simultáneamente, con rencor.

– Siento haber preguntado – se disculpó Mark.

Samuel estuvo retenida durante diez minutos, reuniéndose con ellos, sola de nuevo.

– ¿Dónde está? – preguntó Gino a su hermana.

– Se ha ido – respondió Samuel.

– En tu cumpleaños – apuntó Gino.

– No pasa nada, Gino, tendré otro el año que viene – contestó Samuel con demostrable indiferencia.

Tras la comida, Mark se excusó por estar exhausto tras el largo viaje, despidiéndose con un beso de Samuel. Wayne y Sally le condujeron de vuelta a su hotel. Después que Gino hubiese cerrado la puerta, el italiano se dio la vuelta para ver a Samuel caminar hacia su habitación para vestirse e ir a trabajar. Gino la encontró en su vestidor y se plantó en la entrada, mientras su hermana se quitaba el vestido delante de él.

−No tienes por qué ir a trabajar esta noche − le sugirió Gino. − Me las puedo arreglar solo.

−Gracias, pero tengo que ir...han encontrado a MacKeen muerto − le dijo Samuel.

−¡¿Qué?!...¡¿Dónde?! − le preguntó Gino con el ceño fruncido.

−Aún no lo sé...Lucille me dio una nota, tengo que ver lo que ha pasado − compartió ella mientras se enfundaba el nuevo vestido negro.

−¿Entonces vas a ver a Nero esta noche? − necesitaba saber Gino.

Samuel caminó hacia Gino y le ofreció la espalda para que este le pudiese cerrar el collar, lo cual hizo mientras la escuchaba.

−No tengo por qué...tengo que arreglar este lío yo sola − suspiró ella.

−¿Crees que ha sido uno de nosotros? − le preguntó Gino.

−No lo sé − confesó ella, caminando hacia su dormitorio. − No se llevaba bien con nadie.

Dos días después del Día de la Independencia, el coche de Samuel frenó frente al hotel donde Mark se alojaba. Eran apenas las diez de la mañana, así que imaginó que él aún se encontraría allí. Tras pedir su número de habitación en la recepción y saber que era la habitación 342, se dirigió a los ascensores. Saliendo de ellos y dirigiéndose a mano derecha, divisó una mujer saliendo de una habitación a poca distancia de ella. Se miraron al pasar uno junto al lado de la otra en el pasillo y Samuel se percató que había salido de la habitación 342. Por unos segundos, Samuel dudó con la idea que quizás había oído el número incorrectamente, pero tocó a la puerta tras revivir la conversación con el recepcionista. Mark la abrió, sorprendido de encontrarla allí.

– Buenos días – le saludó ella.

– Buenos días, Sam – la saludó él. – Pasa.

Samuel entró, pudiendo ver demasiado equipaje por la habitación, además de dos camas deshechas.

– Una pelirroja acaba de salir de aquí – le dijo Samuel.

– Sí, es Helena – observó Mark.

– ¿Quién es Helena? – le preguntó Samuel.

– Helena es mi prometida – declaró Mark.

Samuel notó como el corazón se le congelaba en el interior. Mark percibió el cambio en la expresión de la cara de ella, igual que ella pudo ver lo incómodo que él se sentía con su presencia.

– ¡Oh!…No lo mencionaste – musitó Samuel.

– Como bien dijo Wayne…era un día extraño – respondió Mark a su comentario.

– Ya veo...bien…hum…podemos hablar en otro momento – balbuceó ella, mirando a su alrededor, desorientada antes de dirigirse hacia la puerta.

– ¡Espera! – la llamó Mark. – Podemos hablar ahora, siéntate – le ofreció Mark.

– No me quiero sentar – soltó Samuel, como si sólo el hecho de estar allí la pudiese enfermar.

– Entonces podemos ir a dar un pequeño paseo, también me gustaría hablar contigo, por favor – le suplicó Mark.

Samuel dudó unos instantes, pero los ojos de él la derrotaron. La ausencia de su respuesta le dio tiempo a Mark a agarrar su sombrero. Minutos más tarde, ambos salían del hotel y comenzaban a caminar lentamente calle abajo en ese día soleado mientras Mark se ayudaba con una muleta. El silencio les acompañó durante veinte minutos, hasta que alcanzaron el parque para encontrar más tarde un banco donde sentarse y donde él pudiese estirar la pierna herida, la cual se recuperaba rápidamente.

– Entiendo que no tuviste otra opción – rompió Mark el silencio.

– ¿A qué te refieres? – le preguntó ella confundida.

—Sé a lo que te dedicas, lo que tú y Gino hacéis para ganaros la vida — le dijo Mark.

—Era mi mejor opción — le informó ella.

Mark asintió y miró hacia delante.

—¿Has vuelto a matar? — preguntó él.

—No, no lo he hecho…he herido a personas, pero aún siguen con vida — contestó Samuel.

—¿Aún tienes esas pesadillas? — quería saber Mark.

—Sí, y el pensar en tu muerte le dieron un toque muy cruel — le ladró ella.

Al dejar la mirada perdida en la distancia, en el parque delante de ellos, él bajó la cabeza sumido en la vergüenza. Tenía la pierna derecha estirada delante de él y sus brazos cruzados por encima de su pecho.

—He cometido muchos errores en mi vida…no estoy orgulloso de ellos — susurró Mark.

—También te olvidaste de tus hermanos — añadió ella.

—No me olvidé de nadie, Sam…vosotros estabais conmigo cada día, sólo que al final fue más sencillo ignorarlo y esperar — cedió Mark.

Samuel también miró hacia adelante y le echó un vistazo al jardín que tenían ante sus ojos. El olor del verano y el ruido proveniente de un grupo de niños a escasos metros de ellos les hicieron olvidar quienes eran.

—¿A qué esperabas? — le preguntó ella.

—Ya no lo tengo claro…y de repente tuve unas terribles ganas de volver…no lo sé, Sam — susurró él.

—¿De dónde la has sacado? — reclamó ella.

—Es la hija de un coronel americano…nos conocimos hace unos meses. Es de Boston — respondió él.

—¿Te vas a casar con ella? — se preguntó ella.

—Es mi intención — contestó él.

—Es lo mejor que puedes hacer si estás enamorado — murmuró ella, a lo cual no tuvo respuesta.

Días después del Día de la Independencia, Mark y Helena se fueron a Boston, donde ella permaneció. Mark volvió a Nueva York para comenzar a buscar trabajo con la ayuda de Wayne. Sin ser dicha decisión cuestionada por ninguno de sus hermanos, Mark se quedó en casa de Wayne. La maquinaria de la guerra había inflado la economía, pero aun así Mark no pudo encontrar un empleo que pudiese hacer con una pierna herida, así que decidió vivir de sus ahorros hasta que algo apareciese y hasta que su pierna estuviera totalmente recuperada. El doce de septiembre, Wayne decidió celebrar una fiesta en honor a Sally en su veintidós cumpleaños. Samuel y Gino llegaron poco después de las nueve de la noche una vez habían delegado trabajo en sus empleados de confianza, encontrando una fiesta en su clímax. Como ya era rutina, lo primero que se dijeron a ellos mismos era que las miradas de nadie iban a arruinarle la diversión y el disfrute junto a su familia, por lo tanto, tras quitarse los abrigos y los sombreros, buscaron a Sally para besarle y desearle un feliz cumpleaños. Después, buscaron a un dormido David para darle un beso de buenas noches.

Samuel divisó la mujer pelirroja en seguida, ya que esta brillaba entre el resto de las mujeres, encontrándosela en la cocina algo más tarde cuando fue a buscar una servilleta y algo de soda después que alguien hubiese derramado vino rojo en su vestido verde de verano. Por una razón desconocida, algunas mujeres habían tomado poder de la cocina. Tras un extraño silencio, una abrupta y nueva conversación comenzó en el momento cuando Samuel entró en la cocina seguida de Sally. Samuel sonrió al cambio en el humor de la estancia y saludó a todas las presentes. Todas ellas eran amigas de Sally y habían sido conocidas de Samuel en el pasado. Una de ellas, Peggy, solía burlarse de Samuel cuando ella era un niño mudo, así que le ofreció toda su atención mientras percibía la presencia de Helena, quien fumaba su soledad junto a la ventana.

—Peggy...no te he visto en mucho tiempo – saludó Samuel mientras Sally buscaba la soda.

—Sí, mucho tiempo…ahora que te has mudado – añadió Peggy.

—Sí…es cierto…siento haber interrumpido vuestra conversación, nos iremos en un segundo – dijo ella, girándose para mirar a Sally.

—Creo que no tiene solución – le dijo Sally a Samuel, cogiéndole el vestido con una mano y observando la mancha.

A Sally no le importó mucho que Peggy, Anne-Marie y Carlotta dejasen la cocina, pero vio que Helena seguía allí.

—¿Te lo estás pasando bien, Helena? – le preguntó Sally mientras echaba algo de soda sobre una servilleta.

Helena exhaló algo de humo de sus oscuros pulmones y les ofreció una mirada.

—Lo intento – contestó ella. – Esto es muy diferente al lugar de donde provengo.

Sally sintió cómo si su futura cuñada le hubiese abofeteado la cara, pero pronto se recobró y le ofreció una sonrisa. Sally tenía el alma dura.

—Intentarlo está bien – dijo Sally, girándose y ofreciéndole el remedio a su querida cuñada Samuel, a la cual le confiaría la vida de su hijo.

Sally notó como el rostro de Samuel había cambiado y ahora miraba fijamente a Helena, preguntándose cómo una mujer tan presuntuosa aceptaba el pasado de Mark.

—Me pregunto cómo es la parte más pobre de la ciudad – apuntó Helena, mirando hacia fuera de la ventana.

—¡Oh! – soltó Samuel desde sus furiosos pulmones.

—No, Sam – le susurró Sally, tirando de su vestido como advertencia.

—Helena – captó Samuel su atención y sus ojos azules, – apuesto a que cada mañana te preguntas, ¿por qué tengo este palo metido en el culo?...Y me pregunto lo que te respondes.

Sally abrió la boca y esperó la reacción de Helena, la cual fue tirar el cigarrillo por la ventana y dejar la cocina con un gentil gesto. Sally miró a Samuel sin creer lo que le acababa de decir a Helena.

– Creo que tendría que poner algo de soda directamente en la mancha y dejarlo reposar – le dijo Samuel a Sally.

– ¡Sam! – la riñó Sally.

– ¡¿Qué?! ¡Te estaba leyendo la mente! Estaba muy claro desde aquí.

– Mark te va a matar – sentenció Sally con una risita.

– Deja que lo intente – le retó Samuel. – Dame la soda, por favor.

Mark y Helena se habían marchado cuando Sally y Samuel salieron de la cocina para unirse al resto de la fiesta. Wayne se acercó a ellas e informó que la pareja se había ido minutos antes.

– Él no tuvo elección – les dijo Wayne.

– Sí que la tenía – le corrigió Samuel.

– Hemos…hemos tenido una pequeña discusión en la cocina – le explicó Sally a Wayne.

– ¿Vosotras dos? – preguntó Wayne a Sally y a Samuel, sorprendido por la noticia.

– Nosotras no…con ella – clarificó Sally.

– ¿Qué ha pasado? – necesitaba saber Wayne.

– Ha insultado tu hospitalidad – explicó Samuel.

– ¿Cómo? – preguntó Wayne.

– No importa cómo…nos tenemos que llevar bien con ella, posiblemente es tímida y se siente extraña en un ambiente nuevo – observó Sally.

– Yo no tengo que llevarme bien con ella y no excuses su comportamiento – corrigió Samuel a Sally.

– Sí que tienes que hacerlo – corrigió ahora Wayne a Samuel.

– ¡No, no tengo que hacerlo! – aseguró Samuel a Wayne.

– Va a ser la esposa de Mark – le recordó Wayne.

– Eso es cierto, pero no le da el derecho a insultarnos y no voy a aceptar su mierda – le dijo Samuel a Wayne.

– ¡¿Qué es lo que ha hecho?! – demandó Wayne.

Sally le comunicó lo que había pasado en la cocina y Wayne levantó una ceja.

– ¡Perra! – suspiró él.

Temprano a la mañana siguiente y tras dejar a Helena en Grand Central Station, Mark se dirigió hacia la casa de Gino y entró en el apartamento después que Lucille le abriese la puerta alrededor de las nueve.

– Buenos días, Lucy… ¿podrías por favor despertar a Samuel? Mejor, no te preocupes, yo lo haré… ¿Podrías por favor hacer algo de café? – le pidió Mark, caminando hacia el salón y entonces dirigiéndose hacia el dormitorio de su hermana.

En la oscuridad y con la poca luz que entraba por la puerta abierta, él caminó hacia la ventana y abrió las cortinas sin piedad. La luz le golpeó a Samuel en la cara y ella se la cubrió. Mark caminó entonces para coger la bata de ella y se la tiró encima.

– ¡Levántate! – le ordenó Mark.

Ella se sentó en la cama tras oír la voz de Mark y luchó contra la intensa y cruel luz en sus ojos. Cuando pudo verle correctamente, percibió lo furioso que estaba.

– ¡Te he dicho que te levantes! – le repitió Mark.

Samuel podía sentir la ira en su voz, así que en silencio, empujó las sábanas de su cuerpo y se puso la bata, tras lo cual se levantó y caminó hacia el baño mientras Mark la vigilaba. Aún seguía de pie con una muleta en el mismo sitio que lo había dejado en su gran dormitorio al salir del baño, pasándole por el lado en dirección hacia la cocina mientras él la siguió.

Lucille estaba preparando café y tras darle los buenos días, Samuel le pidió que los dejase solos. Samuel continuó con la preparación de dos tazas, en silencio, mientras Mark miraba por la ventana de la cocina.

– No puedo creer lo que le dijiste – habló por fin Mark.

Dándole la espalda a Mark, Samuel cerró los ojos, abriéndolos rápidamente para servir el café.

—¿Estás aquí para luchar sus batallas? — le preguntó Samuel, colocando ambas tazas sobre la mesa, junto al azúcar que Lucille ya había preparado.

—No la conoces — le recordó Mark.

—No, pero se le requiere decencia y respeto si la vas a traer a nuestras reuniones familiares — le informó Samuel, de pie junto a la encimera.

Aún junto a la ventana, les separaban cuatro metros. En ese momento, esos cuatro metros se sentían como los miles de kilómetros que había habido entre ellos un tiempo atrás.

—¿Decencia y respeto?... ¿Y sabes tú lo que es eso? — le preguntó Mark.

—No estamos hablando de mí…estamos hablando de alguien que ha insultado la hospitalidad de tu hermano y a la cual pareces estar defendiendo por una razón que no puedo comprender — argumentó Samuel.

—¡Por supuesto que la estoy defendiendo!... ¡Me voy a casar con ella, Sam! — le gritó Mark.

—¡No me grites!... ¡¡Cásate con ella si quieres!!... ¡¡Cásate con quien quieras!! ¡¡No me importa!!... ¡¡Pero insultó a tu cuñada y yo no podía quedarme mirando como la humillaba!! — le gritó Samuel también.

Mark permaneció en silencio mientras miraba fijamente a Samuel. Por supuesto que Helena había maquillado sus palabras a Sally, pero esa razón se había gastado hacía mucho tiempo.

—¿Va a pasar lo mismo con cualquier mujer que traiga a casa? — inquirió Mark.

—¡¿Qué?!... ¡¿De qué hablas?!... ¡¿Le has dicho de dónde venimos?!... ¡¿Le has dicho cómo nos hemos criado?! Porque parece opinar que la gente como nosotros somos basura — se aventuró Samuel.

—Ella no cree que seamos basura — la corrigió Mark.

−¿Estás seguro de eso?... ¿Eres la misma persona con ella que eres con nosotros? – le preguntó Samuel.

−¡Eso a ti no te incumbe, Sam! – le reprochó Mark, señalándola con el dedo índice. – ¡Mi vida privada es privada y todo lo que pido de ti es un poco de comprensión y ayuda!

−¡¿Ayuda?!... ¡¿Cómo puedo ayudarte?! – increpó frenética Samuel.

Samuel giró la cabeza cuando distinguió que los ojos de Mark se habían dirigido hacia la puerta. Ella vio a Gino de pie junto a la puerta, vistiendo su bata y mirándoles fijamente, comprendiendo que la paz entre ellos era imposible.

−¿Por qué os estáis gritando? – les preguntó Gino desde la puerta.

−Siento haberte despertado, Gi – se disculpó Mark.

−¿No tuvisteis los dos suficiente antes de que tú te fueras?... ¿No os habéis ya hecho suficiente daño? – les riñó Gino. – Quiero que paréis esto inmediatamente… ¡los dos!

−Esto es diferente, Gino – explicó Samuel.

−¡Y una mierda es diferente! – le dijo él, entrando en la cocina y robándole el café a alguien. – ¡Parece que estemos allí otra vez! – continuó él, señalando hacia fuera con ambas manos, como si la Zona Baja de Manhattan estuviese subiendo sigilosamente por su espalda para intentar mancharle de nuevo. – ¡¡Como si el tiempo hubiese echado marcha atrás y vosotros dos os odiáis otra vez!! ¡¿Qué es ahora?!... ¡¡No me importa!! ¡¡Quiero que lo paréis!!

Samuel dejó la cocina y se encaminó hacia su habitación mientras Mark la vio alejarse. Gino se sentó en la mesa y empujó una silla con su pie para que Mark la tomase, quien le miró tras sentarse y apoyar la muleta en la encimera de la cocina.

−¿Qué ha sido esta vez? – le preguntó Gino.

Mark tomó un trago de su café y miró a su hermano.

−No creo que Helena vaya a encajar – aceptó Mark.

−No te guíes por la opinión de Samuel – rió Gino. – Eso sería perder el tiempo…los celos son malos, Mark. Toda la atención que había en ella se ha dividido y tiene que aprender a compartir nuestra atención con otras mujeres…ahora adora a Sally, dale tiempo.

    – No es sólo su opinión – añadió Mark.

    – Sé lo que pasó, Wayne me lo dijo – le informó Gino.

    – ¡Oh! – exclamó Mark.

    – ¿La amas? – le preguntó Gino.

    – ¿A quién? – preguntó Mark.

    – ¡A Helena! – respondió Gino con una amplia sonrisa.

    – Creía que sí – admitió Mark. – Ya no estoy tan seguro.

    – ¿Y cuándo cambio eso? – inquirió Gino.

Los codos de Mark descansaban sobre la mesa, con sus manos unidas. Su boca se escondía detrás de sus manos y sus verdes ojos se clavaron en los de Gino, permaneciendo en silencio.

    – Algunas cosas no se pueden alterar jamás…ni el tiempo ni la distancia pueden hacer que cambien, Mark…quizás tuviste que marcharte y luchar en una guerra para darte cuenta de ello…y no has perdido tu tiempo, sino que has clarificado algo que dudabas – le dijo Gino a su hermano.

Mirando en el interior de los ojos de Gino y con su mudez, Mark estuvo de acuerdo con él.

    – Intentar engañarte a ti mismo le quitaría valor a tu experiencia y aunque no hablas de ello, sabemos lo difícil que tiene que haber sido…nosotros hemos aceptado que esto es lo que hacemos – narró Gino, abriendo sus brazos como si le enseñase la casa. – No me gusta que Samuel haya cogido tantas responsabilidades y creado tantos enemigos, pero yo estoy allí, detrás de ella, cubriendo su espalda…Hemos aceptado que después de que matas a un hombre no puedes recuperar la inocencia y pretender que eres alguien que no eres…ella lo aceptó y yo también lo hice…soy bueno en una cosa y una cosa sola…Wayne aún está intentando aceptarlo y sé con seguridad que tú odias cada segundo que pasas bajo este techo…quizás es la hora de que tú aceptes que nuestras vidas son lo que son y que Dios nos ha empujado en la mejor de las direcciones – dijo Gino, tomando un segundo para pensar. – ¿Lo ves?...Contigo aquí o lejos, Samuel se ha convertido en quien se ha convertido. No es culpa tuya que la violasen y no es culpa tuya que tuviese que hacer lo que tuvo que hacer – le susurró Gino a su hermano. – En ambas ocasiones tú estabas allí para ella.

– Y entonces me fui – reclamó Mark.

– Sí, pero ella no está trabajando para Nero porque tú te fueras, Mark...Wayne y yo no pudimos evitarlo y lo intentamos...lo intenté con todas mis fuerzas y mírame a mí ahora...no, ella está trabajando para Nero porque esa es la vida que tiene que vivir y tú la sigues amando porque tienes que amarla.

– No – se resistió Mark.

– Te puedes casar con quien quieras, Mark...y tendrás hijos con veinte mujeres distintas, pero a no ser que te sometas a tu propia vida, jamás encontrarás lo que buscas...la paz... ¿Estabas en paz en el campo de batalla lejos de aquí? – expuso Gino.

Mark respondió negativamente en silencio y a Gino no le importó mucho cuando los ojos de Mark se pusieron llorosos.

– ¿A dónde te llevó tu mente cuando estabas esperando en la trinchera? – le preguntó Gino.

– A casa – murmuró Mark tras la caída de unas lágrimas por sus mejillas.

– A casa – repitió Gino. – Sí...lo que hizo de nuestra casa un buen hogar éramos nosotros, los cuatro – continuó Gino. – He intentado hacerte entender que no hay vergüenza en el amor, Mark, y tú aún no lo has aceptado.

– Me tengo que ir – dijo Mark, levantándose y cogiendo su muleta.

– De acuerdo...te llevaré a casa – comprendió Gino.

Zona Alta Oeste, Manhattan, ciudad de Nueva York, noviembre de 1918

Mark consiguió un empleo en una compañía de importación y exportación en la cual supervisaba las escasas entradas desde Europa. Sabía que Gino había tirado de algunas cuerdas para conseguirlo, pero Mark ignoró la conexión y comenzó a trabajar a principios de octubre. El diez de noviembre Gino cumplió veinticinco años, celebrando una fiesta en casa ese domingo por la noche. Wayne, Mark y Sally pudieron ser testigos de primera de la reunión de tan poderosos hombres en ese apartamento, así como de la gran cantidad de guardaespaldas que se quedaron en el pasillo fumando, mientras esperaban en sus coches, haciendo crecer el mito sobre esos inquilinos. Reggi se acercó a Mark al principio de la fiesta y le ofreció la mano.

—Creo que aún no hemos sido presentados…me llamo Reggi – se presentó Reggi a Mark.

—Mark Vrooman – hizo lo mismo Mark.

—Herido en acción he oído – le dijo Reggi a Mark, señalándole la pierna.

—Sí…mejorando – afirmó Mark.

—Me alegro de oírlo…un placer conocerte, Mark – dijo Reggi después que se le hubiese llamado desde lejos con una mano.

—Igualmente – le dijo Mark.

—¿Sally? ¿Wayne? – les dijo Reggi con una leve reverencia.

Tras responder de la misma forma, los tres vieron alejarse al novio de Samuel, para acercarse a otro hombre.

—¿Soy el único que no está cómodo aquí? – preguntó Wayne, bebiendo más champán.

—Yo no estoy incómodo…estoy sorprendido a donde han conseguido llegar – sonrió Mark ampliamente, bebiendo también. – ¡Joder!...Mi jefe acaba de llegar – rió Mark.

Sally besó la mejilla de Mark y le acarició el brazo.

—Todos estamos conectados a ellos de una forma o de otra…la única diferencia es que si alguien recibe una bala, no seremos nosotros – apuntó ella.

—Me acabas de deprimir, cariño – dijo Wayne a su esposa.

—Y a pesar de lo que has dicho, aún nombraste a Samuel como madrina de David – le recordó Mark.

–Por supuesto, no confiaría mi hijo a nadie más. Y si tú hubieses estado aquí, habrías sido el padrino – clarificó Sally.

Mark sonrió y buscó a Samuel en el salón, entre la gente, encontrándola envuelta en una charla con Frank Swayer Jr.; quien parecía perdido en su belleza. Samuel llevaba puesto un vestido rojo de noche que acentuaba su pecho.

A la mañana siguiente, Mark despertó, dándole la bienvenida al más terrible dolor con el que su cabeza había tenido que lidiar en todo el tiempo que había vivido. Aunque las cortinas estaban abiertas y la luz ya había alcanzado todos los centímetros de la habitación, se había despertado naturalmente. Gino dormía al otro lado de la gran cama. Mark caminó hacia el baño de Gino, intentando recordar cómo había llegado a esa cama, abandonando dicha empresa al poder que le había otorgado al alcohol la noche anterior. Utilizó el baño y con su camisa arrugada y delante del espejo, decidió usar la ducha y cogerle algo de ropa a su hermano. Sintiéndose mejor, dejó el vestidor con cómodas prendas y cerró las cortinas para permitirle el sueño a Gino. Caminó en el silencioso apartamento en dirección a la cocina, cruzando el desastroso salón, el cual emanaba un terrible olor a alcohol y tabaco. Le echó un vistazo al reloj en el salón en sus pasos hacia la cocina, donde pensaba hacer algo de café, viendo que eran tan sólo las ocho y media de la mañana. Frenó sus pies en la puerta de la cocina al ver a Samuel frente al fogón, envuelta en su bata y con el pelo recogido en una descuidada coleta.

–Buenos días – saludó él.

El cuerpo de Samuel se congeló al sonido de la voz de Mark y por unos segundos dudó en qué hacer, finalmente contestando mientras mantenía su posición.

–Buenos días – le imitó ella.

Mark entró en la cocina y cogió otra taza del armario a la espalda de ella.

–¿Has hecho suficiente para dos? – le preguntó Mark.

– Sí…el azúcar está ahí – contestó ella, señalando la encimera al otro lado de la cocina.

– Gracias.

Mark dejó su taza en la mesa junto a la que ya estaba lista para ser utilizada por Samuel y cruzó la cocina para coger el azúcar, colocándolo sobre la mesa y teniendo el presentimiento que ella se escondía de él.

– Imagino que Wayne y Sally prefirieron dejarme atrás – habló Mark, de pie junto a la mesa mientras la estudiaba.

– No sabía que estabas aquí – admitió Samuel.

– Yo tampoco…imagínate mi sorpresa al despertarme junto a Gino – comentó él, caminando despacio alrededor de la mesa para poder mirarla de frente.

Samuel levantó la cabeza y observó el cambio en el rostro de Mark cuando este pudo por fin verle la cara. Acababa de descubrir un moratón en su pómulo y lo que la noche anterior había sido un labio reventado.

– ¿Quién te ha hecho esto? – le preguntó Mark.

– Esto no es tu problema, Mark – apuntó Samuel, apartando el café del fuego.

– ¿Quién lo dice? – inquirió él.

– Lo digo yo…olvídalo – le pidió ella, sirviendo el café en ambas tazas.

– Te he hecho una simple pregunta, ¿quién te ha golpeado? – le preguntó Mark de nuevo.

– Mark…te estoy pidiendo que lo olvides, por favor, tómate el café – le suplicó ella.

Samuel giró la cabeza a su derecha cuando vio que la atención de Mark se había desviado de ella hacia la puerta y hacia la persona allí parada. Reggi les miró y entró en la cocina.

– Buenos días… ¿ha quedado para mí? – preguntó él mientras se ponía el último de los gemelos en la camisa.

– ¿Le has hecho tú esto? – preguntó Mark a Reggi, mirándoles a los ojos y señalando a Samuel.

—Mark, por favor – le suplicó Samuel.

—¿Qué? – le confrontó Reggi.

Mark caminó hacia Samuel y la hizo girar hacia Reggi, quien por fin había llegado a la mesa. Reggi miró a Samuel y las heridas que él le había causado la noche anterior.

—¿Le has puesto las manos encima?... ¡¿Le has hecho esto?! – le volvió a preguntar Mark, sintiendo la temperatura de su sangre ascender.

—No creo que esto sea de tu incumbencia…dile a tu hermano que se— – comenzó a decir Reggi, algo que no pudo terminar ya que recibió el primer puñetazo de Mark después que Samuel hubiese sido empujada hacia atrás.

Reggi cayó de espaldas, golpeando los armarios inferiores con su cuerpo. Antes de que pudiese reaccionar, tenía a Mark sobre él, golpeándole con toda la fuerza que sus músculos le permitían, mientras le preguntaba a Reggi si le gustaba que le pegasen así. Samuel intentó quitar a Mark de encima de Reggi, pero fue empujada de nuevo y Reggi consiguió alejar a Mark. La intervención de Samuel le dio a Reggi la oportunidad de defenderse y pronto, sillas y mesa, junto a las tazas con café, cayeron en el suelo, creando un escandaloso ruido. Samuel corrió a la habitación de Gino en su busca, gritando su nombre. Aún algo borracho, Gino llegó a la cocina para encontrar a dos hombres cubiertos en sangre y el más blanco de los suelos de cocinas salpicado con la roja esencia de la vida. Con un poder proveniente de un lugar que aún creía estaba empapado en alcohol, Gino los separó, cayendo Reggi inconsciente al suelo. Gino puso la mano en el cuello de Reggi y respiró aliviado al notar el pulso. El italiano se incorporó y miró a Mark, cuyo rostro había recibido algún que otro buen golpe, haciendo que su nariz sangrase en abundancia. El rostro de Reggi representaba un desastre que ninguna madre querría ver.

—¡¿Qué mierda ha pasado?! – gruñó Gino.

Mark le ofreció una mirada sin mucho interés y caminó hacia la puerta donde Samuel estaba de pie.

—Ahora ya puedes volver a besarle si quieres – le dijo Mark, parando junto a ella mientras señalaba a Reggi tirado en el suelo.

Samuel mantuvo sus ojos en Mark hasta que este se alejó en dirección al baño que había utilizado minutos antes. Fue tras la marcha de Mark que Gino descubrió el rostro de Samuel.

—¡¿Qué te ha pasado a ti?!... ¡¿Qué está pasando aquí?! – ordenó saber Gino, caminando hacia ella.

Samuel se mantuvo en silencio mientras Gino examinaba su rostro con la barbilla de su hermana en su mano derecha.

—¿Te hizo esto anoche este bastardo? – necesitaba saber Gino.

—Sí – respondió Samuel con firmeza.

—¿Por qué? – preguntó él.

—¿Puede cualquier razón excusar esto? – argumentó Samuel a su hermano.

—Eso no es lo que estoy diciendo, Sam, ya lo sabes – le ladró Gino.

—No quise acostarme con él…estaba borracho y me sentí asqueada con sólo mirarle – le dijo Samuel.

—¿Te hace esto sólo porque una noche no te quieres acostar con él? – dijo Gino sin comprender.

—Ya hace tiempo que no…sé que está con alguien…y no hemos…ya sabes…hace un tiempo – dijo Samuel.

—Entonces, ¿por qué estás aún con él? – le preguntó Gino.

—Este es el único tipo de hombre al que voy a tener acceso…nadie va a ser mejor, Gino – le susurró Samuel, – así que estoy pensando que estaré mejor sola.

Gino llenó sus pulmones con aire y dejó libre su rostro, girándose y mirando fijamente al sobrino de Nero, quien sangraba en el suelo, regalándole una patada y un insulto.

— Límpialo – dijo Gino después. – Voy a cuidarme de Mark…este hijo de perra ha tenido suerte que no fuese a mí al que se ha encontrado antes – el moreno dijo, dándole una segunda patada a Reggi.

Samuel obedeció a su hermano y tras coger un par de trapos de un cajón, los empapó en agua caliente y se agachó junto a Reggi, limpiándole la hinchada cara mientras lo intentaba reanimar sin éxito.

En el baño de Gino, Mark se había quitado la camisa y se lavaba ahora la sangre de la cara y de las manos. Mark vio a su hermano detrás de él a través del espejo, continuando con lo que hacía.

— Siento haberte arruinado la camisa – se disculpó Mark.

— ¿Tú sabes quién es ese tipo? – le preguntó Gino, ignorando la disculpa.

— Sí, un bastardo que pega a tu hermana – respondió Mark.

— Todos hemos tenido suerte que fueses tú…yo lo hubiese matado y ahora todos tendríamos un problema mayor – admitió Gino.

Gino paseó por el baño mientras Mark se lavaba el cuerpo y observaba a Gino de tanto en tanto.

— Yo hablaré con Nero – le informó Mark. – Tu jefe no me da miedo.

— No, no lo harás…yo lo arreglaré, Mark. Este tipo es un hijo de perra y él puede traerte problemas – le explicó Gino, señalando a la puerta como si Reggi se encontrase detrás de ella.

— Me importa una mierda – le dijo Mark, secándose las manos con una toalla.

— ¡¿Estás en una…una cruzada suicida o algo por el estilo?!... ¡Ese tipo mata para ganarse la vida, Mark!... ¡Tú no jodes a un tipo como ése! – le recordó Gino. – Estos tipos limpian líos y tú acabas de crear uno. Aplaudo lo que acabas de hacer, pero por favor, por favor, deja que yo me ocupe de esto – suplicó Gino.

Mark se giró y miró a su hermano.

— Bien – musitó él.

— Bien – respondió Gino aliviado. – Bien…coge una camisa y me vienes a ayudar ahí fuera… ¡Jesús!...me tengo que retirar de esta mierda – balbuceó él, de camino al vestidor.

Samuel y Gino salieron del ascensor y para caminar hacia la oficina de Nero. Johnny Sappiro les abrió la puerta y permaneció fuera mientras ellos se acercaron al escritorio y permanecieron de pie hasta que fueron invitados a sentarse.

— Siéntate — le ordenó Nero a Gino, señalándole con el dedo. — Tú ven aquí — ordenó a Samuel.

Samuel dejó su bolso en la silla, caminando alrededor del escritorio y hacia la ventana. Nero observó sus magulladuras y recordó años atrás cuando una pequeña y temerosa niña con el aspecto de aquel que no tenía nada que perder, apareció delante de él con el alma rota y la cara cicatrizada.

— Es una lástima que las cosas no hayan funcionado entre vosotros dos — le susurró Nero para que Gino no pudiese oír.

Samuel le escuchó y permaneció en silencio a tan sólo unos centímetros de él.

— ¿Es ésta la primera vez? — le preguntó Nero, aun escondiendo el affaire.

— Sí…y la última — respondió Samuel.

— Una vergüenza — comentó Nero, moviendo su cabeza con pesar y desaprobación ante el comportamiento de su sobrino. — No lo criamos para que fuese un animal…se espera que sea duro en lo que hace para nosotros, pero contigo…mi hermana no aprobaría su comportamiento…respeto por tu esposa o en tu caso, por tu compañera, es esencial para mantener a un hombre completo, sin perderte en tu trabajo…¿Quién lo arregló? — solicitó él de ella.

— Mark.

— El soldado — asintió Nero. — Tus hermanos siempre te han querido, Judía. Dile a tu hermano que Reggi le da las gracias por enseñarle disciplina y la ética que a él le falta…espero que puedas aceptar mis disculpas de parte de mi sobrino — le dijo Nero.

Como si ella hubiese estado esperando esa disculpa durante toda la mañana, Samuel la aceptó sin pestañear y saludó a Nero con un leve movimiento de cabeza antes de caminar hasta su silla, coger el bolso y caminar junto a Gino camino a la puerta.

—No puedo creerlo – dijo Gino asombrado y ya en el ascensor.

– Yo tampoco – susurró Samuel.

– Por fin – mencionó Gino, desplegando delante de él y de su hermana la portada del New York Times de ese día.

– Sí, por fin – estuvo Samuel de acuerdo con la noticia.

"11 de noviembre de 1918. ¡Firmado el armisticio, Fin de la Guerra! Berlín tomado por revolucionarios; Nuevo Canciller suplica orden; Kaiser Derrotado huye a Holanda".

UN REGALO PARA LOS DESMERECEDORES

Zona Alta Oeste de Manhattan, ciudad de Nueva York, Navidad de 1918

Este año estaba llegando a su fin de la misma forma que había comenzado, con la muerte siempre presente. En la ciudad de Nueva York, una terrible ola de gripe había reclamado la vida de doce mil personas, forzando a los hospitales a un paro crónico. Había comenzado a nevar temprano esa mañana y la urbe por fin había recibido un descanso. Sin embargo, el tráfico todavía seguía imposible, y el metálico e insoportable ruido de las bocinas podía oírse en todos los rincones de lo que en un futuro se llamaría La Gran Manzana. A Gino siempre le había gustado conducir su propio coche, a no ser que tuviese que atender a alguna reunión, siendo en dichas ocasiones conducido por el chofer de Samuel. Ese 25 de diciembre, Jimmy tenía el día libre para poder pasarlo con su segunda esposa y los gemelos que la primera le había dado y tras lo cual, había fallecido, experiencia de la que Jimmy jamás se recuperaría.

Ese día, Gino esperaba a que Wayne terminase su turno y tras ver que un grupo de hombres salían de la zona de impresión del periódico, buceando en el intenso frío con los cuellos de sus chaquetas hacia arriba y sus cajas de la comida bajo los sobacos, él divisó a Wayne y tocó la bocina de su coche. Wayne cruzó la calle y se acercó al coche de su hermano lo más rápido que su cojera le permitió. Tras cerrar la puerta y darle la bienvenida al calor de dentro del vehículo, Gino puso el coche en movimiento y fueron tragados por la corriente de hierro y humo.

Cuatro minutos más tarde, se toparon con un atasco imposible de evitar al subir por la Octava Avenida. Tres autos habían chocado y ahora estaban incrustados unos dentro de los otros justo en el centro de la calle, cortando el lento flujo de tráfico. Gino salió del coche y se levantó del suelo con la ayuda del alerón inferior del coche.

—¡¿Qué ha pasado?! — gritó a unos hombres en la misma situación unos cuantos coches más adelante.

—¡Ha habido un accidente ahí abajo!... ¡Están enganchados! — aulló un hombre mientras volvía a su propio coche.

—¡Genial! — se quejó Gino, volviendo a entrar en su auto.

—Espero que nadie esté herido — comentó Wayne.

Gino le echó un vistazo a su hermano y entonces miró hacia delante tras soltar una risita guasona.

—Estoy muy orgulloso de ti, Wayne, pero tu buen corazón siempre me hace sentir como una mierda — sonrió Gino ampliamente.

Wayne miró a su hermano hondamente y le ignoró, mirando hacia delante una vez más, decidiendo ponerse cómodo, así que echó la caja de la comida en el asiento de atrás del coche.

—¿Va Mark a traer a Helena? — preguntó Gino a Wayne, refiriéndose a la comida de Navidad.

—No lo creo, lleva a Sally y a David…ya deberían estar allí…espero que no hayan olvidado mi traje — dijo él, echándole un vistazo a su reloj de bolsillo, el cual marcaba las tres de la tarde.

—¿Crees que ha roto con ella? — adivinó Gino.

—No lo sé, no habla de ello…trabaja y duerme todo el tiempo y no — dijo él, girando la cabeza y mirando a su hermano a los ojos, — no ha vuelto a fumar, se pasa el día o en su habitación leyendo o con David…el bebé lo adora.

Gino desvió la mirada hacia adelante y tomó aire profundamente, pensando que era el momento perfecto para introducir el tema una vez más después de tanto tiempo, impresionándose a sí mismo por haber pensado sobre lo propicio del momento y el tema en cuestión por primera vez. Ya que Wayne parecía no tener salida de escape, Gino inyectó la cuestión de la mejor forma que supo.

–Igual…si les decimos que a nosotros nos parece bien, quizás puedan empezar una vida juntos – se atrevió a decir Gino.

Wayne volteó la cabeza de nuevo en la dirección de su hermano y se tomó su tiempo para comprender lo que él le estaba diciendo, pero sólo el hecho de pensarlo le hizo ponerse enfermo.

–¿Cómo…cómo podríamos aceptar eso? – expuso Wayne visiblemente confundido.

–Yo lo acepté hace mucho tiempo, Wayne – contestó Gino. – Al fin y al cabo no son hermanos de sangre.

–¡¿Y qué?! – preguntó Wayne molesto. – ¿Es David menos sobrino para ti?

Wayne quitó sus ojos de su hermano Gino con un brusco movimiento de cabeza y la bajó, intentando pensar de una forma razonable. Gino sabía perfectamente la gran diferencia entre Samuel, Mark y David, pero lo único que intentaba con ello era pensar con claridad. No, él adoraba a ese bebé.

–Está más allá de mi control…cierro los ojos y no puedo evitar verles caminar detrás nuestro… ¿Recuerdas cuando no dejaba de caerse? – preguntó Wayne a Gino, levantando la cabeza y ofreciéndole una sonrisa generada por tales queridas memorias.

Gino rió saladamente.

–Sí…torpe Sam – rió Gino.

Wayne miró hacia adelante, al tráfico, y la vista no le importó porque él estaba batallando con lo que era correcto para sus hermanos, aunque su estómago discrepase.

–¿Y tú cómo sabes que ella le quiere de esa forma? – preguntó Wayne.

–¡¿Estás bromeando?! – dijo Gino. – ¿Dónde has estado en los últimos veinte años?

–¡Lo digo en serio, Gi! – se quejó Wayne.

–¡Y yo también!...Conocemos a Sam, ¿verdad? Así que mira dentro de ti y dime que no crees que ella le ama tanto como él la ama a ella…todo lo que necesitan para dejar de odiarse el uno al otro es nuestra aprobación, ¡eso es lo que ella siempre ha querido!... Esa es la razón por la cual ella ha dejado a los buenos hombres y tomado los malos; ninguno de ellos tenía futuro y ella lo sabía…pero ahora, ha abandonado, tiene veinte años y ha abandonado porque el precio de estar con los malos es demasiado alto.

Wayne sintió como si estuviese embutido en un tren descontrolado a la velocidad de la luz, pero mantuvo su privacidad por unos minutos, lo cual fue interrumpido por otro comentario de Gino.

−Lo de Helena no funcionó como Mark esperaba que funcionase…no puedes llenar un corazón cuando éste ya está lleno…en el momento que volvió, tooooodo volvió a ser como era antes…es una locura ir en contra de los sentimientos, pero al menos todos hemos aprendido que eran verdaderos.

Wayne acababa de ser impresionado y también confundido por la profundidad que su hermano podía ejercitar en tales temas emocionales, su hermano, el hombre que tenía una adicción al juego. Para ser un hombre que había saltado de cama en cama, Wayne sabía de lo que Gino hablaba y también sabía que tenía razón.

−¿Sientes que si estamos de acuerdo nuestra familia se va a disolver? – preguntó Gino a Wayne.

Wayne sonrió y levantó la cabeza, finalmente comprendiendo por qué le había sido tan difícil aceptar los sentimientos de Mark hacia Samuel.

−Sé que te acabo de sorprender – sonrió Gino ampliamente.

Wayne rió y Gino se unió a él.

− Estaba equivocado…tendríamos lo que solíamos tener, nada diferente – reaccionó Wayne.

−Exacto – asintió Gino.

−Mark jamás le haría daño – mencionó Wayne.

−Jamás – le secundó Gino con un tono de voz fuerte.

−Me pregunto lo que Sally piensa de todo esto – se preguntó Wayne en voz alta.

—Ella piensa lo mismo que yo…yo, al contrario que tú, hablo con ella de esto…bueno, para ser totalmente honesto contigo, ella lo hizo primero – le informó Gino.

—¿Ah, sí?... ¿Cuándo? – quería saber Wayne.

—Después que Mark regresase.

Lucille tenía tres días de vacaciones y Samuel dejó la cocina para atender la puerta después de oír la campana. La abrió y gritó a la visión de David Theodore en un carrito de bebé. David gritó de igual forma y Samuel le besó antes de percibir a los adultos que acompañaban al bebé.

—Nosotros hemos traído al bebé – bromeó Mark.

Samuel rió de pura felicidad y se apartó de la puerta para dar paso a su hermano y cuñada dentro de su cálida casa. Debido a la emoción que su sobrino había producido en ella, Samuel había perdido contacto con su educación y ahora, avergonzada por su reacción infantil, se sonrojó al percibir al hombre que también había entrado en la casa, visiblemente sufriendo tanto frío como el resto.

—Éste es Ben Rowley…servimos juntos…esta es mi hermana Sam – los presentó Mark.

Samuel y Benjamín Rowley se dieron la mano. El hombre parecía estar en una sola pieza y al contrario de Mark, él no mostraba cicatrices.

—Pasará esta noche con nosotros si no te importa, ha perdido su tren, así que le pedí que se nos uniera – explicó Mark a una sorprendida Samuel.

—¡Oh!... ¡Por supuesto! Siento tanto que haya perdido su tren, nos encanta que se una a nosotros – le dijo Samuel desde su corazón.

—Muchas gracias, odiaría haber pasado el Día de Navidad en el hotel – explicó Ben.

—Me lo imagino…vamos dentro – dio Samuel la bienvenida a todos.

Tras colgar los abrigos y los sombreros en la percha de pie para los invitados, el bebé de un año y medio fue liberado y corrió por la casa, siguiendo a su tía al árbol de Navidad, cuya base mostraba unos regalos preciosamente envueltos. David aún no había formado una opinión sobre la Navidad y con aquellos presentes delante de él, todo lo que quería hacer era desgarrar el papel sin razón alguna. Mark le advirtió de no hacer tal cosa y entonces David se dio la vuelta y siguió a Samuel hacia los sofás emplazados alrededor del fuego a tierra. Mark se quedó de pie junto al fuego para proteger al bebé de accidentalmente caer cerca y herirse. Ben se sentó cómodamente con ellos y observó a la familia de su amigo.

– ¡Huele de maravilla! – comentó Sally.

– ¿Qué cocinas, Sam? – le preguntó Mark, evitando que David se acercase demasiado al fuego chispeante.

– Ya que nos perdimos el Día de Acción de Gracias…he hecho pavo – sonrió Samuel.

– Excelente… ¿Necesitas ayuda ahí adentro? – ofreció Sally.

– Gino se ocupó de la mesa antes de ir a buscar a Wayne…el pavo necesita veinte minutos más y podremos empezar… ¿Os apetece algo de vino? – sugirió ella.

Los adultos le agradecieron la oferta de vino y en un par de minutos, ella salió de la cocina con una bandeja con copas, una botella de vino y un vaso de agua para David. Mark abrió la botella, pero se mantuvo junto a la chimenea mientras Samuel y Sally descansaban en el sofá.

– ¿Te has tomado alguna vez unas vacaciones? – preguntó Sally a Samuel.

Samuel sonrió a tal pregunta y tomó un tímido sorbo de vino.

– De hecho…nunca, excepto ese invierno en el que estuve tan enferma, si se puede equiparar con lo que tú entiendes por unas vacaciones – respondió Samuel.

Sally rió y Mark sonrió mientras Samuel se sintió observada por su invitado.

– Pues no…Wayne quiere ir a Florida el verano que viene, pero a mí me encantaría visitar la costa de Massachusetts…será algo más frío, pero también más cerca – señaló Sally.

−Debería pensar en cogerme un día libre… ¿Cómo va el trabajo, Mark? − le preguntó Samuel, tomando a David en su regazo.

−Me temo que van a haber despidos…el jefe tiene demasiadas deudas − contestó Mark.

−¿Crees que hay riesgo para tu trabajo? − preguntó Samuel preocupada.

−No lo sé…he sido el último en llegar, así que sería justo comenzar conmigo − le dijo Mark.

−No llegará a eso − le dijo Sally. − Ya lo verás.

Mark asintió y señaló a la puerta con el único dedo libre de la mano con la que cogía su copa.

−Ya están aquí…bueno, al menos espero que sean ellos − bromeó él. − Nunca se sabe en esta casa.

−¡Cierra el pico! − rió Samuel. − ¡Oh! − dijo ella, cubriéndose la boca cuando David la miró tras pronunciar esas palabras. − ¡Eso no ha estado bien!...Lo siento mucho y jamás volveré a hablarle así al tío Mark, te lo prometo − juró ella a David.

David miró a su madre y Sally le miró intentando mantener la seriedad.

−Se ha disculpado y sabe que esa no es forma de hablar, así que vamos a perdonarla − le dijo Sally a David.

−Sí, tía − dijo David a Samuel.

−¡Oh, gracias cariño! − gritó Samuel, besándole el cuello e intentando morderle, lo cual trajo un mar de carcajadas al pequeño.

Mark notó que había un plato extra en la mesa. Por supuesto que éste había sido intencionado para Helena, pero ahora era ocupado por Benjamín. Como si Helena jamás hubiese sido parte de sus vidas, su nombre y su ausencia no fueron nombrados esa noche y para nunca jamás. Mark no explicó por qué ella había desaparecido y nadie se lo preguntó, ya que era un hombre reservado. Una vez en la mesa y mientras Wayne trinchaba el pavo, Gino se dirigió a Benjamín, mientras David dormía en la cama de Samuel.

– ¿Se te llamó a filas, Benjamín, o también fuiste voluntario como aquí mi hermano? – preguntó Gino al invitado, señalando a Mark.

– Fui llamado a filas – respondió Benjamín.

– ¿Servisteis juntos todo el tiempo? Él no habla de la guerra – dejó escapar Gino una imparable e indiscreta misión.

Benjamín le echó un vistazo a Mark antes de atreverse a contestar la pregunta de Gino.

– Sí, ese es mi hermano Gino – le tranquilizó Mark la mente a Benjamín con una sonrisa.

– ¡Gino! – le ladró Sally.

– ¿Qué? ¿Estoy curioso? – se defendió Gino.

– Es Navidad, Gino…deja la maldita guerra fuera de esta casa – le ordenó Wayne con los utensilios de trinchar en las manos.

– ¿Pero tú no estás trinchando? – preguntó Gino a Wayne sólo para molestarle.

– ¿De dónde eres, Ben? – le preguntó Samuel.

– Soy de Pennsylvania…de Filadelfia – estuvo Benjamín feliz de contestar.

– Gino no sabe dónde está eso – regaló Samuel a Benjamín.

– ¡Cierra el pico! – rió Gino, lanzándole su servilleta.

Después de la cena, todos regresaron al cálido salón y abrieron los regalos. Bebiendo más vino y café junto al fuego, compartiendo una risa que creaba celos entre el resto de los vecinos, pasaron el día de Navidad juntos, olvidándose de quiénes eran y de los tiempos tan peligrosos en los que vivían. La música también estuvo presente una vez el vino les había calentado la sangre y los corazones. Sally y Samuel fueron de los brazos de un hermano a los brazos del otro, e incluso a los de Benjamín, mientras alguien se ocupaba de la gramola. Se movieron por el salón al son de la música mientras absorbían ese momento de libertad que sólo la música es capaz de dar a aquellos que son lo suficientemente agraciados como para estar envueltos en ella.

Benjamín agradeció a los McLean por llevarle de vuelta al

hotel y Mark también salió del coche para despedirse de él. Los soldados se dieron la mano con una sincera y amplia sonrisa bajo una temperatura terrible que acechaba en la calle.

–Ha sido fantástico conocer a tu familia, Vrooman – le agradeció la hospitalidad Benjamín.

–Ha sido un placer tenerte, Rowley – aceptó Mark.

–Ahora lo comprendo – dijo Ben.

Mark le ofreció una sonrisa a su amigo.

Fue tan sólo al día siguiente y con la felicidad que su familia había dejado dentro de ella el día de Navidad que Samuel decidió visitar uno de los burdeles a su cargo sobre las diez de la noche. Con el más caliente de los abrigos sobre su cuerpo, sombrero de piel y guantes, salió del coche y le pidió a Jimmy que esperase con el coche en marcha. Óscar la acompañó. Su visita no era esperada, porque la última había sido hecha tan sólo una semana atrás. La persona encargada, la señorita Johnson, una alemana de acento cargado y un falso nombre americano, no era poseedora de la confianza de Samuel. Un rumor había conseguido quitarle el apetito a Samuel durante todo el día, así que *La Judía* entró el burdel de clase alta situado en un hotel restaurado y seguida de Óscar, caminó hacia dentro, sabiendo con exactitud dónde encontrar a la señorita Johnson. Al adentrarse a través del ancho recibidor y hacia un grandioso salón lleno de chicas, humo, alcohol y adúlteros, examinó el salón a la vez que fue divisada seguidamente por la señorita Johnson. La Madame se acercó a ella sin saber qué pensar aún sobre esa visita sorpresa. La alemana vestía un grueso vestido negro y su rubio pelo estaba recogido en un moño, haciéndola el centro de atención para aquellos que no iban en busca de sexo joven.

–Cuenta a las chicas y búscame – le pidió Samuel a Óscar, tras lo cual se dirigió hacia la señorita Johnson.

–Buenas noches, señorita – la saludó la señorita Johnson, ya que el único nombre que conocía para poder dirigirse a ella era su apodo, *La Judía*, y ésa era una palabra que ella no iba a pronunciar.

—Buenas noches, señorita Johnson… ¿cómo va todo? – le preguntó Samuel, quitándose los guantes, pero manteniéndolos en sus manos.

—Todo va bien…nada ha cambiado en una semana – replicó la señorita Johnson.

—Eso es lo que me temo… ¿Cuántas chicas hay arriba en estos momentos? – ordenó saber *La Judía*, de pie y muy cerca de la Madame, mientras examinaba el salón en busca de las chicas que ya conocía y de un par que eran nuevas, ignorando a los clientes y sus identidades.

—¿Arriba? – balbuceó la señorita Johnson, confundida por la pregunta. – Tengo que verificarlo…no estoy segura de cuántas han subido arriba en la última hora.

—¿Podría por favor mirarlo? – le pidió Samuel, viendo como Óscar contaba a las chicas con discreción desde una de las columnas que separaba el recibidor del salón, donde las chicas servían el alcohol para hacer más fácil y también más rápida la elección de sus clientes.

—¿Ahora? – dijo asombrada la señorita Johnson.

—¿Está ocupada con algo más? – cuestionó Samuel, girándose y clavando sus ojos en los de ella, aun teniendo que levantar la cabeza para poder encontrarlos.

—De acuerdo, déjeme que lo averigüe… ¡Mandy!

Mandy se acercó a su jefa y miró a Samuel sin saber qué esperar de ella.

—¿Quién está arriba? – ordenó la señorita Johnson con un tono autoritativo.

—¿Arriba?...Bueno…Patricia, Nicole, Elga, Nadia… …Marie e Hilary….y Charlie también está arriba – contestó Mandy.

—¿Eso es todo? – preguntó la señorita Johnson.

—Sí, señorita Johnson – confirmó Mandy.

—¿Están todas en habitaciones individuales? – intervino Samuel en la inquisición.

—Sí…todas ellas – afirmó Mandy.

—De acuerdo, gracias Mandy…una pregunta más. ¿Cuándo fue la última vez que estuvo el doctor aquí?

—¡Oh!...El doctor Rogers estuvo aquí la semana pasada…creo que el viernes – contestó Mandy.

—Gracias, Mandy.

Samuel se volteó y se acercó a Óscar, quien también caminaba en su busca.

—He contado once – le informó Óscar.

—Once aquí abajo y siete arriba…no le quites el ojo de encima, me llevo a Mandy – dijo *La Judía* a Óscar en privado.

—De acuerdo.

Samuel dejó a Óscar y se volvió a acercar a la señorita Johnson.

—Voy a pedirle que permanezca aquí abajo, señorita Johnson…mientras tanto, saque los libros, por favor – le dijo Samuel.

—Ya se los llevó la semana pasada… ¿Qué va a hacer arriba? – se atrevió a decirle la señorita Johnson con un tono defensivo.

La señorita Johnson era una mujer alta y fuerte, quien sentía que eclipsaba la delicada apariencia de Samuel. Samuel dio un paso atrás y se acercó a ella para mantener en privado lo que estaba a punto de decirle.

—Lo que yo voy a hacer arriba no es de su incumbencia…usted dirige este lugar, pero no es de su propiedad. Además, me llevaré esos libros tantas veces como desee, así que, por favor, sea tan amable de volvérmelos a traer, señorita Johnson – narró Samuel con tal normalidad en su tono de voz que hizo temblar a la señorita Johnson.

Samuel se alejó de ella y llamó a Mandy para que la siguiese arriba una vez se había encaminado hacia la escalera de caracol. La señorita Johnson se perdió en un estado de alteración al ver *La Judía* subir escaleras arriba. Mandy le dedicó su completa y aterrorizada atención a la Madame mientras seguía a Samuel hacia el primer piso, echando un vistazo abajo y viendo que Óscar se había acercado a la alemana.

—No creo que ella quiera esperar a esos libros — le mencionó Óscar a la alemana.

La señorita Johnson no contestó, pero caminó hacia su oficina situada detrás de la puerta, debajo de las escaleras de caracol, entrando tras echar un último vistazo a lo que podía verse del primer piso desde la planta baja.

Una vez arriba, Samuel miró a Mandy y percibió su nerviosismo, el cual incrementó después que Samuel la mirase fijamente durante un largo tiempo en medio de ese recibidor que distribuía las habitaciones.

—Dime, Mandy… ¿Qué puertas puedo abrir en esta planta sin molestar a nadie? — le preguntó por fin Samuel.

—Bien — le dijo ella, mirando a su alrededor.

Algunas de las puertas estaban cerradas y otras abiertas.

—Esa de ahí es de Nicole — señaló Mandy la puerta a las espaldas de Samuel.

—Nicole…de acuerdo…vamos a simplificar y apresurarlo, ven conmigo. La habitación de Nicole — dijo Samuel caminando por el pasillo a su izquierda y señalando a la puerta de Nicole, de donde se desprendían gritos llenos de lujuria.

—Sí — confirmó Mandy.

—De acuerdo… esta de aquí — preguntó Samuel, frenando delante de la siguiente puerta.

—Esa debería estar vacía…es la de Clarissa — habló Mandy.

—Muy bien — dijo Samuel, abriendo la puerta.

La puerta se abrió, mostrando una estancia decorada con terciopelo rojo y rojas sábanas a conjunto.

—Muy bien…así es como va a funcionar — reveló Samuel, — así que vamos a ponernos a ello…la siguiente.

Al finalizar con el primer piso, tres puertas permanecieron cerradas, así que subieron a la segunda planta. Tras ser informada de cuál era la puerta de la estancia privada de la señorita Johnson, cerrada siempre con llave, siguieron abriendo puertas y para entonces, Mandy ya tenía gran certeza de lo que esa mujer estaba buscando.

La prostituta y la mafiosa llegaron a una puerta cerrada con llave que debería haber estado abierta, ya que la persona que la utilizaba normalmente estaba abajo, tomando champán con un cliente potencial.

– ¿De quién es esta habitación? – le preguntó Samuel.

– Ésa …hum…esa es de Francesca – le respondió Mandy dudosa.

– Francesca…no has mencionado a Francesca, así que voy a imaginar que o bien has cometido un error, cosa que puedo comprender…o que ella está abajo y otra persona está utilizando su habitación… ¿Cuál es lo correcto, Mandy? – preguntó Samuel con un susurro.

Mandy la miró aterrada y bajó la cabeza sin saber qué hacer. Samuel se acercó a ella y continuó hablándole con normalidad.

– Sólo tienes que ponérmelo fácil. Tú no eres la directora de este sitio, ella lo es. Dime dónde está Francesca – dijo Samuel.

– Está abajo – admitió Mandy, aún cabizbaja por el miedo.

– Bien… ¿Quién está utilizando esta habitación ahora mismo? – preguntó Samuel a Mandy.

– Está sola – respondió Mandy.

– ¿Cómo se llama? – demandó Samuel con un tono aún paciente, ya que estaba consiguiendo lo que quería.

– La llamamos Baby Sue – otorgó Mandy.

– Baby Sue – repitió Samuel, llenando sus pulmones del corrupto aire de aquel burdel.

Mandy quería dejar ese lugar o mejor aún, caerse muerta, lo cual habría sido siempre menos problemático para ella.

– Quiero que te vayas a tu habitación y que te quedes allí, Mandy…por favor – le ordenó Samuel.

– Sí, señora.

Mandy dejó a *La Judía* frente a la habitación de Francesca, pensando en cómo proceder. Dos minutos más tarde, Samuel se golpeó el muslo con los guantes de piel por encima del abrigo y se encaminó hacia abajo en busca de la señorita Johnson, encontrándola mirando hacia arriba, con Óscar no muy lejos de ella. *La Judía* bajó las escaleras como si nada hubiese pasado, uniéndose a la señorita Johnson y al guardaespaldas.

—Delegue sus responsabilidades a otra persona, por favor, señorita Johnson – dijo Samuel al llegar.

—¿Dónde está Mandy? – preguntó la señorita Johnson, curiosa y preocupada.

—En su dormitorio…delegue en otra persona enseguida – repitió Samuel.

La señorita Johnson se giró y llamó a Gigi para pedirle que tomase su puesto durante unos minutos. Cuando las órdenes fueron dadas y aún con los libros en sus manos como si fueran dos tablas de madera capaces de salvarla de ese barco a punto de hundirse, ella siguió a *La Judía* arriba, con Óscar caminando detrás de la señorita Johnson. Cuando la Madame percibió que se dirigían a la segunda planta, la alemana de cincuenta años empezó a pensar en cómo salir de la situación en la que se encontraba. Cuando Samuel frenó frente a la habitación de Francesca, la señorita Johnson sabía que su futuro más cercano le traía grandes problemas.

—¡Ábrala y dé un paso atrás! – le ordenó Samuel con calma.

La señorita Johnson sacó la llave maestra de su bolsillo y abrió la puerta, resistiéndose a dar un paso atrás, y sucumbiendo a la orden después de que Samuel fijase sus ojos en los de ella, haciéndola temblar de nuevo.

Samuel empujó la puerta y entró. La estancia estaba pobremente iluminada y no se había ventilado en varios días, porque el aire estaba muy cerca de solidificarse, debido al olor corporal, perfume y alcohol. Samuel entrecerró la puerta y descubrió una pequeña figura moviéndose en la cama.

—¿Baby Sue? – llamó Samuel.

Baby Sue se sentó en la cama y la miró. Su largo y oscuro pelo estaba suelto y limpio. El maquillaje en su cara le daba el aspecto de una muñeca de porcelana. Llevaba puesto un blanco y transparente vestido, sin sostén alguno, ya que sus pechos todavía no se habían desarrollado. Descalza sobre la cama, sus pies se percibían pequeños y huesudos. Samuel sintió como su corazón y sus pulmones comenzaron a inundarse de ira, de pura y simple ira, consiguiendo controlarla ante la imagen angelical postrada frente a ella.

–Hola, Baby Sue – la saludó Samuel, acercándose a ella.

–Hola, señora – la saludó la niña, sorprendida por su visita.

–¿Cómo estás? – preguntó Samuel.

–Estoy bien – respondió Baby Sue con acento sureño.

–Ya veo… ¿Has visto al doctor, Baby Sue? – preguntó Samuel.

Baby Sue movió la cabeza negativamente y se sentó en la cama correctamente, permitiendo que sus piernas colgasen por el borde de ese gran y alto lecho. Samuel caminó hacia ella y cogió su rostro entre sus manos para observarla, sintiendo la necesidad de vomitar ante el pensamiento que una niña tan pequeña ya hubiese sido besada. El maquillaje en el rostro de la pequeña había sido aplicado con cuidado y con gusto, desprendiendo un olor agradablemente a pesar de la peste que la envolvía.

–Eres una niña tan bonita – le susurró Samuel.

Baby Sue sonrió ampliamente, incrementado la ira de Samuel al ver que a la niña se le habían caído los dientes de leche recientemente, convirtiéndola más o menos en una niña de 6 años.

–¿Cuántos años tienes, Baby Sue? – preguntó Samuel.

La niña encogió los hombros y Samuel sonrió. Al igual que ella, su edad sólo podía ser una conjetura.

–¿Has… – intentó preguntar Samuel, aunque su garganta se había apretado por la rabia y la emoción, – has tenido a un hombre aquí hoy?

Baby Sue movió la cabeza negativamente.

–¿Y ayer? – tuvo que preguntar Samuel.

Desafortunadamente, Baby Sue asintió con la cabeza y con sus tristes ojos. Sintiéndose mareada por las noticias, Samuel se giró y caminó hacia la puerta, la cual abrió, mirando a la señorita Johnson.

—Entre – la llamó Samuel.

Ya que la señorita Johnson no se movió, Óscar la empujó, forzándola en la estancia de forma abrupta, aun sujetando su vida a esos libros. Samuel pudo ver la reacción de Óscar ante la visión de Baby Sue, quien apretó los puños mientras intentaba controlar la necesidad que tuvo de estrangular a la mujer que tenía en su presencia.

—¿Cuántos años tiene? – preguntó Samuel a la señorita Johnson.

—No lo sé... ¿Diez quizás? – se atrevió a decir la señorita Johnson.

—¿Diez?...Se le acaban de caer los dientes de leche... ¿Tan estúpida me considera? – se sintió Samuel insultada.

—La madre se murió el mes pasado cuando vino a buscar trabajo y la dejó aquí, ¿qué se suponía que tenía que hacer con ella? – se excusó la señorita Johnson.

—¿Y su padre? – preguntó Samuel.

—¡Su madre era una fulana del Sur!... ¡Vino a trabajar y a morir en la ciudad! ¡Trabajaba en la calle! ¡Al menos le he puesto un techo en su cabeza! – dijo la señorita Johnson a Samuel, señalando a la niña.

Samuel caminó hacia Baby Sue y le pidió que tomase su mano, lo cual ella hizo. *La Judía* llevó a la niña junto a Óscar, diciéndole que iban a jugar a un juego, así que Samuel le pidió a Baby Sue que cantase tan fuerte como pudiese mientras Óscar le cubría los oídos frente a ella. Como a tal juego pensaba que jugaba y a ningún juego había jugado en mucho tiempo, Baby Sue obedeció, y tan pronto como había comenzado a cantar una canción desconocida para todos los presentes, Samuel tomó los libros de las manos de la señorita Johnson y tras colocarlos sobre una mesa que había junto a la única ventana de esa habitación, rompió un florero contra la cara de la señorita Johnson. Gimiendo por el dolor que el profundo corte en la mejilla izquierda le estaba provocando y yaciendo en el suelo tras el impacto, Samuel le dio patadas a la señorita Johnson hasta que su pierna derecha se sintió exhausta, cambiando a la izquierda, y parando sólo cuando la alemana dejó de moverse y la ira de Samuel se había marchitado, al igual que los gritos de la alemana. El cuerpo de Samuel se había calentado de repente ya que llevaba aún su abrigo, sintiendo un poderoso calor.

Mientras Óscar le pedía a Baby Sue que cantase esa canción de nuevo, Samuel jadeaba junto a la alemana, mirándola fijamente, agachándose junto a ella y buscando el pulso de su cuerpo a través de su cuello para verificar que aún seguía con vida, y lo estaba. *La Judía* se mantuvo en esa posición hasta que la alemana abrió los ojos de nuevo y miró a Samuel con el más horrífico de los dolores llenando su cuerpo.

– ¿Me puede oír? – habló Samuel.

Samuel escuchó algo parecido a un 'sí' y ella asintió.

– Nosotros no prostituimos a niños…nuestras fulanas son adultas que consienten…adultas que consienten y que están sanas, ¿lo comprende? – le dijo Samuel.

Otro 'sí' salió de la mujer en sufrimiento, quien intentó moverse, gesto impedido por el dolor.

– ¿Dónde está el resto de su familia? – la cuestionó Samuel.

– Nadie – consiguió decir la señorita Johnson.

– Bien…usted tiene dos opciones para parar el dolor y ambas tienen consecuencias…puedo enviar a un doctor o Óscar se puede quedar con usted, ¿cuál prefiere señorita Johnson? – le ofreció Samuel.

– Doctor – musitó la señorita Johnson.

– Buena elección – dijo Samuel, poniéndose en pie y caminando hacia Óscar después de coger los libros.

Samuel se llevó a la niña de la estancia, pero Baby Sue consiguió cazar un vistazo de la señorita Johnson en el suelo.

– ¿Qué le ha pasado? – preguntó Baby Sue a Samuel.

– Se ha caído – respondió Samuel.

Después de que el médico hubiese sido llamado, Óscar puso su abrigo alrededor de Baby Sue y cubriendo éste su cuerpo entero, Samuel y el guardaespaldas la llevaron al coche. Óscar se quedó atrás para cuidar del burdel esa noche, mientras Jimmy llevó a Samuel y a Baby Sue lejos de ese lugar.

– ¿A dónde vamos? – esperó Jimmy de *La Judía*.

– A casa, por favor – contestó Samuel.

Cuando el coche se puso en movimiento, ella miró a la niña sentada a su lado. Sólo podía verse su cabeza y el abrigo gigante sobre su cuerpo que la hacía parecer todavía más pequeña.

– ¿A dónde vamos? – se preguntó Baby Sue.

– Vamos a un lugar seguro para ti, cariño…esa mujer que se ocupaba de ti era mala…. esta noche te quedarás conmigo y hablaremos mañana, ¿de acuerdo? – compartió Samuel con la niña.

– De acuerdo – contestó Baby Sue sin saber ciertamente que esa mujer pudiese ofrecerle un lugar mejor para vivir.

– ¿Tienes hambre? – dijo Samuel.

La niña movió la cabeza negativamente. Esa noche había cenado. Samuel le sonrió. Diez minutos después de dejar el burdel, el nudo que se había formado en el pecho de Samuel necesitaba un escape y con la niña contemplando a través de la ventana la ciudad que descubría por primera vez, Samuel comenzó a limpiarse algunas lágrimas que brotaban de sus ojos de forma imparable. La idea de esa niña siendo prostituida estaba siendo demasiado para su mente y pronto sollozó. Jimmy pretendió no ser testigo de lo que le pasaba a su jefa, pero Baby Sue fue menos discreta.

– ¿Por qué lloras? – urgió Baby Sue a Samuel de forma abrupta, ya que ella no conocía la palabra discreción.

Samuel forzó una sonrisa para la niña y le acarició la cabeza con su mano enguantada.

– Estoy feliz porque ya no has de quedarte en esa casa – contestó Samuel.

– No llores – intentó Baby Sue aliviar sus lágrimas.

– Lo intentaré, ¿de acuerdo?...Lo intentaré, pero uno tiende a sentirse mejor después de llorar, ¿no lo sabías?

Baby Sue sonrió y resumió su descubrimiento de la ciudad y de la nieve, mientras el automóvil surcaba las calles de camino a un nuevo hogar para ella.

– ¡Jimmy! ¡Necesito un teléfono! – informó Samuel al conductor y su hombre de confianza.

– Muy bien – contestó Jimmy.

Dos calles después de la petición, Jimmy paró el coche y dio a su jefa un par de monedas para que pudiese hacer una llamada telefónica. Baby Sue la miró fijamente desde el coche mientras Samuel marcaba el número de teléfono de la casa de Wayne, tiritando por el frío que azotaba esa desierta calle.

En casa de los McLean, las luces ya estaban apagadas con la excepción del dormitorio de Mark, quien tumbado en su cama leía un libro que estaba a punto de terminar. Cuando el teléfono sonó, fue Wayne el que encendió la luz y salió de su habitación, caminando hacia el salón para contestarlo. Habían pasado diez minutos de las once de la noche y las llamadas telefónicas a esas horas sólo podían ser de Gino o Samuel, siendo escasas y temibles para ellos. Mark tuvo el mismo sentimiento y también salió de su habitación, encontrando a su hermano cogiendo el auricular, así que se apoyó en el marco de la puerta del salón y le miró.

– ¿Diga? – contestó Wayne.

– ¡Wayne!... ¡Soy Samuel! – anunció Samuel.

– ¡Sam!... ¿Qué te pasa? – le preguntó Wayne, preocupado por su tono de voz.

Wayne y Mark se ojearon momentáneamente.

– Necesito hablar contigo, Wayne – suplicó Samuel.

– ¿Dónde está Gino?... ¿Estás bien, Samuel? – preguntó Wayne mientras su corazón comenzaba a latir fuertemente en su pecho.

– Gino está bien…tengo que hablar contigo, Wayne, por favor, es importante – rogó de nuevo Samuel.

– ¿Por qué estás llorando? – preguntó Wayne a su hermana.

– Por favor, Wayne…te lo explicaré…sé que es tarde, lo siento, pero no sabía qué más hacer – contestó Samuel.

– Por supuesto…ven a casa – la invitó Wayne.

– Bien…estaré ahí en diez minutos – dijo Samuel colgando.

Wayne colgaba también cuando Sally llegaba al salón, atándose el cinturón de su bata en la cintura y frenando junto a Mark para mirar a su marido.

– ¿Qué ocurre? – preguntó Sally a Wayne.

– No lo sé…estaba alterada – les dijo Wayne, de pie junto al teléfono.

– ¿Viene? – se aseguró Mark.

– Sí… ¿Por qué no te vas a la cama, cariño? – le sugirió Wayne.

– No, herviré algo de agua, tiene que estar helada si ha estado en la calle – contestó ella, caminando hacia la cocina.

Wayne y Mark se miraron en silencio y ambos decidieron coger sus batas, ya que el apartamento estaba frío por la noche. Unos minutos después, la campana de la puerta sonó y Wayne fue a abrir. Jimmy cargaba a una dormida Baby Sue, saludando a los tres expectantes familiares cuando hizo presencia en la casa

– ¿Qué es esto? – le preguntó Wayne a Samuel.

– Una niña…échala en el sofá, por favor, Jimmy – señaló Samuel, lo cual Jimmy hizo.

Jimmy dejó el apartamento y Mark cerró la puerta tras él, mientras Wayne y Sally se acercaron a la niña, cuyo cuerpo se perdía en el gigantesco abrigo. Percibieron de inmediato el maquillaje en el rostro de la niña y Mark la miró también cuando se unió a ellos. El soldado observó el rostro de Samuel, dándose cuenta de lo alterada que estaba.

– ¿Dónde te la has encontrado? – frunció el ceño Sally.

Samuel rompió a llorar, pero con un empuje de coraje, abrió el abrigo de Óscar y les dejó ver lo que la niña vestía.

– ¡¿Dónde?!... ¡¿Dónde la has encontrado?! – ordenó saber Sally, sin querer creer lo que imaginaba.

−¡No podía dejarla allí! − sollozaba Samuel, cubriendo a la niña de nuevo con el abrigo, agachándose delante de ella.

Mark, Wayne y Sally se miraron mutuamente y ninguno se atrevió a pronunciar las palabras que pensaban, haciendo el infierno personal de esa niña una realidad.

−Los dientes de leche se le han caído y no está desarrollada − explicó Samuel. − No podía dejarla allí…no podía − se estremecía ella mientras hablaba desde el suelo.

−Por supuesto que no podías − le susurró Mark.

−Es tan pequeña…tan pequeña − dejó salir Samuel un sollozo al levantarse.

Mark tomó los hombros de Samuel y la atrajo a sus brazos para rodearla con ellos. Allí lloró ella, el lugar más seguro que jamás había conocido. Cuando se encontró mejor, ella levantó la mirada y le sonrió a Mark con gratitud. La noticia había sido demasiado para Sally y esta se había retirado del salón para hacer algo de té, la mejor excusa que pudo encontrar, seguida de Wayne. Mark hizo que Samuel se sentase y agachado delante de ella, se miraron a los ojos.

−¿Qué vas a hacer con ella?... ¿Te la has llevado sin más? − le murmuró Mark.

−No tiene a nadie…es una sureña…sin familia − explicó ella.

−¿Qué piensas? − le preguntó Mark.

−No puedo pensar con claridad, Mark…casi mato a la señorita Johnson − confesó Samuel con un suspiro.

−¿Le has hecho daño? − preguntó él.

−Sí, lo he hecho…he enviado un médico, pero la he dejado bastante mal − añadió Samuel.

Mark se tomó un segundo para pensar, pero se incorporó cuando Wayne y Sally entraron en el salón. Samuel les agradeció el té caliente y tras tomar un sorbo, los miró.

−No me la puedo quedar…no tiene familia, pero no me la puedo quedar legalmente, no tengo certificado de nacimiento − les recordó Samuel a sus hermanos.

−¿Te gustaría quedártela, Samuel? − preguntó Wayne.

−No puedo criar a un niño − les informó ella como si ellos ya hubiesen tenido que saber eso mismo.

−Sí que puedes − la contradijo Mark.

−¡No, no puedo!... ¡Nunca estamos en casa por la noche y Gino se iría si le traigo un niño a casa! − especuló Samuel.

Con una única voz, todos dijeron que no, de una forma u otra al oír el último comentario sobre Gino.

−No puedo quedármela y enviarla a un orfanato la enviaría de nuevo a la calle tarde o temprano − dijo Samuel en voz alta, contemplando a la niña que dormía en el sofá. − ¿Qué puedo hacer con ella?...No podía dejarla allí.

Los hermanos y Sally permanecieron en silencio, observando a la niña pequeña mientras tenían sus tazas de té caliente en las manos, pensando sobre la inminente seguridad de la niña.

−Quizás podrías enviarla a un internado − comentó Wayne.

Samuel miró a Wayne.

−Esa es una buena idea − alabó Samuel. − Esa es una muy buena idea...puedo quedármela hasta que se recupere y entonces buscaré un buen colegio para ella...es una idea fantástica, Wayne...puedo decir que es mi sobrina o algo de eso − le dijo Samuel feliz de por fin haber encontrado una solución.

Cuando se sintió mucho mejor, Mark se puso el abrigo y cogió a la bella durmiente para llevarla al coche. Samuel besó buenas noches a Sally y a Wayne, disculpándose por haberles sacado de la cama, besando también a David mientras seguía a Mark hacia el automóvil.

−¿Cómo se llama? − preguntó Wayne a Samuel, antes de que esta cerrase la puerta.

−Su nuevo nombre es Molly − sonrió Samuel.

−Ése es un bonito nombre para una vida nueva − le devolvió Wayne la sonrisa al sonido del nombre hebreo, − y en tono con la moda familiar.

Samuel soltó una risita y le envió un beso, marchándose después.

– Apenas pesa – comentó Mark en el ascensor después de cerrar las puertas y mover la manivela hacia la planta baja.

– Ha pasado hambre – imaginó Samuel.

– Esa mujer se merecía lo que ha recibido – sentenció y ejecutó Mark.

Samuel rizó sus brazos alrededor del brazo libre de Mark y lo besó por encima de su abrigo, colocando su mejilla en él como si tuviese frío, rompiendo así cualquier regla impuesta desde el momento en el que él había abandonado los Estados Unidos porque la amaba tanto.

– Podríamos encontrar una forma legal de quedárnosla – le ofreció Mark mientras el ascensor buscaba la planta baja.

– No puedo legalizarme, Mark – le recordó Samuel.

– Deja que me ocupe de ello, ¿de acuerdo? – la alivió él cuando llegaron a su destino, el piso a nivel de calle.

– De acuerdo – musitó ella.

Samuel abrió las puertas y ambos dejaron el edificio, acercándose al coche que esperaba aparcado fuera. Ella le dijo a Jimmy que no se preocupara, abriendo la puerta para Mark y Molly. Después de haber colocado a la niña en el asiento de atrás, Mark salió del coche y miró a Samuel.

– Entra, hace frío – dijo Mark a Samuel.

– Tú también – le dijo ella, señalando al edificio.

Mark sonrió y por un segundo, los ojos de uno se perdieron en los del otro.

– Entra, venga…hablamos mañana – le dijo Mark.

– Bien.

Mark tomó el rostro de ella entre sus manos y le besó la mejilla izquierda.

– Buenas noches – dijo él.

– Buenas noches – también le deseó ella, subiéndose al coche.

Mark cerró la puerta y caminó de vuelta adentro cuando el coche se alejó. Tras volver arriba, tardó unos instantes en recobrar el calor corporal que tenía antes de haber salido a la calle, así que se restregó el cuerpo tras quitarse el abrigo. Sally y Wayne aún estaban en el salón, visiblemente alterados por lo que Samuel les había mostrado.

—Nosotros, los adultos, somos monstruos – dijo Sally a Mark.

—Algunos lo son – la acompañó Mark.

—Y no puede llamar a la policía y denunciar a quien la tenía así – comentó Wayne.

—Ya se ha cuidado de ello – compartió Mark.

—¿Cómo? – preguntó Wayne de inmediato.

—Eso no lo he preguntado…pero la mujer está viva y la está cuidando un médico – añadió Mark.

—¡Bravo por Samuel! – aplaudió Sally sus acciones, dándole una palmada al brazo del sillón.

Wayne miró a su esposa; 'a veces las mujeres podían ser más despiadadas que los hombres,' pensó.

—Buenas noches – les dijo Sally, abandonándolos en el salón.

Mark y Wayne le dieron las buenas noches a Sally y se encontraron a solas en el salón con té aún caliente, sentados uno frente al otro.

—No sé si éste es el mejor momento…estamos bastante alterados, pero es que apenas te veo. Quería decirte algo que he estado madurando desde hace unos días, bueno, de hecho desde ayer que hablé con Gino – introdujo Wayne una nueva conversación.

Mark levantó sus ojos verdes y los posó sobre los de Wayne.

—¿Qué es? – aceptó Mark.

—¿Eres feliz? – preguntó Wayne.

—¿Feliz?... ¿Feliz en qué? – frunció el ceño Mark.

—Feliz con tu vida…sé que te preocupa tu trabajo en estos momentos…pero…en general, hemos mejorado nuestras vidas mucho – dijo Wayne a su hermano.

—Estoy de acuerdo… ¿A dónde lleva todo esto, Wayne? – le preguntó Mark.

– Sí…claro…yo…yo quería que tú supieras que…bueno…que tu felicidad es muy importante para mí…para todos nosotros – narró Wayne.

Mark permaneció mudo mientras miraba fijamente a su hermano mayor.

– Creíamos que te habíamos perdido y hubo un momento en el que también creímos que habíamos perdido a Samuel…así que de hecho, Gino y yo creímos que os habíamos perdido a los dos…ahora tú has vuelto y Samuel también.

Mark tomó un sorbo de su té y miró a Wayne sin sentirse muy cómodo con la dirección que la conversación había tomado.

– Hubo un tiempo cuando igual que tú, me ponía enfermo al pensar en ti y Samuel juntos como una pareja – se atrevió a decir Wayne.

– ¡Para! – le ordenó Mark, mostrándole la mano.

– No, tengo que decirlo…no puedo aguantar— – intentó Wayne.

– ¡Para, Wayne! – repitió Mark, cortándole la palabra.

– ¡No!...Deja que termine. No puedo aguantar cómo vives tu vida amándola y manteniéndote lejos de ella por lo que yo pienso o pensaba o por qué te sientes tan asqueado de ti mismo que prefieres vivir solo y cerca de ella a tomar el paso que te has estado muriendo por tomar desde hace años, estoy contigo…Gino y yo estamos contigo, Mark – le dijo Wayne.

Mark clavó los ojos en su hermano y por primera vez en su vida, no se sintió enfermo del estómago al tener esa clase de pensamientos sobre Samuel.

– Te he escuchado. Ahora si me perdonas, me voy a la cama – le dijo Mark antes de ponerse en pie.

– Eso es todo lo que quería decir – le dijo Wayne a Mark. – Buenas noches.

– Buenas noches – le deseó Mark, levantándose y caminando hacia su habitación.

Wayne se quedó atrás, pensando en el paso que había tomado

con su hermano y con el futuro de su familia.

Finalmente en casa, Samuel observó a Molly durante un tiempo después que Jimmy la hubiese dejado en su cama. Sola en casa como se encontraba, Samuel buscó un par de tijeras y caminó hacia la niña. Con cuidado, levantó la ropa de la niña y la cortó en dos para poder retirarla del cuerpo violado. Una vez hecha pedazos, en una pila en el suelo y mientras Molly seguía dormida y desnuda en la cama de Samuel, ella le cubrió el cuerpo con una manta y recogió la tela blanca y fina del suelo, caminando hacia el salón. Se acercó a la chimenea y tras tirar la ropa en el suelo, su mente fue asaltada por la noche en la que ella había tirado al fuego las copas que ella y Rabissi habían utilizado, la noche en que lo había asesinado. Agitó la cabeza intentando volver al tiempo presente y volvió a su dormitorio, cruzándolo y cogiendo una toalla mojada para lavar la cara de Molly. Cuando con cuidado comenzó a limpiar el maquillaje, Molly se despertó y Samuel paró lo que hacía. Molly notó que estaba desnuda debajo de la manta, creciendo su inquietud visiblemente mientras miraba a su alrededor.

– No te preocupes… sólo te lavaba la cara, estás más bonita sin toda esta porquería encima…tenemos que encontrarte un camisón…no hay niños en esta casa, así que te pondrás uno de los míos y mañana nos ocuparemos de tu ropa – dijo Samuel a la niña.

Molly la observó mientras se abrazaba a sí misma bajo la manta.

– ¿Esta es tu casa? – preguntó la niña a Samuel.

– Sí…vivo aquí con uno de mis hermanos, pero aún no está en casa – explicó Samuel.

– ¿Tienes un hermano? – se sintió curiosa la niña.

– Bueno…de hecho tengo tres hermanos, uno de ellos tiene un niño pequeño…deja que te encuentre ese camisón y quizás podamos tomar un vaso de leche junto al fuego y esperar a Gino si no estás muy cansada – reveló Samuel, levantándose y caminando hacia el vestidor que separaba y comunicaba la habitación de Gino con la suya.

Molly la siguió y miró a su alrededor con asombro al entrar en el vestidor, arrastrando la manta y haciendo de sí misma una princesa.

–¡Tienes tanta ropa! – susurró Molly sorprendida.

Samuel sonrió y abrió un baúl, enterrando sus manos en él y sacando un camisón blanco para la niña.

–Éste estará bien para esta noche…ven aquí – llamó Samuel a la niña.

Molly se acercó a Samuel y la adulta colocó el camisón por encima de la niña, mientras la manta caía al suelo. Tras recogerla, ambas salieron del vestidor y caminaron hacia la cocina mientras Molly descubría la casa. Tras calentar algo de leche y con dos tazas idénticas, caminaron hacia el salón y se sentaron allí en la oscuridad, con la cálida luz emanando del fuego. Cuando Molly se dio cuenta que desde donde Samuel estaba sentada, tendría una mejor vista del mundo exterior, se levantó y se sentó junto a ella.

Le siguió un largo silencio que les permitió pensar y beber la leche caliente.

–¿Sabes?…Una nueva vida empieza hoy para ti…eso me pasó a mí una vez – compartió Samuel con ella.

–¿Cuándo? – quería saber la niña.

–Hace mucho tiempo…era más pequeña que tú…mis hermanos dicen que yo tendría unos cuatro años y no hablaba – jugueteó Samuel.

Molly encontró aquello divertido y rió con felicidad.

–¡No hablaba! – rió Samuel con sus ojos aún hinchados por el llanto y el dolor que había sufrido esa noche. – ¡Y todo el mundo creía que era un niño!

La niña soltó una carcajada y miró a Samuel con curiosidad.

–¡Sí!...Por eso no supieron ni mi nombre, ni que era una niña…así que…Gino, uno de mis hermanos, decidió bautizarme con el nombre de Samuel.

Molly no podía ya aguantarlo y rió ante la mala suerte de Samuel.

—¡Eso es nombre de niño! – apuntó Molly, cubriéndose la boca.

—¡Sí! Porque creían que yo era un niño, así que crecí sin hablar porque creo que tenía miedo – comentó Samuel.

—¿Cuándo descubrieron que eras una niña? – le preguntó Molly.

—Descubrieron que era una niña cuando un día tuve un accidente en mis pantalones y me tuvieron que tirar al río para lavarme la ropa – explicó Samuel.

La criatura rió tan fuerte que se golpeó la cabeza en el respaldo del sillón, mirándola para poder escuchar más de esa historia tan divertida.

—¿De verdad? – quería saber la pequeña.

—¡Oh!... ¡Esta historia es de verdad!... ¡Y entonces hablé!...Un día hablé y me quedé con mi nombre porque mis hermanos me criaron, quienes no son mis hermanos reales porque no compartimos la misma mamá y el mismo papá, pero me criaron, así que me quedé con el nombre porque vivía una vida nueva…igual que tú – le dijo Samuel.

—¿Así que yo necesito un nombre nuevo también? – se preguntó Molly.

— He pensado en eso y deja que te diga algo. Una vez leí una historia sobre una mujer muy fuerte, ¡a la cual le habían pasado cosas tan terribles durante su vida! Su nombre era Molly y tenía un corazón tan bueno – dijo Samuel a Molly. – Su secreto era que nunca se recreaba en memorias que la habían hecho miserable. En vez de eso, ella se regocijaba en los buenos momentos y nunca miraba atrás. Así que aprendemos que no debemos mirar atrás si eso nos hace daño, ¿lo comprendes? Tenemos que concentrarnos en nuestras vidas, en nuestra familia, así que debemos amar a aquellos que nos aman y olvidarnos de aquellos que nos han hecho daño, ¿comprendes? La historia de Molly me enseñó eso.

–¡Me gusta Molly! – dijo la niña tan sorprendida como excitada por su nuevo nombre.

–Muy bien…te llamaremos Molly – irónicamente la bautizó Samuel, acariciando una cruz sobre la frente de la niña mientras pronunciaba su nuevo nombre.

Molly soltó una risita, orgullosa de su nuevo nombre, buscando un abrazo de Samuel. Samuel se sintió algo extraña ante la muestra de afecto de la niña pequeña, pero se sintió terriblemente cómoda dos segundos después, cuando Molly la abrazó agradecida por la forma en la cual estaba siendo tratada. Se sintieron tan seguras una en los brazos de la otra, que Molly decidió colocar su cabeza en el regazo de ella, mientras escuchaban las chispas del fuego e imaginaron el frío y la nieve posándose en las cornisas, los edificios y las calles más allá. Samuel la dejó dormir de nuevo, pero ella no podía conciliar el sueño en el sofá, donde se quedó sentada y pensando, decidiendo esperar a Gino sabiendo que volvería pronto a casa, después que Jimmy le diese el recado.

El silencio en el apartamento y la nieve que caía de nuevo fuera, en combinación con el relajante sonido de las chispas del fuego hicieron que su mente relajase todo el estrés que esa noche había acumulado en su corazón. Aún podía sentir el abrazo de Mark en su cuerpo y se sintió avergonzada por estar pensando en él de esa forma, así que le echó un vistazo a la bella durmiente para sacarle de su mente. Cuando Gino entró en la casa alrededor de las dos de la madrugada y ella escuchó unos pasos acercándose al salón, Mark dejó su mente por décima vez. Gino pudo verla en el sofá y ella giró la cabeza cuando éste abrió la puerta.

–¡Hola, pequeña! – la saludó Gino.

–¡Hola, Gi! – respondió ella.

Gino caminó hacia ella, quitándose la segunda chaqueta y congeló su paso cuando llegó a la mesita del salón, debido a la visión de no encontrar a Samuel sola y leyendo como era lo usual.

–¿Quién es esta? – preguntó Gino a Samuel, de pie antes ellas y señalando a la niña con el dedo.

—Esta es Molly – respondió Samuel.

—¡¿Molly, quién?! – soltó Gino.

—Nuestra Molly – le informó ella sin pizca de inseguridad en la voz.

Gino se tomó su tiempo para comprender lo que ella quería decir, moviendo la cabeza cuando le voló la imaginación.

—¿De dónde la has sacado? – le preguntó Gino confundido.

—¿Por qué no te sientas? – le ofreció ella.

—Estoy bien de pie… ¿De dónde la has sacado, Sam? – le preguntó Gino de nuevo.

—Te diré de dónde la he sacado cuando te sientes…por favor – respondió Samuel.

—De acuerdo.

Gino se sentó delante de su hermana y le otorgó su completa atención, oyendo lo que Samuel tenía que explicar sobre lo que había pasado en el burdel, percibiendo como la expresión de Gino cambiaba gradualmente, convirtiéndose en el reflejo de rabia contra el mundo entero y de lástima por esa niña.

—¿Te la vas a quedar? – expuso Gino a su hermana.

—Indirectamente…la voy a enviar a un internado, Mark va a ocuparse de eso – respondió Samuel.

—Ya veo…bien…se puede quedar, estoy de acuerdo – habló Gino.

—Ya lo sabía…tienes un corazón bueno – le sonrió Samuel.

—Lo sé…te crié, ¿recuerdas? – sonrió Gino ampliamente.

—Y estoy orgullosa de ello – dijo Samuel.

Gino sonrió y se puso de pie.

—Deja que la lleve a la cama – dijo él, tomando a la bella durmiente.

—Gracias.

Gino se quedó de pie, quieto durante unos instantes, con la niña pequeña durmiendo en sus brazos, preguntándose quién podría pagar para estar con ella. Sintiéndose hastiado por los de su propio género y tras besarle la frente, caminó hacia la habitación de Samuel para poner a la niña a dormir en la más cómoda y segura de las camas en todos los Estados Unidos de América.

A la mañana siguiente, Gino se acercó a la cocina y sonrió ante el regalo de oír risitas de niño saliendo de la estancia. Frenó a la entrada de la cocina y observó la mesa en pleno desayuno. En tres años que habían ya vivido en esa casa, ese había sido el único niño desayunando en el hogar con la excepción de David en un par de ocasiones.

– ¡Buenos días! – deseó Samuel a Gino con una sonrisa cuando lo percibió en la puerta.

Molly estudió a Gino por encima de su vaso de leche caliente y sus tostadas.

– ¡Buenos días! – la saludó Gino también.

– Siéntate con nosotros…el café aún está caliente, siéntate, yo te lo preparo – ofreció Samuel.

– De acuerdo…gracias – aceptó Gino, uniéndose a ellas.

Molly no podía controlar la necesidad de mirar fijamente a ese hombre que acababa de entrar en la cocina y que se había sentado frente a ella.

– Molly, éste es Gino… ¿recuerdas que te lo mencioné? – refrescó Samuel la memoria a Molly mientras le servía a Gino algo de café.

– Sí – respondió Molly.

– ¿Cómo estás esta mañana? – preguntó Gino a Molly con una sonrisa perenne en su rostro.

– Bien – contestó Molly.

– Genial.

Diez minutos más tarde, Mark apareció por la puerta de la cocina, después que la campana se hubiese escuchado en la casa y Lucille hubiese abierto la puerta. Mark soltó una risita salada ante la fotografía familiar que se encontró en la mesa.

– Buenos días – sonrió él a todos, entrando en la cocina.

– ¡Hey!... ¿Desayunas? – le invitó Gino, levantándose.

– Ya lo cojo yo, gracias Gi…siéntate, por favor – dijo Mark a Gino, colocando sus manos en los hombros de su hermano al pasar por detrás suyo, camino de la cafetera que estaba en el fogón.

Una vez más, Molly sintió vergüenza, ya que una nueva persona acababa de entrar en su vida en un espacio de tiempo demasiado corto.

– Éste es mi otro hermano…se llama Mark – presentó Samuel a Mark.

Mark giró la cabeza hacia la niña y le sonrió antes de servirse café.

– ¡Hola, Molly! – la saludó Mark. – Wayne me dijo que tenías un nombre nuevo.

Molly miró a Samuel y bajó la cabeza tímida.

– ¿Hoy no trabajas? – preguntó Gino a Mark.

– Hoy no…me van a despedir de todas formas, así que he pedido la mañana libre – dijo Mark, cogiendo una silla junto a Molly y uniéndose a ellos para desayunar.

– ¡No te van a despedir! – le aseguró Gino.

– Gi…esos tipos tienen familias. No voy a mantener mi trabajo por encima de ellos, no lo haré…aprecio lo que estás haciendo por mí, pero no he podido aceptarlo…tienen que alimentar a sus hijos – argumentó Mark.

Gino movió la cabeza comprendiendo lo que Mark podía haber hecho sin su conocimiento y le echó un vistazo a Samuel.

– Necesitamos a gente en el casino, está creciendo tan rápido y necesitamos gente lista como tú para que nos ayude – le informó Gino.

Por primera vez en su vida adulta, Mark levantó la mirada y no la movió negativamente ante un trabajo ofrecido por Gino, el cual sin duda alguna le pondría bajo la nómina de Signore Nero. Gino miró a su hermana con una ojeada rápida y entonces volvió a mirar a Mark.

– Te podrías ocupar de dirigir el casino conmigo y el club con ella…eso es todo…Roberto Samoini está enfermo, ¿por qué no lo piensas? – le preguntó Gino sin pizca de presión en sus palabras.

Hubo en la cocina un corto silencio. Mark miró a Samuel y entonces, después de darle un sorbo a su café, a Gino.

– Lo pensaré – contestó Mark.

Mark pudo percibir la expresión de sorpresa en el rostro de Samuel debido a su cambio de opinión, sabiendo que ella tenía sus dudas al respecto. El teléfono sonó en el salón y Lucille fue a cogerlo.

– Encontrarás otra cosa, Mark – le dijo Samuel esperanzada.

– Probablemente – le dijo Mark a ella.

Samuel permaneció en silencio, pero Lucille interrumpió.

– Señorita Sam…hay una llamada para usted – la llamó Lucille.

– Gracias – le agradeció Samuel, levantándose y dejando la cocina.

Molly miró a Mark y a Gino.

– ¿Quieres más tostadas? – ofreció Mark a la niña pequeña.

Molly movió la cabeza negativamente y Mark sonrió, siguiendo su conversación con Gino.

– ¿Has hablado con Samuel sobre alguien? – introdujo Mark sólo para los oídos de Gino.

– Sí – fue la respuesta de Gino.

– Hace una hora hablé con un abogado…hay una forma de quedárnoslo – continuó Mark.

– ¿Qué forma? – preguntó Gino.

– Un certificado de nacimiento para ella, que la haga mía – compartió Mark.

– ¿Harías eso? – se preguntó Gino.

– Haría cualquier cosa – respondió Mark con un murmuro.

– ¿Por quién? – inquirió Gino.

– Por todos nosotros – dijo Mark.

Gino sonrió a su hermano y entonces observó a Molly.

Mientras tanto, Samuel había cogido el aparato y hablaba con Nero.

− Tengo que verte hoy − le dijo Nero.

− De acuerdo, pero no podré hasta después del mediodía − comentó Samuel.

− Al mediodía me va bien…asegúrate que traes lo que cogiste anoche − pidió Gino.

− Eso no será posible todavía − contestó Samuel.

− Al mediodía − concluyó Nero, tras lo cual colgó.

Samuel colgó también el teléfono y arreglándose el chal que tenía sobre los hombros, volvió junto a su familia, tomando su asiento y sonriéndole a Molly.

− Tenemos que conseguirte ropa hoy − dijo Samuel a la niña.

− Tengo alguna ropa en ese sitio − recordó Molly en voz alta.

− ¡Ésa no, cariño! − le acarició Samuel el largo y oscuro pelo.

− Mark ha encontrado una forma de quedársela − dijo Gino a su hermana.

Samuel posó sus ojos en Mark y le preguntó con ellos.

− Se puede conseguir un certificado de nacimiento…un certificado del estado de Nueva York, mi apellido y una madre ausente − habló Mark.

− ¿Ausente? − frunció el ceño Samuel.

− Sí, ausente…como de viaje en el Hudson − le clarificó Gino a ella.

− ¡Oh!...Y eso…y eso la haría…tuya − apuntó Samuel.

− Eso la haría legal en Nueva York, Sam…legal − argumentó Mark, sabiendo el trazo tan relativo de la legalidad.

− Entonces tienes que mudarte aquí − resumió Gino, señalando a la mesa.

− Eso no es necesario − movió la cabeza Mark negativamente.

− Pero tienes que hacerlo, Mark… ¡hay dos habitaciones vacías en la casa y tanto eco! − bromeó él, provocando risa en sus hermanos. − Una para ti y otra para Molly − le dijo Gino. − ¿Verdad? − preguntó él a Samuel. − ¿Verdad, Mo? − se dirigió entonces a Molly.

Mark miró a Samuel y ella le devolvió la mirada.

—¿Estás seguro que quieres hacer eso? — preguntó Samuel a Mark.

—Sí, ¿por qué no?...es sólo un papel y eso será una gran diferencia para ella — observó Mark, señalando a Molly.

Molly se sentía confundida mientras esas tres personas hablaban de ella. Samuel miró a la niña pequeña y le regaló una sonrisa para hacerla sentir mejor.

—Molly…estamos hablando de ti y de lo que podemos hacer para que no tengas que volver al sitio de dónde vienes — explicó Samuel.

—¡No quiero volver allí! — suplicó Molly de repente, aterrada por la idea que el mejor día de su vida pudiese haber llegado a su fin.

—Y no tienes que volver si estás de acuerdo con la solución que Mark ha encontrado…pero tienes que comprender lo que significa, Molly…para empezar, ya te has cambiado el nombre — le dijo Samuel.

—Me gusta Molly — dijo Molly, intentando convencerla que su nueva situación le parecía bien.

—Y tendrás que vivir con nosotros…con Gino — le dijo Samuel, señalando a Gino, — conmigo y con Mark, quien se convertirá en tu padre…y también están Wayne y Sally que serán tu tío y tu tía y al igual que Gino y que yo, y también tendrás un primo, el pequeño David.

Molly asintió como si comprendiese.

—Ser parte de esta familia significará que nos tendrás que obedecer como si fuésemos tu familia verdadera…él será tu padre y nosotros cuidaremos de ti — expresó Samuel. — ¿Lo comprendes?

Molly volvió a asentir en armonía con las palabras que Samuel acababa de poner delante de ella y entonces miró a Mark, el cual estaba deseoso de ver su reacción.

—No podrás hablar con nadie de esto, Molly — la advirtió Gino. — Será un secreto y tendrás que ser capaz de mantenerlo o se te podrían llevar de nuestro lado.

Molly miró a Gino y la posibilidad de ser llevada lejos de allí también la asustó.

—¡No diré nada! – le prometió Molly.

—De acuerdo – estuvo Gino de acuerdo, asintiendo con la cabeza.

—De acuerdo entonces – participó Samuel, mirando a Mark.

—De acuerdo – coincidió Mark, mirando a los ojos de Samuel.

Esa fue la sencilla manera en la que Baby Sue Anjou se convirtió en Molly Vrooman y en la hija de Mark. Esa misma mañana, Sally llegó al apartamento para tomar medidas a Molly y comenzar a coserle un vestuario, tras lo cual, Samuel fue conducida a ver a Nero para dar una explicación de por qué la señorita Johnson había sido brutalmente linchada, de lo cual Samuel se libró.

PERFORANDO, CURANDO Y FINALMENTE ACEPTANDO

Zona Alta Oeste de Manhattan, ciudad de Nueva York, 1 de julio de 1919

Samuel abrió los ojos y disfrutó el regalo de tener a Molly junto a su cama. Su cuerpo parecía pesar ciento cincuenta kilos pero aun así pudo ofrecerle una sonrisa a la pequeña.

– ¿Qué hora es? – le preguntó Samuel con esa voz aguda que tenía por las mañanas.

– ¡Son las ocho! ¡Es el cumpleaños de papá! – le recordó Molly, dando un pequeño brinco y sintiéndose algo hiperactiva.

– Ya lo sé, cariño… ¿Ya se ha levantado? – se preguntó Samuel en voz alta, sentándose en la cama en su camisón blanco de verano.

– No, Lucille acaba de llegar…está haciendo el desayuno – le informó Molly.

Samuel rió, sabiendo que Molly iba a crecer y ser una buena reportera.

– ¿Por qué estás tan contenta esta mañana? – le preguntó Samuel mientras caminaba hacia el baño.

– ¡Es el cumpleaños de papá!... ¡Le voy a dar mi regalo! ¡¿Recuerdas el regalo que tengo para él?! – habló Molly, trotando hacia el baño mientras seguía a su tía Samuel.

– ¿Cómo podría olvidarlo si me lo recuerdas cada día? – se preguntó Samuel a sí misma en voz alta y con una sonrisa en la cara, cerrando la puerta del baño para tener algo de privacidad.

– ¡¿Puedo ir a despertarle?! – gritó Molly, colocando la cabeza contra la puerta del baño.

– ¡Sí! ¡Ves!

Molly soltó un descuidado gritito y dejó el dormitorio de su tía, gritando el nombre de su padre mientras cruzaba el salón, abriendo sus brazos para pretender que volaba por la casa.

– ¡Oh, Dios mío! – se quejó Mark cuando los gritos de la pequeña lo despertaron.

Mark había comenzado a trabajar para Nero a principios de Febrero, después de dejar su trabajo y antes de convertirse en la fuente de problemas, forzando a que otros fuesen despedidos antes que él. Su nuevo horario era reforzado por una niñera, la hermana de Lucy, quien entraba en la casa antes de que ellos se marchasen. Mark había dormido tan sólo cinco horas esa noche y su cuerpo se sentía pesado.

– ¡¡Buenos días!! – aulló Molly, irrumpiendo en el dormitorio de su padre como si hubiese sido el primer soldado en una invasión romana siglos atrás en el Viejo Continente.

– ¡No, Molly! – suplicó Mark, cubriéndose la cabeza con la almohada.

– ¡Sí! ¡Es tu cumpleaños, papá! – gritó Molly, recordándole del hecho después de saltar en su cama.

– ¡Genial! – dijo Mark desde debajo de la almohada. – Ve y díselo al tío Gino, venga, estoy seguro que se ha olvidado. – Se libró Mark de ella y a la vez, molestó a Gino.

– ¡De acuerdo! – chilló ella.

Molly dejó la habitación de su padre y entró en estampida en la habitación de Gino, demostrando el mismo estilo y moda, creando la peor de las pesadillas para Gino. Mientras la invasión ocurría en la cama de Gino, siendo ejecutada por una saltadora Molly, Samuel entró en la estancia de Mark, sonriendo al sonido de los gritos que podían oírse desde la habitación del Gino, donde el italiano intentaba echarla de su habitación para seguir con su descanso, lo cual, en ese momento, parecía totalmente imposible. Samuel se sentó en la cama de Mark y le miró; él escondía la cabeza debajo de la esponjosa y blanca almohada.

– ¡Feliz cumpleaños! – Habló Samuel.

Mark se quitó la almohada de encima de la cabeza y la miró mientras seguía echado en su estómago. Allí la tenía, la mujer más maravillosa del mundo, sentada en su lecho, luciendo ese camisón veraniego en su cuerpo, descalza y con el pelo revuelto.

– Gracias – sonrió él.

– ¡Pide un deseo!... ¡Hoy puedo hacer magia! – bromeó Samuel, señalándole con su dedo índice.

– No hace falta…ya estás aquí – no pudo evitar decir él.

Esas palabras, provenientes directamente de su corazón, sorprendieron a los dos de la misma forma. Samuel sintió un terrible calor en las mejillas y Mark no supo que esperar de ella, así que la miró fijamente y se perdió en su sonrisa cuando ella le ofreció una.

– Vamos a tomar el primero de tus pasteles para el desayuno o Molly no te va a dejar tranquilo…y esta noche…tomaremos otra con Wayne, ¿qué te parece? – sugirió Samuel.

– Me parece bien – musitó Mark.

– Bien – dijo ella, levantándose y dejando su habitación.

Samuel llamó a Molly de camino hacia la cocina y Gino agradeció a su hermana que le ayudase a librarse de ella, mientras que Mark se sentó en la cama y se preguntó en silencio, cómo era posible que no hubiese podido controlar su boca.

En la cocina, Gino y Molly prepararon el pastel mientras que Samuel le pidió a Lucille que la dejase terminar el desayuno, y una vez tuvo a la criada fuera de la cocina, Samuel tomó las riendas del café en esa mañana de verano. A medias en su comida, Molly empujó su plato aún con algo de pastel en él.

– ¡Aún no has terminado! – afirmó Samuel para la feliz niña.

– No quiero más – explicó Molly.

– Te hemos preguntado cuánto querías y eso es cuanto has dicho que querías – le recordó Samuel, señalando al plato, – ahora tienes que terminarte la comida…no se tira comida en esta casa.

Molly miró a Mark y pudo ver que por su aspecto, su padre estaba de acuerdo con Samuel. Entonces ella miró a Gino y este habló en su defensa.

—No se lo tiene que terminar ahora…se lo puede acabar después – negoció Gino con ellos.

—La estás malcriando – le regañó Samuel, señalándole con un dedo inquisidor.

—No lo hago – se defendió Gino.

—Sí que lo haces – intervino Mark antes de ponerse otro pedazo de pastel en la boca.

—Y no es sólo esto…se sale demasiado con la suya cuando está contigo – añadió Samuel mientras se dirigía a Gino.

Molly decidió bajar la cabeza y mirar hacia su regazo debido a la discusión que había provocado. No podía enfrentarse ni a los ojos de Samuel ni a los de Mark, ambos llenos de desaprobación.

—¡Oh!... ¿Cuánto hace que tenías eso en la cabeza? – se quejó Gino. – Pensé que habíamos aprendido a hablar las cosas en esta familia.

—Estamos hablando ahora, Gino…le he pedido que se termine la comida y tiene que hacerlo, a no ser que prefiera sentarse aquí hasta que se la haya comido – sentenció Samuel.

Intentando que sus movimientos no se notasen, Molly levantó la mano y atrajo el plato hacia ella con cuidado, cogiendo el tenedor y comenzando a comerse lo que se había dejado.

—También te malcrié a ti – le dijo Gino a Samuel.

Samuel y Mark soltaron tremendas carcajadas, ignorando a Molly, quien había comenzado a tragar el resto de su pastel, ayudándose con algo de leche.

—¡¿Tú malcriarme a mí?! – rió Samuel. – ¡Te tenía miedo!

Gino sonrió generosamente y miró a Mark, orgulloso de haber sido el de la mano dura.

—Jamás me malcriaste… ¿Recuerdas aquel día que me pegaste? – le recordó Samuel, entretenida con la situación que una cosa tan pequeña había ocasionado.

—¡Oh! ¡Jamás te pegué! – rió Gino.

—Sí que lo hiciste – rió Samuel. – ¿A que sí, Mark?

Mark asintió y Gino rió.

– ¡No le preguntes a él! – se quejó Gino.

– ¿Por qué no?... Él es un testigo directo – argumentó Samuel.

– Le pegaste porque te perdió la gorra – sonrió Mark burlón, tomando otro sorbo de su segunda taza de café.

– ¡Se la llevó sin permiso y la perdió! – les recordó Gino.

– ¡Era más pequeña que Molly! – gritó Samuel.

– ¡Estás celosa!... ¡No me puedo creer que estés celosa! – rió Gino.

Mark y Samuel rieron a la vez.

– ¡No estoy celosa!... ¡Sólo tienes que admitir que eras más duro conmigo que lo eres con ella! ¡Eso es todo! – dijo Samuel a Gino. – Admítelo y te dejaré tranquilo.

– Lo eras – le dijo Mark a Gino, divertido con la conversación.

– ¿Y quién te ha preguntado a ti de todas formas?...*Tú*... ¡Tú sí que malcriaste a Sam! ¡Tú lo hiciste! – culpó Gino a Mark, señalándole con el dedo.

– Yo sólo la mantenía lejos de ti – aseguró Mark.

Gino y Samuel rieron mientras Molly se terminó su comida en silencio, aprendiendo que jamás debía dejarse comida en el plato.

Esa misma noche, fueron a cenar a casa de Wayne y Sally, pero antes de irse una vez terminada la cena, Wayne le preguntó a Molly si quería quedarse a dormir, ya que Sally y David iban a ir al circo a la mañana siguiente. Molly brincó cuando escuchó la palabra circo y se giró hacia Samuel. La niña había aprendido que, de hecho, tenía una madre y dos padres, siendo Samuel la primera a la que se dirigía.

– ¡¿Puedo?! – preguntó Molly a su tía Samuel con los ojos desorbitados.

– Podemos traerte mañana por la mañana – le dijo Samuel, mirando a Wayne.

—Está bien…puede compartir con David – dijo Sally a Samuel.

Samuel miró a Gino y a Mark y ellos sonrieron permisivos. Antes que ella pudiese decir nada y después de que Molly hubiese visto la mirada entre Mark y Gino, la niña pequeña comenzó a chillar, saltando de felicidad porque iba a ir al circo al día siguiente. Mark sonrió ante el entusiasmo y pensó en lo rápido que un niño podía curar heridas internas a pesar de los esporádicos, pero extremadamente tristes días, en los cuales ella preguntaba por su madre y quería hablar de su vida en el burdel. Ese primero de julio, ella era la niña más feliz del mundo.

Por lo tanto, Molly se quedó atrás y los adultos se fueron de la casa de Wayne y Sally, conduciendo hacia el creciente y extraoficial casino que se encontraba detrás del club. Después de dos horas, Samuel tocó en la puerta de Mark, la que abrió después de recibir permiso para encontrarle con Johnny Sappiro. La oficina estaba decorada con mobiliario de madera oscura y había otra puerta que conectaba a un aseo. Fuera de la ventana, una escalera de incendios les ofrecía una salida, supletoria a la del club y el casino. También había un sofá contra la pared, frente a la ventana y el escritorio. Johnny sonrió ante la visión de la mujer y Samuel entró, saludando al mafioso, ya que no le había visto desde su enfermedad. Ella llevaba un vestido rojo con hiedra bordada que combinaban con sus zapatos, mientras que su pelo se recogía con horquillas también en forma de hiedra.

—¡Johnny!... ¿Cómo te encuentras? – le preguntó Samuel, caminando hacia él.

—¡Mucho mejor, gracias!...Tú estás tan bonita como siempre, *Judía* – asintió Johnny.

Mark sonrió ante la idea que Johnny flirtease con Samuel, especialmente él, el hombre al que se le había ordenado meterle una bala en la cabeza a la joven después de que hubiese matado a Rabissi. De hecho, Mark no podía recordar haber visto sonreír a

Johnny excepto cuando Samuel estaba presente.

– ¡Para!... ¡Siempre haces que me sonroje! – se quejó Samuel.

Johnny Sappiro se aclaró la garganta y prestó atención a Mark, quien seguía sentado en su silla mientras Samuel caminaba alrededor de la mesa. Ella cruzó sus brazos bajo su pecho y se sentó sin cuidado sobre el armario situado detrás de Mark.

– Estábamos hablando sobre Peter Shatter y Tom Jackson, Sam...nos preguntábamos qué hacer con ellos – le resumió Mark.

– No pueden seguir tomando prestado, ambos están por encima de su límite de crédito...especialmente Tom Jackson, está en un punto sin vuelta atrás y pronto no le va a importar lo que hagamos con él – dijo Samuel a Johnny. – Un muerto no nos sirve para nada.

– Hablaré con ellos – le aseguró Mark a Johnny. – Los traeré aquí mañana por la noche y hablaré con ellos...veremos lo que hacemos después de eso.

– De acuerdo – le dijo Johnny a Mark. – ¿Dónde está mi colada? – preguntó él a Samuel, refiriéndose a la colecta de los burdeles.

– En la caja de seguridad...dame un segundo – le dijo Samuel, poniéndose de pie y caminado hacia dicha caja.

Una vez Johnny había cogido el dinero de los burdeles y el club, se fue con dos hombres más y Mark y Samuel se quedaron solos. Samuel se sirvió un vaso de agua mientras Mark cerraba la puerta.

– Podríamos irnos ya si quisiéramos – mencionó Mark.

– Pues vamos – le dijo Samuel, dejando el vaso en la bandeja.

– He oído de un club de jazz en Harlem... ¿te apetece? – le preguntó Mark, caminando hacia la mesa para cerrar el cajón, tomando la llave del bolsillo de su chaleco. – Molly no está en casa y Gino odia cuando lo arropo – bromeó Mark.

Samuel soltó una carcajada mientras caminaba hacia la puerta tras coger su bolso y Mark sonrió feliz ante ese sonido.

– ¡Vamos! – dijo ella.

Mark y Samuel esperaban junto a la puerta cuando Gino se les acercó.

—¿Os vais? – preguntó Gino a sus hermanos.

—Sí, ¿te vienes? – se preguntó Mark en voz alta.

—Me quedo…la mesa está muy caliente y me voy a unir a ellos…os veo mañana – dijo Gino.

—Adiós, Gi – le dijo Samuel, besándole la mejilla.

—Adiós, pequeña…Mark.

Mark le sonrió a su hermano y Gino se quedó de pie junto a la puerta con una sonrisa en el rostro mientras sus hermanos se alejaban del casino. Jimmy los vio salir y les abrió la puerta del coche. Después que Samuel entrase, Mark miró a Jimmy antes de entrar también.

—Vamos a Harlem – le dijo Mark.

—¿Harlem? – se aseguró Jimmy.

—Harlem – repitió Mark.

Cuarenta minutos más tarde, Samuel miró a Mark sorprendida por la elección de club.

—¿Estás seguro que nos van a dejar entrar aquí? – le preguntó Samuel.

—¿Por qué no? – se aventuró Mark.

—¿Por qué? – rió ella. – Porqué sería lo justo.

—Mujer de poca fe – comentó Mark.

Samuel rió y salió del coche. A Jimmy se le pidió que esperase en el coche y miró a sus jefes cuando se acercaron a la puerta de ese club negro. Al caminar hacia el interior del callejón, camino de la puerta principal, pasaron junto a pequeñas piñas de jóvenes que socializaban. La mayoría de las personas que estaban fuera dejaron de prestarse atención mutuamente para enfocar su atención a la pareja de blancos que se acercaban.

—Este es uno de los mejores clubs en la ciudad de Nueva York…tú deberías saberlo, conoces a la gente que toca aquí – afirmó Mark.

−¿Sí?... ¡Sí! ¡Los conozco! – soltó Samuel al ver el nombre de la banda que tocaba allí esa noche, mostrado en un tablero a medio camino del callejón.

De pie al final de la cola dirigida al interior del establecimiento, se sintieron observados cuando todos se giraron y miraron fijamente a la pareja blanca.

−¿Qué tal? – saludó Mark.

Tras no recibir respuesta, le echó un vistazo a Samuel y entonces miró al portero que se dirigía hacia ellos.

−¿Puedo ayudarles? – preguntó el portero.

−Aún no – respondió Mark, señalando a la línea frente a ellos.

El portero le miró como si el rubio le estuviera tomando el pelo y entonces miró a la bonita, pero delgaducha mujer que estaba junto a él.

−¿Están intentado entrar aquí? – preguntó el portero.

−Sí, esperábamos bailar esta noche – contestó Mark.

−¿Aquí? – preguntó el portero confundido.

−¿Por qué no? – cuestionó Mark.

El portero miró al resto de las personas que les observaban y esperaban frente a ellos y entonces volvió a mirar a Samuel y a Mark una vez más.

−Hemos oído que Jackie toca aquí esta noche, así que decidimos venir…ella le conoce – le dijo Mark, señalándola a ella con un movimiento de cabeza.

El portero no creía ni una de las palabras que el hombre blanco había pronunciado y miró fijamente a la mujer, esperando una respuesta de ella.

−Sí…sé que su esposa hace punto en el camerino cuando él toca, acaban de tener un bebé…Clarence…hace apenas un mes – le probó Samuel al portero.

Dudas y confusión invadieron la mente del portero, pero decidió dejarles entrar, así que les pidió que le siguieran. Una vez dentro del club la reacción fue la misma, pero ellos ignoraron al resto de la gente mientras se encaminaron hacia la pista después que Mark se quitase la chaqueta. Tras la primera canción, el color de su piel se había mezclado con el resto de los clientes de ese club y con dos canciones más, no captaron más atención, con la excepción de la del pianista en el escenario, Jackie, quien envió un par de copas de champán para ellos con la esperanza que comprendiesen por qué no podía ir a hablar con *La Judía* como hacía cuando tocaba en club que ella regentaba en la Zona Alta de Manhattan. Siempre le estaría agradecido por cuidar de su esposa cuando estaba embarazada mientras él tocaba. Samuel y Mark sonrieron al pianista y continuaron bailando como jamás lo habían hecho antes. Cuando el club estaba a punto de cerrar, se encaminaron hacia la puerta y tomaron su coche de vuelta a casa.

Después de haber estado sudando en el club y con la necesidad de algo de aire fresco, ella le pidió a Jimmy que parase el coche y le pidió a Mark que caminase con ella. Así que Jimmy condujo despacio detrás de ellos mientras caminaron hacia la Zona Alta en la refrescante mañana del segundo día de julio.

Ocurrió después de la fiesta del vigésimo primer cumpleaños de Samuel, en el Día de la Independencia Americana y unos días después de un drástico cambio en el humor de Samuel. Incluso esa noche, ella parecía perdida en sus pensamientos, retraída a pesar de que su casa estuviese llena de gente y de que bebida y exquisita comida estuviesen siendo disfrutadas por cada uno de sus invitados. Un par de camareros mantenían la bebida constante y la comida fresca en las bandejas. Escondida en la cocina con la excusa de supervisar la comida, Samuel se tomó su tiempo en preparar otra bandeja antes de que esta pudiese ser enviada afuera. Wayne paró en la puerta de la cocina y le miró la espalda. Samuel llevaba el pelo recogido para evitar el calor en la nuca y vestía un vestido de gasa de color blando con amplias mangas que la hacían parecer salida de un cuento de hadas. Wayne caminó hasta ella, haciéndola volver de ese privado lugar donde estaba, asustándola.

−¿Dónde estabas? − le preguntó Wayne con una clara sonrisa.

−No lo sé − rió ella saladamente.

−¡Tía! − irrumpió Molly en la cocina como ella solía hacer.

Molly forzó su cuerpo entre los adultos y se quedó parada, mirando hacia arriba y hacia ellos. Wayne prestó atención a las flores que la niña pequeña llevaba en el pelo.

−¡Hola, mi niña, estás muy bonita con esas flores en el pelo! − comentó Wayne con la más dulce de las voces.

−¡Mi papá me las trajo esta mañana! − le informó Molly contenta.

−¿Qué buscas? − le preguntó Samuel, besándole la cabeza a Molly.

−¿Dónde está el tío Gino? − preguntó Molly a Samuel.

−¿Sabes?…A los adultos les gusta utilizar el aseo en privado, ¿cuándo vas a aceptar eso? − bromeó Samuel.

Molly y Wayne sonrieron. La niña hiperactiva dejó la cocina para ir al aseo y esperar a Gino, en caso que su tía tuviese razón. Wayne había percibido la mirada diferente en los ojos de Samuel siempre que Molly estaba presente.

−¿Cuándo os vais Sally y tú? − preguntó Samuel a su hermano.

Wayne se apoyaba en la mesa de cara a la puerta mientras que Samuel se encontraba frente a la mesa, preparando otro plato de queso.

−En un par de días − contestó Wayne, robando un trozo de queso de uno de los platos sin ser reñido por su hermana.

−Genial…estoy segura que os lo pasareis muy bien − afirmó Samuel, fijando sus ojos en lo que estaba haciendo con sus manos.

−Estoy seguro…tengo ganas − susurró él.

Wayne dejó que el silencio en la cocina reinase mientras el ruido de la música se había apoderado del salón. Las ventanas estaban abiertas debido al calor que azotaba a la ciudad de Nueva York y en un espacio de dos horas, todos ellos se apresurarían a la calle para ser testigos de los fuegos artificiales del Día de la

Independencia.

—Molly es extremadamente feliz aquí contigo…creo que deberías considerar no mandarla al internado – sugirió Wayne.

—De hecho, estoy considerando un colegio más cercano – confesó Samuel.

—¿Cuánto más cerca? – se preguntó Wayne en voz alta.

—Tan cerca que yo podré llevarla al colegio cada día…no creo que a Nero le guste mucho mi cambio de opinión, pero…eso es lo que voy a hacer si Gino y Mark están de acuerdo conmigo – le dijo Samuel a Wayne sin ofrecerle aún sus ojos.

—Estoy seguro que lo estarán…todos queremos a Molly – sonrió Wayne.

—Lo sé – asintió Samuel.

—Pero eso no es lo que te está preocupando, ¿verdad, Sam? – adivinó Wayne, acercando su cuerpo más al de su hermana mientras cruzaba sus brazos.

Conociendo a su hermana de una forma que le hacía experto en sus más íntimos movimientos, Wayne había aprendido a estar atento a aquellos momentos en los cuales Samuel no podía mirarle a los ojos, ya que ese acto acarreaba consecuencias nefastas. Esa noche, Samuel le echó un vistazo a su hermano y entonces volvió a fijar sus ojos en el plato de queso que preparaba. Entonces, ella soltó el queso italiano y puso las manos en el respaldo de la silla de la cocina mientras se llenaba los pulmones de aire impulsado por una repentina valentía. Inclinando su cabeza suavemente hacia su hermano, tuvo que mantener aún su mirada lejos de él, ya que la vergüenza era insoportable.

—¡Ya no lo aguanto más, Wayne! – confesó ella con un suspiro ahogado.

—¿Qué no aguantas más? – le devolvió Wayne el susurro.

—La vergüenza…las mariposas en el estómago y la presión en el pecho…no sé cómo hacer que desaparezca algo que quiero sentir, Wayne…le quiero tanto – reveló Samuel con la boca cercana al brazo de Wayne.

Wayne cerró los ojos y pudo sentir como su hermana batallaba por respirar contra el estrés que la inmoralidad de tales sentimientos le causaba en el corazón y la mente.

– ¡Sam! – suspiró Wayne.

–No sé qué hacer – expresó Samuel, limpiándose un par de lágrimas liberadas de sus ojos. – Lo he intentado…pero no puedo…no quiero, no quiero, Wayne.

–Tienes que hablar con él – le aconsejó Wayne.

–No podemos…en el fondo sé que no podemos – racionalizó Samuel.

– ¿Quién dice eso? – la forzó Wayne.

Un camarero entró en la cocina, interrumpiendo su conversación, ante lo cual ellos se separaron levemente el uno del otro, oportunidad que ella tomó para coger dos platos y colocarlos sobre las bandejas que pronto serían llevadas al salón.

– ¡Sam! – la llamó Wayne.

Samuel salió de la cocina, escapando de la profunda y terrífica mortificación que su confesión había desprendido en su mente aunque irónicamente, su corazón ya se sentía algo más ligero y aliviado por haberla compartido con su hermano. Wayne suspiró y miró al otro camarero que entraba en la cocina.

– ¿Debería llevarme otra? – preguntó el camarero a Wayne.

–Sí, por favor…adelante – contestó Wayne.

Samuel evitó a Wayne durante el resto de la noche, pero antes de que ellos saliesen camino de Macy's para disfrutar de los fuegos artificiales, él se acercó a ella y la llamó.

– ¡Sam!... ¡Sam! – la llamó Wayne entre la multitud que formaban los invitados.

Ella se giró de la mano de Molly, también encaminándose hacia la puerta, mirando a Wayne. Su hermano pudo ver que la humillación seguía a cargo de los ojos de su hermana, impidiéndole mantenerlos altos, con orgullo.

– ¿Sí? – le preguntó Samuel.

–Tenemos que hablar – le dijo Wayne.

−No – le contrarió ella.

−Sí que tenemos que hablar, recuérdalo – le afirmó Wayne, pasando junto a ella.

Sus invitados se dirigieron hacia los ascensores para poder así, alcanzar la calle. Cuando el grupo, feliz y borracho, llegó al lugar donde los fuegos artificiales tendrían lugar, se unieron al gentío que ya esperaba. Molly, subida a los hombros de Mark para poder ver mejor, miró a su primo David que dormía en su carrito cuando todo ocurrió.

El nivel de alcohol había llegado al límite en muchos de los invitados de Samuel, pero ella se había mantenido sobria. La mayoría de ellos se mantuvo junto a la expectante masa humana. De hecho, nadie prestó atención al hombre que se acercaba a Samuel a través de la muchedumbre con los ojos fijos en ella desde que había dejado el Anthorp. Sally estaba frente a Samuel mientras hablaba con ella sobre el inminente viaje a la costa, cuando la mujer con el pelo de color miel divisó los ojos más crueles que jamás había visto, abriéndose paso entre el gentío. En escasos segundos, Sally fue capaz de registrar en su mente que el hombre intentaba llegar hasta Samuel, reduciendo a todo el mundo a su paso. A nadie pareció importarle, ya que la felicidad de la expectante multitud era demasiado importante. El hombre con ojos asesinos y vengativos tenía la mano derecha dentro del lado izquierdo de su chaqueta. En el momento en el que Sally vio el arma salir de esa chaqueta, ella miró a Samuel y la sonrisa de Samuel desapareció cuando esta pudo ver el terror en el rostro de su cuñada. Samuel sintió como alguien la empujaba y un temible pinchazo perforó su hombro a tan sólo centímetros de su cuello. Samuel pudo oír el fuerte y metálico ruido antes que la bala atravesase su carne. Al otro lado de la masa humana, se creyó que los fuegos artificiales habían comenzado y los presentes comenzaron a animar y gritar, pero alrededor de Samuel, la aglomeración comenzó a gritar con miedo cuando el grito aterrador de Sally rompió la noche.

Cuando Samuel cayó en los brazos de Sally antes que golpease el suelo, el desorden se apoderó del lugar. Gino fue el primero en alcanzarla, mientras que Wayne protegía a su hijo del desorientado gentío y Mark bajaba a Molly de sus hombros, la cual chillaba después de ver caer a Samuel. Todo estaba pasando demasiado rápido para unos y muy lentamente para otros, pero los hermanos Salerno consiguieron poner sus manos en la persona que había disparado el arma. Las manos y la ropa de Sally estuvieron pronto manchados de la sangre de Samuel y su llorar histérico se ahogó en los fuegos artificiales que acababan de comenzar.

Cuando Mark llegó a Samuel y pudo comprender lo que le había pasado, la mano de Molly sentía un fuerte dolor por la terrible presión que su padre estaba ejercitando sobre ella, intentando mantenerla a su lado. Gino había conseguido sacar a Samuel de encima de Sally y en pocos segundos, la multitud se había movido lejos del epicentro del caos como si una rata hubiese sido liberada entre ellos. Al dejar la multitud el espacio libre, Mark y Wayne pudieron ver con claridad que los hermanos Salerno mantenían al homicida reducido con sus cuerpos encima de él, mientras que Gino mantenía a Samuel en sus brazos, arrodillado en la calle, intentando averiguar si ella seguía aún con vida. Los gritos de Molly pudieron pronto oírse entre los fuegos artificiales, parada junto a Gino, mirando a Samuel. Mark se echó hacia su hermana y cogió su rostro entre sus manos para poder ver si respiraba. Su vestido de gasa blanco estaba absorbiendo con rapidez la sangre desprendida de la herida. Mark tuvo que desgarrar el vestido para poder examinarla. Con sus manos, Mark limpió la sangre de la piel de Samuel, buscando el agujero, mientras le suplicaba que se quedase con él; había hecho eso mismo tantas veces en Europa. De hecho, Mark no podía oír nada, ni los fuegos artificiales ni los gritos de Molly, lo único que podía oír era a sí mismo pidiéndole a Samuel que se quedase con él.

Cuando Mark encontró el agujero de la bala, lo limpió por un segundo, antes que el líquido de la vida volviese pronto a brotar con rabia, deseando matarla lo antes posible. Mark miró los ojos de

Samuel y pudo ver que apenas podía mantenerlos abiertos, ya que sus párpados temblaban.

–Por favor, Sam...por favor, quédate conmigo, quédate conmigo...no cierres los ojos, pequeña...por favor, no los cierres, abre los ojos, ¿me oyes? ¿Me oyes, Samuel?...Tienes que mantener los ojos abiertos, por favor...no me dejes, Samuel, no me dejes – le suplicaba Mark, susurrando, sin darse cuenta que lloraba sobre ella, sin poder oír lo que Gino y Wayne le decían.

Gino le preguntaba a Mark si podía ver el agujero de la bala y Wayne intentaba averiguar si ella aún respiraba. Samuel luchaba con sus párpados y la pavorosa presión y dolor que sentía en su hombro, producido por una mano que apretaba con fuerza. Mark agarró la mano de Gino de un zarpazo y la colocó en la herida de Samuel, aullándole para que presionase con fuerza. Mark pudo entonces levantarse y coger a Samuel en brazos para volver a casa. Como ocurría en los incendios, la gente comenzó a seguir al que parecía saber lo que ocurría y quien sabía lo que hacer. Wayne ayudó a levantarse a una ida Sally y controló el carrito de David, mientras su marido agarró el brazo de Molly y ambo siguieron a Gino y Mark. Los hermanos Salerno habían conseguido dejar inconsciente al hombre que había disparado y antes que la policía pudiese aparecer o ser avisada, se lo llevaron a rastras con la ayuda de otros dos amigos, sin saber en realidad qué harían con él. Pronto, todos los invitados siguieron la herida y el rastro de sangre que iba dejando, mientras parte de la multitud disfrutaba de los fuegos artificiales y otra pequeña parte se preguntaba qué le acababa de pasar a esa joven.

A casi seis kilómetros de su hogar y lejos ya del caos gobernando los alrededores de Herald Square, Gino se echó en medio de la calle e intentó parar un par de coches, sin éxito. Cuando un taxi se acercó a ellos y el conductor pudo ver, gracias a las luces del vehículo, la sangre en los jóvenes, intentó irse, pero Sally y Gino pararon el coche con sus propios cuerpos. Antes que Gino pudiese hablar con él, Mark ya había caminado hacia la parte de atrás y pudo oír como Gino le ofrecía al conductor una irresistible cantidad de dinero. Todos se apretaron en el interior del taxi y sacando la cabeza por la ventana, Wayne les ordenó a los hermanos Salerno que llevasen a ese hombre a casa de sus hermanos.

Minutos más tarde, al entrar Gino y Mark en el edificio de apartamentos con Samuel en brazos, Wayne golpeó violentamente en el coche donde Jimmy dormía, gritándole que saliese de él. El guardaespaldas supo inmediatamente que algo terrible había ocurrido, ya que el aspecto de Wayne transmitía puro terror.

Cuando Jimmy llegó arriba, algunos invitados también llegaban, muchos impresionados y otros preocupados. Jimmy sólo necesitó echarle una ojeada al suelo del ascensor para ver que alguien había sido disparado. Jimmy encontró a Gino cuando estaba a punto de entrar en el apartamento de *La Judía*.

−¡¿Qué ha pasado?! − inquirió Jimmy, ya disgustado por haber estado ausente.

−¡Le han disparado!... ¡Hay dos doctores en el edificio!... ¡Tengo que encontrarlos!... ¡Tú entra ahí! − gritó Gino, caminando hacia la escalera.

Todo el mundo en ese apartamento sabía que Samuel no podía ser llevada a un hospital y ahora, algunos de ellos, todavía borrachos, pero mucho más confundidos por lo que había pasado, deambulaban por la casa a esperas de nuevos acontecimientos. Antes que Gino hubiese dejado la casa para buscar a un doctor, había ayudado a Mark a colocar a Samuel sobre la mesita del salón. Mark la había limpiado con un pie, así que ahora la mayoría de los vasos, copas y también un par de botellas que habían sido dejadas en ella, estabas destrozadas encima de la alfombra, la cual pronto absorbió el alcohol. Wayne se había encargado de buscar agua caliente para lavar a su hermana mientras que Sally se había ido con los niños a la habitación de Samuel para mantenerlos lejos de la tragedia que ocurría en el salón.

Mark le pidió a Jimmy que mantuviese a toda la gente afuera y el hombre que rondaba los treinta obedeció sus órdenes inmediatamente, empujando a la gente hacia el exterior del salón y de vuelta al recibidor. Sabía que nadie debía dejar la casa todavía y aún, más seguían llegando. En el tercer piso, Gino golpeó en la puerta del Dr. Carlton y esta fue abierta dos minutos más tarde por una confundida señora Carlton, una mujer de sesenta años de pelo blanco, con profunda cultura y un perpetuo hábito de fumar adquirido en la adolescencia.

– ¡¿Qué ocurre?! – le preguntó la señora Carlton, reconociéndole como uno de los mafiosos que vivían en ese respetable edificio.

– ¡Mi hermana necesita un doctor enseguida, señora Carlton! – explicó Gino, visiblemente alterado.

– ¿Qué le ha pasado a su hermana, señor Rocchegiani? – quería saber la señora Carlton, mirándole por encima de sus gafas de leer, fijamente a su traje.

En otro momento, Gino habría pensado que había sido interesante ser llamado por su nombre completo por una mujer con la cual no había hablado en su vida.

– ¡Está muy enferma! ¡Por favor, señora Carlton!... ¡Oh, Dr. Carlton! – le llamó Gino, después de verle acercarse a la puerta y una vez el escandaloso hablar había alcanzado su pacífica lectura, a pesar del sonido proveniente de la ventana abierta. – ¡Dr. Carlton! ¡Mi hermana le necesita, Dr. Carlton!... ¡Está terriblemente enferma!

Gino percibió cómo los ojos de la señora Carlton y el Dr. Carlton examinaban la sangre sobre su traje blanco.

– ¿Es esa su sangre? – le preguntó el Dr. Carlton, señalándole la ropa con su torcido dedo índice.

Gino bajó la mirada y se dio cuenta que estaba empapado en la preciosa vida de Samuel. Incapaz de hablar después del aturdidor descubrimiento, levantó lentamente sus manos y miró la sangre en ella, lo que sólo podía significar que su hermana se desangraba unos pisos más arriba.

– ¡Deje que coja mi maletín! – dijo el Dr. Carlton.

Gino levantó la cabeza y un par de lágrimas cayeron de sus oscuros ojos mientras arriba, Mark ejercía presión sobre el hombro de Samuel después de colocar su propia camisa, doblada sobre la herida. Sally llegó junto a Mark, acercándose a ellos con miedo de encontrar a Samuel ya muerta.

– ¿Respira? – musitó Sally con un miedoso susurro.

– Está viva, pero está perdiendo mucha sangre... ¡No sé por qué Gino tarda tanto! ¡¿Dónde está Gino?! – gritó Mark a Wayne, quien se acercaba a ellos con una botella de whisky para que Samuel bebiese y así, pudiesen sacar la bala de su cuerpo.

– ¡¡Igual no lo ha encontrado!!...¡¡Igual han salido esta noche!! – también gritó Wayne, agachándose junto a su hermana.

Samuel sudaba, yendo y viniendo de la realidad, perdiendo contacto con el presente. En unos minutos, Gino entró en el salón, seguido por el doctor, quien de repente, había comprendido lo que le había pasado a aquella adorable joven, la cual siempre tenía una palabra amable para ellos sin importar lo que se decía de ella.

Mark se apartó de Samuel cuando el médico se lo pidió y pronto, todos obedecían órdenes. La primera fue darle algo de esa botella de whisky ya que iba a hacerle mucho daño. Sally dio un paso atrás para así tener una perspectiva diferente de lo que iba a pasar delante de ella, mientras que Wayne trajo el agua que había puesto en el fuego tan pronto como habían llegado a casa.

Mark, sin camisa y con miedo en el cuerpo, miraba cómo el doctor trabajaba en Samuel para poder encontrar la bala que aún seguía en ella. Durante unos segundos, Mark fue incapaz de seguir en el presente y fue transportado en el tiempo y espacio, llegando a un improvisado y mortal hospital de campaña en Europa. Sally le hizo volver. Los tres hermanos giraron sus cabezas para ver a Sally reñir a Molly por estar en la puerta, así que Sally se fue para atender a los niños. El doctor Carlton operó a Samuel durante diez minutos y pronto cosía el hombro. Pidió una manta una vez Samuel comenzó a tiritar, así que Wayne le trajo una, tras lo cual el doctor Carlton les pidió que la llevasen a una cama. Gino caminó hacia la habitación de Samuel y ayudó a mover a los niños a la habitación de Mark, mientras que Mark llevó a Samuel a su cama con la ayuda de Wayne.

– ¡Quítale esa ropa! – ordenó Wayne a Mark.

Sin decir una palabra, Mark quitó el desgarrado y sangriento vestido del cuerpo de su hermana, aunque su piel seguía sucia y olía a sangre, cubriéndola después con la sábana, para mirarla con Wayne a su lado. El doctor Carlton se acercó a los jóvenes en el momento en el que Gino volvió junto a ellos.

– Vendré a visitarla mañana por la mañana…si la fiebre sube mucho, métanla en agua fría en la bañera manteniendo la herida seca. Denle diez gotas de esto en un vaso de agua, pero esperen hasta que el sistema haya expulsado el whisky – dijo el doctor. – Denle al menos una hora.

– Gracias, doctor – musitó Wayne, hundiéndose en un mar de pena.

– No me den las gracias a mí…dénselas a una terrible puntería. Esa ha sido una bala afortunada, la tienen en la mesa del salón – pronunció el doctor Carlton, dejando la habitación.

Los tres hermanos vieron como el doctor dejaba el dormitorio de Samuel, la cual estaba pobremente iluminada. Una vez la puerta se había cerrado detrás del médico, dio la impresión que las paredes no existían y que era en efecto, una estancia infinita, como sólo el dormitorio de un hada podía ser. El doctor Carlton cruzó el salón y pudo ver que había habido una fiesta en él. Se preguntó dónde esa joven podía haber sido disparada, seguro que alguien habría escuchado el ruido si el disparo hubiese ocurrido en esa casa. Al caminar fuera del salón y hacia la puerta principal, atravesando el recibidor, miró a las personas allí congregadas y le alcanzó la peste que sólo el exceso de alcohol podía hacer a nadie emanar de su persona. Momentáneamente, él observó sus rostros y diferentes sensaciones se reflejaban en cada una de ellas. Algunos de ellos estaban aún demasiado borrachos como para importarle mucho la situación, mientras que otros estaban apoderados por el terror. Unos cuantos incluso temían por la vida de Samuel y sollozaban, pero sin duda alguna, el doctor pudo ver al responsable del disparo al fondo del recibidor, sentado contra la pared, con la nariz rota y sangrando mientras intentaba hacer las paces con Dios antes de verle. Dos hombres con gran parecido le servían de guardianes. La innata característica que atraía al doctor Carlton a ayudar a las personas le hicieron frenar un instante y observar al sangrante hombre, pero sabiendo que iba a ser ejecutado en pocas horas, salió del apartamento, dejándole lidiar con su propia suerte.

Alrededor de la cama de Samuel y manchados con su sangre, los hermanos tomaron unos segundos para pensar mientras la miraban. Ella había dejado de tiritar y ahora parecía dormir con el rostro sudoroso. Los tres hombres se miraron mutuamente al levantar los ojos de ella.

– Lo tienen fuera – informó Gino.

Todavía sin camisa, Mark se giró y se encaminó hacia la puerta, pero Wayne y Gino reaccionaron, alcanzándole antes de salir. Mientras uno tiraba con fuerza de su brazo, el otro le bloqueó la salida del dormitorio.

– ¡¿A dónde vas?! – preguntó Wayne a Mark.

– ¡Quítate de la puerta! – le ordenó Mark.

– ¡No!... ¡No puedes ir ahí fuera! – le advirtió Wayne.

– ¡¿Qué?!...¡¿Desde cuándo eres mi jefe?! ¡Te he pedido que te quites de la puerta! – le sugirió Mark, señalándole la cara con su dedo.

– ¡¡Mark!!...¡Tenemos que pensar antes! – le suplicó Gino. – ¡Tienes que calmarte para que podamos pensar sobre esto!

– ¡¿Pensar sobre esto?! – le gritó Mark con un brusco gesto de su brazo izquierdo que le sirvió para librarse de las manos de Gino. – ¡¿Es eso lo que te provoca hacer cuando miras a tu hermana?! – aulló Mark, señalando la cama de Samuel. – ¡¿Pensar?!... ¡¿Es eso lo que quieres hacer, Gino?! ¡¡Adelante y piensa todo lo que quieras, pero yo voy a matar a ese hijo de perra y tú será mejor que te quites de esa jodida puerta!! – gritó él a Wayne.

– ¡¡¡Y lo haré!!!...¡¡Me quitaré de la puerta si me escuchas un momento!!...¡¡Te estamos pidiendo un segundo, Mark!!...¡¡Un segundo!! – arriesgó Wayne con sus manos en el pecho de Mark.

−¿Qué quieres? − cedió Mark.

En realidad, Wayne no sabía qué quería decirle a su hermano, ya que la única razón por la que había evitado que su hermano Mark dejase la habitación y ejecutase con sus propias manos al hombre que había disparado a Samuel era la cantidad de personas deambulando por la casa y el potencial escape de información que podría traerles más problemas.

−Tenemos que saber quién lo envió − consiguió Wayne.

−Le iba a preguntar eso − le informó Mark.

−Hagámoslo juntos, Mark…los tres − le suplicó Wayne.

−No deberías verte envuelto en esto…tienes una familia, Wayne − le recordó Mark.

−Tú también… ¿Por quién me has tomado? ¿Por un idiota?...Esta casa está llena de gente, gente que nos conoce, pero aun así… ¿en cuántos de ellos puedes realmente confiar? − expuso Wayne.

Mark miró fijamente a los ojos de Wayne en la zona poco iluminada de la habitación, notando como su ira se aplacaba, así que Gino tomó la oportunidad y se les adelantó, dejando el dormitorio.

−Quédate aquí con ella hasta que hayamos enviado a todo el mundo a casa − le pidió Wayne a Mark. − Te prometo, te *juro* que no hablaremos ni una palabra con él antes que tú lo hagas…por favor, por favor.

Mark tuvo la osadía de mirar a su hermano con desdén, aunque este no iba dirigido a él. Wayne supo que en ese preciso instante, Mark no estaba en contacto con su inteligencia, habiendo dejado que la cólera se apoderase de su corazón y de su mente. Wayne se sintió hondamente aliviado cuando en silencio, Mark se giró y caminó hacia la cama de Samuel.

Mientras Gino y Wayne hablaban con sus amigos en el recibidor, pidiéndoles que se marchasen a casa y que se olvidasen de lo que habían sido testigos, Mark se quedó de pie junto a la cama de Samuel, arrepintiéndose de no haberla besado mientras estuvo con vida. Sally sabía que el homicida había conseguido disparar a

Samuel, pero también a Mark, y cuando ella se acercó al lecho, en silencio, Mark levantó la cabeza y miró a su cuñada, quien había entrado en la estancia por el vestidor que conectaba el dormitorio de Samuel y Gino.

−Se han dormido − susurró Sally, refiriéndose a los niños. − Molly estaba muy apenada…le he prometido que la despertarías para hablar con ella.

−¿Y qué le voy a decir? − murmuró Mark, contemplando a Samuel una vez más.

−Que Samuel se va a poner bien…que unas personas malvadas querían hacerle daño a su madre, pero que Dios la ha mantenido a salvo − ofreció Sally.

Mark se secó unas lágrimas de las mejillas y giró la cabeza para mirar a Sally.

−No puedo creer que no le apuntase a la cabeza − le dijo Mark.

−Creo que la empujé…no lo recuerdo muy bien, aún estoy algo alterada − dijo Sally, sentándose al otro lado de la cama.

−No podré vivir mi vida sin ella − dejó salir Mark, sin saber realmente por qué estaba revelando esos enterrados, reprimidos y personales sentimientos a Sally.

−Lo sé − susurró Sally.

−¿Soy un monstruo por amarla? − necesitaba saber Mark.

−No, no lo eres − respondió Sally con honestidad.

Mark se volteó en sus tacones y dejó la habitación, caminando hacia el vestidor. La gente ya dejaba el apartamento cuando él llegó al recibidor y desde la puerta que conectaba el salón con esa estancia, él buscó al homicida, encontrándole sentado en el suelo, contra la pared. Wayne, de pie junto a la pistola de alquiler, giró la cabeza para mirar a Mark cuando uno de los hermanos Salerno le hizo una señal con las cejas. Mark estaba allí, vistiendo una camisa, de nuevo manchada. Mark permaneció en la puerta del salón hasta que todos los invitados dejaron la casa. Gino cerró la puerta principal con llave detrás de Jimmy, para darse la vuelta y mirar a Mark, haciendo lo mismo con el grupo al fondo del recibidor. El homicida supo enseguida que su momento había llegado y buscó una cara compasiva, sin encontrar alguna. Wayne se giró y miró hacia abajo, al condenado a muerte, antes que Mark pudiese acercarse a ellos.

–Te lo voy a preguntar una vez…si decides no cooperar, tendrás que lidiar con él, ¿está claro? – preguntó Wayne al hombre sentado en el suelo cerca de él, con la nariz rota, hinchada y presionada por un pañuelo.

El hombre buscó a la persona a la cual Wayne señalaba y vio a Mark o *El Soldado*, como ya era conocido. Su cara transmitía el sentimiento de aquel que no tiene nada que perder si se le permitiese poner sus manos sobre él. Él sabía quién era él, era el hermano de *La Judía*, pero también lo eran esos otros dos, el que estaba junto a la puerta principal y el que hablaba con él. La pistola de alquiler miró de nuevo a Wayne cuando notó una patada en su pierna.

–¡¿Me estás escuchando?! – le gritó Wayne.

El reo sabía que el que estaba junto a la puerta sería el que probablemente se ocuparía de él en la peor de las situaciones, ya que era conocido por su temperamento sulfúrico, así que, ¿por qué estaba el cojo dándole patadas? El esquema que había aprendido antes de aceptar disparar a *La Judía* acababa de derrumbarse debajo de su persona y ahora estaba realmente asustado, demostrando su terror cuando Gino y Mark se le acercaron.

–¡Levantadlo! – ordenó Mark.

Los hermanos Salerno levantaron la pistola de alquiler y el pañuelo cayó en el suelo, exponiendo una nariz dañada y una cara ya deformada. Wayne dio un paso atrás tras decirle al criminal que ya le había advertido, cuando Mark llegó junto a él. La forma en la que Mark le miró le hizo pensar al hombre que estaba a punto de sufrir, así que controló su vejiga para evitar mearse encima, muriendo así de una forma indecente.

–¿Quién te ha enviado? – le preguntó Mark con calma, con sus ojos transmitiendo el alma del diablo.

−Ellos…ellos me matarán si hablo − explicó el que había disparado.

−Lo sé, todos lo sabemos…es sólo una cuestión de tiempo y forma, ¿sabes quién soy? − le preguntó Mark, utilizando un tono de voz calmado, el cual aterrorizó tanto al hombre como al resto de los presentes.

Gino le echó un vistazo a Wayne y ambos supieron instantáneamente lo que Mark tenía en mente.

−¡Sí! − respondió el asesino.

−¿Quién soy yo? − le retó Mark.

−El hermano de *La Judía…El Soldado* − respondió él.

−Eso es…y tengo todo el tiempo del mundo para hacerte sufrir hasta que ella se levante y se encargue de ti personalmente… ¡No la has matado, estúpido hijo de perra! − dijo Mark, dándole un puñetazo en el estómago, haciéndole caer al suelo.

Tras caer el homicida al suelo con los brazos en su estómago, se sumió en un profundo dolor mientras intentaba recuperar la respiración, sintiendo que el golpe le había destrozado el hígado. Mark se agachó junto a él y le agarró del poco pelo que le quedaba, torciendo violentamente su cuello hacia atrás para poder verle la penosa cara.

−Posiblemente te guías por el chismorreo, ¿verdad? Y quizás también has oído que jamás he matado antes, ¡¿me equivoco?¡…¿Te crees que no voy a tomar esta oportunidad para empezar una vida nueva?...¿Eh?...Te voy a cortar los dedos de uno en uno, con cuidado para que no te desangres y cuando acabe con las manos, empezaré con los pies…eso me da un total de veinte días…entonces tienes dos orejas y dos ojos, imbécil …súmalo y eso nos da veinticuatro días…no sé si sacarte los ojos te matará, pero eso lo averiguaremos…imagino que al fin y al cabo todos vamos a aprender de esta experiencia y hoy es el primer día…traedme un cuchillo de la cocina y una almohada − ordenó Mark a Gino desde el suelo, girando su cabeza ligeramente hacia su hermano, quien estaba de pie tras él.

El asesino a sueldo no pudo controlar su vejiga más y se orinó encima. Ninguno de los presentes rió, ya que todos estaban demasiado asustados con el discurso que Mark acababa de dar y esperaban un baño de sangre.

– ¿Cuál le vas a cortar primero? – preguntó Wayne a Mark.

Sorprendido por su pregunta, Mark miró a Wayne, contemplando entonces las manos del que ya había sido condenado a muerte.

– El que ha usado para disparar a tu hermana – contestó Mark.

– Buena elección…estúpido bastardo – le dijo Wayne al reo, inclinándose hacia delante. – ¿Prefieres lidiar ahora con él?

– ¡Ellos también me matarán! – gritó el condenado.

– ¿Cuánto te están pagando? – inquirió Wayne.

– Mil dólares – admitió el homicida.

– ¡¿Es eso lo que vale la vida de mi hermana?! – le preguntó Mark, tras lo cual le volvió a dar otra patada.

– ¡Imbécil!… ¡Podríamos haberte dado la oportunidad de terminar con tu propia vida antes de dejarte a su puerta! – ofreció Wayne al hombre hundido en dolor.

– ¡No quiero morir! – suplicó el hombre que había apretado el gatillo desde el suelo.

– ¡Deberías haber pensado en eso antes! – chilló Mark, dándole otra patada mientras el hombre seguía en el suelo.

Gino había vuelto con un cuchillo de carnicero y una almohada, quedándose de pie junto a ellos, sin saber con certeza si Mark iba a cumplir con su amenaza. Mark agarró la almohada y le pidió a los hermanos Salerno que levantasen al hombre, tras lo cual presionó la almohada contra su cara, sofocando los gritos que había comenzado a emitir, gritos producidos por el miedo que había inundado su cuerpo por la inminente tortura que iba a soportar.

– Hemos dicho el dedo índice, ¿verdad?... ¡Aguantadlo! – pidió Mark a los Salerno. – ¡¡Dame eso y aguanta la almohada!! – ordenó Mark a Gino, abriendo su mano derecha para coger el cuchillo.

Después que Gino aguantase la almohada contra la cara del

asesino, Mark agarró la mano que el hombre había utilizado para disparar a Samuel y colocándola contra la pared, le cortó el dedo índice, utilizado la pared como madera de cortar alimentos, ahogando con la almohada los aullidos provenientes del orinado y aterrado asesino a sueldo. La sangre salpicó a todos los presentes, quienes dieron un paso atrás con asco, a la vez que el homicida caía al suelo. Gino reaccionó, manteniendo la almohada en la cara del hombre, mientras se limpiaba la sangre de la cara con las manos al igual que los demás.

Todos se quedaron de pie, allí, mientras el pobre hombre aullaba su vida. Pronto sus gritos se aplacaron, ya que se le había adormecido la mano. Mark se agachó delante de él y quitó la almohada de su cara. El torturado sudaba y su rostro mostraba puro pánico y un profundo sufrimiento.

– ¿Crees que puedes aguantar veintitrés días más como este? – habló Mark. – Esperando a… – hizo él una pausa para mirar su reloj de bolsillo, tras sacarlo de sus pantalones y abriéndolo para ver la hora – esperando a las diez y dieciocho de la noche para que te corte el próximo dedo…sabes que lo haré, porque deja que te diga algo, has intentado matar a la cosa que más quiero en este mundo y vas a pagar por ello, a no ser que me digas quién te ha contratado para que así pueda dirigir mi furia hacia otra persona…va a ser o bien tú, o esa otra persona, así que depende de ti. Tienes veinticuatro horas para pensarlo – le advirtió Mark, poniéndose en pie.

– ¡¡La señorita Johnson me pagó!!...¡¡Esa mujer en el burdel me pagó para que matase a *La Judía*!! – le gritó el asesino a sueldo desde el suelo.

– Esa perra es una persona y tú has dicho que "ellos te matarían"… ¿Quiénes son ellos? – le preguntó Mark.

– ¡¡No conozco al hombre ese!!...¡¡Nunca le he visto antes!! – le gritó el asesino a Mark. – ¡¡Juro que nunca he visto a ese hombre en mi vida!!...¡¡Nunca le vi la cara!!...¡¡Él la esperaba en un taxi!!

– Así de simple – dijo Mark, girándose en los talones tras dejar caer el cuchillo en el suelo.

En silencio, él caminó hacia la habitación de Samuel, dejando cuatro perplejos hombres atrás. Tres le miraban mientras se alejaba y otro, perdido en el dolor más profundo al que jamás se había enfrentado.

Mark entró en el dormitorio de Samuel y miró a Sally, quien estaba en la cama junto a su cuñada. Sally se había dormido junto a Samuel y Mark le quitó los zapatos para que pudiese descansar mejor. Caminó entonces hacia el baño y se dio una ducha, ahogando su llanto bajo el agua. Fuera, Gino y Wayne hablaron en privado sobre lo que hacer con ese hombre para evitar que Mark hiciese algo más extremo de lo que ya había hecho. Gino decidió hablar con Nero antes de cuidarse de la señorita Johnson, mientras Patricio y Giancarlo vigilaban al herido, aún asombrados por lo que gentil Mark había hecho delante de ellos. Gino también se dio una ducha y Wayne fue a hablar con Mark. De camino hacia el baño, Wayne observó a Sally y a Samuel, sin poder evitar sonreír ante la visión de esas dos mujeres de tan diferente personalidad, pero tan fuertes también en su persona. Las amaba a las dos profundamente y por un segundo, fue feliz de nuevo. De vuelta a la realidad, caminó hacia el baño y tocó a la puerta antes de abrirla. Mark volteó la cabeza levemente para ver quién era, mirando entonces hacia delante de nuevo, limpiando el vapor en el espejo frente a él y así, poder ver su reflejo.

– ¿Puedo pasar? – preguntó Wayne antes de entrar.

– Claro – le dio Mark la bienvenida.

Wayne entró y cerró la puerta del baño a su espalda. El cuerpo de Mark estaba ya libre de toda sangre y la ropa manchada estaba en el suelo cerca de la bañera. Tenía una toalla alrededor de su cintura y el pelo mojado, peinado hacia atrás. Sus ojos mostraban rojez e irritación, como si acabase de salir de un fumadero de opio.

– Gino va a hablar con Nero – pronunció Wayne.

– Sé lo que tengo que hacer, no te preocupes – le dijo Mark a Wayne, girándose y caminando hacia la puerta.

– ¡Espera! – le urgió a su hermano, frenando sus intenciones por segunda vez en esa misma noche.

– ¿Qué?...Tenemos un nombre, ¿qué más necesitas? – quiso saber Mark.

– No es eso.

– Esa mujer ha prostituido a mi hija...aún tiene pesadillas, y ahora ha pagado a un bastardo para matar a Sam – dijo Mark, sintiendo como su garganta se cerraba por la emoción y el pensamiento de la posibilidad de perderla, – ¿qué más tiene que hacer?

– No es eso, Mark...esa persona no merece respirar ni un minuto más, eso lo comprendo...sólo que es posible deshacerse de ella sin involucrarnos directamente, además, aún necesitamos otro nombre...Nero tiene los hombres para hacer esto, tú no tienes que hacerlo, ya has hecho suficiente, créeme...no tenemos que matarla nosotros mismos y tener eso en nuestra consciencia y nuestro archivo...no quiero más policía husmeando alrededor de mi casa – dijo Wayne.

– Yo ya tengo demasiadas en mi conciencia, Wayne...no tienes que preocuparte por mi alma – le recordó Mark.

– Eso era la guerra – le corrigió Wayne.

– ¿La guerra?... ¿Y dónde está la diferencia en vivir aquí?... ¡Dime un día, un día en el cual has tenido paz en tu vida, aparte del día en el que tu hijo nació!… ¡Dime un día! – suspiró Mark.

– Matar a esas personas no te dará la paz que estás buscando, Mark...tu problema tiene una solución muy diferente...Nero es el mejor hombre para solucionar este – argumentó Wayne, señalando a la puerta con su dedo, como si el torturado estuviese detrás de ella, de pie. – Estoy de acuerdo en que no hemos tenido una vida fácil y las circunstancias nos ha traído hasta aquí, pero la paz que tú buscas está en esa cama y a no ser que la aceptes...no encontrarás un minuto de armonía en el resto del tiempo que te queda por vivir...y lo que te estoy diciendo a ti, se lo intenté decir esta misma noche a ella en esa jodida cocina – admitió Wayne ante Mark, rompiendo a llorar, derrotado por la tristeza de la mala fortuna de Samuel. – Ya no lo aguanto más, Mark…no puedo aguantar que los dos estéis luchando contra vuestro destino…nos está volviendo a todos locos y si ella sobrevive y lo hará, tienes que hacer que las cosas cambien.

–¿De qué hablas ahora? – le preguntó Mark, confundido e incómodo.

–¡¿Qué?!...¡¿Estás aquí?! – se quejó Wayne, tan molesto como Mark parecía.

–Estás disgustado…déjame ir – le ordenó Mark, señalando la puerta con un movimiento de cejas.

–Muy bien. Gino se está duchando y yo también me tengo que lavar, si vas a irte, yo vengo contigo, ¿entiendes eso, Mark? – expuso Wayne a su hermano.

–Sí, lo entiendo…puedes venir conmigo, pero si fuera tú, me quedaría aquí con mi esposa y mi hermana – aconsejó Mark a Wayne.

Mark dejó el baño y se dirigió hacia su dormitorio para vestirse. Al entrar en ella y caminar junto a la cama, observó a su hija y a su sobrino dormir tranquilamente sobre la cama, lejos de aquel caos. Allí mismo se vistió, mientras contemplaba la paz de los niños, sintiendo que su corazón por fin encontraba también algo de sosiego. Después de haberse puesto una camisa blanca y un pantalón gris, salió del dormitorio y fue hacia la habitación de Samuel. Tomó una silla y se sentó junto a la cama, mientras esperaba que sus hermanos estuviesen listos para salir. En silencio y escuchando a Gino hablar por teléfono en el salón, mientras el agua corría en el baño de Samuel, Mark observó la cama y a las mujeres en ella. Las palabras de Wayne irrumpieron en su mente y se preguntó qué habría querido decir con ellas, "y lo que te estoy diciendo a ti se lo intenté decir esta misma noche a ella en esa jodida cocina", él le había dicho minutos antes. ¿Qué había querido decir con eso? ¿Qué querría decir con que "tenía que hacer que las cosas cambiasen"? No sabía si Samuel iba a sobrevivir o no, y de repente, deseaba quedarse junto a su cama hasta que despertase. Si eso no tenía que pasar jamás, se quedaría allí hasta que la hora de encontrarse con ella llegase.

Gino entró en el dormitorio y caminó con calma hasta su

hermano, como si intentase no despertar a las mujeres.

—Nero nos está esperando – murmuró Gino a Mark.

Mark no respondió a su hermano y siguió sentado, mirando a Samuel luchar con la temperatura que incrementaba en su cuerpo, pero que aún no se manifestaba.

—¿Cómo lo vas a sacar del edificio? – preguntó Mark a Gino.

—Voy a utilizar el ascensor de servicio…Lucille deja las llaves aquí – respondió Gino.

—¿Qué dice Nero? – quería oír Mark.

—Dice que Óscar se ocupará de los dos…la están recogiendo en estos momentos – informó Gino, también mirando a Samuel y a Sally, como si la escena pudiese hacer que todos los problemas desapareciesen. – El otro tipo debe estar esperando noticias…no podemos perder ni un segundo más, tenemos que movernos o desaparecerá.

Wayne saliendo del baño captó la atención de Gino y la habitación se sumió en la oscuridad parcial una vez más al apagar él la luz del baño, caminando hacia el lecho, parando junto a su esposa.

—Estoy listo – expresó Wayne.

—Deberías quedarte, Wayne – dijo Gino, mirando a su hermano.

—No me voy a quedar aquí…voy a llevar a ese bastardo a Nero…sólo quiero asegurarme que llegue allí, eso es todo…no voy a tocarle, si de eso es de lo que tienes miedo – aseguró Wayne.

—Jimmy está abajo y nosotros estamos armados…no irá a ninguna parte, él lo ha dejado demasiado machacado como para intentar cualquier tontería – narró Gino. – Dejaremos a los Salerno en casa y entonces iremos hacia Nero.

—Lo siento, pero no puedo dejarla – cambió de opinión Mark. – Id vosotros.

—No tienes por qué ir – estuvo de acuerdo Gino.

—Quédate aquí con ella, Mark – dijo Wayne. – Te necesitará si despierta.

—Quiero saber cuándo esos dos están muertos y cuando recojáis al otro…me llamáis – pidió Mark sus cabezas.

–Lo haremos – prometió Gino, apretando con su mano el hombro de Mark.

Wayne y Gino dejaron la estancia con las dos mujeres durmiendo en el lecho de Samuel y a Mark sentado junto a ellas, vigilando su sueño. Mark se quitó los zapatos y pronto el sueño pudo más que su ira. La lámpara de Tiffany que se encontraba sobre la mesita seguía encendida, pero apenas iluminaba la habitación. Se despertó treinta minutos más tarde debido a un terrible dolor en el cuello, el cual había tenido torcido durante su siesta. Nada había cambiando en la habitación, con la excepción de la posición de Sally. Le echó un vistazo al reloj y pudo ver que apenas había pasado media hora. Descalzo, fue a ver a los niños que dormían en su dormitorio y miró la silenciosa ciudad de Nueva York que se colaba en el apartamento por medio de las ventanas abiertas, tras lo cual volvió al dormitorio de Samuel para poner su mano en la frente de ella.

–¡Mierda! – musitó él, notando la fiebre.

Destapó a Samuel, tirando con fuerza de las sábanas que ya estaban manchadas con la sangre que mojaba su cuerpo. Cambiando de pensamientos, caminó había el baño y comenzó a llenar la bañera de agua fría. El movimiento en la habitación y el agua corriendo hizo que Sally despertase y girase la cabeza para mirar a Samuel, quien en su ropa interior y su propia sangre, una vez más húmeda debido al sudor de la fiebre, seguía a su lado. Confundida y mareada por el sueño, Sally miró a Mark.

–¿Está enferma? – logró preguntar Sally.

–Tiene fiebre – dijo Mark a Sally, caminando hacia la cama.

–¿Dónde está Wayne? – quería saber ella.

–Aún no han regresado, pero está con Gino, no te preocupes…tienes que ayudarme, Sally, está sangrando otra vez…tenemos que cambiarle el vendaje, meterla en agua fría para bajar la fiebre y darle algo de medicación, ¿de acuerdo? – explicó Mark, tomando en brazos a Samuel y llevándosela hacia la bañera. – ¡Muévete, Sally!

Sally reaccionó a las palabras de Mark y se apresuró a la

cocina para coger algo de agua, con la cual administrarle la medicación a Samuel, tras lo cual caminó hacia el baño y vio que Samuel había reaccionado al contacto con el agua fría. Sus ojos se habían abierto en el momento en el que Sally había entrado en el baño. Mark estaba arrodillado junto a la bañera y con una mano en el agua, limpiaba la sangre que goteaba de la herida, intentando mantener los puntos secos con la otra mano y una pequeña toalla.

Notablemente poseída por la fiebre y con sus hermosos ojos idos por una bala que había perforado su cuerpo horas atrás, Samuel perdió sus ojos en Mark.

–¡Hey! – le sonrió Mark.

No estaba seguro si Samuel lo había reconocido, porque parecía que ella había intentado adivinar quién era él. Su rostro mostraba una extremada palidez y sus ojos se habían hundido en su cabeza.

–¡Dame eso! – urgió Mark a Sally.

Sally le extendió a Mark el vaso con la medicina y Mark lo llevó a los quebrantados labios de Samuel. Su cuerpo estaba dolorido, especialmente su hombro y su cabeza. Ella pudo ver como un vaso se le acercaba a los labios y pensó que había oído a Mark pedirle que se lo bebiese, pero no estaba segura. Notaba que su cuerpo estaba mojado, dándose por fin cuenta que estaba en el baño, dentro de la bañera.

–Por favor, Sam…tienes que beberte esto – le susurró Mark.

Samuel no reaccionó ante esas palabras, así que Mark colocó el vaso en sus labios y la forzó a beber la medicina con cuidado, dándole entonces el vaso a Sally y resumiendo su tarea, la cual consistía en mojarle la cara a Samuel con el agua fría para bajarle la fiebre. Al lavarle Mark con sus manos, Sally se sintió incómoda al ser testigo de esa escena, así que se excusó con el pretexto de hacer algo de café, a lo que Mark le ofreció un simple "muy bien" y ella dejó el baño.

Los ojos de Samuel se habían bloqueado en Mark mientras él, cuidadosamente, limpiaba la sangre que le goteaba de la herida. Ella hizo una mueca de dolor a la presión en su carne.

De repente, Mark tuvo un *deja-vu*. Sintió haber hecho eso mismo anteriormente y en efecto, sí que lo había hecho. Años atrás a ese instante, él había lavado su cuerpo y limpiado sus heridas, la misma noche que la serpiente la había atacado. Sí, él recordaba eso vivamente. Pronto volvió al presente, consciente de lo que hacía.

– Lo que te hemos dado hará efecto pronto y ya no te dolerá más – le hablaba Mark a Samuel. – Aguanta, por favor...no te duermas, ¿de acuerdo?...quédate conmigo un poco.

Samuel miró a los ojos de Mark y lo reconoció, pero por alguna razón ella no podía hablarle y quería decirle que su cuerpo estaba dolorido y que también le dolía el hombro. ¿Por qué le dolía tanto el hombro? Ella miró hacia abajo levemente y vio la herida en su hombro derecho, comprendiendo que alguien la había lastimado, tras lo cual levantó sus ojos y miró a Mark de nuevo.

– Mi cabeza – consiguió decir ella, – me duele.

– Estoy seguro...estoy haciendo todo lo que puedo, Sam...aguanta...pronto se irá, aguanta, cariño.

Cuando Samuel comenzó a tiritar, Mark la sacó del agua y la sentó en el borde de la bañera. Colocó su bata sobre su cuerpo y entonces se agachó delante de ella, secándole la herida.

– Tengo que cubrirte la herida, Sam... ¿de acuerdo? – explicó Mark.

Samuel coincidió con sus ojos y observó a Mark preparar un vendaje limpio para ella. Apenas podía mantenerse sentada, pero intentó con todas sus fuerzas mantener el cuerpo erecto. Imágenes del rostro de Sally irrumpieron en su mente y pronto comprendió lo que había pasado. Cuando Mark se volvió a agachar delante de ella, pero esta vez con un vendaje fresco, comenzó a cubrir la herida de nuevo después de limpiar la sangre, ella preguntó con una débil voz.

– ¿Lo habéis cogido?

Mark levantó los ojos y le echó una ojeada a los de ella, siguiendo con lo que hacía.

– Sí...lo cogimos – susurró él.

– ¿Está muerto? – deseó saber ella.

– Probablemente – respondió él, trabajando en ella.

–Me hace feliz que no hayas sido tú el que lo haya hecho – tuvo que admitir Samuel.

Mark le echó un rápido vistazo a los ojos de Samuel y terminó con lo que hacía.

–Vamos a la cama – le dijo Mark, levantándose.

–¿Dónde está Molly? – quería saber ella.

–En mi cama con David…los niños están bien…vamos a la cama, ¿puedes caminar? – preguntó él a ella.

–Sí.

Pero no podía y Mark la cogió antes de que cayese al suelo. Él la tomó en brazos y la llevó a su cama.

–Cambiaremos las sábanas mañana – le dijo Mark cuando notó que ella había percibido las sábanas manchadas.

–Está bien – musitó ella.

Samuel se sintió mucho mejor cuando su cuerpo tocó el colchón, cerrando los ojos, pero su mano fue lo suficientemente rápida como para agarrar la camisa de Mark y pronto, tenía su mano.

–¡Quédate conmigo! – le suplicó ella tras sentir un miedo insoportable.

–Estoy aquí…no me voy a ninguna parte – la calmó Mark.

–¡Quédate conmigo, por favor! – gimió ella, luchando las ganas de llorar.

Mark se sentó junto a ella, pero ella tiró de él y pronto, Mark se echaba a su lado. Vestido, Mark se tumbó junto a ella y Samuel se sintió protegida en su propia casa una vez más.

–Por favor, apaga la luz – susurró ella, tras lo cual él colocó su brazo izquierdo sobre la cabeza de ella y la obedeció.

Cuando su visión se acostumbró a la luz de la calle, ella habló.

–¿Por qué…por qué crees que aún estoy viva? – balbuceó Samuel, batallando con una insoportable fatiga.

–Porque tienes que estarlo – respondió Mark.

–Pero no debería – argumentó ella.

–Pero lo estás – le dijo Mark, seguro de sus palabras. – No sé qué haría si te perdiese, Sam…llámalo simple si quieres, pero mi vida no tiene sentido si tú no estás en ella y le doy las gracias a Dios por mantenerte aquí conmigo sin importar cómo lo haga.

Samuel escuchó esas palabras una vez y se repitieron dos, tres veces en su cabeza, y ya que se había mantenido en silencio, Mark se preguntó si ella le había escuchado. Después de tantos años de mantener ese leal amor por ella dentro de sí, ahora que por fin lo había rescatado para que ella lo supiese de sus propios labios, no estaba seguro si ella le había oído. De hecho, no le importaba si lo había hecho o no, ya que sólo el saber que ella había sobrevivido un intento de asesinato era suficiente para él.

—Yo también te amo, Mark – escuchó Mark en el más dulce de los susurros.

Sin importar cuántas veces a través de los años ella le había dicho a él que le quería, la forma en la cual había pronunciado esas palabras le hicieron sentir diferente, nervioso de repente. En silencio, él lidió con sus palabras, débiles pero provenientes del corazón. Mark tomó aire profundamente y decidió volver a esperar.

—Prométeme que no vas a volver a irte de mi lado – le imploró Samuel.

—No lo haré – prometió él.

—Prométemelo – le pidió ella.

—Te lo prometo.

—¡Estoy tan cansada! – exhaló ella.

—Duerme.

El silencio que siguió fue momentáneamente roto por una taza, cayendo y rompiéndose en la cocina. Los nervios de Sally habían aguantado tanto como habían podido. En medio de ello, la puerta de entrada al apartamento se abrió y Wayne y Gino entraron. Al oír ruido, Sally se apresuró al salón y miró a quienes acababan de llegar. Su corazón por fin pudo latir de nuevo con la visión de Wayne, así que caminó hacia él y le abrazó como si este acabase de regresar de las cruzadas, llegando por fin a casa, con vida.

—¡Está despierta! – oyeron Gino y Wayne decir a Sally. – Mark la metió en la bañera porque tenía fiebre.

−¿Sigue aún en la bañera? − preguntó Wayne a ella, caminando hacia el dormitorio.

−No.

Wayne se acercó a la puerta de Samuel y tocó en ella dos veces, abriéndola después.

−¿Mark? − llamó Wayne sin entrar en la estancia.

−Ya vengo − oyó Wayne desde dentro.

Wayne dejó la puerta abierta y en cuestión de segundos, Mark salió y miró a sus hermanos. Al igual que el resto, parecía terriblemente cansado.

−¿Cómo está? − preguntó Wayne a su hermano pequeño.

−Se acaba de dormir otra vez… está exhausta − observó Mark. − ¿Por qué no me habéis llamado?

−No te lo vas a creer…no hemos conseguido un nombre − respondió Gino, más sorprendido que avergonzado por haber fallado en el intento.

−¡¿Qué?! − dejó salir Mark, igualmente sorprendido por la noticia.

−La perra era más dura de lo que pensábamos…no puedo creer cuánto odiaba a Samuel…lo aguantó todo − explicó Gino.

−¡¿Lo dices en serio?! − sonrió Mark nervioso.

Gino miró fijamente a Mark sin tener nada más que compartir con él. Tenía un gran peso en sus hombros por no haber sido capaz de obtener ese nombre de la señorita Johnson antes de que esta hubiese sucumbido al dolor que Rubi le había infligido mientras los hermanos miraban.

−¡¿Y ahora qué?! − preguntó Mark a todos. − Ya tiene que saberlo…no podemos dejarlo ahí fuera porque lo va a volver a intentar.

− Aún tenemos una oportunidad…nadie nos ha visto − supo Wayne.

−¿Qué? − preguntó Mark con una mirada extraña en el rostro.

−No hemos usado la puerta principal…nos la llevamos por la puerta de servicio, así que para las chicas, ella se ha ido sin avisar − narró Wayne.

—Diez minutos después he entrado preguntando por ella…Mandy me ha llevado a su oficina y a su habitación y ambos las hemos encontrado vacías…así que según el chismorreo, ella ha desaparecido por propia voluntad…viva y coleando – concluyó Gino.

Mark reflexionó sobre esas palabras. Sabía perfectamente que sus hermanos contaban con que el orgullo que ese socio sentiría al permanecer allí, ahora que la única conexión con el atentado hacia *La Judía* había desaparecido.

—Eso es muy arriesgado – les avisó Mark tras un escueto silencio.

—Lo sabemos…pero nos da tiempo para buscarle – argumentó Gino.

Mark respiró profundamente y miró a Sally.

—Buenas noche – susurró Mark girándose.

Nadie le cuestionó cuando caminó hacia la habitación de Samuel.

A la mañana siguiente, Mark abrió los ojos cuando sintió una mano tocando su brazo. Era Molly, quien en pie junto a él, estaba ya vestida, llevando su largo y liso pelo suelto.

—Hoy todos hemos dormido vestidos – anunció Molly.

Mark le sonrió a la niña y giró la cabeza para ver que la cama estaba vacía. Se sentó en ella y miró a Molly.

—¿Dónde está Samuel? – preguntó Mark a su hija.

—Está en la cocina con tía Sally y David…el tío Gino y el tío Wayne van a quemar la alfombra del salón, ¿vienes tú también? – le resumió Molly.

—¿Qué? – balbuceó Mark, confundido mientras se levantaba.

Con la camisa blanca arrugada y suelta, él salió de la habitación, peinándose el pelo hacia atrás con las manos. Molly tenía razón, Gino y Wayne estaban enrollando la alfombra que normalmente se encontraba bajo la pequeña mesa del salón, con la intención de quemarla. Junto a ellos, Mark pudo ver el cubo de la basura con copas y botellas rotas que habían recogido de la alfombra.

– ¿Qué hacéis? – les preguntó Mark.

Gino y Wayne se pusieron en pie y le miraron. Con la excepción de David y Molly, ninguno tenía muy buen aspecto esa mañana. Las ventanas abiertas llevaban el ruido del tráfico dentro del apartamento y según la luz que también entraba por ellas, deberían ser alrededor de las ocho y media.

– Está empapada con eso que tú sabes…vamos a quemarla antes que Lucille venga y se lleve un susto de muerte – reveló Gino. – Ya hemos limpiado la pared.

– Está manchada con la sangre de mamá – clarificó Molly para Mark, señalando la alfombra.

Mark miró a Molly, quien permanecía a su lado. Era la primera vez que ella llamaba así a Samuel, 'mamá', o algo que se le pareciese. Mark sintió un escalofrío cuando se dio cuenta que Molly sabía demasiado siendo tan joven.

– Ya está mejor – apuntó Molly, viendo la expresión en la cara de su padre.

La niña pequeña dirigió la atención de su padre hacia la cocina, para así decirle dónde podía encontrarla. Mark sonrió y le acarició el largo pelo.

– ¿Necesitáis ayuda? – ofreció Mark a sus hermanos.

– No, tranquilo…nos arreglamos – le dijo Wayne.

– Muy bien…vamos, Mo – llamó Mark a la niña.

David dejó salir un gritito de felicidad cuando vio a Mark entrar en la cocina. Mark sonrió al niño con la misma felicidad.

– Buenos días – saludó él, agachándose para recibir al niño.

Sally y Samuel le devolvieron el saludo, sentadas a la mesa con las sobras del desayuno. Samuel parecía que había regresado de la tumba, ya que estaba extremadamente pálida y mostraba unos extraños círculos alrededor de los ojos.

– ¿Cómo está tu hombro? – le preguntó Mark a Samuel, levantándose con David en sus brazos.

– Duele, pero es que ya no podía estar más tumbada en la cama…tenía que moverme – respondió Samuel.

—Tienes que limpiarte la herida otra vez — le informó Mark.

—Lo sé…aún sangra un poco, pero ya no tengo fiebre.

Mark frenó a su lado de camino al fogón y le pidió ver la herida con un movimiento de cejas, así que ella abrió su bata y se la enseñó. Con David en su cadera, Mark abrió el vendaje con la mano libre, mientras que Sally le servía algo de café.

—No quieres que se te infecte…tienes que descansar, Samuel — le recordó Mark.

—Lo sé…lo haré después del desayuno – prometió Samuel.

—Muy bien – aceptó Mark, sin presionarla más y cubriendo su herida. – Gracias Sally.

—De nada…siéntate con nosotros…Molly, termínate la comida – dijo Sally, colocando la taza en la mesa y ordenándole a Molly a la vez.

Lucille llegó a las nueve de la mañana y después que Gino hablase con ella, ella se concentró en su trabajo, mientras que la herida de Samuel era limpiada en el baño. Sentada en el borde de la bañera, Samuel esperaba a Mark. Él había hecho eso mismo demasiadas veces durante la guerra, pero nunca en un hombro tan bonito como el suyo.

— ¡Aguántalo! – dijo él, colocando el vendaje en su hombro.

Samuel colocó su mano izquierda en la venda y Mark comenzó a cortar la cinta con los dientes, agachándose delante de ella.

—¿Es lo que estoy recordando sobre la noche anterior real o sólo era la fiebre haciéndome delirar? – introdujo Samuel sin esperarlo.

Mark la miró por encima de la cinta y paró sus dedos.

—¿Qué quieres decir? – necesitaba clarificar Mark.

—Dijiste cosas que…no sé qué hacer con ellas… ¿son reales? ¿Las recuerdas? – necesitaba saber ella.

—Sí, las recuerdo – confesó él. – Me preguntaba si tú lo hacías.

Con su pelo en una coleta, Samuel parecía aún más enferma de lo que estaba, pero su sonrisa llenó el corazón de Mark con alegría. ¿Se había dado ella cuenta que él se había perdido? Él la contempló, incapaz de respirar, sintiendo una aterradora presión en el pecho.

– Sí…trozos aquí y allí – habló ella, – pero me confunden.

– No deberían – afirmó Mark, resumiendo la tarea de cortar la cinta para pegarla en el vendaje y retirando los ojos de los de ella ya que tímido él era, – no es que sea nuevo para ti, ¿verdad?

Samuel le miró fijamente, aunque Mark evitaba mirarla a los ojos mientras aseguraba el vendaje en su piel. Cuando terminó, se quedó sentado en sus talones ante ella, levantando la cabeza cuando ella se lo pidió.

– Mírame – le susurró ella.

Mark elevó los ojos y encontró los de ella, llenos de vida una vez más. Samuel levantó su mano izquierda y acarició la mejilla y los labios de Mark, como si estuviese descubriendo su rostro por primera vez tras una ceguera. Con el tacto de su mano, el corazón de Mark quiso dejar su pecho y encontrar el Samuel de una forma tan violenta, que le obligó a tragar para poder recuperar el habla. Eso no fue necesario, ya que cuando los labios de Samuel se posaron sobre los de Mark, sus cuerpos experimentaron una sensación extraña. Ese contacto creó una reacción que sólo podía compararse con la peligrosa mezcla de agua y aceite caliente, y por segunda vez en su vida, Mark no se sintió abrumado por la vergüenza y el asco, tomando los labios de Samuel y finalmente satisfaciendo su destino.

Después de aquel primer beso, se contemplaron mutuamente, descubriendo que ambos habían cambiado. Ya no tenían el mismo aspecto el uno en los ojos del otro y sus ojos se perforaban mutuamente, preguntándose cuál sería el siguiente paso a dar. Samuel parecía que no podía respirar por la pasión que había tomado el control de su cuerpo y mente, mientras que Mark había perdido también el contacto consigo mismo, sintiendo su cuerpo adormecido, habiéndose abandonado a los pies de ella. Sin embargo, Mark consiguió colocar sus manos en ambos lados de la cadera de Samuel, cogiéndose al borde de la bañera y bajando la cabeza para colocarla en el regazo de la mujer. Samuel acarició el pelo de Mark y le besó la nuca repetidamente.

– Te quiero tanto – le susurró ella.

Por encima de su bata, Mark presionó su cara contra las piernas de ella, besándolas en varias ocasiones antes de levantar la cabeza para volver a mirarla. Esas palabras le habían estado enloqueciendo, ya que había esperado tanto tiempo. Sus ojos se sintieron salvajes y llenos de vida, chispeando sin control. Mark buscó los labios de ella otra vez, tras cerrar la puerta del baño con la mano izquierda, besándola profundamente.

–¿Mamá? – la llamó Molly, entrando en el dormitorio.

Abruptamente, Mark se separó de Samuel al escuchar el trotar de niño acercarse al baño. Molly abrió la puerta para encontrar a su padre de pie delante de Samuel, intentando recuperar el sentido. Mark se sentía demasiado mareado como para hablar y fijó su visión en el suelo, intentando comprender lo que acababa de pasarle.

–¡Hola, cariño! – saludó Samuel, aunque no podía verla muy bien, debido a la poderosa emoción que se le había subido a la cabeza.

–El tío Wayne y la tía Sally se marchan – anunció Molly.

–Muy bien, cariño...ya salgo...ve tú primera – le dijo Samuel, visiblemente confundida.

Molly dio un saltito en el mismo lugar donde estaba y se apresuró a volver al salón, donde Lucille trabajaba envuelta de música para limpiar esa casa de mala suerte. Samuel levantó los ojos y miró a Mark, dándole la mano cuando este se la pidió. Ella le besó la mano a Mark antes de salir el baño, dejándole atrás, viéndola caminar despacio hacia la puerta que comunicaba con el salón y con su querida familia.

Después que Wayne y Sally se hubiesen marchado y Mark hubiese quitado las sábanas sangrientas de la cama de Samuel, quemándolas en el fuego junto a más ropa manchada después de que la alfombra se hubiese convertido en cenizas, Lucille limpió la habitación de Samuel para que ella pudiera volver a la cama. Mark se sentó junto a ella y se inclinó hacia delante con las manos en ambos lados de su cabeza.

–Tengo que hacer un par de cosas…volveré pronto – murmuró Mark.

–¿Te llevas a Molly contigo? – le preguntó ella.

–No, se queda aquí con Lucille…dice que va a pintar…Gino viene conmigo.

–De acuerdo…estoy cansada…muy cansada – murmuró Samuel, luchando con sus párpados.

–Descansa…te veo después – le dijo él, besándole la frente.

–Adiós.

Mark le echó un último vistazo antes de dejar el dormitorio en caso de que no pudiese volver a verla.

Jimmy les condujo a hacer tres recados y volvieron a casa para encontrar a Samuel aún dormida profundamente y a Molly jugando en el salón. Alrededor de las cinco de la tarde Samuel seguía dormida y Gino calentaba algo de comida que Lucille había cocinado para darle a Samuel antes de irse. Wayne estaba a punto de llegar y lo hizo tras saludar a Jimmy abajo, tomando el ascensor y encontrando a Mark luchando con su corbata y a Molly vistiendo a una muñeca en el salón. Todos ya sabían lo poco que le gustaba a Molly estar sola en su habitación y la mayoría de las noches acababa durmiendo con uno de ellos, así que cada oportunidad que tenía y sólo si la casa estaba libre de gente que le era extraña, le gustaba jugar en el salón donde controlar el tránsito de gente era fácil, sintiéndose acompañada en todo momento, especialmente por el gramófono que tenía puesto constantemente. Wayne fue a despertar a Samuel después de ver a sus hermanos, sentándose en la cama y examinando la herida antes de despertarla.

–La limpié hace una hora y ni se ha enterado – comentó Mark, saliendo del vestidor.

–¿Cómo está? – le preguntó Wayne.

–Limpia…el doctor Carlton vendrá más tarde…probablemente sobre las diez – le informó Mark, acercándose a él como forma de pedirle ayuda con la corbata.

Wayne no tenía que preguntar lo que su hermano quería; sólo puso sus manos en la corbata de Mark y la arregló mientras conversaban.

—Imagino que quiere asegurarse de que nadie le ve venir aquí – comentó Wayne.

—Eso es seguro…Gino sugería que nos mudásemos y también lo hizo Nero – compartió Mark.

—Y es una buena idea… ¿qué le has hecho a esto? – se quejó Wayne de la corbata.

—No sé… ¿por qué? – preguntó Mark, mirándola.

—Está muy fuerte… ¿a qué parte de la ciudad os mudareis? – le preguntó Wayne, trabajando en la corbata.

—Aún no lo sabemos…Jimmy se lo ha tomado bastante mal – dijo Mark.

—No ha sido culpa suya…fue culpa *nuestra* – le recordó Wayne.

—Todos lo sabemos y él también, ¿pero qué quieres que te diga?...Buenas tardes – saludó Mark a Samuel.

Wayne volteó la cabeza y le sonrió a una consciente Samuel. Ella tenía mucho mejor aspecto tras tantas horas de descanso y sin una sola pesadilla, posiblemente frenadas por la medicina y el dolor físico que había tenido que soportar, dejando poco espacio en el cerebro de Samuel.

—¡Hola, princesa! – la saludó Wayne.

—¡Hola, queridos míos! – habló ella, estirando los músculos como pudo.

—¿Tienes hambre? – le preguntó Mark.

—Sí…creo que sí – confesó ella.

—Genial…porque tienes que comer con hambre o sin hambre – dijo Mark con una risita burlona.

Samuel le ofreció un saludo militar y Wayne y Mark sonrieron.

—¿Dónde está Molly? – preguntó ella, sentándose en la cama mientras Mark se alejaba.

—Está jugando ahí fuera – le dijo Wayne a su hermana. – Ha preguntado sobre ese hombre…quería hablar contigo antes de contestar a ninguna pregunta, así que le dije que hablaríamos más tarde.

—Gracias…hablaré con ella – dijo Samuel.

—Samuel tomó un cepillo del cabello de la mesita de noche y Wayne lo cogió de su mano para hacerle una coleta, mientras Mark dejó la habitación para decirle a Gino que Samuel comería en la cocina porque ya se había levantado. Wayne se sentó en la cama mirando hacia la pared y la ventana, comenzando a cepillar el pelo de Samuel.

—¡Pensé que te habíamos perdido! – suspiró Wayne, cepillando el cabello.

Wayne sintió la mano izquierda de Samuel en su pierna, presionándola y dándole una palmadita.

—Me encuentro mucho mejor – escuchó Wayne.

Wayne ligó la coleta y le besó la cabeza.

—Ya está – dijo él. – Deja que te ayude con eso – le dijo él, refiriéndose al pañuelo que debería llevar alrededor del cuello para aguantar el brazo.

—Sí…esa cosa…ten – suspiró ella, dándoselo tras cogerlo de la mesita. – Gracias, Wayne – le agradeció ella, levantándose después que hubiese terminado.

—¿Quieres la bata? – le preguntó Wayne.

—Estoy bien así, gracias… ¿Has comido? – le preguntó Samuel.

—Sí…pero me sentaré contigo – respondió Wayne.

Samuel caminó hacia la cocina y Molly la llamó cuando notó su presencia.

—¿Vas a cenar conmigo, Mo? – preguntó Samuel a la niña.

—¡Sí! – celebró Molly, dando un saltito y corriendo hacia ella.

Molly puso sus brazos alrededor de la cintura de Samuel y esta bajó la cabeza para besar la cabeza de su hija.

—¿Te estás comportando bien? – preguntó Samuel.

—Sí…le puedes preguntar a Lucille – respondió Molly, contenta de tener un testigo.

Samuel rió contemplando a la niña mientras le acariciaba el

pelo, tras lo cual resumió su camino hacia la cocina.

—¡La Bella Durmiente se ha despertado! — cantó Gino ante la visión de su hermana, apoyándose en la encimera junto a Mark y bebiendo su tradicional taza de café de antes de ir a trabajar.

—¡Hola, Gi! — le sonrió Samuel. — ¡Oh!...Esto tiene buen aspecto, ¿estás seguro que no quieres un poco? — preguntó ella a Wayne.

—Tomaré algo de café — le dijo Wayne. — Molly, siéntate, por favor.

Mark le sirvió una taza de café a Wayne mientras este seguía junto a la ventana de cara a la mesa y a sus hermanos, quienes estaban de pie junto a la encimera al otro lado de la mesa. Samuel y Molly se sentaron y la niña pequeña comenzó a comer. Samuel se tomó su tiempo y primero, le echó una ojeada a su familia.

—¿Qué ha dicho Nero? — solicitó Samuel de ellos.

—Quizás venga esta noche — replicó Gino.

—¿Y Jimmy? — frunció el ceño ella.

—Está bien…no fue responsabilidad suya — respondió Gino.

—¿Quién lo envió? — quiso saber Samuel.

Mark movió las cejas hacia Molly, recordándole a Samuel que la niña estaba presente, pero Samuel le miró fijamente.

—¿Lo *conocía*? — le preguntó Samuel, claramente utilizando el tiempo pasado.

—No lo creo — adivinó Mark.

—¿Quién lo envió? — repitió Samuel con voz firme.

—¿Recuerdas la pasada Navidad cuando trajiste aquel regalo a mi casa? Era tarde y de noche y llamaste primero desde un teléfono público para decirme que venías, ¿lo recuerdas? — narró Wayne.

Samuel tomó sus ojos de Mark y giró la cabeza a su izquierda para poder ver mejor a Wayne. Molly había levantado la cabeza al oír la palabra 'regalo', pero ella sabía que esa conversación no era de su incumbencia, así que decidió observar a los adultos sin hablar. De todas formas, en ocasiones, tenían el extraño hábito de tener conversaciones raras y sin ningún significado para ella.

– Sí, vivamente – respondió Samuel.

Le siguió un silencio y Samuel miró a Gino y a Mark, intentando confirmar la historia de Wayne. Pronto, la confusión se pudo ver reflejada en el rostro de *La Judía*.

– ¿Estamos seguros? – frunció el ceño ella.

Samuel inquirió a los hombres con sus ojos y el silencio que le ofrecieron fue su respuesta.

– ¿Estuviste allí? – propuso Samuel a Gino.

Gino asintió con la cabeza. Samuel se dio la vuelta y miró a Wayne, el cual movió la cabeza positivamente también.

– ¿Estaba sola en esto? – se atrevió a preguntar Samuel.

– No – respondió Wayne.

– ¡No! – suspiró Samuel.

Samuel asintió y tras tomar aire profundamente, ordenando la información en su cabeza, tomó una cucharada de la deliciosa sopa que sólo Lucy era capaz de hacer. Luchó sin embargo para poder tragar la comida y miró a sus hermanos una vez más.

– ¿Quién más? – les preguntó ella.

– Aún no tenemos un nombre – contestó Mark.

– ¡Oh! – respiró Samuel, sintiendo el terrible contrato firmado por su cabeza, como si una cálida manta se le hubiese echado sobre los hombros.

– Nos tenemos que mudar – irrumpió Gino.

Definitivamente, la niña pequeña había comprendido esas palabras y estaba ahora mirando a los adultos.

– ¡¿A dónde?! – fue la niña la primera en preguntar, sin presentir peligro.

– A otra parte de la ciudad – la confortó Mark. – No te preocupes, Mo…todavía iras al colegio del que hablamos.

– ¡¡Sí!! – vitoreó ella.

Todos sonrieron ante la simplicidad y facilidad con la que se podía hacer feliz a Molly.

– ¿Y allí no dispararán a mamá? – preguntó Molly a Mark y a Gino, sin tapujo alguno.

La garganta de Samuel se sintió presionada y miró a la niña. Sí, ella había sido la madre de Molly en los últimos seis meses y un irrompible lazo se había ya creado entre ellas.

—No, cariño…mamá estará a salvo allí — le alivió Mark la conciencia.

Molly giró su cabeza hacia Samuel, visiblemente satisfecha por las noticias. Los ojos de Samuel se inundaron de lágrimas, pero consiguió retenerlas al respirar profundamente.

—¿Dónde está ese hombre malo? — preguntó Molly a Mark.

—Está en la cárcel, Mo — contestó Mark.

—¡¡Bien!! — soltó Molly, profundamente satisfecha de la respuesta de Mark.

Después del café de la noche, Mark y Gino se prepararon para marchar. El conductor había llegado y Jimmy se quedaría en la casa, así que después de irse, Jimmy subiría al apartamento y se quedaría dentro de la casa, en el gran recibidor, mientras el otro conductor llevaría a los hermanos a trabajar.

Molly dejó la mesa para acompañar a su padre y su tío a la puerta como era su costumbre, así que se apresuró en llegar allí, cantando y brincando. Gino posó un beso en la mejilla de Samuel y pidió de ella descanso. Mark besó la cabeza de Samuel, mientras estaba a su espalda, tras lo cual siguió a Gino y le echó un último vistazo a la mujer desde la puerta. Él encontró los ojos de ella y no pudo evitar sonreír, haciéndola sonrojarse, lo cual entretuvo a Wayne de una forma imprevista, quien pudo ver la chispa del amor que había flotado en todas las estancias de esa casa desde que Mark había vuelto de Europa hacía ya un año. Samuel aprovechó que Molly no se encontraba presente y habló con Wayne sobre las armas de la casa.

—Hemos movido las armas — dijo Samuel a su hermano.

—¿Dónde las habéis puesto? — preguntó Wayne.

—Una debajo de mi colchón, del de Mark y Gino…y hay otra en el salón detrás de la pintura con el marco grueso…la que está junto a la habitación de Gino — compartió Samuel con él.

– Sí, la pintura nueva…muy bien – comentó Wayne.

– ¿Cómo está Sally? – se preguntó Samuel en voz alta.

– Está mejor…estaba bastante disgustada…hoy ha ido a trabajar y así aclararse la cabeza, pero dice que vendrá mañana – le dijo Wayne.

– Entiendo que esté ocupada – aseguró Samuel a Wayne.

– Quiere venir.

– También me gustaría verla – sonrió Samuel a él. Ella quería a Sally.

Después que Molly volviese, Samuel y ella se tumbaron en la cama con algunos libros. Samuel le leería hasta la llegada de Nero a las ocho de la noche. Mientras Nero y Johnny estuvieron allí, Molly permaneció en su habitación, mientras que Samuel y Wayne se sentaron con el jefe de ella en el salón. Alrededor de las nueve de la noche, Nero dejó la casa y Wayne preparó algo de comida para Jimmy, marchándose a las diez, ya que trabajaba temprano al día siguiente y el doctor ya había visitado a Samuel.

Sería más tarde, echadas en la cama y con la cabeza de Molly en el brazo izquierdo de Samuel para poder ver los dibujos de los libros, que la niña hizo una pregunta directa.

– ¿Por qué te disparó ese hombre? – pronunció Molly, moviendo la cabeza ligeramente para poder ver la cara de Samuel.

Samuel cogió aire profundamente y calculó con rapidez cuánto podía decirle a la niña. Evaluó la forma con la que Molly había recuperado la sonrisa que le pertenecía por derecho natural y cuánto amor la niña buscaba activamente en cada oportunidad que tenía, siempre que un miembro de su nueva familia estuviese presente. Samuel sabía con certeza que con seis años, aún era una niña pequeña. Sin embargo, esa no era una niña cualquiera, ya que se había acostumbrado a ver a Jimmy y a Óscar cargar con armas en muchas ocasiones, sabiendo exactamente para lo que servían, así como que no todos los 'papás' las llevaban. En otra ocasión, la niña había preguntado por qué todos trabajaban de noche y de día, a lo cual contestaron que ellos tenían un horario distinto. Molly añadió otra pregunta: "¿Cómo en ese lugar en el que yo vivía?" Molly era un pozo de sabiduría.

—Bueno…tú sabes que nosotros trabajamos de noche, ¿verdad? – introdujo Samuel, bajando el libro.

—Sí y volvéis a casa muy tarde – añadió Molly.

—Exacto…volvemos cuando tú estás profundamente dormida…la mayoría de los lugares que abren hasta esas horas de la noche son bastante peligrosos, Molly…igual que ese lugar en el que te encontré…en ocasiones, gente malvada va a esos lugares…el hombre que me disparó tuvo una pelea conmigo donde yo trabajo – explicó Samuel.

—¿Qué pasó? – estaba curiosa Molly. – ¿Qué haces tú?

—Pues…llevamos negocios, Mo…negocios que están abiertos por la noche y en uno de ellos la gente puede beber…este hombre en particular estaba borracho una noche y lo tuve que echar…se enfadó tanto que quiso hacerme daño…y lo hizo – le mintió Samuel a Molly, – pero ahora está en la cárcel.

—Pero Jimmy también tiene una pistola – susurró Molly, como si pudiesen ser víctimas de espionaje.

—Lo sé – contestó Samuel de la misma forma, – pero él la necesita para protegerse…él se ocupa de echar a la gente borracha y a veces, cuando la gente bebe, se vuelven violentos, así que Jimmy necesita la pistola para protegerse a sí mismo…pero se supone que no podemos decirle a nadie que él lleva una pistola…nos meteremos en problemas, Mo – le advirtió Samuel.

—No diré nada – prometió Molly.

—Eso está bien…y cuando vayas al colegio en septiembre, aprenderás que otros padres tienen trabajos corrientes…trabajos durante el día…y la mayoría de la gente no comprende el tipo de trabajo que Gino, Mark y yo hacemos – le dijo Samuel.

—¿Por qué no? – preguntó Molly.

Samuel se encogió de hombros.

—Imagino que piensan que es peligroso…e imagino que tienen razón porque me han disparado – admitió Samuel.

–¡Sí, te han disparado! – estuvo de acuerdo Molly.

–Así que creo que no deberíamos hablar de lo que hacemos para ganarnos la vida con nadie, Molly…no queremos más problemas – le pidió Samuel.

–De acuerdo – dijo Molly, convencida que era lo mejor.

–Buena chica…continuemos – Samuel besó la frente de Molly.

Samuel tenía la necesidad de olvidarse del hecho que alguien había querido asesinarla, así que disfrutó cuando Molly se echó en ella de nuevo y continuaron leyendo. Cuando Molly se durmió, ella se levantó y caminó alrededor de la casa, ordenándola e intentando estructurar sus pensamientos. Eran las tres de la madrugada cuando se levantó del sofá y fue a ver a Jimmy, encontrándole despierto y leyendo el periódico.

–¡Hola, Jimmy! – le saludó Samuel con una bata cubriéndole el cuerpo.

–¿Cómo se encuentra? – le preguntó.

–No puedo dormir…voy a hacer algo de té, ¿te apetece un poco? – le ofreció ella.

–No, gracias – rehusó él. – Estoy bien.

–Tienen que estar a punto de llegar – le dijo Samuel, refiriéndose al hombre que se quedaría toda la noche vigilando para que tuviesen un sueño seguro. – Pareces cansado.

–Estoy bien…ese café era lo suficientemente fuerte.

Samuel sonrió y cerró la puerta, tras lo cual cruzó el salón y ya en la cocina, puso la tetera en el fuego, para perderse en sus pensamientos durante un tiempo. Se había sumergido tanto en su cavilación que de repente, unos pasos en el salón la hicieron darse cuenta que, en efecto, había alguien más en la casa, lo cual la hizo sentir una severa inseguridad en apenas un instante. No podía recordar haber oído ni la puerta ni la campana, pero estaba segura que era sólo una persona acercándose a la cocina.

–¿Aún estás despierta? – habló Mark desde la puerta, con su chaqueta colgando del hombro.

Samuel volteó la cabeza ligeramente y le sonrió, apaciguando sus nervios y su estómago inmediatamente.

– No podía dormir – contestó Samuel. – ¿Dónde está Gino?

– Se ha quedado…la mesa está caliente.

– ¿Han sustituido a Jimmy? – reclamó ella.

– Sí…se acaba de marchar…Paul está aquí esta noche – contestó Mark, alejándose. – ¡¿Qué ha dicho el doctor?! – preguntó él, caminando hacia el sofá.

– Que se está curando correctamente – resumió ella.

Samuel miró hacia el agua que tenía frente a ella mientras Mark caminó hacia el salón para dejar la chaqueta en el sofá, tras lo cual volvió a la cocina, acercándose a ella. De pie detrás de Samuel, él puso las manos a ambos lados de ella, en la encimera, acorralándola contra el fogón. Ella lo notó cerca y pronto pudo sentir la mejilla de él acariciando su cabeza. Samuel se había quitado la coleta, y ahora Mark, jugueteaba con su rostro con el pelo de ella, lleno de serenidad, mientras esperaban que el agua hirviese. Dos minutos más tarde, Samuel notó cómo él levantaba la cabeza y le besaba la cabeza.

– Cásate conmigo – le susurró Mark antes de volver a besarla en la cabeza.

Samuel experimentó un súbito despertar y miró la tetera sin saber con seguridad qué hacía frente al fogón. La mejilla de Mark estaba ahora al otro lado de la cabeza de ella, descansando en la de Samuel, cosa fácil de hacer por la diferencia de estatura, dándole siempre ventaja a Mark. Samuel advirtió que su corazón intentaba dejar su cuerpo por la garganta, así que tragó algo de saliva para poder hablar.

– Lo haré – le devolvió Samuel el susurro.

Mark cerró los ojos y sus brazos la abrazaron con ternura, mientras sus labios presionaron su cabeza durante una eternidad, pensando en lo que esas palabras significaban para él después de amar a esa mujer durante tantos años. Samuel levantó su mano izquierda y le cogió el brazo a él.

– Esta semana – deseó Mark.

—Esta semana — le concedió Samuel con una creciente felicidad que la había cogido por sorpresa.

—Sabes que esto es sólo para nosotros, ¿verdad?...Nadie puede saberlo – le dijo Mark a ella.

—Lo sé…es suficiente para mí – coincidió Samuel.

Samuel se dio la vuelta y levantó la cabeza para mirarle a los ojos. Mark levantó sus manos y le peinó el pelo hacia atrás durante unos segundos, buscando el alma de ella a través de sus ojos verdes. Samuel le acarició el estómago por encima de su camisa a medio abotonar.

—¿Así que vas a ser mi esposa? – dijo Mark con una risita salada.

Samuel sonrió ampliamente y le besó el pecho.

—Eso parece – contestó Samuel, inclinándose sobre él.

Mark sonrió y bajó la cabeza para besar los labios de ella, donde se quedó con el deseo de permanecer allí eternamente. Él sintió una descontrolada felicidad y empujó para siempre el dolor que había sentido la noche anterior, cuando se había girado en la multitud para encontrarla echada en el suelo con su vestido blanco empapado de sangre. Durante unos segundos, él había creído que ella había muerto y eso le había hecho sentir como si su corazón hubiese sido arrancado del pecho con una pezuña diabólica y poderosa, la cual había esperado todos esos años antes de llevársela lejos de él. Sin embargo, no se la habían llevado y Mark le acarició el rostro con una sonrisa eterna en su persona; le parecía que estaba cansada.

—¿Te vas a tomar eso? – le preguntó Mark, señalando al agua que ya hervía a su espalda.

Samuel echó un vistazo por encima de su propio hombro.

—Se me ha olvidado lo que me trajo aquí – rió Samuel. – No…de repente estoy cansada – contestó ella, apagando el fuego.

—Pareces cansada…vamos, te arroparé – le dijo Mark.

Mark tiró de ella por su mano izquierda y caminaron hacia el dormitorio de Samuel. Molly dormía en la cama y Samuel se sentó en el lado libre, su lado.

—¿Por qué no te quedas con nosotras? – le preguntó Samuel.

–No – rió Mark, – ya es lo suficientemente extraño…necesito un tiempo de adaptación – le dijo él, echándole el pelo hacia atrás con las manos.

Samuel cogió la mano de Mark con la que tenía libre y Mark se sentó en sus tacones, frente a ella. En silencio, ella perforó los ojos de Mark con los suyos, intentando acostumbrarse a la nueva situación y a lo que sus cuerpos sentían.

–¿Es muy raro para ti? – murmuró ella.

–Extraño no ha sido la mejor de las palabras…es sólo que— – balbuceó Mark.

–¿Estás avergonzado? – le preguntó ella con una pizca de miedo en la voz, cortándole las palabras.

–¡No!... ¡No estoy avergonzado de lo que siento por ti! ¡No! Te he querido desde que puedo recordar, pero es que…mi amor por ti…me acostumbré a él, pero entonces creciste…no tienes ni idea de lo que sentí el día que me enteré que estabas interesada en Carusso, ¿lo recuerdas? – dio él un paso en el pasado.

–¡Claro que lo recuerdo!

–¡Fue horrible! – movió Mark su cabeza con desaprobación, – estaba tan celoso que no podía pensar con razón...pero eso es el pasado y ahora tienes que dormir...duerme, me voy a mantener lejos hasta que sea tu marido – susurró Mark.

Samuel sonrió ampliamente y besó los labios de él.

–¿Crees que es una tontería? – sonrió Mark generosamente.

–No, creo que es lindo, muy bonito…y creo que has de encontrar la manera de explicarle a Molly cómo es que nos vamos a casar – le sonrió Samuel. – Yo le he explicado lo del disparo, ahora te toca a ti.

–Muy bien…de acuerdo…lo haré…duérmete ahora – le urgió él, poniéndose en pie.

–Sí.

Samuel se echó en la cama al lado de Molly y Mark dejó la habitación después de apagar la luz.

Temprano, a la mañana siguiente, Molly se levantó y tras ver que Samuel aún dormía, se levantó, y con el mismo pelo alborotado con el que se levantaba cada mañana, usó el baño y fue entonces a ver si Mark y Gino habían dormido en casa. Encontró la cama de Gino vacía y cuando entró en la habitación de Mark, se dio cuenta que este usaba el baño con la puerta abierta. Cuidadosa y silenciosamente, se acercó al 'espacio privado' que todos los adultos estaban intentado mantener al máximo posible, pero de hecho, ella hacía todo lo que estaba de su parte para controlar la urgencia de estar en compañía de ellos.

– ¿Papá? – llamó ella antes de estar demasiado cerca de posiblemente avergonzarlo.

– Sí, Mo – contestó Mark.

Molly cruzó el espacio que la separaba de ver la imagen de su padre afeitándose delante del espejo, con una toalla alrededor de su cintura. Mark la miró a través del espejo y limpió la cuchilla en el agua con la que tenía el lavabo lleno; era una bendición tener agua corriente.

– ¡Buenos días! – le sonrió él a través del espejo.

– ¡Buenos días!…El tío Gino no está en casa – le dijo ella, más preocupada que curiosa.

– Lo sé…sabemos dónde está, no te preocupes… ¿se ha levantado ya Samuel? – le preguntó él.

– No, aún duerme… ¿te vas? – preguntó ella.

– Sí, tengo que hacer unos recados… ¿cómo llevas tu tarea, Mo?

– Bien – respondió Molly.

– ¿Qué tienes hoy? – le preguntó Mark.

– Hoy tengo que leer... ¡Una historia completa! – le dijo ella, abriendo sus brazos como si la historia fuese la más larga y la más difícil jamás escrita hasta ese preciso momento.

Mark sonrió.

– ¿Te gustaría venir conmigo?…Volveremos sobre las doce – ofreció Mark a su hija.

– ¡Sí! – vitoreó ella.

—Puedes venir siempre que acabes lo que tienes asignado para hoy – la advirtió él.

—¡Lo haré!...Tengo que vestirme – le informó Molly.

—Pues ve y no hagas ruido, Samuel tiene que descansar, ¿de acuerdo? – anotó él para Molly.

—Muy bien, papá.

Y Molly dio un pequeño brinco con sus pies descalzos y se apresuró a su habitación para coger un vestido del armario. Mark la encontró cepillándose el pelo cerca de su cama y después de ayudarla, dejaron la casa atrás antes de que Lucille llegase.

A Molly le encantaba coger el tren subterráneo, pero Mark le dijo que aún era demasiado temprano para ellos, así que Jimmy les condujo a la oficina del abogado, el hombre que les había hecho padre e hija. Ese mismo abogado le miró por encima de las gafas de leer después que hubiese escuchado el nombre de la novia para la cual tenía que emitir una licencia de matrimonio, mientras Molly esperaba fuera con la secretaria, comiéndose una magdalena.

—Se casa con su hermana – tradujo perplejo el señor Lamb.

—No es mi hermana de sangre – le recordó Mark.

—Pero usted la llama su hermana...y según lo que yo recuerdo, ella siempre ha sido su hermana – argumentó el abogado.

—No estoy aquí para que se haga juicio de mi ética, señor Lamb...ella no tiene un certificado de nacimiento, así que, ¿qué puede hacer?

El señor Lamb se reclinó en su silla y miró al señor Vrooman frente a él. El abogado había fabricado todo tipo de documentos para él en el último año y sus negocios eran muy lucrativos para el graduado.

—No puedo expedir una licencia de matrimonio con dos nombres de varón...ha de convertirse en Samantha o en otra persona, al menos para estos documentos – indicó el señor Lamb.

–Muy bien…expida un certificado de nacimiento para Samantha Rocchegiani y una licencia de matrimonio con ese mismo nombre – sugirió Mark, – eso nos irá bien, ¿cuándo estará listo?

–Los tendré esta misma tarde – prometió el señor Lamb.

–Hágalos llegar a mi casa, por favor – le ordenó Mark, levantándose. – Gracias y que tenga un buen día.

El señor Lamb se levantó también y permaneció erecto mientras Mark Vrooman dejó su oficina, dejándole atrás con un mar de curiosidad revoloteando por la mente.

Una hora después, Jimmy aparcó el coche delante de la Iglesia de la Transfiguración. Mark y Molly entraron en el lugar sagrado en busca del sacerdote, el hombre que se había hecho cargo de la congregación después de que el Padre O'Donnell falleciese. Molly miró a su alrededor, de la mano de su padre y con el pelo echado hacia atrás. Sus pasos generaban ruido al acercarse al confesionario, donde Mark sabía con seguridad que encontraría al párroco, ya que un pequeño grupo de personas esperaban turno para confesar sus pecados. Hacía algo de fresco en el templo, especialmente con el gran contraste que había con el calor que sofocaba a Nueva York, el cual ya se podía sentir fuera.

–¿Qué hacen? – la curiosidad de Molly se apoderó del silencio.

–Están esperando su turno para la confesión – le habló Mark suavemente.

–¿Qué es confesión? – preguntó Molly.

–Confesión es cuando le explicas al sacerdote lo que has hecho malo y Dios te perdona esos actos – contestó Mark.

–¿Por qué no se lo dicen a Dios directamente? – expuso Molly.

Mark intentó contener la risa y le sonrió a Molly, tras lo cual le señaló un banco y la urgió a sentarse allí y esperarle. Mark esperó su turno, dándose cuenta que una mujer los miraba fijamente debido a sus ricas ropas, ya que no muchos ricos frecuentaban ese templo.

Cuando le tocó a él, pidió al sacerdote que saliese y ambos se alejaron de la gente que formaba una fila detrás de él. Molly sintió paz en aquel lugar y sus ojos se perdieron, mirando las estatuas y las pinturas, imaginándose las historias que representaban.

–Hace ya tiempo que no te he visto aquí, ¿cómo están tus hermanos?...Veo bastante a Wayne y a su familia – dijo el Padre Goldstone a Mark.

–Lo sé Padre...mi vida ha dado un giro que ni usted podría arreglar – respondió Mark.

–Eso es lo que he oído, ¿y Samuel? He oído que le dispararon.

–Sí, pero ha sobrevivido...ahora descansa en casa – le resumió Mark sin sorprenderle un ápice que las noticias hubiesen llegado ya a sus oídos con tantos invitados en casa.

–Me hace feliz que se encuentre bien – dijo el Padre Goldstone sinceramente. – ¿Qué puedo hacer por ti?

–Quisiera saber si puede celebrar una ceremonia el fin de semana que viene...aquí.

–¿Qué clase de ceremonia? – preguntó el sacerdote.

–Un matrimonio...sería un número muy pequeño de personas y puede mantenerlo tan corto o tan largo como desee, lo que usted decida, Padre – asintió Mark.

–¿Quién contrae matrimonio? – estaba el párroco ansioso de saber.

–Yo.

El sacerdote arqueó las cejas y le sonrió al hombre de rostro gentil que tenía delante.

–¿Y quién es la señorita a la que pretendes unirte?... ¿La conocemos? – respiró el clérigo.

–Sí que la conoce, Padre. Me caso con Samuel.

El rostro del sacerdote cambió de expresión cuando la confusión se apoderó de él. Mark esperó a que comprendiese lo que acababa de decirle y en un minuto, el cura volvió a hablar.

–Imagino que después de todo, nunca fue en realidad tu hermana – escuchó Mark.

–La cosas cambian, Padre…y otras han de pasar sin importar lo que haces para evitarlo – se encogió Mark de hombros.

Al sacerdote le gustó oír esas palabras provenientes de Mark y asintió su aprobación; él también era un ferviente creyente de la providencia del hombre.

–¿Os iría bien el sábado a las diez de la mañana? – programó el Padre Goldstone.

–Las diez está bien…aquí estaremos – aseguró Mark.

–La confesión es imprescindible antes del matrimonio, Mark… ¿habías pensado en ello? – le recordó el cura.

–Sí…hablaré con Samuel, pero no puedo prometerle que lo haga, Padre – dijo Mark, jugueteando con su sombrero, el cual se había quitado antes de entrar en la casa del Señor.

–El matrimonio es una institución sagrada a la cual uno ha de acercarse como tal, Mark…has de ser puro y libre de pecado antes de contraer matrimonio ante Dios, sólo yo puedo limpiar tus pecados y los de Samuel – le retó el cura.

–Nosotros haremos este matrimonio puro, Padre…no haga que tengamos que ir al Registro Civil, por favor, esto es muy importante para nosotros y esperamos privacidad y secretismo completo. Nadie puede saber que no somos hermanos, eso la pondría en más peligro del que ya está expuesta ahora…por favor.

El Padre Goldstone dudó un segundo y entonces suspiró hondamente, accediendo a la petición de Mark.

–Necesitaré hablar con vosotros dos en privado antes de la ceremonia y entonces la celebraré…venid a las nueve y media, después de la primera misa.

Mark movió su cabeza con aprobación y su corazón pudo al fin calmarse. Nadie más que él sabía de la necesidad que tenía de que Dios bendijese su unión a Samuel, así que dejó la iglesia de la mano de Molly y caminó al coche, ordenándole a Jimmy que les llevase a casa.

Al llegar a casa sobre las diez de la mañana, Molly corrió a la cocina a beber un vaso de leche y pedirle a Lucille que le preparase café a su padre. Mark encontró a la criada caminando hacia la habitación de Samuel con unas toallas en sus manos.

– ¡Buenos días, Lucille! – la saludó Mark.

– ¡Buenos días, señor Vrooman! – habló ella, frenando sus pasos.

– ¿Está despierta? – preguntó él.

– Sí… está en la bañera…iba a lavarle el pelo – le dijo Lucille. – No puede levantar el brazo.

– Ya me cuido yo…ve y prepara algo de desayunar, por favor, Molly está muerta de hambre – pidió Mark, tomando las toallas de sus manos.

– De acuerdo, señor.

– ¿Ha vuelto ya Gino? – se preguntó Mark.

– No le he visto esta mañana, señor.

– De acuerdo…gracias.

Mark entró en el dormitorio de Samuel y lo cruzó en dirección al baño. Allí la encontró, metida en caliente y burbujeante agua.

– ¡Hey! – musitó él, entrando en el baño y cerrando la puerta a su espalda.

– Buenos días… ¿estaba Molly contigo? – preguntó Samuel.

– Sí…y Óscar abajo – añadió Mark, señalando a la puerta como si detrás de ella la calle les esperase.

– Eso me lo dijo Lucy – asintió Samuel.

Samuel miró a Mark, quien se reclinaba en el lavabo, mientras se subía las mangas.

– ¿Qué vas a hacer? – le preguntó ella.

– Voy a lavarte el pelo – contestó Mark. – ¿Puedes sentarte?

– Sí.

Samuel se sentó con la espuma cubriendo su cuerpo. Mark se acercó a ella y tomó el champú, sentándose en el borde de la bañera y comenzando a lavarle el pelo, el cual ya tenía un poco más debajo de los hombros. Sus manos masajeaban la cabeza de Samuel mientras observaba la herida descubierta que ella había conseguido mantener libre de agua y espuma.

– ¿Aún te duele? – cuestionó Mark.

– Sí…y tengo doloridos el hombro y el brazo…creo que he dormido en él – respondió ella.

Mark permaneció en silencio durante el tiempo que le llevó lavarle el pelo y cuando hubo terminado, ella se echó hacia atrás y sopló la espuma de la herida. Mark tomó lo necesario para curarla y se arrodilló delante de ella para poder hacerlo. Samuel cerró los ojos cuando se le aplicó el yodo con un algodón, mordiéndose el labio y haciendo una mueca de dolor.

– Ya casi he terminado – murmuró Mark.

– No te preocupes – le devolvió ella el susurro.

Mark limpió la parte de alrededor de la herida y puso un vendaje sobre ella. Samuel se lo agradeció y él le respondió con una amorosa sonrisa. Aunque la herida le quemaba, ella disfrutó su sonrisa y le miró.

– Nos podemos casar este sábado a las diez de la mañana – musitó él.

Mark fue capaz de captar pura felicidad en el rostro de Samuel.

– Pero el Padre Goldstone quiere hablar con nosotros individualmente antes de la ceremonia.

– No voy a confesarme, Mark…no puedo enfrentarme a eso – le dijo Samuel temerosa.

– No será confesión…le he dicho que no lo haríamos…igual sabe un atajo, no sé – sonrió Mark ampliamente.

Samuel rió y clavó sus ojos en los de él.

– ¿Has hablado ya con Molly? – le preguntó ella.

– No…lo haré hoy…y con Wayne, Sally y Gino…los invitaré a cenar y se lo diremos juntos, ¿de acuerdo? – sugirió Mark.

– Es buena idea – sonrió Samuel.

– Nuestra mejor opción era cambiar tu nombre al de Samantha Rocchegiani…necesitamos un nombre de hembra para el certificado de nacimiento y para la licencia…quería asegurarme que tuvieras derecho a Molly en el caso de que me pase algo a mí – reveló Mark.

—No digas eso…nada te va a pasar a ti – le riñó Samuel. – Samantha Rocchegiani suena muy bien.

—Bien…Gino estará contento – apuntó Mark.

—Sí – sonrió Samuel.

Sin poder resistirse, Mark se inclinó sobre la bañera y superó la pequeña distancia entre ellos, besando los labios de ella; Samuel les dio la bienvenida con su corazón latiendo con fuerza en su dolorido pecho.

Después de la cena, los cinco adultos y los dos niños se acomodaron en el salón, mientras Óscar hacía guardia abajo en el coche y Jimmy fuera en el recibidor. Molly y David jugaban alejados del área de la chimenea donde los adultos tomaban café. También la música podía oírse y tanto Wayne como el resto, escuchaban con atención y con diversión cómo Gino narraba su última aventura en la mesa. Esa misma noche, había ganado dos mil dólares, siendo sin embargo el mayor de los logros, la derrota del detective Palmer, un oficial de la ley, quien tenía como cometido el luchar contra el juego, pero quien ignoraba el "negocio de la trastienda" tanto como lo disfrutaba, consiguiendo miles de dólares en ocasiones en una sola noche.

Para Mark, dar la noticia a sus hermanos había acabado siendo más difícil de lo que había previsto y cuando Samuel le preguntó en voz alta si quería que ella se lo dijese, Mark la miró durante un segundo y movió la cabeza negativamente.

—¿Quieres que lo haga yo? – había preguntado Samuel a Mark, intentando provocar lo inevitable.

—No, lo haré yo si no te importa – dijo Mark.

—No me importa – movió Samuel la cabeza negativamente.

Para el resto, había sido como si Mark y Samuel hubiesen sido los únicos presentes en el salón y los observaron, preguntándose de lo que tenían que ser informados. Mark dejó su taza de café sobre la mesita del salón, permaneciendo junto a la chimenea. Mark miró a Molly y a David. No había tenido la oportunidad de hablar con su hija y ahora ella parecía demasiado inmersa en su juego de niños, así que estaba seguro que ella no le oiría a él y sus palabras.

– ¿Qué pasa? – preguntó Gino a Mark desde el sofá, sentado junto a Sally.

Samuel y Wayne se sentaban uno junto a otro en el sofá opuesto, con la ventana frente a ellos.

– Samuel y yo nos casamos el sábado que viene – soltó Mark sin más preámbulos.

– ¡Mierda! – exclamó Gino.

– ¡Oh, Dios mío! – dijo Sally, cubriéndose la boca.

Wayne permaneció en silencio y después de echarle un vistazo a su hermana, miró fijamente a su hermano pequeño, haciendo exactamente lo mismo que Gino estaba haciendo. Aunque Gino y Wayne habían estado esperando que eso mismo ocurriese durante años, no pudieron evitar verse alterados por la inminencia de la noticia, sintiéndose entumecidos de repente.

Mark devolvió la mirada a sus hermanos, sin decir nada más, esperando una respuesta. Al no tener respuesta alguna por su parte, Samuel rompió el silencio.

– Pensé que estaríais felices por nosotros – estaba Samuel confundida.

– ¡Yo estoy feliz! – le dijo Sally, poniendo su mano en su pecho.

– Y tú pareces feliz, pero ellos no – habló Samuel, señalando a sus hermanos.

Gino y Wayne se miraron mutuamente y en silencio, sellaron el pacto de estar felices por Mark y Samuel. Individualmente, sabían que era la mejor de las noticias en el mundo y sobre lo que habían estado de acuerdo la Navidad pasada. Sabían que Samuel y Mark estarían a salvo el uno con el otro. Sin embargo, en esos momentos, y tras oír esas palabras, ambos sintieron una pizca de vergüenza, sin importarles lo mucho que había trabajado en dicho asunto.

– No lo llevaremos a cabo si no tenemos vuestra bendición – proclamó Mark.

−Seguís cambiando de opinión – dijo Samuel confusa, – ¿cómo es eso posible?

−No he cambiado de opinión – expresó Wayne, girando la cabeza hacia ella.

−Entonces, ¿por qué esas caras? – le preguntó ella, a punto de romper a llorar.

−No importa cuánto apoyo esta unión, mi estómago es independiente, Samuel…no importa cuánto os quiero a los dos y creo que vuestro amor es verdadero, no puedo evitar sentir que estoy perdiendo un hermano y una hermana…he estado pensando en esto durante años y aun así…es difícil…sé que es lo mejor para vosotros y para todos nosotros pero aun así, es difícil – contestó Wayne mirando a Mark.

− Wayne – susurró Samuel, acariciándole el hombro izquierdo y besándolo.

−No estás perdiendo a nadie…las cosas sólo van a ser un poco diferentes, eso es todo – explicó Mark. – ¿Gi?

Gino, sumido en un profundo desconcierto, respiró profundamente antes de comunicar lo que tenía en su mente.

−Siempre he sabido que este día llegaría…especialmente después que volvieses de Europa…es mi hermana pequeña, Mark, ¿qué quieres que diga?...Igual que él, he estado intentando aceptarlo y lo he hecho tantas veces, una y otra vez…pero…escucharlo…es sólo un poco difícil de aceptar, eso es todo…pero no os preocupéis, nos adaptaremos a los cambios…tenéis mi bendición – otorgó Gino.

−El único cambio que va a haber es que seremos una pareja…viviremos contigo y Molly, igual que lo hacemos ahora – dejó claro Mark.

−Mark – intentó decir Gino.

−No, espera…esto…esto es un matrimonio de puertas hacia adentro – mantuvo Mark, señalando a la puerta. – Nada más va a cambiar porque es como queremos que sea…es lo más seguro y la forma más inteligente de hacer esto, por ahora…no habrán otros cambios, Gino…ni llevaremos alianzas…Nero no debe saberlo, ni tan siquiera Jimmy, ¿comprendes eso?

Gino y Wayne se miraron el uno al otro. Ellos comprendían por qué querían mantener el *status quo* y como siempre era el caso, era una cuestión de poder, manteniendo el poder en la persona de Samuel como ente individual. Adoptar la imagen de esposa y madre lo reduciría y pondría su negocio en peligro. Alcanzar el nivel al que había llegado en tan sólo unos años se traducía en un gran mérito que tenía que ser mantenido, especialmente para una mujer en un mundo de hombres.

– No se lo diréis a Nero – repitió Wayne, intentando comprender el porqué.

– No – aseguró Mark a su hermano.

– ¿Y si se queda embarazada? – preguntó Gino a Mark, bajando la voz para evitar que los niños oyesen.

– Entonces ya veremos – intervino Samuel.

– Sí, entonces pensaremos qué hacer – secundó Mark, mirándola fijamente.

Wayne respiró hondamente y miró a Samuel, levantando su mano y acariciándole el cabello, cogiéndola por la nuca y atrayéndola a él para besarle la cabeza.

– Felicidades, cariño – le susurró Wayne a su hermana pequeña.

Finalmente, Samuel sonrió llena de felicidad, sintiendo que su hermano había superado al menos el primer paso hacia la aceptación, aunque había sido él el que había estado predicando eso mismo, probablemente intentando admitir que ese era su destino. Gino se levantó y abrazó a Mark al igual que Wayne y Sally, sentándose entonces delante de Samuel, ofreciéndole una sonrisa.

– Nada de besuquearse por la casa cuando yo esté aquí… ¡por favor! – bromeó Gino.

Samuel rió y Gino le besó la mejilla ruidosamente.

– ¡Hablo en serio! – añadió Gino, poniéndose en pie. – Tengo que acostumbrarme a esto.

– Ahora y hasta el sábado soy Samantha Rocchegiani…al menos él se casa con Samantha Rocchegiani – relató Samuel, señalando a Mark.

—¡¿De verdad?! – le preguntó Gino divertido.

—¡¿Puedes acordarte de tanto?! – bromeó Sally.

—¡Sí! – soltó Samuel. – Voy a tener todos vuestros apellidos – mencionó ella, mirando a sus hermanos y al hombre que amaba.

UN CÍRCULO PERFECTO

Bajo Manhattan, ciudad de Nueva York, 9 de julio de 1919

S i alguien hubiese preguntado a Jimmy y a Óscar dónde habían estado esa mañana de sábado, ellos habrían jurado que sus jefes habían ido a misa. Ninguno de los dos se preguntó cómo era que la familia había entrado en la iglesia después que todo el mundo hubiera salido y si lo hubiesen hecho, habrían intentado deducir que se habría celebrado una misa privada para evitar que Samuel estuviese en público. Después de hablar con Mark y Samuel individualmente en la sacristía, el lugar donde Samuel había buscado refugio en tantas ocasiones después de robar, se unieron a Wayne, Gino, Sally, David y Molly junto al altar y delante del Padre Goldstone, para que este les pudiese unir como marido y mujer. Un vestido de color verde cubría el cuerpo de Samuel y también su hombro herido. Mark, por su parte, llevaba pantalones grises y camisa blanca, sin corbata. Tampoco flores decoraban el templo en dicha ocasión, ni ropa exquisita y rica era lucida por los invitados. Los dos únicos objetos que les acompañaban en ese día eran un par de alianzas de oro.

Cuando la ceremonia comenzó, Wayne le echó un vistazo a Gino, quien se encontraba de pie junto a él. David estaba a la izquierda de su padre, entre él y su esposa, mientras que Molly estaba junto a Gino, buscando pronto refugio, pasando el resto de la ceremonia frente al italiano con las manos de este en sus hombros mientras oía las complejas palabras y responsabilidades dichas por el Padre Goldstone. Gino sabía que Wayne hacía un esfuerzo sobrenatural para aceptar lo que definitivamente estaba materializándose, aunque parecía que ya, su estómago había finalmente aceptado la providencia. De hecho, Gino tenía razón. Wayne no podía evitar repetirse una y otra vez que ese matrimonio era lo que habían esperado durante años, comprendiendo que el amor es algo misterioso, al igual que el dueño todopoderoso de ese lugar donde se encontraban de pie esa preciosa mañana. De repente, mirando a su hermano Mark y siendo capaz de percibir paz en su rostro, Wayne consiguió que ese instante le hiciese atravesar la barrera que el prejuicio había construido. Al fin, después de tanto tiempo, Mark transmitía serenidad y parecía relajado. Sally no resistía una eterna sonrisa en su rostro. En estos pensamientos estaba Gino perdido, cuando notó que todos se giraban hacia él. De inmediato, el italiano salió del trance en el que se encontraba y pudo oír a Wayne pidiéndole las alianzas, así que sonrió y se las dio a Samuel.

Molly aprovechó la oportunidad para preguntar a Gino algo, así que este bajó la cabeza.

−¿Están casados ya? − susurró la niña.

−Aún no…pero ya casi estamos. Presta atención, que yo no lo hacía − respondió él.

Molly rió por lo bajo y observó a la pareja casarse delante de ella, haciendo de Samuel su madre. Gino miró a Wayne. El italiano apreció ver que Wayne le devolvía la sonrisa. Wayne estaba seguro que Gino había conseguido superar sus propios demonios y prejuicios y prefirió lidiar con la situación, como si esta fuera una estrategia de unión en vez de un acto divisor. De hecho, Gino siempre había sido el más práctico, justo después que la ira hubiese dejado su cuerpo y mente.

Wayne prestó atención al momento en el que Mark colocó la alianza en el dedo de Samuel, aunque ella se lo quitaría minutos más tarde antes de salir del hogar sagrado. Cuando fue el turno de ella, Wayne pudo sentir que la felicidad y quizás la esperanza había vuelto a ella después de tantos años y tantas explosiones de violencia. Wayne comprendió que había sido su destino colectivo el encontrarse con aquel niño pequeño sin ninguna otra razón más que unirles a todos ellos para siempre. En realidad, había sido Mark el que se había girado y presenciado la brutal paliza del pequeño con el consecuente lazo entre ellos. Sí, había sido el destino y nada más y en ese día, providencia estaba llegando a su clímax, allí, delante de ellos. 'Es parte del destino sólo si se nos manifiesta', pensó él. Al hacer las paces consigo mismo, levantó la cabeza y se enfrentó a lo que creyó que no podría soportar. Cuando Mark se giró hacia su derecha una vez más y le sonrió a Samuel, Gino le dijo a Molly que ahora sí que estaban casados. Wayne se percató de que se habían convertido en marido y mujer. Por lo tanto, iba a atestiguar de su primer beso en su presencia, un potencial generador de interminables miedos. Cuando Mark cogió el rostro de ella entre sus manos con un gesto gentil, atrayéndola hacia él para por fin poder besarla con todo su amor, Wayne miró y sonrió sinceramente. Sintiéndose impresionado al igual que Gino, ninguno de los dos se sintió insultado ni tampoco asqueado cuando los labios de Mark y Samuel se tocaron con un amor sin precedentes.

Como era esperado, Sally fue la primera en reaccionar y acercarse a ellos para felicitarles, dejando atrás a David y al resto. Molly la siguió y Gino las imitó. Al sacudir sus sueños, Wayne dio un paso adelante y abrazó a sus hermanos también.

–¿Estás bien? – preguntó Samuel a Wayne, percibiendo su confusión.

–¡Por supuesto! – besó Wayne su mejilla de nuevo.

–Pareces distraído – apuntó Samuel.

–Lo he estado por unos segundos…pero ahora estoy aquí y estoy muy feliz por ti y por Mark – confesó Wayne.

–Me gusta oír eso – compartió Mark con Wayne.

Diez minutos más tarde, salieron de la iglesia como si nada más importante que una misa regular hubiese ocurrido. Antes de hacerlo y junto a la puerta, Samuel miró su alianza antes de quitársela de su dedo y se la dio a Mark, quien tras besarlas ambas, se las metió en el bolsillo envueltas en un pañuelo de algodón blanco.

Tras dirigirse hacia el Norte, la familia llegó a la playa una hora más tarde. Escogieron un lugar poco concurrido mientras Jimmy y Óscar se sentaron en los coches con las puertas abiertas y con la tranquilidad de poder quitarse las chaquetas para soportar el calor. Wayne y Gino alquilaron unas hamacas y un toldo familiar para protegerse del sol y pronto, Sally preparaba la comida que había llevado en una cesta. Sin querer alquilar trajes de baño, se doblaron los pantalones y las mangas de las camisas. Sus pies de ciudad estuvieron pronto en contacto con el relajante tacto de esa blanca arena. Wayne le echó una mano a Sally, recogiéndole el pelo en una coleta mientras Samuel colocaba algo de comida en los platos de los niños. Después de comer, brindaron por el nuevo matrimonio con una botella de champán que había escondido en la cesta. Pronto, Gino y Wayne se quedaron dormidos en la sombra artificial mientras que Sally sacó un libro y los niños jugaban junto al mar. Samuel se puso de pie y miró hacia el área del aparcamiento, lejos detrás de ellos, observando que no podía ver ni a Jimmy ni a Óscar, aunque los coches estaban a la vista y con las puertas abiertas.

– ¡No los veo! – musitó Samuel, con la mano sobre las cejas para proteger los ojos de la intensa luz en ese día de julio.

Ante sus palabras, Mark se puso de pie y miró en la misma dirección.

– ¡Tienen que estar ahí! – dijo él detrás de ella. – Voy a ver…espera aquí – dijo Mark, alejándose de la sombra.

– Gracias – le susurró ella.

Samuel vio como Mark se alejaba y alcanzaba los coches, batallando con la arena. Le vio acercarse a los coches y en unos segundos, Jimmy y Óscar aparecieron de entre los automóviles.

– ¿Están ahí? – preguntó Sally.

– Sí.

– ¿Estás bien, Sam? – inquirió Sally, preocupada.

– Sí, sí, estoy bien, sólo algo paranoica…no debería arrastraros a todos en esto – le dijo Samuel a Sally, observando cómo Mark hablaba con los guardaespaldas, volviendo después hacia su familia. – Tengo tendencia a hacer eso.

—Es normal que te sientas así, Sam…yo no sería capaz de dejar la casa si fuese tú.

—No me van a encerrar – susurró Samuel.

Samuel se giró y miró a su cuñada, quien sentada en la hamaca, descansaba junto a Wayne y Gino. Girando más la cabeza, Samuel les echó un vistazo a los niños, quienes jugaban en el agua, devolviéndole por fin la mirada a Sally.

—He herido a tantas personas que podría ser cualquiera – le admitió Samuel a Sally. – Voy a dar un paseo con Mark – dijo Samuel, cogiendo su sombrero de una de las hamacas.

—Quieres decir, con tu marido – sonrió Sally pícara.

Samuel rió al oír esas palabras y miró a Sally.

—¡Sí! ¡Exacto!... ¿Te importa echarles un vistazo a los niños? – le pidió Samuel, señalando a Wayne y a Gino.

Sally dejó salir una carcajada y Samuel rió también.

—Yo los vigilo, ve y disfruta de tu marido lejos de esos coches – sonrió Sally, señalando a su espalda como si los guardaespaldas estuviesen justo detrás de ella.

—Lo haré.

Sally vio como Samuel se alejaba de la zona alquilada, caminando despacio mientras esperaba a su marido. Mark la alcanzó y tras hablar por unos instantes, se alejaron uno junto al otro, sin tocarse. Cuando alcanzaron una zona más privada, ambos se sentaron junto a la orilla del mar, lo suficientemente cerca como para que el agua les mojase los pies. El vestido de Samuel pronto se mojó por el rítmico movimiento del mar y las olas que llegaron a alcanzar sus cuerpos. La pierna de Samuel tocaba la de Mark y la mano de Mark le acariciaba la espalda a Samuel cuando ella se quitó el sombrero, tras lo cual él le acarició el pelo.

—Pensé que Wayne no iba a aguantarlo – mencionó Samuel, mirando hacia el precioso mar frente a ellos, un océano que años atrás se había llevado a Mark lejos de ella.

—Lo superará, no te preocupes, cariño – dijo Mark mientras jugueteaba con el pelo de ella.

Samuel giró la cabeza hacia la izquierda y le miró.

– ¡Te quiero tanto! – le susurró ella.

Los labios de Mark le ofrecieron una sonrisa directa desde el corazón. Él ya había olvidado cuántas veces se había puesto enfermo al pensar en la posibilidad que esas palabras algún día proviniesen de los labios de ella y ahora, todo lo que sentía era un sentimiento poderoso que sólo el amor podía producir. Samuel hundió su mano izquierda en la arena y quiso los labios de Mark, encontrándolos dándole la bienvenida y llenos de puro deseo. Pronto, se miraron a los ojos, perdiéndose los unos en los del otro por unos segundos, al igual que el sentido del tiempo y del lugar, y de repente, estaban lejos de América, en una isla desierta en el Caribe. Allí, las casas se construían con madera nativa junto al mar, envueltas del gentil susurro proveniente de las palmeras mientras el viento las sacudía. El viento, salado y caliente, se mezclaba en la orilla con una brisa joven y fresca procedente de la isla, recibido con placer por las aguas cristalinas que se encontraban a sus pies, penetrando las paredes de su hogar para poder despertarles al amanecer. Samuel tomó la mano derecha de Mark en las suyas y se la llevó a sus labios, besándola con amor.

Al atardecer y después de disfrutar un magnífico día, de finalmente no hacer nada y respirar junto al mar, se encaminaron de vuelta a la ciudad con un par de niños con la piel caldeada. Molly se durmió con la cabeza en el regazo de Mark y los pies en el de Samuel, mostrando en sus mejillas la larga exposición al sol. Gino viajó con ellos mientras que la familia de Wayne lo hizo en el otro coche que seguía. Al llegar a la ciudad, Óscar continuó su camino para dejar a Wayne en casa, mientras Jimmy aparcaba frente al edificio. Jimmy les siguió, alerta de sus movimientos y de la posibilidad que se le acercase alguna persona, cosa que Mark y Gino también hacían, cargando el rubio con la niña. Arriba, Mark llevó a Molly a la cama para encontrar a Gino al salir de la habitación. El italiano hablaba con Samuel.

– Se marcha – le comunicó Samuel a su marido.

—Me ducho y me voy a trabajar…le puedo excusar a él, pero yo tengo que ir, el señor Roberts viene esta noche – explicó Gino.

Samuel miró a Mark.

—¿Te vas también? – le preguntó Samuel.

—Hoy no…vamos a limpiar eso – respondió Mark, señalando el hombro de Samuel.

—Sí…buenas noches – dijo Samuel a Gino, besándole la mejilla.

—Que tengas una buena noche – deseó Gino a su hermana.

—Gracias, cariño.

El grupo se dividió en dos y Gino desapareció en su dormitorio a la vez que Samuel y Mark cruzaban el dormitorio de Samuel. Ella se sentó en el borde de la bañera mientras Mark le limpiaba la herida, la cual se curaba con rapidez y ahora, mostraba un gran morado alrededor de la herida.

—¿Has visto que morado? – comentó Samuel.

—Se irá pronto, no te preocupes…hemos tenido suerte que no se te haya infectado – dijo Mark.

—¿Hemos? – preguntó Samuel.

—No creas que sólo te dispararon a ti – reveló Mark.

—Eso es muy bonito – susurró Samuel.

—Pensé que sabías que te queremos – dijo Mark, aplicándole un poco de yodo en la herida.

—Lo sabía.

Mark sonrió y terminó con lo que hacía.

—Necesito un baño – musitó ella al terminar. – Tengo arena hasta en los dientes.

Mark rió.

—¿Tienes hambre? – preguntó él, tirando el algodón sucio a la papelera.

—Pues no…me beberé un vaso de leche cuando termine – contestó ella.

—De acuerdo….te veo en la cocina – dijo él, abandonando el baño.

Samuel encontró a Mark calentando unas sobras de carne en el horno con la ventana de la cocina abierta. Samuel echó un vistazo a la ventana desde la puerta de la cocina, de lo cual Mark se percató.

– ¿Estás bien? – le preguntó él, colocando algo de pan sobre la mesa.

– Me estoy volviendo paranoica, Mark – confesó ella.

– Lo cual es normal, ¿no crees? – comprendió Mark una vez más.

– No lo sé – dudó ella. – ¿No hay leche?

– No…acabo de tirar la vieja…hace demasiado calor.

– Bien.

Mark la observó durante unos instantes.

– He estado pensando…hay una lista muy larga ahí afuera – introdujo ella.

– Tenemos que esperar a que se enfríe…y tienes que recuperarte antes de hacer algo…deja que se relaje y si se ha ido, quizás vuelva, pero lo cogeremos – habló Mark con una tono seguro en su voz, el cual habría sido imposible a ella de crear.

– Hay tantos – susurró ella. – La mayoría de ellos sólo me matarían por no tener que verme le culo por el club – supo Samuel.

– Me encanta como hablas esta noche, querida – le dijo Mark, abriendo el horno y sacando la bandeja. La colocó sobre el fogón y luego caminó hacia la ventana, cerrándola.

Esa ventana tenía una privilegiada vista de la mesa y del edificio de enfrente. Samuel sonrió, sintiéndose tan avergonzada como un niño, mientras Mark volvía a sentarse.

– Me malcrías – susurró Samuel.

– Lo sé – estuvo él de acuerdo.

Mark cenó en la cocina en compañía de su esposa en su noche de bodas. Tantos años de prácticamente vivir en la cocina en la Zona Baja de Manhattan habían moldeado sus hábitos y ahora, todos ellos eran atraídos hacia la cocina para sentirse a gusto. Sólo en algunas ocasiones, especialmente cuando los niños estaban presentes o durante el invierno, utilizaban el salón, pero mientras tanto, la cocina los embelesaba con un poder imparable.

–¿Quieres algo de café o té? – le ofreció Samuel, levantándose.

–No, gracias… ¿estás cansada? – le preguntó él al levantarse para colocar el plato sucio en la fregadera.

–Es nuestra noche de bodas – le recordó ella.

Mark sonrió al empujar ambas sillas hacia la mesa.

–Estás herida, ¿lo recuerdas? – le dijo Mark.

–¡Y tanto! – aseguró ella.

–Ven conmigo – le susurró Mark, ofreciéndole la mano por encima de la mesa.

Samuel alcanzó la mano de él con su izquierda y Mark salió de la cocina tirando de ella. Al alcanzar el salón, Mark agarró de un zarpazo una manta del sofá en su camino hacia la puerta principal y en ese momento, Samuel no sabía dónde él la llevaba. Ante la puerta del recibidor, Mark dejó ir la mano de Samuel y aun aguantando la manta, abrió la puerta. Ante el sonido, Jimmy levantó la vista de su periódico. Lucille había colocado una mesa en el que ya era su lugar para que pudiese tener café fresco y algo de comer durante sus largas noches y hasta que Óscar le reemplazase por la mañana.

–¡Hey, Jimmy! – le saludó Mark.

–Jefe – asintió Jimmy.

–Molly está dormida…nosotros vamos al tejado…estaremos bien – le aseguró Mark.

–Jefe…ya sabe – intentó decir Jimmy para hacerle cambiar de opinión.

–De acuerdo…déjame una – cedió Mark, extendiendo su mano hacia él.

Samuel caminó hacia la puerta principal, mientras Jimmy daba a su jefe una de las dos armas que llevaba normalmente, tras lo cual, el guardaespaldas les vio dejar el apartamento descalzos. Samuel siguió a Mark hacia la puerta que les ofrecía la escalera. Ella le pasó juguetona y dirigió su ascensión hacia arriba, tal y como había hecho en tantas ocasiones cuando eran niños y cuando Samuel por fin, había crecido sus zapatos. Mark solía retar a Samuel a una carrera de vuelta a casa y le encantaba ver desde arriba, el último escalón hacia el primer piso, como el niño pequeño batallaba con aquellos escalones tan inclinados.

Mark rió al intentar cazarla mientras subían por las escaleras de servicio. Una vez arriba, ella irrumpió en el tejado al abrir la puerta con un empujón, llenándose los pulmones con aire fresco en cuestión de segundos. Mark frenó junto a ella y dejó que la puerta se cerrase sola a sus espaldas, abriéndose la estrellada y calurosa noche ante sus ojos. Encontraron el lugar donde los depósitos de agua se encontraban y Mark la ayudó a subir sobre ellos, tras lo cual echó la manta en el suelo y ambos se sentaron bajo la luz de la luna, así como junto a la pistola que Mark había llevado consigo. Nunca había existido nada tan bonito como el horizonte de la ciudad de Nueva York y ambos lo descubrieron a la vez, en silencio, disfrutando de la vista y sentados el uno junto al otro.

–¿Has visto algo más bonito que esto? – susurró Samuel, absorta.

–Sí…tú – le devolvió Mark el susurro, besándole el hombro.

Samuel sonrió y quiso los ojos de Mark cuando este los levantó tras besarle el hombro por encima del camisón.

–Justo en este momento, soy el hombre más feliz del planeta – tuvo que hacerle saber Mark a su esposa.

Samuel le ofreció sus preciosos labios y aceptó los de Mark. Muy pronto, él la ayudó, sentándola en su regazo con las piernas de ella alrededor de su cintura. Cuando los pechos de Samuel tocaron el pecho de Mark por encima del camisón y la camisa blanca, sus corazones comenzaron a latir con fuerza, salvajes, al contacto del uno con el otro. Se abrazaron fuertemente a pesar de su hombro herido, como si supieran que no podrían disfrutar del día siguiente. Así que como si esa fuese su primera y última noche como marido y mujer, se comieron el uno la boca del otro con un extraordinario, ardiente y penetrante deseo.

Muy pronto, Mark la miró a los ojos, justo cuando ella dejó escapar de su garganta un seco gemido. Sin precedente alguno, ese gesto le hizo disfrutar a él, la visión de su cabeza echándose hacia atrás para poder así, sentirlo dentro de ella. Cuando respirar se hizo imposible, Mark la ayudó a moverse, disfrutando así de sus cuerpos y de la oportunidad que al fin la vida les había regalado.

Se quedaron en el tejado hasta que el fresco de la noche los forzó a vestirse y volver a casa, metiéndose en la cama de Samuel y compartiéndola por primera vez como un matrimonio. Samuel suspiró, sintiendo como su fuerza dejaba su cuerpo lentamente y su feliz, pero cansada persona estaba por fin cediendo ante el sueño, mientras la mano de Mark buscaba su cintura para poder dejarla allí para siempre. Pronto, Samuel descubriría el lugar donde más le gustaría descansar. Su frente encontró el lado del cuello de Mark y esta cabía allí magistralmente, con tal perfección que ella sonrió cuando la paz le acarició el rostro. Mark pudo sentir la respiración de ella en su clavícula y comenzó a permitir que el sueño acabase con ese día.

–Hemos tenido un buen día de boda, ¿verdad? – susurró Mark.

–Sí – estuvo ella de acuerdo.

–Creo que me va a gustar hacer el amor contigo – rió Mark guasón.

Samuel rió sin moverse de su lugar favorito.

Horas más tarde, ella se despertó y se giró para buscar a Mark. Al no verle, tuvo que concentrarse y pensar durante unos segundos para saber si en realidad, el día anterior había sido el día de su boda. La luz de la mañana entraba por la ventana de su habitación y calentaba la estancia con rapidez. El movimiento despertó el dolor en su cuerpo, así como los nuevos recuerdos que ya formaban su nueva realidad. Sonrió al pensamiento del día y la noche anterior en los brazos de Mark. ¿Dónde estaba él? Samuel se levantó, mirándose la herida y arqueó las cejas al ver un vendaje nuevo. Pensó que esta se curaba prontamente y de hecho, con más rapidez que su mente, ya que la paranoia la perseguía allá donde iba. Al igual que la calle, la casa estaba en silencio. ¿Dónde estaba Mark a esas horas de la mañana? Calculó que deberían ser antes de las ocho y media de la mañana, ya que era la hora en la que Lucille comenzaba a trabajar, pero era domingo. Sonrió ante ese recurrente error. ¿Dónde estaba Mark tan temprano en un domingo por la mañana? Caminaba hacia la habitación de Molly para echarle un vistazo cuando un ruido proveniente de la puerta la hizo frenar en el umbral de la habitación de Molly. Se giró pensando que Mark había vuelto, cuando la visión de un desconocido en un traje oscuro hizo que su corazón diese un vuelco con violencia en su pecho, enmudeciendo un grito apagado dentro de su boca. Samuel golpeó la pared, expandiendo el dolor en su pequeño cuerpo, un dolor muy diferente al producido tras una noche llena de amor. Necesitaba saber quién era ese hombre y qué era lo que hacía en su casa, así que se inclinó levemente hacia delante para tener mejor vista del salón. Parecía que el hombre merodeaba, así que decidió buscar a su hija. Se dio la vuelta en sus pies descalzos y entró en el dormitorio de Molly. Cruzando la habitación en la penumbra, se apresuró al lado del lecho y después de cubrirle la boca con su derecho y doloroso brazo, miró a los ojos de su hija para poder tener su total atención. Molly se despertó y miró a su madre, preguntándose por qué le cubría la boca, pero ante todo, por qué parecía tan asustada.

– Escúchame con atención porque sólo lo voy a decir una vez, ¿me estás prestando atención? – le susurró Samuel con autoridad.

Molly movió la cabeza positivamente.

– Te vas a levantar y vas a seguirme en un silencio absoluto sin soltar mi mano…hay un hombre en la casa y no sé lo que quiere, pero estamos solas, papá no está aquí, Molly… ¿te ha quedado claro? No vas a irte de mi lado y tienes que estar en silencio en todo momento…mueve la cabeza si lo has entendido – explicó Samuel.

Molly se había puesto nerviosa, pero el firme tono de la voz de su madre la hizo sentir mejor, algo más segura, así que movió la cabeza y obedeció.

– Levántate, Molly – le ordenó Samuel.

Molly tomó la mano de su madre y descalzas ambas, caminaron en dirección a la puerta. Aunque tenía una necesidad terrible de utilizar el baño, Molly frenó cuando Samuel lo hizo, observándola mientras cogía un arma de dentro de un baúl con la llave que previamente había desenterrado de una planta. Allí de pie, en el pequeño pasillo que distribuía las habitaciones de Molly, Mark y Gino, Samuel se dio cuenta que el arma era demasiado pesada para su brazo dolorido, así que lo cambió hacia la izquierda y cogió a Molly con la otra. Ambas pararon frente a la puerta que comunicaba con el salón y Samuel cerró los ojos para poder escuchar con más precisión los ruidos emitidos por la casa. Ella conocía esa casa bien. Los pasos lo colocaban en la cocina y parecía que buscaba algo, así que ellas esperaron. El corazón de Samuel latía tan rápidamente que sintió la falta de aire en sus pulmones y se preguntó cómo estaría la niña, así que la miró, pareciéndole totalmente despierta y también, bastante asustada. ¿Iba su madre a disparar esa arma que aguantaba? Samuel besó la cabeza de Molly y volvió a la misma posición cerca de la puerta entreabierta. Una vez más, podían escuchar los pasos. Molly vio como Samuel levantaba el arma desde detrás de la puerta. Pareció entonces que los pasos habían cesado en el salón por unos segundos para entonces moverse en la dirección de la salida. Sin embargo, ella sólo escuchó una puerta; la puerta que dividía la casa del recibidor y la pequeña biblioteca no había sido cerrada.

Llenando los pulmones con coraje, Samuel salió de detrás de la puerta, tomando la mano de Molly con fuerza, tras decidir que sólo había oído a una persona, pero sin la garantía que fuese la realidad. Por lo tanto, se llevaría a Molly con ella de camino a enfrentarse con el hombre que parecía estar en el recibidor o en la biblioteca. Cuando la puerta entreabierta se abrió del todo y ese hombre vio una pistola apuntándole, decidió levantar los brazos para que ella los pudiese ver. Samuel percibió cómo los ojos del hombre se orientaron hacia la niña pequeña que estaba junto a ella, así que Samuel la empujó detrás de ella mientras se alejaba de la puerta que había dejado a su espalda. Ella caminó cuidadosamente hacia la izquierda sin dejar de apuntarle con la pistola, observándolo en todo momento y finalmente comprendiendo que jamás había visto a esa persona en su joven vida.

– ¿Estás sólo? – preguntó ella.

– Sí – respondió el hombre.

De repente, la puerta principal del apartamento, ante la cual el hombre estaba de pie y preguntándose si esa mujer iba a dispararle o no, se abrió. Samuel movió el arma y apuntó a quienes entraban en el apartamento.

– ¡¡Guau!! – gritó Gino, levantando sus manos hacia ella.

– ¡¡Sam!! – gritó Mark, sin moverse de la puerta para evitar asustarla más.

Unos segundos fueron necesarios para que Samuel registrase que quienes entraban eran Mark y Gino. Cuando por fin lo consiguió, ella dirigió la pistola una vez más hacia el desconocido. Gino y Mark miraron al hombre y entonces le devolvieron la atención a Samuel, la cual apuntaba con firmeza a escasos cuatro metros de su diana.

– ¡Sam!.... ¡Este es George!...Baja el arma, Samuel, este es George – la informó Mark, una hora demasiado tarde.

Sin relajar su brazo ante el desconocido, Samuel fijó los ojos en Mark y Gino mientras mantenía a Molly detrás de ella, presionándola con el brazo. Tras oír las palabras de su padre, la cabeza de Molly apareció por el lado derecho del cuerpo de su madre para mirar a los hombres. Decidió sin embargo permanecer detrás de su madre debido a la presión que esta ejercía sobre su espalda.

Samuel bajó la pistola con facilidad, manteniendo los ojos en Mark. Aliviado de no haber sido disparado, George bajó sus manos sin atreverse a moverse todavía, ya que *La Judía* parecía rabiosa. De hecho, jamás habían sido presentados formalmente, pero él sabía quién era ella.

Mirando fijamente a Mark como lo hacía ella, Gino miró a George y a Mark, dándose cuenta que Mark no había informado a Samuel antes de ir a buscarle, sobre la repentina intoxicación de Óscar. Frente a la puerta y aun sosteniendo una barra fresca de pan, Mark miró a su esposa.

– Creí que dormirías hasta tarde…lo siento mucho, Samuel – se disculpó Mark.

– No conozco a este hombre… ¿he hablado antes con usted? – le preguntó ella dudosa.

– No, señora – respondió George.

Samuel llenó sus pulmones con una inhalación calculada y profunda, controlando así su ira. Sin previo aviso, se giró en los talones, llevándose a Molly y el arma consigo hacia dentro, dejando a los hombres atrás. A la niña le dio tiempo a echarles un vistazo a su padre y a su tío antes que su madre tirase de ella. De vuelta a la zona de los dormitorios, la pequeña fue testigo de cómo Samuel devolvía el arma al baúl, pero esta vez, mantuvo la llave después de cerrarlo.

Mark encontró a Samuel cepillando el pelo de Molly después de haber tomado una rápida ducha. Él cerró la puerta y las miró.

–Eso ha sido un error enorme, lo siento muchísimo – volvió Mark a disculparse.

–Ve y vístete…el vestido blanco, por favor – besó Samuel la cabeza de Molly.

–De acuerdo…hola, papi – saludó Molly a Mark, abrazándose a su cintura.

Mark le devolvió el abrazo y tras besarle la cabeza, la dejó continuar con su camino. Entonces miró a Samuel, la cual se sentaba en una silla y tenía ahora el camisón de Molly en el suelo, a sus pies.

–Podía haberle disparado, Mark…no me era familiar…no sabía – dudó Samuel.

–Lo sé…no pensé que no pudieses conocerle…es nuevo y lo sabía, simplemente se me ha escapado…es culpa mía – se disculpó Mark de nuevo.

–¿Dónde está Óscar? – preguntó ella.

–Está muy enfermo, así que tuve que ir a buscar a Gino…este se ha quedado aquí – explicó Mark.

–¡Dios!... ¿Se va a poner bien? – preguntó Samuel, preocupada.

–No lo sé…se ha intoxicado con comida…luego iré a visitarle – respondió Mark.

–Tenía tanto miedo…pensé que había venido a acabar conmigo…y Molly, no sabía lo que querría hacerle a ella – dijo Samuel, levantándose y dejando el peine en la cesta.

Mark la alcanzó, atrayéndola y abrazándola. Allí en sus brazos, Samuel se sintió mucho mejor y sus pulmones se llenaron con la esencia de su marido.

– ¡Estoy tan paranoica! – musitó ella.

Mark le besó la frente y Samuel levantó la cabeza. El rubio contempló a su esposa durante unos instantes y le peinó el pelo hacia atrás con ambas manos.

–No dejaré que os pase nada ni a ti ni a Molly – susurró Mark.

Samuel cedió ante los ojos de Mark, sintiendo el amor incondicional que él sentía por ella.

–Estaba a punto de dispararle…gracias a Dios que habéis entrado – murmuró Samuel.

–Siento mucho que tú y Molly hayáis pasado por eso…lo siento, cariño – volvió Mark a besarle la cabeza.

Samuel se quedo allí, en sus brazos hasta que Molly volvió a entrar, ya vestida.

–Tengo hambre – informó ella.

–Debes de tener…ve a ver si el tío Gino está listo, ve – le pidió Samuel.

–Bien.

Molly dio un pequeño saltito allá donde estaba, dejándoles de nuevo.

Dos días más tarde, la familia de *La Judía* al completo se mudó a un nuevo edificio llamado The Belnord, situado en el número doscientos veinticinco de la calle West con la calle 86, donde sus identidades estarían a salvo, al menos durante unos meses o hasta que las idas y venidas de pesados trajes levantasen la sospecha entre los vecinos. Su nueva casa era más grande, así que se crearon dos alas separadas por un pasillo. Las estancias de Gino quedaban independientes a las de los Vrooman, manteniendo así su privacidad. Su nuevo hogar también ofrecía un patio central con un precioso jardín donde brotaba una fuente, así como dos entradas de techos arqueados donde unas verjas mantenían a los indeseables afuera. De hecho, el edificio se había terminado apenas en 1908, disfrutando de un vivo estilo renacentista. Este edificio tenía la particularidad de ofrecerles un túnel subterráneo, normalmente utilizado para la entrega de mercancías y para el servicio, túnel que ellos utilizarían para despistar a la policía. La nueva realidad era que, desde hacía ya un tiempo, habían percibido primero y visto después, una constante vigilancia de sus movimientos, cuya presencia creían ser capaces de evitar gracias a la estructura de The Belnord y con la ayuda del edificio contiguo. Aunque el lugar tenía un privilegiado acceso a Central Park y el río Hudson, muchos apartamentos se encontraban vacíos durante las primeras décadas del siglo XX.

A pesar del nuevo hogar y el matrimonio de Mark y Samuel, nada había cambiado en cuanto a los asuntos privados de Gino, manteniendo su vida privada lejos de su hogar y jamás llevó a nadie a pasar la noche con él. Tan pronto como el brazo de Samuel se recuperó, se incorporó a la organización, donde nadie notó cambio alguno en el comportamiento de Samuel y Mark. Ni tan siquiera Jimmy, el cual les conducía a todas partes.

Una mañana a mediados de julio, Samuel abrió los ojos para ver a Molly de pie junto a su cama, iluminada ahora por la luz que entraba por la puerta que había quedado abierta al entrar. La niña estaba vestida y su pelo se había recogido en una coleta.

– ¡Hola, cariño! – saludó Samuel, sintiéndose terriblemente cansada, boca abajo sobre la cama.

– ¡Hola, mami!…! Me voy a clase de música! – informó ella.

Molly levantó sus ojos y vio la cabeza de su padre aparecer de detrás de la espalda desnuda de su madre.

– ¡Hola, cariño! – le susurró Mark con los ojos aún cerrados.

– ¡Hola, papi! – rió Molly. – Voy a clase de música y después a casa de mi tía, Lucille me lleva.

– Lo sabemos, cariño – le dijo Samuel, acariciándole el brazo. – Nosotros te iremos a buscar.

– Bien, mami.

En la oscuridad retomada en su dormitorio, Samuel buscó el

cuerpo de Mark y se abrazó a él tras acariciarle la espalda desnuda.

– Diez minutos más – imploró Samuel.

– Sí – estuvo de acuerdo Mark.

Se habían ido a dormir a las cuatro y media de la madrugada.

Consiguieron levantarse antes del mediodía. Samuel caminó hacia la habitación de Gino y le molestó hasta que este se levantó, uniéndose a ellos en la cocina. Sentados alrededor de la mesa de la cocina y vistiendo sus batas, tomaron el desayuno. Lucille les sirvió más café antes de salir de la cocina, cerrando la puerta tras ella. Ella había aprendido a otorgarles privacidad para sus conversaciones de negocios y a mantener a Molly alejada en dichas ocasiones. El tema del día era el futuro más cercano de John Cartisso, cuya deuda había crecido tanto que Nero había decidido intervenir. Antes de la advertencia de Nero, la familia de *La Judía* había decidido no presionarle demasiado, debido a lo que ellos habían creído era una fuerte y segura amistad con su jefe. El cambio de actitud de Nero les dio a entender que la amistad había sido abusada.

– Hablaré con él – le dijo Samuel a los hombres.

– ¿Por qué tú? – ladró Gino.

– Porque quiero hacerlo yo – contestó Samuel.

– Quizás deberíamos hablar todos con él – sugirió Gino.

– A ti no te han disparado…me he dado cuenta de la forma en la que me mira la gente…necesito recuperar mi posición y esconderme detrás de vosotros dos no me lo va a permitir – le informó Samuel.

Gino echó un vistazo a Mark.

– ¿Por qué le miras a él? – preguntó Samuel a Gino, visiblemente molesta por el acto reflejo del italiano.

– Quisiera saber lo que él opina de esto – respondió Gino.

– No, eso no es cierto…lo que esperas es que me ponga una correa al cuello – se aventuró Samuel.

– ¡Sam! – le advirtió Mark.

–¿Qué? – le advirtió Samuel también a Mark, manteniendo los ojos en los de Gino. – Es mi marido, no mi jefe – le clarificó Samuel a Gino a la vez que se lo hacía a Mark.

–Lo sé, Samuel…pero cuando eres testaruda y continúas queriendo hacer cosas peligrosas, me preocupo por ti, ¿qué quieres que te diga?...Soy tu hermano y me preocupo por ti, ¿por qué tengo que avergonzarme? – le dijo Gino con un tono autoritario.

–Comprendo lo que dices, pero también me gustaría que comprendieses que nada tiene garantía en este mundo, eso lo sabemos todos…es muy importante para mí que me siga manteniendo independiente por si algún día, y Dios no lo quiera, alguno de vosotros faltáis…sólo así Molly y yo estaremos seguras y con comida en la mesa – le expresó Samuel a Gino, continuando con sus palabras mientras golpeaba la mesa con su dedo. – Es imperativo que me mantenga donde estaba sin importar quién me quiera en la tumba.

Gino miró a Samuel fijamente mientras pensó en sus palabras. Samuel le echó un vistazo a Mark, el cual se sentaba tranquilamente, reclinado en la silla, visiblemente inalterado por su discurso, como si hubiese esperado sólo esas palabras.

–¿Qué opinas? – preguntó Samuel a Mark.

–No importa lo mucho que estoy de acuerdo con lo que ha dicho Gino, creo que tienes un buen argumento…no es mi intención el sacarte de tu posición, jamás se me había pasado por la cabeza, te quiero tal y como eres…sin embargo, si alguna vez siento que te estás volviendo suicida, te lo haré saber…por lo que a mí respecta, estás capacitada para ocuparte de John Cartisso – dijo Mark con la más suaves de las voces.

Como si no hubiese esperado otra cosa de él, ella se reclinó en su silla y tomó otro sorbo de café.

–Llegaré tarde al club esta noche…tengo que hacer una parada en las casas – cambió ella el tema.

–¿Todas? – le preguntó Gino.

–Sí…necesitaré a Óscar y a alguien más – expuso Samuel.

–Llévate al nuevo…a George – sugirió Gino.

441

—De acuerdo…traed a Cartisso sobre las ocho y hacedle esperar en la oficina – pidió Samuel.

—Lo mantendré conmigo – dijo Mark a ella.

—Deja que piense en silencio – le recordó Samuel.

—Lo sé – musitó Mark.

Esa misma noche y después de recoger el dinero de cinco prostíbulos a su cargo, Samuel tuvo una conversación privada con Mandy mientras sus dos guardaespaldas esperaban fuera, uno en la puerta de la oficina y otro en la puerta principal. Tras el repentino cambio de residencia de la señorita Johnson, Gino había promovido a Mandy, quien se hacía llamar ahora señorita Soul, convirtiéndose en una de las mejores Madames con las que Samuel había trabajado. En lo que era ahora su oficina, la señorita Soul y *La Judía* se sentaron, disfrutando de un vaso de limonada recién preparada, servida por la criada.

—Me gustaría hablar contigo de un tema importante y privado – atacó Samuel de inmediato.

—Por supuesto – respondió Mandy, sin saber a dónde *La Judía* se dirigía.

—No sé si tienes conocimiento de los asuntos privados de la señorita Johnson…sus conocidos, amantes…no lo sé…cualquier cosa que puedas pensar podría ser importante para mí – expuso *La Judía*.

—No creo que tuviese familia y en cuanto a amantes…a ella le gustaban las mujeres, no los hombres…jamás nos tocó a nosotras, pero sí tenía una amiga que venía de vez en cuando – recordó la señorita Soul.

—Una mujer – repitió *La Judía*.

—Sí…desconozco su nombre…imagino que hacían lo que querían y luego se iba.

—¿Y amigos? ¿Quién la visitaba últimamente en su oficina? – preguntó *La Judía* a la Madame.

–Tuvo algunos visitantes, pero mayormente un hombre…él ha estado aquí antes por la chicas…al menos dos veces al mes, más o menos…no le he vuelto a ver desde que la señorita Johnson se…se fue – respondió la señorita Soul.

–¿Eran buenos amigos? – se preguntó *La Judía* en voz alta.

–No sé si podría decirse que fuesen amigos – especuló la señorita Soul.

La señorita Soul tomó otro sorbo de limonada. En esa oficina, las ventanas estaban abiertas y la música y las voces se filtraban por la puerta a pesar de su grosor, así como por la ventana, impulsadas por el cálido viento.

–De hecho, deje que llame a alguien, ¿me disculpa un instante? – preguntó la señorita Soul a *La Judía* antes de levantarse.

–Por supuesto – replicó *La Judía*.

La señorita Soul se levantó y salió de la oficina, pasando a la zona pública. La Madame tenía el cuerpo más bonito que Samuel jamás había visto. Caminaba como si un ángel hubiese sido encarcelado dentro de ella, y así, le hacía caminar apenas tocando el suelo, deslizándola graciosamente. Samuel también se levantó y caminó hacia la ventana para poder tomar un poco de aire de la calle. Cuando la señorita Soul y Doreen entraron en la oficina y casi consiguieron aniquilar el ruido proveniente del salón central al cerrar la puerta de nuevo, ella se volteó donde se encontraba, ofreciendo sus ojos a la prostituta y a la antigua prostituta.

–Esta es Doreen – presentó la señorita Soul a la chica china.

–Lo sé, ¿cómo estás Doreen? – saludó *La Judía*.

–Estoy bien, gracias, señora – le devolvió Doreen el saludo.

–Dile lo que sabes sobre Patrick Porter – le pidió Mandy a Doreen, alejándose de ella y caminando hacia los sillones que formaban un pequeño salón, dejando a Doreen a apenas dos metros de la puerta.

Doreen pareció confusa durante unos instantes, mientras observaba a su superiora y entonces, movió sus ojos hacia *La Judía*.

–Porter…sí…siempre pide por mí…a veces está tan borracho que se queda dormido, pero tengo que asegurarme de estar allí cuando se despierta porque si no se enfada conmigo – relató su experiencia Doreen.

–¿Te ha pegado? – le preguntó Samuel.

–No…tenemos que informar a la señorita Soul si algún cliente abusa de nosotras, así que lo hacemos – le dijo Doreen, demostrando que había aprendido esa lección.

–Sí, eso es lo correcto…háblame sobre él y la señorita Johnson… ¿Les has visto hablar? – preguntó *La Judía* desde la ventana, percatándose que había adoptado el hábito de Nero, el de hablar de negocios junto a la ventana.

–Sí, algunas veces…también había otro hombre…ese no me gusta, pero nunca viene aquí por las chicas, bebe y juega a cartas con otros hombre…nunca folla – clarificó Doreen.

–¿Cuándo fue eso?... ¿Cuándo les viste aquí? – inquirió *La Judía*.

–Después que la señorita Johnson…después que la hiriesen – dijo Doreen, insegura de mencionar ese pedazo de información.

–¿Por qué estás tan segura? – quería aclarar Samuel.

–Porque ella me llamó después que saliesen de aquí para que subiese con él…recuerdo sus moratones – argumentó Doreen, señalándose su propia cara.

–¿Cuándo fue la última vez que viste a Porter o a ese otro hombre? – le cuestionó *La Judía*.

–No les he visto en un tiempo – respondió la prostituta.

–Gracias, Doreen – le agradeció *La Judía*. – Puedes volver a tu trabajo.

Doreen miró a la señorita Soul e inclinó la cabeza, ofreciendo una leve reverencia antes de salir de la oficina. Tan pronto como la puerta se cerró, *La Judía* le expuso a la señorita Soul otra pregunta.

–¿Dónde están las pertenencias de la señorita Johnson? – quería saber *La Judía*.

–En ese armario… sólo hay un par de cajas – respondió la señorita Soul, señalando a una puerta junto al escritorio principal.

–¿Las puedo ver, por favor?...Los libros también, ambos, y esa libreta pequeña con las cubiertas de piel, ¿la has visto? – preguntó *La Judía*.

–Sí, está en una de las cajas…permítame.

Samuel se sorprendió al saber que esa libreta tan peligrosa aún estuviese allí. La señorita Soul sabía exactamente el poder que cualquier persona tendría al poseerla. Dicha libreta, comprimía horas de lujuria, fornicación e infidelidades, al igual que algunos actos perversos. Además, poseía las puertas a un claro patrón de conducta de muchos de los clientes que visitaban esa dirección, al igual que de las abusivas cantidades de dinero que pagaban por alcohol, cartas, y por el derecho a tocar piel suave. Esa libreta siempre había sido llevada a todos lados por la señorita Johnson, incluso a su cama, y había sido hábilmente escondida de la vista de la mayoría. El conocimiento de dicha libreta le habría traído la muerte mucho antes de lo que había ocurrido o una visita de la policía, si ese era el caso. Hacía mucho tiempo, cuando la señorita Soul era Mandy, la antigua Madame le había mencionado su existencia a la prostituta con la esperanza de asegurar su propio futuro después de una terrible paliza y por esa razón, *La Judía* había podido encontrarla esa misma noche entre las pertenencias de la muerta.

La señorita Soul se levantó y caminó hacia el armario, sacando las cajas que guardaban las cosas del pasado de la señorita Johnson en ese burdel. *La Judía* las abrió y se tomó su tiempo para revisarlas. Pronto encontró la libreta con cubiertas de piel, donde existía una exhausta relación de clientes con nombre y apellido. Samuel sabía que dicho pozo de poder había existido, pero jamás había tenido acceso a él.

Había nombres, direcciones, fechas y cantidades de dinero que cambiaban de un lado al otro, de los bolsillos de los clientes al de Nero. Con los libros contables frente a ella, Samuel contrastó las fechas y las cantidades, deteniéndose en el treinta de junio del año en curso.

—Porter tenía una deuda de dos mil dólares a fecha treinta de junio…se canceló en su totalidad esa misma noche – mostró *La Judía* a la señorita Soul.

La señorita Soul examinó los hechos a la cual *La Judía* se refería, estando de acuerdo con la deducción.

—Eso es lo que parece…pero no se anotó aquí – anunció la señorita Soul, señalando al libro principal.

—No, no se hizo – secundó *La Judía*. – Según esto, aún lo debe.

—Pero él no estuvo aquí aquella noche, ¿ve?...Doreen no estuvo con él esa noche, ella tuvo esos tres clientes, ninguno de ellos era Porter – informó la señorita Soul.

Samuel estudió ambas páginas y entonces giró la página de la libreta de cubiertas de piel. En el mismo día que ella había sido disparada, había nota de una salida de mil dólares marcada como 'limpieza'. Samuel tomó un largo respiro y lo volvió a repasar todo de nuevo, buscando pistas de la deuda de Porter, sintiendo un penetrante dolor en el estómago al darse cuenta que su muerte había sido catalogada como 'limpieza'. Finalmente, cerró la pequeña libreta.

—Te doy las gracias por tu ayuda y por tu tiempo, sé que estás muy ocupada esta noche – dijo *La Judía* a la señorita Soul.

—Por favor, no me dé las gracias… sabe dónde encontrarme siempre que me necesite – dijo la señorita Soul, levantándose y sintiéndose orgullosa de la ayuda que había dado.

—Necesito llevarme estos libros…los enviaré con mi conductor antes de que te vayas a dormir – indicó Samuel, – o mañana por la mañana como muy tarde.

—Por supuesto…me las arreglaré esta noche.

Después de tocar, Samuel entró en su oficina alrededor de las once de la noche para encontrar a John Cartisso sentado frente a Mark mientras ambos esperaban. Cartisso levantó la vista y miró a *La Judía* después de que esta saludase con un gentil 'buenas noches'.

Mark se levantó cuando Óscar entró en la oficina, mirando entonces lo que Samuel le entregaba.

—Desde el veinticinco de junio — le dijo Samuel, colocando los tres libros en las manos de Mark.

—Bien — comprendió él, tomando esos libros y dejándola con Cartisso y Óscar.

Samuel le echó una mirada cargada de recelo al hombre con el cual estaba a punto de lidiar, tras lo cual le pidió a Óscar que les dejase solos y que cerrase la puerta. No había mucha luz en aquella oficina, pero el resplandor proveniente de la lámpara de sobremesa era brillante y su rayo iluminaba gran parte del escritorio, dejando sus rostros en la penumbra. Ella dejó su sombrero sobre el armario de detrás de la silla y le ofreció su atención al hombre.

—Imagino que ya sabe por qué está aquí, señor Cartisso — presentó *La Judía* el tema de su reunión.

—Sí — respondió él.

Samuel percibió la calma en la voz del hombre, debida probablemente a la impecable amistad que él pensaba aún tenía con Nero.

—Entonces conoce la cantidad que debe — expuso ella.

—No del todo… ¿Cuánto es? — le preguntó él.

—Usted nos debe cuatro mil doscientos ochenta y cinco dólares…ha acumulado esta deuda en los últimos cuatro meses y parece no darse cuenta de que las deudas deben pagarse…su amistad con Signore Nero no tiene nada que ver con sus negocios con nosotros, señor Cartisso…no podemos ofrecerle más crédito y ha de pagar el cincuenta por ciento del total antes que termine la semana — concluyó Samuel desde su silla.

John Cartisso no era un hombre excepcionalmente alto, pero sin duda alguna, habría podido estrujar el cuello de Samuel con una sola mano y sin apenas haber puesto demasiado esfuerzo. Ese pensamiento le trajo placer, dejando que su mente divagase y se deleitase aún más con lo pequeña e insignificante que esa mujer parecía a pesar de los rumores que se oían sobre ella.

–Yo no creo que este asunto tenga nada que ver contigo – argumentó John Cartisso.

–Y yo me temo que se equivoca, señor Cartisso…este asunto *es* en efecto de mi incumbencia y es conmigo y sólo conmigo con quien va a hablar…el cincuenta por ciento antes que termine la semana, eso le da cuatro días para pagar dos mil ciento cuarenta y dos dólares con cincuenta centavos y negociar el resto conmigo… ¿Tiene alguna pregunta? – le preguntó *La Judía* con voz clara y sonora.

–Creo que te estás excediendo de tu autoridad…hablaré con Nero – le dijo Cartisso, levantándose.

–¿Quién le ha pedido que se levante? – demandó *La Judía*.

John Cartisso pudo notar el cambio en el tono de voz proveniente de esa preciosa mujer, manteniéndose de pie donde se encontraba.

– ¿Le he dicho que hemos terminado? – le preguntó Samuel.

El hombre la miró fijamente, comenzando a pensar que quizás, ella sí estuviese a cargo en aquel lugar. Había oído historias sobre esa mujer. Le habían llegado noticias de que había cortado los muslos de alguien, pero esas palabrerías se habían calmado. De hecho, su atentado había creado sentimientos algo confusos. Además, acaba de darse cuenta que en el momento en el que ella había entrado en la oficina, Mark la había dejado, tras tan sólo pronunciar un "bien", y ahora, ella lo miraba con los ojos cargados de odio, lo cual le había comenzado a molestar

–¡Siéntese, señor Cartisso! – le ordenó *La Judía*.

Él obedeció con sus ojos siempre en ella, intentado adivinar su próxima decisión.

–Parece no comprender que se encuentra en una situación muy delicada…su inmunidad ha sido retirada y ahora depende de mí lo que le ocurra a usted… ¿Desde cuándo es esto incomprensible para usted? – expuso *La Judía*.

De hecho, Cartisso había comenzado a comprender dónde se encontraba y se sentía incomodo ante la presencia de aquella mujer.

−¿Cree usted que me importa lo que pase con usted?...De hecho, no me importa una mierda...no me importa si después de pagar el dinero que me debe se retira a un monasterio...lo único que importa es que esa cantidad esté en *mi* mesa antes que termine la semana y créame, quiero algo en mi escritorio en cuatro días, va a depender de usted lo que eso sea...*jamás* cuestione mis palabras de nuevo. Estoy convencida que ahora sí que lo ha comprendido, ¿verdad, señor Cartisso?

El hombre había perdido la capacidad de hablar y formar un pensamiento coherente. Dudó por unos segundos y el sonido de la voz de ella hizo que su vulnerable corazón brincase. ¿Cómo podía una mujer con un aspecto tan débil ser capaz de albergar tanto odio dentro de ella?

−¿Comprende dónde se encuentra, señor Cartisso? – volvió a preguntar *La Judía*. – Necesito una respuesta.

−Sí.

−Bien...me aseguraré que llegue a casa.

−Tengo un coche – se atrevió a responder el señor Cartisso.

−No me importa – soltó ella, caminando hacia la puerta para abrirla.

Óscar se giró cuando la puerta se abrió a su lado.

−Por favor, asegúrate que el señor Cartisso llegue a casa – ordenó *La Judía*.

−Por supuesto, señora.

Desde el momento en el que había abierto la puerta, ella había ignorado a John Cartisso a conciencia, sintiendo aun así como él abandonaba la oficina mientras ella volvía hacia su silla. El ventilador que había estado funcionando sin descanso desde que el verano había vuelto a Nueva York, le voló el vestido cuando pasó junto a él al dirigirse hacia la bandeja con una jarra de agua y vasos limpios. Samuel vio como se cerraba la puerta mientras se sirvió un vaso de agua. Ella no sabía con seguridad si sus palabras habían producido efecto alguno en el señor Cartisso y comenzó a prepararse para la posibilidad de tener que hacer daño a alguien una vez más.

La puerta se volvió a abrir minutos después y Mark la encontró junto a la ventana, con unos de sus brazos alrededor de su cintura mientras se apoyaba en la ventana, aguantando un vaso vacío con la otra mano. Mark la encontró perdida en sus pensamientos.

    – ¡Hey! – la saludó Mark.

    – ¡Hey! – le sonrió ella.

Mark cerró la puerta con el cerrojo y la observó mientras caminó para colocar sobre la mesa lo que ella le había dado minutos antes.

    – ¿Dónde está Gino? – preguntó Samuel a Mark con un tono bajo de voz.

    – Está teniendo una noche buena… ¿y tú? – le preguntó Mark, tomando el mismo asiento en el cual Cartisso había estado sudando.

    – Nada mal… ¿Has mirado eso? – inquirió ella, señalando a los libros sobre la mesa.

    – ¡Y tanto que lo he hecho! – contestó él guasón.

    – ¿Y?... ¿Qué opinas? – le dio Samuel la bienvenida a sus pensamientos.

    – Estoy intentando encontrarle el sentido…es extraño, no puedo comprenderlo…la alianza entre ellos – argumentó Mark.

    – Yo le hice daño a ella y él me odia…es sencillo – afirmó Samuel. – Represento todo lo que él odia…son diferentes a nosotros porque piensan de forma diferente…la gente puede encontrar razones donde tú y yo jamás pensaríamos de encontrarlas.

    – Imagino que tienes razón – contestó Mark. – Nos ocuparemos de él…ven aquí – la llamó él con su dedo índice desde la silla donde descansaba.

Samuel dejó el vaso sobre el armario y volteó el escritorio, sentándose en el lado opuesto a Mark, mientras este la miraba con el más profundo de los deseos emanando de sus ojos. Ahora que ya sabía quién era el hombre que quería herir a su esposa, sintió que tenía el poder de salvarla, salvarla como no había podido hacerlo años atrás. Mark se incorporó en la silla y se echó hacia delante, colocando su mano en el muslo de ella con su característica y natural calma. Él besó su muslo derecho por encima del fino vestido, mientras ella observaba los deseables labios de su marido sobre ella. Mark levantó los ojos tras besar su pierna. Samuel colocó ambas manos en el escritorio y levantó su pierna derecha, colocándola sobre el brazo de la silla para que Mark pudiese levantarse ante ella, en silencio, mientras sus labios viajaban por el cuerpo de ella.

Con las manos a ambos lados del cuerpo de ella, aguantando su propio peso mientras se encontraba sobre ella, Mark mordió el vientre y los pechos de Samuel, disfrutando de sus gemidos. La criatura más bonita sobre la faz de la tierra tenía ya falta de aire y sus pulmones luchaban por competir con la boca de Mark, mientras él disfrutaba de ella más allá de cualquier expectativa. ¿Por qué no podía controlarse?

Gino levantó los ojos por encima de las cartas que había recibido brevemente. Le sorprendió encontrar a Samuel en esa área y la observó mientras ella se acercaba a él, frenando detrás de él. No podía ver a Mark por ninguna parte, así que bajó las cartas por unos segundos y le echó un vistazo a su hermana. Conocedor de los prejuicios que la mayoría de los hombres tenían sobre la presencia de una mujer en una partida de cartas, Gino la miró y pidió permiso a los otros jugadores para poder así, abandonar la mesa por unos minutos. Ninguno de ellos se quejó, ya que ella era la jefa, pero todos estuvieron felices de otorgarle el privilegio para que ella se fuese antes. Gino se levantó y estiró las piernas, siguiendo a su hermana hacia la puerta. Allí se quedaron de pie, sintiendo Samuel como ese pesado y enfermizo humo empapaba su ropa de forma inmediata y sin tregua alguna. Casi en la oscuridad y cerca de uno de los hombres que guardaba esa entrada, el italiano miró a su hermana.

— ¿Cuánto hace que has vuelto? – le preguntó Gino.

— Hace un rato…he hablado con Cartisso – le informó ella.

— Bien…vamos a ver lo que hace, ¿hay alguien con él? – cuestionó Gino.

— Sí, pero Mark y yo tenemos que hablar contigo…tenemos que movernos esta noche, ¿cómo te va la partida? – necesitaba saber ella.

Gino miró a su hermana con diferentes ojos. En toda su vida, esa había sido la primera vez, que de forma indirecta, ella le había pedido que dejase una partida, presintiendo que algo iba a ocurrir esa noche.

— ¿Me necesitáis? – frunció el ceño Gino.

— Sí – respondió ella.

— De acuerdo, dame diez minutos, os veo arriba.

— Bien – aceptó ella, girándose en sus talones y dejando aquella área llena de adictos.

Le llevó algo de tiempo llegar de nuevo a la oficina, ya que se encontró con varias personas que conocía en el club, pero cuando lo hizo, halló a Mark al teléfono con Wayne.

Ella supo de inmediato que Wayne se uniría a ellos esa noche, lo cual no le gustó oír, así que cuando Mark colgó el teléfono y se levantó, abriendo el cajón y cogiendo su arma, ella le preguntó.

— ¿Por qué has llamado a Wayne? – le preguntó Samuel de pie al otro lado del escritorio.

— Tiene derecho a elegir – respondió Mark, examinando la pistola.

— Tiene una familia – le recordó Samuel.

— Igual que nosotros – le dijo Mark, mirándola. – Además, nosotros somos su familia…es adulto y tiene la libertad de elegir en lo que quiere involucrarse… ¿Vienes?

— Por supuesto… ¿Sabemos dónde vive? – se preguntó Samuel en voz alta.

— Lo averiguaremos, no te preocupes por eso, cariño.

Una hora después y con la noche acercándose a la una de la madrugada, Wayne salió de su edificio y se dirigió hacia el coche aparcado con el motor en marcha. Gino conducía y Mark se sentaba junto a él, sin embargo, no se sorprendió al ver a Samuel abrir la puerta.

El coche se puso en marcha hacia la casa de Porter al otro lado de la ciudad, tan pronto como se escuchó el ruido de la puerta al cerrarse. Ninguna palabra fue pronunciada en el camino hacia resolver otro asunto familiar.

Eran alrededor de las cuatro de la madrugada, cuando vieron a un hombre bajar por la calle en la cual estaban aparcados. Vestía elegantemente y fumaba mientras caminaba hacia el edificio que habían estado vigilando en las últimas dos horas.

Cuando Gino le vio a través del espejo retrovisor, informó al resto.

– ¡Es él!

Era la orden para Mark, quien sin prisas, abrió la puerta y volteó el coche. Porter frenó ante la visión de un hombre de pie en el medio de la acera justo frente a él. La imagen se materializó enseguida y supo que ese era Mark *El Soldado,* hermano de *La Judía.* Movió la cabeza hacia su derecha al oír un ruido metálico. La puerta de un coche se había abierto y un hombre joven y desconocido para él se bajó de él. Porter miró de nuevo a Mark y comprendió que le habían descubierto cuando vio una pistola apuntándole a la cara.

– ¡Súbete al coche! – le urgió Wayne, dando un paso atrás desde la puerta.

En silencio, Patrick Porter obedeció, asumiendo que al ver a *La Judía* en el coche, con toda probabilidad le quedaba una hora de vida. Wayne le había puesto un arma en los riñones, comenzando a temblar del miedo que le producía su cercana muerte. Fue el más largo y silencioso de los paseos para él, pero finalmente habían llegado al lugar que un día fue Burnet's Key, situado en los muelles de la zona Este del río, un lugar desde el cual los barcos habían ido y venido durante siglos. Allí, Patrick Porter comenzó a contar los últimos minutos de su vida. Gino aparcó el coche detrás de un almacén, donde uno de los hermanos Salerno había trabajado durante varios años, así que él conocía bien el lugar. Wayne abrió la puerta del coche y tiró de la chaqueta de Porter, forzándole a salir, mientras el resto de sus hermanos se bajaban también.

Desde la sucia y oscura pared, Porter miró a sus ejecutores, plantando sus ojos en *La Judía*, quien caminó hacia él entre el pasillo que habían formado sus hermanos. Porter sintió que la odiaba profundamente.

    – ¿Cómo se llama tu amigo? – le preguntó esa mujer.

    – ¿Qué amigo? – se atrevió a preguntar Porter.

No debería haber hecho esa estúpida pregunta porque su muerte iba a ser una muy dolorosa, comenzando con un puñetazo en pleno estómago ofrecido por el italiano. Ya que le había hecho caer al suelo, Mark y Gino tiraron de él para ponerle en pie mientras Wayne le apuntaba en plena cabeza con la pistola. Erguido una vez más, luchó por recuperar su respiración y *La Judía* volvió a preguntar.

    – Deja que te vuelva a preguntar… ¿Quién es tu amigo? Ha estado en el burdel contigo y con la señorita Johnson – le explicó *La Judía*. – ¿Cómo se llama?... ¿Lo conoce tu esposa? ¿Debería preguntarle a ella?

    – ¡Perra! – le ladró Porter.

La Judía elevó su rodilla derecha y se la clavó en la entrepierna con toda la fuerza que pudo encontrar, haciéndole caer de nuevo al suelo, hundiéndose en el más profundo de los dolores. Le dejaron lidiar con él hasta que creyeron que se había repuesto, pensando que quizás estuviese listo para hablar, así que Gino y Mark lo volvieron a levantar.

– Permíteme – escuchó *La Judía* a su derecha.

Antes que ella pudiese pensar, Wayne había dado un paso hacia adelante y había comenzado a golpear a Porter sin piedad. Una vez Porter había sido reducido contra el suelo, Gino y Mark se unieron a Wayne. Los hermanos patearon al hombre hasta que las piernas se les cansaron y sus respiraciones estuvieron entrecortadas, haciéndoles jadear. Ella se sentó en sus talones junto a la cabeza del moribundo y le habló por encima de su dolor.

–Dame un nombre y una dirección, es todo lo que quiero…jamás deberías haberte involucrado con esa mujer y con sus problemas conmigo…ahora sus problemas son también los tuyos y aquí estás…sé que aceptaste su proposición con alegría y que encontrasteis ese miserable para hacer vuestro trabajo sucio – le dijo ella, – pero ahora quiero el nombre de tu amigo también y no pararé hasta que me lo des.

Ninguno de los hombre que seguían de pie a su alrededor entendía por qué el hombre no negaba las alegaciones de las cuales Samuel le acusaba. Orgullo y odio hacia ella era la razón, profundo y puro odio hacia la mujer que en varias ocasiones le había recordado sus deudas y quien controlaba un negocio cuando ese no era su lugar, habiéndole mirado en una ocasión con desdén.

Samuel esperó unos segundos, dándole tiempo para pensar, pero cuando Patrick Porter rehusó hablar, ella se levantó y miró a Mark.

–¡Dame la cuchilla! – exigió *La Judía*, abriendo su mano hacia él.

–¡Disparémosle! – pidió Wayne.

–¡No queremos a la policía por aquí demasiado pronto, así que sólo tenemos un disparo, Wayne! – argumentó ella.

En silencio, Mark sacó la cuchilla de su bolsillo trasero y se la dio a Samuel. Ella se agachó de nuevo frente a Porter, quien seguía en el sucio suelo, allá donde unas ratas habían estado buscando alimento minutos antes a su llegada. Los animales, foco de innumerables enfermedades, habían escapado del área al oír el ruido de un coche acercándose.

–Por última vez…su nombre – le preguntó *La Judía* a Porter.

–¡Jódete, perra! – rugió él, escupiéndole.

Samuel examinó el sangriento escupitajo en su pecho y la mancha que había dejado.

–¡Insignificante y estúpido hombre! – musitó ella.

Antes que ninguno de los hombres pudiese reaccionar, ella movió la cuchilla con la mano izquierda, frenándola bruscamente antes de cortar el músculo del hombre. Su familia la miró. ¿Por qué paraba?

—¡¿Te crees que no te voy a hacer daño?! – le gritó *La Judía*. - ¡¿Te han disparado alguna vez, estúpido hijo de perra?! ¡¡Duele tanto que apenas puedes mover un centímetro del cuerpo sin sentir como se te separa la carne de los huesos!!...¡¡Dame su nombre!!

—¡¡Jódete!! – le devolvió Porter el grito.

Samuel respondió levantándose y aún con la cuchilla en su mano, le pisó la rodilla al hombre con la fuerza que sólo un demonio podría tener, rompiéndole el menisco y haciéndole aullar como un lobo herido. Los gritos de Porter fueron apagados por el pie de Gino contra la boca del hombre.

Samuel se puso de pie y le pidió a Wayne que le aguantase las piernas al herido, cosa que hizo con la ayuda de Mark mientras Samuel le quitaba los zapatos y calcetines a Porter. Ella siempre había utilizado la misma táctica en los deudores y abusadores. Infligir cortes en las piernas de Porter no era una opción, ya que hubiese sido lo mismo que dejar su nombre y dirección con un imperdible en la chaqueta del que estaba a punto de morir.

—¡¿Tienes idea del dolor que te puedo causar en los pies?! – le gritó Samuel. – ¡¿Lo sabes?!...¡¡Te voy a rebanar los pies hasta que el dolor te vuelva loco y te cagues encima!!

Porter comenzó a patalear con la pierna sana, a punto de perder el conocimiento debido al dolor producido por la fractura de la rodilla. Todavía, Mark y Wayne luchaban por mantenerle quieto ya que estaba demostrando ser un hombre fuerte.

—¡¡Dime cómo se llama o voy a empezar con el dedo pequeño!!...¡¡Te los voy a cortar todos y te los voy a hacer tragar uno a uno!! – gritó Samuel, cogiendo unos de sus pies.

De repente, Samuel había atraído la atención y las miradas de sus hermanos y su marido. Gino presionó el pie con más fuerza contra la boca del hombre y entonces miró a Porter.

—¡No seas estúpido, hombre!...Dinos su nombre y esto se acabará – le aconsejó Gino a Porter.

Gino vio como Porter movió la cabeza a pesar de la presión que ejercía en su boca con el zapato, así que Gino la relajó y terminó por levantar el pie.

– ¡¡Lacard!! – gritó Porter. – ¡¡Su puto nombre es Lacard!!...¡¡Andre Lacard!! ¡¡Vive en Queens!!

Samuel se puso de pie y caminó alrededor de su familia, hacia donde Porter tenía la cabeza.

– ¡Sentadlo, por favor! – pidió *La Judía*.

Wayne y Mark obedecieron y los cuatro miraron fijamente al sudado hombre que tenían frente a ellos. Este podía apenas mantener los ojos abiertos y el penetrante dolor que le subía por la pierna le estaba revolviendo el estómago. Descalzo, batalló al levantar la cabeza, pero finalmente los miró. Era sólo cuestión de minutos antes que muriese de la misma forma que siempre había imaginado, sólo y de forma violenta. Su esposa y sus dos hijas irrumpieron en su mente por un segundo, pero ver a *La Judía* con una cuchilla en la mano hizo que ese agradable pensamiento se esfumase de inmediato.

– ¿Quién lo va a hacer? – murmuró Gino.

– Yo lo haré – contestó Samuel, manteniendo sus ojos en Porter. – Dame la pistola.

– No – dijo Mark inmediatamente.

Samuel giró y levantó la cabeza, para poder tener una buena visión de los ojos de su marido. A su lado, Gino los miró a ambos. Mark, con una pistola colgando de su mano derecha miraba fijamente a su esposa Samuel, cuya mano aguantaba una cuchilla. La pareja tuvo un silencioso duelo que duró un minuto, el cual se vio interrumpido por el más fuerte de los truenos, rompiendo el silencio de la noche en aquella aislada área. Lentamente, Samuel se giró en dirección a la fuente de ese ruido ensordecedor, proveniente de su lado izquierdo. Gino y Mark hicieron lo mismo y sus corazones se congelaron al comprender que había sido Wayne el que había disparado su arma, ejecutando a Porter al ponerle una bala en la cabeza. Le había entregado una muerte instantánea, acabando así con su sufrimiento en vida.

Mudos, Gino, Mark y Samuel no conseguían digerir lo que acababa de ocurrir, necesitando varios segundos con sus ojos fijos en Wayne, quien miraba fijamente al hombre que acababa de matar, poseedor de la primera vida que había tomado.

—Se acabó la discusión – soltó Wayne, volteándose y dirigiéndose hacia el coche.

Samuel miró a Gino y a Mark, quienes petrificados, miraron a su hermano cojear hacia el coche aún en marcha.

—¡Vamos! – les urgió Wayne al montarse en él.

Samuel fue la primera en obedecer las órdenes de Wayne y se alejó del cadáver, dejando atrás a Gino y a Mark.

—¡Mierda! – musitó Gino, caminando hacia el coche.

Mark, en estado de shock, necesitó una segunda orden antes de poder caminar hacia el vehículo con el arma todavía colgando de su mano. Con Gino al volante, el coche voló lejos de la escena del crimen, dirigiéndose hacia el Norte con el nombre que necesitaban. El nombre de Andre Lacard merodeó por sus cabezas durante un tiempo, luchando contra la idea que Wayne se había manchado las manos de sangre. De nuevo, fue un envenenado camino de vuelta a casa. Con las propiedades de un gas venenoso, el sentimiento de culpabilidad había tomado de nuevo la atmósfera, igual que un espíritu flotante desde hacía ya años. En la parte de atrás del coche, Samuel lloró en silencio por el alma de Wayne, la cual acababa de conseguir un lugar en el infierno al lado de la suya. Pensando, ella se arrepintió de no haber llevado consigo a Óscar o George para hacer el trabajo, pero posiblemente Mark no lo hubiese permitido. Lo habría hecho ella misma si Wayne le hubiese dado unos segundos más.

Cuando el coche frenó frente a la casa de Wayne, este se giró hacia su hermana y Samuel le miró.

—Hablamos mañana – le susurró Wayne.

Samuel asintió con la cabeza y su hermano dejó el coche, llevándose su pistola consigo.

Ya en casa, Samuel y Mark fueron a la habitación de Molly, mientras que Gino desapareció en su dormitorio, atormentado por el paso que sin previo aviso, Wayne había tomado esa noche.

Samuel entró en su dormitorio, cruzándolo hacia el baño, quitándose los zapatos y el cinturón que sujetaba el vestido a sus caderas. Mark observó la lucha de la mujer con su consciencia, mientras que él no se sentía más afortunado con la suya. No podía comprender que de la nada, Wayne hubiese decidido vengar el atentado contra su hermana, poniendo una bala en una de las mentes intelectuales. Mark se quitó la ropa a los pies de la cama, con una sola lámpara encendida y el amanecer más cerca de ellos, tiñendo gradualmente esa mañana la cual, en otras circunstancias, habría sido de preciosos colores, ya que la seguridad de Samuel se habría conseguido. En su ropa interior, Mark caminó hacia el baño para encontrar la ropa de Samuel en el suelo. Ella solía quemar la ropa que acababa manchada de sangre y ese vestido había hecho todo lo que había podido por ella, estando ahora en la primera etapa hacia la combustión en la chimenea a la mañana siguiente. Al hacer presencia en el baño, Samuel le miró por el espejo, continuando con el lavado de su rostro con manos jabonosas.

– No lo comprendo – murmuró Samuel.

Mark permaneció en silencio, intentando encontrar una respuesta o incluso la más remota razón por la cual Wayne hubiese podido decidir tomar ese atroz paso apenas una hora atrás.

– Vamos a la cama y dejemos el pensar para mañana – decidió Mark, percibiendo los ojos rojizos de ella.

– Genial – respondió Samuel con un tono sarcástico, pasando junto a él y dejando el baño con la cara aún mojada.

A la mañana siguiente, durante el desayuno, Molly balanceaba sus piernas mientras se comía unos huevos. Lucille cocinaba en el fogón cuando Samuel entró en la cocina con el pelo recogido y una expresión en la cara que alertó a Lucille. Samuel no había conseguido dormir esa noche y con su espalda hacia Mark, había esperado la hora que Molly se levantase para ir a su clase de música.

–¡Buenos días, Lucille! – la saludó Samuel. – ¡Hola, mi amor! – dijo ella a Molly, bajando la cabeza para besarle la cabeza a la niña repetidamente como si no la hubiese visto en mucho tiempo.

–¡Hola, mami! – canturreó Molly.

–¿Le apetece algo de café, señora? – ofreció Lucille a Samuel.

–Sí, muchas gracias – aceptó ella, tirando de una silla y sentándose junto a su hija.

–¿Le apetecen unos huevos con tostadas? – también le ofreció Lucille.

–No tengo hambre esta mañana, Lucy, gracias…hoy te llevo yo a tu clase de música – informó Samuel a su hija.

–¡¡Bien!! – aplaudió Molly la noticia. – ¿Dónde está papá?

–Está durmiendo…come, por favor – la urgió Samuel. – ¿Está Óscar ahí fuera, Lucy?

–Hoy está George.

–¡Oh!... ¿Cómo se encuentra tu madre hoy? – preguntó Samuel a la criada.

–Se encuentra mucho mejor…ya bromea – contestó ella, colocando una taza de café caliente frente a ella.

–Eso son buenas noticias, gracias Lucy…recuerda que si hay cualquier cosa que yo pueda hacer, medicación, médicos, por favor, dímelo – le dijo Samuel, recibiendo la taza de café.

–Gracias, señora – le agradeció Lucy con una sonrisa.

Más tarde, Mark entró en la cocina para encontrar a Lucille cocinando. Eran alrededor de las once y media de la mañana de otro día extremadamente caluroso que cocía la ciudad de Nueva York.

–¡Buenos días, Lucy! – la saludó Mark.

–¡Buenos días, señor! – le devolvió ella el saludo, junto a las ya casi listas patatas.

–¿Has visto a Samuel esta mañana? – le preguntó él desde la puerta.

–Sí, ha llevado a Molly a su clase de música, pero aún no ha vuelto – respondió Lucy.

–¿Sí?... ¿Y mi hermano? – se preguntó él en voz alta.

–No he visto a su hermano esta mañana, he quitado el polvo de su pasillo y su puerta estaba cerrada, así que no quise despertarle – informó Lucille.

–Gracias.

Mark dejó la puerta de la cocina y divagó por el salón durante un rato, pensando qué hacer. ¿Dónde estaba Samuel esa mañana?

Después de dejar a Molly en su clase de música, Samuel le había pedido a Jimmy que la llevase a la Iglesia de la Transfiguración, donde se había sentado en silencio en el área más privada, intentado resolver el resto de su vida después del golpe tan doloroso que su familia acababa de recibir. Ella no sabía que la noche anterior, después de su llegada a casa, Wayne había ido a ver a David y después de encontrarle bien, se había dirigido a la cama sin darse cuenta que todavía aguantaba el arma que había utilizado para matar a Patrick Porter. Lo hizo cuando llegó a su dormitorio. Sin encender la luz y después de acostumbrar su vista a la oscuridad parcial, había examinado la habitación en busca de un lugar donde esconder el arma hasta la mañana siguiente, tras lo cual se echó junto a su esposa totalmente vestido.

Esa mañana, Mark siguió con sus tareas, pero con su mente en Wayne y Samuel, preocupado por ambos y sin saber dónde se encontraba su esposa la misma mañana en la que los periódicos informaban del hallazgo de un cuerpo mutilado y con un disparo en la cabeza. Dichas noticias se habían propagado entre la comunidad como la tóxica esencia de un perfume barato. Mark, Samuel y Wayne sabían que en esos momentos, ese tal Lacard podía haber recibido la noticia, decidiendo irse lejos de Nueva York o merodear por su casa, esperándoles. Antes que Mark llegase a su primer destino, le pidió a Óscar que cambiase de dirección y que le llevase a un teléfono público. Óscar obedeció y paró junto al primer teléfono que encontraron. Mark salió del coche y fue tragado por la multitud que iba de un lado a otro en esa concurrida calle. Después de alcanzar el teléfono, marcó el número de Wayne y esperó a que alguien lo cogiese. Ya que nadie lo hizo, pidió a Óscar que le llevase al periódico donde su hermano trabajaba.

El ruido producido por la maquinaria golpeó a Mark con fuerza después de haber bajado por la rampa y cruzado la puerta abierta que permitía que el terrible rechinamiento y el calor se mezclasen con el sonido enloquecedor de la ciudad. Frenó en el umbral y miró a su alrededor para ver si podía ver a Wayne desde allí, sin embargo, su traje inmaculado disparó la alerta del supervisor de turno que se encontraba en la garita, quien salió de ella y se le acercó, preguntándose qué demonios estaba haciendo ese allí.

−¿Puedo ayudarle? − preguntó el supervisor a Mark con un tono severo, el cual hizo que Mark girase la cabeza.

−Sí, estoy buscando a mi hermano…Wayne McLean − informó Mark.

−¡Oh! − exclamó el hombre, dándose cuenta de quién era. − Lo encontrará en la parte de atrás…en ese lado − dijo él, señalando a su derecha.

−Gracias − concluyó Mark, caminando hacia adentro, en la dirección en la cual había sido orientado.

En busca de su hermano, Mark cruzó la enorme nave, inundada del más peligroso de los estruendos que él jamás había escuchado. No pudo evitar el ser golpeado por repentinos recuerdos y una vez más, estaba en Francia, en el epicentro de fuego cruzado. Agitó la cabeza para borrar esas imágenes y encontró a su hermano mayor supervisando a un trabajador nuevo mientras que, de pie junto a él, cruzaba sus brazos por encima de su pecho. Wayne vio a Mark, pero la expresión de su rostro no sufrió gran cambio. Mark permaneció al otro lado de la máquina, mirando a su hermano de la misma forma que su hermano le miraba a él. Tras unos segundos que les parecieron horas, Wayne se movió y le informó a su aprendiz que iba a alejarse unos minutos, sacando un trapo del bolsillo de su mono, tras lo cual llamó a otro trabajador y se alejó de allí a su llegada. Wayne caminó hacia Mark, pero le pasó de largo sin pronunciar ni una palabra ya que habría sido inútil debido al endemoniado ruido. Mark siguió a su hermano hacia la parte de atrás de la zona de impresión y ambos subieron la estrecha y débil escalera de hierro que conectaba la zona de maquinaria con la parte intelectual y creativa de ese periódico. Mark cerró la puerta a su espalda y encontró a Wayne mirándole fijamente en un pasillo que por si el cual hubiesen seguido caminando, les habría conducido a la planta principal de ese edificio. El ruido se había quedado detrás de ellos, aunque esa puerta no podía sellarlo por completo. Wayne se quitó los tapones.

– ¿Qué pasa? – preguntó Wayne a su hermano pequeño.

– ¿Qué pasa? – repitió Mark, molesto.

– Mark, estoy trabajando…sino es una emergencia, estoy seguro que podemos hablar después de acabar mi turno…acabo en cuarenta minutos – le dijo Wayne.

– Es una emergencia, Wayne…lo es, no juegues conmigo, me estás cabreando – se quejó Mark.

– ¡¿Ahora?! – preguntó Wayne a Mark, señalando al suelo. – ¿Es ahora cuando quieres hablar de esto?... ¿Ahora?...Te llevó cinco años poder enfrentarte a un problema y ahora no puedes esperar unos minutos – argumentó Wayne, pisando sin delicadeza en el alma de Mark.

– Eso no es justo, Wayne – le reprochó Mark.

– Sé que no es justo, la vida no es justa, así que vas a tener que esperarte cuarenta minutos si quieres hablar conmigo…puedes salir por ahí, le diré a tu chofer que de la vuelta – le dijo Wayne, pasando junto a él y abriendo la puerta de nuevo, cerrándola a su espalda y bajando las escaleras seguido por los ojos de su hermano.

Cuando su turno había llegado a su fin, Wayne se cambió de ropa y dejó la imprenta con el resto de sus compañeros, frenando junto al coche de su hermano, montándose y sentándose junto a Mark.

Wayne no fue a casa como era su costumbre y después de parar junto a un teléfono público para informar a Sally al llamar a la tienda de su padre, se volvió a subir al coche de su hermano y fueron conducidos a un café para comer. Óscar les esperó fuera, apoyado en el capó del coche, fumando y pensando que su jefe no podía haber escogido un lugar más concurrido que ese. Las estaciones de tren siempre creaban problemas de seguridad.

En la mesa más tranquila que consiguieron encontrar, a pesar de la hora punta que vivía ese café, extendida en ocasiones a todo el día, se quitaron los sombreros y pidieron algo de comer. En breve y con dos humeantes tazas de café entre ellos, Wayne y Mark se miraron fijamente. De repente, Mark se puso en pie, tomó aire y se excusó. Caminó hacia el teléfono público que se encontraba cerca de los aseos y llamó a casa. Lucy contestó al final de la línea.

—Hola Lucy… ¿Ha vuelto Samuel? – preguntó Mark. – Está bien. ¿Se ha levantado ya Gino?...Sí, por favor…Gi, hey…sí, estoy con él, estamos en…en la Séptima con la 34, un lugar llamado Giacomo's, sí…sí, junto a Penn Station…de acuerdo, te vemos entonces.

Mark colgó el teléfono y volvió a la mesa, sentándose de nuevo frente a su hermano mayor.

—¿Dónde están Gino y Samuel? – indagó Wayne, preguntándose a sí mismo por qué era sólo Mark el que hablaría con él del extraño paso que había decidido tomar en su vida.

—Gino está en camino…no sé realmente dónde está Samuel…llevó a Molly a su clase esta mañana y no había vuelto cuando me fui…Jimmy está con ella, confío que está bien – habló Mark.

—Sí, puedo ver la confianza en tu cara…quieres decir que deseas que esté bien – dijo Wayne con sarcasmo en cada una de las vocales que pronunció.

—¿Por qué eres tan cabrón esta mañana? – se defendió Mark.

—Anoche maté a un hombre y mi mujer no tiene ni idea – soltó Wayne, bajando la voz mientras se echaba sobre la mesa, golpeándola con la punta del dedo índice.

—¿Y por qué mierda tuviste que hacer eso? – inquirió Mark con el mismo tono de voz y también, echándose sobre la mesa.

–¡No lo sé! – admitió Wayne, echándose en el respaldo del sillón.

–¡Sí que lo sabes!...Podría haberla convencido que no lo hiciese ella misma si me hubieses dado algo de tiempo…podríamos haberlo llevado de vuelta para que Jimmy se ocupase de él – respondió Mark.

–¡Y una mierda!... ¡Hubieseis sido tú o ella! – le llevó Wayne la contraria a su hermano, echándole un vistazo a ese atestado restaurante.

–¿Qué? – dijo Mark perplejo.

Wayne miró a su hermano y pudo ver que este luchaba con sus palabras.

–Estamos malditos, Mark…de una forma u otra, estamos todos malditos – sentenció Wayne con un terrible susurro.

Mark observó a su hermano durante unos segundos y entonces soltó todo el aire de sus pulmones antes de volver a hablar.

–¿Qué te ha pasado? – le preguntó Mark preocupado.

–La culpa me está matando, Mark…culpa por lo que no hice cuando tenía que haberlo hecho… ¿Me estás diciendo que anoche no tenías miedo cuando Sam le gritaba a ese hombre?...Podía verlo en tu cara y en la de Gino…no hemos podido evitar que se convirtiese en un monstruo y ese es el destino de todos nosotros…es sólo cuestión de tiempo, yo sólo tomé un atajo – argumentó Wayne.

–Samuel no es un monstruo, Wayne…tiene un buen corazón y lo sabes, ahora sólo estás confundido – comentó Mark.

–¡No seas condescendiente! No estoy confundido…pero sí me arrepiento de no haberla forzado a quedarse en casa…él la violó y destruyó su alma y ahora va de un extremo al otro…puede ser cariñosa con su hija y contigo y de hecho con todos nosotros, pero también se puede transformar y torturar a un hombre delante nuestro, ¿eso no lo viste? – reclamó Wayne perplejo.

–¿No viste el agujero que tenía en su cuerpo hace un par de semanas? – le expuso Mark. – ¿Has olvidado lo que él le había hecho a ella?

−¡No!...Eso no tiene nada que ver con esto...tenemos gente a nuestro alrededor a quienes no les importa hacer el trabajo sucio por nosotros...pero...lo que estoy intentando decir con todo esto es que yo también he comprendido lo que somos y estoy listo para aceptarlo − soltó Wayne, golpeando la mesa con su dedo.

−Estás confundido, Wayne...muy muy confundido en estos momentos...habría sido un placer para mí el matar a ese hijo de perra si ella no hubiese aceptado esperar a Jimmy o a George...lo habría hecho con mis propia manos...no habría permitido que volviese a matar.

−No estoy confundido, Mark − repitió Wayne.

−Bien...entonces deja que te diga que a mí me pareces confundido...eras un hombre libre y hoy ya no lo eres...ninguno de nosotros lo somos ahora − admitió Mark.

−¿Y a quién le importa? − soltó Wayne con poco entusiasmo.

−A mí...eres mi hermano y me importa, ¿qué quieres que te diga? − contestó Mark.

Permanecieron en silencio hasta que la camarera colocó los platos sobre la mesa.

−No puedes hacer esto sin Sally − admitió Mark después del primer mordisco y de su primer sorbo de café.

−Lo sé − asintió Wayne.

−¿En qué piensas? − inquirió Mark.

−Después que llamases...tuve una descarga en la cabeza...odiaba a ese hombre tanto, tanto...tenía tantas ganas de matarle...imagino que él pagó por lo que no pude hacerle a DiMaggio − explicó Wayne.

−No puedes dejar que la culpa se apodere de tu vida, Wayne − le sermoneó Mark.

−He hecho lo que he hecho...ahora tengo que afrontarme a mis acciones y lo comprendo...estoy seguro que puedes encontrar algo para que yo haga...puedo ocuparme de los caballos − dijo Wayne espontáneamente.

Mark miró a su hermano y deseó de todo corazón que su hermano Gino estuviese allí con él. ¿Cuánto más le iba a llevar?

–Primero tienes que hablar con Sally, Wayne – le aconsejó Mark.

–¿Cómo voy a decirle que he matado a un hombre? – le preguntó Wayne.

–Quizás te sorprenda – le recordó Mark del carácter de Sally.

–Quizás lo haga – le secundó Wayne.

Gino llegó al café y examinó el repleto lugar desde la puerta. Vestía con su legendaria exquisitez que atrajo una vez más la atención de la mayoría de los clientes, lo cual él comprendió que era lo lógico. Cuando divisó a sus hermanos, se acercó a ellos y le ofreció a la camarera la mejor de sus sonrisas, pidiéndole que le trajese una taza de café y una rodaja de pastel de carne. Ella se sumergió en dicha tarea aguantando la respiración. Al llegar a la mesa, Gino se quitó el sombrero y tras colgarlo con el resto en la percha de pie entre su mesa y la contigua, dejó caer su cuerpo junto a Mark, escapándosele un fresco 'hey'. Los miró a ambos y entonces fijó sus ojos en Wayne, dando tiempo a que el aroma de su recién afeitado y su baño matinal alcanzase a sus hermanos. Gino llevaba consigo ese aroma tan especial desde su nacimiento, muy a pesar de haber crecido en los *tenements*.

–¡Eres el más loco cabrón sobre la faz de la tierra! – soltó Gino a Wayne sin la menor nota de ira en su voz, lo cual dejó la puerta abierta para adivinar su estado de ánimo y las intenciones detrás de tan repentina y sincera afirmación.

–Lo sabe – le secundó Mark, como si supiese con exactitud a dónde se dirigía Gino.

–¡Dudo que lo sepa! – respondió Gino a Mark, mirando fijamente a Wayne.

–¡No me mires así! – advirtió Wayne a Gino.

–¿Por qué no?... ¿Te gustaría patearme el culo? ¿Es eso? – le provocó Gino con el ánimo de una agradable conversación. – ¡Cuando quieras! – le invitó Gino, señalando hacia la calle con su dedo pulgar por encima de su hombro, ya que se sentaba frente a la pared y la ventana quedaba a su espalda.

Su extraño tono de voz y su amplia sonrisa estaba

incomodando tanto a Mark como a Wayne. La forma en la que Gino miraba a Wayne, con esos brillantes y vivos ojos, empeoraba su estado.

– Al igual que tú, soy un adulto – respondió Wayne.

– Pensé que habíamos acordado que te ibas a mantener al margen de todo esto – recordó Gino a Wayne.

Gino desvió su atención hacia la camarera que traía su café y ella esperó otra sonrisa, lo cual tuvo.

– ¡Me encanta como llevas el pelo! – le dijo Gino a ella.

– ¡Gracias! – se sonrojó ella, dejando la mesa y sintiendo como el corazón se le salía por la boca.

A tan sólo un paso lejos de la mesa, Gino ya se había olvidado de ella, volviendo a mirar fijamente a Wayne.

– Odiaba a ese hombre…además, no podía quedarme allí mirando como Samuel se convertía en…en un monstruo, así que decidí hacerlo yo mismo… ¿dónde está la diferencia? – les preguntó Wayne.

Gino quitó sus ojos de él y miró a su café y entonces a Mark, el cual apenas había tocado su comida.

– De hecho, ha cambiado las cosas para todos nosotros… ¿no viste a tu hermana llorar anoche? – le preguntó Gino, removiendo azúcar en su café.

– Sí, pero como él bien me ha recordado, ¿no viste el agujero que tu hermana tenía en el hombro?...recuerdo que *tú* temías por su vida – recordó Wayne.

Gino echó un vistazo a Mark y entonces respiró profundamente, tras lo cual tomó un sorbo de café y pensó en sus sentimientos.

– Imagino que simplemente ha sido una sorpresa para todos nosotros, eso es todo – dijo Mark.

– ¿Por qué?... ¿De repente soy mala persona?...No es que – susurró él, girándose temeroso que sus palabras pudiesen ser escuchadas por otras personas, – no es que haya matado a una buena persona, Mark – le recordó Wayne en voz baja.

−¡Ya lo sé! − le dijo Mark molesto. − No estás comprendiendo lo que quiero decir, Wayne.

−¿Y tú sabes lo que quieres decir? − apuntó Wayne.

−¡No seas imbécil! − riñó Gino a Wayne, dándole una patada por debajo de la mesa.

−No soy un imbécil…lo admito, la ira pudo conmigo y perdí el control…lo perdí cuando tenía un arma en las manos…mal momento, ahora tengo que lidiar con ello y con lo que esto podría significar para mi propia familia…también comprendo lo mucho que os he herido a vosotros y a Samuel, pero…ella sufre más por lo que ella misma ha hecho…no podía permitir que recibiese otro golpe − confesó Wayne.

−No me diste la oportunidad que hablase con ella − repitió Mark.

−También le pediste que se quedase en casa y mira lo que pasó…no es que tengamos total control sobre ella, Mark…podría haber ocurrido cualquier cosa − discutió Wayne.

Hubo un largo silencio cuando la camarera apareció de nuevo, trayendo el pastel de carne de Gino. Comieron durante un rato, mientras sus cerebros intentaban digerir su conversación a la vez que sus estómagos intentaban también hacer su tarea, la cual acabó siendo casi imposible.

−Quiero dejar mi trabajo y trabajar con vosotros − expuso Wayne en la mesa, de nuevo. − He estado pensando esto desde hace un tiempo, no tiene nada que ver con…con lo de anoche.

Gino miró a Mark y el rubio extendió sus brazos sobre el respaldo del sillón, mirando fijamente a Wayne como si pudiese ver dentro de él. Mark le echó un vistazo a Gino y entonces miró a Wayne de nuevo. Verdaderamente, no podía ni seguir ni comprender ni una sola palabra que había sido pronunciada por Wayne esa tarde, nada tenía sentido para él. ¿Sentía o no sentía culpa Wayne por haber quitado la vida a una persona? Mark no estaba seguro. ¿Había Wayne planeado matar a Porter o había sido un acto irracional como él decía? Tampoco estaba seguro de eso.

Ya que no había vuelta atrás en la muerte, Mark ofreció las

mejores palabras que respondían al momento en el que se encontraban.

—Hablaremos con Nero esta noche...pero creo que deberías hablar con Sally primero y entonces con Samuel – aceptó Mark.

– ¡¿Ya está?! – preguntó Gino a Mark sin poder creer sus palabras.

—No es elección mía, Gino, es suya – respondió Mark, señalando a Wayne.

–¿Por qué no estás de acuerdo? – preguntó Wayne a Gino.

–¿Que por qué no estoy de acuerdo?...te diré por qué…porque tienes la reputación de un caballero, Wayne…todos saben que Mark y yo podemos actuar sin piedad como cualquier otro… ¿recuerdas a tu hermano aquí presente el día que se ocupó de algo después de lo de Samuel, mientras los hermanos Salerno ayudaban? – recreó Gino con ayuda de sus manos.

–¡Sí, vivamente! – anotó Wayne.

–Y tu hermana…y yo en el casino… ¿Estás listo para construir tu propia reputación a nuestra espalda? – inquirió Gino. – Lo que quiero decir es que lo de anoche no es oficial y no lo puedes usar...hacer algo como eso por tu familia no es lo mismo que hacer exactamente lo mismo por el dinero de otra persona – expuso Gino.

—Eso lo comprendo – hizo Wayne una leve reverencia con la cabeza.

—Debes pensar en el precio que pagas por vender el alma de esa forma…tienes que pensar si vale la pena o no – continuó Gino, como si hubiese memorizado su discurso durante la noche.

—Estoy listo…estoy de acuerdo con Mark, tengo que hablar con Sally y Samuel y entonces con Nero…entonces dejaré mi trabajo – les informó Wayne.

—De acuerdo… ¿podrás mantener ese hombre en el periódico? – le preguntó Gino, aceptando también la decisión de Wayne.

—Sí, es nuestro – regaló Wayne, convencido de sus palabras.

—Bien…entonces no tengo nada más que decir – otorgó Gino, cogiendo su tenedor de nuevo y continuando con su comida.

Mark había terminado mucho antes y forzaba ahora a su cerebro para encontrar algo que evitase que Wayne se uniese a ellos y cruzase al otro lado de la legalidad. No es que no lo hubiese hecho ya, pero Mark opinaba que lo que Wayne había hecho la noche anterior era algo que tenía que hacerse y con esa justificación, tenía que agradecerle a su hermano por haberse cuidado de ello. Sin embargo, la idea que Wayne cambiase su vida de esa forma era algo repentino y le producía temor. Este nuevo cambio hacía que su familia dependiese de una misma persona, Nero. Ahora, con la incorporación de Wayne, el círculo se había cerrado y la alquimia necesaria para encontrar la esencia que un día les unió en busca de una vida digna, se había logrado una vez más.

Al oír a David gritar ante la visión de su padre, Sally levantó los ojos de su costura. El niño pequeño se levantó torpemente y corrió hacia Wayne, abrazándose a sus piernas con un apretón poderoso. Wayne sonrió a su hijo y lo levantó para poder besarle. No sólo habían atraído los ojos de Sally, sino que también los de los seis trabajadores. Sally observó a su esposo durante unos segundos y supo enseguida que algo había cambiado en él. Aseguró la aguja y quitándose el mandil que utilizaba para coser, se levantó y caminó hacia la puerta del taller después de estirar los dormidos músculos de su espalda. Se frotó el dolorido cogote mientras se dirigía hacia su familia, sonriéndole a Wayne.

–Tengo que estirar las piernas – le informó Sally, señalando hacia la puerta.

–¡Vamos! – le ofreció Wayne.

Wayne, Sally y David cruzaron la tienda donde los padres de ella atendían a unos clientes. Al llegar a la puerta principal de la tienda y buscando un lugar calmado y soleado en esa concurrida calle, ambos pararon junto a la farola que estaba frente a la tienda. Había tantas personas de un lado para otro que Wayne ordenó a su hijo que volviese a la tienda, a lo cual David obedeció tras dar un saltito y sin ponerle mucho pensamiento.

–¡Oh!...Necesitaba un descanso – exclamó Sally, disfrutando el aire fresco y el sol en su piel. – Gracias por venir.

Wayne no pudo evitar sonreír mientras la observaba, quitando un mechón de pelo que el aire había puesto en la frente de su esposa.

–¿Estás bien? – le preguntó Sally con la voz llena de amor.

–Sí – respondió Wayne.

–Pareces…preocupado – adivinó ella.

–Bueno…de hecho…hay algo de lo que quiero hablar contigo…esperaba poder hacerlo más tarde en la casa – admitió él. – ¿Cuándo vienes a casa?

–¿Por qué después? – preguntó ella sin comprender lo inapropiado de ese momento.

–Es…es algo delicado – elaboró él.

–No me importa – dijo ella con firmeza.

Wayne levantó los ojos y miró a su alrededor, como si estuviese intentado recolectar de esas personas el coraje que necesitaba para decirle a su esposa lo que había hecho.

–¿Es sobre otra mujer? – le preguntó ella, viendo que él dudaba.

–¡No! – sonrió él nervioso, moviendo la cabeza negativamente. – Jamás habrá otra mujer… ¡¿De qué hablas?!

–¿Pues qué es? – le presionó ella, acercándose a él e ignorando que podía haber insultado su amor por ella.

–¡Sal!…Me importa lo que opines de mí, no es fácil para mí – susurró Wayne.

–Y deberías – confirmó ella, – pero si no me dices lo que es, no podemos discutir nada.

–¿Aquí? – volvió él a preguntar, intentando ganar algo de tiempo mientras abría sus brazos, mostrándole la calle con personas comprando en todas direcciones, con y sin carritos de bebé, con gozosos amantes de sus brazos y sin ellos, y algunos con preocupaciones sobre deudas y otros con pensamientos suicidas rondándoles por la cabeza.

–Este es un lugar tan bueno como cualquier otro, así que sí…ahora – le ordenó ella.

−He matado a un hombre – admitió Wayne, bajando la cabeza, pero manteniendo sus ojos fijos en los de ella, para así no perderse ni una emoción proveniente de ellos.

−¡¿Que has qué?! – le preguntó Sally, agarrándole de la camisa con su cuerpo pegado al de él.

−Me has oído – contestó él.

−¡¿A quién?! – quiso saber ella.

−Al ejecutor de Samuel…y hay aún uno más – le informó él.

Wayne notó cómo el puño que Sally tenía en su camisa perdía su poder progresivamente. Su rostro también se había relajado ante la última frase de Wayne y se retiraba de él lentamente, alejándose de su pecho y tomando una menos violenta posición hacia él.

−¿Y dónde está? – preguntó ella.

−¿Dónde está quién? – habló Wayne sin saber a lo que ella se refería.

−¿Se ha escapado uno? – pidió ella.

−No…todavía no hemos averiguado dónde vive – balbuceó Wayne, visiblemente alterado por las palabras provenientes de su esposa.

−Bueno…pues entonces debéis encontrarlo – le urgió Sally, intentando planchar con su mano la arruga que había producido con su fuerte garra.

Por un segundo, Wayne no sabía ni dónde se encontraba ni con quién hablaba, ya que acababa de darse cuenta que jamás había conocido a su esposa. Las palabras de Mark volvieron a su mente cuando le advirtió que Sally podría sorprenderle, ¡y por el Amor de Dios que estaba sorprendido! ¿Qué le había pasado a su esposa? O incluso peor, ¿había sido ella siempre tan práctica y había tenido siempre la sangre tan fría?

−¿Te llevas a David contigo? – le preguntó Sally, llevando a Wayne al borde del abismo.

−¡¿Qué?! – soltó Wayne, evidentemente confundido por la respuesta de Sally hacia su noticia.

−Porque vas a casa, ¿verdad? – adivinó ella de forma casual.

−¡Sal! – expiró Wayne.

–¿Qué? – preguntó ella.

–¿Qué te pasa? – necesitaba saber él. – ¿No has oído lo que te acabo de decir?

–No me pasa nada – le dijo ella. – Tú...tú te has ocupado de tu familia y eso es lo que debes hacer – le felicitó Sally con la más fría de las voces y la más helada de las miradas mientras golpeaba levemente el pecho de Wayne con la punta de su dedo. – Hoy es por ella y mañana podría ser Mark, Molly, Gino o tu propio hijo o yo...no importa cómo hagas lo que debes hacer, algunas cosas no pueden dejarse sin ser castigadas...hiciste lo que tuviste que hacer y eso me hace la más orgullosa de las mujeres, Wayne...ahora, deja que traiga a David y la compra. Llévatela a casa o se va a echar a perder con este calor – concluyó ella, girándose en sus tacones y caminando al interior de la tienda, dejando a Wayne con una mirada perdida y un cerebro inútil por un par de minutos.

MÁS ESPESO QUE LA SANGRE

Zona Alta Oeste de Manhattan, ciudad de Nueva York, julio de 1919

La Señorita Soul despertó al ser su brazo sacudido firmemente por una mano femenina. Su cuerpo se sentía pesado debido a la falta de descanso, así que supo enseguida que algo ocurría, ya que nadie se habría atrevido a despertarla tan pronto sin una razón lógica, ¿qué podía ser?

– ¿Qué? – increpó la señorita Soul.

– El señor Rocchegiani y el señor Vrooman están aquí...quieren verla – informó una de las nuevas criada.

– ¡Diles que ya bajo! – urgió la señorita Soul.

La señorita Soul se levantó tan rápido como pudo. Había cerrado la casa esa misma mañana después que el último cliente hubiese sido puesto en un taxi. Con suerte para él, la señorita Soul sabía dónde vivían la mayoría de sus clientes. Ella apenas había dormido seis horas y necesitaba más para poder enfrentarse a otra abarrotada noche. Además, un par de copas de whisky que se había tomado antes de irse a la cama, tampoco habían ayudado mucho. Se echó la bata sobre su cuerpo y tras recogerse el pelo con un par de horquillas, salió de su habitación y bajó las escaleras para encontrarse con los hermanos de su jefa.

Los encontró de pie en el gran recibidor junto a una de las criadas, la cual estaba a cargo de las entregas y las visitas por las mañanas. El rubio y el moreno la miraron bajar por las escaleras y ella les dio los buenos días a medio camino. Había sido tan sólo la noche anterior que *La Judía* había estado allí examinando los libros, y ahora ella podía ver esos mismos libros en las manos de uno de ellos.

—Buenos días – saludó Gino cuando ella llegó a donde ellos se encontraban.

—¿Cómo está, señorita Soul? – le devolvió Mark el saludo.

—Muy bien, gracias – contestó ella.

—Sentimos despertarla tan temprano, pero tenemos que hablar con las chicas de inmediato…con todas ellas – buscó Mark de ella.

—¡Por supuesto! – estuvo ella de acuerdo, aún sin saber sus intenciones. – ¡Ve y despiértalas!… ¡Las quiero a todas aquí en cinco minutos…con las batas puestas! – ordenó la señorita Soul a la criada.

En escasos cinco minutos, una a una, las chicas comenzaron a llegar. Unas criadas limpiaban alrededor de ellos, mientras que las trabajadoras de la noche se reunieron en el gran recibidor, junto a la escalera de caracol. Una vez la señorita Soul pudo ver que la última de las chicas se había unido al grupo, les pidió a las criadas que se marchasen. Ante los dos atractivos jóvenes, veintiuna mujeres en batas de llamativos colores se preguntaron llenas de curiosidad cuál sería el propósito de esa urgente reunión. Estaban acostumbradas a ver sólo a *La Judía* en el establecimiento, no a sus hermanos.

—¡Ya están todas! – informó la señorita Soul a Mark y a Gino.

Gino tomó la palabra y tras ofrecerle un vistazo al grupo que tenía ante él, comenzó a hablar.

—Gracias por bajar tan rápidamente…estamos buscando a un hombre llamado Lacard, Andre Lacard…este hombre ha estado por aquí en compañía de Patrick Porter – informó Gino. – ¿Alguna de vosotras lo conoce?

Tras perder el miedo que había producido el ser despertada de forma brusca a esas horas de la mañana para dicho encuentro sin previo aviso, las mujeres comenzaron a mirarse las unas a las otras a los ojos y voces comenzaron a emanar del grupo. Como si se tratase de un común resfriado, la información comenzó a ir de boca en boca, y en escasos tres minutos, una de ellas recordó a alguien llamándole *Dedos Tiñosos* y a alguna gente reír al oírlo. Ese mote produjo una subida de adrenalina en el cerebro de Doreen, haciéndola gritar su oficio. Todas ellas habían sido entrenadas con eficiencia, convirtiéndose en una potencial fuente de información que acababa siempre en la libreta de cubiertas de piel de la señorita Johnson.

–¡Sé de qué hombre habla! ¡Trabaja en un periódico! ¡Él! ¡Él!... ¡Trabaja en una de esas máquinas tan grandes!...¡¡Sí!!...¡¡Le falta un dedo!! – gritó Doreen.

Gino miró a Mark.

–¿Qué periódico? ¿Sabes cómo se llama el periódico? – preguntó Mark a la prostituta asiática.

–No…pero olía a tinta y siempre tenía las uñas negras – añadió Doreen.

Gino se rascó la nuca, mientras miraba a su hermano fijamente.

–Vamos a buscarlo – susurró Mark a Gino, pasándole en camino hacia la puerta.

–¡Gracias señoritas! – Gino dio las gracias a todas.

–Gracias…creo que estos son suyos – le dijo Mark a la señorita Soul, parando momentáneamente junto a ella y ofreciéndole los libros a la Madame. – Cuide este con especial esmero – dijo Mark, colocando su mano sobre la pequeña libreta que estaba encima del resto. – Ahora es suyo, pero quizás lo necesitemos de nuevo.

–Lo cuidaré – aseguró la señorita Soul al señor Vrooman.

–Advierta a las chicas – Gino le pidió con autoridad a la señorita Soul. – Porter y Lacard estuvieron aquí en el pasado, pero si alguna información sobre ellos sale de aquí, volveremos.

–Mis chicas son mudas cuando tienen que serlo, no se preocupe – le calmó la conciencia a señorita Soul.

–Excelente…que tenga un buen día – la saludó Mark, haciendo una leve reverencia y resumiendo sus pasos hacia la puerta principal con su hermano a su lado.

La señorita Soul les vio marcharse y entonces se giró hacia sus trabajadoras, entregándole los dos libros de tamaño considerable a una criada, quedándose con el de piel.

–¿Os tengo que recordar que lo que sea que le pase a Porter, o a ese otro hombre, no tiene nada que ver con esta casa o con aquellos que os dan empleo? – habló la señorita Soul.

Se hizo un terrible silencio, ya que todas ellas comprendieron que la ignorancia siempre era su mejor aliado.

– ¡Marchaos y descansad! – terminó con la reunión la señorita Soul.

George paró el vehículo frente a la casa de Signore Nero, donde se le pidió que esperara. En apenas diez minutos, Nero les recibió tras pedirle a su otra cita que esperase unos minutos más. Saludó a los hermanos con un vigoroso apretón de manos, ofreciéndoles una bebida fría. Ambos rechazaron el ofrecimiento y Nero comprendió la prisa de su visita sorpresa.

– ¿Es vuestro ese cadáver del muelle? – les preguntó Nero.

– ¡Sí! – contestó Gino.

– ¿Por qué? – frunció el ceño Nero.

– Del atentado de Samuel – clarificó Mark.

– ¡Oh! ¿Lo habéis encontrado? ¿Cuándo? ¿Por qué no se me ha informado? – preguntó Nero molesto.

– No podíamos esperar, lo cogimos tan pronto como supimos quién era…tenía familia, así que se quedó – explicó Mark. – Tenemos otro nombre, pero necesitamos más hombres para cogerlo antes de que se entere de lo que le ha pasado a su amigo.

– Por supuesto, Patty os proporcionará lo que necesitéis… ¿Dónde está tu hermana? Tengo que hablar con ella – dijo Nero a Mark.

Había comenzado a ser algo extraño el referirse a Samuel como su hermana, pero Mark reaccionó y respondió en concordancia con la situación.

– Se lo diré.

– Bien…Johnny…dile a Patty que les de lo que necesiten – le ordenó Nero, señalando a sus 'chicos.'

Wayne había puesto a David a tomar la siesta tan sólo unos minutos antes de que su puerta fuese aporreada. La abrió y frunció el ceño al ver a Gino, ya que sabía que algo había pasado.

—No te lo vas a creer…nos tenemos que ir – le dijo Gino antes de saludar.

—Sally aún no ha vuelto…David está durmiendo – le resumió Wayne, señalando por encima de su espalda con su pulgar.

—Nos lo llevamos a casa…Lucy está allí y Samuel tiene que haber vuelto ya – le ofreció Gino la solución.

—Bien…espera – pidió Wayne a su hermano, dejando la puerta abierta.

—¡Date prisa! – le urgió Gino.

—¡No me metas prisa! – se quejó Wayne, alejándose para ir a buscar a su hijo.

Samuel y Molly aún no habían vuelto, pero después de poder a David a dormir en el dormitorio de Gino, los tres hermanos y el ejército que habían llevado con ellos tomaron la ciudad. Wayne habló con su contacto en el periódico personalmente. Esta persona hizo una llamada a otros supervisores y el jefe de Andre Lacard fue localizado en diez minutos. Hacía breves momentos que su turno había finalizado y después de revisar la imprenta, lo buscaron en la dirección que el supervisor les había proporcionado, cuya información había sido pagada de forma generosa. En escasos veinte minutos, George y Patty *Slow Fingers* encontraron a Andre Lacard haciendo las maletas para huir de la ciudad después de oír en la taberna que esa misma mañana, Porter había sido encontrado apaleado y con una bala en la cabeza. Al contrario del de Porter, el cuerpo de Andre jamás se encontró. Después de interrogarle y descubrir que en efecto, él era el último paso en el camino hacia la muerte de *La Judía*, Patty *Slow Fingers* le disparó en la cabeza en un almacén, ante la presencia de la familia de Samuel. Esa misma noche, Rubi y Patty llevarían el cadáver hacia Washington Heights, donde tras ser transferido a un barco, se le hicieron unos zapatos de cemento y su cuerpo se hundió hasta llegar al fondo del río, donde dos robustos hombres lo lanzaron, mientras navegaban cerca de Fort Lee temprano por la mañana.

Mark sonrió ampliamente al ver a Molly correr hacia ellos una vez la niña se había percatado de su entrada en el apartamento. Gritando 'papá', ella llegó hasta donde estaban los hombres y Mark levantó el delgaducho cuerpo en el aire. Como si la niña hubiese sido una pelota, Mark la lanzó por los aires y Gino la recibió, quien la lanzó también para que su tío Wayne pudiese cogerla. Los gritos atrajeron a Lucy, quien rió ante la imagen que encontró.

– ¿Dónde está tu madre? – preguntó Mark a la niña cuando finalmente llegó a sus brazos desde los de Wayne.

– ¡¡Se está bañando!! …La tía Sally y David están con ella – rió ella, aún mareada por el vertiginoso viaje que acababa de tomar.

– ¡Muy bien! – gritó él, volviéndola a lanzar al aire para que Gino la cogiese en sus brazos una vez más.

Mark dejó el grupo después de quitarse la chaqueta y el sombrero, y tras dárselos a Lucy, fue a buscar a su esposa.

– ¡Hey! – llamó Mark a David, quien salía de la habitación de Mark.

– ¡¡Hola!! – saludó David.

Mark se sentó en los talones, abrazando y besando al pequeño. Irónicamente, sólo habían pasado cincuenta minutos desde que había sido testigo de una ejecución, pero ahora, abrazaba a su sobrino sin sentir ni un ápice de remordimiento.

– ¿Qué tal estás? – preguntó Mark a David.

– ¡Bien! – contestó David.

A Mark le gustaba con delirio la voz de David, así que sonrió al oírla, tras lo cual le dijo al oído que 'el tío Gino y papá' estaban en la sala. David se apresuró para ir junto a su padre, mientras que Mark contemplaba su trotar al alejarse. Cuando David hubo desaparecido detrás de la puerta que separaba esa área con la común, Mark caminó hacia su habitación y tocó a la puerta.

– ¡Soy yo! – anunció Mark.

– ¡Puedes pasar! – oyó él desde adentro.

Mark entró para encontrar a Samuel sentada frente al tocador con la bata puesta. Sally estaba detrás de ella, peinándola. Wayne había explicado a sus hermanos la extraña conversación que había tenido con su esposa y Mark lo confirmó con tan sólo mirar a Sally a los ojos. Esa era la misma Sally que conocía desde siempre, la misma Sally que amaba a su hermano de forma que ninguna otra mujer podría jamás, regida por un agudo sentido del bien y el mal.

–¡Señor Vrooman! – Sally le dio la bienvenida.

–¡Señora McLean!… ¡Señora Vrooman! – habló Mark de la misma forma.

Las dos mujeres sonrieron ampliamente, mientras Mark se sentaba en el banco hecho a medida que mantenían a los pies de la cama.

–¿Lo habéis encontrado? – preguntó Samuel a su esposo a través del espejo.

–Sí – respondió Mark, cruzando los brazos, mientras miraba a las mujeres. El hombre no podía comprender aún, la ola de paz que le golpeaba siempre que se encontraba en presencia de esas dos mujeres.

–¿Está muerto? – preguntó Samuel, ignorante de su poder.

–Lo está – respondió Mark finalmente.

–¿Entonces se ha acabado? – preguntó ella.

–Creo que sí – asintió Mark.

–Bien – dejó escapar Sally, después de tomar una horquilla que aguantaba con los labios, colocándola en el pelo de Samuel.

Samuel sonrió ante las palabras de su cuñada y levantó los ojos para mirarla. Mark supo que Sally confiaba en Samuel de forma que jamás haría con sus propias hermanas.

–¿No está preciosa? – preguntó Sally a Mark, mostrando su obra de arte, el peinado de Samuel.

–¡Está precioso, Sal! – sonrió Mark.

–¿Está mi esposo afuera? – le preguntó Sally, girándose en sus talones para poder darles privacidad.

–Sí…os quedáis a cenar, ¿verdad? – le gritó Mark antes de que ella dejase el dormitorio.

–Claro, creo que debemos hablar – dijo Sally, saliendo.

–Me gusta Sally – sonrió Mark guasón cuando se cerró la puerta.

Samuel se puso en pie y se giró hacia él. Estaba descalza y parecía pequeña y frágil, incluso vulnerable.

—No he podido pensar con claridad en todo el día – le confesó Mark.

—¿Por qué no? – preguntó Samuel, mostrando preocupación en su rostro.

—Me he despertado y ya te habías ido…es casi la hora de cenar – explicó él.

—Sabías que Jimmy estaba conmigo – apuntó ella.

—Sabía que Jimmy estaba contigo, pero es mortal, ¿sabes?...Este tipo se ha muerto hace apenas una hora. No sabíamos si sabía lo de Porter o no.

Samuel caminó hacia su esposo y se metió entre sus piernas. Los ojos de Mark la contemplaron allí, cerca de él, cuando finalmente el aroma de ella le llenó rápidamente los pulmones a Mark, drogándole más rápidamente, de lo que lo había hecho el opio en el pasado.

—He pasado la mañana en la iglesia – le susurró ella, con su brazo rizándose en el cuello de su marido y acariciándole el pelo con la otra mano.

—¿La iglesia? – se preguntó él en voz alta, sintiéndose totalmente embriagado por la presencia y la proximidad de Samuel.

—Intentando pensar en un lugar con paz…lejos de aquí y de todos…hasta ha hablado con el Padre Goldstone…bueno, ya sabes que no estamos de acuerdo en mucho…y ahora menos que antes.

Mark rió guasón y la miró a los ojos, sintiendo su cuerpo adormecido desde el cuello. Él no creía en hechizos, pero podría haber jurado que podía verse reflejado en los ojos de ella. En ellos, Mark se encontraba encadenado a los pies de ella.

—No sé lo que haría si te pasase algo – susurró Mark.

—Eso no lo podemos prever… ¿Te crees que yo no me preocupo cuando te vas? – gimió Ella con una profunda voz, besándole entre las cejas. – Así que me digo a mí misma…disfruta del tiempo que pasas con él porqué no sabes hasta cuándo va a estar contigo…la vida cambia tan deprisa.

Samuel notó las suaves manos de su esposo en sus piernas y Mark la abrazó, atrayéndola hacia él.

—Eso lo sabemos bien — musitó Mark, estando de acuerdo con sus palabras.

—Sí — sonrió ella, jugueteando con los labios de él con las yemas de sus dedos.

—Un poquito.

A tempranas horas de esa misma mañana, el Padre Goldstone había reconocido a Samuel Vrooman en el preciso momento que ella había pisado en el templo. Su pequeña silueta y el sonido producido por los tacones de sus zapatos contra el suelo de piedra dieron la alerta. Sin embargo, el cura no se acercó a ella durante un tiempo, mientras el cual, la mujer se sentó en la parte derecha de atrás de la fila de largos bancos y el párroco decidió seguir con su rutina. Dos horas más tarde, cuando él volvió de nuevo al templo para tomar confesión a algunos feligreses, frenó, de repente, al ver que el gánster seguía aún sentada donde recordaba haberla visto anteriormente. Al terminar con la confesión y tras cerciorarse que la señora Gibson fuese la última persona de esa mañana, salió del confesionario y dudó por unos segundos ante la idea de acercarse a la señora Vrooman. Tomando aire profundamente, finalmente caminó hacia ella. La mujer percibió su presencia, así que levantó la cabeza. El Padre Goldstone miró fijamente a los ojos irritados de la mujer y le permitió utilizar un pañuelo para limpiarse la nariz.

—¿Puedo sentarme con usted? — preguntó el cura al gánster.

—Por favor — respondió *La Judía*.

El Padre Goldstone se sentó en el banco frente a Samuel, girando su cuerpo hacia su izquierda, para así poder verla. Tenía en ese preciso momento una visión clara de la puerta principal, sabiendo con seguridad que el guardaespaldas de la mujer estaba a pocos centímetros de la gruesa y elaborada puerta del templo, la cual había sido irónicamente, hecha por un hombre mudo.

—Veo que lleva un tiempo aquí sentada… ¿necesita pensar? — le preguntó el cura.

– Sí…necesitaba un lugar con paz para poder pensar…ya sabe que solía venir por aquí para esconderme demasiado a menudo, ¿verdad? – dijo ella al hombre vestido de negro.

– Sí, lo sé… ¿También se esconde hoy? – quería saber él.

– No…sólo necesitaba un poco de tranquilidad, ¿cree que alguien como yo podrá tener un poco de tranquilidad alguna vez? – se preguntó ella en voz alta, levantando la cabeza mientras respiraba con profundidad.

– Todos necesitamos vivir de acuerdo con nuestra consciencia, incluso usted, Samuel…ahora es madre…usted puede enmendar muchas cosas a través de su hija – argumentó él. – ¿No cree que Dios no ve lo que hace por su familia? Él también puede ver lo bueno que hay en usted… ¿Cuántas personas habrían acogido a un niño en el estado que se encontraba Molly?

– A mí también me acogieron…imagino que fue cuestión de ser el momento adecuado, de presentarse una oportunidad – contestó ella.

– No por eso tiene menos valor…especialmente para su hija – apuntó el Padre Goldstone.

– Eso es una gota de agua en un lago de mal, Padre…no pido cambiar, ya que no quiero convertirme en otra persona…sólo quiero ser lo suficientemente fuerte como para vivir la vida que se supone que he de vivir – expuso Samuel.

– ¿No quiere cambiar su vida, Samuel? – le preguntó el párroco, confundido por las palabras de la mujer.

– No, ¿quién más podría ser? ¿Cómo podría ser otra persona con las memorias que tengo en la cabeza y el abuso que tengo en el cuerpo?...Prefiero vivir con culpa que vivir en una mentira – concluyó Samuel.

– ¿De dónde viene su culpa? – se preguntó el hombre de Dios en voz alta.

– Soy responsable de arrastrar a mi familia al más oscuro de los pozos…él lo supo de inmediato – dijo Samuel, refiriéndose a Nero, pero manteniendo su nombre en secreto. – Desde el *segundo* en el que pisé esa oficina, él supo que sólo tenía que ponerme el pie en el cuello… controlar a mis hermanos fue de lo más sencillo, ya que sólo tuvo que esperar a que llegasen, uno a uno, por sus propios pies…de eso soy responsable.

–Dios le está hablando por medio de sus pensamientos…no puede deshacer lo que ya ha hecho pero sí que puede cambiar la forma en la que se enfrenta a sus futuras acciones, empezando con las decisiones que toma – explicó el Padre Goldstone.

–¿Lo ve? Eso mismo es, Padre…no tomo decisiones…no tengo elección…cometí un error y ahora sólo hay un único camino para mí y es el que tomo…lo tomo una y otra vez porque tengo que sobrevivir…no puedo volver a ser la que era. Me he convertido en lo que soy ahora y lo único que le pido a Dios es que escuche mis disculpas y que gire la cabeza hacia otro lado mientras hago lo que hago… ¿Usted cree que él puede hacer eso, Padre?

Samuel depositó sus labios en los de Mark, besándole como si tuviese todo el tiempo del mundo delante de ella. Los párpados de Mark sucumbieron a sus labios y su corazón dio un violento vuelco en su pecho mientras que las manos de ella le peinaban el pelo. Olvidando que tenían compañía, Mark la sentó en su regazo, mientras Samuel rizó sus piernas alrededor de su cintura. Él se levantó mientras su boca se comía la de Samuel y la llevó a echar el cerrojo de la puerta, llevándola después a cerrar la puerta del vestidor, tras lo cual la echó en la alfombra de la habitación y le hizo el amor, mientras su familia se preparaba para cenar al otro lado del apartamento.

Vestido ya con ropa limpia, Mark llegó al salón y le pidió a Wayne que fuese a ver a su hermana. Gino no se encontraba en la estancia, ya que se preparaba para ir a trabajar después cenar, así que Mark sustituyó a Wayne en el juego de mesa que jugaban con los niños. Wayne cerró la puerta y se encontró con Gino, el cual vestido tan elegantemente como tenía por costumbre, dejaba sus estancias.

—Pensaba que íbamos a cenar… ¡¿A dónde vas?! – preguntó Gino a Wayne.

—Ahora mismo salimos…sólo será un minuto – le dijo Wayne, tocando a la puerta de su hermana.

—¡Date prisa! ¡Me muero de hambre! – le metió prisa Gino.

—¡Cierra el pico, Gi! – soltó Wayne.

Gino sonrió lleno de felicidad después de haber conseguido molestar a su hermano, así que continuó hacia el salón.

Wayne la encontró sentada en un sillón blanco junto a la ventana. La habitación estaba recogida y parecía cómoda, a falta de ostentosos muebles.

—¡Sam! – la saludó Wayne.

—¡Hola, cariño! – le sonrió ella.

Ella terminó de ponerse los zapatos y se puso de pie ante su hermano. Caminó hacia él y le abrazó tan fuerte como pudo. Wayne cerró los ojos y abrazó a su hermana.

—¿Me podrás perdonar algún día? – susurró Samuel.

—No tengo nada que perdonarte, Sam – escuchó ella.

—¡Te he causado tantos problemas! – continuó ella.

—No – respondió él, separándola de él mientras la cogía por los brazos. – No dudaría ni un momento en volver a hacer lo que hice anoche, ¿lo comprendes?

—Yo haría lo mismo por ti – admitió ella.

—Eso ya lo sé – le alivió él el pensamiento, volviéndola a abrazar.

Samuel no pudo resistir la necesidad de volver a abrazar a su hermano.

—¿Estás seguro que quieres cambiar tu vida? – le preguntó ella.

—Sí.

Samuel volvió a mirar a su hermano.

—Creo que Sally lo sabía antes que tú – afirmó Samuel.

–Eso es lo que estoy empezando a creer – le dio la razón Wayne.

–Hay un apartamento vacío arriba…es tuyo – le informó Samuel.

–Bien…bien…sí, nos lo quedamos – aceptó Wayne.

–Bien…vamos a cenar, no he comido en todo el día – compartió Samuel con él, caminando hacia la puerta mientras tiraba de la mano de su hermano.

Al día siguiente, todos ellos tenían una comida de negocios con Nero. El restaurante elegido era el mismo en el cual ella había comido con Tony Rabissi años atrás, cosa que mantuvo en secreto mientras entraba en el establecimiento, sintiendo un escalofrío a lo largo de la columna vertebral que hizo que las perlas que lucía alrededor de su cuello se tambaleasen. El jardín era tan magnífico como había imaginado que sería en esa época del año y allí fue donde Nero les esperaba, en una de las mesas con más privacidad que la dirección había preparado para ellos. Ninguna de las otras mesas a su alrededor estaban siendo utilizadas por otros clientes. En ellas, unos guardaespaldas pretendían leer el periódico mientras que otros sólo descansaban, observando las idas y venidas del restaurante, sirviendo como separación entre el bien y el mal. Y no es que todas las personas al otro lado de la 'valla de matones' fuesen ángeles. Entre los clientes, había dos letrados cuyas acciones habían contribuido a la muerte de muchos Indios-Americanos décadas atrás y ahora, hombres acaudalados más allá de la imaginación, se atiborraban de pavo rustido y vino, contribuyendo a una muerte temprana. También había presente el violador de diez jóvenes. Ese día comía con su segunda esposa; su primera esposa había cometido suicidio años atrás al descubrir el lado oscuro y retorcido de su marido. El hombre pensaba que su pescado estaba poco hecho e iba a quejarse al maître en el preciso momento en el que Gino encabezó el grupo de siete que entraba en el jardín del restaurante.

El capo y Johnny Sappiro se pusieron en pie al ver acercarse a la familia de *La Judía*, besando primero la mano de Samuel, tras lo cual saludó a sus chicos, tal y como él los llamaba en privado. Nero había visto a Wayne en varias ocasiones desde aquel día en el que lo había conocido, aquel día en el que el rostro de Samuel había sido deformado por la brutalidad de una serpiente y unos días antes, mientras la cuidaba después del atentado contra su vida. Hoy, ella vestía un resplandeciente turban blanco que cubría su pelo, a conjunto con los dientes de mar alrededor de su cuello, los cuales desaparecían en el escote de su original y sedoso vestido de gasa blanco, material que adoraba, ya que le acariciaba su torturado cuerpo. Nero los miró sentados en su mesa y supo que al fin, había conseguido algo que parecía habérsele escapado de las manos durante años. Recordó aquel día, cuando supo que habían matado a Rabissi de tal forma que la policía se vio forzada a abandonar el caso, dejándolo abierto para siempre. El mafioso sabía que teniendo a los cuatro trabajando para él, juntos, cosas impensables podían al fin desearse y conseguirse, ya que era lo único que ellos conocían. La familiaridad y la sincronización de sus deseos, hábitos, debilidades y expectativas hacía que todo lo que tocasen funcionase como un reloj suizo, pero sobretodo, existía el hábito de cuidarse los unos a los otros, adoptado este a través de los años, siendo el lazo que les unía sin importar a lo que se debían enfrentar. Lo que había creado esa familia artificial se llamaba amor incondicional, uniéndoles con más fuerza que cualquier familia biológica.

Esa tarde, Nero le daba la bienvenida a Wayne y a su familia. Nero miró a su alrededor y levantó su copa, sabiendo que los dos hombres que entraban en el restaurante en ese momento y le pedían al maître una mesa con una buena vista a la mesa donde ellos se encontraban, eran en efecto, dos detectives. Habiendo sido la elección de restaurante una sorpresa, todos sabían que la familia de *La Judía* había sido seguida. Ignorándoles después de verles de la misma forma que lo hacían Mark y Gino, Nero saludó a Wayne y le dio la bienvenida en silencio. Con todas las copas en alto, todos le dieron las gracias y comenzaron a comer.

–¡Cartisso vino a verme! – mencionó Nero en los postres, después de no haberse referido al trabajo durante la comida, llamándoles la atención por la falta de conversación de negocios. – No le gustó nada que una mujer le mandase – concluyó él con una amplia sonrisa.

Samuel tomó un sorbo de su copa de agua y se limpió la boca suavemente, utilizando una servilleta blanca y mirando hacia abajo, pensando.

–Le queda menos de una semana – contestó Samuel, levantando la cabeza y mirando fijamente a su jefe.

–Recuérdaselo – le dijo Nero orgulloso de su respuesta. – No quise inmiscuirme en tu acuerdo con él…le dije que el problema lo tenía contigo, no conmigo, ya no. No le gustó oírlo – la señaló Nero discretamente. – Recuérdale quién es el jefe en ese asunto y haz lo que tengas que hacer…no es que nuestras familias se conozcan o algo de eso. Teníamos negocios juntos, eso es todo.

Samuel asintió, comunicando con la cabeza que había comprendido sus deseos.

Tras la comida, el grupo se disolvió y Nero besó la mano de Samuel tras haber estrechado las manos a los chicos. Se pusieron en marcha, alejándose de la mesa y dirigiéndose hacia la puerta principal, cruzando el jardín trasero. Uno a uno, todos ellos miraron la cara de la ley, mientras caminaban hacia la salida con calma. Una vez fuera, se dividieron en dos coches, abriéndole Mark la puerta a Samuel. Jimmy aprendía los hábitos de sus jefes con rapidez. Cuidarse de Samuel se había convertido en cosa de Mark, así que el guardaespaldas también había cambiado sus costumbres y mantenía la distancia entre ellos. Ahora caminaba detrás de ellos y pronto se dirigió hacia la puerta del conductor. Por lo tanto, Jimmy se cuidó del volante, mientras Mark aguantó la puerta de atrás y George se sentó en el asiento del pasajero. Samuel levantó la mirada antes de entrar en el coche y Mark la miró a los ojos. Ella se sintió mejor al estar tan cerca de él y le ofreció una sonrisa proveniente del corazón. Mark le devolvió la sonrisa con un sentimiento de familiaridad.

–¿Quién está con Cartisso hoy? – preguntó Samuel a Mark.

–Jack y Martin – respondió Mark.

–Tenemos que hablar con ellos esta noche – dijo Samuel.

–Lo haremos…vamos, métete dentro – le ordenó Mark.

–Sí, señor – sonrió ella, entrando en el coche.

Mark sonrió y entró en el coche tras ella.

Esa misma noche, los cuatro hermanos hablaban en la oficina del club donde la música podía oírse a un volumen vertiginoso, de la misma forma que fluía el alcohol. Sudorosos, hombres y mujeres bailaban, dejando sus preocupaciones en la puerta, donde dos porteros se aseguraban que a sólo aquellos que eran conocidos, se les era permitida la entrada en compañía de sus invitados. La conversación de los hermanos fue interrumpida por un golpe en la puerta. Tras ser invitado a entrar, Martín abrió la puerta y sus cuatro jefes le dedicaron una mirada.

–Buenas noches – saludó él.

Todos le devolvieron el saludo y él entró en la estancia, cerrando la puerta con su sombrero entre las manos.

–¿Y? – preguntó Gino desde la parte de atrás de la habitación, donde se sentaba de mala forma sobre unos de los armarios.

–Pues…nos hemos asegurado de que sepa que estamos vigilándole…su mujer sale y entra, pero Jack la ha seguido. Ha visitado a varios familiares en tres casas diferentes y ha pasado bastante tiempo en cada una de ellas. No se ha llevado los niños con ella, pero el marido sí que ha ido a trabajar – informó Martín.

–¿Ha ido la mujer de una a casa a la otra directamente o ha hecho algo más entre casa y casa? – le preguntó Mark.

–No, parecía que tenía un itinerario…no ha ido de compras desde que los estamos vigilando – contestó Martín.

–Averigua quiénes son esas personas…sus nombres, lo que hacen – le ordenó Samuel a Martín.

–Sí, señora – comprendió Martín, ofreciendo una leve reverencia.

—Muy bien, eso es todo, gracias… ¿Está George en la casa? – preguntó Mark a Martín.

—Sí, George y Óscar están allí esta noche…saben que tienen que traerlo mañana por la tarde – contestó Martín.

—De acuerdo…gracias – lo despachó Mark.

—Buenas noches – les deseó Martín, marchándose.

Los presentes permanecieron en silencio durante unos minutos después que Martín dejase la oficina. Wayne lo rompió.

—Tiene que estar intentando conseguir el dinero – especuló Wayne.

—Probablemente – añadió Gino.

—¿Qué piensas? – preguntó Mark a Samuel.

—No va a poder conseguir esa cantidad para este sábado. Está arruinado y ya ha vendido la mayoría de los muebles…y tiene tres hijos. No nos va a pagar – sentenció Samuel.

—¿Y?...Pues lo matamos – concluyó Gino.

—¿Y de qué nos sirve muerto?...Pero si me dices que ama su cuello lo suficiente como para involucrar a alguien más en esto, entonces sí que podemos negociar – respondió Samuel.

—No sabemos mucho de él ni de su familia…tampoco, Nero. Dice que es un hombre privado – les recordó Wayne.

—Sí – estuvo de acuerdo Samuel. – ¡¿Qué ocurre?! – dijo ella, caminando hacia la puerta al percatarse que la música había cesado de forma abrupta.

Seguida por sus hermanos y su esposo, Samuel se apresuró a salir de la oficina, comprendiendo todos que algo terrible estaba ocurriendo abajo. Cuando por fin consiguieron superar las estrechas escaleras que separaban la oficina del club, la música había sido sustituida por gritos y caos. El ruido de muebles golpeando suelos y paredes pronto llegó a sus oídos y también a sus ojos. Al llegar a la planta de abajo, después de correr tan rápido como sus tacones le permitieron, ella descubrió que la peor de las peleas había explotado y que un cuchillo estaba siendo balanceado entre la multitud. ¿Cómo podía aquella arma haber pasado la seguridad de la puerta? Respondiendo a un instinto, Wayne, Mark y Gino se apresuraron hacia el centro de la pelea con la intención de frenarla. Allí encontraron a Martín y a uno de los porteros. En el epicentro de aquel terremoto ocasionado por demasiado alcohol en su sistema, uno de los instigadores blandía un cuchillo hacia la persona que intentaba parar sus acciones. Con un fortuito intento, le cortó en el estómago, haciendo sangrar al hombre, empapando su camisa con rapidez.

Samuel había corrido a la parte de atrás del club para alertar a los empleados en el casino, pidiéndole al portero del casino que no se moviese de su puesto y que tampoco dejase entrar o salir a la gente bajo ninguna circunstancia. Tras cerrar la puerta a su espalda, ella caminó hacia el club y la sangre se le congeló en las venas cuando vio a Mark salir del centro de la pelea con su mano en el estómago, sangrando copiosamente. Herido, Mark levantó la mirada mientras se alejaba de un grupo de hombres que intentaban evitar que hubiese un homicidio en el club; sus hermanos estaban entre esos hombres y era casi imposible saber con exactitud quién tenía cogido a quién.

Samuel caminó hacia Mark a la vez que él se acercaba a ella, poniendo su brazo por encima de los hombros de su esposa para sostenerse. Alejándose, ambos lucharon las difíciles escaleras, mientras Mark escuchaba a Samuel pedirle a Dios que no le hiciese esto a Mark. Una vez arriba, Samuel le ayudó a tumbarse en el sofá y le revisó el estómago. Mark apretaba la herida con sus manos para evitar que la sangre brotase de su sistema, debilitándole. De hecho, estaba sumergido en un terrible y profundo dolor, lo que había vuelto a desencadenar un seguido de imágenes del tiempo que había pasado en Europa. De repente, con la frialdad del hielo, Mark miró hacia arriba, fijando sus ojos en una herida Samuel y pronunció su nombre con toda la calma que pudo encontrar dentro de sí.

–¡Sam!… ¡Ve y tráeme una toalla, ve cariño, ve! – le ordenó Mark.

Samuel obedeció a Mark y entró violentamente en el baño de la oficina, tirando de la toalla con un seco zarpazo y volviendo junto a Mark lo más rápido posible. Allí se arrodilló y colocó la toalla en su estómago. Muy a pesar de haber adoptado la serenidad que moldeaba su personalidad, Mark sudaba.

– ¿Es profunda? – le preguntó Samuel.

–No lo creo, pero no la voy a mirar…tienes…tienes que llamar…tienes que llamar a Johnny para que traiga al médico…hazlo, por favor – le pidió Mark.

Samuel se puso de pie de un salto y con las manos manchadas de la sangre de su marido y las mejillas mojadas por las lágrimas que el terror había producido en ella, se lanzó hacia el teléfono. De pie junto al escritorio, sacudió la cabeza cuando notó que su mente se había bloqueado. Así que tras tomar aire profundamente, levantó las manos en el aire para llamar a la calma en su cuerpo. Al fin recibió la imagen del número de teléfono de Johnny en su mente, obligando a su dedo a marcarlo tan rápido como la rueda le permitió. Necesitó cinco tonos para poder oír la voz de Johnny, quien lo cogió, tras lo cual Samuel habló tan claramente como le fue posible.

– ¡Soy *La Judía*!... ¡Ha habido una pelea en el club y han herido a Mark!...¡No!...¡Tiene un corte horrible en el estómago! – informó ella, girándose para poder verle en el sofá. – ¡Sí!... ¡Por favor, date prisa!

Samuel colgó el teléfono y se volteó hacia Mark.

– Ya está en camino – dijo ella.

– Bien – susurró él.

Samuel caminó hacia él y se arrodilló de nuevo, sintiéndose derrotada por el dolor que Mark estaba sintiendo. Ante sus ojos, la peor de las pesadillas de Samuel se estaba haciendo realidad y Mark pudo ver el miedo en los ojos de ella.

– Estoy bien, cariño – intentó calmarla Mark.

– ¡No, no estás bien! – le respondió ella, sin poder controlar más la compostura. – ¡¿Cómo puedes decir eso?! ¡Mírate!

– ¿Sabes qué?...Esto es sólo superficial…he pasado por peores cosas y he visto aún peores heridas... ¿Te acuerdas de mi pierna? – le preguntó Mark, intentando desviar la atención de su herida y de sí mismo mientras esperaban a que llegase el médico.

– Sí – contestó ella, dándose cuenta que esa era la primera vez que Mark hablaba sobre aquel tiempo de guerra.

—Bien, pues…uno de mis amigos, un tipo del Sur de Inglaterra, era tan divertido ese tipo…era bajito, robusto y algo descarado también…una mañana – le susurraba él a ella, – teníamos que unirnos a un escuadrón que había asegurado un pequeño pueblo cerca de la frontera holandesa…era una mañana preciosa, Sam…no habíamos tenido oportunidad de bañarnos en semanas y allí, justo delante de nosotros, había un arroyo…Dios, antes de tener tiempo a pensarlo, salimos todos corriendo hacia el arroyo sin asegurar el área, tirando las armas y las bolsas y saltando en el arroyo con la ropa y las botas puestas…Dios, el agua estaba helada, Sam…se metió en el uniforme y podías ver como la porquería se disolvía casi de inmediato al contacto con el agua…fue fantástico y tan corto, porque en ese preciso momento comenzamos a recibir fuego enemigo desde unos árboles y cuando se dieron cuenta que algunos de nosotros nos escapábamos y llegábamos a las armas, entonces comenzaron a lanzar granadas – narró Mark, tras lo cual tomó un breve descanso. – Se llamaba O'Cally, James O'Cally y tenía diecinueve años. Una de esas granadas había caído justo a su espalda…el caos se apoderó de todo y a mí me cayó tierra encima cuando caí al suelo…cuando pude levantar la cabeza, él estaba junto a mí, aún con vida…la granada le había arrancado las piernas y una bala le había atravesado por la espalda, justo en el centro del cuerpo…aquí – le dijo él a ella, señalando a su propio estómago. – Dios, él tenía tanto miedo, Sam…tenía tanto miedo y yo también.

Había funcionado. Al igual que él solía hacer cuando ella era una niña pequeña, su narración la había transportado lejos de la realidad, llevándola a un lugar diferente. Ella notó cómo la presión de su sangre disminuía, cómo sus nervios retomaban fuerza y cómo su sangre se enfriaba, a pesar del estado en el que se encontraba su esposo. Mark se sintió mucho mejor también ahora que había hablado de ello. Había sufrido pesadillas y vergüenza durante demasiados años por los crímenes cometidos en la guerra, sin importarle la responsabilidad legal que hubiese tenido, ya que crímenes él consideraba que esas acciones habían sido. Ahora, se ganaba la vida al otro lado de la legalidad sin ápice de remordimiento.

–No es tan malo como parece…esta de aquí dolió más – le dijo Mark, moviendo su brazo izquierdo para mostrarle la cicatriz que tenía allí.

–Pero te duele – le recordó ella, tomando la mano sangrienta de Mark.

–Me van a dar unos cuantos puntos, pero estaré bien – le aseguró Mark a su esposa. – Ese hijo de perra me ha dado un buen corte y eso que no me apuntaba a mí.

–¡Bien, cállate ya! – le urgió Samuel, besándole la mano.

–Buena chica – susurró él.

La puerta se abrió de golpe y Wayne entró de igual forma, congelándose ante la imagen de Mark cubierto en sangre y de Samuel arrodillada junto a él, también manchada. Gino le empujó y ambos llegaron al sofá donde sus hermanos parecían estar desangrándose.

–¡¿Estás herida?! – gritó Gino a Samuel ya que no podía recordar si ella se había involucrado en la pelea.

–No, él sí…acabo de llamar a Johnny. Un médico está en camino – les informó Samuel.

Samuel se apartó de Mark, preguntándoles a sus hermanos si se encontraban bien y una vez supo que ambos lo estaban, les permitió que examinasen a Mark. Pronto, Gino pudo ver las dimensiones del doloroso corte, volviéndolo a cubrir con una toalla y pidiéndole a Wayne que hiciese presión sobre ella.

–¿Se ha asegurado el club? – les preguntó Samuel.

–Sí – respondió Wayne.

–¿Cómo ha podido colarse un cuchillo? – se preguntó Samuel en voz alta.

–Eso es algo de lo que tendremos que ocuparnos…más tarde, Sam – la regañó Gino.

–Sí, lo sé…lo sé…está sudando mucho – les dijo Samuel, paseando por la oficina y volviendo a ser presa de sus nervios.

–¡Estate quieta, Sam! – le ordenó Mark.

–¡¡Te han cortado!! – le gritó Samuel.

Gino se puso en pie y cogió a su hermana por los brazos, justo por debajo de los hombros para poder controlarla con facilidad.

–Escúchame…no es un corte profundo, ¿me oyes?...Sólo ha perdido algo de sangre y parece más de lo que es, pero se va a poner bien, ¿lo comprendes, Samuel? – buscó Gino en ella.

–Sí…lo comprendo…lo comprendo…sólo quiero que llegue el médico – habló Samuel suavemente.

–Yo también…y ahora, ve y límpiate esa sangre, me estás poniendo muy nervioso con toda esa sangre por tu cuerpo…ve – le ordenó Gino, señalando al baño.

–Sí – suspiró ella.

Samuel obedeció a su hermano mayor y se lavó manos, el pecho y la cara. Al terminar, entró de nuevo en la oficina para encontrar a Gino presionando la herida. Sin poder aguantar más la visión del sufrimiento de Mark, se dirigió hacia la puerta y salió de la oficina, bajando las escaleras con un paso ligero y decidido. El club se había quedado desierto y encontró la mayoría del mobiliario por el suelo, desordenado. Conner seguía junto a la puerta que conectaba el club con la zona de juego, quien la miró bajar con sus preciosos ojos llenos de ira. Lo pasó de largo en su camino hacia la zona de la barra y el escenario, donde los porteros se sentaban con manchas de sangre en sus ropas transferidas del suelo. Ella frenó en el epicentro del caos y durante un segundo, miró fijamente al suelo, viendo como la sangre de su marido se había mezclado con la de otra persona. El arma estaba en el suelo, junto al escenario y el hombre responsable de la herida de su esposo estaba sentado junto a la barra, demostrando una profunda embriaguez, una nariz rota y un par de costillas también. Su dolor estaba aún por llegar, ya que el nivel de alcohol en su sangre lo estaba amortiguando. Ella giró los tacones y caminó hacia los porteros. Al acercarse a ellos, todos se pusieron en pie y ella pudo ver que uno de ellos, Brown, había sido herido en un brazo y una corbata había sido anudada sobre la herida como solución más inmediata. Hombre alto y fuerte como era, no daba visibles muestras de dolor cuando su jefe se le acercó.

–Ese ha cortado a mi hermano – les dijo *La Judía*, señalando al obrero de veintitrés años, cuya paga había sido gastada en la misma noche.

Ninguno de los porteros se atrevió a contestarle a *La Judía* y esperaron a que ella diese más indicaciones de lo que quería que se hiciese.

–Sin embargo, no es culpa suya…posiblemente está demasiado borracho como para comprender lo que ha hecho, pero vosotros… ¿Cómo ha podido colarse un cuchillo por esa puerta? – les preguntó ella, señalando a la entrada principal sin aún levantar la voz. – ¿Cómo?

Los matones se miraron momentáneamente y le devolvieron los ojos a su jefe seguidamente. Ninguno de ellos se atrevió a dar ninguna clase de explicación, ya que sólo podía deberse a su incompetencia en el registro.

–¿Entendéis lo que podría haber pasado si este pedazo de mierda hubiese matado a un cliente o a mi hermano?... ¡¿Comprendéis las consecuencias de no hacer vuestro trabajo correctamente?! – gritó ahora *La Judía*, llegando su voz a todas las esquinas de ese club.

Sus gritos hicieron que una camarera temblase detrás de la barra, echándole un vistazo a su compañera y después mirando de nuevo a la pequeña *Judía*, quien seguía frente a ella entre todos aquellos hombres altos y corpulentos.

–¡Os vais a cuidar de él!… ¡Espabiladlo! – ordenó *La Judía* a uno de ellos, señalándole primero a él y después al hombre sentado en el suelo cerca de la barra, – y cuando esté sobrio, quiero su nombre, quién le trajo aquí, dónde vive y dónde trabaja, antes que le dejéis en casa y…y aseguraos que él sabe que no es bienvenido en este local…La próxima vez que vea su cara por aquí, no dejaré que se vaya, ¿lo comprendéis? – advirtió *La Judía* al portero.

–¡Sí, señora! – respondió él.

–Bien – le dijo ella. – ¿Quién está en la puerta? – les preguntó ella.

–Goodman, señora – contestó él.

Ella caminó hacia la puerta y después de correr la cortina, salió del club. Era una noche fresca y Goodman la miró preocupado. La noche se había calmado de nuevo ya que todos los clientes habían desaparecido de la escena temiendo una redada de la policía. En silencio, ella esperó en la puerta a que llegase el coche que traería al médico para Mark, lo cual ocurrió en los siguientes diez minutos.

Johnny vio de inmediato el sangriento vestido de Samuel, al igual que la mirada extraña en su rostro cuando él se acercó a la puerta. Sin saludarle y después de reconocer al médico de Nero, ella los llevó hacia la oficina donde Mark luchaba con su dolor. Johnny examinó el estado en el cual el club se encontraba y los porteros desearon que *La Judía* estuviese a cargo. Ninguno de ellos pudo ver una sombra de esperanza en la mirada que Johnny Sappiro les había dedicado y tras frenar durante unos segundos para mirar al embriagado agresor, siguió a *La Judía* escaleras arriba.

Wayne y Gino se alejaron de su hermano cuando vieron al médico entrar en la oficina. Sappiro se quedó en la puerta y después de mirar a Mark, les pidió a Gino y a Wayne que saliesen. Antes de dejarle a solas con el doctor, Samuel miró a Mark desde la puerta, enviándole un silencioso 'te quiero'. Para poder decirle que había recibido su amor, Mark cerró los ojos levemente, viéndola desaparecer entonces. Sappiro pidió privacidad de Jimmy, así que Samuel le ordenó que fuese a ayudar a avivar al agresor. Frente a la puerta de la oficina y todos manchados con la sangre de Mark, Sappiro los miró.

– ¿Qué ha pasado? – preguntó él.

– Se ha colado un cuchillo – respondió Gino.

– Lo he visto en el suelo…es bastante grande – señaló él.

Ninguno de ellos comentó esa sarcástica observación.

– ¿Qué vais a hacer? – les preguntó Sappiro.

– Es sólo un borracho – indicó Samuel. – Mañana no se va a acordar de nada si no se lo dice alguien.

– ¿Y lo vas a dejar que se vaya? – preguntó Gino a ella.

–¿Qué quieres hacer con él? ¡Si no puede ni tenerse en pie, por Dios! – argumentó Samuel. – Matarlo no va a ser bueno para el negocio.

–Quizás debería ser Mark el que decida eso – sugirió Wayne.

–Ya he decidido qué hacer con él – expuso ella. – Si quieres deshacer lo que he hecho, ve abajo y hazlo tú mismo, eso va a ser de una gran ayuda.

Wayne observó a su hermana durante un segundo y cruzó los brazos por encima del pecho. En parte tenía razón; castigar a los locos y a los retrasados era tan absurdo como escupir contra el viento.

–El problema es que se ha colado un cuchillo en el club y eso es lo que tenemos que solucionar…ahora, el daño ya está hecho – explicó Samuel. – Eso es lo que tenemos que hablar con Mark…todos nosotros.

–De acuerdo – concluyó Sappiro, dejándoles y bajando las escaleras hacia el club.

Había aceptado que la solución a ese problema tenían que materializarla ellos, así que decidió bajar al club y hablar con los porteros mientras el médico cuidaba de Mark. En el momento en el que Sappiro los dejó solos, Gino habló tras haber estado mirando fijamente a Samuel durante un tiempo infinito.

–Tu marido está ahí dentro, herido – le recordó Gino, batallando por mantener la voz baja.

–¿Y eso me lo dices tú? – le preguntó ella, desafiante y con el mismo tono de voz.

–Tiene razón – intervino Wayne. – Ese se va a querer morir cuando se despierte y se entere a quién ha herido… ¿Le has visto los ojos? – le preguntó Wayne.

En su mente y en su corazón, Gino luchó la opinión de sus hermanos, pero finalmente cedió. Poco después y tras haber esperado fuera durante quince minutos más, se levantaron, cuando la puerta se abrió justo delante de ellos. El médico, sin chaqueta y con las gafas puestas, mostraba las mangas de la camina enrolladas hacia arriba.

– Está bien…tiene que irse a casa y descansar un par de días – les aconsejó él. – Que no se mueva en dos días…*dos días* – señaló él, mostrándoles dos dedos.

– Le hemos oído – le ladró Gino.

A la mañana siguiente, Gino se levantó alrededor de las once de la mañana y tras desayunar a solas, volvió a la zona de los dormitorios y se acercó a la puerta de Mark y Samuel. Tocó levemente en ella y puso el oído para poder escuchar alguna respuesta desde dentro. Seguidamente escuchó un suave 'adelante' y Gino abrió la puerta. El dormitorio estaba iluminado por luz natural que se colaba por la rendija que formaban las cortinas, así que cuando los ojos del italiano se acostumbraron a la escasa iluminación, pudo ver a su hermano echado en la cama boca arriba con un vendaje limpio alrededor de la cintura. De repente, Gino se dio cuenta que esa era la primera vez que había entrado en el dormitorio de sus hermanos desde que se habían convertido en marido y mujer, sintiendo un cosquilleo en el estómago al acercarse a la cama. Allí, vio a Samuel vestida en una camisola de seda, durmiendo en posición fetal con sus brazos alrededor del brazo derecho de Mark, el cual descansaba entre las piernas de ella. La cabeza de su hermana descansaba en su lugar favorito, junto al lado derecho del cuello de Mark. Dándole aun así el espacio que Mark necesitaba, ella abrazaba el brazo de su esposo y dormía plácidamente. Al fin, Gino se compuso y miró a su hermano.

– ¿Cómo te encuentras? – le susurró Gino, sentándose lentamente a su lado, intentando evitar mover la cama y molestarles.

– Pica – se quejó Mark.

– Apuesto a que sí…Wayne y yo nos vamos al club a hablar sobre Cartisso. Dile cuando se levante que venga al club, ¿lo harás? – le pidió Gino, señalando a Samuel con un movimiento de cabeza.

– Claro – acordó Mark.

Mark percibió la mirada perdida de Gino y le ofreció una sonrisa.

–¿Extraño? – preguntó Mark a su hermano.

–Un poco – admitió Gino. – Mantenéis muy bien las distancias ahí fuera.

Mark volvió a sonreír y Gino puso su mano sobre el brazo de Mark.

–Te veo luego…descansa – le dijo Gino a Mark, levantándose.

–De acuerdo.

Gino dejó la estancia y a ellos descansando sobre el lecho.

Samuel entró en el club, sintiéndose de repente mucho mejor, ya que la oscuridad de ese lugar mantenía el sofocante calor afuera. Encontró a Jack, Martín, George y Jimmy sentados alrededor de una de las mesas, pero de forma desordenada. A su vez, Gino caminaba hacia esa misma mesa proveniente del negocio adyacente cuando vio a su hermana entrar en el club con Óscar detrás, a su espalda. Wayne levantó los ojos y también observó a su hermana. Con el ritmo de un ejército bien entrenado, todos los varones se pusieron de pie cuando *La Judía* llegó. Tímida, ella les pidió que retomasen sus asientos. Intentando sofocar el calor, todos bebían agua con hielo. Ella tomó la silla que Jimmy le ofrecía, sentándose en la reunión aún bajo la mirada de Wayne, junto a quien Gino se sentó.

–Acabamos de enterarnos de algo muy interesante – le informó Wayne.

–¿Qué es? – le preguntó Samuel, secándose el sudor del cogote con un almidonado pañuelo blanco.

–Ahora sabemos por qué Cartisso siempre ha mantenido a su familia en privado…jamás adivinarías quién es su adorado tío – le dijo Wayne con la más dulce de las voces y la más maliciosa de las sonrisas.

–Alégrame el día – respondió su hermana de la misma forma.

—Normalmente se dirigen a él como 'Su Señoría' en el trabajo – jugueteó Wayne con el poder que se le había otorgado desde arriba.

La carcajada de *La Judía* pudo oírse desde dentro del casino.

EL POZO ENVENENADO

Zona Central de Manhattan, ciudad de Nueva York, Octubre de 1919

En el preciso momento en el que hicieron entrada en el local, ella los avistó por encima de las tartas colocadas sobre la barra. Una vez la pesada puerta se hubo abierto, una mujer menuda entró en primer lugar. A su espalda hizo entrada un interesante hombre sufridor de una cojera, mientras que el poseedor de los ojos más oscuros que ella jamás había visto, aguantaba la puerta a ambos. Ella recordaba bien esos ojos negros, ya que una vez, estos habían atravesado su mente para dejarla herida eternamente. En último lugar entró un hombre rubio, quien parecía amo de un alma serena y una personalidad reservada. Con una señal, se indicó a la joven menuda, la que ya se había convertido en su mesa favorita en ese restaurante. Graciosamente, y como si fuese impulsada por una corriente de suave aire fresco, la joven caminó hacia el lugar elegido para el desayuno. Antes que Mary Anne pudiese coger el pedido a los recién llegados, ella se apresuró a salir de detrás del mostrador, llegando a la mesa a la vez que esas cuatro personas.

– ¡Buenos días! – saludó la camarera.

La joven que lideraba el grupo le ofreció una sonrisa y unos agradables buenos días. La camarera esperó paciente a que ellos se quitasen los abrigos y comenzó a memorizar el pedido en breve.

Carreras de caballos y juego no era un tema que le interesase mucho a Samuel esa mañana, así que tan pronto como sus hermanos comenzaron a hablar de negocios, ella desvió su atención, sumergiéndose en su propio mundo. Poco después de su evasión tuvo que volver a la realidad, empujada por el sonido de unas risotadas y de cuatro tazas chocando contra la mesa. Recobrando el oído, Samuel miró a quienes se sentaban con ella, siendo testigo de cómo unas pestañas acariciadas por rímel negro flirteaban con uno de sus hermanos.

—¿Qué? – ladró Samuel a los entretenidos hombres.

Sus hermanos fijaban los ojos en ella con sendas sonrisas en sus caras, regocijados en el hecho de su momentánea ausencia.

—¿Os estáis burlando de mí? – les provocó Samuel sin parecer insultada.

—¡Sí! – rieron todos al mismo son.

Samuel sonrió a la vez que la camarera se alejaba de la mesa, dejando atrás una suave fragancia a desayuno.

—¿Dónde estabas? – provocó Gino a su hermana.

—Lejos de aquí – le deleitó ella, cogiendo el azúcar.

—¿No te gusta nuestra compañía? – bromeó Wayne.

—¡Ha sido la conversación la que ha matado mi interés! – explicó Samuel sin piedad, mostrando una sonrisa burlona en el rostro.

Los tres varones rieron y aullaron al oír esas palabras, mientras que Samuel rió, evitando los ojos de sus hermanos y tomando un sorbo de café para tastar la dulzura, levantando al fin la cabeza.

—¿Y de qué te gustaría hablar? – se aventuró Wayne.

—No hagas eso – susurró Mark una advertencia, evitando los ojos de Samuel.

—¿Perdona? – soltó Samuel sin contemplación.

Gino y Wayne rieron abiertamente, mientras que Mark seguía ignorando a Samuel y a sus palabras, así que ella aceptó la oportunidad.

—Podríamos hablar de Gino – sonrió ella, señalando a Gino con la mano abierta como si acabase de liberar a una mariposa.

—¡¿Para qué?! – se apresuró a preguntar Gino con el ceño fruncido.

—Seguro que necesitas una mujer – afirmó Samuel.

Esas palabras resultaron ser demasiado para Mark, así que dejó salir una sonora risotada, a la cual se le unió Wayne, observando ambos al italiano y esperando una defensa encarnizada.

—¡Oh, sí!...Yo también lo encuentro divertido – dijo Gino a sus hermanos, mirándolos alternativamente.

—Creo que tiene razón – dijo Mark a Gino, mirándole a los ojos.

—Tu opinión no cuenta, Mark – se enfrentó Gino a él con su dedo índice.

—¡¿Por qué no?! – preguntó Mark.

—Tú...tú te has casado con ella, así que has perdido el beneficio de la imparcialidad – le dijo Gino en voz baja.

Wayne dejó salir una carcajada y Samuel miró a su marido con una sonrisa en los labios, esperando una oportuna contestación.

—Que conveniente para ti – murmuró Mark para Gino.

Wayne volvió a reír.

—Eso ha estado bastante bien – felicitó Wayne a Mark.

—Pero volvamos a los hechos – volvió Samuel a la vía central.

—¡Cierra el pico, Samuel! – le dijo Gino, intentando darle una patada por debajo de la mesa.

—¡Gino! – se quejó Samuel. – ¡Mis medias!

—¡Déjala tranquila! – advirtió Mark a Gino, con la misma autoridad que siempre había tenido sobre los temas de Samuel.

El infantil e inapropiado comportamiento para un grupo de mafiosos se vio interrumpido por la misma camarera de labios jugosos. Esta colocó dos platos sobre la mesa: pastel de carne para Gino y pollo para Mark. Al alcanzar el aroma de la comida la nariz de Samuel, esta notó como si una mano invisible le obstruyera la garganta, forzándola a abandonar la mesa, golpeando un aviso en el brazo de Mark. Él la miró al sentir el empujón, viendo ese intento de hacerse paso hacia fuera de la mesa rodeada de bancos fijos. Al fin, comprendiendo lo que ella requería, Mark se apartó de su camino y siendo una sorpresa tanto para la camarera como para los hombres, Samuel se apresuró al aseo tan pronto como sus tacones tocaron en el suelo.

Con una ceja arqueada y algo desconcertado, Mark se quedó de pie junto a la camarera. Después que Samuel hubiese desaparecido en el aseo, Mark miró a sus hermanos.

– ¿Qué ha sido eso? – preguntó.

Wayne lo supo de inmediato, pero lo único que su mente pudo hacer en esos momentos fue forzar a que su cuerpo se reclinase en el respaldo del banco y así, esperar a que su vida se complicase aún más.

– ¡Iré con ella!… ¡Disculpen! – les dijo la camarera a los clientes.

Mark se apartó del camino de la camarera, quedándose atrás, dudando por unos instantes. Él no podía entrar en el aseo de señoras, así que se volvió a sentar, pensando que había olvidado dar las gracias a la camarera por ese acto de gentileza.

La camarera se llamaba Nancy y trabajaba sirviendo mesas desde que su memoria le permitía recordar. Su madre la había animado a elegir dicha profesión, prometiéndole que la perfección en las curvas de sus piernas y las facciones suaves de su rostro atraerían infinidad de propinas, abriéndole las puertas hacia un marido adinerado. Sin embargo, hacía mucho tiempo que Nancy había abandonado la esperanza de encontrar un hombre decente, justo al aceptar que jamás encontraría uno rico. De hecho, el último hombre que le había hecho pensar que Dios lo había puesto en su camino, le había forzado a abortar, siendo ese el mismo día en el que decidió vivir su vida sin la buena o la mala compañía de un hombre y sin saber que en un futuro, un par de ojos negros le robarían el corazón.

Nancy no se sintió asqueada al oír vomitar a Samuel en uno de los dos retretes disponibles para las damas de ese restaurante. La camarera cerró la puerta y dio un paso adelante.

– Señora… ¿se encuentra bien? – preguntó Nancy, cogiendo una toalla para Samuel.

Samuel había oído entrar a alguien en el aseo, pero no podía aún hablar. Cuando se sintió mejor, salió del retrete y vio a la mujer que la había seguido para ser testigo de su privacidad.

– ¿Mejor? – preguntó Nancy, ofreciendo la toalla.

– Sí. Mucho mejor, gracias – respondió Samuel, tomando lo que se le ofrecía mientras se dirigía hacia el lavabo para lavarse las manos.

Nancy observó a Samuel. No llevaba alianza en su mano a pesar de ese otro anillo que lucía. La camarera no sabía que ese era un regalo hecho por esos dulces ojos negros, comprado a un mercante egipcio, al cual el italiano había tenido el placer de derrotar en la mesa.

– No sé lo que me ha pasado – balbuceó Samuel.

– Le traeré un poco de té – ofreció Nancy.

Samuel levantó la mirada y le sonrió a la camarera.

– Gracias – respondió Samuel a la oferta.

Nancy salió del aseo, encontrándose con Mark. Después de volver a mirarse en el espejo, Samuel saludó a una señora que entraba en el aseo y aprovechando que la puerta había sido abierta por ella, salió, viendo a Mark de pie junto al teléfono público.

– ¿Te encuentras bien? – necesitaba saber su esposo.

– Sí…me encuentro mucho mejor, gracias, cariño – dijo ella, acariciándole el brazo.

– ¿Seguro? – insistió él.

– Seguro – contestó ella.

Samuel percibió la forma en la que Wayne la miraba al volver a la mesa, quien escudriñaba a su hermana, intentando adivinar si ella sabía lo que le estaba ocurriendo.

– ¿Qué te ha pasado? – se preguntó Gino en voz alta mirando a su hermana.

– No lo sé – respondió ella. – Creo que ha sido el olor de tu comida.

– ¡Qué me lo voy a comer ahora, Sam! – se quejó Gino.

– ¿Pero estás mejor? – le preguntó Wayne también, sonriendo ante la mueca de asco de Gino.

– Sí…perdona, Gi – sonrió Samuel.

Después de desayunar, los tres hombres se encaminaron hacia la salida, mientras que Samuel tomó el camino opuesto. Junto a la barra, Samuel llamó a Nancy y la camarera se acercó a ella, encontrando un rostro amable al llegar.

– Sólo quería decirle que le agradezco mucho su interés – le dijo Samuel.

Nancy le sonrió, sorprendiéndose al ver la mano de Samuel extendida por encima de la barra.

– Soy Sam – se presentó Samuel.

– Nancy – hizo lo mismo la camarera, estrechando la mano de Samuel.

– Encantada de conocerte, Nancy…hasta otra, adiós.

– Adiós.

Nancy se quedó allí mismo, viéndola cruzar el concurrido comedor con el más gracioso de los caminares, alcanzando por fin la puerta principal para seguidamente, caminar frente al alto hombre rubio.

Unos días más tarde, Sally encontró a Samuel sentada frente a su tocador mientras un disco colmaba la habitación con una dócil música. Sally rió ante la visión de Molly, quien lucía uno de los vestidos de Samuel en su empeño de conjuntarlo con unos zapatos de tacón y un chal de plumas que enroscaba alrededor del cuello, cosquilleando con ellas sus sobre maquilladas mejillas. En esos momentos y de pie junto a su madre, la niña pequeña se pintaba los labios con carmín rojo, utilizando uno de los tres espejos que formaban parte del tocador. Sally supo de inmediato que Molly se encontraba mucho mejor, ahora que jugueteaba con el maquillaje una vez más, ya que durante mucho tiempo, la niña le había advertido a su madre de los peligros que conllevaba usar maquillaje.

– ¡Hola, tía Sally! – saludó Molly contenta, mostrándole su atuendo.

– ¡Hola, preciosa! – le devolvió Sally el saludo.

Samuel sonrió ampliamente ante la presencia de su cuñada,

quien se acercaba a ellas, besando finalmente a su sobrina.

– ¡Pareces una actriz! – ofreció Sally un cumplido a la pequeña, acariciándole el pelo.

– ¿Dónde está David? – quiso saber Molly.

– Está en el salón – respondió Sally.

– ¡Bien!

Molly dio un saltito e intentó irse brincando cuando su madre la llamó.

– ¡Quítate esos zapatos!… ¡Te vas a matar en ellos! – dijo Samuel a la niña, señalando al armario.

– Sí, mami – obedeció Molly.

Molly se dirigió al armario y después de quitarse los zapatos de su madre, se apresuró a llegar al salón, descalza, pensando que llegaría a su destino con tal rapidez, que jamás sentiría el frío que le subía por los pies.

Sally se sentó en el banco que había al pie de la cama y las dos mujeres se miraron mutuamente a través del espejo. Samuel no habló, así que Sally rompió el silencio.

– ¿Y? – preguntó Sally impaciente.

– Lo estoy – confirmó Samuel.

Sally se cubrió la boca con ambas manos y gritó sin poder contener unos pequeños y graciosos saltos, de la misma forma que lo había hecho Molly instantes antes, abrazando a su cuñada por la espalda, después de besarle la mejilla. Durante unos momentos, las mujeres se contemplaron mutuamente a través del espejo, mientras que sus corazones lidiaban con una pura y profunda felicidad.

– ¿Se lo has dicho ya? – quería saber Sally.

– Aún no…tengo tanto miedo – admitió Samuel.

– ¡¿Por qué?! – preguntó Sally, colocándose ante Samuel y sentándose ligeramente sobre el tocador.

Samuel levantó sus ojos verdes y miró a Sally. El pelo avellanado de Sally se oscurecía de nuevo, como normalmente lo hacía después del verano por la progresiva falta de sol.

– ¿Es por Nero? – inquirió Sally.

—¡Por supuesto!... ¡Y esta vida!... ¿Cómo voy a hacer lo que hago con un bebé dentro de mí? – expuso Samuel.

—No es cualquier bebé, Sam…es tuyo y de Mark.

—No es tan fácil, Sal…de verdad que no sé cómo va a reaccionar Nero…no sé cómo le voy a dar la noticia y no sé cómo voy a hacer mi trabajo durante los nueve meses que voy a llevar este bebé dentro de mí – argumentó Samuel.

—Sí, comprendo todos esos miedos…sin embargo, estás ignorando un detalle muy importante – se percató Sally.

—¿Cuál? – se preguntó Samuel en voz alta.

—Los dos habéis hecho este bebé, así que tenéis que ser los dos los que encontréis la solución.

Samuel sonrió, mientras se aplicaba crema en los brazos. Aún no estaba vestida, cubriéndose con una bata china de seda y luciendo el pelo recogido.

—Tienes razón – comentó Samuel.

—Lo sé…y por cierto, Wayne ya lo sabe – le dijo Sally a Samuel.

—¿Cómo es posible? – preguntó Samuel.

—Mi querida cuñada, mi esposo es un hombre observador – sonrió Sally.

—Lo es – dijo Samuel, asintiendo con la cabeza. – De acuerdo, hablaré con él esta noche.

—¡Deja que le diga que venga y acabas con esto ahora mismo! – dijo Sally, besándole la mejilla a Samuel una vez más. – ¡El suspense me está matando!

—De acuerdo – cedió Samuel.

—Te veo en la cena – le dijo Sally adiós con la mano, caminando hacia la puerta.

—¡Oh! ¡Por cierto! ¡Sally! – la llamó Samuel antes que esta saliese de la habitación.

—¿Sí? – preguntó Sally, aguantando la puerta.

—Jimmy entregó la invitación, así que deberíamos esperarla – le informó Samuel.

–¡Excelente! – rió Sally satisfecha.

Mark entró en su dormitorio unos minutos más tarde, desabotonándose la camisa y encaminado hacia el baño. La cicatriz que había dejado en su estómago aquel cuchillo maligno manejado por una mano embriagada unos meses antes se mostró sin tregua, al igual que el resto que había traído de Europa. Mark frenó sus pasos detrás de su esposa y volvió a enamorarse de ella ante la visión de su nuca.

–¿Qué me estás ocultando? – le preguntó Mark con un susurro muy cerca de ella.

Ella le miró a través del espejo y esbozó una sonrisa. Sabía que no había razón alguna para encubrir nada ya que Mark la conocía demasiado bien; él la conocía por dentro y por fuera, con sus virtudes y sus faltas, siendo estas últimas muy pocas a los ojos de él.

Ella se volteó en la silla y levantó la cabeza, sintiéndose como una niña pequeña una vez más, deseando seguridad y anhelando las fantásticas historias de él para sentirse tranquila.

–No te estaba ocultando nada, sólo esperaba – le devolvió ella el susurro.

Samuel bajó la mirada al arrodillarse Mark frente a ella, besando sus piernas por encima de la seda de su bata. Él las besó repetidamente mientras Samuel le peinaba el pelo con los dedos. Ella colocó sus labios en la cabeza de él antes que Mark volviese a levantar la vista para atravesar los ojos de ella. Como si ambos hubiesen tenido la habilidad de leer el uno la mente del otro, miraron el uno dentro del otro. El silencio se rompió por una grandiosa sonrisa en el rostro de Mark, quien había sabido ya durante algunos días que sus paseos secretos al baño significaban que esperaban un bebé.

Samuel sonrió generosamente y tomó el rostro de él entre sus manos después de colocarlas en las mejillas de su esposo.

–¿Estás contento? – musitó ella.

–¿Que si estoy contento? – respondió él de la misma forma. – Aún no comprendes lo mucho que te quiero, ¿verdad?

−Sí que lo comprendo − contestó ella, convencida de sus palabras.

−Tener un hijo contigo es lo mejor que jamás me podría haber pasado…va a matar a Gino − rió él guasón, haciendo reír a Samuel, − pero me hace el hombre más feliz de la tierra y te agradezco que me lo des.

Samuel se sintió mucho mejor al oír esas palabras y besó los labios de Mark repetidamente.

−¿Qué vamos a hacer? − necesitaba saber ella.

−Lo siguiente…me voy a dar una ducha, vamos a cenar, y nos vamos a preocupar de eso más tarde, ¿qué te parece? − ofreció Mark.

Samuel se convenció que todo iba a salir bien, ya que Mark se lo había dicho con sus ojos.

Después de la cena y como era usual desde que se habían mudado al The Belnord, Sally se llevó a los niños y los cuatro se fueron a trabajar. No fue hasta que el club ya se había cerrado que Mark cerró la puerta de la oficina, después de pedirles a Óscar y a Jimmy que preparasen el coche. Gino también se iba a casa esa noche y se preguntó en silencio por qué su hermano necesitaba privacidad si todos ellos ya se iban. Samuel se colocaba el sombrero cuando se percató que Mark había elegido ese momento para darles la noticia a sus hermanos.

−¿Qué pasa? − preguntó Gino al ponerse el abrigo.

−Hay algo que queremos deciros antes de irnos a casa − les dijo Mark.

Wayne se sentó en el armario y esperó a que su preocupación se hiciese oficial.

−Dispara − le pidió Gino.

Mark le dedicó una mirada a Samuel antes de hablar, como si pidiese permiso. La sonrisa de ella hizo que Mark volviese a mirar a sus hermanos. Gino percibió la mirada y esta le incomodó, así que buscó desahogo en Wayne, sin gustarle lo que vio en su cara, así que giró la cabeza rápidamente y miró de nuevo a Mark.

–¿Por favor? – le urgió Gino.

–Samuel y yo vamos a tener otro hijo – anunció Mark.

Wayne respiró profundamente mientras que Gino luchó con la noticia por unos instantes.

–¿Otro hijo?... ¿Y de dónde vais a sacar un niño esta vez? – preguntó Gino.

–No, esta vez ella está embarazada – explicó Mark.

–¡¿Estás embarazada?! – preguntó Gino a ella, alterado. – ¡¿La *has* dejado embarazada?! – culpó Gino a Mark, señalando a Samuel.

–¡Gino!... ¡Estamos casados! ¡No me ha dejado embarazada! – le recordó Samuel.

–¡Oh, Dios! – dijo Gino en voz alta, como si no hubiese escuchado las palabras de su hermana. – ¿Tú has oído esto? – se giró Gino hacia Wayne.

Wayne decidió no hablar ya que él había tenido más tiempo para digerir la noticia y ser feliz por ellos. Todos los presentes permitieron a Gino el espacio necesario para lidiar con la novedad, siendo testigos de un estallido de emociones. Después que la mente de Gino comprendiese la situación, él miró a su hermana y la amplia sonrisa que le ofreció hizo que el corazón de ella sufriese de felicidad.

–¡Me haces muy feliz! – expresó Gino, acercándose a ella y haciéndola desaparecer en sus brazos, a la vez que Mark y Wayne se miraban mutuamente.

Una vez en casa y en la cocina del apartamento en la novena planta, Sally los encontró hirviendo agua para hacer algo de té. Samuel la vio al colocar unas tazas y platos de porcelana sobre la mesa a las tres de la madrugada.

–¡Hola, tesoro! – saludó Samuel.

–¡Hola! – contestó Sally, tomando una silla.

–¿Café o té, Sal? – le preguntó Gino.

–¿Qué tal leche? – le pidió ella.

—Pues leche – aceptó Gino, caminando hacia la jarra de leche que tenían sobre la encimera.

—¿Qué piensas de otro niño, Gino? – introdujo Sally el tema.

—Adoro a mis sobrinos, Sal…otro más sólo incrementará mi felicidad – contestó él, levantando su barbilla como si fuera el actor principal en una obra de teatro, haciendo que las mujeres sonriesen ampliamente. – Además, estaba *muy* preocupado por Mark…por sus…habilidades, si sabes a lo que me refiero – les dijo él con una risita guasona. – Me complace saber que le gustan las mujeres, aunque sea *mi* hermana.

Wayne y Mark pudieron escuchar risas explosivas al acercarse a la cocina, encontrándoles alterados por una obvia euforia. Al verles llegar, los que estaban en la cocina intentaron retomar la calma, así que Gino presionó la boca y continuó preparando la taza de leche para su cuñada.

—¿Qué es tan divertido? – preguntó Wayne, tomando otra silla y sintiéndose listo para divertirse.

—Nada – contestó Gino.

—Se estaba burlando de tu hombría – traicionó Sally a Gino, señalando al hombre de ojos negros mientras miraba a Mark.

—¿Ah, sí? – se dirigió Mark a Gino con una sonrisa en su rostro.

—Perdona Wayne, pero… *Perra* – insultó Gino a Sally.

Mark observaba a Gino, mientras este intentaba desviar la atención que se le había ofrecido, de cuyo arte era un gran maestro.

—No, si esto es muy interesante – continuó Mark, tomando una silla. – No tenía ni idea.

Wayne echó levemente su silla hacia atrás para así poder tener una mejor perspectiva del espectáculo que se formaba frente a él. Agradeció a su hermana la taza de té caliente y se relajó junto a su esposa, dándole toda su atención a la conversación entre Gino y Mark.

—No sabía que…mi…mi naturaleza sexual hubiese sido en algún momento una fuente de inquietud para ti… ¿Estabas realmente preocupado en algún momento? – preguntó Mark a Gino con una sonrisa.

– ¡Sí! – soltó Gino sin dudarlo.

La sincera y alocada respuesta de Gino creó conmoción en la mesa y todos miraron a Mark, ansiosos de su respuesta.

– ¡Interesante! – asintió Mark con la cabeza, sorprendido e intentando pensar qué habría sido lo que había empujado a su hermano a pensar de esa forma.

– ¿Qué era exactamente? – incitó Wayne a Gino, divertido hasta el punto donde los hombres se perdían para siempre.

– Pues – continuó Gino, aclarándose la garganta, – parecía…no tuviste interés por las chicas durante mucho tiempo.

– Es verdad – admitió Mark con un movimiento de cabeza.

– Así que…nos hizo pensar – habló Gino.

– ¿Nos? – le secundó Mark, mirando a Wayne y a Samuel alternativamente.

– ¡¿Nos?! – repitió Wayne después de Gino. – ¡¿Por qué me arrastras contigo?! – se quejó él.

Samuel y Sally no podían dejar de sonreír.

– Este sería un buen momento para que me echases una mano – sugirió Mark a Samuel, dándole un cariñoso codazo al reclinarse en su silla.

Samuel rió.

– Lo estás haciendo muy bien, cariño – expresó Samuel.

– Lo sé, pero un poco de apoyo sería de gran ayuda…tu hermano aún no está muy convencido – argumentó Mark con una sonrisa en la cara y señalando a Gino.

Samuel soltó una risita guasona y miró a Gino.

– Quizás no quieras oír mi opinión – dejó Samuel sobre la mesa para Gino.

– Y tienes razón…guárdatela, Sam – le dijo Gino de inmediato, utilizando un tono autoritario.

Esa misma noche, la estrategia a ser tomada ante la inminente noticia del hijo de Samuel y Mark fue discutida, llegando a un acuerdo en cuanto a cómo seguir con su posición en la organización, mientras su familia seguía creciendo.

Dos noches después de esa discusión familiar, Johnny Sappiro salía de la oficina de Nero a la vez que los chicos lo hacían del ascensor. Sappiro les deleitó con un saludo a la vez que ellos se pararon en el recibidor, dando la oportunidad a Jimmy y a Óscar para relajarse y encender un cigarrillo.

—Llegará en un minuto, pasad – comunicó Sappiro.

No era inusual verles a todos juntos en una visita a Nero, pero el hecho que hubiese sido una petición proveniente de ellos, había dejado a Nero pensativo durante toda la mañana. Los negocios marchaban espléndidamente, así que, ¿estaban pensando en pedir un aumento de salario ahora que los negocios funcionaban? A todos ellos se les pagaba con generosidad, así que abusar de la situación no era visto como un movimiento muy inteligente. Encontrar una respuesta lógica a todas estas especulaciones le molestaba, así que decidió esperar y escucharles.

Nero les encontró de pie frente a su escritorio, alrededor de las dos únicas sillas disponibles. Johnny traía en esos momentos dos sillas más, mientras Nero les saludaba. Una vez dos cómodas sillas con el esqueleto de roble y tapicería de terciopelo verde fueron arrastradas hacia dentro por Johnny, la familia de *La Judía* se sentó frente al jefe. Nero reposó los codos en el escritorio y los estudió como si hubiese sido poseído por un ángel cuya paciencia era incomparable a la de cualquier otro cuerpo celestial.

—¿Qué puedo hacer por vosotros? – se la jugó Nero.

—Pues – tomó Samuel el escenario antes que Mark pudiese abrir la boca, lo cual hizo que los ojos del rubio se volcasen sobre ella, preguntándose en silencio por qué ella rompía el pacto que había entre ellos, – ha surgido algo y creíamos conveniente informarle.

—Sí – la ayudó Nero.

—Estoy esperando un hijo – le dio Samuel la noticia.

Nero ya no se sentía tan relajado. Ahora que había recibido la noticia, despacio, se reclinó en su ya no tan cómoda butaca. Había comprendido las palabras perfectamente, pero costaba que estas se registrasen en su cerebro.

– ¡No estás casada! – le recriminó Nero.

– No exactamente – le corrigió *La Judía*. – Me casé hace un tiempo.

Todos los presentes pudieron ver cómo las cejas de Nero se arqueaban, impulsadas por las extrañas palabras que había pronunciado Samuel. ¿Por qué ya no la comprendía? ¿De qué demonios estaba hablando?

– ¿Disculpa? – preguntó Nero sin pensar, dándose algo más de tiempo para pensar.

– Me casé…decidimos mantenerlo en secreto para poder mantener las cosas como siempre han estado – explicó Samuel. – Sólo por esa razón.

– Esto es…bueno…es una sorpresa, *Judía*…una gran sorpresa… ¿Y puedo saber quién era el novio? – dijo Nero con una sonrisa burlona.

– Ese fui yo, señor – intervino Mark.

– ¡Oh, Señor! – suspiró Nero.

Como si se le hubiese prendido fuego a su silla, Nero se levantó de golpe y miró alrededor en busca de un aire que parecía no encontrar. Gino tuvo la oportunidad de echarle un vistazo a Johnny, sin poder sacar una deducción coherente de la expresión facial del hombre de confianza de su jefe, reflejando esta sorpresa con un ápice de asco.

Nero necesitó algo de tiempo para digerir la asquerosa y anormal noticia, así que caminó hacia la ventana con los ojos y la atención de los jóvenes fijados en él, donde se giró junto a la ventana y les miró con ira.

– ¡Te has casado con tu hermana! – anotó Nero para los oídos de Mark, balanceando su dedo índice desde el rubio a *La Judía*, intentando aún comprender la situación.

—Eso puede parecerle a mucha gente – argumentó Mark con un tono desafiante, haciendo un esfuerzo por mantener su vida privada bajo su control y lejos del gánster.

—¡Para *mi*…te has casado con tu hermana! – repitió Nero.

—No importa lo repulsivo que pueda parecerle nuestro matrimonio, no hemos venido para discutirlo…si me hubiese quedado embarazada de él o de un hombre sin lazos familiares, el hecho en cuestión continuaría siendo el mismo: que no podré desempeñar mi labor más allá del cuarto mes y hasta que dé a luz – intervino Samuel, volviendo a adquirir la tensión de la conversación y con esperanza, el control sobre ella.

Wayne y Gino se habían dedicado un rápido vistazo al oír la palabra 'discutir' de los labios de su hermana. Habían seguido escuchando la conversación allí sentados junto a sus hermanos, sin querer ser partícipes de ella, a no ser que accidentalmente, alguien les hiciese una pregunta. Nero batalló con el ansia de llegar hasta ella y propiciarle un bofetón para aplacar el orgullo que la dominaba, pero dentro de sí, y a pesar de la sensación de ahogo y repugnancia que su estómago estaba experimentando, supo que ella tenía razón. Después que Molly hubiese aparecido, Samuel había sido vigilada exhaustivamente, habiendo demostrado la capacidad de desempeñar su trabajo como siempre lo había hecho. De repente, el mafioso pensó en la cuestión que los chicos habían sido capaces de mantener su enlace en secreto aún con todas esas personas a su alrededor. No era nuevo que la niña pequeña la había estado llamando mamá a ella y papá a él desde hacía un tiempo, pero la naturaleza de su extraña familia, la cual rozaba la disfunción, había hecho que no se disparase alarma alguna.

—¡Debéis mantenerlo así! – les ordenó Nero, como si les hubiese estado leyendo la mente.

—¿Perdón? – balbuceó Samuel.

—Tu…tu matrimonio, tenéis que mantenerlo como está, si es que queréis seguir trabajando para mí…tú – dijo Nero, señalando a Johnny, – tú no has estado aquí durante esta conversación.

Mark y Samuel se miraron mutuamente y ambos supieron que el respeto lo era todo en el mundo en el que vivían, soportado en su totalidad por unos débiles cimientos construidos por el prejuicio. Ellos no querían que sus hijos fuesen señalados por ser fruto de un matrimonio entre hermanos, ya que sí se les señalaría por ser los hijos de mafiosos. En silencio y con sólo una mirada, decidieron mantener su matrimonio en la sombra y lejos del sulfúrico, putrefacto cotilleo.

–Lo mantendremos así – expuso Mark, convirtiéndose en la voz de su matrimonio.

–Bien – suspiró Nero después de un leve silencio, – y…en cuanto a tu estado, tendrás que irte lejos de Nueva York para dar a luz. No quiero verte por aquí mientras estés embarazada…no nos lo podemos permitir…Vuelve cuando lo hayas tenido y retoma tus responsabilidades…vosotros cuatro os encargareis de determinar quién toma sus responsabilidades…informadme cuando hayáis tomado una decisión.

Una vez notó que los cuatro habían comprendido lo que se esperaba de ellos, pidió estar a solas con *La Judía*. Mark le dedicó una mirada a Nero directa a los ojos y sin pizca de temor. Nero respondió a su pasivo, pero firme silencio.

–No voy a hablar con tu esposa…voy a hablar con *La Judía* en privado… Por favor – dijo Nero.

Samuel acarició el brazo de Mark con cariño y este se levantó, saliendo de la oficina junto a sus hermanos, cerrando Johnny la puerta a sus espaldas.

Samuel se puso en pie y caminó hacia la ventana donde a Nero le gustaba hablar con ella. Mark les había echado un vistazo por encima de su hombro antes de dejar la oficina y había caminado hacia donde sus hermanos le esperaban. Ahora, Samuel levantaba la cabeza y miraba a su jefe, quien la miraba fijamente.

–¿Cómo has podido casarte sin decirme nada? – le preguntó Nero, visiblemente dolido.

Aquellas palabras sorprendieron a Samuel, especialmente por

el tono que Nero había adoptado. Este había cambiado de irritación y aversión a preocupación y pena. Ella forzó su mente a no enviar una señal de confusión a través de sus ojos, consiguiendo mantener la compostura ante su jefe.

—Sabía que no lo aprobaría — le dijo *La Judía* con un tono sereno.

—Y aun así lo hiciste — añadió él.

—He estado luchando con esto desde que puedo recordar…la mayoría del tiempo no sabía muy bien lo que era, pero con el tiempo se hizo más claro — explicó *La Judía*.

—¿Es esa la razón por la cual se fue a Europa? — se preguntó Nero en voz alta, ya que era un hombre con corazón.

—Sí.

Si hubiesen sido observados o incluso espiados desde fuera del edificio, el espía podría haber sido confundido por la imagen de ellos hablando, el uno con el otro, a tan corta distancia. Su lenguaje corporal y el hecho que Nero era tres veces más grande que Samuel, eclipsándola, mientras hablaba por encima de la cabeza de ella, habría enviado sin error alguno la señal equivocada.

— Algunas cosas han de pasar sin más…me quiere como ningún otro será capaz de hacerlo nunca — le hizo saber Samuel.

Nero asintió con la cabeza mientras ordenaba los pensamientos y su corazón.

—¿Cuándo te casaste? — inquirió.

—En julio — respondió ella.

—¡Me has decepcionado, Sam! — afirmó Nero, mirando hacia la calle por la ventana.

—Lo sé…sabíamos que aunque no somos hermanos de sangre, la gente lo encontraría enfermizo — acabó aclarando Samuel, lo cual se había prometido que no haría.

—¡Y lo es!… ¡Por el amor de Dios, es tu hermano! — le reprochó Nero.

—No lo es…de todas formas…mantener el secreto era importante para nosotros, especialmente para mi…no quería que la gente me viese como…como una esposa. Conozco a la gente que nos rodean, necesito mi independencia y mi reputación.

—Sí, lo necesitas…he confiado en ti, Samuel. He depositado mi confianza en ti y mira lo que has hecho con ella – remarcó Nero con una voz severa, sólo permitida a una figura paternal, que en el caso de ella, le estaba reservada a Gino Rocchegiani.

Mark se sentó a su lado de la cama, mirando hacia la ventana y a través del cristal, a la ciudad. Estaba siendo una noche tan tranquila en Nueva York que no se había dado cuenta que por unos instantes, su mente le había llevado de vuelta a Europa. Sin embargo, unos labios tocando su cuello le llevaron de vuelta a América, los labios más dulces jamás creados. Él giró la cabeza levemente, intentando encontrar los ojos de ella, encontrando su cabeza descansando gentilmente sobre su hombro. Con los ojos de ella fijos en la nuca de él, ella observaba ese fantástico y descuidado mechón de pelo que se formaba en la base de la cabeza a Mark. Samuel se sintió abrumada al contacto con la piel de él, ese instantáneo calor, esa sensación embaucadora y la necesidad imparable que sus labios tenían de sentirla.

—¿Te ha tratado mal? – le susurró Mark.

—En absoluto – murmuró Samuel.

—No quiero que te vayas – admitió Mark.

—Yo tampoco quiero irme – también concedió ella.

Mark acarició la cabeza de ella con su mejilla, sintiendo los brazos de su esposa alrededor de su desnuda cintura.

—¿Dónde te gustaría retirarte? – le preguntó Mark después de un corto silencio.

—Al Norte…junto a la playa – dijo ella. – Puedes venir a visitarme de vez en cuando.

—Sabes que eso va a ser algo difícil – le recordó Mark.

—Sólo lo deseaba en voz alta – dijo ella.

−¿Te vas a llevar a Molly? – necesitaba saber Mark.

−Perdería demasiado colegio…no debería – admitió ella.

−No podéis iros las dos…te la llevaré un tiempo – le dijo Mark.

−De acuerdo…bien – susurró ella, besando su cuello.

Como si hubiese aprendido ese truco de un mago europeo, Mark movió los brazos y en un instante, Samuel se vio sentada en su regazo, con las piernas enlazadas en su cintura y los brazos alrededor del cuello de su marido. Se miraron a los ojos y disfrutaron del silencio reinante en la casa, en su dormitorio, mientras el ritmo de sus corazones se sumergían en un imparable e inmutable amor creado por al contacto de sus cuerpos, lo cual producía un incontrolable sentimiento de mareo dentro de ellos.

−Voy a echarte de menos una vez me haya ido…no ahora – le susurró Samuel.

Mark sonrió y ella notó su dolorido corazón en el pecho. Samuel se movió suavemente sobre él, haciendo que Mark no pudiese evitar que sus párpados sucumbieran ante el divino placer.

Era un domingo por tarde cuando la ayudante de Lucy comenzó a abrir la puerta y tomar los abrigos de los invitados, indicándoles a dónde podía dirigirse. A las doce y media del mediodía, casi todos los invitados habían llegado y ella lo hizo a las doce y cuarenta minutos. Vestía su mejor atuendo, de hecho, un vestido que mantenía cuidadosamente para dichas ocasiones, como por ejemplo, esa que tenía frente a ella. Sabía poco sobre los anfitriones, pero la dirección del hogar le indicaba que eran afluentes, mientras que los cuatro hombres de pie junto a la puerta le daban a entender que temían a los extraños. Ella tuvo que mostrar su invitación en dos ocasiones para poder entrar y ahora, una señora de color le preguntaba su nombre.

−Soy la señorita Durnbell, Nancy Durnbell – informó Nancy.

−Venga conmigo, por favor – le pidió la ayudante de Lucy.

Nancy se retocó el vestido mientras seguía a la criada. Después que la puerta fuese abierta y una porción de riqueza se le ofreciese momentáneamente, ella sonrió ante la imagen de unos niños correteando por ese concurrido gran salón, lleno de gente, con bebidas y platos llenos de comida en sus manos.

—La señorita Sam esta allí. Me pidió que le dijese que la buscara cuando llegase – se le informó a Nancy.

Antes que Nancy pudiese encontrar a Samuel en la entusiasta multitud, Samuel la había visto y se dirigía hacia ella, cruzando el salón para saludarla. Nancy se sintió abrumada cuando esa multitud se materializó ante ella. Demasiados filtros de cigarrillos y demasiada cera capilar la intimidaban, produciéndole una terrible ansia por marcharse de allí. Sin embargo, la visión del rostro de Samuel le captó la atención y una sensación de confort la acompañó, mientras la anfitriona se acercaba a ella a través de la gente.

—¡Estoy tan contenta que hayas podido venir! – le otorgó Samuel, ofreciéndole la mano.

—¡Gracias!... ¡Tienes una casa encantadora, Sam! – mencionó Nancy de corazón, estrechándole la mano vigorosamente.

—Gracias…Me llamo Samuel McLean… ¡Molly! – llamó Samuel a la niña cuando esta paso junto a ellas siendo perseguida por David y por Marjory. – Ven aquí…esta es mi hija Molly. Molly, por favor, saluda a Nancy, cuyo apellido aún no conozco.

—¡Oh! – rió Nancy. – Me llamo Nancy Durnbell.

Molly y Nancy se miraron mutuamente y estrecharon las manos. Nancy pudo ver de inmediato el escaso parecido físico entre ellas, cosa que mantuvo en secreto.

— Y este es mi sobrino David…y esta es Marjory, la hija de unos amigos…ya os podéis ir – dijo Samuel a los niños. – Ven, te presentaré a mi cuñada.

Nancy acompañó a la anfitriona a través de ese vibrante salón y en dirección hacia la cocina, donde encontró a Sally supervisando la comida que se servía.

—Sally, Lucy…esta es Nancy – anunció Samuel en la cocina.

Ambas, Sally y Lucy, se giraron y lanzaron sus ojos a Nancy.

La joven tenía el pelo negro y grueso, poseedora también de piel lechosa. Ambas sabían que el vestido y los zapatos que llevaba era lo mejor que poseía, siendo con toda probabilidad lo único que tenía y aunque de aspecto nítido, parecían terriblemente usados.

Sally se acercó a Nancy, la cual seguía de pie junto a Samuel y la puerta, dándose cuenta que Samuel había tenido razón. Esa mujer gozaba de limpios y puros ojos y sólo aquellos con un alma libre de malicia eran capaces de lucir esos signos para que el resto del mundo lo viese.

—Encantada de conocerte, Nancy…yo soy Sally McLean, la esposa de Wayne – le dijo ella a Nancy, ofreciéndole la mano.

—Soy Nancy Durnbell, encantada de conocerte…creo que he conocido a tu hijo – le comentó Nancy, mirando a Samuel para asegurarse.

—Sí, es la madre de David…y ella es Lucille…esta es Nancy.

Lucille y Nancy se saludaron mutuamente desde la distancia, ya que Lucille estaba ocupada, así que Samuel le dedicó una mirada inquisidora.

—¿Va todo bien? – preguntó Samuel a Lucy.

—Sí, Lucy tiene controlado todo esto, ¿verdad? – respondió Sally.

—Como siempre – replicó Lucy sin mirarlas pero con una sonrisa en la boca.

—¡Yo sé cocinar! – le informó Samuel desde la puerta.

—Claro que sabe – bromeó Lucy, abriendo el horno de nuevo.

Las tres mujeres rieron ante el sincero comentario de Lucy y salieron de la cocina para buscar algo de beber. Sorprendentemente, un conocido de Nancy se acercó a ella y hablaron durante un tiempo.

—Es bonita – dijo Sally a Samuel.

—Lo es… ¿Dónde está Gino? – le preguntó Samuel.

—Ahí dentro con los otros dos – dijo Sally con un movimiento de cabeza.

—Negocios con la casa llena de gente, deja que vaya a buscarles – habló Samuel.

Samuel cruzo el salón y abrió la puerta hacia la zona privada, llegando a su habitación para encontrarla vacía. Así que cruzó el pasillo y tocó a la puerta de Gino. Podía oír las risas de dentro, así que abrió y pasó, mirando a sus hermanos. Gino se ponía la chaqueta mientras Wayne y Mark reían, sentados.

–¿Por qué os escondéis? – les preguntó ella desde la puerta.

–No nos escondemos, hermanita – replicó Gino, mirándola a través del espejo, frente al cual estaba.

–Todo el mundo ya está aquí… Por favor – insistió ella.

–¿Tú la aguantas desde que está en estado? – preguntó Gino a Mark, señalándola con su pulgar por encima de su propio hombro.

–¡Oh! – lazó Samuel un grito apagado.

La risa de Mark y Wayne se oyó por una incontrolable explosión cuando vieron un zapato volar a través del dormitorio, golpeando sin piedad la lámpara que Gino tenía en su mesita de noche, después de esquivar la cabeza del italiano y el espejo por apenas unos centímetros.

Gino se giró y la miró con odio.

–¡Has roto mi lámpara! – se quejó Gino. – ¡Ha roto mi lámpara! – se volvió a quejar Gino, pero esta vez a sus hermanos, como si estos no hubiesen visto el incidente.

Mark y Wayne aullaban mientras Gino seguía sin creer lo que ella había hecho. Gino recogió el zapato y se dirigió a sus hermanos.

–¿Puedo? – se atrevió a preguntarles Gino.

–¡No! – gritaron Wayne y Mark.

Cuando Gino volvió a mirar hacia la puerta, Samuel había desaparecido.

Sally vio a Samuel caminar hacia ella con tan sólo un zapato de tacón, mordiéndose los labios para intentar no reír.

–¿Qué te ha pasado? ¿Dónde está tu zapato? – le preguntó Sally, riendo.

–Lo tiene Gino – contestó Samuel.

Nancy la miró, tan divertida como Sally.

–Gino tiene tu zapato – repitió Sally.

– Sí, espero que lo traiga cuando vengan…Así que conoces a Alessandro – le dijo Samuel a Nancy.

– ¡Sí! – confirmó Nancy contenta. – Que sorpresa encontrarle aquí. Os conoce desde hace años…que mundo tan pequeño.

– Sí, trabajó con Wayne durante unos años, hasta que se accidentó – explicó Samuel.

– ¡Por fin! – soltó Sally cuando vio a los tres hermanos salir.

Les llevó treinta minutos más llegar hasta donde las tres damas estaban ya que saludaron a sus invitados. Después de saludar a las mujeres con unas profundas buenas tardes, Gino le mostró a Samuel el zapato.

– Creo que esto es tuyo – le dijo Gino a Samuel. – Te lo dejaste junto a mi lámpara.

Wayne y Mark intentaron con todas sus fuerzas no reír, pero no podían dejar de sonreír y Sally se preguntó en silencio si ya estarían borrachos.

– ¿Me lo puedes devolver? – le pidió Samuel con una mirada temeraria.

Gino le echó un vistazo a su hermana, quien llevaba un precioso vestido, medias nuevas y lucía el pelo con la raya al lado, sujetándolo con una coleta y por supuesto, con un sólo zapato. Molly llegó entonces y se abrazó a la pierna de Mark.

– ¡Hola, papi! – voceó ella feliz.

– ¡Hola cariño! – le dijo él, colocando su brazo sobre los hombros de la pequeña.

– ¿Dónde está tu zapato, mami? – preguntó Molly a Samuel.

– El tío Gino lo tiene – respondió Samuel, señalando a Gino.

– Me debes una lámpara – advirtió Gino a su hermana, ayudándose con el zapato antes de devolvérselo.

– Gracias – dijo ella, tomándolo. – Déjalo ir – se quejó cuando él no lo dejó ir.

– No se tiran más zapatos – le dijo Gino con una mirada de advertencia, su especialidad, ya que tenía la habilidad de arquear una sola ceja.

–Lo intentaré, Gi... te prometo que me esforzaré – estuvo Samuel de acuerdo, poniéndose de nuevo el zapato. – A propósito, esta es Nancy Durnbell. Nancy, estos son mis hermanos, Gino, Wayne y Mark.

De repente, Nancy se sintió muy confundida, pero lo ignoró, creyendo que algo se le había escapado, impidiéndole la vergüenza preguntar. Una vez habló, los tres hombres la reconocieron, cosa difícil de hacer sin el uniforme.

Más tarde, Mark paró junto a Samuel con una copa de vino en sus manos.

–¡No puedo creer que estés de haciendo de Celestina! – escuchó ella.

Había estado tan absorta en sus pensamientos y viendo reír a Gino y a Nancy, que no se había percatado que Mark se había acercado a ella. Ella le echó una ojeada y sonrió, volviendo a mirar hacia la pareja.

–¿Y es malo?...Sólo estoy creando la oportunidad…Míralos, parece que se llevan bien – dijo ella.

–No hay nada malo en intentar encontrar una persona para tu hermano…pero, ¿cómo sabes que ella es lo que él necesita? – le preguntó Mark, también de cara hacia la multitud.

–No sé lo que él necesita…lo único que sé es que aún no he conocido a una mujer que me haya hecho pensar que es perfecta para Gino…sólo me preocupa el tipo de mujeres que están alrededor de él, eso es todo – argumentó ella, también de cara a los invitados.

–No conoces a esta mujer – le recordó Mark.

–Lo sé…sólo sé la forma en que lo miraba cuando aún no sabía quién era…mírala, ni toca el suelo.

Mark rió guasón y observó también el lenguaje corporal de Gino y Nancy.

–¡Sí, se gustan! – sonrió Mark.

Tal y como la invitación había indicado, los invitados comenzaron a marcharse alrededor de las siete de la tarde, ya que los anfitriones seguían un horario diferente al de la mayoría. Gino los encontró en la mesa de la cocina, preparando algo de té mientras los niños estaban en la habitación de Molly.

– Quiere darte las gracias y decir adiós – les informó Gino.

Todos se giraron, mirando en dirección a la voz de Gino.

– ¿Dónde está? – le preguntó Wayne, dejando dos tazas sobre la mesa.

– ¡Ahí fuera! – respondió Gino con un movimiento de cabeza.

– ¿Por qué no la invitas a tomar un té?...Podemos dejarla en casa cuando nos vayamos – sugirió Mark a Gino.

– Porque no es mi invitada, es la invitada de Samuel…dile a ella que le pregunte – sonrió Gino.

– ¡Oh, sí!... ¡No ha dejado de hablar conmigo! – agitó Samuel las manos al aire.

– ¿Te crees que no sé lo que estás haciendo? – dijo Gino, dando un paso dentro de la cocina y apoyándose en la puerta para evitar que Nancy pudiese oírle.

Samuel caminó de puntillas hacia Gino y levantando los brazos, los enlazó en el cuello de Gino a pesar de la diferencia de estatura, estirándose para poder llegar. Todos en la cocina pudieron ver el amor que Samuel y Gino tenían el uno por el otro, muy a pesar de sus batallas.

– ¿Y ahora qué quieres? – rió Gino burlón, mirándola.

– ¡Contaba con tu inteligencia! – flirteó Samuel.

– ¡No te aguanto desde que estás embarazada! – bromeó Gino mientras Samuel reía.

– ¿Cómo es de agradable? – le preguntó Samuel.

– Es agradable – admitió Gino.

– ¡Lo sé! – rió Samuel.

– Pero no necesito tus maniobras casamenteras, Sam...lo puedo hacer solito – le recordó Gino.

– Lo sé, pero quiero asegurarme que ella te quiera tanto como yo.

Gino observó a su hermana, quien aún colgaba de su cuello como si fuese Molly, una mujer que había herido a tantas personas sin piedad, y a la cual quería a pesar de todo.

—¡Mierda!...Me voy a quedar soltero, ¿verdad? — musitó Gino.

Los testigos rieron, mientras Sally fue a llamar a Nancy.

Zona Alta Oeste de Manhattan, ciudad de Nueva York, marzo de 1920

Cuando llegó el momento en el que la ropa no podía esconder su estado, comenzó a llevar su abrigo al dejar la casa. Sin embargo, en su sexto mes y en medio de un intenso frío en la ciudad de Nueva York, Samuel decidió retirarse. Ese fue también el tiempo cuando esas personas de confianza que les rodeaban fueron informadas del enfermizo e innatural lazo que sus jefes habían creado algo más de medio año atrás. Ahora que su embarazo era evidente de puertas hacia adentro, Nero reunió a los guardaespaldas y habló con ellos. Ninguno de ellos podía comprender a lo que Nero se refería cuando se les preguntó cómo era que *La Judía* se había casado sin haberse dado cuenta. ¿Cómo podía estar casada con Mark Vrooman sin que nadie lo hubiese descubierto? Estaban con ellos en todo momento e incluso comían con ellos y orinaban en su casa. Los tres guardaespaldas se miraron mutuamente, profundamente confundidos y alterados. Habían aprendido a creer toda palabra pronunciada por Signore Nero, así que, si él decía que *La Judía* se había casado, lo había hecho. Hubo un puñetazo colectivo creado por repugnancia y se les informó que el matrimonio de *La Judía* y de Mark, y el embarazo, debería ser un secreto. Una fuga de información tendría obvias repercusiones personales y fatales.

Cuando ya llevaba tres días confinada entre las paredes de su hogar, Samuel comenzó a tener problemas para dormir. Volvía a nevar, y aunque había conseguido cerrar los ojos después de las once de la noche, ya estaba despierta cuando Mark volvió a casa a las dos de la madrugada. El bebé que crecía extremadamente deprisa dentro de ella había estado inquieto desde hacía un tiempo. Ahora eran las siete de la mañana y ya no podía aguantar más estar en la cama, así que después de tapar a Mark, se levantó y se puso la bata. Descalza, salió del dormitorio y caminó a la de Molly, saliendo poco después para descubrir que Lucy no había llegado aún, dándose cuenta una vez más de que era una fría mañana de domingo.

Mark la encontró junto a la ventana de la cocina, apoyada en el marco, y mirando hacia fuera con una taza entre sus manos mientras el día comenzaba fuera. Ella volteó la cabeza, descansándola en la ventana, sonriendo a hombre más maravilloso del mundo.

–Estás despierto – susurró ella.

–Tú también – le devolvió él el susurro.

–Sí…y ellos también – le dijo ella, señalando hacia fuera.

Con poca energía, Mark caminó hacia ella y después de abrazarla desde su espalda, colocando las manos en su segundo hijo, miró a lo que Samuel señalaba. Allí mismo, el tercer coche detrás del coche del señor Collin, un vehículo con el motor en marcha podía verse al salir el humo del tubo de escape. Podían distinguir dos hombres dentro, cuyos cuerpos estaban a punto de congelarse, manteniendo el coche en marcha para poder calentar el interior un poco.

–¿Te preocupan? – le preguntó Mark.

–A veces – replicó ella.

–Y eso está bien…el miedo evitará que cometamos errores.

Samuel sonrió y le ofreció un sorbo de café, lo cual él aceptó. Después de un largo silencio, ella volvió a hablar.

–¡Ya no puedo aguantar este encierro!…Llevo tres días aquí dentro y ya me estoy volviendo loca – musitó ella bajo el hipnotizador poder de la nieve al caer sobre el limpio pavimento.

Finalmente, el barro en el cual habían crecido había desaparecido, la suciedad que les había acompañado durante tantos años, el símbolo de su pasado.

–Quizás es hora de que te vayas – dijo su esposo, sin querer acelerar innecesarios acontecimientos.

–Yo también lo creo – replicó ella.

Samuel sintió un profundo suspiro en su cuerpo proveniente de Mark, sabiendo que él había aceptado la realidad.

— Mañana te llevaré – le dijo Mark.

— De acuerdo – aceptó Samuel.

— Y vendré para el nacimiento – continuó él.

— Por favor – imploró ella.

— Por supuesto – suspiró él, besándole la cabeza.

Con el silencio que sólo la mañana es capaz de crear y con una sonrisa en sus rostros, fueron testigos de un cambio de turno. Un nuevo coche se acercó al que ellos habían descubierto y después que el chofer del primero charlase unos segundos con el pasajero del que acababa de llegar, el primero se alejó del lugar y un nuevo turno tomó el espacio del aparcamiento y la responsabilidad de vigilarles, para intentar averiguar por qué *La Judía* no había sido vista en varios días.

Mark tomó la taza de las manos de Samuel y tiró de ella hacia la mesa, donde se sentó, tomándola en su regazo. Él se acurrucó en su cuerpo y Samuel le abrazó como si fuera Molly en uno de esos días en los que lo único que quería hacer era estar en los brazos de su madre, evitando cualquier clase de contacto con los varones, incluso con Mark, quien había aceptado que la niña jamás se sentaría en su regazo sin importar de la situación en la que se encontraban.

Samuel besó la cabeza a Mark.

— ¿Por qué te has levantado tan temprano? Apenas has dormido – preguntó Samuel.

— Pensé que quizás estarías enferma – contestó él con los ojos cerrados y sintiéndose tan a gusto en sus brazos.

— ¿Quién te va a abrazar cuando yo me vaya? – inquirió ella.

— Gino.

Jimmy levantó la cabeza y sonrió al sonido de la risa de *La Judía*, proveniente de dentro del apartamento.

Al día siguiente, el equipaje de Samuel fue entregado a un camión de reparto aparcado en el garaje de servicio bajo el edificio.

Este camión encontraría a Mark en Washington Heights durante la noche para transferir las pertenencias de Samuel al coche de Mark. Después de poner a Molly a dormir, Mark y Samuel utilizaron 'la puerta trasera,' como la llamaban. Desde que habían tenido vigilancia las veinticuatro horas, a veces escondían sus coches y en otras ocasiones, utilizaban la eficiente y cara 'puerta trasera.'

Mantenían en todo momento un coche aparcado en Broadway. Utilizando el ascensor de servicio, accedían al tejado y saltaban al edificio adyacente. Por una llave pagaban generosamente, una llave de la puerta del tejado cerrada en todo momento y abierta por ellos a su antojo, siempre que tenían la necesidad de dejar la casa sin una *cola*. De hecho, no la habían utilizado demasiadas veces, ya que necesitaban tener esa opción abierta y al portero fuera de peligro. Su mejor opción siempre era por la noche, utilizando 'la puerta trasera' para que sus vecinos no sospechasen.

Después que Mark hubiese verificado que no habían sido seguidos y que 'la puerta trasera' aún era segura, Samuel pudo cambiar de asiento y se sentó junto a él. Tras recoger el equipaje en Washington Heights, utilizaron el puente de University Heights al Oeste de la calle 207, dejando la isla de Manhattan atrás. La conducción se hizo difícil debido a la ardua carretera, y aunque condujeron toda la noche, no llegaron a la población de Charlestown en el estado de Rhode Island hasta la mañana siguiente con el nacimiento del nuevo día. Meses antes, habían alquilado una casa en Quonochontaug para que ella pudiese pasar su exilio y esperar el nacimiento de su hijo. La casa junto a la playa era parte de una de las comunidades costeras que se encontraban en la zona, la cual permanecía prácticamente desierta durante el invierno y le daba la bienvenida a una muchedumbre enloquecida durante el verano. Cuando al final dejaron atrás la ardua carretera Old Post, tomaron la carretera West Beach y condujeron hasta que encontraron al final de esa carretera de tierra, una casita de playa justo frente al Océano Atlántico. La casita era pequeña y confortable, a pocos metros del mar y a las afueras del pueblo, dejándola a gran distancia de un almacén de alimentos y una línea telefónica. Caminar, leer y esperar el nacimiento de su bebé serían las únicas cosas que Samuel podría hacer allí, así que tras recoger la llave y alcanzar la pequeña casa, Mark abrió la puerta con el pie. La señora Doraingh se ocupaba del alquiler de la vivienda y también del mantenimiento y aunque el lugar estaba tan frío como el hielo, parecía que había sido preparado para su llegada.

Mark entró con el equipaje y Samuel cerró la puerta a sus espaldas. Después de dejar las maletas, la ayudó a abrir las ventanas, tras lo cual el frío y el salvaje océano entraron en la casita. Samuel le echó un vistazo a lo que la rodeaba, examinando lo que sería su dormitorio y su cocina. Mark sacaba un arma del interior de su chaqueta cuando ella volvió al salón.

—¿Dónde vas a poner esto? — le preguntó Mark, colocando el arma cargada en la mesa.

—¿Está cargada? — inquirió ella, sin quitarse aún el abrigo.

—Sí...tiene un cargador entero...por si acaso te quedas sin comida — añadió él, intentado romper el insufrible penar que le producía tener que dejarla atrás.

Samuel rió.

—La pondré en mi dormitorio — dijo Samuel con una sonrisa en su rostro.

—De acuerdo...voy a coger algo de leña y encender un fuego. He visto que hay en el cobertizo de ahí fuera.

Tres horas más tarde, la casa se había calentado con el crujir del fuego. Almacenaron la comida suficiente para durarle al menos dos semanas. Tras una silenciosa y muy temprana comida, se echaron en la cama para descansar tras el largo y estresante viaje bajo la nieve. Samuel buscó los brazos de Mark y él la abrazó a pesar de su barriga.

—Estaré bien — le dijo ella, rompiendo el silencio en esa aislada casa.

Ella había notado lo silencioso y privado que Mark había estado desde que habían dejado Nueva York.

—Ahora ya no estoy tan seguro – luchó Mark con su mente. – Esos de ahí son unos buenos diez kilómetros desde la carretera principal...ir y volver te llevaría una mañana entera y ahora hace un frío tremendo...y eso si no te encuentras mal.

—Iré al pueblo cada día para llamarte... ¿A qué hora quieres que te llame? – le preguntó ella.

—Sam...no, aquí has de tener un coche. Te conseguiré uno esta misma tarde – le dijo Mark.

—Estaré bien, por favor, debes confiar en mí porque yo voy a confiar que vas a cuidar de ti mismo en la ciudad – le urgió Samuel.

Mark notó cómo ella se movía, sintiendo sus labios en su cuello después.

—Estaría menos preocupado si hubiese alguien contigo, eso es todo...ya sé que puedes cuidarte tú solita – añadió Mark.

—Sally llegará pronto – le recordó Samuel.

—En un mes, Sam...en un mes.

Samuel volvió a besarle el cuello y cerró los ojos.

—Vamos a dormir – susurró ella.

Una vez Mark se había marchado, ella fue al pueblo más cercano por primera vez. Había un almacén de alimentos en la carretera Old Post, la carretera que había conectado tradicionalmente el Norte con el Sur. Allí llevaba en su dedo el anillo de boda que Mark había puesto meses atrás, pero apenas habló con nadie. Desde Nueva York, pronto le llegaron libros por correo, libros enviados por sus hermanos, acompañados de una carta de Molly, diciéndole lo mucho que se la echaba de menos en casa.

El cielo le regaló cortos momentos de sol, adquiriendo el hábito de caminar a lo largo de la playa, mientras notaba cómo su bebé crecía dentro de ella. También viajó a Charlestown para poder visitar a un médico, confirmándole la salud del bebé y la suya.

Una mañana a principios de abril, Samuel estaba aún en la

cama, despierta pero perdida en sus pensamientos, cuando escuchó unos pasos en el porche trasero de la casa. Los nervios la hicieron coger el arma que mantenía debajo de su almohada, sentándose en la cama tras un tremendo esfuerzo para poder arrastrar su inmensa barriga consigo. Descalza y sólo con el camisón puesto, caminó hacia la persiana que cubría la ventana y echó un vistazo fuera.

– ¡Aún no puede estar afuera, es muy temprano! – escuchó ella.

La voz de Mark taladró su cerebro y su corazón, mientras ella salía de su dormitorio, después de poner el arma debajo del colchón. Con el corazón latiéndole fuertemente en su solitario pecho, se acercó a la puerta trasera y se permitió salir al porche que tenía vista del mar y a la playa, abriéndola. Sally y Mark se alejaban, caminando alrededor de la casa, pero frenaron sus pasos al oír la puerta. Sally tenía el presentimiento que Mark no había sonreído desde que la había conducido allí, hacía casi seis semanas. La enfermedad de David le había impedido a Sally llegar antes, pero ahora el niño ya se encontraba mejor.

Sally les permitió disfrutar de su reunión y mantuvo la distancia, mientras Mark caminaba hacia Samuel, calmado, pero con el corazón salvaje dentro de él y la más grandiosa de las sonrisas floreciendo. Samuel le abrazó y Mark la meció en sus brazos por unos instantes, mientras sus pulmones se llenaban de nuevo del aroma de ella.

– ¡Hola, cariño! – susurró él.

Samuel no contestó, ya que intentaba creer que él estaba allí, con ella una vez más. Mark se separó de ella y observó a su hijo, dándose cuenta que este crecía demasiado deprisa.

– ¿Estás bien? – le preguntó Mark, mirándole la barriga y su cara cansada.

– Lo estoy, ahora que estás aquí – Samuel respondió.

Mark le besó la dormida cabeza y miró a Sally.

– ¡Mira quién ha venido conmigo! – dijo Mark a Samuel, señalando a Sally.

Sally caminó hacia su cuñada y las dos mujeres se abrazaron, riendo felices al verse de nuevo.

– ¿Has traído a Molly? – les preguntó Samuel.

– Está durmiendo en el coche...David también – anunció Mark. – ¿Dónde están tus zapatos?

Samuel miró hacia sus pies y se dio cuenta que el porche estaba en efecto, frío, así que entró en la casa y se puso las zapatillas, cogiendo de un zarpazo una manta, poniéndosela sobre los hombros y abriendo la puerta delantera para encontrar a Mark despertando a los niños en el coche. Al ver a su madre, Molly dio un grito y corrió hacia ella, tan pronto como su padre la sacó del coche. Samuel abrazó y besó a su hija, observando lo que había crecido durante el tiempo que habían estado separadas.

El sol brillaba ese día, dándoles la bienvenida a los recién llegados, mientras que el mar no se mostraba tan salvaje como lo había estado últimamente. Finalmente, pudiendo cogerse de la mano, Samuel y Mark caminaron por la orilla como si eso fuera lo que tenían pensado hacer por el resto de sus vidas. Aunque se les hizo extraño al principio, disfrutaron de la oportunidad que ese momento y ese lugar les regalaba.

Mark se marchó a la mañana siguiente, dejando atrás a los niños y a Sally, junto a su corazón, el cual se quedó con Samuel.

Quonochontaug, Rhode Island, 1 de mayo de 1920

Era el día uno de mayo cuando los cuatro volvían de Charlestown. Había sido una mañana de sábado atareada y sintiéndose cansada, Samuel le pidió a Sally que parase el coche al sentir las piernas pesadas y un leve mareo. Sally hizo lo que se le había pedido y paró el coche a su derecha después de haber dejado la carretera West Beach, buscando la sombra de unos árboles que había divisado entre el Estanque Quonochontaug y la carretera que les llevaba a casa.

Samuel se bajó del coche y buscó una fresca y seguramente gratificante sombra en uno de los árboles, estirando las piernas y los músculos de su espalda. Le había sido difícil lidiar con su barriga desde hacía ya unos meses y se sentía como un pato al caminar hacia la agradecida sombra y el fuerte tronco junto al que siglos antes, una esclava Pequot en la tribu de los Narranganset había jurado su amor eterno al alma de un guerrero Narranganset. Esa fue la razón por la cual Samuel se sintió atraída a ese árbol en particular y no a cualquier otro, el sentimiento que el amor lo rodeaba, acompañado por la presencia celestial de esa joven mujer que también había sido esclavizada, ya que ese tipo de fuerzas no pueden evitarse y han se ser seguidas.

Pero hoy, momento en el que Samuel sintió un fuerte dolor en su barriga, el alma de Nuppe se había quedado esperando junto al árbol en el que un holandés había ejecutado a su amante. El ansia que sentía de por fin estar a su lado la había llevado a ese lugar con la esperanza de encontrar allí, el alma de Kéesuck. ¿Por qué tardaba tanto en reunirse con ella? Todos aquellos que ya disfrutaban de la paz y flotaban sabían que él se había unido a ellos hacía muchos años, así que, ¿dónde estaba? Desgraciadamente, ella esperaba en el lugar equivocado, ya que había olvidado que su cuerpo había sido enviado a las Antillas después de haber sido vendida una vez más. Allí era donde Kéesuck flotaba, esperándola. ¿Dónde estaba ella? La había esperado durante tanto tiempo y la sentía ligera y calmada, así que creyó que había llegado el momento de volver y ver si ella esperaba en la tierra en la cual había nacido.

Los niños comenzaron a jugar en la orilla con total libertad mientras Sally se agachó delante de Samuel, viendo como esta apoyaba su espalda en el tronco del árbol como si fuera a orinar.

– ¿Estás mareada? – le preguntó Sally.

– ¡No, voy a parir! – clarificó Samuel.

– ¡No puedes parir ahora! – gritó Sally, poniéndose en pie de un salto, impulsada por el repentino terror que había inundado su cuerpo.

– ¡¿Qué no puedo?! – sonrió Samuel guasona, levantándose el vestido para que Sally pudiese ver sus piernas mojadas.

– ¡Tengo que sacarte de aquí! – le urgió Sally, mirando a su alrededor en busca de una ayuda que no estaba a su alcance.

Samuel miró a su alrededor y entonces subió la mirada hacia el cielo azul, sintiéndose llena de paz bajo aquel grandioso y precioso árbol, y decidiendo que aquel lugar era ideal para que su hijo naciese. Allí, había amor y esperanza, pero también tristeza, esos regalos otorgados por la vida que nos hacen fuertes.

– ¡Este es un buen lugar! – expuso Samuel.

– Necesitas un médico o una comadrona, Samuel… ¡yo no puedo hacer esto! – no estuvo de acuerdo Sally, sintiéndose poseída por el miedo.

– No llegaría a tiempo y me duele mucho – le informó Samuel. – Mi hijo ha decidido nacer aquí y lo único que tú tienes que hacer es pensar en el momento en el que David nació y hacer lo que puedas…ya no depende de nosotras – dijo Samuel, respirando fuertemente para poder soportar una contracción cruel.

– ¡Oh, Dios mío, Samuel!... ¡No sé si puedo hacer esto! – dijo Sally a su cuñada, intentando retener las lágrimas dentro de ella.

Samuel cogió la mano de Sally y la besó; una mano temblorosa.

– ¡Sí que puedes!…Por supuesto que puedes. Mantén a los niños alejados y vuelve a echarme una mano…si pariste a David, puedes ayudarme… ¡Ve! – le urgió Samuel.

Sin contestar, Sally hizo lo que se había pedido de ella, y después de sentar a los niños lejos de ellas, pero a la vista, volvió junto a Samuel y se arrodilló ante ella. Sally observó a Samuel quitarse la empapada ropa interior y entonces la ayudó a colocar cómodamente la espalda contra el tronco del árbol mientras esta se agachaba y se agarraba los tobillos con las manos.

– Lucy me contó que su abuela parió a su madre en los campos de algodón – compartió Samuel después de pasar otra contracción. – Si ella pudo, yo también puedo… ¿Estoy muy dilatada?

– ¡No lo sé! – suspiró Sally.

Las mujeres esperaron a que la cabeza del bebé se hiciese visible, tras lo cual Sally se quitó la fina y blanca chaqueta, preparándola cuando la cabeza del bebé salió en su totalidad. Después de un último y poderoso empujón, y con la ayuda de Sally, William cayó en la chaqueta de su tía, mientras el cordón umbilical seguía conectando con Samuel. Samuel se quedó quieta, agachada, y ahora cubierta en sudor. Lejos, pero con la vista fija en el parto, los niños esperaban y observaban con atención sin atreverse a moverse de donde se les había ordenado esperar, pero al oír a Sally llamarles, se pusieron en pie y se apresuraron a un charco de líquido embrionario y sangre. Ambos frenaron ante el descubrimiento, pero Samuel les sonrió. David dudó por unos instantes al ver la sangre, pero entonces miró al bebé cuando este llegó a los brazos de Samuel.

– ¡Es un niño! – exclamó Molly, mientras Samuel limpiaba la cara de su hijo con las manos.

– ¿Qué es eso? – preguntó David, señalando el cordón umbilical.

– Eso es por donde los bebes se alimentan, David – explicó Sally. – Tenemos que cortarlo. Tengo un cuchillo en el coche.

Sally se puso en pie y corrió al coche, cogiendo la cesta con las sobras de la comida del picnic que habían tenido apenas una hora atrás a la vuelta de Charlestown. Sally tomó el cuchillo y lo limpió en su falda mientras caminaba hacia su familia, arrodillándose en la tierra ante el nuevo miembro de su familia.

– Muy bien, niños…ahora tenéis que alejaros – les dijo Sally, sintiéndose por fin en control después de una actuación heroica.

William no lloraba.

– ¡Pégale! – ordenó Sally a Samuel.

– ¡Pégale tú! – dijo Samuel.

– ¡Tenemos que asegurarnos que respira, así que coge a este niño y pégale en el culo ahora mismo! – le volvió a ordenar Sally.

Samuel giró a su bebé y le pegó en el culo. A William no le gustó la acción de su joven madre y comenzó a llorar con toda la potencia que sus pulmones le permitían. Al sonido del llanto triunfante, Molly y David comenzaron a saltar jubilosos, aplaudiendo también.

– ¡Está llorando, está llorando! – corearon los niños.

– ¡Dios mío, ya le he pegado a mi hijo! – exclamó Samuel llena de culpa.

Samuel calmó a su hijo, mientras le susurraba lo mucho que sentía haberle pegado.

– Tiene los pulmones limpios y ya se ha olvidado que le has pegado, Sam – le recordó Sally, cortando el cordón.

David, futuro doctor, no se perdía ni un detalle de los movimientos que su madre hacía para poder separar a Samuel de William, con la ayuda de ese afilado cuchillo. Minutos más tarde, se le pidió a Molly que tomase a su hermano y que lo llevase hacia el coche con todo el cuidado del mundo. A David se le pidió que se alejase y que vigilase la carretera, estando al cuidado de cualquier coche que se acercase, mientras que Sally hizo que la placenta de Samuel saliese del cuerpo de su cuñada. Después del doloroso y rudo movimiento, Sally enterró la placenta de Samuel bajo ese mismo árbol, el mismo que le había ayudado tanto, echándoles un vistazo a los niños.

– ¡¿Está bien el bebé, Molly?! – le preguntó Sally desde lejos.

– ¡Me está chupando el dedo! – devolvió Molly el grito. – ¡Creo que tiene hambre!

– ¡Muy bien, cariño!... ¡¿Cómo va, David?! – le preguntó Sally.

– ¡No vienen coches, mami! – contestó David.

Sally sonrió y miró a Samuel, cuyo rostro era el puro reflejo del cansancio y el alivio.

– ¡Hey, no te duermas!... ¡Tenemos que llegar a casa! – le advirtió Sally.

—Estoy cansada, Sal – suplicó Samuel, queriendo cerrar los ojos.

—Lo sé, pero necesitas un baño caliente y una cama, Sam…no un árbol.

Samuel miró hacia arriba y disfrutó del árbol que le había dado tanto apoyo.

—Es un árbol maravilloso, Sal…fuerte. Mi bebé será tan fuerte como este árbol. Es un bebé precioso, ¿verdad? – susurró Samuel.

—¡Es una cosita preciosa, Samuel! – asintió Sally.

—Mark se lo ha perdido – dijo Samuel, sintiéndolo por él

—Lo sé, pero no nos vamos a poner tristes y vamos a llevarte a casa.

Samuel levantó la cabeza y se convirtió en una actriz cuando Molly y David se acercaron a su cama. Tumbada, le daba el pecho a William, cosa que le producía gran dolor.

—¿Habéis visto alguna vez comer a un bebé? – les preguntó Samuel.

Ambos niños movieron las cabezas contestando negativamente y Samuel sonrió. Todos oyeron un golpe en la puerta y Sally entró en el dormitorio con el médico y con ropa de bebé, tras lo cual Sally se llevó a los niños para que Samuel y el bebé pudiesen ser examinados.

Estaba oscuro afuera, cuando Wayne cogió el auricular en la oficina de Nueva York.

—¿Diga? – contestó él.

—¡Hola, cariño! – saludó ella.

—¡Sally!... ¡¿Desde dónde llamas?! – le preguntó Wayne, mirando a su reloj de bolsillo y viendo que era casi media noche.

—Desde un teléfono público… ¿Está Mark por ahí? – le preguntó Sally.

—No, aún no ha vuelto de Buffalo… ¿Está bien Samuel? – se preguntó Wayne en voz alta.

−Sí…y también William, ¡es tan bonito, Wayne! – gritó Sally contenta.

Como si estuviese obedeciendo órdenes, Wayne se puso de pie.

−¡¿Ya lo ha tenido?! – le preguntó Wayne, sin pensar mucho en lo absurdo de su pregunta.

−¡Sí! ¡Esta tarde y yo he sido la comadrona! – explicó Sally, entusiasmada.

−¡Oh, Dios mío! – dijo Wayne, contento y confundido.

−¡Ambos están bien, cariño!

−¡Así que es un niño! – sonrió Wayne.

−Es igualito que Mark, Wayne…le ha puesto William.

−William es un nombre bonito…Mark se lo ha perdido…ha estado tan callado, tan callado desde que ella se fue…Vendremos a buscaros tan pronto como Mark vuelva, ¿de acuerdo?

−De acuerdo…te echo tanto de menos – susurró Sally.

−Y yo a ti, cariño – le devolvió Wayne el susurro con una terrible presión en el corazón.

Minutos más tarde, Wayne encontró a Gino a la mesa de juego, así que dudo unos instantes. Pronto se dijo a sí mismo que esa clase de noticias sólo podría incrementar su suerte, así que se acercó a él después de pedir permiso y le habló al oído.

−¡Tienes un sobrino nuevo!

Gino giró la cabeza de golpe y mostró una sonrisa de cristalina felicidad.

−¿Ya ha nacido? – preguntó Gino para asegurarse.

−Sí, hoy y ambos están bien…te veo luego – concluyó Wayne.

Gino giró a su alrededor y sintió cómo todos los poros de su cuerpo chupaban la energía que sólo podía ser creada y regalada por una vida nueva.

Mark tardó casi dos días más en llegar sano y salvo a Nueva York, después que el alcohol que había sido pasado de contrabando desde Canadá hubiese sido almacenado sin percances en un granero a dos horas de la ciudad de Nueva York, tras lo cual condujo hacia su casa, llegando alrededor de las tres de la madrugada. Para poder esquivar el coche de la policía, entró por 'la puerta trasera.' Se abrió paso en la casa y subió al tejado para poder cruzar a su edificio, bajando las escaleras, sintiéndose ya en casa en el preciso momento en el que olió el pasillo.

Óscar levantó la cabeza, cuando la puerta frente a él se abrió, mirando a su jefe. El rostro de Mark mostraba el resultado de un largo y peligroso viaje.

—Bienvenido a casa, jefe – le saludó Óscar.

—Buenas noches, Óscar… ¿Ya ha vuelto mi hermano? – le preguntó Mark, quitándose la chaqueta de lana.

—Sí, me ha pedido que le pida que le toque a la puerta si volvía esta noche – informó Óscar.

—Bien…buenas noches, Óscar – le dijo Mark, abriendo la puerta que comunicaba con su hogar y dejaba el recibidor atrás.

—Descanse, jefe.

Mark entró en su casa, estirando su dolorido cuerpo, caminado directamente hacia la zona de descanso. Tocó a la puerta de Gino y la abrió, encontrándolo sentado en la cama y quitándose los zapatos.

—¡Ya has vuelto! – sonrió Gino a su hermano.

—Sí…estoy reventado… ¿Has hablado con tu hermana? – preguntó Mark desde la puerta.

—No, pero Wayne habló con Sally anoche – contestó Gino.

—¿Cómo está Samuel? – preguntó Mark.

Gino se puso en pie con una profunda sonrisa en sus labios.

—Tu hijo nació el sábado, Mark – informó Gino con la mayor de las sonrisas.

Gino no vio la reacción que había esperado en el rostro de Mark, sino que el rubio se quedó quieto, mirando fijamente a su hermano.

—Samuel está bien – elaboró Gino, – al igual que William… ¡Ambos están bien!

– Se ha adelantado – dijo Mark, intentando comprender por qué se había perdido el nacimiento de su hijo.

– Una semana…pero está sano y comiendo – le aseguró Gino.

Gino no sabía que esperar de su hermano en ese preciso momento, parecía terriblemente cansado y profundamente entristecido por la noticia.

– ¿Estás bien? – tuvo que preguntar Gino.

El silencio de Mark preocupo al italiano.

– ¿Mark? – repitió Gino.

De repente, Mark giró en sus tacones y dejó el dormitorio. Gino reaccionó, persiguiéndole y atrapándole en el salón, descalzo. Gino tiró del brazo de Mark y le forzó a mirarle.

– ¡¿A dónde vas?! – le preguntó Gino.

– Voy a por ellos – respondió Mark.

– ¡No, no vas a ninguna parte! – le ordenó Gino.

– ¡No estoy pidiendo permiso! – dijo Mark a su hermano, deshaciéndose de su garra.

– ¡No te vas a poner detrás de otro volante! – dictaminó Gino. – ¿Cuántas horas has dormido hoy? – preguntó con la autoridad que de tanto en tanto le otorgaba su posición como hermano mayor.

– Déjame, Gi – demandó Mark, caminando hacia la puerta principal, tras la cual se encontraba Óscar en pleno turno.

Gino fue más rápido que él, así que el cuerpo de Mark colisionó contra el suyo.

– ¡Sé cómo te sientes…! – comenzó a decir Gino, cambiando de estrategia.

– No tienes ni remota idea de cómo me siento, así que sé listo y apártate de la puerta – le advirtió Mark con la más fría de las miradas en sus ojos, en los cuales Gino pudo ver reflejada a Samuel.

Hubo un corto silencio en el cual los hermanos se estudiaron el uno al otro. Mark sabía que Gino no tenía intención alguna de apartarse de la puerta y Gino podía ver que Mark estaba sumido en un estado, que sin duda le daría la fuerza suficiente como para poder reducirle, sin importar mucho lo cansado que pareciese.

– De acuerdo…voy contigo – dijo Gino vencido.

– Como quieras – musitó Mark con poca energía.

– Bien…bien…cogemos las llaves, mis zapatos y a Wayne…necesito llamar a Wayne, ¿por favor? – dijo Gino, pidiendo de Mark una muestra de fe.

Mark no respondió y se quedó allí de pie, mientras Gino caminaba hacia el teléfono y marcaba el número de Wayne, quien respondió tras cinco tonos.

– ¿Diga? – contestó Wayne.

– Wayne…Mark ya ha vuelto y no tengo forma de poder evitar que se ponga detrás del volante y en camino hacia la playa…y parece demasiado cansado como para poder conducir solo – le resumió Gino.

– Bien…estaré ahí abajo en un minuto – dijo Wayne.

– Bien.

Gino colgó el teléfono y salió, diciéndole a Óscar que informase a Jimmy que con suerte, estarían de vuelta por la mañana.

Gino encontró a Mark esperando el ascensor, así que paró junto a él, echándole un vistazo al suelo. Los ojos de Mark estaban fijos en la manecilla del panel del ascensor que mostraba los pisos, indicándole que ya se encontraba cerca.

– Wayne viene con nosotros – informó Gino a Mark.

En silencio, los hermanos tomaron el ascensor para pararse en la planta de Wayne, recogiéndole.

Mark luchó el sueño, mientras Gino se encargó de tomar el primer turno detrás del volante y una vez los hermanos se cercioraron que Mark estaba profundamente dormido, Wayne habló a Gino.

– No se lo ha tomado muy bien, ¿verdad? – expuso Wayne.

– No – estuvo de acuerdo Gino.

– Se ha sentido como una mierda desde que la dejó allí – apuntó Wayne.

– ¿Y tú no? – preguntó Gino.

—Intento ver las cosas desde otra perspectiva, pero aun así… ¿Le has dicho dónde ha parido? – le preguntó Wayne.

—No me he atrevido…voy a dejar que eso lo haga Samuel. Si le hubiese presionado un poquito más, no habría dudado ni un segundo en darme un puñetazo…Tú no sabes el miedo que me ha dado – comentó Gino.

—Le comprendo – asintió Wayne con la cabeza.

—Sí, ve e intenta decirle que comprendes cómo se siente – musitó Gino.

Un nuevo día nacía cuando Wayne despertó a Mark para preguntarle direcciones. Mark miró a su alrededor, desorientado. De hecho, le llevó unos segundos reconocer el área, tras lo cual miró a Wayne, quien ahora se encontraba al volante mientras Gino viajaba en el asiento del pasajero.

—¿Hacia a dónde? – preguntó Gino a Mark con el cuello girado para poder verle.

—Recto…quédate en esta carretera un poco más. *West Beach* está a la derecha, pero todavía tenemos que pasar una tienda – le dijo Mark al conductor.

—Bien – respondió Wayne.

Mark observó lo que parecía ser un pequeño pueblo, el cual pudieron ver despertando y volviendo a la vida.

—¿Cuánta gente vive aquí? – preguntó Gino, impresionado por el cambio de paisaje.

—Unas cuantas gallinas y un pescador – dijo Wayne guasón.

—¿Dónde demonios está el mar? – se preguntó Gino en voz alta.

—¡Allí! – le dijo Mark, señalando a su derecha, como si Gino hubiese tenido que adivinarlo por sí mismo.

—¡¿Estás seguro?! – bromeó Gino, volviendo a su posición original.

El italiano miró a Wayne cuando condujeron cerca de una zona boscosa que podría corresponderse con la descripción que Sally les había dado. Gino volteó la cabeza, observando el área, permitiendo que su imaginación mostrase a su hermana dando a luz a William peligrosamente mientras su cuñada asistía y los niños miraban. Volvió a girarse, arqueando las cejas y dándole gracias a Dios que su hermana fuese una mujer tan fuerte.

Llegaron a la casa aislada y aparcaron el coche frente a ella, evitando así las dunas y su caprichosa personalidad. Era una mañana preciosa y el sol parecía estar preparado para brillar ese día. Desde fuera, la casa parecía tranquila y silenciosa, así que tras salir del coche, los tres se acercaron con calma a la puerta principal, permitiéndoles a las mujeres percibir su llegada. Poco sabían ellos que en la cocina, Samuel se encontraba despierta y mientras le daba de mamar a William, se había puesto de pie y había cruzado la cocina para coger el arma que se encontraba bajo su colchón donde Sally, David y Molly dormían plácidamente.

Mientras William comía del pecho de su madre, Samuel volvió al salón y miró por la ventana con el arma en su mano derecha, aguantando a su hijo con la izquierda.

Primero vio a Wayne, lo cual hizo que su corazón diese un violento latido en su pecho. Dando unos pasos atrás, puso el arma en un cajón y entonces caminó hacia la puerta principal, cubriéndose el pecho, esperanzada que a William no le importase mucho tomarse un descanso. Abrió la puerta con una intensa felicidad emanando de su cuerpo, descalza y con una manta sobre los hombros y sobre William.

– ¡Buenos días! – saludó Samuel contenta.

Los tres hermanos llegaron al porche simultáneamente, pero Wayne la besó primero. Gino besó la frente de su hermana mientras miraba a William, permitiéndole a Mark que conociese a su hijo.

– ¡Hola cariño! – susurró Samuel a Mark desde el umbral de la puerta.

Mark le sonrió y aceptó a su hijo cuando Samuel se lo ofreció inmediatamente. Poseído por el silencio, fruto del sentimiento de culpa que había hecho huella en su garganta, Mark sintió a su hijo en sus brazos por primera vez, allí, en el porche de esa casa que había significado la prisión en la cual Mark había dejado a Samuel durante demasiado tiempo.

Mark observó a William Maximus largamente. El niño estaba despierto, ya que aún no se sentía satisfecho, pero el cambio de brazos le había confundido. Con tan sólo unos días de vida, era el niño más precioso que Mark jamás había visto en su vida. Wayne y Gino entraron en la casa para poder darles privacidad, percibiendo Samuel el rostro sin expresión de Mark. Allí seguía de pie con tan sólo el camisón puesto, cuando Mark levantó la mirada y encontró la de ella. El silencio se rompió por el sonido de las olas y el cantar de unas gaviotas sobrevolando la casa y aterrizando sobre la playa, conocedoras que había niños en ella.

–¿Cómo estás? – murmuró Mark.

–Estoy bien – susurró ella, midiendo el estado de la mente de Mark.

–Hace fresco, vamos adentro – le dijo Mark con un movimiento de cabeza.

Samuel entró en la casa primero, encontrando a Gino y a Wayne en la cocina, buscando algo de comer.

–Le daba de comer – dijo Samuel a Mark.

–¡Oh!… ¡Ten! – devolvió Mark su hijo a Samuel.

Samuel tomó a William y se sentó en una silla, abriendo su camisón y volviendo a dale de mamar después de cubrir el cuerpo del bebé una vez más. Mark se apoyó en una de las encimeras de la cocina y cruzó los brazos, mirando a su hijo desde lejos.

–Es prematuro, ¿has visto a un médico? – preguntó Mark a Samuel.

–Sí, ha estado aquí en dos ocasiones – respondió Samuel.

Mark asintió con la cabeza y volvió a mirar a sus hermanos. Gino presentía que una bomba estaba a punto de explotar, haciéndole sentirse terriblemente incómodo, así que tomando la oportunidad que Mark le había dado al irse junto a la ventana para mirar el mar, él se agachó junto a Samuel y William, y tras sonreír ante la presencia de su sobrino, musitó esas palabras con la más baja y suave de las voces que su garganta podía producir.

– Por favor, habla con él.

– Lo haré – le susurró ella, moviendo a William, ya que este se quejaba. – Ten, ayúdale a sacar el gas.

– ¿Qué? ¿Yo? – soltó Gino asustado.

– Sí, ¿por qué no?...Tú solías sacarle el gas a David – le recordó Samuel, ofreciéndole a William.

– Su padre está aquí – le dijo Gino, poniéndose en pie.

– Cobarde...Mark, cariño – pidió Samuel.

Wayne preparaba el desayuno, mientras sonreía ante el repentino ataque de pánico de Gino. Mark se giró y caminó hacia su esposa e hijo, tomando a su bebé en sus brazos y colocándole sobre su pecho verticalmente para facilitarle el proceso con la misma destreza de una experimentada enfermera.

– ¡Molly! ¡David! – les llamó Gino desde la cocina, con la intención de despertarles.

A William no le importó mucho los gritos de su tío, como si ya hubiese sido informado de los hábitos de su familia.

Horas más tarde, Gino y Wayne dormían al igual que William. David y Molly jugaban en la playa, mientras Sally preparaba las maletas para poder volver a casa. Samuel frenó junto a Mark al encontrarle sentado en la escalera del porche trasero, desde donde vigilaba a los niños. Reconoció los pies de su esposa, así que levantó la cabeza.

– ¡Siéntate conmigo! – le dijo Mark, acariciándole los pies.

Samuel se sentó junto a él y enlazó sus brazos alrededor del izquierdo de él, buscando su calor, la cosa que más había echado de menos durante su retiro. Con su mejilla en el brazo de él, ella notó la mejilla de su esposo en su cabeza.

– Aunque no lo demuestres, sé que estás feliz por William – musitó Samuel.

– ¡Por supuesto que lo estoy!...Estoy intentando perdonarme por no haber estado contigo como te dije que estaría – confesó Mark, observando el juego de los niños desde la distancia.

Samuel permaneció en silencio durante unos instantes, también observando a los niños.

– Dejarte aquí ha sido lo más difícil que jamás he tenido que hacer…ha sido una tortura, ¿cómo has podido hacer esto sola? – le preguntó Mark.

– Pues…tenía que hacerlo…sabes que no teníamos muchas opciones si queremos disfrutar de la vida que tenemos en estos momentos – susurró Samuel.

– Eso no me lo pone más fácil a mí – apuntó Mark.

– Ha nacido en un lugar precioso, Mark…algo inesperado, pero ideal sin duda – dijo ella.

– ¿Dónde? ¿Dónde ha nacido? – inquirió Mark, asumiendo que había dado a luz en esa casa y en su cómoda cama.

– Nació bajo un magnífico árbol… ¿No hemos tenido un bebé precioso? – le dijo Samuel con una sonrisa.

Impresionado, Mark la miró tras oír esas palabras, intentando comprenderlas. Ella parecía tan feliz y tan relajada que sus miedos lo abandonaron, perdiéndose en los vivos ojos de ella y aceptando sus labios cuando estos se acercaron a él.

– Es igual que tú – le susurró ella mientras sus labios tocaban los de él.

Gino rió ante la visión de cinco adultos y tres niños caminando hacia el único coche aparcado frente a esa casa de playa.

– ¡Deberías haber traído el camión, Mark! – gritó Gino entretenido.

Todos rieron, pero Mark sólo sonrió.

– ¡Mi culo ya ha tenido todo el camión que puede aguantar! – masculló Mark.

– Me encanta cuando hablas así alrededor de mi hijo – se quejó Sally.

–¡Pero si está allí! – le dijo Mark, señalando al otro lado del coche.

Apenas parando para repostar y utilizar el servicio, llegaron a la ciudad de Nueva York en la noche de ese mismo día, bajo una gruesa y fuerte lluvia de primavera que les daba la bienvenida. Samuel sintió como si hubiese estado ausente durante años y su corazón se derritió ante la presencia de los altos y elegantes edificios visibles al acercarse a Manhattan por la misma ruta que había tomado en su marcha. Mark frenó el coche en la esquina de su calle para observar la constante vigilancia con los mejores deseos del Departamento de la Policía de Nueva York. Con un coche cargado y con niños dormidos, todos se tomaron unos minutos para pensar.

–Esos son ellos – informó Mark a Gino, quien se encontraba en el asiento del pasajero.

–Sí…tienen que estar preguntándose dónde está Samuel…Mejor que tomemos la puerta trasera, no quieres que vean a William. Éntralo y nosotros entraremos por la puerta principal – elaboró Gino, mirando fijamente al coche de policía.

Mark miró a su familia por el espejo retrovisor y asintió.

–Sí, William debería tomar la puerta trasera – secundó Mark los pensamientos de su hermano. – ¿Sam? – le preguntó, mirando también hacia el coche de policía.

–Estoy de acuerdo – contestó Samuel.

–Bien – soltó Mark, girando la cabeza para poder echar el coche hacia atrás.

Mark condujo hacia el otro edificio y cogió a William de los brazos de Samuel, colocándolo bajo su abrigo para poder protegerle de la lluvia.

– Vuelvo enseguida – dijo Mark a los adultos.

Sin poder remediarlo, todos pensaron en la única forma de cruzar de un edificio al otro, cosa que Mark había hecho cinco minutos más tarde sin preocupación alguna. Empapado hasta los huesos al llegar al ascensor, abrió el abrigo para poder ver a su hijo. Mark sonrió ante un confundido bebé. Los ojos de William se habían abierto finalmente y su rostro estaba mojado. Mark le secó las mejillas con los dedos, hablándole.

—Ese ha sido tu primer salto, William…la policía está ahí afuera – sonrió Mark guasón. – No queremos que aún sepan de ti.

George había sido informado de su llegada, así que no se asustó cuando alguien tocó a la puerta.

—Soy yo, George…Mark – oyó George desde el otro lado de la puerta.

George abrió la puerta a su jefe y Mark entró, dirigiéndose hacia dentro, mientras le ofrecía un saludo de buenas noches. George supo de inmediato que su jefe había utilizado el tejado, pero este había sido demasiado rápido al pasar junto a él, así que no percibió lo que llevaba consigo. Minutos más tardes y después de colocar a William en la cuna de David junto a su propia cama, Mark salió de la casa llevando un abrigo seco en las manos. Tomando el tejado de nuevo y después de cambiar de abrigos en el coche, condujo hacia su casa y entraron en el patio central.

—¡Ya han vuelto! – dijo el detective Harrison a su compañero tras darle un codazo.

—¡Ya era hora! – soltó su compañero, el detective O'Brien.

Uno de sus oficiales se había colado dentro del edificio a través de una de las verjas, y ahora, oculto entre las sombras, observaba la entrada cuidadosamente. Después que la familia de *La Judía* abandonase el coche, el oficial se alejó de la casa, acercándose hacia el coche de vigilancia donde los dos detectives bebían una taza de café.

—Han vuelto todos…los niños también – informó el oficial, después de entrar en el coche y cerrar la puerta.

—Vacaciones…no puedo creer que *La Judía* se ha ido de vacaciones – sonrió el detective O'Brien chistoso.

—El crimen puede ser estresante – dijo el oficial.

Ni tan sólo una hora después, los tres varones fueron vistos salir de la casa, vestidos elegantemente para conducir hacia el Sur.

—Ella tampoco va esta noche – se comentó en el coche de policía.

—Igual lo ha dejado – dijo O'Brien sin creerlo.

—Igual.

Molly encontró a su madre en una bañera llena de agua caliente. Olía a vainilla y rosas y la niña fue irresistiblemente atraída hacia el lugar.

—¡Hola cariño! – la saludó Samuel.

—William está dormido – comentó Molly.

—Lo sé...y es todo lo que va a hacer durante un tiempo...los bebés son aburridos.

Molly rió y se arrodilló junto a la bañera, mientras el olor la rodeaba y se metía por su nariz. La niña sonrió al sentir un agradable cosquilleo en su cerebro.

—¿Irás a trabajar mañana por la noche? – quería saber Molly.

—Sí, pero después que los dos estéis dormidos – respondió Samuel.

—¿Haré yo lo mismo que haces tú cuando sea mayor?... ¿Y William? ¿Llevará él también una pistola? – preguntó Molly.

Esas palabras habían cogido a Samuel por sorpresa. Parecían haber salido de Molly de una forma informal, pero aun así, habían salido de ella. Samuel observó a la niña durante unos segundos.

—¿Preguntas eso porque Sally solía trabajar con su padre? – preguntó Samuel a Molly, intentado ganar algo de tiempo para pensar.

—¿No hacen los niños lo mismo que sus papas cuando crecen? – se preguntó Molly en voz alta.

—Bueno, no es obligatorio, Mo...puedes convertirte en lo que tú desees. Eres una niña muy inteligente.

—Pero mi mamá de verdad también trabajaba por la noche – racionalizó Molly.

—Tu madre biológica y yo hacemos cosas muy diferentes, cariño…ambas son ilegales, pero muy diferentes – respondió Samuel.

—¿Ilegal? ¿Qué es ilegal? – preguntó Molly.

—Bien, ilegal significa que tenemos que trabajar de noche y que a veces tenemos que salir a escondidas – le dijo Samuel, – pero tú no tienes por qué seguir nuestros pasos cuando seas mayor…nosotros hacemos esto porque hubo un tiempo en el que era nuestra única opción para tener una vida decente y más tarde, bueno, más tarde…ya no quieres volver a ser pobre.

—¡Yo no quiero ser pobre otra vez! – mencionó Molly con rapidez, como si tan sólo mencionar el hecho pudiese cambiar su *status quo*.

—Lo sé, yo tampoco…pero tú puedes elegir otra profesión y aun así no ser pobre…Dale un poco de tiempo, todavía eres muy joven como para preocuparte por eso, deja que lo hagamos nosotros por ti – le ofreció ella, acariciando la frente de la niña con su dedo.

—¡Ya casi tengo ocho! – le recordó Molly.

—De acuerdo, siete y medio…a tu edad, yo todavía era un niño – bromeó Samuel. – Por favor, no crezcas tan deprisa.

Molly rió. Siempre había tiempo para divertirse del hecho que un día, su madre había sido un niño.

—¡Y mudo! – añadió Molly.

—¡Sí!... ¡No puedes imaginarte lo difícil que era para mí el no poder hablar!

Molly rió fuertemente al igual que su madre, pero ambas pararon abruptamente ante el sonido del llanto de William.

—¡Tiene hambre! – dijo Samuel a Molly. – Ve con tu hermano y háblale…no lo tomes, por favor.

Molly dio un saltito y fue hacia su hermano, brincando por la habitación. Una vez llegó junto a la cuna, se inclinó hacia delante y miró al bebé de grandes ojos abiertos. ¡Olía tan bien y era tan bonito!

– William…mamá ya viene, está en la bañera porque se estaba dando un baño, pero ya viene. Estará aquí en un momento... ¡Ya está callado, mami! – gritó Molly a su madre.

A William le gustaba oír esos gritos, ya que le hacían sentirse acompañado.

Con la débil luz proveniente de fuera, Mark caminó hacia su dormitorio y se desnudó en la penumbra, mirando a William, quien dormía a los pies de su cama. Mark había estado esperando ese momento durante meses y ser capaz de meterse en la cama para encontrar el cuerpo de Samuel, llenó su alma con una felicidad que había olvidado existía. Ella no se despertó cuando Mark se acercó a ella y la abrazó para poder dormir. Él sólo cerró los ojos y le dio las gracias a Dios por haberla mantenido a salvo una vez más.

A la mañana siguiente, Samuel comió con Nero. Padre de ya tres hijos, Nero pudo ver los signos de una reciente maternidad en el rostro de Samuel. Había accedido a reunirse con ella en el establecimiento donde Nancy trabajaba, hecho que llevó al dueño al borde de un ataque de nervios. La persona de Nero era conocida y aunque era conocedor de la existencia de *La Judía* y su anormal crueldad para una dama, el dueño del establecimiento jamás podría haberse imaginado que ella se había sentado y comido en su restaurante desde hacía un tiempo. Conocía su reputación, pero no su rostro, cosa que hizo esa tarde. Todo tuvo sentido cuando vio a la frágil mujer caminar frente a Nero. Los rumores hablaban de un ángel con el alma de un demonio. Sin duda alguna, su aspecto angelical había enmascarado sus malvados actos y la forma en la que se ganaba la vida, consiguiendo todo aquello que quería en los negocios, siendo este un duro lugar para una mujer.

Eran los únicos sentados a aquella mesa, la cual se había convertido en suya tras la intervención de Nancy. Samuel miró a Nancy cuando esta se acercó a ellos para tomar el pedido. Nancy les saludó como si esa hubiese sido la primera vez que los hubiese visto. Samuel supo que Nancy había comprendido la naturaleza de sus vidas, así que respetó la decisión que Nancy había tomado, sintiéndose en total acuerdo con ella.

– ¿No comes? – preguntó Nero a Samuel, después que ella hubiese pedido sólo una taza de café.

– Hoy no tengo mucho apetito – respondió Samuel.

– Pero estás dando el pecho – le recordó Nero.

Samuel miró a su jefe y sonrió ante esa extraña preocupación.

– Lo sé – le sonrió ella.

– De acuerdo – se rindió Nero, mostrándole las manos. – Así que, ¿qué has traído a este mundo? – le preguntó él, enlazando sus manos sobre la mesa.

– Un niño.

– ¿Y cómo le habéis llamado? – preguntó curioso.

– William…William Maximus Vrooman – dijo ella.

Nero asintió con la cabeza y la observó durante unos instantes, mientras Nancy les servía café. Samuel levantó la cabeza y miró fijamente a su jefe.

– Vuelvo al trabajo esta noche – le informó Samuel.

– ¿Sí? ¿Estás lo suficientemente fuerte? – inquirió Nero.

– Me encuentro bien – respondió ella.

– De acuerdo…ahora que has tenido un bebé, ¿vas a poder ser una madre clandestina? – le preguntó Nero de inmediato, con toda la calma que pudo conseguir.

– ¿Eso le preocupa? – indagó Samuel.

– Por supuesto que me preocupa. Tú haces tu trabajo mejor que cualquier hombre que ha trabajado para mí…vosotros cuatro os habéis convertido en uno de los pilares de mi negocio, pero me pregunto cuánto vas a poder mantener esos dos lados sin que colisionen…la madre…*La Judía* – explicó Nero.

Samuel miró fijamente a su jefe mientras su cerebro intentaba encontrar una respuesta real o al menos, algo cercano a una buena explicación. Sin embargo, él habló primero.

−Cogiste a Molly cuando tenía, ¿qué?... ¿Cinco o seis?...Ahora estamos hablando de un bebé...un bebé que has llevado dentro de ti durante nueve meses. ¿No te gustaría llevarlo a dar un paseo? ¿Caminar de la mano con tu marido?...Como yo lo veo, esta tela de araña que has tejido a tu alrededor se va a romper tarde o temprano y a mí no se me va a dejar colgado cuando la madre reduzca a la mafiosa.

Esa era la primera vez que alguien la había descrito como una mafiosa en su cara. Proveniente de uno de los hombres más poderosos de Nueva York en esos tiempos, ella supo que eso era exactamente en lo que se había convertido.

−Tenía entendido que mi personalidad le había servido de mucho...lo acaba de decir – argumentó Samuel.

−¡Y lo ha hecho!...Pero vosotros cuatro dependéis demasiado los unos de los otros y si tú caes, tus hermanos te seguirán – explicó Nero, seguro de su argumento.

−Mis hermanos tienen sus propias mentes e intereses – respondió Samuel con un tono autoritario. – Yo no manipulo a mi familia.

−¿Y quién habla de manipulación?...No hay necesidad de manipular a tus hermanos cuando el lazo es real, *Judía*…por favor, no seas ingenua… ¿Quién crees que ha sido el cemento de esta esporádica familia que tienes?...No, querida niña – le dijo Nero, moviendo su dedo índice frente a ella.

−No sé a dónde quiere ir con todo esto… ¿Quiere que me retire? – se preguntó Samuel en voz alta. – Usted *no* retira a la gente.

Nero encontró esas palabras entretenidas y sonrió a Samuel, tomándose un descanso para que Nancy pudiese servirles la comida. Después de agradecerle el servicio, Nero esperó a que se alejara y entonces miró a Samuel mientras aliñaba su comida con algo de pimienta y una sonrisa en la cara. Nero movió la cabeza como si hubiese encontrado un camino sin salida. Samuel le observó, esperando una pista sobre la decisión del curso de su futuro, mientras el ruido del restaurante parecía haber desaparecido para ella.

—No, no quiero que te retires…pero quizás deberíamos incrementar nuestros encuentros…Me informarás personalmente, no a través de Johnny…Te quiero en mi oficina los lunes y los jueves a las cinco de la tarde, ¿funcionará esto con tu rutina?

—Lo hará sin problema – aseguró *La Judía*, como si hubiese conocido su nueva responsabilidad de antemano.

—Excelente…Necesito hablar con Mark y Wayne mañana. ¿Serías tan amable de decirles que se reúnan conmigo a las dos de la tarde?

—Lo haré – respondió ella antes de tomar un sorbo de su bebida.

Horas más tarde, Samuel entró en su casa y después de saludar a George, se quitó el sombrero mientras observó el cambio de turno entre Jimmy y George.

—¡Hola, mami! – gritó Molly, contenta al ver a su madre.

—¡Hola, mi hermosa niña! – la saludó Samuel, también contenta de verla.

Lucy salió de la cocina y se acercó a su jefa, tomando su bolso y su sombrero.

—¡Gracias, Lucy!

Samuel recibió a Molly en sus brazos y la besó.

—Tu padre te ha peinado hoy – adivinó Samuel, tomando una de las trenzas de la niña en su mano.

—¡Sí! ¡¿Cómo lo sabes?! – se preguntó Molly.

—Lo sé – sonrió Samuel, echando un vistazo a Mark, quien salía de la zona de los dormitorios con William en sus brazos.

—¿Cómo estás? – la saludó Mark, dejando al bebé en la cesta y tomando de nuevo el periódico.

—Bien… ¿Y él? – le preguntó Samuel, refiriéndose a William.

—Tranquilo – contestó Mark, sentándose.

Samuel se inclinó sobre Mark y le besó, sabiendo que Gino no estaba presente, sentándose después junto a William.

–¿Qué tal el colegio, Mo? – preguntó Samuel a Molly, contemplando a su hijo.

–¡Bien, mami! – respondió Molly, arrodillándose junto a la mesita del salón para poder seguir coloreando.

–Bien… ¿Podrías preguntar a Lucy si mi vestido rojo está listo para esta noche, por favor?

–Sí, mami.

Samuel levantó la mirada y clavó sus ojos en los de Mark en el instante en el que los oídos de Molly se habían alejado.

–He estado en la reunión más extraña que jamás habría podido imaginar – dijo Samuel a su esposo.

–¿Por qué? – quiso saber Mark.

–Porque no estoy segura de lo que me he llevado de ella…Por un momento creía que me quería fuera…entonces he visto que estaba demasiado asustado de la posibilidad de perdernos…y lo demostró, Mark – expresó Samuel.

–Dice que está listo, mami – dijo Molly, volviendo de la cocina.

–Gracias, cariño – dijo Samuel a Molly. – Deja que le dé de comer, – dijo ella, levantándose y cogiendo a William de la cesta. – ¡Oh! A propósito…quiere veros a ti y a Wayne mañana a las dos de la tarde.

–Bien – aceptó Mark, con la más calmada de las composturas.

Al oír el característico sonido de la puerta de su dormitorio, Samuel miró hacia la habitación a través del espejo de su tocador. Por entonces, podía distinguir todos los diferentes sonidos producidos por cada una de las puertas de su casa, habilidad que había adoptado cuando la paranoia había sido su sombra. Había necesitado tan sólo unos meses para poder tener bajo control todas las puertas de su hogar, necesidad que había mantenido en secreto.

–¡Hola, hermanita! – la saludó Gino desde la puerta.

–¡Hola! – sonrió ella.

Gino cerró la puerta y caminó hacia ella, siendo observado por Samuel. Frenó momentáneamente para mirar a William, quien dormía plácidamente. El italiano levantó la mirada y se sentó en el banco a los pies de la cama, observando a su hermana a través del mismo espejo que ella utilizaba.

–¿Cómo te encuentras? – le preguntó Gino.

–Estoy mucho mejor, gracias… ¿Y tú? – preguntó Samuel a Gino.

–Yo estoy bien…pero yo no he sacado uno de estos de mi cuerpo – sonrió Gino divertido, señalando a su sobrino con una movimiento de cabeza.

Samuel rió.

–Correcto…y eso no fue fácil, créeme – le dijo Samuel. – Fue como si me estuviesen sacando las tripas – detalló Samuel, moviendo las manos frente a su vientre.

–¡Cierra el pico, Sam! – se quejó Gino, asqueado. – Has tenido un precioso niño, no me lo estropees.

Samuel rió y se volteó.

–Lo es, pero todos los niños son bonitos a los ojos de sus familiares – apuntó Samuel.

–Estoy seguro que eso que dices es verdad – dijo Gino, mirando a su sobrino.

Gino esnifó y la miró a ella.

–Mark me ha hablado de tu reunión con Nero – introdujo Gino el tema.

Samuel puso sus manos en el respaldo de la silla y miró a su hermano. Llevaba puesta su bata de seda roja, a conjunto con el esmalte de sus uñas, lo que le daba un aspecto celestial.

–Aún estoy algo perpleja – admitió Samuel.

–No me gusta cuando se reúne a solas contigo. No nos gusta a ninguno de nosotros – confesó Gino.

Samuel arqueó las cejas, ofreciéndole una sonrisa.

–¿Crees que un día me va a hacer daño? – preguntó ella.

−Nuestro valor es limitado, Sam…no confío en él y tú tampoco deberías hacerlo – riñó Gino a su hermana, señalándola con su dedo índice.

−Yo tampoco confío en él, Gi – admitió ella, dándole un cachete en el dedo que le mostraba.

−De acuerdo.

Samuel sentía una extraña vibración proveniente de su hermano, así que abrió la puerta a un nuevo tema, intentando no presionar demasiado.

−Hoy he visto a Nancy en el restaurante, pero nos hemos ignorado mutuamente – mencionó Samuel.

−Es una chica lista – le recordó Gino.

−Parece serlo… ¿Os veis mucho? – inquirió Samuel.

−Sí…me gustaría que la conocieses mejor – dijo Gino a su hermana, con un tono de duda en su voz.

Esas palabras dejaron perpleja a Samuel, ya que siempre había sido expulsada de la vida privada de su hermano.

−¿Por qué? – necesitaba saber ella.

−Es importante para mí que esté a la altura de esta familia…como Sally lo ha estado – explicó Gino.

−¿Quieres que la investiguemos? – bromeó Samuel.

−Fuiste *tú* la que la trajo…pensé que eso ya lo habías hecho – sonrió Gino ampliamente.

−Por supuesto que lo hice…Parecía buena persona, diferente a las mujeres que van detrás de ti y parece haber captado tu atención – dijo Samuel.

−Lo ha hecho y te estoy muy agradecido de la oportunidad que me has ofrecido, pero ahora necesito que me ayudes…no puedo hacerlo solo – confesó Gino.

Turbada, Samuel intentó, con todas sus fuerzas, que su hermano no percibiese la duda que la había inundado. Durante todos los años que habían sido familia, siempre le habían reñido cuando se había atrevido a criticar a cualquier mujer que hubiese tenido alguna clase de relación con sus hermanos, pero ahora, el líder del movimiento 'mantengamos a Samuel fuera de nuestra vida privada,' le estaba pidiendo su aprobación en referencia a una mujer. De inmediato, Samuel supo que Nancy había llegado al corazón de Gino, así que ahora, él tenía la esperanza que el alma de la camarera fuese tan fuerte como el de su hermana, para así, poder resistir su unión a la familia.

– ¿Por qué no la traes a casa este domingo? – le pidió Samuel. – No trabaja los domingos, ¿verdad?

– Algunos domingos. La traeré si tiene fiesta – dijo Gino.

– Bien – soltó Samuel feliz.

– Gracias, hermanita – dijo Gino, levantándose.

Gino se acercó a su hermana, le besó la cabeza y salió del dormitorio para que esta pudiera acabar de arreglarse para ir a trabajar esa noche.

– ¡*La Judía* ha vuelto! – anunció uno de los detectives cuando la vio salir del edificio junto a sus hermanos, pasando junto a un coche de policía camuflado y aparcado justo frente a su edificio.

– ¡Es preciosa! – declaró un oficial, incapaz de controlarse.

– ¿Te gustan las perras crueles? – comentó el otro detective, mirando por encima de su hombro.

– ¡Ésta no me importaría! – respondió el oficial.

Zona Alta Oeste de Manhattan, finales de 1920 y principios de 1921

Con tan sólo ella como representación de su familia, una familia que había rechazado hacía mucho tiempo, Nancy Durnbell se casó con Gino días después que el italiano hubiese cumplido veintisiete años. La nueva pareja se mudaría a otro apartamento en The Belnord, tres pisos por debajo de Samuel y Mark. En su boda, Sally McLean mostraba su estado de gestación de cinco meses, así como un rostro cansado.

Sin embargo, nadie sabía que el pozo había sido irónicamente envenenado por alguien llamado Candy.

La esposa de Óscar ignoraba la existencia de la peligrosa morena de veinticinco años, quien había hipnotizado a un errático Óscar, utilizando la magia que producían sus ojos de color miel. Su primer encuentro en el club no fue percibido por nadie y cuando comenzaron a verse con asiduidad, lo hicieron después del trabajo, en el apartamento de ella y antes que él volviese a casa, a los brazos de Linda. Sin embargo, como había pasado con Paulette el año anterior, la posibilidad y la sospecha de un nuevo *affaire* puso a Candy en un segundo lugar. La premonición de Candy había sido correcta ya que un par de ojos azules habían atraído la atención de Óscar y muy pronto, Candy tenía que esperar demasiado para poder ver a Óscar. Esta vez, la mezcla de dos sentimientos fue lo que llevó el tema a un punto peligroso: lujuria desbordada y responsabilidades.

Las esposas eran con certeza avisadas de cualquier retraso a la vuelta a casa, beneficio del que las amantes no disfrutaban, ya que la liberad era el pilar principal que sostenía esos encuentros deshonestos. Por lo tanto, después que Óscar no apareciese por su apartamento durante dos noches seguidas después del trabajo, Candy tomó su abrigo y un taxi, dirigiéndose hacia el club. Este estaba concurrido como siempre, acercándose a la puerta con un vivo caminar a lo largo de la cola que se había formado en apenas unos minutos. Su sensual movimiento despertó deseo y miradas llenas de lujuria de los hombres que, de pie, esperaban para entrar. Cualquier otro día, Candy habría disfrutado sin cuestión de cada una de esas miradas, lo que le habría ayudado a reforzar su ego. Sin embargo, su mente estaba envenenada por la furia, no los celos. Candy era la fiel representación del tipo de mujer del que Samuel siempre había tenido miedo. Ella sabía del poder interno que esas mujeres poseían, apuntando hacia lo que querían, pisando a hermanas si la necesidad lo requiriese. Esas personalidades habían sido moldeadas por la pobreza y la falta de educación, contribuyendo a la formación de una generación completa de *Candys* en la Zona Baja de Manhattan. Samuel había conocido a demasiadas y ella misma había escapado de la maldición, cayendo sin remedio en otra joven. De hecho, algunas de las malditas habían sido bendecidas al conocer a un hombre que las había ayudado a salir del estigmatizado vecindario. Pero esas habían sido sólo unas pocas. La mayoría había terminado, o bien en fábricas, o al servicio de los ricos que vivían al Norte. La soltería era la llave de entrada a la más dura de las vidas y aquellas que no se enfrentaban a puzles éticos, vivirían sus vidas a la sombra de una señora.

El sentimiento de euforia que la ira había producido en su joven y apretado cuerpo la empujó hacia la puerta de entrada, sintiéndose con derecho a entrar en el club sin previamente hacer cola. Goodman la miró y la hizo frenar con su poderosa mano izquierda.

−¿A dónde vas? − preguntó él a Candy, con la más ruda de las voces que servían a *La Judía*.

−¡Voy adentro! − respondió Candy con un tono en su voz que molestó al portero.

Candy necesitó un par de segundos para darse cuenta que quizás, ese hombre no iba a apartarse de la puerta y del espacio que había entre ella y lo que ella deseaba.

−Hay una cola − le mostró Goodman, señalando la cola de personas que había detrás de ella.

−Yo no voy a hacer cola… ¡Dile a Óscar que salga! − ordenó Candy.

−No voy a llamar a nadie − afirmó el portero.

−Creo que deberías − le aconsejó Candy desafiante.

Como si Óscar hubiese podido percibirla a ella y los problemas que llevaba consigo en su envenenado corazón desde que esta había dejado su apartamento, el hombre de confianza salió del club tras abrir la puerta con su hombro, devolviendo el reloj a su bolsillo, mientras hablaba con George. Óscar frenó ante la visión de Candy y las ventanas de su nariz se extendieron violentamente tras permitir que sus pulmones se llenasen de ira con rapidez. Pronto se separó de George y de Goodman, y arrastrándola consigo por el brazo, él movió el molesto personaje de la puerta principal. Sí, Óscar intentaba esconder su vergüenza y le habló como jamás lo había hecho.

— ¡Quítame las manos de encima! — le ordenó Candy, tirando con fuerza de su brazo, el cual no era lo suficientemente poderoso como para librarse de la garra del hombre. — ¡¿Dónde demonios has estado?!

— ¡Cierra el pico ahora mismo o te lo voy a cerrar yo! — intentó Óscar callarla, después que le hubiese expuesto esa pregunta ilegal cargada con un tono abusivo.

De hecho, Candy se sentía ama del poder otorgado por las muchas tardes y noches llenas de sexo que le había regalado al matón. Levantó la mirada hacia lo que ahora le parecía un gorila y esperó sus órdenes.

— ¿Puedes bajar la voz? ¿Qué demonios quieres? — le preguntó Óscar.

— Te he estado esperando toda la tarde… ¿Dónde estabas? — le cuestionó Candy, aun intentando librarse de su garra.

— ¿Que dónde estaba? ¿Desde cuándo me haces esa clase de preguntas? ¿Qué te ha dado la idea que la iba a contestar? — solicitó Óscar de ella.

La rabia que Candy sentía, le había impedido oír esa muestra de poder y Óscar sonrió divertido por el hecho que ella parecía un caballo desbocado, galopando sin control hacia un acantilado y una muerte segura. Candy era una joven menuda, pero no muy delgada ya que tenía huesos gruesos, quien se regocijaba con las miradas deseosas de los hombres y también de las mujeres con ojos llenos de celos, las cuales habían tenido demasiados hijos con poco espacio de tiempo entre ellos, forzando sus cuerpos más allá de cualquier recuperación de sus antiguas figuras. Parecía todavía más pequeña cuando la mano ruda y grande de Óscar la había agarrado del brazo, casi levantándola e impidiéndole tocar el suelo mientras él la había llevado a un lado del callejón en busca de privacidad. Óscar quiso abofetearla hasta que su cara tocase el mojado y embarrizado suelo, cuando ella gritó de nuevo, advirtiéndole que la estaba dañando. Al mafioso no le preocupó mucho si le producía un maratón o no, pero su viva defensa le forzó una vez más a quemarla viva con su mirada en el instante en el que ella abrió la boca de nuevo.

–¡No me creo que hayas estado aquí todo el día y Jimmy está hoy en la casa! –le ladró Candy, refiriéndose a la casa de *La Judía*.

Sorprendido de ver que ella fuese capaz de seguir su complicado y exigente horario, Óscar le soltó el brazo.

–¡Estoy ocupado, vete a casa! – le ordenó él, queriendo terminar con la conversación.

–¡No me voy a ninguna parte!... ¡No me vas a ignorar sin más! – le admitió ella.

Óscar rió guasón y giró la cabeza para mirar hacia la puerta del club, posando los ojos en su jefe. Candy siguió los ojos de Óscar y pudo ver a Mark Vrooman de pie junto a la puerta, abotonándose el abrigo. El frío era tan intenso que se creía que volvería a nevar esa noche, creando con toda probabilidad una peligrosa capa de hielo sobre la Costa Este.

Mark le echó un vistazo a la pareja, mientras se formaba una nube de vapor corporal frente a él, proveniente de sus labios. Entrenado en la guerra para divisar suicidas en potencia o feroces actos de venganza por razones que personas no uniformadas jamás comprenderían, Mark rápidamente captó la vibración violenta entre Candy y Óscar, girándose después para poder mirar al portero y a George. Este último se giró, tomando así la estrategia de Mark.

–¿Cuánto hace que dura eso? – preguntó Mark a George, mirando hacia delante, observando la cola que se movía, permitiéndole a la gente entrar en el club.

–Ya he perdido la cuenta, jefe – respondió George.

Mark arqueó las cejas mientras se ponía un guante.

–¿También eres infeliz en tu matrimonio? – inquirió Mark.

–Yo no, jefe…yo quiero a mi esposa.

−Bien, nos vamos − dijo Mark, caminando hacia el coche, haciéndole ver a Óscar que no iban a esperar más, − no quiero hacer esperar a Samuel.

−¡Me vas a meter en problemas! − advirtió Óscar a Candy cuando vio que su jefe y George se alejaban de la entrada del club, acercándose al coche. − ¡Vete a casa!

−¡¿Vas a venir entonces a casa esta noche?! − le urgió ella, caminando junto a él una vez este se había puesto en movimiento, alejándose de ella.

−¡Vete a casa, Candy! − le repitió Óscar, sin importarle mucho si la información le llegaba a ella o no.

−¡No me has contestado! − le gritó Candy, tirando de su brazo.

La primera reacción de Óscar habría sido el golpearla hasta que el carmín de los labios de esta dejase un sello en el suelo, pero la proximidad de su jefe y de toda esa gente le hizo cambiar de idea. Así que se giró hacia ella.

−¡Escúchame y hazlo con cuidado porque estás abusando de mi paciencia! − la sentenció Óscar con la más maligna de las voces, una voz con la que Candy no estaba familiarizada y que era totalmente diferente a la que había oído desde aquel momento en el que él había gemido bajo ella por primera vez, presa del más letal de los pecados del placer. − No voy a venir esta noche…ahora tengo que trabajar y no sé cuánto tiempo voy a estar fuera, así que cuando vuelva y sólo si consigo olvidar este momento, quizás venga a verte, lo cual dudo…estás empezando a ser cualquier cosa menos divertida y estoy empezando a creer que quizás sea el momento de escalar a una etapa menos problemática…y ahora lárgate de aquí.

Esas palabras congelaron la sangre de Candy, pegándola al suelo. Incapaz de contestar, ella le vio alejarse con un paso vivo, entrando finalmente en el coche. No sólo las venas de la joven estaban sufriendo un cambio repentino de temperatura, sino que su corazón no había sido lo suficientemente fuerte como para soportar a ese 'nuevo' Óscar. Con el motor de su alma hecho trizas, el hueco que este había dejado atrás se inundó del veneno, contaminando su cuerpo más allá de cualquier expectación. Una vez pudo volver a oír, se alejó lentamente y divagó por la ciudad hasta que llegó a casa. Cuando había puesto el pie en el primer escalón de su edificio, el destino de Óscar había tomado un giro inesperado e innecesario. Ella frenó sus pasos abajo de las escaleras, las cuales le podrían haber llevado a un lugar seguro. Tras unos segundos, se giró en los tacones y caminó en sentido contrario parte del camino que había seguido esa noche. Por entonces, su próximo paso no le produjo ni pizca de miedo; ella había perdido contacto con su realidad debido a la incontrolable furia que bombeaba su sangre. Candy levantó la cabeza y miró a la bola de cristal que mostraba letras pintadas en negro, las cuales anunciaban los más oscuros de los días de la mujer.

Samuel y Nancy se metieron en el coche poco después que se les hubiese llamado desde el vestíbulo. Llevando un sombrero que cubría su pelo en su totalidad y uno de los abrigos con el cuello de piel, Samuel se acurrucó contra Mark momentáneamente, mientras Óscar se subía al coche, junto a Jimmy el sillón del pasajero.

– ¿Dónde están Gino y Wayne? – preguntó Samuel a Mark.

– Se unirán a nosotros allí – respondió Mark.

De hecho, Wayne y Gino esperaban a que la pelea comenzase cuando Mark, Nancy y Samuel llegaron al Madison Square Garden. Esa noche, Jack Dempsey defendería su título ante Bill Brennan. El estadio bullía, ya que demasiado dinero iba pronto a cambiar de manos, dejando a algunos en peligro y la más profunda de las deudas, y a unos pocos como ellos, más cerca del cielo a través de 'la puerta de los favores' tantos creían que existía. El rostro de Gino se iluminó de una forma que ninguno de sus hermanos había visto anteriormente. Sí, él también era capaz de enamorarse hasta el punto de la locura, el mejor de los lugares para descansar una mente. Allí, locos, dementes, borrachos de lujuria, la humanidad se formaba con la más particular de las personalidades, tal y como William M. Vrooman lo había hecho, creando un alma y una mente para la ciencia.

Samuel dejó que su cuñada tomase el asiento junto a Gino y ella se sentó entre Wayne y Mark. Samuel besó la mejilla a Wayne.

– De Sally – sonrió ella.

Wayne sonrió y miró a Mark.

– ¡No me mires! – se quejó Wayne.

– ¡Déjame tranquilo! – sonrió Mark con burla, quitándose el sombrero y peinándose el pelo hacia atrás con las manos.

Wayne y Mark rieron. Ella se echó sobre su esposo y le susurró al oído.

– ¿A qué hora te vas esta noche? – preguntó ella.

Mark también buscó el oído de ella.

– Estarás en peligro si te lo digo – respondió Mark.

Samuel sonrió juguetona y volvió a buscar el oído de Mark.

– Dímelo de todas formas – se atrevió ella.

– Me iré cuando te duermas – le susurró Mark al oído.

– Entonces no me dormiré – le dijo ella.

– Soy paciente – concluyó Mark, haciendo que una sonrisa coquetona se formase en el precioso rostro de ella.

Después que Dempsey asegurase su título, algunos volvieron a casa. Cuando Mark se cambió de ropa y comenzó a meter algo de ropa en su macuto militar, el corazón de Samuel se vio inundado por una repentina tristeza, así que se marchó del vestidor. Ese era el tipo de viaje que podría llevar de semanas a meses, el tipo de viaje que podría forzar a Mark a esconderse en algún lugar durante mucho tiempo. Quizás volvería para Navidad o quizás no, nadie lo sabía con seguridad. La mayoría de las ocasiones, el tiempo de duración del viaje se determinaba por la información que poseía la policía fronteriza, o lo poco que se les había pagado. Empujada por esos pensamientos, ella caminó hacia su cama y la cuna donde William dormía. La visión de su bebé borró toda tristeza de su corazón durante unos segundos y hasta que Mark enlazó sus brazos alrededor de ella, besándole la cabeza.

—Te dejo en buena compañía – susurró Mark a su oído, una vez más esa noche.

—Eso es cierto – estuvo ella de acuerdo.

En silencio y sintiéndose a salvo en sus brazos, ambos contemplaron el bebé de siete meses, quien dormía sin saber que otro cambio iba a llegar a sus vidas.

—¿Te llevas a Óscar y a George contigo? – preguntó Samuel.

—Sí – respondió Mark.

Samuel observó el alborotado cabello que William siempre conseguía al dormir. Mark se sintió invadido por un repentino sentimiento de añoranza al pensar en meterse en el coche, un camión, o un hotelucho barato, pero así lejos de su familia y siempre más cerca de la cárcel.

—Vamos a tomar un poco de café…no quiero que te duermas al volante – dijo ella, tirando de él por su mano.

—Bien.

Ambos se fueron del dormitorio y caminaron hacia la cocina.

—¿Sabías que Óscar tiene una amante? – preguntó Mark a ella, llegando a la cocina.

—No, ¿cómo lo sabes? – preguntó ella, abriendo uno de los armarios.

—Se presentó hoy en el club y se hizo bastante visible – le dijo Mark.

—Pobre Linda – dijo Samuel, sacudiendo la cabeza, – posiblemente se cansó de ella hace mucho tiempo.

Tal y como había prometido, Mark esperó a que Samuel se hubiese quedado dormida, dejando la casa al amanecer y dirigiéndose hacia Canadá vía Buffalo.

Tres semanas después, a Samuel la tocó una mano gentil. Ella no podía decir con exactitud qué era tan diferente en ese lugar. El camino estaba intacto y el árbol florecía con nuevas hojas de un verde vivo, brotando libremente. Era tan soleado como lo recordaba y también tan silencioso. Se miró el vientre y aunque podía sentir a

William dentro de ella, moviéndose, no sentía dolor. ¿Dónde estaba Sally? ¿Y los niños? ¿Dónde estaban los niños? Se les había dicho que no se moviesen.

Ella abrió los ojos y la luz sobre la mesita de noche le molestó. Pudo sentir en su cuerpo que no había pasado mucho tiempo desde que se había ido a dormir. De hecho, Wayne aún llevaba ropa de calle. Aunque sus ojos estaban abiertos y había reconocido la voz de su hermano, ella había conseguido arrastrar a su sueño y ahora hablaban detrás de la Iglesia de la Transfiguración, de adultos, con ropa de invierno, aunque fuese verano. Samuel no pudo comprender lo que Wayne intentaba decirle; apenas podía oírle.

– ¿Qué? – preguntó Samuel por tercera vez.

– Despierta – repitió Wayne, también por tercera vez.

¿De qué hablaba? Estaba totalmente despierta, vestida y de pie frente a él.

– ¡Despierta, Sam! – lo volvió a intentar Wayne.

Finalmente, Samuel pudo reconocer su dormitorio y por fin, su cuerpo también se había despertado. Impulsada por el instinto, se sentó en la cama y buscó a William, quien dormía plácidamente al final de la cama.

– William está bien, está dormido, pero te necesitamos en la cocina, tenemos un topo – le informó Wayne.

– Bien – respondió Samuel, sin haber registrado esas palabras en su cerebro.

Wayne se puso en pie y tras ofrecerle la bata de invierno, salió del dormitorio de sus hermanos. Poniéndose la bata y saliendo también, se preguntaba en silencio por qué Wayne estaba aún vestido y en su casa. Rápidamente vio a su hija y entonces continuó su camino hacia el salón. Samuel estaba convencida que Molly soñaba con las fantásticas muñecas y los juguetes mecánicos que Macy's mostraba en sus escaparates, los cuales había visitado con Nancy, David, Jack y Martín, esa misma tarde. De hecho, la niña no había hablado de otra cosa durante el tiempo que habían pasado juntas ese día. Llegando al fin, a la cocina después de cruzar el salón donde el fuego se había consumido horas atrás, se encontraba totalmente despierta y tenía frío, ya que el calor de la cama se había disipado de su cuerpo. Encontró a Gino y a Wayne en la cocina, de pie, apoyados ambos en las encimeras con los cuerpos tensos. Esa imagen envió un sentimiento de vértigo por su cuerpo, devolviéndole la total consciencia.

−¿Qué pasa? − les urgió Samuel.

−Tenemos un topo − repitió Wayne, sin saber muy bien cómo comunicar la noticia a su hermana pequeña.

−¿Qué quieres decir con eso? − preguntó Samuel molesta por su vaguedad.

−Significa que Mark ha caído en una emboscada en la frontera…la policía los estaba esperando − contestó Wayne.

−¡¿Qué?! − gritó Samuel, llevándose las manos a la boca. − ¡¿Cómo lo sabéis?!

−¡Porqué nos ha llamado desde Canadá! Los tres han conseguido escapar. Han perdido la carga, pero pudieron volver a cruzar la frontera por la nieve… Óscar está herido. Mark y George están bien.

Samuel se había congelado allí donde se había parado, junto a la puerta de la cocina.

−¿Dónde han encontrado un teléfono en las montañas? − preguntó ella, intentando encontrarle el sentido a las palabras de su hermano, mientras la información de asentaba en su cerebro.

−Esto pasó hace dos días, Sam…están en un pueblo en algún lugar de Canadá − intervino Gino.

−¿Y Óscar? − se preguntó en voz alta ella.

−Estará bien, pero están estancados y hay una cacería en su busca.

Después de retomar la capacidad para caminar, Samuel se movió y tomó asiento. Sus hermanos, visiblemente preocupados al igual que ella, siguieron sus pasos y se sentaron en la mesa, el lugar donde siempre resolvían sus problemas.

–Seis personas conocían este viaje…seis, nosotros y ellos – les recordó Samuel, – sólo nosotros y ellos…los canadienses no arriesgarían el negocio.

–Lo sabemos – asintió Wayne con la cabeza.

–Mark dice que Óscar puede haber insinuado que se iba cuando hablaba con su ramera – informó Gino a su hermana.

–Mark…Mark…Mark mencionó ver a una mujer en el club la misma noche que se marcharon… ¿Pero por qué iba ella a poner en peligro la vida de Óscar?... ¡¿La ha dejado?! – casi gritó Samuel, viendo la grieta en su mundo. – ¡¿Le ha dicho esto Óscar a Mark?!

–Óscar está herido y siendo poco claro…no puede recordar muy bien…todo lo que dice es que estaba muy enfadado y que tenía prisa, y que puede que hubiese mencionado una ruptura, esa es la única opción que tenemos – respondió Gino.

–Tiene que ser ella – contribuyó Wayne. – George es demasiado recto para esta mierda.

–¡Joder! – gritó Samuel, golpeando la mesa con la mano mientras se hundía en un salvaje y peligroso mar de frustración, un lugar en el cual no había estado en mucho tiempo.

–Tenemos su dirección pero no la hemos encontrado…podría estar de camino a Europa – dijo Gino a sus hermanos.

–No si es una perra estúpida y eso es lo que parece ser. No tiene ni idea de con quién está jodiendo…voy a vestirme – dijo Samuel, poniéndose en pie y empujando la silla con sus piernas, dejando de inmediato la cocina.

Una vez ella había abandonado la cocina, Wayne miró a su hermano fijamente, lo cual Gino comprendió de inmediato. Ambos habían visto el demonio en el rostro de Samuel después de tantos meses de sólo ver la paz en ella y la mejilla de William en su sonrisa.

–No te preocupes…Jimmy lo hará – intentó Gino calmar a Wayne.

–¿Que no me preocupe?... ¿Y cómo vas a conseguir eso? – preguntó Wayne.

—Ten fe – le dijo Gino, poniéndose en pie. – Voy a por un abrigo y a hablar con Nancy.

—De acuerdo.

Gino dejó la cocina y a su hermano sentado a la mesa, perdido en sus propios pensamientos sobre su hermano, a quien se imaginaba cruzando la congelada y resbaladiza frontera con un hombre herido. Wayne se preguntaba cómo se habría sentido Mark al haber sido víctima de una redada, con miles de balas buscando su cuerpo. Ser un veterano de guerra había sin duda ayudado a evitar ser alcanzado por una bala o a ser arrestado, sin embargo, Wayne no sabía lo que Mark había tenido que hacer para poder sobrevivir en Europa, aunque en aquel tiempo él sentía que no tenía nada que perder. ¿Cómo debería sentirse ahora que tenía tanto que perder? Wayne se puso de pie poseído por una poderosa furia, endemoniado por la situación que supuestamente aquella mujer había impuesto a su familia. Se dirigió entonces hacia su casa para coger su abrigo, su sombrero y su pistola.

Con Nancy en la casa de Samuel, Gino, Wayne y Samuel dejaron el apartamento a través del tejado y cogieron otro coche. Atrás se quedó Jimmy, vigilando y esperando noticias suyas. Cuando el profundo frío congeló sus abrigos y sus sombreros, el invierno les dio la bienvenida y fueron tragados por una profunda oscuridad que borró sus huellas al caminar por la virgen nieve.

MÁS ALLÁ DE ESAS MONTAÑAS YACIERON

Ciudad de Nueva York, 19 de febrero de 1921

Con el nombre de la calle y el número de la casa memorizados por los tres, Gino condujo a sus hermanos hacia la esquina de la Segunda Avenida y la calle 13, donde pararon el motor para poder observar la calle. Después de estudiar la terrible serenidad durante diez minutos, Wayne se bajó del coche y paseó por la calle, manteniendo los ojos en el edificio de Candy. Cuando se convenció que allí no les guardaba ninguna clase de peligro, volvió al coche y se marcharon, esperando que la bulliciosa mañana camuflase su presencia. Un perezoso movimiento se hizo evidente con el amanecer, así que de la misma forma que habían hecho en tantas ocasiones en su niñez, vigilaron el edificio desde lejos, esperando al mejor momento para entrar en acción. Sin embargo, no había demasiada agitación en las ventanas, ya que el frío era intenso. No había ventanas abiertas, ni se veía ropa colgada en los tendederos. Candy debería haber dejado el edificio para ir a trabajar en la peluquería alrededor de las nueve de la mañana, así que cuando el reloj tocó las diez, el coche se dirigió hacia el lugar de trabajo de la joven.

Conocidos por ella como ya todos ellos eran, los hermanos vigilaron el salón de belleza desde la lejanía. Eran el mediodía cuando Wayne exclamó:

– ¡Ésa tiene que ser ella!

Una pequeña, pero escultural mujer acababa de salir del establecimiento con el nombre de Rosie's, dirigiéndose en la dirección en la cual los vigilantes se encontraban. La joven poseía un gracioso caminar, aunque avanzaba insegura al estar en un espacio abierto. Respondía perfectamente a la descripción que Mark les había dado, pero antes que pudiesen darse cuenta, la mujer había girado en una esquina y había entrado en un café, donde comió en soledad, encarada hacia la puerta y con la mirada baja.

Era imposible saber si se le había otorgado protección por haber delatado a Óscar, así que los hermanos prefirieron esperar, ya que la mujer no había decidido dejar la ciudad.

−¿Dónde duerme? − se preguntó Gino en voz alta.

Lo descubrieron a las cinco y media de la tarde, cuando su día de trabajo había llegado a su fin y saliendo del establecimiento, tomó la dirección opuesta a su hogar. Una vez Candy comenzó a caminar, Samuel salió del coche y caminó tras ella, permitiendo unos metros de distancia entre ellas, siguiéndola desde la calle opuesta, contra la corriente humana que se creaba en la ciudad de Nueva York a esas horas. Sus hermanos condujeron con un ojo en Samuel y no en Candy, siguiendo el ritmo de sus pasos. Con el rostro enterrado bajo un sombrero y el cuello de su abrigo, Samuel caminó detrás de Candy hasta que esta se perdió en un edificio. Samuel dio un paso atrás y entrando en una tienda, vigiló la puerta de su presa. La joven no había entrado en un edificio demasiado grande, el cual mostraba ocho ventanas en la fachada. Mirando fijamente, esperó a que una de las ventanas se iluminase, lo cual no ocurrió.

La pobre iluminación de la calle y la oscuridad se convirtieron en su mejor amigo una vez más. Samuel salió de la tienda en la que se había escondido y observó el edificio durante unos segundos, tras lo cual volvió al coche donde sus hermanos la esperaban.

−No sé en qué planta está…no se ha encendido ninguna luz en los apartamentos de enfrente − les informó Samuel, sentándose en el asiento de atrás. − Debe de estar con un familiar o un amigo.

−La cogeremos mañana por la mañana…no podemos arriesgar entrar en el edificio − remarcó Wayne.

−De acuerdo.

No se podía ver ni un alma en esa calle durante la noche y los jóvenes sobrevivieron echando una cabezada de tanto en tanto, mientras esperaban a que la mañana siguiente llegase, utilizando uno de los callejones para aliviarse. La oscuridad les trajo también una larga espera, pero los tres se espabilaron de repente, cuando Candy salió del edificio. Tras una exhaustiva vigilancia dirigida a divisar cualquier trazo que delatase la presencia de la policía, las mentes de los jóvenes rompieron la concentración con la visión de la traidora, la cual les ayudó a sacudir el agotamiento de sus cuerpos. Había comenzado a nevar alrededor de las cuatro de la madrugada, dejando una capa de nieve limpia sobre la calle. Samuel pensó el frío que Mark habría tenido que soportar al cruzar la frontera canadiense.

    – ¡Ésa es ella! – indicó Gino.

    Observando a Candy con gran atención mientras esta se acercaba al coche, Samuel buscó su pistola, la cual, a pesar del tímido tamaño, podía sin duda alguna infligir un agujero letal en cualquier tipo de cuerpo. Escondieron su presencia cuando la estilista caminó junto al coche, tras lo cual Samuel salió del coche y la siguió, actuando con la calma que sólo Mark podría haber conseguido en un momento como ese. Gino giró el coche en la calle y siguió a su hermana manteniendo una distancia prudencial. Esperaron a que Candy se encontrase en un espacio abierto antes que Samuel se acercase a ella, como si hubiesen decidido seguir esa estrategia años atrás.

    – ¿Cómo estás Candy? – habló *La Judía*.

    Samuel pudo ver el terror inundando los ojos de Candy, deformando su precioso rostro. Candy congeló sus pasos al enfrentarse a *La Judía*, sin creer aún que había cometido el mayor de los errores de su vida. De hecho, no contestó a las palabras de *La Judía* ya que su garganta no podía convertir ningún pensamiento en sonido.

    – Necesito hablar contigo – dijo *La Judía*, con la más dulce de las voces.

    – Me voy a trabajar ahora – pudo Candy balbucear.

—Pero hace frío, deja que te lleve en coche – le ofreció *La Judía*, señalando al coche a la espalda de la peluquera.

Candy giró la cabeza levemente y le echó un vistazo al coche en marcha a su espalda, distinguiendo dos hombres en su interior, aunque su aterrorizado cerebro no podía registrar los rostros y las identidades, aun conociéndoles muy bien. Candy volvió a mirar a *La Judía*.

—¡Vamos! – la provocó *La Judía* seguidamente, sabiendo que quizás la joven podría intentar enfrentarse a ella.

Candy bajó la mirada, viendo una pequeña y enguantada mano, aguantando una pistola. Antes que Candy pudiese pedir ayuda, *La Judía* le había puesto la pequeña y caprichosa arma en el cuello. Con un movimiento de cejas, *La Judía* pidió a Candy que se pusiese en movimiento.

—¡Muévete! – le ordenó *La Judía*.

Por primera vez en su vida, la bella mujer se sintió dominada por otra mujer. La voz de *La Judía* hizo que el alma de Candy temblase en su interior, forzando a sus pies a moverse al son de las órdenes. Esta se giró y caminó hacia el coche, donde Gino les había abierto la puerta. Una vez la víctima se encontraba en el interior del automóvil, se alejaron sin prisas. Ninguno de ellos se dignó a mirarla mientras el coche se alejaba de aquella calle, haciéndole sentir mayor nerviosismo. Gino sabía perfectamente dónde tenía que ir a esas horas de la mañana y pronto Candy pudo ver que estaban abandonando la ciudad al cruzar Harlem y pasar por la casa de Lucy, dejando la isla por el puente de la Tercera Avenida. Candy no se atrevió a hablar, decidiendo así comenzar a hacer las paces con su creador.

El silencio había sido tan intenso que cuando Samuel habló finalmente, después de una hora y media, Candy se asustó una vez más. Durante el mismo tiempo ella había pensado en abrir la puerta del coche y saltar, pero todo ese coraje se había esfumado de su interior. Candy miró a *La Judía* con los ojos llorosos de unas lágrimas del pasado; ¿Por qué *La Judía* no la miraba a los ojos?

−¿Qué les has dicho? − simplemente le preguntó *La Judía* a Candy, mirando por la ventana.

−¡Nada! − dijo Candy rápidamente, arrepintiéndose de inmediato.

−No te lo voy a preguntar otra vez…en el fondo se trata del dolor que te puedo hacer sentir, no del resultado − respondió *La Judía*, girando la cabeza para mirar a Candy fijamente.

Sí, se la había sentenciado a muerte y moriría ese mismo día. Candy pensó en ello. Las palabras y la actitud de *La Judía* le hicieron perder el control sobre su vejiga, orinándose involuntariamente encima, empapado la falda y el abrigo de invierno. Sólo ella supo que eso había ocurrido.

−Estaba enfadada con él − intentó Candy explicar.

−Y estabas en tu derecho…pero arriesgaste mi negocio, mis hombres y sobre todo eso, la vida de mi marido − elaboró Samuel.

La Judía pudo ver confusión en el rostro de Candy después de pronunciar esas palabras. Candy miró por la ventana cuando percibió que habían llegado a su destino. El coche había tomado una carretera de tierra en el bosque, reduciendo la velocidad. Minutos más tarde, el automóvil frenó, dejando el motor en marcha.

−¿Con quién hablaste? − interrogó *La Judía* a Candy, mientras sus hermanos se bajaban del coche.

−No…no lo sé…no sé sus nombres − lloró Candy, petrificada por el miedo.

−¿Qué precinto? − quería saber *La Judía*.

−¡No lo sé!... ¡No lo recuerdo! − sollozó Candy mientras gritaba aterrorizada. − ¡No me mates, por favor!... ¡Por favor, no me mates! − suplicaba ella, ahora que Wayne le había abierto la puerta.

Sus gritos eran tan fuertes, que el bosque donde habían decidido parar fue sacudido por ellos. Samuel bajó del coche mientras Gino y Wayne sacaron a Candy, luchando esta con sus manos, piernas y pulmones. Sin ninguna simpatía por la persona que había vendido la vida de su hermano a la policía, Wayne tiró de ella tan fuerte como pudo, una fuerza que jamás había utilizado contra una mujer, sintiendo remordimiento alguno. Tapando la boca de la mujer con su mano enguantada, Wayne esperó a que sus hermanos sacasen un arma antes de tirarla al suelo. Ambos, Gino y Samuel, sacaron sus armas, así que Wayne empujó a Candy contra la blanca y fría nieve, mojándose la ropa inmediatamente. Ella aún no sabía, y jamás lo haría, que el lugar que *La Judía* había elegido para que ella muriese pertenecía a un aserradero lejos de la ciudad. Cercano a ese lugar, el aserradero funcionaba con total normalidad mientras la blanca delicadeza se amontonaba sobre los preciados árboles que habían sido talados, escondiendo estos los gritos desesperados de Candy al son de las gigantescas sierras.

En el suelo, más cerca del infierno, Candy levantó la cabeza y vio a *La Judía* acercarse junto a su hermano italiano. Candy decidió suplicar por su vida, sabiendo que iba a ser ejecutada por una mujer cuando Samuel cogió la pistola de Gino, un arma más potente que la que ella llevaba. Samuel no sintió resistencia alguna por parte de su hermano, ya que todos ellos parecían estar en trance.

− ¿Tienes hijos? − preguntó *La Judía* a Candy.

− No − lloró ella desde el suelo.

− Pues yo sí y tú has vendido la vida de su padre − sentenció Samuel, utilizando un tono de voz diferente al disparar a Candy tres veces.

Cuando el vengativo sonido proveniente de esa pistola cesó, Wayne, Gino y Samuel se mantuvieron en silencio durante unos instantes, allí de pie, alrededor del cuerpo sin vida de Candy. Mientras miraban fijamente el cadáver, Gino se preguntó por qué Wayne no se había resistido a que Samuel disparase, sin saber que Wayne estaba pensado exactamente lo mismo. ¿Podría ser debido al agotamiento? Ninguno de ellos pensaba en Candy, la persona que todos ellos habían ayudado a asesinar. ¿Por qué no sentían remordimientos? ¿Habían desarrollado inmunidad ante sus pecados capitales? O peor todavía, ¿podía Wayne pensar que las acciones de Samuel siempre habían sido las correctas?

Gino miró hacia el bosque, dándose cuenta de repente que tenían que marcharse. Con un leve toque en su brazo, el que aguantaba la pistola humeante, Samuel comprendió que su hermano quería que le devolviese el arma, así que se la entregó. Era un arma pesada para su pequeña mano. Después de ofrecerle un último vistazo a la persona que acaba de matar, Samuel levantó la mirada y miró a Wayne, quien aún miraba a la mujer muerta y la sangre que empapaba su ropa y manchaba la blanca nieve.

– ¡Tenemos que sacarla de aquí ya! – urgió Samuel a sus hermanos.

– Sí – supo Wayne, levantando la cabeza.

Samuel dio un paso atrás mientras sus hermanos se inclinaron y cogieron el cuerpo sin vida de Candy por las muñecas y los tobillos. Samuel abrió el maletero del coche para que ellos la pudiesen meter. Diez minutos más tarde, Gino entró en el aserradero a tan sólo unos kilómetros abajo del río Hudson, el cual persistía en dividir los Estados Unidos en dos. Después de bajarse del coche, Gino se acercó a un hombre llamado Rick Black, quien después de verles llegar, tiró el cigarrillo al suelo y se acercó a ellos. Gino y el señor Black se ofrecieron un par de leves reverencias y unas palabras. Gino supo que el señor Black haría desaparecer a Candy.

– ¿Dónde está? – preguntó el señor Black a Gino.

– En el maletero – respondió Gino.

– ¿Uno? – necesitaba saber el hombre de cincuenta y seis años.

– Sí…no es muy grande.

– ¡Bien!… ¡Traiga el coche aquí! – le ordenó el señor Black.

– De acuerdo.

Samuel y Wayne se habían bajado del coche cuando Gino volvió y sin pronunciar palabra alguna dio marcha atrás y entró en uno de los graneros donde unos camiones estaban aparcados y otros eran reparados. Samuel examinó los alrededores mientras Wayne observaba a los trabajadores. A ninguno de ellos parecía importarles su presencia.

Minutos más tarde y antes que llegasen a la carretera principal que les pondría en la dirección hacia Manhattan, el cuerpo sin vida de Candy había desaparecido. No hablaron mucho en el camino de vuelta a casa, mientras todos observaban el paisaje frente a ellos, después de llegar a Harlem y su adorada ciudad. Entraron en su casa utilizando el tejado y en el ascenso, Samuel miró a Wayne.

—¿Y si no llama otra vez? — consideró Samuel con el aspecto de una aterrada niña pequeña.

—Lo hará — afirmó Wayne, convencido de sus propias palabras, mientras besaba la frente de su hermana.

—¿Y si no lo hace? — insistió ella.

Gino contempló a su hermana y la transformación que había ocurrido en ella, la cual florecía a través de sus verdes ojos, mientras el pánico se apoderaba lentamente de su corazón, transpirando ansiedad.

—Sam…conseguirá llegar a un teléfono y llamarnos otra vez, si es que no lo ha hecho ya…vamos y lo veremos, ¿de acuerdo? — declaró Wayne con autoridad.

—Bien — suspiró Samuel, repitiéndose esas palabras a sí misma en su cabeza, intentado convencerse.

Era casi el mediodía cuando ella entró en su hogar y el llanto de William hizo que su corazón saltase violentamente en su pecho, así que se quitó los guantes y el sombrero apresuradamente, mientras entraba en el salón para tomar a su bebé.

—¡Mami! — gritó Molly cuando la vio entrar con el intenso frío reflejado en el rostro.

Nancy intentaba calmar a William, luchando con él en su regazo.

—¡William! — le llamó Samuel mientras recibía a Molly en sus brazos.

Samuel besó a Molly mientras William se retorcía en los brazos de su tía, intentando seguir la dirección de la suave voz de su madre. Samuel tomó el fruto de su amor por Mark y le besó.

—¡Hola, cariño! — le susurró Samuel, limpiando las rollizas y rojizas mejillas de William con sus manos.

—¿Dónde estabas? — le preguntó Molly.

– Trabajando – respondió Samuel.

– ¿De día? – se preguntó Molly en voz alta.

– ¿Dónde está Sally? – preguntó Samuel, ignorando las palabras de Molly.

Nancy se puso de pie para besar a Gino.

– En casa de sus padres – descubrió Nancy.

– ¡Os pedimos que no dejaseis la casa! – dijo Gino a Nancy, molesto por el hecho que ahora su familia no estaba en una sola habitación y bajo su control.

– El señor Lukas está enfermo. Sally recibió una llamada telefónica esta mañana y tuvo que marcharse – explicó Nancy, mientras miraba a Wayne, quien permanecía de pie junto a la puerta.

– ¡Mierda! – fue la respuesta de Wayne al repentino cambio de planes.

Wayne se volteó en sus tacones y se fue.

– ¡¿A dónde vas?! – le gritó Gino.

– ¡Tengo que irme! – respondió Wayne, cerrando la puerta detrás de sí.

– ¡Llévate a alguien contigo! – le volvió a gritar Gino.

El rostro de Molly había cambiado desde que los adultos habían llegado a casa. A la niña no le gustaba el tono de voz que su tío había adoptado y la poca confianza que transmitía, especialmente el tono que le indicaba que algo no funcionaba como se había esperado. La niña miró a Samuel y a Gino y supo que algo malo había ocurrido. Había habido varias ocasiones en las cuales su familia había parecido diferente. En una de esas ocasiones, su padre se había visto forzado a quedarse en la cama durante unos días, recibiendo varias visitas de ese médico de extraño olor.

– Mo, escucha…necesito que vayas a mi habitación y que me prepares un baño, yo iré en un minuto, ¿me harías ese favor? – pidió Samuel a Molly, mientras la cabeza de William descansaba en el hombro de su madre. El bebé intentaba dejar de estar enojado, suspirando hondamente de vez en cuando, limpiándose la nariz.

Gino miró a Samuel cuando Wayne desapareció, dejándoles

atrás. Molly se apresuró hacia las estancias privadas y Samuel se giró hacia una cansada Nancy, la cual estaba cerca de Gino, luciendo aún su bata de noche.

– ¿Ha llamado Mark? – preguntó Gino a su esposa.

– No, no lo ha hecho – odió tener que decir Nancy.

Samuel sintió como su garganta se apretaba en su cuello, buscando los ojos de Gino. El italiano encontró los de su hermana y por primera vez en su vida, no supo que decirle. Habían pasado más de veinticuatro horas desde la última vez que había llamado. Samuel besó la cabeza de William, mirando fijamente a Gino. Ella no tenía ni idea de lo mucho mejor que William se encontraba en esos momentos.

– ¡No puedo esperar! – cedió Samuel ante su propio corazón.

Entonces se giró y con William sentado en su cadera, siguió los pasos de Molly hasta su baño. Gino encontró a Samuel metiendo ropa en una mochila con William en su cadera. Molly también estaba enfrascada en la tarea de hacer las maletas mientras iba y venía de su habitación, trayendo lo que se le pedía.

– ¿Qué estás haciendo? – inquirió Gino desde la puerta.

– ¿Qué parece que hago? – contestó Samuel.

– ¡¿Qué crees que estás haciendo?! – le preguntó Gino con un tono de voz enfadado que Molly no apreció, ya que podía oírle desde su habitación.

– ¡Está allí arriba!... ¡Estancado en Canadá! – le devolvió el grito Samuel, señalando a la pared, ya que ahora Canadá estaba más cerca que jamás lo había estado.

– ¡¿Y qué puedes hacer tú?!...¡Necesitamos tiempo para pensar! – le recordó Gino.

– ¡¿Pensar?!....¡¿Qué es lo que tienes que pensar?! ¡No va a poder cruzar la frontera! – narró Samuel. – ¡No van a permitir que vuelva a cruzar!... ¡Y no sabemos si ya lo han arrestado o si lo han matado!

Samuel comenzó a llorar, permitiendo que el terror tomase el control de la voluntad y la sanidad presente en su cuerpo, corazón, mente y manos que minutos atrás, cuando había ejecutado a Candy.

– ¡Samuel! – le gritó Gino.

– ¡Deja de gritarme! – le devolvió el grito Samuel.

La voz de Samuel se rompió con una explosión de miedo. Gino entró en el vestidor; quería abrazar a su hermana, ahora que lloraba más allá de la desesperación.

– ¡Dame a William, Samuel…por favor! – le suplicó Gino.

El estado de la mente de Samuel había llegado a un lugar llamado infierno, también violado por la desesperación. Molly estaba de vuelta y había congelado sus pasos junto a la puerta del vestidor, sujetando dos de sus vestidos preferidos con las manos. Le estaba siendo demasiado difícil tener que elegir cinco vestidos de invierno entre su ropa. La niña no podía recordar ver a su madre en ese estado y ahora observaba cómo su tío intentaba coger a su hermano pequeño de los brazos de su madre

– ¡¿Y si lo han atrapado?! – se atrevió a cuestionar Samuel, mientras las lágrimas le corrían por las mejillas.

– ¡Sam, dame a William para que podamos hablar, por favor…dame a William! – le suplicó Gino de nuevo, con la más calmada de las voces.

Por fin, Gino tomó a William de los brazos de su hermana. El hijo de Mark se resistió con la mejor de su capacidad, pero su tío resultaba ser más fuerte. Al bebé no le importaba que su madre hubiese sucumbido ante la incertidumbre y el miedo; él quería estar con ella.

– Sam, cariño…cálmate…tenemos que calmarnos y pensar con claridad – musitó Gino.

Samuel no escuchaba a su hermano y sintió que necesitaba sentarse, lo cual hizo sobre un taburete con la tapicería de seda blanca. Molly permaneció en la puerta, observando lo que ocurría frente a sus ojos. Su madre había ocultado su rostro en sus manos y lloraba su pena, mientras Gino intentaba calmar a William de pie frente su hermana. El italiano pensó lo complejo de la situación y que apenas unos minutos antes, ella había asesinado a una persona con una firme mano y ahora, el amor por su esposo había hecho que todo eso desapareciese.

– ¿Por qué no llama? – sollozaba Samuel con su rostro enterrado en sus manos. – ¿Por qué no llama?

Gino se giró y vio a Molly junto a la puerta.

– Mo…ve con tía Nancy…ahora – ordenó Gino a la niña pequeña.

– ¿Por qué llora mami? – necesitaba saber Molly.

– ¿Qué te he dicho, Molly? – dijo Gino a la niña con un firme tono de voz.

Molly se giró en sus tacones y dejó el gran vestidor y a su madre perdida en la peor de sus pesadillas. Cuando Gino confió que Molly estaba lo suficientemente lejos de la desafortunada escena, él miró a su hermana una vez más.

– Yo también estoy preocupado, Sam…, pero Óscar está herido y no es fácil moverse con una carga como esa…hemos de tener fe en su habilidad para salir de esta – expresó Gino.

Samuel movió la cabeza negativamente y levantó la mirada desde su asiento.

– Esto está fuera de nuestro control, Gino…no importa a cuánta gente paguemos, ¡mira esto!... ¡La policía fronteriza está metida en esto!... ¡No estamos hablando de un cualquiera al cual podamos pagar para que mire hacia otro lado!... ¡Mi esposo, tu hermano, está estancado en Canadá y no van a dejar que vuelva! ¡Si la policía canadiense está metida en esto, estamos jodidos! – gritó Samuel.

– Necesitamos tiempo para averiguarlo – intentó convencerla Gino.

– No puedo esperar, Gi…no puedo esperarle aquí…me estoy volviendo loca sin saber si está a salvo – declaró Samuel, limpiándose las lágrimas de sus mejillas con las palmas de las manos.

– ¡No puedes irte! – le ordenó Gino finalmente.

– ¿Quién dice eso? – le preguntó Samuel de inmediato.

– Yo lo digo – respondió Gino con autoridad.

– ¿Y desde cuándo me dices tú lo que yo tengo que hacer? – le provocó Samuel, aún sentada frente a él.

– ¡No estás muy centrada en estos momentos y no voy a permitir que te hundas más en la mierda!... ¡¿No crees que hemos hecho bastante por un día?! – gritó Gino.

– ¡Ya sé lo que he hecho hoy! – le devolvió ella el grito, levantándose para poder enfrentarse a él. – ¡No tienes que recordarme mis pecados!

– ¡¿Tus pecados?!...¡Nuestros pecados! – la corrigió Gino. – ¡Mark te pertenece a ti tanto como a nosotros!... ¡Tienes que mirar las cosas desde una perspectiva diferente antes que hagas algo tan estúpido como coger a los niños y largarte de la ciudad! – aulló Gino, señalándole a la cara con su poderoso dedo índice.

– ¡No necesito una perspectiva nueva en mi vida! – respondió Samuel a sus palabras – ¡Sólo quiero que vuelva Mark!

Justo cuando William había comenzado a llorar debido a los crueles bramidos, el teléfono en el dormitorio se pudo oír por encima del mutuo gritar y Samuel pasó junto a su hermano, corriendo hacia el aparato. Al llegar junto al tocador, lo cogió.

– ¡¿Diga?! – contestó Samuel, ansiosa de oír la voz de Mark.

Gino se acercó al dormitorio de sus hermanos con William en los brazos, quien parecía haber abandonado en el intento de ir junto a su madre, ya que esta se había apresurado a salir del lujoso vestidor. El bebé sollozaba aún mientras su tío intentaba calmarle.

– Cariño – escuchó ella.

Gino vio como Samuel cayó a sus rodillas, lentamente junto al tocador, cerrando los ojos mientras su cerebro registraba la voz de Mark.

– ¿Dónde estás? – susurró Samuel.

– No puedo hablar… ¿Cómo estás? – dijo Mark.

– Bien – mintió ella, limpiando su rostro con la mano libre.

– ¿Y los niños?... ¿Es ese William? – preguntó él, escuchando el llanto de su bebé.

—Sí – respondió ella, levantando la cabeza para mirar a Gino, quien tomaba a William, – está enfadado… ¿Dime, cómo estás? – murmuró ella.

—¡Te echo de menos! – le dijo Mark.

—¡Y yo a ti! – musitó Samuel, intentando evitar llorar por teléfono. – ¿Cuándo vuelves a casa?

—No lo sé, Sam… Óscar necesita descansar.

—Sí, sí…me lo imagino… ¿Hay movimiento? – preguntó Samuel.

—Sí, lo hay… ¿Has encontrado las llaves del coche? – necesitaba saber Mark.

—Sí, las encontré esta mañana…hace un rato.

Gino supo que Mark había sido informado que Candy había sido ejecutada por traición.

—Bien, cariño…te voy a llamar más tarde, así que asegúrate de estar allí después de la cena de William – le pidió Mark.

—De acuerdo…por favor, dime que vas a llamar – le suplicó Samuel.

—Te lo prometo…estate allí.

—Lo haré.

—Te quiero, Sam.

—Y yo a ti, cariño.

Samuel mantuvo el auricular en su oído para así poder mantenerle con ella durante más tiempo, pero el tono de la desconexión la molestó desmesuradamente y tuvo que colgar. Gino había dejado a William en libertad en el suelo y este gateaba hacia su madre. Finalmente, ella sonrió y tomó a su bebé, besándole repetidamente.

—¡Tu papá está bien…está bien! – susurró Samuel a William, quien ahora sonreía feliz a pesar de sus mojadas mejillas.

—¿Lo ves? – le dijo Gino, sintiendo una felicidad superior.

—Aún está estancado allí arriba y hay movimiento, Gi – le informó ella con un tono fuerte de voz.

—Me voy a ir a ver lo que puedo averiguar…dile a Wayne que se quede aquí cuando vuelva – pidió Gino a ella.

—De acuerdo…yo me quedo con mis niños – le dijo Samuel.

—Sí, te necesitan ahora.

—Tengo que estar en la taberna a las ocho…volverá a llamar – informó Samuel.

—De acuerdo…descansa, hermanita – le dijo Gino, caminando hacia la puerta y dejando a Samuel en el suelo con William en su regazo.

Gino volvió a las cinco de la tarde y encontró a toda su familia en el salón, junto al fuego en el apartamento de la planta novena. Wayne y Samuel se pusieron de pie cuando el italiano entró, cargando consigo el intenso frío. William dormía en los brazos de Samuel, pero se lo entregó a Nancy antes de seguir a Wayne hacia la cocina, una vez Gino les había ofrecido una mirada. Sin embargo, este paró junto a Sally con su sombrero en las manos, como si tuviese la intención de volverse a ir de inmediato.

—¿Cómo está tu padre, Sally? – preguntó Gino.

—Ahora descansa – respondió Sally.

—Bien.

Una vez en la cocina y mientras la puerta se cerraba a la espalda de Gino, Wayne se giró y miró a su hermano, quien parecía profundamente preocupado.

—¿Y? – inquirió Wayne.

—Hay una orden de arresto para él, Óscar y George, pero quieren a Mark con vida…además, están buscando a Candy…no ha ido a trabajar y su jefe ha llamado a su tía…ahora tenemos otro coche aparcado ahí fuera – les informó Gino, señalando hacia la ventana.

—Lo sabemos – compartió Wayne con él.

Samuel tuvo que sentarse y escondió la boca detrás de sus manos, colocando los codos sobre la mesa de la cocina.

—Me parece que eso, que lo quieren con vida, no se acerca mucho a la realidad…les dispararon – les dijo Samuel.

Sus hermanos la miraron de pie junto a la mesa.

—No puede cruzar…No es que tuvieron cualquier redada, hay un orden de arresto con su nombre – continuó Samuel. – ¿Quién está detrás de esto?

—El Fiscal del Distrito – tuvo que decir Gino. – Parece ser que Candy les habló a los oídos equivocados.

—Mierda – exhaló ella, enterrando su rostro en sus manos.

Wayne le echó un vistazo a Gino; estaba tan preocupado como Samuel.

—Es sólo cuestión de tiempo…tienen que estar creando un caso contra nosotros en estos momentos…nos tenemos que ir – musitó Wayne.

—¡¿Irnos?! ¡¿Adónde?! – se quejó Gino.

—¡¿Qué importa a dónde?!...¡Voy a tener otro hijo en cuestión de meses! – le recordó Wayne. – ¡No puedo ir a la cárcel! – gritó Wayne a su hermano.

—¡Yo tampoco quiero ir a la cárcel! – se puso Gino a su altura.

Fuera, en el salón, Nancy giró la cabeza y sus temerosos ojos se clavaron en los de Sally, quien parecía calmada. Los gritos provenientes de la cocina se habían oído con toda claridad, pero tenían más sentido para los adultos que para los niños.

—¿Has hecho las maletas? – preguntó Sally a Nancy.

—Sí – replicó Nancy.

—Bien hecho…David, vamos tesoro…tenemos que prepararnos para otro viaje – dijo Sally a David, luchando al ponerse en pie. – Ven con nosotros, Molly.

—Quiero quedarme aquí – dijo Molly.

—Bien.

Nancy observó a Sally alejarse del cómodo salón mientras David la seguía. Entonces, Nancy miró a Molly.

—¿Nos mudamos otra vez? – preguntó Molly a su nueva tía, la cual ya quería.

—Quizás – contestó Nancy.

– ¿Todos juntos? – necesitaba saber Molly.

– Espero que sí – respondió su tía.

– Pero mi papi no está aquí – apuntó Molly.

– Lo estará, no te preocupes – la calmó Nancy con una sonrisa, a pesar de los tiempos en los que vivían.

Molly asintió con la cabeza desde la alfombra donde leía un libro nuevo. En la cocina, las cosas parecían más complicadas.

– O nos vamos, o vamos a la cárcel o nos las tendremos que ver con el equipo de limpieza de Nero – recordó Samuel a Gino, levantándose de la silla. – No voy a quedarme aquí esperando a que Nero decida que nos hemos convertido en un problema demasiado grande para él...y lo hemos hecho.

– ¡¿A dónde vas?! – gritó Gino a ella, una vez esta había dejado la cocina.

Samuel frenó cuando Gino gritó su nombre una vez más. Ella se giró junto a la ventana que ofrecía la vista de otro episodio de la delicada caída de la nieve en la ciudad. Molly se levantó junto al fuego y Nancy se giró en el sofá, ante la repentina demostración de rabia por medio de su adorable esposo. Gino había alcanzado a una desafiante Samuel mientras esta le esperaba. Wayne había seguido a sus hermanos y se encontraba entre ellos, donde sentía que había pasado toda su vida.

– ¡No te alejes de mí cuando esté hablando contigo! – aulló Gino a su hermana por encima del cuerpo de su hermano, mientras la amenazaba con su dedo.

– ¡No me estoy alejando de ti! ¡Tenemos que irnos ya! – le gritó Samuel también. – ¡¿Es que no puedes verlo?!

– ¡No quiero irme de Nueva York! – admitió Gino.

– ¡No tienes elección! – le recordó Samuel. – Todos nosotros— – se calló Samuel abruptamente al recordar que sus hijos estaban presentes. Ella miró a Molly en la distancia y entonces devolvió la mirada a Gino. – No tenemos elección, Gino...nuestro tiempo aquí se ha terminado – continuó ella con una voz más suave, – yo tampoco quiero irme, pero no tenemos elección.

—Tiene razón – secundó Wayne a su hermana.

Gino luchó y batalló con la realidad, su nueva realidad, una realidad con la cual tenía poco que ver y la cual tenía que aceptar contra su voluntad. Gino giró la cabeza para poder ver a su esposa, quien también estaba de pie y con William en los brazos, observante de los acontecimientos. Con una familiar falta de privacidad, todos los presentes fueron testigos de cómo el mundo de Gino se derrumbaba y una vez más, se sintió derrotado por su fortuna. Gino y Nancy se miraron fijamente el uno al otro durante unos segundos, en silencio, pero Nancy lo rompió con la única respuesta que una mujer de su familia podía pronunciar.

—Estoy lista – dijo Nancy.

Las palabras de Nancy hicieron que Gino llegase al punto que a solas, él se sentía incapaz de llegar, girando por fin la cabeza para mirar a sus hermanos.

—El irnos nos hace culpables de lo que ha pasado hoy – les susurró Gino.

—No necesariamente…sería un cargo de contrabando y Mark no ha sido cogido con el camión – especuló Wayne.

—Nero comprenderá que esto es lo mejor para todos nosotros…especialmente para él – añadió Samuel.

—Tiene razón…esto nos ayuda a nosotros tanto como a Nero…no me voy a arriesgar con él – secundó Wayne a su hermana.

Le llevó a Gino unos segundos para confabular una ruta de escape y un horario. Como si hubiese estado en la guerra y hubiese tenido el comando de una compañía, habló con claridad.

—De acuerdo…vamos a tener que conducir, no podemos tomar el tren… ¡Mierda!...Nos reunimos en el tejado en veinte minutos. Enviaré a Jimmy a casa…Nancy se encontrará con nosotros en Giacomo's en cuarenta minutos…Sally dejará el edificio sola y la recogeremos en *Macy's* en una hora. Los niños saldrán por el tejado con nosotros – ordenó Gino.

Ni una palabra fue pronunciada ante el plan de evacuación de Gino. Samuel se volteó y fue a coger a William de los brazos de

Nancy, pidiendo a Molly que se diese prisa.

—Molly, ven conmigo... ¿Dónde está Lucy? – preguntó Samuel a su hija.

—Está planchando arriba – dijo Molly a su madre.

—Bien...te veo en una hora – dijo Samuel a Nancy, besándole la mejilla.

—De acuerdo.

—¡Buena suerte, hermanita! – le susurró Samuel a su cuñada.

Como si la estrategia a seguir hubiese sido estudiada detenidamente y ensayada a consciencia para hacerla funcionar a la perfección ya que sólo tenían un intento, todos tomaron direcciones diferentes. Molly observó que su madre había cambiado su temperamento y la niña pequeña sabía perfectamente que era la hora que ella obedeciese ciega y rápidamente. Así que escuchó atentamente las palabras de su madre, mientras ambas entraban en la zona de los dormitorios. Molly continuó hacia su propia habitación mientras que su madre fue a la suya. Después de meter en la mochila lo que necesitaban, tres mudas y todo el dinero de la caja fuerte, Samuel pidió a Molly que fuese a buscar a Lucy.

—¡Necesito hablar contigo urgentemente, Lucy! – dijo Samuel a la criada cuando esta entró en el dormitorio.

—Sally McLean está saliendo – dijo el detective Harrison en voz alta.

—Está sola – comentó el detective O'Brien.

Diez minutos más tarde, Nancy Rocchegiani también dejó el edificio.

—¡Esto no me gusta...que la siga un coche! – ordenó el detective Harrison a uno de los policías sentados en la parte de atrás de ese coche de vigilancia.

Uno de ellos reaccionó ante las órdenes y salió del coche. Un minuto más tarde, un coche aparcado cerca comenzó el seguimiento de Nancy Rocchegiani, pero ella les perdió una vez entró en el metro y fue tragada por la multitud.

Gino envió a Jimmy al club y por primera vez durante todo el tiempo que había trabajado para ellos, dudó pero obedeció, prefiriendo no saber lo que estaba ocurriendo en la casa, pero sabía perfectamente que algo estaba pasando cuando Gino le pidió que esperase fuera en el pasillo en vez de dentro. Poco después que Nancy entrase en la estación de metro más cercana a su casa y Jimmy hubiera dejado el edificio por el tejado, Gino entró en la casa de Samuel para coger a William. Encontró a Molly lista para marcharse, llevando puesta ropa gruesa de invierno y una pequeña mochila a su espalda. Lucy llevaba a William, mientras Samuel caminaba detrás de ella, llevando otra mochila en su hombro y también ropa de invierno.

–¿Estás armada? – preguntó Gino a Samuel, tomando a William de los brazos de Lucy.

–Sí – respondió Samuel.

–Vamos, Molly…adiós, Lucy.

–Adiós señor Rocchegiani – replicó Lucy.

Molly siguió a su tío tras besar a una triste Lucy, quien lloraba al decirle adiós a la niña. Samuel le echó un último vistazo a su hogar, posando finalmente los ojos en Lucy.

–Por favor, no te vayas de la casa hasta las seis y media…llévate todo lo que quieras, Lucy – le dijo Samuel, acariciando sus morenas mejillas.

–No necesito nada, señora, pero por favor, cuídese y quédese siempre con su familia – le aconsejó Lucy.

–Te quiero, Lu – le dijo Samuel, abrazándola.

Lucy sonrió a la niña que se había convertido en una mujer ante sus ojos, abrazándola.

–Aquí hay algo para ti – dijo Samuel a la criada, dándole la llave de la caja fuerte de su armario. – Si tú no te lo llevas, la policía lo hará.

–Me lo llevaré…tiene que irse ya.

Samuel asintió con su cabeza y tras besar a Lucy una vez más, se apresuró a salir de su casa y subir para encararse con la nieve y un futuro incierto.

Al llegar arriba, Samuel descubrió que todos habían cruzado al otro edificio. Wayne la ayudó a cruzar y una vez abajo, Gino dejó un sobre encima del mostrador del portero sin pronunciar palabra alguna, siendo el primero en llegar al lugar. Wayne llevaba a William en sus brazos, mientras que Samuel se encargaba de David y Molly. Los niños habían enmudecido debido al peligro que percibían a su alrededor. David había sido testigo de cómo su padre cargaba el revólver en la cocina de su casa después que su madre se hubiese marchado. El niño recordaba vivamente las palabras que su padre había pronunciado y ahora las repetía en su mente al caminar.

– ¡No necesitaremos esto allí donde vamos! – había afirmado Wayne.

Samuel vio cómo el portero le permitía la entrada en su casa, primero a Wayne, siendo Gino el que mantenía su mano encima del sobre, mientras atravesaba al hombre con sus ojos, pidiéndole silencio eterno, olvidando que habían existido. La señora Sanders salía de la cocina cuando los vio cruzar por su salón.

– Buenas noches, señora Sanders – la saludó Wayne, dirigiéndose hacia 'la puerta trasera.'

La forma en la que iban vestidos y las mochilas a sus espaldas la mantuvieron en silencio e incapaz de responder. Parecían otras personas. La señora Sanders había imaginado que si esa clase de gente tenía que mudarse, lo harían con lujosos baúles y maletas, llevadas por criadas y mayordomos. La imagen que se había formado frente a ella la encantó, mientras ellos desaparecían por la puerta trasera de su casa y el señor Sanders entró en la vivienda, entregándole el sobre que acababa de recibir.

– No creo que los volvamos a ver…hay demasiado dinero ahí – dijo el señor Sanders, apuntando con su dedo al sobre, volviendo a su trabajo y dejando a la señora Sanders muda.

Gino tomó el volante de uno de los coches mientras que Wayne tomó el otro, dejando el vecindario que les había servido de hogar. Eran casi las siete de la tarde cuando llegaron a Macy's. Wayne divisó a Sally y una vez esta había reconocido el coche, ella cruzó la calle y se subió a él.

– ¿Dónde está David? – preguntó ella, cerrando la puerta.

– Con Sam… ¿Te has despedido? – inquirió Wayne.

– Sí, vamos – le urgió Samuel.

Wayne puso de nuevo en marcha el coche, tocando la bocina cuando pasó junto al coche de Gino en el punto de reunión. Ahora, los dos coches se dirigían hacia Giacomo's, tomando diferentes vías. David y Molly viajaban echados en el suelo de la parte de atrás del coche, descansando las cabezas sobre las mochilas, mientras William cenaba en los brazos de su madre en el asiento de atrás y su tío les conducía hacia la libertad.

Nancy se impacientaba esperando que su familia llegase, sumida en un intenso frío. Con Macy's ya cerrado y con el tráfico empeorando debido a la nieve, sintió ganas de llorar. ¿Valía la pena? Se preguntó a sí misma. ¿Valía la pena tener que huir de la mafia y de la policía a la vez por estar con Gino? Un rotundo 'sí' se formó en su mente de inmediato, sonriendo ampliamente al ver el coche de Wayne acercarse. Se montó de un brinco cuando frenaron junto a ella, alejándose para unirse al otro coche. William se había dormido después de su cena y Samuel colocó al bebé entre los dos niños.

– Aquí estará a salvo con vosotros dos…mami ha de ir a hacer una llamada telefónica y entonces nos pondremos de camino para reunirnos con papá, ¿de acuerdo? – susurró Samuel.

– Bien, mami – creyó Molly.

– David, cierra la puerta detrás nuestro y bajo ninguna circunstancias debéis poneros de pie. Vamos a irnos por unos diez minutos y os tenéis que quedar echados como estáis ahora, ¿lo comprendéis? – preguntó Samuel a los niños.

– Sí – contestó Molly.

– ¿David? – inquirió Samuel.

– Sí – asintió David con la cabeza.

– ¡Qué niños más buenos que tenemos! – dijo ella, besándoles las cabezas por encima de sus gorras.

David cerró las puertas una vez sus tíos se habían bajado, sin saber que su padre y su madre les observaban desde lejos, expectantes en otro coche. Samuel y Gino entraron en la taberna, dirigiéndose hacia el teléfono público, mientras intentaban pasar desapercibidos. Samuel caminó cabizbaja, camuflada con su modesto sombrero, mientras Gino decidió ser el centro de atracción. Por lo tanto, en el segundo en el que puso un pie en el establecimiento, gritó el nombre del reconocido propietario y camarero, produciendo risas en algunos de sus conocidos. A la vez que Gino entró y gritó levantando sus manos en el aire, Samuel entró y se dirigió como un fantasma hacia el asqueroso y mal oliente aseo público. Se apoyó en la pared dándole la espalda al mundo y comenzó a rezar. ¿Por qué rezaba después de tanto tiempo? Era la hora que Mark llamase. Ese era el mismo teléfono que habían utilizado para conspirar en el asesinato de Rabissi y aunque estaba esperando que este sonase violentamente, se asustó cuando lo hizo ocho minutos más tarde. Ella lo cogió, pero sólo hubo silencio.

– Es seguro – dijo Samuel.

– Bien – musitó Mark.

El corazón de Samuel dio un brinco en su pecho al oír la voz de él.

– Nos vamos de Nueva York. Esto es demasiado peligroso para nosotros – le resumió Samuel.

– ¿Dónde están los niños? – le preguntó Mark.

– En el coche…hemos dejado la casa y hemos cogido algo de ropa y todo el dinero…tienes que llegar a St. Stephen, Mark, ve hacia el Este – le pidió Samuel.

– ¿Vais a cruzar? – se preguntó Mark en voz alta.

– Sí, todos…No puedes volver a Nueva York y nos van a matar si nos quedamos aquí…Nero no nos va a permitir que esto le salpique…es la única salida que tenemos, cariño – informó Samuel a su esposo.

Mark permaneció en silencio durante unos segundos, pensando qué hacer, sobre sus opciones y sobre los dos hombres que estaban con él.

– No utilicéis la frontera – dijo Mark.

—No podemos…hay una orden de arresto para ti y no estamos seguros sobre nosotros y esa perra – le dijo Samuel. – Cruzaremos de alguna forma, pero tú tienes que llegar a St. Stephen, por favor, y nos esperas allí.

—St. Stephen, ¿dónde demonios está eso? – frunció Mark el ceño.

—Al Este, lejos de donde debes estar ahora, pero tienes que llegar allí, será menos peligroso para todos nosotros – explicó Samuel.

—De acuerdo…ahora tengo que colgar. Te quiero, Samuel – le dijo Mark.

—Y yo te quiero a ti, Mark – le dijo ella a él.

—Te veré pronto.

—Sí, nos vemos pronto.

Samuel colgó el teléfono y se convirtió en un fantasma una vez más, cruzando la taberna y dejándola atrás. Frenó al llegar a la calle y observó la calle, examinando los posibles cambios, pero las luces del coche de Wayne le permitieron dejar la protección de la entrada de la taberna. Tocó en la puerta del coche, pero no hubo respuesta desde el oscuro interior, así que tuvo que volver a tocar y decirles a los niños quien era. El sombrero de David apareció y la puerta pronto se abrió, torpemente. Dos minutos más tarde, Gino dejó la taberna y se metió en la parte de atrás del coche, mientras que Samuel tomaba el primer turno en su camino hacia Canadá. Se dirigieron hacia el Noreste.

—¿Qué ha dicho? – preguntó Gino a su hermana, mirando a William y a los niños mayores.

—Me ha dicho que no utilicemos la frontera – respondió Samuel.

Debido a la gruesa nieve que caía en Nueva York cuando se dirigían hacia el Norte para poder cruzar Harlem, dejando su querido Manhattan atrás, sintieron no ver el final del camino que tenían delante de ellos. Después de hacer una primera parada para repostar, Gino dejó a los niños dormir en la parte de atrás y se sentó junto a

Samuel para guiarla. Wayne, Nancy y Sally les seguían de cerca. Samuel conocía esa carretera bien, ya que la había llevado al exilio en lo que parecía, años atrás. Cambiaron conductores al llegar a Brideport, Connecticut y continuaron en su camino al Norte. Sin embargo, al impedir su rápido avance el mal estado de las carreteras, buscaron refugio a las afueras de New Haven, acurrucándose los unos contra los otros en la parte de atrás de los coches, buscando el calor, una cosa imposible de conseguir.

Temprano por la mañana, Samuel miraba como Molly se acercaba al coche, mientras la niña pequeña forcejeaba con la nieve al caminar. Esa noche no habían descansado mucho debido al frío. La niña había usado la privacidad de la parte de atrás de un arbusto nevado como lavabo, y ahora estaba lista para seguir el camino, mientras se bajaba la falda, lo cual parecía ser demasiado difícil al luchar contra el grueso abrigo e intentaba mantener el equilibrio. Gino besó la frente de William, quien tenía en brazos. Wayne, apoyado en el coche junto a Samuel, jugueteaba con las llaves del coche en un dedo, mientras que su hermana sonreía ampliamente ante la visión del conflicto de la niña.

—No puede controlar la falda – mencionó Samuel con una sonrisa guasona.

—Sí – rió Wayne de la misma forma, – me es familiar.

—¡Cierra el pico! – rió ella, dándole un codazo a su hermano.

—¡¿Estamos listos?! – gritó Sally desde el otro coche.

—¡¿Por qué estás tan alterada?! – preguntó Gino a Sally, alejándose del coche.

Todos sonrieron ante la repentina respuesta de Gino. De hecho, todos conocían bien la predisposición de Gino para fastidiar a cualquiera de los McLean ante la más mínima oportunidad, ocasiones que creaba, y esas oportunidades las buscaba viciosamente. En su corazón, Gino sabía que los McLean habían desarrollado el mismo lazo alrededor de ese hábito.

—¡Tú me alteras! – respondió Sally.

−No empieces…pensaba que ya lo conocías – dijo Nancy a Sally, pasando junto a ella cuando se dirigía al coche de Samuel.

−Yo voy en este coche…tú lidias con él – bromeó Sally.

−¡Oh!...Me encanta lidiar con él – sonrió Nancy salada, levantando una ceja.

Sally soltó una sonora carcajada y abrió la puerta del coche.

−¡Vamos, David! – llamó Sally a su hijo.

−¡Yo quiero ir con Molly! – dijo David a su madre desde lejos.

−Puede venir con nosotros… ¡Vamos, Mo! – dijo Wayne a Molly, quien ya había llegado a los coches con la falda bajada y con las botas enterradas en la nieve. – ¿Hace frío ahí afuera? – preguntó Wayne a la niña pequeña.

−¡Tengo el trasero frío! – soltó Molly.

−Seguro que sí – rió Wayne, caminando con su sobrina hacia el segundo coche.

Pronto, conducían de nuevo hacia Canadá y después de tomar el desayuno en New Haven, se dirigieron con calma hacia New London, donde los niños divisaron unos barcos. Bajando por la Avenida Pequot y con el frío mar a su derecha, los niños aplastaron sus caras contra los congelados cristales del coche y rieron jubilosos.

−¡¿Podemos parar?! – quiso saber David desde la parte de atrás.

Sally se movió en el asiento del pasajero y miró hacia la parte de atrás, a pesar de su abultado vientre.

−¿Tienes que orinar otra vez? – se preguntó ella en voz alta.

−¡No!... ¡Quiero ver los barcos! – respondió David con total honestidad.

Sally miró a Wayne y este sonrió. ¿Por qué no podían parar para que los niños disfrutasen del viaje? Estaban lejos de Nueva York y durante kilómetros, la luz del día les había acompañado, dejándoles ver que estaban en total libertad, mientras cruzaban los estados del Noreste.

– De acuerdo – suspiró Wayne.

Wayne tocó la bocina y permitió que el coche conducido por Gino le adelantase. Sally abrió la ventana y gritó a Gino, quien estaba al volante, mientras el cortante viento le golpeaba la cara.

– ¡Los niños quieren ver los barcos de vela!

Samuel y Nancy miraron al asiento de atrás y vieron a los niños gritar porque pronto iban a parar, pudiendo así estirar las piernas y esta vez, verían los barcos de vela en ese pueblo tan bonito.

Wayne condujo más allá, introduciéndose más en el pueblo y llegando a un parque a mano izquierda de las vías del tren. Aparcando cuidadosamente en el parque Riverside, la familia de *La Judía* dejó los vehículos atrás y caminaron hacia el mar. Había dejado de nevar esa mañana temprano y las olas habían derretido la mayoría de la frágil nieve que se había acumulado. Caminaron parte de la distancia que habían conducido en New London y David y Molly perdieron la cabeza junto a Gino y a Wayne, cuando llegaron junto a los barcos de vela.

No fue hasta última hora de esa misma tarde que llegaron al final de ese precioso estado, materializándose en Stonington, antes que pudiesen desviar su conducción hacia Massachusetts. Stonington, la pequeña ciudad que había tenido que esperar a 1662 para poder pertenecer a Connecticut, se encontraba delante de ellos. Una vez la alcanzaron, los coches tomaron la calle Water, dirigiéndose hacia el Puente Mystic, construido a través del río Mystic. El faro frente a ellos, al otro lado del río y justo en el delta del río, guiaba aquellos barcos enfrascados en el agua, mientras el sol se ponía rápidamente. Giraron a la derecha de la calle *Mayor* y a tan sólo unos metros, tenían el puente delante de ellos. Incapaces de continuar con su viaje al caer en un atasco de tráfico ocasionado por un accidente a poca distancia de ellos en la boca del puente, decidieron dar un giro de ciento ochenta grados y buscar una posada donde pasar la noche, ya que Nancy recordó haber visto un hotel pocos metros antes de su último giro a la derecha. ¿Cómo podrían haberse imaginado que la señora de mediana edad que les saludó con una triste pero honesta sonrisa era la madre de uno de los soldados muertos que había servido con Mark en Europa y uno de los muchos que habían sido reclutados de esa ciudad? Ella trabajaba allí, intentado evitar su propia casa y las memorias que la atormentaba, así que saludaba y cocinaba para los huéspedes que se quedaban en aquella posada, el Wampossett, una casa de dos pisos, un pequeño lugar donde encontraba el calor que ellos ahora necesitaban.

Una vez las mujeres y los niños estuvieron en sus aposentos, Gino y Wayne dejaron la posada con la intención de dar un paseo y robar dos matrículas que necesitaban. Sabiendo con certeza que la gente de esa región podría reconocer matrículas neoyorquinas de inmediato, con el potencial de convertirse en un rastro que estaban intentando con todas sus fuerzas borrar, movieron los coches a una zona poco iluminada y se alejaron de la posada. Encontraron lo que buscaban en la calle Orchard, así que pronto estuvieron de vuelta a la calle Water, donde se agacharon en la nieve y cambiaron las matrículas en la oscuridad. Sus queridas matrículas neoyorquinas fueron arrojadas al río poco después, siendo pescadas dos semanas más tarde tras llevárselas la corriente lejos de la ciudad casi de inmediato. Con fortuna para ellos, el pescador que las desenterró de una pila de peces que luchaban por respirar, retorciéndose y saltando, no les dio mucha importancia. Por lo tanto, a la mañana siguiente y a salvo con matrículas del estado de Connecticut, los dos automóviles maniobraron hacia el Norte una vez más, después de haber descansado al fin en una cama.

Tuvieron que atravesar cinco condados hacia el Norte para poder dejar atrás el estado de Massachusetts, el cual les ofrecía las ciudades de Springfield y la de Lowell, a las afueras de Boston. Boston, la ciudad que evitarían. Al hacerse el clima más duro y con las oportunidades de un accidente incrementando, el ritmo de su avance se hizo más lento, retrasando su viaje y llegando a la ciudad de Waterville, Maine, casi diez días después de haber dejado la ciudad de Nueva York. Dos días más se consumieron para alcanzar Bangor, Maine, donde abandonaron los automóviles en una vieja mina que se encontraba en un bosque cercano a la ciudad, tomando finalmente el tren con destino a la costa y hacia Calais, la última población de Maine y en los Estados Unidos antes de pisar en Canadá.

Calais, Maine, 6 de marzo de 1920

A su llegada a Calais y al disminuir la velocidad del tren hasta pararse totalmente en la estación, los adultos se ofrecieron una mirada con una visible muestra de alarma en sus rostros ante la visión de policía en la plataforma de la estación. Dos oficiales, estaban junto a la puerta que los pasajeros debían tomar para salir de la estación y así, ser devorados por la ciudad. La familia de *La Judía* permitió que el resto de los pasajeros cogiesen sus pertenencias y se colocasen abrigos y sombreros para poder enfrentarse al fuerte viento que golpeaba la ciudad en el punto más al Este del país, un área antigua, ya que el viento, el frío y bloques de hielo se habían fundido y mezclado en el más violento invierno que ellos jamás habían vivido. Samuel miró a Gino, quien tomó aire profundamente antes de mirar a su hermano. En silencio, decidieron no utilizar la salida principal para así, poder evitar la peligrosa posibilidad que sus fotografías estuviesen colgadas detrás del mostrador de la taquilla. Sentían que el largo viaje que tenían a sus espaldas había sido demasiado duro como para ser arrestados ahora, con las yemas de los dedos acariciando Canadá. William dormía en los brazos de su madre, pero tan pronto como su tío Gino estuvo preparado para el frío, el niño fue tomado por el italiano para permitir que su madre pudiese cuidarse de su hermana mientras su tía Nancy hablaba con David, explicándole lo que iba a ocurrir. Wayne ayudaba a Sally con ambas espaldas cubriendo la ventana del tren y cualquier transeúnte. Samuel ponía la mochila sobre el hombro y bajo el brazo de la niña a la vez que le explicaba lo que se esperaba de ella, omitiendo el hecho que la policía estaba fuera y probablemente, buscándoles con el derecho otorgado por una orden de arresto enviada por cable desde Nueva York momentos después del descubrimiento de su desaparición de The Belnord.

—¡Ahora no puedes mirar atrás, Molly…me vas a dar la mano y vas a caminar con mi mismo paso…no has de dejar mi mano bajo ninguna circunstancia! ¿Lo comprendes? – explicó Samuel a la niña, ayudándole con sus guantes.

—Sí, mami – comprendió Molly, mostrando gran preocupación en su rostro.

—Bien, porque vamos a salir por otra puerta, no esa de ahí…vamos a caminar por las vías del tren para evitar esa puerta, ¿de acuerdo? – añadió Samuel.

—Sí, lo comprendo, mami – añadió Molly.

—Eres la niña más valiente del mundo. Estoy tan orgullosa de ti – dijo Samuel a su hija, colocando sus manos en las mejillas de la niña y besándoselas varias veces con todo el amor que tenía por ella.

Sintiéndose preparada por tan sólo el contacto de los labios de su madre en su mejilla, Molly miró a David, quien había recibido el mismo discurso de su tía y ahora, estaba listo para enfrentarse al frío sintiéndose algo confundido.

—Es como cuando jugamos en casa – le consoló Molly.

Por una razón que tan sólo los niños comprenden, David se sintió mucho mejor y rió ante la observación de su prima. Ahora sabía exactamente lo que tenía que hacer. Cuando Sally estuvo preparada para ponerse en marcha y Wayne estaba listo para cubrirles las espaldas con su arma, Gino miró a Nancy y con un movimiento de cabeza dirigido al bolsillo de esta y su mejor sonrisa, Nancy supo que debía tener su arma preparada, a lo cual respondió con una permisiva sonrisa en su preciosa boca.

—¿Y la tuya? – preguntó Gino a Samuel.

—Estoy lista desde que salimos de Nueva York – dijo Samuel a su hermano.

—Dulce Samuel – bromeó Gino.

Gino se giró y siguió a la última persona en salir de aquel

vagón, el segundo desde la locomotora. Vio que, de hecho, el revisor se había bajado del tren y ahora hablaba con otro trabajador de la estación, el que se había encargado de la bandera roja y del tráfico en las últimas seis horas. En unos segundos, la muchedumbre en la plataforma se había multiplicado, creando un escenario algo confuso para tan sólo un par de ojos. La mayoría de los pasajeros que salían de la estación prestaban atención a sus propias vidas y tareas, cargando sus maletas a la vez que se preparaban para encararse con el viento, así que, cuando Gino empujó la puerta que conectaba ese vagón y los fríos y desnudos raíles del tren, nadie pareció percibirlo. Gino fue el primero en saltar del tren y sobre las vías, recibiendo entonces a William, quien poseía la habilidad de dormir a través de todo aquel movimiento, ruido y peligrosa situación. Samuel ayudó a Molly a bajar y después saltó ella, recibiendo a David seguidamente y forzando a Molly y al niño a seguir a Gino, apresurándose a seguir adelante, mientras mantenía su cuerpo cerca del tren para que el color gris de su imagen se camuflase contra el de la maquinaria.

Nancy ayudó a Sally, una ágil Sally, quien mecía a su bebé en su vientre mientras escapaba de la policía. Wayne cerró la puerta después de haberse colgado del tren con la ayuda de una maneta y un muy conveniente alerón lateral. Una vez sus pies tocaron el suelo, se apresuró a alcanzar a su esposa, dándose cuenta que ya no podía ver a aquellos que habían saltado primero. Todos se reunieron junto a un tren estacionado lejos de la estación y allí, viendo que habían conseguido esquivar cualquier peligro que les esperase en la estación, se giraron de nuevo y se dirigieron hacia la única dirección que parecía llevarles lejos de allí. Diez minutos más tarde y mirándose los unos a los otros con alivio en los ojos, con un intenso frío y con vapor saliendo de sus bocas, Samuel ayudó a Gino a colocar a William bajo el abrigo de este para así, protegerle.

—Necesitamos encontrar un lugar caliente para quedarnos y así poder echar un vistazo al puerto, ¿de acuerdo? – anunció Gino.

Todos asistieron con la cabeza y siguieron a Gino, mientras Wayne caminaba el último con su mano acariciando la pistola, al igual que el resto de los adultos.

Como en todas las ciudades fronterizas, algunos creían que Calais era un lugar vivo, mientras que otros opinaban que era un lugar donde el vicio y el crimen encontraban un refugio. El contrabando y otros actos ilegales eran tan comunes como un saludo a un vecino, sin dejar de ser menos ilegal y perseguido por esa razón. Incluso los niños encontraron divertido y vocearon el hecho que 'había un tranvía igual que en Nueva York'. Gino lo encontró divertido y pensó en una respuesta cruel a las palabras de los niños, pero la reprimió. En pocos minutos, encontraron una cafetería concurrida cerca del río St. Croix. Sus ventanas ofrecían la vista de un faro en Mark's Pt., localizado en el otro lado del río, el cual funcionaba debido a las condiciones atmosféricas. Sin embargos, ninguno supo de la ironía que rodeaba a ese nombre al sentar sus cansados cuerpos en ese atestado establecimiento para poder comer algo.

Molly tosió por culpa del concentrado humo de tabaco que había invadido esa gran y modesta sala, mirando a su madre mientras se quitaba el sombrero.

−Lo hemos conseguido − apuntó Molly con un susurro, ya que sabía que lo que hacían no le importaba a nadie.

−Sí, cariño − le devolvió Samuel el susurro, cogiendo la barbilla de Molly en su mano derecha y acercándose a ella. − Papá va a estar tan orgulloso de ti…de vosotros dos − añadió ella, señalando a Molly y a David con un dedo balanceante.

−¿Y de William también? − preguntó David a su tía, señalando al pecho de Gino.

−¡William ha estado durmiendo todo el camino! ¡Se cree que aún estamos en casa! − bromeó Gino en voz alta, con el corazón lleno de alivio al haber llegado tan lejos sin haber tenido que enfrentarse a la policía y sin utilizar su arma ni una vez.

Toda la familia rió, sintiéndose tan serenos como Gino. Los dos hombres se giraron cuando la camarera se les acercó.

Una hora más tarde, todos compartían una habitación y

descansaban mientras Gino y Wayne decidían desafiar al fuerte viento y se encaminaron hacia el río para evaluar el cruce de la frontera. En el otro lado de la corriente se encontraba St. Stephen, su meta desde que habían dejado Nueva York y todos los peligros que ocultaba.

Levantándose los cuellos de los abrigos, ajustando las gorras y enterrando sus manos en los bolsillos, comenzaron a caminar por la fina capa de nieve, mientras observaban su entorno, buscando la forma más rápida de cruzar a Canadá. La aduana les asustó tan pronto como se acercaron a ella, viendo demasiado movimiento alrededor de aquel escudo. Tomar un ferry y cruzar al otro lado también comprendía tener que pasar por la aduana en el otro lado, así que paseando por el río, observaron los diferentes embarcaderos y a los hombres en los barcos, pequeños y grandes, atracados a las columnas que aseguraban las plataformas.

Los hermanos se sentaron en un montón de troncos después de limpiar la nieve con los zapatos, mirando hacia el río frente a ellos. En silencio, examinaron el área a consciencia hasta que encontraron el único barco y el único marinero que aún se encontraba en el agua, a pesar del viento. Los hermanos habían sido testigos que al pasar un grupo de tres personas junto al pescador, le habían ignorado. El hombre, calmado, cosía una red. ¿Qué solo en este mundo debía estar para encontrarse allí, bajo ese clima y con el movimiento de su barca en esa miserable tarde? De hecho, el hombre había ignorado a esos otros pescadores tanto como le habían ignorado a él. Minutos antes, había asegurado la red con unos astutos nudos, trabajando en ella como si fuese una preciosa mañana de verano y las gaviotas cantasen a su alrededor.

Lo que los hermanos no sabían era que el señor Hacker era considerado el demonio en vida en Calais, cuya ocupación era la de envenenar las aguas que traían riqueza a esa parte congelada del mundo. Habían pasado muchos años y el cuerpo de su esposa todavía no se había encontrado, tragada por el mismo río en el cual él pescaba. En secreto y a la vez que la policía y varios grupos de búsqueda, el señor Hacker patrullaba los ríos en todas las posibles direcciones, buscándola. De Norte a Sur, del Este al Oeste, y también en dirección contraria, él buscaba. Incapaz de acusarle de asesinato o tan siquiera de conspiración para cometer asesinato, el hombre había sido socialmente sentenciado a pagar por su desaparición veinte años atrás. Desde entonces, un voto de silencio había decidido ofrecer, aceptado con mucho gusto por sus vecinos, situación que sólo ayudaba a alimentar el mito. A los niños se les pedía que no le mirasen ya que corrían el riesgo de ver en sus pupilas la imagen de una mujer ahogándose en el río, luchando con sus brazos contra el peso de su vestido de roca. Una profunda pena había creado el fenómeno óptico, unida a la nostalgia del tacto de las manos de la mujer y de su aroma matinal, produciendo un peso infatigable en su cabeza y prohibiéndole levantarla. No importaba cual fina tejía la red, su esposa conseguía escaparse entre los nudos que él hacía con tanta destreza. El pescador podía haber jurado que la había visto en incontables mañanas, flotando en las neblinosas aguas, mientras extendía sus redes. Incluso la había llamado, seguro que ella le había sonreído. Por lo tanto, pescarla en las aguas había sido su labor durante las últimas dos décadas, habiendo pescado sólo peces desde entonces, decidiendo venderlos y ganar la mitad que el resto de los pescadores, aquellos sin crímenes a sus espaldas, aquellos capaces de levantar la cabeza porque no había nada que las mantuviese bajas. Hoy, mientras tejía nudos más tupidos con sus agarrotadas manos, pensó que el barco se mecía demasiado y que tenía hambre.

Wayne y Gino le observaron durante un tiempo. El pescador parecía perdido en su tarea. Aún tenía un cigarrillo que había sido enrollado a mano en su boca, apagado desde hacía tiempo y consumido hasta la colilla, la cual mantenía con poco cuidado en un lado de la boca. Minutos más tarde, cuando dos voces le trajeron de vuelta a Calais y al río, se quitó la colilla de la boca y la tiró en el cubo lleno de tripas de pescado antes de levantar la cabeza y averiguar quién se dirigía a él desde la plataforma del embarcadero.

– ¡Buenas tardes! – repitió Wayne, el pescador parecía no haberle oído la primera vez.

El señor Hacker simplemente asintió con la cabeza, levantando la vista y sentándose en su taburete, reconociendo el saludo y su presencia.

– ¿Es suyo este barco? – habló Wayne.

– Lo es – reconoció el señor Hacker.

El sonido de su propia voz le pareció demasiado fuerte. Su voz se estaba endureciendo, enronquecida y probablemente pavorosa, convirtiéndose en el monstruo que todos creían que ya era.

– ¿Lo alquila? – necesitaba saber Wayne.

– Esto es un barco de pesca…parece un barco de pesca – les dijo el señor Hacker.

– Sí, lo parece – estuvo de acuerdo Gino, – ¿pero lo alquila? – insistió él.

El señor Hacker dejó su tarea, ya que la conversación parecía ser de ese tipo que acaban siendo más largas de lo esperado.

– ¿Para qué necesitan un barco pesquero? – preguntó el señor Hacker a esos chicos de ciudad.

– Necesitamos transporte – contestó Wayne.

– Transporte…para eso hay un ferry ahí arriba – dijo él en dirección a la ciudad.

– No queremos usar el ferry, queremos un barco pesquero…los ferry tienen horarios complicados y nosotros viajamos de noche – informó Wayne al pescador.

– Señor, no hago contrabando – remarcó el señor Hacker.

– Nosotros tampoco – mintió Wayne. – Necesitamos cruzar a nuestra familia – se arriesgó Wayne, señalando hacia Canadá al otro lado del río.

Ante la mención de una familia, la opinión del señor Hacker que había formado sobre esos dos jóvenes de ciudad con necesidad de un barco de contrabando, cambió de repente. ¿Familia? ¿Quiénes eran ellos que no podían utilizar un ferry y la consiguiente aduana? ¿Estaban huyendo? ¿Qué o de quién huían? Hubo un largo silencio, el cual el señor Hacker utilizó para suspirar y seguir con su tarea una vez más, llevándole unos instantes para encontrar el punto donde había parado.

–¿Cómo es de grande esta familia? – les preguntó el pescador.

–Tres mujeres, tres niños y nosotros dos…ocho en total…pagaremos bien por su servicio y por su discreción, señor – negoció Wayne.

–Ocho…tres niños, tres mujeres y dos hombres – susurró el señor Hacker, pensando qué hacer. – Encuentren el Cabo de Todd. Está en esa dirección, al Este…sigan las vías del tren y lo encontrarán justo donde las vías se curvan otra vez…está justo después de Boulders – dijo el hombre, señalando a la derecha. – Sigan hacia el río utilizando el camino de Sawyer y me encontrarán en el agua y lo que queda del embarcadero…es algo viejo, pero funcionará…esa gente tiene perros, así que traigan algo para ellos. Estén allí a las doce…no esperaré.

Gino y Wayne se ofrecieron una mirada y una sonrisa.

–¡Sí, señor…el Cabo de Todd a las doce! – repitió Gino. – Estaremos allí.

Wayne y Gino se alejaron rápidamente del lugar.

–¡¿Dónde demonios está el Cabo de Todd?! – se quejó Gino.

–No te preocupes, lo encontraremos – respondió Wayne.

–¡Lo encontraremos!... ¡¿En la oscuridad?! – le preguntó Gino, sintiéndose estresado por la situación. – ¡¿Desde cuándo tienes visión nocturna?!

Wayne intentó no reír, ya que se ocupaban de un delicado asunto.

–Tiene que haber un mapa en algún sitio…nos dijo que siguiésemos las vías del tren – le recordó Wayne.

–¡¿Y tú que eres ahora?! ¡¿Un rastreador mohicano?! – le ladró Gino, exasperado.

–¡Jesucristo!... ¡Cálmate Gino! Te sacan de Manhattan y pierdes todo tu encanto…si hemos conseguido llegar aquí, conseguiremos cruzar – le dijo Wayne, expulsando vapor de la boca directamente a sus manos heladas.

– ¡No quiero ir a Canadá…no quiero ir a Canadá! – repitió Gino, caminando hacia la posada donde el resto de su familia esperaba y descansada. – ¡No quiero congelarme el culo en Canadá, no quiero!

A pesar del intenso frío, el viento había cesado y alrededor de las nueve de la noche, salieron de la posada después de comer y prepararse para una noche esperada, pero sin precedentes. Estaban poniendo su libertad en las manos de un pescador, una persona de quien no sabían nada, excepto que era invisible para sus vecinos, así que quizás, ellos también podrían ser invisibles por unas horas. El rostro y la barca del hombre les había comunicado a los hermanos que él era una persona de gran experiencia en esas aguas y eso era todo lo que necesitaban, eso y dinero, y dinero tenían.

Caminaron junto a las vías del tren bajo la luz de la luna, alcanzando el primer camino después del que dirigía a Boulders sin tener que lidiar con la nieve. Habían conseguido un dibujo de una de las criadas de la posada y más o menos, sabían cuántas propiedades debían pasar antes de encontrar su destino. Les había costado un par de dólares, pero habían evitado una segura discusión sobre las direcciones que el pescador les había dado horas antes.

Wayne y Gino hicieron esperar a su familia lejos de la casa, la cual se mostraba frente a ellos entre las sombras. La nieve se había ensuciado, formándose charcos de agua helada, haciendo de sus pies pesados y mojados instrumentos después de una marcha que duró una hora y media. Con la carne que habían llevado con ellos desde la posada e intencionada para los perros sobre los cuales el pescador le había advertido, Gino y Wayne se aventuraron en una expedición para intentar encontrar el embarcadero antes de mover a los niños, refugiados en un pequeño bosque cerca de la carretera principal y no demasiado lejos de las vías del tren, al otro lado de la línea de transporte. La noche era silenciosa y los dos hermanos podían oír sus propias respiraciones mientras despacio, caminaban hacia el río. Sintiendo que tenían el tiempo suficiente en sus manos y debido al expuesto paisaje que se encontraron ante ellos, decidieron volver, tomando la cresta de una pequeña colina junto al mar, protegiéndose con unos árboles. Cuando encontraron el viejo embarcadero, dudaron que ese pedazo de madera pudiese aguantar el peso de una sola persona.

Samuel, Nancy y Sally permanecían de pie, vigilantes, con sus armas en las manos cuando escucharon a alguien acercarse. Los estómagos de las mujeres se apaciguaron cuando oyeron las voces de Gino y Wayne, así que esperaron a que sus ojos registrasen las imágenes.

– ¡Vamos! – les urgió Gino.

Las mujeres bajaron las armas y se giraron para recoger el equipaje, el cual en su mayoría se componía de dinero. Los niños también se pusieron de pie y en una columna humana con William de nuevo en el pecho de Gino, se pusieron en marcha hacia el río.

– ¿Está allí? – preguntó Nancy a Gino.

– Aún no, pero hemos encontrado el lugar para esperarle – descubrió Gino. – ¿Tienes frío?

– Estoy bien, no te preocupes.

– Buena chica – susurró Gino a su esposa.

A través del área y en la noche, siete figuras de diferentes formas y medidas se movían hacia el Norte con un paso constante y firme. Habían caminado varios kilómetros para conseguir llegar a su destino y ahora se encontraban cerca de su meta, la última porción de tierra americana en la cual pisarían en mucho tiempo.

Habiendo mantenido en secreto el potencial peligro de los perros para así, mantener a las mujeres y a los niños en calma, todos llegaron junto a los árboles, cubriendo sus prohibidas imágenes. Wayne caminaba el último, de la mano de David, mientras el resto caminaba frente a ellos en total silencio. Al llegar al lugar que les ofrecía la mayor protección, se sentaron junto a las frías rocas a poca distancia del agua. Dominado por la fatiga y su edad, David se quedó dormido en los brazos de Wayne. Molly buscó el refugio de los brazos de su madre, pero mantuvo los ojos bien abiertos, buscando la posibilidad de alguna luz en el agua a además de la del faro que se encontraba frente a ellos, el cual pronto la hipnotizó.

Manteniendo la promesa que les había hecho, el barco del señor Hacker apareció poco después de medianoche. Con una ligera niebla, pero guiado por el faro en el lado canadiense del río, el pescador llegó al muelle de Sawyer, sin acercarse demasiado. Haciéndose visible, Gino se puso de pie. La noche estaba sumida en tal sosiego que si hubiesen pronunciado tan sólo una palabra, sus voces habrían viajado a Calais. Por lo tanto, Gino esperó instrucciones. Una vez habían comprendido, de pie y frente al barco pesquero, que este no podía acercarse más a ellos, observaron como el señor Hacker hacía lo imposible por llegar al embarcadero con una tabla de madera que había llevado en el barco. No siendo lo suficientemente largo como para llegar a ellos, la madera golpeó el agua a poca distancia de ellos cuando esta fue lanzada al río.

– ¡Creo que nos vamos a mojar! – Nancy mencionó.

– ¡También lo creo! – Samuel estuvo de acuerdo con ella.

La tabla formaba un buen ángulo con el agua y el barco, pero aun así, tenían que meterse en el río antes de poder utilizar la madera. Así que uno a uno y sólo después de que el ritmo de la luz del faro les diese permiso, subieron a bordo del barco pesquero. El señor Hacker los miró a todos cuando por fin se encontraron abordo, contando siete.

– Dijeron ocho personas – recordó el señor Hacker a Wayne.

Gino se abrió la chaqueta y el señor Hacker pudo ver una pequeña gorra de lana con un par de mechones de pelo rubio escapando de él. El señor Hacker sonrió en su corazón y tiró de la madera hacia dentro del barco.

– ¡Siéntense ahí, bajen las cabezas y permanezcan en silencio! – susurró, comenzando a tomar control de sus tareas para hacer que ese barco cruzase la corriente.

Todos obedecieron en silencio y Molly se sentó en el regazo de

Samuel, anhelando su calor, con las mochilas y los cuerpos contra la borda.

Desde la costa de Maine, el faro guió su camino hacia Canadá, mientras el barco surcaba las aguas y cruzaba al otro lado, clandestinamente. Una vez alcanzado el otro borde y el acto se había convertido en un crimen, el señor Hacker tardó en encontrar el mejor lugar para dejarles bajar, así que navegó bordeando la costa hasta encontrarlo. Ninguno de ellos se movió hasta que el señor Hacker volvió a colocar la tabla para dejarles bajar del barco. De nuevo, la oscuridad se había apoderado de la noche, ya que se habían alejado del faro.

– ¡Es hora de irse! – informó el señor Hacker.

Esas palabras les hicieron ponerse en pie y Wayne se acercó al pescador, poniéndole un puñado de dólares enrollados en la mano.

– ¿Qué dirección hacia St. Stephen? – le preguntó Wayne.

– Suban por ahí con cuidado, estará resbaladizo ahora. Busquen la carretera principal, no es muy empinado. Caminen en esa dirección y encontrarán un sendero que les llevara allí. St. Stephen está a la izquierda. No dejen la carretera y le llevará directamente hacia la ciudad…no paren y llegarán antes del amanecer. Si necesitan un lugar donde quedarse, Madame Defoise toma huéspedes y algunos viajantes, les abrirá la puerta a cualquier hora. No dejen la calle principal y verán su casa a mano izquierda. Es una casa de dos plantas con un cedro en el jardín delantero. Siempre tiene una vela en una de las ventanas de la fachada…creo que es el numero cuarenta y dos, pero no estoy seguro. La casa tiene miradores a ambos lados de la puerta. Váyanse y buena suerte.

– Gracias, señor – Wayne asintió con la cabeza humildemente.

– Llévense esto…para los niños – el señor Hacker dijo a Wayne, ofreciéndole una linterna y una cuerda para el camino.

Wayne tomó lo que el pescador le brindaba y levantó la cabeza.

– ¡Muchas gracias! – Wayne repitió.

– ¡Tienen que marcharse! – urgió el pescador.

En su mente, él supo que todo les iba a ir bien a esas personas y ahora, podía volver a la tarea de pescar a su esposa en el río. A ella siempre le gustó la niebla que flotaba por encima de las aguas, lo cual le aseguraba que ella aparecería en unas horas.

En silencio una vez más, y con los pies empapados, bajaron de la barca uno a uno, saltando a Canadá. Samuel hizo un nudo con la cuerda alrededor de la mano de Molly y David, quien ya estaba totalmente despierto. Al tomar Nancy la cuerda y Wayne caminar detrás del grupo, Samuel tomó la linterna y comenzaron su ascenso por el suave acantilado.

St. Stephen, New Brunswick, Canadá, 7 de marzo de 1921

Como si el señor Hacker hubiese hecho ese mismo viaje un millar de veces, llegaron a St. Stephen cuando la oscuridad de la noche estaba llegando a su fin y la lluvia caía de nuevo sobre ellos sin convertirse aún en nieve. Sin embargo, la lluvia era fría. Antes de llegar al centro de la ciudad, encontraron la casa a la cual el señor Hacker se había referido. Fiel a su descripción, había una vela encendida en una de los miradores.

Exhaustos, alcanzaron la casa y subieron las escaleras. Wayne se acercó a la puerta, mientras la familia de *La Judía* se quedó atrás. Wayne finalmente tocó y todos esperaron a que alguien contestase.

Minutos después y tras dos intentos más, pudieron oír provenientes de la casa unos pasos bajando las escaleras. La vela desapareció de la ventana y pronto se dirigió hacia la puerta principal, así que cuando la señora Defoise la abrió, todos pudieron verla a la perfección, llevando un camisón de algodón blanco y un gorro para dormir, cubriéndose los hombros con una manta de lana. La señora Defoise era una señora gruesa y rondando los cincuenta, y por un segundo, sólo pudo ver a Wayne.

– ¿*Oui*? – le saludó ella.

– Hola…nos dijeron que aquí podríamos encontrar refugio para la noche – Wayne habló.

De inmediato, la mujer registró el plural en las palabras de Wayne, así que movió la vela y como si fuese parte de un sueño, un grupo de refugiados habían aparecido frente a ella. Sus caras estaban reducidas a lo que el frío había intencionado, además de la humedad que sus piernas sufrían y subía hacia sus cuerpos, enfermándolos lentamente.

– ¡Oh! – exclamó al ver a las mujeres. – ¡Oh, *mon dieu*! – volvió a exclamar, preocupándose al ver a David y a Molly.

La mujer se movió rápidamente de la puerta y les permitió la entrada, cerrando detrás de ellos. Una vez dentro de la casa, mientras el calor malcriaba a los neoyorquinos, la dueña de la casa levantó la vela para poder verles mejor, contando siete personas y teniendo sólo una habitación libre.

– Sólo una habitación – ella se disculpó con el más cargado de los acentos franceses.

– Está bien – le dijo Samuel de inmediato, – no es un problema.

– *Bien*…por favor – les dijo ella, dirigiéndose hacia la escalera.

La señora Defoise les abrió el camino hacia la segunda planta, dejando a mano derecha un precioso salón con un fuego a tierra central. Arriba, abrió la puerta de la habitación que tenía libre esa noche. Aunque no había ningún fuego vivo en las habitaciones, o en ninguna otra parte de la casa, el estar lejos de la intemperie les hizo sentir como no lo habían hecho desde que habían abandonado su hogar.

A la mañana siguiente, Nancy se despertó y sonrió a la sensación de saber que había dormido en un colchón, aun sabiendo que este oliese a oveja y eso que ella jamás había estado en el campo. Se giró en la cama para poder ver a Samuel, Molly y William entre ella y Samuel, quien dormía echada de lado con William entre sus brazos. Nancy sentía a Sally detrás de ella. Gino no estaba allí y al recuperar todos los sentidos paulatinamente, pudo ver que el sol brillaba fuera. Mientras tanto y al otro lado de la ciudad, Gino y Wayne habían decidido examinar el área. Después de haber disfrutado de un segundo desayuno en un pequeño café y no haber oído cotilleo sobre un inusual e extraordinario movimiento de policía por el lugar, se enfrascaron en saber si por fin, Mark había llegado a la ciudad. Si este hubiese sido capaz de colarse en uno de los trenes de la compañía Canadian Pacific que viajaban hacia el Este a través de la provincia de Québec, Mark debería haber llegado a St. Stephen antes que ellos. Sin embargo, al ser buscado por la policía, sus hermanos esperaban que hubiese decidido que viajar por tren no iba a ser una opción viable. Pronto descubrieron que no había señal alguna de Mark y después de mirar en cafés y tabernas, decidieron dejar la búsqueda para el día siguiente.

Como regalo para un par de valerosos y obedientes niños, los hermanos decidieron hacerles una sorpresa, una a cada uno, aunque supusiese tener que transportar más cosas. Así que después de estudiar la estación de tren y la comisaría de policía en busca de matrículas del gobierno americano, Wayne y Gino entraron en un almacén, profundamente aliviados de no haber visto coche alguno de Maine o Massachusetts. No fue difícil escoger los juguetes que les iban a comprar a los niños, ya que apenas había de dónde escoger. Pronto hicieron cola frente al cajero. Con tan sólo dos minutos de espera con un tren de madera, un caballo también de madera y un collar indio en las manos, Wayne y Gino se miraron mutuamente en silencio. Frente a ellos y también de pie mientras hablaban con el dueño del almacén, una pareja no podía creer el tamaño de la cuenta que habían acumulado en el establecimiento. Wayne bajó la vista para observar la ropa del hombre, encontrando barro en sus zapatos, el mismo que la mujer tenía alrededor del borde de su modesto vestido. Las manchas del barro no parecían frescas y probablemente no provenían del barro de la calle; lucía manchas viejas debajo de barro húmedo y reciente. Mientras el dueño del almacén les recordaba la deuda adquirida con la intención de refrescar sus mentes confundidas y lo que podían pagar con el dinero que habían colocado sobre el mostrador, los dos hermanos supieron que la pareja vivía en una granja y que eran dueños de la carreta que esperaba afuera. En silencio, como siempre Wayne y Gino hacían sus negocios, decidieron seguir su intuición.

Después de unos minutos más de conversación, la pareja dejó el almacén sumidos en una profunda preocupación y llevando consigo tan sólo una botella de aceite para cocinar. Los neoyorquinos pagaron los juguetes de los niños y se apresuraron a salir. Una vez afuera, pudieron ver la pareja alejarse en la carreta, siguiendo la carretera que llevaba al Norte de la ciudad. Wayne y Gino caminaron detrás, sin ser percibidos por la pareja. Cuando llegaron al punto donde su presencia hubiese sido obvia, los hermanos redujeron su paso. Cuarenta y cinco minutos más tarde, Gino y Wayne sabían dónde la vivía pareja y los hermanos continuaron su camino hasta que tres perros les frenaron al alcanzar la casa.

Los Jonnas vivían modestamente y la barba del señor Jonnas pronto salía de uno de los establos para averiguar por qué los perros estaban creando tanto ruido. Al salir, se encontró a dos jóvenes de pie a medio camino de la vía de tierra que conectaba el mundo con su propiedad. El señor Jonnas llamó a los perros y cuando estos finalmente obedecieron, permanecieron en guardia, pero en silencio, sentados frente a esos dos desconocidos. El señor Jonnas frenó a apenas diez metros de los extranjeros, observándolos concienzudamente.

–Esto es una propiedad privada – reclamó él con un acento americano que fue música celestial para los oídos de Gino.

–Lo sabemos, señor – habló Wayne, – pero no había campana en la verja de ahí atrás – apuntó él, con un gesto de cabeza en referencia a la verja principal.

–¡Sí!...No recibimos mucha compañía... ¿Qué puedo hacer por ustedes? – preguntó él, dando unos pasos más hacia adelante.

–Pues...no pudimos evitar oír su conversación en el almacén y pensamos que quizás podríamos ayudarnos mutuamente – explicó Wayne.

–¿Ah, sí? – preguntó escéptico el señor Jonnas.

– Sin lugar a dudas – respondió Gino con un tono seguro.

– Ustedes no son de aquí – intentó adivinar el señor Jonnas.

– No, somos de los Estados Unidos, señor – respondió Wayne.

– Lo sé…yo también…pero mi esposa es canadiense…Bien, ustedes ya conocen mi problema, ¿cuál es el suyo y qué tiene que ver conmigo? – les preguntó el señor Jonnas a tan sólo cuatro metros de ellos.

– Con todo el respeto que requiere y tan sólo como forma de exponer los hechos, hablemos primero del suyo. Su deuda es extensa y ese tendero está pensando muy seriamente en quitarles los privilegios del crédito…su propiedad, necesita algo de trabajo y si este es todo el ganado que tiene, pues…– expuso Wayne, señalando a unas vacas que se encontraban lejos de la casa, pero dentro de la propiedad, – usted es granjero, debe saber a lo que me refiero.

– Los negocios no me han ido bien desde hace unos años…enfermé y ahora es difícil recuperar lo perdido – respondió él, sin trazo alguno de haber sido insultado por las palabras de Wayne.

– Hay una forma que podamos ayudarle a pagar su deuda y a asegurar su propiedad, señor – ofreció Gino la solución.

El señor Jonnas se cruzó de brazos y les miró fijamente.

– ¿Y eso? – se sintió él curioso.

– Necesitamos un lugar donde quedarnos, no sólo somos él y yo…creemos que necesitamos un lugar durante una semana, pero también podría alargarse más o incluso menos si tenemos suerte, pero no estamos seguros…A cambio por su hospitalidad, le daremos el dinero que necesite para recuperarse – negoció Gino.

– Hay unas cuantas posadas en la ciudad… ¿Qué han hecho ustedes que no pueden quedarse en una de ellas? – inquirió el señor Jonnas.

– Pues…nos vimos envueltos con unos indeseables y ahora, ni nuestra familia ni nosotros estamos a salvo…no podemos dejarnos ver – mintió Gino.

– ¿Cuántos son? – se preguntó el señor Jonnas en voz alta.

—Tres niños, tres mujeres y nosotros dos…mi otro hermano está en camino y es por eso que debemos esperar aquí – le dijo Gino.

El señor Jonnas no hizo más preguntas, sino que se giró y divisó a su esposa a lo alto del porche de la casa, quien había ido de pensar que esos hombres buscaban trabajo a que algo no iba bien.

—Debo hablar con mi esposa – les dijo el señor Jonnas, girándose de nuevo hacia ellos para poder verles.

—¡Por favor, hágalo! – dijo Wayne.

Los perros se quedaron atrás, donde estaban, mientras el señor Jonnas caminó hacia la casa. La señora Jonnas miró fijamente a su esposo mientras este subía los cinco escalones que separaban la casa del alto nivel de nieve que normalmente se acumulaba durante el invierno. Mientras tanto, Gino y Wayne se quedaron en silencio, siendo vigilados por los tres caninos. Diez minutos más tarde y mientras el frío les congelaba las extremidades lentamente a los hermanos, el señor Jonnas caminó de vuelta, lentamente, hacia donde ellos se encontraban.

—De acuerdo, mi esposa y yo hemos decidido que su familia se puede quedar aquí…tenemos dos habitaciones libres, ¿podrán arreglarse? – les preguntó él.

—Sí, por supuesto – dijo Wayne con una sonrisa en el rostro que transmitía alivio.

—Muchas gracias, señor…y no se preocupe por eso, siempre hemos compartido, una semana no será problema – dijo Gino al señor Jonnas.

—Muy bien, entonces…traigan a su familia cuando gusten – cerró el señor Jonnas el trato.

—¡Nadie debe saber que estamos aquí! – advirtió Wayne al señor Jonnas.

—Nadie lo sabrá si ustedes no lo dicen – respondió el señor Jonnas con una sonrisa sarcástica en los labios, debajo de un espeso bigote.

—Vendremos al anochecer – le informó Gino. – ¿Son peligrosos? – quiso saber, señalando a los tres perros que los vigilaban con miradas endemoniadas. Gino no llegaba a comprender la relación entre los perros y la gente del campo.

–Duermen en el porche…me avisarán cuando lleguen…Mi esposa se pregunta la edad de los niños – les preguntó el hombre mayor.

–¡Oh!…Molly tiene ocho años, David cuatro y William aún no tiene uno… ¡Ni sabrán que están, son buenos niños! – les dijo Wayne.

–Nos gustan los niños. Les veré esta noche – les dijo el granjero a los dos hombres, volteándose y llamando a los perros con un par de golpes en su pierna.

Wayne y Gino encontraron a su familia en una habitación, con evidentes signos de haberse bañado y haber comido. Sally descansaba echada en la cama, mientras William y David dormían junto a ella, de forma no muy ordenada. Samuel cepillaba el largo y limpio pelo de Molly junto a la ventana, Nancy remojaba los pies en agua con sal. Al abrirse la puerta, Molly se apresuró junto a ellos, pero les miró desde la distancia con los ojos muy abiertos, esperando ver a su padre con ellos. De los que estaban despiertos en esa habitación, ella era la única que no podía calcular el tiempo que su padre tardaría en llegar a esa parte del país, cubierto casi en su mayoría por una gruesa y fría nieve blanca.

–¡¿Habéis encontrado a mi papá?! – les preguntó la niña excitada, buscando con su mirada detrás de ellos al entrar estos en la habitación.

–¡Aún no, Mo! – le besó Gino la cabeza, – pero estoy seguro que ya está muy cerca.

–¡Oh! – soltó Molly decepcionada.

–Mo, esto es para ti – le dijo Wayne, – por ser una niña tan valiente, por estar callada siempre que te lo pedíamos y por no quejarte del frío…sabías que esto era un asunto importante y te has portado muy bien…Todos estamos muy orgullosos de ti – expresó, de pie frente a su sobrina y entregándole el collar indio.

– ¡Gracias, tío! – canturreó Molly al ver lo que salía del bolsillo.

– Deja que te lo abroche – le dijo Wayne.

– ¡Mira, mami! – llamó Molly a su madre, quien seguía sentada junto a la ventana.

Samuel miró a sus hermanos y les sonrió agradecida.

– También tenemos algo para David y William, pero míralos…esto es vergonzoso – sonrió Gino ampliamente, echándoles un vistazo a los niños que yacían en la cama.

Nancy y Samuel rieron. Wayne habló con Sally unos instantes y entonces les dieron las noticias.

– Hemos encontrado un lugar para quedarnos lejos de la ciudad. Debe estar a cuatro o cinco kilómetros. Es un lugar seguro, una granja – comentó Wayne.

– ¿Y cómo nos va a encontrar Mark allí? – les preguntó Samuel.

– No nos podemos quedar aquí, Sam…vendremos un par de veces al día…él no se irá hasta que nos encuentre…esta es una ciudad pequeña, esto no es Nueva York, nos encontraremos – aseguró Gino a su hermana.

Samuel permaneció en silencio, sentada en la silla con el cepillo en las manos y durante unos minutos, se perdió mirando al exterior, dejando que sus miedos dominasen su innata fortaleza. Samuel giró la cabeza y miró a su hermano Gino, quien agachado frente a ella, podía aún poner una cara de esperanza para su inteligente hermana.

– Dijimos de encontrarnos en St. Stephen y tenemos que confiar en que él lo conseguirá. Estoy seguro que Mark sabe que lo hemos conseguido, así que también hemos de tener fe, Sam – la retó Gino.

– Lo estoy intentando, pero no saber es…es como volver al pasado y llorar su muerte una vez más, ¿recuerdas eso? – le susurró ella con su cabeza junto a la de él.

– ¡Por supuesto que lo recuerdo, pero esto es diferente! Mark se fue a Europa con la esperanza que lo alcanzase una bala, pero ahora va a venir aquí para unirse a ti, a nosotros... ¿no ves la diferencia?

– La veo, sí...imagino que deberemos irnos cuando anochezca – aceptó Samuel.

– Sí, pero ahora descansa, Samuel...pareces tan cansada – le dijo él, acariciándole la pierna.

– Ve y descansa tú también – le dijo ella.

– De acuerdo.

En el momento en el que Gino se alejó de su hermana, Molly caminó hacia su madre con el único *cómic* que se había llevado con ella, buscando su regazo.

– Leamos juntas – le ofreció Molly.

Samuel le sonrió a la niña. Estaba creciendo tan deprisa y tan consciente de sus vidas e intereses. Samuel dejó el cepillo en la mochila.

– ¡Venga! – dijo el adulto.

En el momento en el que la señora Defoise cerró la puerta detrás de ellos, sintieron que no pertenecían a ningún lugar. La familia de *La Judía* se movió con rapidez en la fría noche en dirección hacia el Norte, sin pronunciar ni una palabra. Aunque el frío era intenso y este les envolvió de inmediato, no nevaba, así que su paso era rápido. A las afueras de la ciudad, con casi tres kilómetros todavía frente a ellos y con el regalo de un poco de luz de luna, David tiró de la mano de su padre y Wayne tuvo que tomarlo. Sally había descansado todo el día, pero sus piernas estaban doloridas debido al inusual esfuerzo. Aunque sus tíos la habían advertido sobre los perros que guardaban esa granja, Molly quedó petrificada ante el diabólico y terrible sonido que los caninos hacían al acercarse a los intrusos en la oscuridad. El grupo paró cuando Gino lo hizo. Samuel tranquilizó a Molly y todos miraron en dirección hacia la pobre e iluminada granja, cuando el sonido de un silbido se oyó y los tres perros dejaron de ladrar, sentándose y mirando fijamente a los intrusos. Con un rifle en las manos, el señor Jonnas se acercó a ellos en la oscuridad, bajándolo al saber que aquellas personas eran en efecto, quienes iban a quedarse con ellos a partir de esa noche.

−¡Buenas noches! – saludó Gino.

−¡Buenas noches!… Deben de tener frío y estar cansados. Vamos adentro, ¡Vamos chicos! – ordenó el granjero a los perros.

Los perros se encargaban ahora de guiar el camino y el señor Jonnas no pronunció palabra alguna hasta que llegaron a la cocina, donde la señora Jonnas preparaba agua caliente para hacer té para los adultos y leche caliente a los niños. Ella había oído hablar de los refugiados europeos y también los había visto llegar a St. Stephen en una ocasión, esas personas tenían el mismo aspecto.

−¡Buenas noches! – la saludó Gino.

−¡Buenas noches, por favor, siéntense! – les dio ella la bienvenida. – ¡Oh, Dios mío! – soltó al ver el avanzado estado de gestación de Sally.

La señora Jonnas se apresuró a su lado y le ofreció una silla, la cual fue aceptaba por una agradecida Sally. Con la excepción de Sally, todos seguían de pie en la cocina, mirándose los unos a los otros, mientras el señor Jonnas colgaba su rifle en el gancho y se quitaba la chaqueta, hablando.

−Hemos conseguido preparar el ático…No es tan cómodo como el resto de la casa, pero hay una cama y tenemos muchas mantas.

−Yo tomaré el ático – le dijo Samuel. – Muchas gracias por su hospitalidad.

La señora Jonnas recibió otra sorpresa cuando el pecho de Gino comenzó a llorar. El italiano abrió el abrigo y Samuel cogió a William de la tela de sábana que Gino utilizaba para cargar al bebé, mientras su madre lo calmaba.

−¿Le gustaría al bebé un poco de leche? – preguntó la señora Jonnas a Samuel.

−Es usted muy amable, gracias – respondió Samuel.

Los días que siguieron a la llegada de la familia de *La Judía* a la granja de los Jonnas fueron algo extraños. Un día sin fin siguió a otro día sin fin, mientras esperaban sin saber cuándo llegaría Mark. Samuel se mantuvo callada y aislada y sólo sus hijos conseguían sacarle una sonrisa. Los viajes diarios a la pequeña ciudad les dio la oportunidad de discutir su siguiente movimiento, aunque hubiesen preferido hacerlo con Mark presente. Samuel decidió esperar en completa calma, sin conseguir evitar que su alma se desmayase cada vez que sus hermanos volvían sin Mark.

Cuando pasó una semana y muchas más le siguieron, permitiendo la llegada y el asentamiento de la primavera, sus esperanzas comenzaron a marchitarse. En abril, las pesadillas de Samuel habían vuelto a flotar en su interior. ¿Por qué no podía encontrar el fumadero de opio donde Mark solía abusar de sí mismo? ¿Dónde estaba? El lugar se había convertido en un laberinto de camastros y áreas privadas por las que ella caminaba buscando el perdido cuerpo y mente de él. Sin querer poner en peligro a la familia de Sally y sin saber lo que ocurría en la ciudad de Nueva York, el día que Máda nació, ella se convirtió en la primera canadiense de la familia sin saberlo nadie. La señora Jonnas, Nancy y Samuel asistieron al parto y pronto, Samuel mostraba a su hermano su nuevo hijo.

– ¡Es una niña, McLean!… ¡Al fin has tenido a tu Máda y es tan bonita! – susurró Samuel, contemplando a su sobrina.

– Es tan bonita como la recuerdo – murmuró Wayne con su hija en sus brazos, recordando cuando había tomado a su hermana pequeña en lo que parecía ya una eternidad.

Wayne le sonrió al bebé en sus brazos con Gino también presente. Ambos contemplaban la inocencia de la pequeña Máda cuando Nancy llegó.

– ¿Cómo está Sally? – preguntó Wayne a Nancy.

– Se ha dormido, déjala descansar – contestó Nancy.

– De acuerdo.

Samuel se abrazó al brazo de Gino, mientras ambos admiraban

el bebé; el resultado del amor entre Wayne y Sally.

Con la primavera floreciendo y abril ofreciéndoles el deseado sol, sus viajes a la ciudad se multiplicaron. La señora Jonnas se había acostumbrado a tener a tanta gente en la casa y en secreto, temía el día que el otro hermano tocase a la puerta y se los llevase lejos de ella. William comenzó a caminar con inseguros pasos, intentando seguir a los perros y los pollos e incluso a los patos, pero especialmente a Lukas, su perro favorito y el más pequeño de los tres.

Afuera y bajo el sol, Samuel levantó la cabeza desde donde se encontraba sentada. Decidida, se puso en pie y caminó hacia sus hermanos al ver que sólo dos figuras habían llegado esa mañana, dejando a William con Nancy. Sally y Nancy se sentaban en una manta cerca de la casa, frente al porche delantero. Nancy pidió a Molly que se quedase con ellas cuando vio que la niña tenía la intención de seguir a su madre. Los tres perros acompañaron a Samuel al encuentro de los dos frustrados hermanos, quienes pararon cuando ella los alcanzó.

−¡Tenemos que llamar a Nueva York! − les dijo Samuel de inmediato.

−¡No puedes hacer eso sin poner a alguien en peligro y lo sabes! − la riñó Gino.

−¡Podría estar en la cárcel y nosotros no lo sabríamos! − gritó ella. − ¡Hace siete semanas que estamos en este lugar! ¡Siete semanas!

−No podemos volver, Sam… ¡No estás tú sola en esto! − intentó Wayne calmarla.

−¡Quiero saber lo que le ha pasado! ¡Quiero saber dónde está! − gritó ella de nuevo, sin poder controlar el estrés mucho más y permitiendo que el llanto dominase su mente.

−¡Samuel, por favor! − le pidió Gino, intentando tocar su brazo.

Wayne dio un paso adelante y abrazó a su hermana,

permitiéndole que llorase su pena por primera vez desde que habían dejado Nueva York. Gino, sólo para su corazón, también había abandonado la esperanza que Mark llegase jamás a St. Stephen y si ella estaba en lo cierto, él debía estar esperando juicio en una celda en la ciudad de Nueva York, su ciudad.

Esa misma tarde, cedieron ante la desesperación de Samuel y su propia frustración, llegando a un teléfono público. Después de conectar con la operadora, Wayne pidió el número de teléfono de Nueva York y fue conectado. Lo que Wayne oyó primero fue el ruido del ambiente de la taberna, lo que escucho después fue la voz de alguien llamado Mike.

– ¿Diga? – contestó Mike, aunque lo que tenía en mente era vaciar su sistema lo antes posible para poder seguir bebiendo.

– ¿Quién es? – preguntó Wayne.

– Mike… ¿Quién eres tú? – se preguntó Mike en voz alta.

– Ve y llama al camarero – dijo Wayne a un embriagado Mike.

Mike se giró en los talones y sin dejar el auricular, miró a Joe, el camarero, como se le conocía.

– Está ocupado – informó Mike a Wayne.

– Mike, no me importa si está ocupado o no. Él quiere coger esta llamada de teléfono, así que por favor, deja el teléfono y ve a buscar a Joe para que lo coja…te va a patear el culo si sabe que he llamado y que estabas demasiado borracho como para llamarle.

Mike respondió con una sonrisa guasona ante la idea que se le patease el trasero, cambiando seguidamente de opinión, así que después de dejar el auricular colgando, consiguió captar la atención de Joe y siguió con la primera de sus empresas, mientras que Joe dejaba la barra y caminaba hacia el abandonado teléfono.

– ¡Sí! – gritó Joe, cogiendo el auricular.

– ¡Joe! ¡¿Eres tú?! – preguntó Wayne, incapaz de oírle con claridad debido al ruido de Nueva York.

– ¡Sí! ¡¿Quién es?! – preguntó Joe.

—Deja que te hable y lo sabrás... ¿Has oído lo que ha pasado? – inquirió Wayne.

Joe reconoció la voz de Wayne de inmediato, asintiendo con la cabeza.

—Sí, lo he oído…Las cosas se han calmado un poco – informó Joe a Wayne.

—¿Sí? – pareció Wayne sorprendido, mirando a su hermano Gino.

—¡Sí!

—¡Pero nos falta uno! – le dijo Wayne a Joe.

—¿Cuál? – preguntó Joe.

—El panadero – le dijo Wayne, mientras Gino se apoyaba en la pared junto a él sobre el brazo derecho y frente a su hermano, intentando evitar el contacto visual con una mesa llena de hombres en traje. ¿Cuándo iba a inventarse un teléfono con dos auriculares?

—No está en la ciudad, lo sabría. Esos dos estuvieron aquí anoche y me lo habrían dicho – comentó Joe.

—¿Los locos? – preguntó Wayne.

—Sí, esos dos – confirmó él, refiriéndose a los hermanos Salerno. – El panadero no está en la ciudad, pero deja que hable con algunas personas y llámame en un par de días, ¿de acuerdo?

—De acuerdo…muchas gracias. Te llamaré pronto.

—Bien…cuídate.

Wayne colgó el teléfono y encontró los ojos de Gino. Ambos estaban de pie junto al teléfono público utilizado por la mayoría de los vecinos de esa pequeña ciudad y básicamente, por todas las personas de paso por St. Stephen, así que tuvieron que irse pronto.

—¿Y? – inquirió Gino.

—No está en casa – contestó Wayne.

—No sé si eso son buenas o malas noticias – respondió Gino, dirigiéndose hacia la puerta y cruzando el café en paralelo a la barra y a esos hombres de los que desconfiaba.

—Al menos es algo – dejó salir Wayne antes de alejarse del teléfono.

Gino estaba tan preocupado y tan absorto en sus propios temores que no percibió el hombre de barba sentado junto a la ventana en el lugar más alejado de la barra, quien había dejado de cenar en el instante en el que esos dos forasteros habían entrado en el establecimiento. Les siguió con los ojos y se apresuró a poner algo de dinero sobre el mostrador. Una vez los dos hombres habían girado hacia la izquierda después de salir del bullicioso y atestado establecimiento, el hombre de barba llamó al camarero con un gesto de la mano para hacerle saber que su dinero estaba sobre la barra. Continuó saliendo del café sin visibles pertenencias a su cargo, quedándose atrás hasta que los dos hombres se encontraban lo suficientemente lejos, pero aún a su vista. Una vez era obvio que se dirigían al Norte y lejos de la ciudad, se permitió una mayor distancia entre él y ellos y pronto tuvo que utilizar los prismáticos al haber sido divisado por cualquiera.

A su llegada a la propiedad privada, Mark caminó a lo largo de la valla y alcanzó una colina, encontrado una roca y una vista perfecta de la casa, así como una visión perfecta de los alrededores y cualquier *cola* que llevase. Miró hacia abajo, hacia la granja, y su corazón dio un violento vuelco en su pecho cuando vio a Molly apresurarse al salir de la letrina en su vuelta hacia la casa. Sin embargo, frenó unos segundos para jugar con los perros, pero pronto su tía Nancy la llamó desde el porche delantero. Mark sonrió al ver a su cuñada. Mientras la noche caía a sus espaldas y el frío se intensificaba, buscó refugio para pasar la noche.

El sol de la mañana le despertó y pronto estaba de vuelta en el lugar que le permitía ver la granja con una vista privilegiada. Un hombre desconocido estaba siendo asistido por sus hermanos afuera de uno de los establos, pero no había señal de Samuel o de cualquier otro miembro de su familia. Decidió, sin embargo, seguirles en su viaje matutino y diario a la ciudad en busca de noticias, cuando por fin lo hicieron a las diez de la mañana. Siendo presa de cacería como lo había sido durante las últimas semanas, aún no estaba convencido que el truco que había utilizado en Montreal, el cual le permitió cruzar a Maine y entonces la frontera canadiense, de nuevo, hubiese funcionado. La policía podía estar manteniéndolo con una correa floja para cazar a toda la familia de un sólo golpe. ¿Qué sería de los niños? Mark les dejó caminar por la ciudad, el puerto, y también sentarse justo afuera de la comisaría de policía. Después de hacer una parada en un almacén, volvieron a la granja. Mark consiguió algo de comer y entonces volvió a la granja una vez más. Seguro ahora que su rastro se había perdido en el puerto de Montreal, escaló por el cerro y miró hacia abajo con la ayuda de los prismáticos. Como siempre desde que la primavera había llegado, las mujeres se sentaron afuera sobre la hierba con una manta, protegiéndoles del esporádico desperdicio de animal.

– ¡Sally! – mustió Mark al ver un bebé en sus brazos.

David y Molly jugueteaban fuera; le parecían tan diferentes. Nancy hablaba con Sally, pero todavía no había rastro de Samuel y sus hermanos.

– ¡Sam! – suspiró Mark al salir ella de la casa con un torpe William en sus brazos.

El descubrimiento de Samuel produjo una sensación de mareo en Mark, forzándole a bajar los prismáticos para poder controlar sus nervios. Cuando volvió a mirarla, la vio caminar hacia la manta y las mujeres, seguida por William. La respiración de Mark se había acelerado con la imagen de su hijo, caminando al fin.

– ¡Muy bien, William! – rió Mark.

Mark se quedo allí, observando a su familia con el sol alto en el cielo hasta que una mujer salió de la casa, y pronto, quien parecía ser el esposo, había preparado la carreta, mientras se preparaban para irse con el carro lleno de productos agrícolas, listos para su venta. Mark vio a sus dos hermanos salir de uno de los graneros, mientras caminaban hacia la casa y la pareja se alejaba de la propiedad con la carreta tirada por caballos. Sin poder estar más tan lejos de ellos y sintiéndose seguro que acercándose a su familia no enviaría consigo a la policía fronteriza de Canadá, comenzó el descenso de la colina.

Conocía la existencia de los perros, así que decidió utilizar la entrada principal. Caminando hacia la casa, su cansado cuerpo parecía haber olvidado que había tenido que escapar de un pelotón de caza, guiados por perros a través del campo y las montañas nevadas de Canadá.

Durante casi dos meses de solitarios y fríos días, y cerca de ser derrotado por la fatiga, Mark había dormido en cuevas y establos, dependiendo de lo cercano que creía tener a la partida de cacería. Había tenido que robar de camino al Este, sintiéndose mal por el niño que le había servido con unos magníficos prismáticos. Cuanto más cerca de St. Stephen y más lejos de la peligrosa línea del tren, más seguro se sintió del hecho de que si no hubiese sido por el tiempo que había pasado en Europa y la guerra que había luchado, habría sido detenido en la redada con un camión cargado de alcohol y de camino a los Estados Unidos de América.

Mark perdió el control de su corazón al acercarse sus pasos a la gran casa, haciéndose esta más grande ante sus ojos, al igual que el deseo de abrazar a su familia.

– ¡Arriba, cariño! – urgió Samuel a William, riendo.

William la miró desde el suelo y todos rieron, así que Samuel se levantó y caminó hacia su hijo.

– ¿No puedes levantarte? – bromeó ella, mientras le ayudaba a hacerlo. – De acuerdo…vamos a intentarlo otra vez.

Mientras Samuel ayudaba a William a ponerse de pie, divisó una figura a lo lejos en el camino de tierra. Tomó a William de la mano, utilizando la otra para protegerse la vista del sol, ya que le estaba siendo imposible ver con claridad. Pronto, Nancy y Sally miraron en la misma dirección y Nancy fue la primera en gritar.

– ¡Gino!

En la cocina, Gino se levantó de la mesa y fue seguido por Wayne, cogiendo el rifle del señor Jonnas al dirigirse hacia fuera, ya que ese grito sólo podía significar que algo iba mal. Samuel dejó a William cerca de Nancy y comenzó a caminar hacia Mark con lágrimas en los ojos y con el corazón salvaje en el pecho. Samuel no podía oír a Sally cuando esta la llamó porque al contrario que Samuel, ella no había reconocido la extraña figura que ahora caminaba hacia ella. Desde la altura donde la casa estaba construida, Gino y Wayne tenían una clara visión de la situación en el mismo instante en el que salieron con el rifle listo para disparar. Con el perfil de un hombre caminando hacia la casa como su diana y Samuel dirigiéndose hacia esa figura, Wayne fue el primero en gritar el nombre de su hermana. Al borde de los escalones, Gino apuntaba a la figura que se acercaba y también, gritó el nombre de su hermana. Abajo, sobre la hierba, Molly y David habían llegado a la manta y eran ahora, espectadores al igual que el resto, viendo como los acontecimientos se desarrollaban a la vez que los perros corrían hacia Samuel y la figura, ladrando tan fuerte como sus pulmones les permitían.

    – ¡Es Mark! – distinguió Wayne.

    –¿Mark? – preguntó Gino, queriendo asegurarse del nombre que Wayne había pronunciado.

    –¡Sí! ¡Es Mark! – repitió Wayne feliz.

    Gino bajó el arma y observó cómo los perros pasaban a Samuel de largo, parando a apenas dos metros de Mark, quien también había parado para evitar, que los perros le atacasen.

    –¡Es papi! – fue Molly la primera en gritar, lo suficientemente fuerte como para que todos lo escuchasen.

    –Espera aquí, Molly…dale a tu madre un segundo, cariño – le suplicó Nancy.

    Lejos de la manta, Samuel pidió a los perros que dejasen de ladrar, parándose ante Mark. Las mejillas de la mujer estaban mojadas y su corazón se encontraba al límite del estrés que su cuerpo podía resistir. La piel del rostro de Mark estaba quemada debido a la larga exposición al invierno mientras cruzaba el campo. Su pelo había crecido, al igual que la barba, pero seguía siendo Mark. Se miraron mutuamente durante unos segundos y Mark fue el que rompió el silencio.

    –Ha sido un largo viaje, por favor, acércate más – le dijo él, señalando la absurda distancia entre ellos.

    Samuel caminó hasta él y Mark tuvo que tomar un profundo

respiro antes de poder tocarla, acariciando el rostro de ella y secando sus dulces lágrimas.

– ¡Hola, cariño! – susurró Mark.

– ¡Hola! – le devolvió ella el susurro.

Samuel se acercó más a él y Mark puso sus brazos alrededor del cuerpo de ella, pero sintiendo que no era suficiente y encontrando una extraordinaria fuerza del cielo, ya que su cuerpo se encontraba exhausto, levantó a su esposa, y con las piernas de ella alrededor de su cintura y los brazos alrededor de su cuello al igual que William habría hecho, ella reposó su cabeza en el hombro de Mark, cargándola al pasar junto a los perros y de camino a la casa.

– No puedo creer que estés aquí – murmuró ella.

– Yo tampoco – admitió Mark.

– Pero apestas – rió ella.

– Esperaba que no te dieses cuenta de eso – sonrió Mark guasón.

Samuel rió abiertamente.

– ¡Me encanta tu barba! – añadió ella.

– Hoy mismo me la afeito – fue la respuesta de Mark.

Cuando estuvieron más cerca de la casa, Molly no pudo controlarse y salió corriendo hacia su padre, gritando. Mark dejó a Samuel en el suelo y recibió a su hija. Samuel disfrutó al observar cómo su hija volaba hacia los brazos de Mark y cómo ambos gritaban, mientras se abrazaban mutuamente. Mark apretó y besó a la niña repetidamente, dejándola finalmente en el suelo para poderla mirar. Molly había crecido durante el tiempo que había pasado caminando hacia St. Stephen. El padre levantó la cabeza y vio cómo su familia se acercaba a ellos. Mark se agachó y llamó a William, quien caminaba hacia su madre ahora que estaba más cerca.

– ¡William!... ¡Ven aquí, William! – le llamó Mark.

Pero William caminaba hacia su madre, observando a Mark desde las piernas de ella, donde había encontrado refugio. Samuel se agachó y miró a Mark, cuyos ojos se veían llenos de alegría, contemplando a su hijo sin muestra alguna de sentirse herido por el hecho de no haber sido reconocido.

– ¡Es papi! – dijo Samuel a William.

– ¡Papi! – repitió William.

– ¡Sí, papi ya ha llegado! – dijo Samuel a William.

–Necesita tiempo, eso es todo – dijo Mark a Samuel, convencido de sus propias palabras.

– ¡Ya basta con los niños! – gritó Gino, echándose sobre su hermano Mark.

Literalmente, Wayne y Gino saltaron sobre su hermano Mark y los tres hombres se abrazaron, tras lo cual Mark, por fin, conoció a la bella Máda y besó a sus cuñadas y a su sobrino.

– ¿Cómo has llegado hasta aquí? – le preguntó Wayne, retornando hacia la casa.

–Os he seguido a vosotros desde la ciudad y he pasado la noche ahí arriba – les dijo Mark, señalando a la colina rocosa a la derecha de la propiedad.

La familia de *La Judía* paró y todos miraron al lugar donde Mark señalaba.

– ¿Por qué has dormido ahí? – necesitaba saber Gino.

–Tenía una cola…esperaba a ver qué pasaba. Ahora estamos a salvo – respondió Mark.

Molly miró a la espalda de su padre cuando todos retomaron el camino hacia la casa. ¿Qué cola?

Después de un merecido baño, Mark caminó hacia la manta y miró a William.

–Espero que el quitarme esto ayude – dijo Mark a su hijo, sentándose con una palangana, jabón y una cuchilla.

Wayne ayudó a Mark a deshacerse de la barba, mientras Mark escuchaba la historia del viaje desde Nueva York a través de la nieve y el frío. Gino había pedido a los niños que explicasen a Mark el viaje y pronto los adultos sufrían al intentar mantener la seriedad, ya que los dos niños se interrumpían constantemente, introduciendo información de una forma caótica. En un momento cruzaban el río de St. Croix en un barco pesquero y dos segundos más tarde veían barcos de vela en otro lugar. Pronto se le pidió a Mark que hablase sobre su propia experiencia, convirtiéndose en un intenso momento al hablarles de la policía canadiense, provocando confusión en David mientras le miraba boquiabierto y asombrado que su tío hubiese sido perseguido por gente a caballo.

– ¿Por qué no explicas al tío Mark la parte de la historia donde te tuve que cargar? – bromeó Wayne con David.

– ¡Sí! – suspiró David excitado. – ¡Me cansé y papi me tuvo que llevar!... ¡También me dormí!

– Los adultos rieron divertidos.

– Me gusta tu estilo, David…es muy calmado, muy McLean – felicitó Mark a su sobrino.

– ¡No le digas eso a mi hijo! – rió Wayne.

Cuando su rostro se encontró libre de pelo facial, Mark miró a William, quien había mantenido sus ojos en su padre en todo momento, ya que su voz le era muy familiar.

– ¿Ves?...La barba ya no está – dijo Mark a su hijo.

William estudiaba a su padre sin pronunciar ninguna de esas palabras que formaban su limitado vocabulario. Mark sonrió al pequeño y dejó caer la toalla, decidiendo darle todo el tiempo que necesitase, así que se echó en la manta, buscando el regazo de Samuel para descansar su cabeza. ¿Cuántas noches había soñado que o bien el fardo de ropa que llevó consigo durante un tiempo o un puntual tronco que utilizaba como almohada era el regazo de Samuel? Infinidad de noches. Cada noche, cuando tenía que parar para buscar refugio, Mark cerraba los ojos y soñaba que su Samuel estaba allí con él, al igual que lo había hecho en Europa, descansando a su lado y pidiéndole que fuese paciente y que tuviese cuidado al salir de la trinchera mientras Samuel le esperaba en ella. Samuel jamás había sabido la paz que era capaz de ofrecer a Mark después de la más terrible de las tormentas o de la más violenta de las batallas. Cuando Molly y David decidieron irse a jugar de nuevo, Wayne preguntó.

– ¿Crees que te los has dejado atrás?

−Creo que sí, pero nos deberíamos ir mañana como muy tarde – respondió Mark, mirando a Samuel.

Sumando a tan sólo una ocasión de las veces que Mark y Samuel se habían mostrado cariño frente a sus hermanos, ella bajó la cabeza y le besó la frente.

−Europa está sumida en el caos – mencionó Samuel. – Podríamos viajar en barco pero no tiene sentido cuando tantos europeos vienen a América.

−Yo no puedo vivir en una granja – contribuyó Gino en la discusión sobre su futuro. – Me moriré si me quedo aquí.

−No te morirás – se burló Wayne de él.

−Sí que me moriré…lo haré, créeme…no puedo quedarme aquí sabiendo que no hay forma de volver a Nueva York – explicó Gino a Wayne.

− ¿Dónde están Óscar y George? – preguntó Sally.

−Óscar murió – informó Mark. − Cogió una fiebre que nos fue imposible controlar y lo enterramos en Montreal, así que George y yo decidimos separarnos y él se dirigió hacia Vancouver…creo que su familia se reunirá allí con él.

Individualmente, todos reflexionaron sobre la muerte de Óscar, pero Mark, habiendo llorado ya su muerte durante su viaje, introdujo enseguida otro tema.

− ¿Quién se ocupó de esa mujer? – preguntó Mark.

−Yo lo hice – respondió Samuel con firmeza.

Mark levantó la vista y todos pudieron ver la lucha que hubo entre sus ojos. Mirándose fijamente, Mark limpió los pecados de Samuel al comprender que había tenido que ser ella, ya que con toda seguridad, ella no le habría permitido a nadie hacerlo. Todos comprendieron que una vez más, Mark había aceptado los fallos en la personalidad de ella al hacer una pregunta práctica.

− ¿Es posible que el cuerpo aparezca por algún lado?

−Imposible – respondió Gino de inmediato.

−Entonces sólo hay un cargo por contrabando a mi nombre con un testigo que ha desaparecido…Depende de vosotros si queréis volver a Nueva York con eso en nuestros cuellos y con Nero bastante cabreado.

—Teníamos que irnos…Eso es lo que creemos que tienen contra nosotros, pero sabemos bien poco de lo que podrían tener ahora…información que no tenemos…No podemos volver – argumentó Samuel. – Tenemos niños.

—Eso lo sé…hemos quemado ese lugar, pero Gino no quiere ser granjero – observó Mark con sarcasmo.

Todos rieron y miraron a Gino.

—No tiene gracia – indicó Gino serio. – Tanto verde me está matando, necesito una ciudad.

—Hay ciudades al Oeste – le informó Wayne.

—¡Se habla francés en este país! – le recordó Gino.

—No en todos lados – le aseguró Mark.

—¿Te vieron la cara? – preguntó Samuel a Mark.

—No, no me vieron la cara…estaba demasiado oscuro – respondió Mark. – Utilizábamos un camión canadiense. ¿Habéis traído nuestro dinero?

—Sí…pero no hemos tocado el de Nero – respondió Wayne.

—Aun así tiene que estar muy enfadado…muy enfadado con nosotros – le dijo Mark a su hermano.

—¿Cómo es el Oeste? – preguntó Gino a Mark.

—Podemos parar allí donde encuentres un lugar que te guste – dijo Mark a su hermano.

—¡No! ¡No lo dices en serio! – bromeó Gino con su hermano.

—Tú eliges…tú eliges – sonrió Mark, tomando la mano de Samuel y besándola.

—¿Has oído eso? – preguntó Gino a Wayne con un tono lleno de advertencia, acompañado de una suave patada en la pierna, lo cual llevó una sonrisa al rostro de Wayne.

—¡Déjalo tranquilo! – advirtió Sally a Gino.

—¡¿Pero tú no estás dando de mamar?! – le preguntó Gino de inmediato, como si hubiese esperado la defensa de Wayne por medio de Sally.

– ¡Oh, Dios! – suspiró Nancy, mirando a Samuel.

Samuel ofreció una sonrisa a Nancy y contempló a sus hermanos mientras jugueteaba con las manos de Mark.

SOBRE LA AUTORA

Ángeles Pérez Triguero nació en Barcelona en 1972. Está casada y es madre de una hija. Se dedicó a la Cooperación Internacional y vivió en Tanzania. Escribió su primer historia corta con 12 años y no ha dejado de escribir desde entonces.

www.ingramcontent.com/pod-product-compliance
Lightning Source LLC
Chambersburg PA
CBHW061520050726
47503CB00015B/2207